U0117361

满族口头遗产传统说部丛书

萨大人传
（下）

富育光 讲述

于　敏 记录整理

吉林人民出版社

乌力的家已没什么人了，只能投奔娘家哥哥芒古勒吉尔。兄妹相见，喜极而泣，抱在一起大哭了一场。老太太讲了自己是怎样从郑亲王庄园逃出来的，又是怎样到的宁古塔以及安家后的生活状况。并告诉哥哥，这次同喀尔喀穆大人一起来，是想请他到宁古塔去，给恩人虽哈纳治疗冻伤。当芒古勒吉尔知道妹妹在宁古塔受到了方方面面的关怀和照顾后，非常感激，眼含热泪地对喀尔喀穆说："大人哪，感谢你们救了我妹妹，朝廷的大恩大德举家难报哇！既然有事儿找我，当然在所不辞，我一定去。"芒古勒吉尔也是真重感情啊，为了报答宁古塔人的恩情，宁肯把家事放下，不顾天寒，决心随妹妹前往宁古塔，给虽哈纳治伤。而且同喀尔喀穆越唠感情越深，俩人推心置腹地聊了好长时间，很是投机。

喀尔喀穆从芒古勒吉尔那儿了解到，目前索伦部由三个头人率领众人反清，一个是岗查儿，一个是吉古林，再一个是多凌阿。这多凌阿不是别人，正是乌力老太太的姑爷、大姑娘彩彩的丈夫。开始说到此人时，芒古勒吉尔挺害怕。担心喀尔喀穆大人毕竟是朝廷的命官，要是让他知道了外甥姑爷是反清的头儿，那还了得！不得加罪于自己？可喀尔喀穆听了反倒挺高兴，向他解释道："你们不用害怕，既然是亲属，一切会好办多了。通过这层关系，尽快地前去说和，讲明如今朝廷对达斡尔兄弟是怎么个态度，又是怎样做的。乌力大娘，你不是都知道吗？完全可以用自己的亲身经历和感受去规劝嘛。"乌力老太太听罢，心想："对呀，可不就是这么个理儿嘛。"于是，老兄妹俩经过一番仔细地商量，决定由芒古勒吉尔进城去找多凌阿。

芒古勒吉尔简单收拾了一下，备好车，悄悄儿上路了。到了地方以后，求人将部落头人多凌阿叫了出来。多凌阿一看舅舅大老远来了，很是惊讶，忙问为啥事儿找他。芒古勒吉尔没多说什么，只告诉他："今天晚上到我家来一趟，让你看一个很想见的人。"多凌阿再细问，芒古勒吉尔啥也不说，转身走了。多凌阿着急呀，当天办完事儿以后，还没到晚上呢，赶紧骑马上路了。过了一个十八里的小屯，便到了芒古勒吉尔的家。拴好马，进了屋，一看，哎呀！这不是岳母回来了吗？马上叩头下拜道："额莫，你怎么回来的，从哪儿来？我一直到处打听找你们，可一点儿音信都没有，死活不知。怎么样啊？彩彩、秀秀、小拜儿在哪儿？"一连串的问话，使乌力老太太一时不知怎么回答是好，回头将喀尔喀穆介绍给了他。多凌阿一惊，心想："好大的胆子，竟敢把朝廷的人领来！"伸手刚要拔刀，芒古勒吉尔眼疾手快，一把将他的手摁住了，劝道："不要紧，先听听你岳母怎么讲。"多凌阿抽回了手，眼睛紧盯着喀尔喀穆。于是，乌力老太太把怎么领着两个女儿半夜里顶着严寒、冒着烟炮大雪从郑亲王庄园逃出来的，跑到宁古塔后，喀尔喀穆又是怎么收留她们、尽心尽力地安排吃住以及如何帮助安家的，一口气儿讲给了多凌阿。还告诉他，彩彩生活得挺好，天天想家，正等着你呢！又特别说了虽哈纳大人虽然受了冻伤，但仍惦记着他的儿子小拜儿，并让自己的儿子萨布素领着人，冒着危险去郑亲王庄园救小拜儿，现在可能回来了。乌力老太太把自家这段时间以来所发生事情的前前后后，详详细细地向多凌阿叨咕了一遍，末了没忘了将吴巴海巴图鲁怎么样关心逃难的索伦部人，给他们预备了绸缎、布帛、银两、粮食的事儿也讲了。

　　一开始，多凌阿对岳母所说的话半信半疑，后来越听越觉得讲得挺实在，知道自己的妻子平安无事，便有些相信了。喀尔喀穆抓住时机，又向他介绍了朝廷对兄弟民族，尤其是索伦部达斡尔人宽大为怀的政策。说明了朝廷是关心索伦兄弟的，希望不要轻信谣言或受别人的蛊惑，不能胡来。对这些掏心窝子的话，多凌阿渐渐听进去了。之后，喀尔喀穆诚恳相约，与多凌阿心对心地谈了一宿。从他的口中，知道了目前索伦部内部的所有情况，证明以前掌握的信息是准确的。索伦部的人，已完全被明朝的那个将领秦楷所控制，此人的外号儿确实叫敏罕。就是他在那里到处煽惑，兴风作浪，领着人干了许多坏事儿。这样一来，要想平息索伦部的怒气，关键得捉拿秦楷。

　　还有一件事，是宁古塔人最牵挂的，就是萨布素的恩师、周子正的下落。前书说过，根据朝廷的需要，周老先生已经北上了。那么，这么长时间了，他的安危如何，需办的要务进展得怎么样，身在哪里，大家都不知道，也很关心。不但宁古塔的人关心，吴巴海巴图鲁关心，萨布素全家更关心，日夜放不下这个事儿。这次喀尔喀穆去北边，专门了解了周子正的情况。当宁古塔的人们从喀尔喀穆的口中得知了老先生目前的处境后，越发焦急、惦念了。

　　怎么的呢？原来，周子正被三个拨什库接到了北大营，又由沙尔虎达的副将海色护送到黑龙江索伦部。到那儿以后，周老先生几次要见的老友、一个晚辈，也可以说是他的学生，那便是秦楷。过去一直以为秦楷还不错，能听他的。令周老先生万万没有想到的是，秦楷却几次拒绝，根本不念旧情，就是个不见。为什么呢？秦楷当然知道周子正在明朝很出名，能讲，有擅辩之才，文学、算学等各方面的功底十分扎实。过去很尊敬这位长者，毕恭毕敬，像对自己的师傅一样。可现在不同了，他变了，每天过的是锦衣玉食、美女如云、作威作福的生活。怕周子正来了，会对他不利，影响其奢侈享受，动摇高高在上的地位。担心索伦部的人倘若听周子正讲得句句在理，人心被笼络过去，对自己的处境将直接构成威胁，一切都不那么好办了，以后再没法儿待了。因此，不仅不见，还一腔怨恨。寻思你来当说客，上下嘴皮儿一碰，说让投降我就投降啊，干吗非得听你的？并打算早点儿将周子正轰走。然而不管秦楷用什么办法轰，周子正是咋的都不走，非要见他不可。秦楷琢磨着："我要硬不见，他肯定不会走，长此下去也不好，还是得见。"想来想去，想出个损招儿来。他让下头的一个卫士传话儿给周子正，说秦楷可以见你，因为你们过去是故交，他一直尊敬老先生。但必须是一个人前往，不能带朝廷的任何人。惟如此，他才能见，绝不食言。此话传过去以后，周子正同意按秦楷说的办。

周子正诚恳、忠厚，一向以君子之心度人，从不把谁想得那么坏，何况与秦楷是故交。当时，海色觉得不对劲儿，阻止说："周老先生，我看去不得，太危险了，等于是羊入虎口。要去，我陪你去，否则，我们不放心。况且现在你并不了解秦楷呀，早已不是过去的那个人了，而是一只六亲不认的狼啊！什么事儿都能干得出来。不行，老先生，绝对不能去。"可周子正不这样想，说道："将军过虑了，不至于如此吧？不管怎样，我们有师生之情。秦楷即使千不看万不看，总得看在我是他老师的份儿上吧，怎能做出那等不仁不义之举呢？不会的。你放心，我想秦楷不论怎么坏，也没必要害他的老师呀！再说了，加害于我，又有何用呢？什么都得不到。既然让一个人去，那好，我自己去。胸怀坦荡，没有私心，有什么可怕的？朝廷信着我了，让为安抚北方办这件事，哪能只顾个人的安危呢？将军，老朽自从归顺大清以后，一点儿作为没有。为感谢对我的宽大为怀和重用，理应做点儿力所能及的事儿，献出绵薄之力，就算将功赎罪吧！因此，我应该去。你不用惦着、不用挡，挡也挡不住。"周子正这么说了，便这么做了。为平息北乱，他大义凛然，将生死置之度外，个人的事儿不恋于心，决定只身前往。海色见劝不住，没办法，只好将他送出门外，挥手告别。周子正长袖一甩，背着手，大步流星地直奔秦楷府门而去。

周老先生来到秦楷府门的门口儿，让门军通报，说周子正前来拜见秦大人，门军马上向里边传报。秦楷装模作样地出来迎接了，先抱拳道："学生拜见老师！哎呀，我最近事情太多，还劳驾您来了，失敬，失敬！本来想哪天前去看望，只因军务在身，一直没抽出时间来，要不然，早请老人家过来了。"周子正听此这番言不由衷的话，没出声儿，跟着往里走。进屋以后，秦楷让仆人献上了茶，然后说："周老先生，您先请坐。我有个急事儿，必须得立即办，一会儿就过来，请稍等片刻。"说完，转身出去了。周子正坐在那儿边喝茶边等，喝了一杯又一杯，眼看两个时辰过去了，仍不见秦楷转来。老头儿着急了，对侍卫说："赶紧找找秦大人，咋这么长时间没回来？"可说了几遍，根本没人搭茬儿。又呆了一会儿，老头儿更急了，将桌子一拍，吼道："你们怎么回事儿？快去给我找秦楷！"话音刚落，哪知呼啦进来好几个门军，啥话没说，过来便将周子正的双手强行往后一背拽走了，推到一个屋子里软禁起来，每天只给饭食和水。老头儿不见秦楷就是不吃，绝食了，心里这个气呀："人不讲义，不知其何也。秦楷是个什么玩意儿？你既然同意见我，还必须让一个人来，我照办了。来了为啥不见，反而抓起来？"后来，秦楷一看，总这样下去不是办法呀！没招儿了，这才凶相毕露，下令把周子正打入了水牢，一直关到现在。这些情况，是海色通过索伦部人花了不少银两打听到的。

　　此次喀尔喀穆北去，找到了海色。海色热情地接待了他，像见到久别的亲人一样高兴，嘘寒问暖。他俩过去虽不熟，但是相互早闻其名。喀尔喀穆知道海色将军是沙尔虎达帐下的一员大将，能干、勇敢、有智谋，海色也知道喀尔喀穆是驻守宁古塔的首领。特别是沙尔虎达曾多次嘱咐海色，遇到什么棘手的事情，要同宁古塔的八旗兵取得联系。还特别告诉他，吴巴海巴图鲁要到宁古塔了，可随时向老将军求教，以得到必要的帮助。正因为沙尔虎达老将军早已有话，所以，当海色见到驻守宁古塔的喀尔喀穆之后，显得更加亲密了。原以为这么长时间了，没听谁打听过周子正的下落，是不是把周老先生给忘了？现在看，大家都没忘啊，喀尔喀穆还亲自来这里过问此事。说实在的，海色这段时间对周老先生的处境非常不放心，那真是焦急万分哪！嘴唇起了不少燎泡，吃不下饭、睡不好觉的，一直暗暗埋怨自己："咳，这是咋办的呀，不把人给活生生丢了吗？老头儿也太强，不让去偏去，这不，怕出事儿真就出事儿了。要怪得怪我呀，当时要是坚决制止，不就没事儿了吗？明知是虎口，去了又没太挡，将来不得挨板子吗？"越寻思越后悔。当海色把心里的想法说出来后，喀尔喀穆劝慰道："海色将军，既然已经这样了，急有啥用？我看咱们得赶紧回宁古塔见吴巴海老将军，大家商量一下对策，想想办法怎么救周老先生，事不宜迟啊！"喀尔喀穆之所以急着回去，还因为惦着萨布素他们三个的安全，不知办得怎么样了，那也是个挺关键的事儿。于是，便同海色带着乌力老太太及芒古勒吉尔，一路奔波赶回了宁古塔。

喀尔喀穆一行回到宁古塔时，萨布素他们还没回来。大家都捏把汗哪，几个不知深浅的毛孩子，初出茅庐，此去成败如何，哪能不惦着呢？首先，老将军吴巴海巴图鲁就惦着，总是在想："几个毛猴子没打过仗，这是他们的第一仗，而且是个硬仗，担子很重啊！不单单是去找乌力的小外孙，还是通过小拜儿解开民族间的疙瘩和积怨，以利民族的和解，是一个重要的举动。倘若小拜儿找不回来，去的孩子再受伤或有难，那不是事儿了吗？"喀尔喀穆也惦着。虽然萨布素他们三个都是在身边长大的，也相信一定能行，可又生怕突然遇到意想不到的情况出现，一时应付不了。说来说去一句话，还是个不放心。舒穆禄夫人当然惦着，萨布素是她儿子，还有瓦礼祜，那是她的弟子，武艺皆是亲手传授的。对他们的安危，心里哪能放得下呀？恨不得快提到嗓子眼儿啦！虽哈纳能不惦着吗？只是干着急没办法。觉得这事儿本应自己去，可偏赶这个时候腿冻坏了，去不了。现在儿子替他去了，究竟会怎么样，你说他怎么可能不牵挂呢？乌力老太太那得加个"更"字儿，一个是惦着小外孙是否能接回来，再一个是去的人里还有自己的姑爷呢！所以，她从北边回来一进屋，便急不可待地问门突呼和女儿彩彩："萨布素、哇嘎、瓦礼祜他们回来没有，小拜儿找到了吗？"当得知还没回返时，老太太是站也不是、坐也不是，天天掐着指头算，时不时地问他们什么时候能回来，心始终那么悬着。

喀尔喀穆他们到家的第三天，萨布素一行在大家的急切期盼中，回到了宁古塔，把老奶奶的小外孙子平平安安地抱回家，放到了老人的怀里。乌力老太太终于见到了日夜想念的小外孙子，高兴得涕泪俱下呀！小拜儿回来了，她像魂儿回来一样，一颗悬着的心才算落了地。对三个孩子感激万分哪，拉着萨布素的手不放，一再说："萨布素唯，得咋谢你们呀，我小外孙儿这辈子都会感激的，让我们全家终生难忘啊！"萨布素安慰了乌力老奶奶几句，转身出门匆匆去见吴巴海爷爷。

说实在的，萨布素他们到郑亲王庄园，能把一些孩子救回来，也是孩子本身的造化，或者说是福分。为什么这么讲呢？乌力老太太知道，代代都有不少被抓去的妇女和孩子。到那儿之后，分开关进各自的牢房，不让见面，怕互相串供、联络感情。郑亲王的庄园有好些个分庄，他们经常秘密地将这些人转移，今天迁到这儿，明天迁到那儿。正因为老太太在那里待过，知道这些情况，所以更加担心了。天天嘴里像念经似的叨咕着："阿布卡恩都力保佑，可千万别把我的小外孙迁走哇，要是迁走了，可上哪儿找去呀？"多亏萨布素他们仨去得快，如果再晚一些，再拖几天，这帮孩子和女人肯定会被秘密迁到另一个分庄。你想啊，被圈的人互相不认识，时间一长，肯定联络不上、断了线了。这样，很可能永远成为天涯沦落之鹤，再见不到自己的亲人了。为什么有些亲人后来找不到了？就是这个原因。所以说，此次能将小拜儿他们救回来，也真是万幸。

现在咱们不讲乌力老太太全家见到孩子的那个乐呵劲儿，单说吴巴海巴图鲁此刻的心情。吴老将军见萨布素风尘仆仆地回来了，又听了详细禀报，乐得嘴都闭不上啦！不仅找回了小拜儿，同时还救出了四十多人，这是朝廷之福啊！认为此次救人的胜利，并不亚于南进歼灭了多少敌人、围剿了多少明朝的大将和城堡。别看萨布素他们仨是孩子，乃没入流的人①，可事儿办得很好，想得也挺细致。为了更稳妥一些，萨布素还特意到了盛京，见了他的四大爷都克山，求得了自己的老朋友冷格里的帮助。这一点，使吴巴海特别振奋，非常开心。他十分清楚，在庚辰年那场大战结束之后，清军中最遭殃的、最后为此丧了命的，便是萨穆什喀将军。吴巴海巴图鲁这个人一向正直，好抱打不平，也知道有些事儿不便往外说，那会伤及很多人。可他万万没有料到，萨布素此去，竟能把庚辰年的讨伐内情了解得一清二楚。以前，自己一点儿没向孩子透露过，他也不可能知道。孩子却那么有心计，凭着小脑瓜儿的分析，主动调查其来龙去脉，为即将去郑亲王庄园采取的行动找到了依据，从而坚定了救人的信心。当然，这对一个统帅来说，是必须具备的品质。可萨布素这些未经世事的年轻人能有此等本事，真是好得很！郑亲王乘庚辰年大战之机，贪婪地占了不应归他的所有不义之财，包括不少掳来的人。全仗萨布素弄清了底细，救出了一些沦为奴才的达斡尔男女老少，顺利地将此事解决了，干得好，干得漂亮！这样一来，就为清军北上安

---

① 即没正式入官衔名册的人。

抚索伦部，申明朝廷的大义和德化，提供了真实而有力的证明。

吴巴海巴图鲁觉得还有一件事儿，萨布素他们是立了大功的。那就是一直踏破铁鞋无觅处的古兰，却让萨布素他们意外地碰到并带了回来。前书向各位阿哥讲过，虽哈纳前不久冒着风雪从北边回来后，谈到了一个重要情况，即索伦部有一个漂亮的二十多岁、人称"阳亢女人"的美女比雅格，被嗜欲成性的秦楷所霸占。因此，族人在大骂秦楷的同时，也说比雅格风骚、淫荡，不是好女人。对她原来的丈夫，虽然不晓得真实姓名，但知道绰号儿叫古兰，生性就野，天天不着调儿，没什么好印象。当时，虽哈纳说，一定要找到其人。这样，便可以通过他，在索伦部里搞臭秦楷，使之威风扫地，从而瓦解索伦部反清的力量。话说起来容易，可怎么找哇？不知他在什么地方啊！大家始终惦记着这个事儿。没想到萨布素此行竟把古兰带回了宁古塔，而这个古兰又正是虽哈纳讲的那个人，你说该有多巧！

更让吴巴海高兴的是，古兰在萨布素的动员下，勇敢沉着地帮助他们仁救出了一些在郑亲王庄园的索伦部奴隶，立了大功，为清军的北抚铺平了道路。为此，吴巴海巴图鲁对古兰很是重视，并同喀尔喀穆、海色将军等人一起，专门在宁古塔驻防衙门的箭厅设宴款待。席间，他们向古兰介绍了离开故乡这几年，那里的变化及所发生的桩桩件件大事。还特别告之，有个叫秦楷的明朝将领，趁他不在家时，霸占了夫人比雅格，族众对此感到十分羞耻和愤恨。吴巴海批评古兰："你身为丈夫，抛开妻子不管，自己浪荡在外，让一个女人无依无靠，能说得过去嘛，难道没有责任吗？你呀，今后可不能再吊儿郎当、偷鸡摸狗的了。"老将军的话，说得古兰那张脸红一阵、白一阵的。接着，吴巴海又鼓励道："往后你要有点儿志气，浪子回头金不换，做个男子汉大丈夫！要向秦楷讨还这笔债，为本民族争气，协助朝廷抓住祸国殃民的奸贼秦楷。你应想法儿接近比雅格，把原来的夫妻感情找回来，使得全家团聚。要我看哪，不是人家比雅格不要你。而是你长时间没在家，不关心、照顾人家，没保持相亲相爱的情感。如果通过你的努力，你们二人和好了，成就了夫妻之情，那再好不过了。还可以通过比雅格与秦楷的关系，同我们一起救出关在水牢里的周子正老先生。找小拜儿，你慨然相帮，立了大功。希望再接再厉，继续协助朝廷做几件大事儿，你古兰便会留名青史啊！"吴巴海巴图鲁和海色将军、喀尔喀穆一边劝说着，一边向古兰敬酒，给以鼓励，激起他生活的勇气。

古兰原本在族人面前感到卑微、低贱，可是一听老将军这么高看他，一时激动得不知说什么好了，扑通一声跪在地上，那真是感激涕零啊！带着哭腔儿说："众位大人，我算什么东西，能得到你们如此的抬爱，今生今世都不会忘记大人们的大恩大德啊！"吴巴海巴图鲁上前将他扶起，劝慰道："古兰，不要这么说。今后好好儿走自己的路，鼓起勇气，做个正经人，和和美美地过日子比啥都强。"古兰说："人有脸，树有皮，我也是个七尺多高的男子汉。请将军看着吧，将来一定能做出个样儿来，听你们的话，照你们说的办。要是没有萨布素小弟弟的帮助，古兰怎么能重见天日、走上光明大道呢？真不知怎么感谢才好，实在让我太高兴啦！"说着，把衣服一脱，光着膀子，边唱边扭动着身体，纵情地跳起了达斡尔族的罕伯舞。吴巴海巴图鲁、喀尔喀穆、海色将军等，先是在一旁随着节奏拍着手，后来跟着一块儿跳了起来。北方人全爱跳这种舞，身体随着节拍不停地扭动，舞姿优美，非常好看。大家一起唱着、跳着，古兰含着眼泪用《哈肯麦》曲牌唱了起来，歌声嘹亮，充满了激情，倾诉着自己的心声：

> 往日里，
> 美好的春光，
> 我不珍爱，
> 像臭鱼塘里的癞蛤蟆。
> 配偶离，
> 同伙踹，
> 人生何悲哀。
>
> 今日里，
> 重现春光，
> 我倍珍爱，
> 像掉了膀子的黄鹰。
> 是你们把我伤痛治愈，
> 生活的勇气像喷泉，
> 披满了朝霞。

今天晚上的箭厅，欢歌笑语，热气腾腾，真像过节一样热闹。再看三棵杨富察氏家的大院儿里，更是异常热闹。笼起了篝火，点起了冰灯，门上挂着呼都力，即"福"字大挂签。特别有趣的是，不是过年，门口儿却贴着对联儿："一门天赐平安福，四海人同富贵春"，很有气派。内室正堂，也贴有对联儿："彩云化日，甘雨和风"，皆是宁古塔的小秀才、周子正老先生的大弟子萨布素奉虽哈纳之命书写的。房内不仅点了灯，还有用猪油、羊油做的大蜡，灯火辉映，满屋通亮。

那么，富察氏家族有何喜事临门吗？今天可谓"天上恩光大，人间喜气多"呀！原来一喜是萨布素西行，很好地完成了官差，顺利归来；再一喜是吴巴海巴图鲁同刚从北边归来的喀尔喀穆以及新结识的沙尔虎达的爱将海色，要来三棵杨探望虽哈纳；还有一喜就是虽哈纳的冻伤已在索伦部达斡尔老郎中芒古勒吉尔的精心治疗、护理下，日渐好转。富察氏家为此真是高兴啊，你说怎么能不庆贺一番呢？

当吴老将军领着海色将军、喀尔喀穆等人来到三棵杨的正厅时，虽哈纳一见众位大人到了，急忙请他们落座，并说："你们看，腿很快要好了，我哪是在家里能憋得住的人呢？咳，连那匹塔拉刻勒莫林都在圈里养胖了，闲得直尥蹶子。请你们相信，我一定能够重新纵马疆场的。"是啊，虽哈纳久经战阵，乃被誉为"五虎上将"之一的英雄。这些日子在屋里可憋坏了，身子动不了，那是一筹莫展哪！一个刚强的哈哈，急得偷偷直流眼泪。此刻，喀尔喀穆完全理解他的心情，安慰道："好兄弟，不要忧伤，不要发急。我知道你待不住，不是那种性格的人，可确实是有伤在身啊！听说芒古勒吉尔不止一次地劝过你，即使伤好了，也不能纵马驰骋了。我同吴巴海巴图鲁商量过了，今天就是要跟你说这个事儿。想来已有了思想准备，千万不要难过，谁都知道你的心思。经老将军的极力举荐，决定让萨布素代父从征。这个孩子有本事，正像哈勒苏老将军所讲的，是一只满洲人的雄鹰！他老人家没白费心血，没白疼。有这么个好哈哈济，你和舒穆禄应该感到欣慰呀，该放心了。相信萨布素将来定会有出息，不会辱没你们显赫有名的大清开国'五虎上将'之家风的！"虽哈纳边听边点头。

在喀尔喀穆劝慰虽哈纳的时候，舒穆禄夫人早已从外屋进来了，所说的话都听到了。舒穆禄是位美貌、贤淑、温柔的女人，对丈夫疼爱有加，体贴入微。特别是虽哈纳受冻伤之后，本来就是个烈性脾气，天天圈在家里能不着急上火吗？何况又是两腿受伤，不能外出办差，不能为国出力，那是又憋闷、又焦躁、又心烦哪，有时气得用拳头使劲儿砸自己的伤腿。你说他上的心头之火冲谁发？只能冲自己的媳妇发。这下可把舒穆禄操心坏了，硬的、软的、斥骂的、难听的，总之什么话都得听。舒穆禄当然知道，丈夫不是个在屋子里能坐得住的人，简直是要他的命嘛！又不放心仆人伺候，生怕有做得不周到的地方，还怕劝不住他。因此，只好天天坐在丈夫身边抚慰、说服、劝解，尽量让他开心，慢慢正视残酷的现实。这样，虽哈纳在夫人的一再开导下，情绪稍稍稳定了些。

虽哈纳夫妇刚才听了喀尔喀穆的一番话，很是激动，二人不约而同地说："喀尔喀穆大人，我们恳求您，早做决定吧！"舒穆禄夫人又道："说心里话，虽哈纳的腿能恢复到目前这样已经不错了，将来即或再好，也好不到哪儿了。我们的萨布素啊，从开原回来，天天愁眉不展、眼圈儿时不时就红了，看了怪叫人心疼的，他是惦念周子正老爷爷。孩子就是这么个性格，有些话憋在心里不讲，时间长了，便憋出病来了。他心事挺重，我和虽哈纳能猜个八九不离十。想的可能是尽快到您的麾下当一名马甲，冲锋陷阵，好去黑龙江救他恩师。"吴巴海说："是呀，我早看出他的小心眼儿了。你们说得对，萨布素确有心事，都有点儿瘦了。这样吧，大军马上要北上了。喀尔喀穆刚才也说了，既然决定了，该办就办吧，不要再拖了。"喀尔喀穆告诉虽哈纳夫妇："宁古塔八旗已经过审核，接受了吴老将军的推荐，最后确定萨布素和瓦岱将军之子瓦礼祜双双遴选。"虽哈纳、舒穆禄一听，高兴极了，那是千谢万谢呀！虽哈纳向诸位大人说："正逢大军北上之际，又赶上恩叔吴巴海巴图鲁大将军在宁古塔，机会难得呀！我家神龛上供奉着太祖努尔哈赤、太宗皇太极两代先王所御赐的墨宝、诏书、黄马褂儿等数件珍宝，其中有大行皇帝、太宗皇太极御赐的玉匣儿，内装短剑一柄。先父哈勒苏公在世时讲过，等萨布素长大以后，要操办一次隆重的传宝礼仪，把这柄宝剑传给他。以敬皇恩，勉励后人，敬谨忠职，奋志韬进。当年太宗在赐先父宝剑时也曾叮嘱过，要早生孙儿，育成国家的栋梁。今天，萨布素已经成丁，而且在你们旗下做马甲。先父已逝，一直以来，我们把吴老将军视为叔父一样。所以，敬请老将军代向小儿萨布素转授先王的宝剑，让他终生永记不怠，并恭请喀尔喀穆大人为司仪。"吴巴海巴图鲁听罢，欣然接受了，笑着说："好哇，既然信着本将军了，责无旁贷，很荣耀啊！怪不得今天又张灯结彩又贴对联儿的，原来是准备举办传剑大礼呀，我说得没错儿吧？"经吴巴海这么一讲，大家都乐了。喀尔喀穆说："我看这样吧，两件事咱们明天一起办。一个是宣布宁古塔旗衙门选萨布素、瓦礼祜为正丁马甲；再一个是把先王的御宝传给萨布素，可谓双喜临门哪！"虽哈纳、舒穆禄一见两位大人同意了，又一次表示了由衷的感谢。将军们聊了一会儿，安慰了虽哈纳一番，便起身告辞了。

虽哈纳、舒穆禄送走三位大人后，叫来男女仆人开始操办起来。舒穆禄让男仆到前园子牵回三只羊，准备杀羊办喜事儿。又派人打了九只飞龙，不但肉香好吃，更主要的是有象征寓意。飞龙嘛，取其虎跃龙腾之意。另外，还准备把宁古塔的各姓穆昆达、亲朋好友全请来，在大军北上之前，大家共同载歌载舞地好好儿乐一乐。虽哈纳全家上下一直忙到深夜，才把一切都打点好了。

第二天早上，三棵杨的大院儿里一派喜气洋洋。在说说笑笑的众人中，数萨布素最高兴了，成了大忙人啦！满族有个传统习俗，即人生有三大礼：第一是成丁入仕。走上官途，当了兵或是入了学，即行成丁礼。第二是新婚大礼。结婚，成家立业。第三是喜寿延年。人到晚年，儿孙要给老人拜寿。这三大礼仪中，萨布素即将举行的便是成丁礼，正式列入马甲，为走上军旅之途的第一步。这是他人生的一件大事，舒穆禄为此还特意让儿子换了套新衣裳。穿的是青绸缎的上边绣着各种花儿、内镶黄色银狐皮的百叶长袍儿，外罩蓝缎黄绦子花边儿的巴图鲁大褂儿，脚蹬鹿皮靰鞡脸儿、软牛皮鞒儿、绣着花儿的高筒靴，像新郎官一样。长着四方大脸、浓眉大眼、黑红脸膛的萨布素本来个头儿就高，身量儿又魁梧，将新衣裳一穿，哎呀，显得特别精神、好看，小伙伴儿们没有不羡慕的，大人也都啧啧称羡。男人们来了，用女真人的礼节，互相打千儿请安、碰肩，以抱腰礼祝贺；女人们来了，以抹鬓、蹲礼道喜。

满族讲究礼节，宁古塔向来是礼仪之邦。逢年过节，大家见面要相互致贺，说声"沙音西沙音"，打千儿施礼。每逢过年，比较大的家族，到老人家里一聚就是几十口。由于人多，屋里进不去，有的进到厅里，有的在厨房，有的只能在门外，小的得给爷爷、奶奶、阿玛、额莫磕头，历来是这个风气。另外，宁古塔素有一家操办传御宝之礼，家家相帮的习俗。即使不是喜事儿，哪怕是白事儿，谁都落不下。今天富察氏家操办传御宝之礼，一传十、十传百，大家全知道了，纷纷来到三棵杨祝贺。这不，宁古塔驻防八旗的兵将最先来了。因为是军中的大事儿呀，充实了新的勇士，来了阿浑德啊；乡里邻居、亲朋好友、各姓穆昆达随后而至。他们是宁古塔的主人，当然少不了；波尔辰妈妈一向把虽哈纳家看作自己家一样，平时来的次数多，帮忙亦最多。不仅萨布素是她给接生的，宁古塔的孩子经她亲手接到人世间的太多了，也最有说的，简直像宁古塔的大英雄一样，没有不尊敬的。现在萨布素成人了，入军旅了，当奶奶的能不高兴吗？所以，早早就来了；哇嘎、门德赫、麦里西、麦里特、窝赫、土球子这些萨布素的小哥儿们更落不下了，马场只留下门突呼老人看着，其他都到齐了；古兰及从北方逃过来的达斡尔人和新从郑亲王庄园接回来的那些孤儿寡母、男女老少全来了；乌力老太太带着娘家哥哥芒古勒吉尔以及女儿彩彩、秀秀、彩彩的儿子小拜儿也过来了，帮助舒穆禄夫人忙这个忙那个的。小拜儿这孩子小，帮不上啥忙，可是最高兴了。因为他是萨布素救出来的，又是一路抱着返回宁古塔、亲自送到姥姥怀里的，所以和萨布素特别亲近。小拜儿听说大哥哥要当马甲了，乐得晃着他那小歪头，在人群中跑来跑去的，想看看萨布素什么时候戴花。乌力老太太和波尔辰妈妈已相处得很熟了，在厨房边忙着淘米、择菜，边说着、笑着，比比划划地不知在唠些什么。老早赶过来帮忙的，从来少不了宁古塔的那些女人们。由于吃饭的人多，活儿自然多，在外头现搭了两个锅灶，一块儿伸手忙活着。人太多了，富察氏家族的两个厅、屋里、厨房、厢房、院子里已经挤满了，院外还站了不少。大家在亲亲热热、高高兴兴地谈着、笑着、寒暄着，人来人往，熙熙攘攘，热闹得很，像过大年似的。

　　辰时初刻，由宁古塔骑兵击鼓、吹布勒，表示盛会即将开始。辰时正刻，鼓声、布勒又响，屋里屋外马上肃静了，鸦雀无声。大家看到，大厅正面的一张八仙桌上，铺着熟过的鹿皮。白色的鹿皮板儿上，是舒穆禄夫人绣的一对儿凤，即盘凤。在绣凤的鹿皮上，敬奉着一个玉匣儿，那就是皇上的御宝。下面摆着香案，年期香已点着了。两边放着供品，有煮好的羊头、鸡、鸭及一些榛子、核桃、山果，还有自家做的糕点等，上面洒了一些用五颜六色的纸剪的花儿。在正厅的贵宾席上，吴巴海巴图鲁、喀尔喀穆、海色将军及宁古塔驻防八旗的众参领、佐领坐在左席，右席是由舒穆禄夫人搀扶着的挂着拐杖的虽哈纳。挨着他俩的是各姓穆昆达，有波尔辰妈妈、杜琴妈妈、哲森妈妈等，还有依次坐的芒古勒吉尔、乌力老太太、古兰这些人。在后头一张桌子前坐着的是萨布素和瓦礼祜。因为二人今天要被授为马甲，所以单独有席位。

　　鼓声、布勒响过，喀尔喀穆站了起来，先咳了一声，清清嗓子，然后说道："乡亲们，眼下大军很快就要北上黑龙江，送索伦部达斡尔的众兄弟回到他们的故乡去，以永固北疆，完成朝廷赋予宁古塔的重任。趁将士们尚未开拔、各项军务已经备办完毕之时，我们有幸在虽哈纳大人之宅，隆重举行宁古塔驻防将勇的应召仪式。感谢德高望重、屡建奇功的前任梅勒章京吴巴海巴图鲁能参加，欢迎著名的海色将军的到来，为我们的盛会增添了荣耀。我高兴地告诉大家，今天是两个会一起开，先是宁古塔驻防将勇的应召仪式，然后是授剑大典。现在，我宣布，应召仪式正式开始！"

喀尔喀穆的话音刚落，宁古塔驻防八旗的旗管佐领扎科丹站起来宣道："新拔选的超哈萨布素、瓦礼祜出列！"二人起身往外跨了一步。扎科丹向他俩摆摆手道："你们到前头来。"萨布素和瓦礼祜表情严肃地、精精神神地走到了大厅的中间。扎科丹又道："好，你们俩站在这儿听宣。"喀尔喀穆从扎科丹手中接过了牛皮文书袋，从中抽出一纸公文，然后将牛皮袋交还给扎科丹，扎科丹退下了。喀尔喀穆展开公文，宣读道："兹为选用新彦，荷蒙吴巴海巴图鲁将军惠荐，业经本将军与诸旗佐详严甄准，虽公哈纳，劬劳有年，济困扶危，黾勉克职，不幸雪刃沉疴，难膺繁任。固国安疆，新人辈出。萨布素、瓦礼祜，少年德劭，弓马娴优，录宁古塔驻防八旗正丁马甲，隶镶黄旗，专布。"宣读完毕，只见扎科丹手一招，站在大厅后面的两个勇士走过来了。每人手上捧一个玉盘，盘里装着衣械，即当马甲之后，身上要穿的甲服和带的兵刃。扎科丹说："现在由我授给萨布素、瓦礼祜衣械，先向皇上赐给的甲服、兵刃叩头。"萨布素、瓦礼祜跪下磕头。起来后，扎科丹走到二人跟前，向他们各授马甲的甲胄一套、枪一杆、腰刀一把、梅针箭数十根、大弓一张。萨布素、瓦礼祜又一次叩拜甲服，然后恭恭敬敬地接了过来。哇嘎、门德赫、麦里西、窝赫等萨布素的伙伴儿们，个个羡慕得不得了，心里琢磨着："什么时候我也能当上马甲，领一杆枪、一把腰刀，那多威风啊！"全场人用赞许的目光注视着两个年轻后生，认为萨布素、瓦礼祜虽然刚刚成年，但配得上这个称号，给宁古塔增了光，打心眼儿里为新人辈出而高兴。

紧接着，扎科丹命令道："萨布素、瓦礼祜，把你们手中的衣械放在原座位上。"他俩照做了。要干什么呢？在宁古塔踏上军旅还有一个传统古俗，就是把过去的比棍改成举石钟。凡是入营的儿郎，必须举起像石碌子一样的石钟。这种石钟，有六十斤、八十斤、一百二十斤的不等，当兵后每天操练时都要练它，双手得把石钟举过头顶儿。萨布素这帮小伙伴儿平时喜欢举石钟，有时也跟着营里的士兵练，早就盼望着有一天能正式当众举给大家看。至于能否把石钟举起来，当然不是考核的惟一条件，却是一种象征。意思是说你现在当兵了，石钟象征着国家赋予你的重任，要努力把自身的担子承担起来。并要切记，从入营这天起，你将为国家勇挑重担，不可疏怠。正因为萨布素、瓦礼祜平时练得好，所以他俩一点儿不紧张，蛮有把握地走到石钟前，分别轻松地将百十斤重的石钟举过头顶儿，还停了一会儿，然后才轻轻地放下，那是面不改色心不跳哇！大家看了他们的表演，一边叫好儿一边鼓掌。到此，宁古塔驻防将勇的应召仪式结束了。喀尔喀穆笑着说："萨布素、瓦礼祜，二位已经是宁古塔驻防的一员、正式的马甲了，欢迎你们！不要小看马甲，一切要从头做起，这是走向将军的第一步。入营后，一定要严以律己，宽以待人，恪尽职守。应不断学习长辈的德行和武功，耿耿丹心，彪炳后世。尔等先在八旗驻防宁古塔的营内习练各种技艺，做我的护卫。"萨布素、瓦礼祜叩头谢恩。这时，虽哈纳激动地站了起来，大声儿说道："乡亲们，我代表富察氏家族，也代表已故的瓦岱大哥，衷心感谢吴老将军和喀尔喀穆大人的关爱和提携！"场上响起了热烈的掌声。

　　掌声过后，人们静了下来，喀尔喀穆说道："各位大人、宁古塔的乡亲们，下面富察氏家族要按他们家族的礼俗，举行授剑大典。我受虽哈纳的委托，做隆重典礼的司仪。现在由富察氏家族打扫内室，在正厅的所有参加者，请盥漱更衣。"这是什么礼节呢？因为是请人代表皇上授剑，剑是皇上给的，那意义当然不同于一般了。刚才屋子这么多人坐了，必然会弄脏，故而得把用过的屋子重新打扫干净，洒水、扫地、擦拭灰尘。参加典礼的在正厅的贵宾，要漱口、洗手；衣服坏了或破了，要更换新衣，以表示对圣上的敬重。喀尔喀穆的话音刚落，所有的客人，包括各位大人都退到小客厅和门外等候。舒穆禄夫人指挥着男女用人进来收拾屋子，重新摆放供品，拭桌椅，将地洒上水扫了一遍。再重新燃香，点上蜡烛。吴巴海巴图鲁等大人，漱了口，洗了手。虽然来时穿的是新衣服不用换了，但也须整衣正冠。一切准备完毕，院外点燃了鞭炮，噼噼啪啪响过之后，喀尔喀穆朗声儿宣布："请吴巴海巴图鲁大人、海色大人、宁古塔参领、佐领大人肃穆入席。"吴巴海等众大人依次入座，随后跟着的是富察氏家族主人入座。今日，虽哈纳、舒穆禄夫妇是分外高兴啊，乐得嘴都闭不上了。因为从这一天起，他们的儿子将正式走上军旅，当然是一个喜庆的终生难忘的日子。为此，虽哈纳穿上了一套新的官服，挂着拐杖，由夫人舒穆禄搀着走进来的。舒穆禄则特意穿上了皇太极赏赐的那套九凤百蝶彩绣旗袍儿，外面披着玛瑙穗儿的金丝披肩，头顶儿插着双扇头的八宝金簪。走起路来，彩穗儿飘摇，真是秀美不减当年哪！

客人和主人入座后，喀尔喀穆宣道："萨布素到神案前跪拜。"萨布素恭恭敬敬地走到神案前，双膝跪倒大礼参拜。这时，屋内异常肃静，一点儿声音没有。喀尔喀穆又宣道："现由富察氏家族的虽哈纳夫妇叩首致奏词。"为什么要用"奏"字呢？因为皇帝的御宝在上，等于是面见圣上。所说的话，就是向圣上禀告，自然"奏"字是少不了的。舒穆禄夫人搀扶着丈夫慢慢走到神案前，行三跪九叩礼。说实在的，虽哈纳腿上的伤尚未痊愈。尽管是在夫人的相扶之下大礼参拜，也够难为他的了，却一丝不苟，礼行得十分到位。礼毕，虽哈纳跪在那儿，双手伏地，头低着，深情地大声儿奏道："大行皇帝太宗御宝在上，如叩圣躬。奴才有心为大清鞠躬尽瘁，恨双足沉疴，如鹰折翼，如虎断足，呜呼哀哉。为践行大行皇帝命奴才早生孙儿、为国家之玉柱的旨意，今犬子已列马甲。奴才先父早亡，先帝臣吴巴海巴图鲁视若吾叔，代大行皇帝将玉匣儿短剑赐交小儿萨布素，谕我儿为国尽忠，死而后已。奴才虽哈纳顿首了！"奏毕，由夫人舒穆禄搀起，慢慢退到一旁。喀尔喀穆再宣："吴巴海巴图鲁捧御剑代授。"身着二品官服的吴巴海站了起来，掸掸衣服，在桌案前跪倒，行三跪九叩礼。所谓跪在地上，实际是同趴在地上一样。吴巴海巴图鲁奏道："奴才吴巴海，叩拜圣躬。臣想圣上啊，泣血感恩，泪若泉涌，永祝圣躬永寿祺昌！""咣、咣、咣"磕了三个响头。起来以后，缓步走到桌案前，双手捧起玉匣儿，慢慢退步，反过身左转，走到跪伏在地的萨布素面前，令其再三跪九叩。萨布素大礼行过后，吴巴海巴图鲁说："萨布素，接御宝。"萨布素抬起头来，答应一声"嗻"，接过了皇上的玉匣儿短剑。吴巴海巴图鲁把手放下，低头后退，慢慢退到自己的座席那儿，轻轻坐下。萨布素捧着御宝缓步走到神案前，恭放在神案上，后退几步跪下，两手伏地再行三跪九叩礼道："奴才萨布素永记皇恩！"接着又叩头。这时，周围的人，包括吴巴海巴图鲁、喀尔喀穆、海色将军以及各位参领、佐领，还有虽哈纳、舒穆禄全站了起来，抱拳向着桌案，每个人叫着自己的名字，依次说："奴才吴巴海永记皇恩！""奴才喀尔喀穆永记皇恩！""奴才海色永记皇恩！"……授剑大典至此全部结束了。按照清代满族传统的礼仪，这就等于将圣上赐给的短剑、皇上的御宝由后辈从长者手中接了过去，继往开来，江山永佑祺昌。当然，玉匣儿宝剑是皇家之物，只能供奉，不能使用。凡是皇家赐的东西，各个部落的各个姓氏，皆放在自家的神龛上供着，朝夕及大小节日都要享受烟火、供礼，永世不衰。御宝象征着一个民族的寄托、希望和精神，鼓舞着族人奋志韬进，勇往直前。

两个仪式完毕，富察氏家族在院内大摆喜宴。酒席宴上，大家边吃边喝，载歌载舞，好不热闹。许多驻守宁古塔的兵勇，也来这里边唱边跳，与各族各姓的人们一起沉浸在欢乐之中。吴巴海巴图鲁看他们很是高兴、尽情，便对虽哈纳说："今天让小伙子们玩儿个痛快吧，明天就得紧张起来了。"说完，叫上喀尔喀穆、海色将军，告别了虽哈纳与众乡亲，回到宁古塔行辕议事去了。大家看出大人们还有许多事情等着办，因此，喜宴没有像往常那样通宵达旦，早早散了。

在富察氏家族举办喜宴的前三天，吴巴海巴图鲁已命玛赉、佟保率领大部分人马提前出发了，与由西路北上的副将乌林泰在精奇里江会合。出发时，老将军还特意让他俩带去一封信，呈交即将到达那里的鄂罗塞臣、沙尔虎达、巴都礼。信中告知，东路八旗兵很快就会赶到，与大军会师。因有重要军情禀报，万望一切等我抵达再办，请稍待勿躁。说心里话，他所以这样做，就是怕鄂罗塞臣、巴都礼轻举妄动。北抚之事在宁古塔已做了充分的准备，该联络的，业已部署完毕，绝对不可出任何差错。其实，吴巴海的心里很着急，到了行辕之后，便同喀尔喀穆、海色将军商量："你们看明天动身行不行？"喀尔喀穆说："我看行，没什么不妥。"海色也表示同意。于是，晚上由戈什哈①分头通知兵勇，做好出发的准备。富察家大院儿宴席结束得早，跟这个也有关系，很多人为此才提前离席的。

第二天，安排好宁古塔诸事务，留下驻守的骑兵三百人，大军随吴巴海巴图鲁、喀尔喀穆、海色北上了，新被录为马甲的萨布素、瓦礼祜也随军前行。说起这支北上大军，与以往不同。根本不像什么军队远征，倒像是串亲戚一般，可谓一支特殊的队伍。为什么这么讲呢？因为大军中并没有多少兵，宁古塔的兵大部分留下了，主要差事是镇守。这样，去北边的就很少了。而随吴巴海巴图鲁来的人早被玛赉、佟保带走了，剩下的只是护军马队和守卫大营的一些兵卒。

兵马不多，车辆倒不少。队伍的前面有三辆车，全是桦皮棚子外面包着羊皮、熊皮的四马俄罗斯式长斗大雪橇，就是萨布素他们去开原时，哇嘎赶的那种车，而且是经过精心设计的。由门突呼老人赶第一辆车，

① 满语：护兵。

里边坐着吴巴海巴图鲁、喀尔喀穆、海色将军以及一些护卫，是大军的指挥车。

哇嘎赶第二辆车，里边坐着乌力老太太和她的大姑娘彩彩、新接回来的外孙子小拜儿、二姑娘哇嘎之妻秀秀以及娘家哥哥芒古勒吉尔。芒古勒吉尔已将虽哈纳的冻伤基本治愈了，留下一些药后，便随军北归了。在车里，彩彩显得尤其高兴。她同丈夫已经分开很长时间了，相互之间音信全无，直到现在才晓得丈夫还活着，多凌阿也晓得了媳妇和孩子都在。说句实在话，彩彩能带着小拜儿回去见孩子的阿玛，心里是真有底了。如果小拜儿找不回来，那可就没活路了，还不得悬梁自尽哪！因为啥呢？她跑出来了，却把人家多凌阿的孩子给丢了，哪还有脸见丈夫哇？交代不下去呀！全仗着萨布素他们几个帮忙，才把小拜儿给救回来了。彩彩搂着儿子，想到很快要与分别多年的丈夫团聚了，心里甜滋滋的，脸上充溢着幸福的笑容。对她来讲，这是一件天大的喜事儿！因此，第二辆车里最热闹，一路说说笑笑地往家乡奔。这是吴巴海特意叮嘱的，让老太太带着姑娘一同回到故乡去，用欢乐洗掉几年来妻离子散的苦泪。乌力老太太同样很高兴，感到如果没有朝廷，没有吴巴海巴图鲁、喀尔喀穆大人以及萨布素等人相救，自己不知将流落到天涯何处。做梦都没想到日后还能团聚，那发自内心的喜悦溢于言表，深深地感激朝廷。吴巴海巴图鲁想得很周到，让把乌力老太太家人坐的车弄得暖暖和和的，不但桦皮棚子外面包着两层皮子，而且里边专门为他们准备了小暖炉，一点儿不会冷。

新归附过来的古兰赶第三辆车，里边坐着的是从郑亲王庄园救回来的孤儿和体弱的女人，还有萨布素的二大爷珠和纳从乌拉送到宁古塔的逃人中的幼童。这次把他们一块儿送回北方，使其同离散多年的亲人相聚，骨肉团圆。车里的气氛特别热烈，大家又说又哭又笑的，喜泪不断，热气腾腾。

在这三辆车的后面，还有一辆车，是一位佐领赶的大雪橇。车里装的可以说是宁古塔人的一片心意、朝廷对兄弟民族的温暖，那就是给索伦部达斡尔人带去的绸缎、布帛、香纸、绢花儿、铁锅、陶器、酒等各种生活用品以及妇女用的簪子、花饰、配饰，应有尽有。北进队伍的后面跟着马队，骑在马上的人，则是一些从开原救回来的索伦部达斡尔男女以及逃到吉林乌拉被送到宁古塔的逃人。他们不愿坐在带棚儿的大雪橇里，什么也看不到，觉得闷得慌。不如骑在马上，于风雪中自由自在地游山观景，心情会感到格外舒畅。队伍里，另有三十多匹备用的马。为什么呢？因为在长长的风雪行程中，拉车也好，人骑也罢，由于雪深路滑，马腿容易受伤或折断，有备马可随时换用。除此有几头菜牛，准备在路上吃的，边走边杀。走在队伍最后面的，是新入伍的萨布素、瓦礼祜小哥儿俩及其兵勇们。他们骑着战马，身上佩带着兵刃，精神抖擞地为车队压阵。

吴巴海巴图鲁这次率领大队人马北上，走的是东线江道。从呼尔哈河至松花江，到拉哈苏苏往西一拐，便进入黑龙江，再到精奇里江江口。虽稍微有点弯儿，但道路平坦、好走。马拉着大雪橇在冰雪上行驶，如箭一般，相当神速。经过七个多时辰，北上大军便从宁古塔赶到了风雪连天的三江口拉哈苏苏，乃使犬部所在地。这些部落里，赫哲人特别多，同朝廷的关系很好。那是因为后金时，努尔哈赤的八旗兵开辟了此地，朝廷把拉哈苏苏看作是一个重要的基地，为清军北进的前哨。部落的人们一看大军来了，争相出寨迎接，并由头人领着进了寨子。因清军同这里的各家各户常来常往，接触频繁，所以朋友很多。赫哲人又非常好客，十分敬重朝廷的一些哈番，尤其是同宁古塔驻守的骑兵很是亲近，关系更加密切，你说那能让走吗？在他们的极力挽留下，吴巴海巴图鲁只好命令大家就地歇息，同当地的朋友一起吃饭、喝酒，乐和乐和。部落的头人派族人到三江口的江面，用冰镩子打出个冰窟窿，下了一些串网。还真挺顺，没多大工夫，竟打上来一百多斤鱼。然后笼起篝火，摆上宴席，献上美酒，招待远道而来的客人。大家边吃边喝，载歌载舞，热闹异常。

单说在酒席宴上，萨布素、瓦礼祜这些年轻人，同吴巴海巴图鲁等大人唠了起来。萨布素兴奋地说："我们是第一次到三江口来，一路觉得眼睛不够使呀，有看不够的风光。原来听说过北方非常辽阔，可做梦没想到路途会这么远，景色这么美。吴爷爷，北边的疆土可真大呀，咱们到底走出多远了？"吴巴海笑着说："从宁古塔出来到这儿，按江道计算，已有八百多里地了。从三江口到精奇里江江口，还得走八百多里呢！而且那儿并不是最北边，还要远得多。从精奇里江江口再往西，走出千八百里，能到额尔古纳河，才算到了边界。往北走一千来里，到北海；往东走一千来里，到东海。这都是咱们的地方，面积大得很呢，我的孩子。"萨布素、瓦礼祜惊讶得大睁着双眼，张着嘴，听得入神了，自言自语道："没想到北疆有这么一大片土地呀！"吴巴海巴图鲁接着说："咱们大清国北部疆土的地域，真是辽阔无垠哪！我在北方征战了近四十年，走的地方应该说不算少了，但也不行，还有很多地方没去过。说起来，到过的地方不过是九牛一毛而已。孩子，我们这代人老了，固北的重任就落在你们肩上啦，将来要解决的问题挺多呢。我总惦着把北边的家底儿好好儿摸一摸，有多少山、多少水、多少湖、多少火山、多少森林、多少种物产等，在脑子里有个图。可现在不成啊，仍是一笔糊涂账，总这样下去怎么行？应该尽快把北边的疆土算清楚，治理好，保护好，这个担子只能由你们去挑了。为了御北，我们已经死了不少人了，罗刹还不停地在那儿闹腾着。咳，这些事儿以后再同你们讲吧。"说到这儿，老将军显现出一副若有所思的神态。

　　大家正唠着，就听："报！报！报！"一看，有三个骑马的人"嗒、嗒、嗒"地跑过来了，不用问，肯定是送情报的。到了跟前，三人跳下马说："我们要拜见吴巴海巴图鲁老将军。"他们是哪儿来的呢？原来是玛赍、佟保派回来的色刻。吴巴海巴图鲁忙招呼道："来吧，我在这儿。"三人叩见吴大人后，口头传报道："禀大人，我们奉玛赍将军之命而来。大军已到精奇里江，与统领西路军的乌林泰将军会合，鄂罗塞臣、巴都礼、沙尔虎达将军的色刻也到了精奇里江。据传报，因西路暴雪连天，雪深没帐篷，所以进军受阻，需绕道儿百余里。现大军进入了南翁河，正要穿越兴安岭，预计明日晚上，最迟在后天早晨或中午，可赶到精奇里江。另外，索伦部在精奇里江早有戒备，特禀报将军。"吴巴海巴图鲁听罢，想了想，说道："你们三个记住我的命令：第一，我们明天早晨，或许中午必飞速赶到精奇里江的阿木勒沟，与乌林泰、玛赍、佟保会合。在没碰面之前，大军不许与索伦部对峙，整装待命，违者斩！若没别的事儿可干，将士们给我打猎、打狍子去；第二，让乌林泰亲自率人前去迎接骑兵主力鄂罗塞臣、沙尔虎达、巴都礼将军，把他们领到阿木勒沟，与我会师。听清没有？"三个色刻大声儿回答："嗻，听清了！"吴巴海说："那好，你们不能在此停留。马上到宴席上找点儿干粮，把随身带的小酒葫芦装满了，天太冷，别冻着，再拿些肉路上吃。辛苦了，孩子们，赶紧去吧！"三个色刻转身刚要离去，吴巴海又把他们叫了回来，问道："你们的马还行不行？"其中一个色刻回答道："将军，来时因江上太滑，冰面儿又有裂缝，两匹马的腿崴了。"吴巴海回头命令萨布素："你和瓦礼祜把咱们的备用马选上三匹，噢，再多选一匹，那瘸马由车队带着吧。"萨布素、瓦礼祜答应一声"嗻"，立即出去了。不一会儿，便牵来了三匹良驹。三个色刻换了马鞍，把骑来的那三匹交给瓦礼祜，瓦礼祜将它们链到马群里去了。然后来到宴席上，狼吞虎咽地吃了饭，喝了点儿酒，再打开酒葫芦，每人装了满满一小葫芦酒。说实在的，在北边，即使不会喝酒，也必须得喝。因为天太冷，酒是抗寒的药哇，又叫壮胆散。他们吃饱喝足，不用再同谁辞行了，飞身上马，挥鞭一打，嗒嗒嗒……眼看着不见影儿了。

吴巴海巴图鲁得知色刻传报的情况后，非常着急，当即命喀尔喀穆："赶紧吹布勒，不能再在这里停留了，立即西进。西路大军很快要到达目的地了，索伦部已是刀枪林立，做好了对峙的准备。如果西路大军主力在我们之前到了，又不摸情况，一旦与索伦部发生冲突格斗起来，势必会有死伤。那样问题就严重了，许多事情将陷入僵局，会很不好办。因此，我们务要赶在西路大军的前头。"喀尔喀穆明白将军的意思，马上通知随军，吹响布勒。十个布勒同时吹，呜——呜——呜的布勒声儿盖过了江风。正在吃饭的人听布勒一响，扔下了筷子、碗，有的人嘴还在咀嚼着呢，遂上车的上车，骑马的骑马，匆忙辞别了使犬部的赫哲族朋友，大军呼呼啦啦地向西疾行。

北方的江风，那是刺骨寒哪！飞雪像沙粒儿一样硬，"啪、啪、啪"地落在车棚儿上，像石子滚下来，似乎要把棚盖儿砸烂。沙粒儿雪落在马身上，马竟疼得咴儿咴儿地怪叫，低头扬鬃，踏蹄不前。强劲的寒风将马吹得直打晃儿，站都站不稳，有如绊马索将双腿绊住了，直炝蹶子，说啥不往前走。人骑在马上，风雪扑面而来，雪粒儿打得脸生疼啊！睁不开眼睛不说，头也抬不起来，只好匍匐在马身上。即使是这样，江风一吹，仍很难喘过气来，憋得全身发软。几辆大篷车似的雪橇经凛冽的寒风一刮，不仅减缓了行进的速度，还随风飘飘摇摇地乱晃，感到随时都能折个子。沙粒儿雪打得桦皮棚子不停地抖动，人在里面根本坐不稳，像个不倒翁似的东倒西摇。不少人被晃得哇哇直吐，脸色青灰，吓得孩子哭、女人叫的。那被风吹开的门帘儿，用手抓着一点不顶事儿，风雪照样灌进来，一个个快要冻僵了。另外，车里还有火呢。有的人干脆抱住了火炉，怕雪橇一下折翻了，火着起来，将更危险了，会酿成大祸的。吴巴海知道太难走了，但没办法，时间紧迫，无论如何不能停留，只能催促赶车人不停地向前奔，争分夺秒地赶向目的地。他心中想的就是一点，只有比西路大军主力早一刻到达，才能有胜利的把握；只有快些赶到精奇里江江口，才有主动权，也才可以在索伦部闹事之前，赶到阿木勒沟屯寨，见到多凌阿。通过他，找到岗查儿、吉古林等索伦部的头领，尽快让他们知道真实的情况。这样，方能有效地控制眼下的危险局面。

　　喀尔喀穆一看，天这么冷，风雪这么大，马咴儿咴儿地直叫。不管你怎么赶，它不仅不往前走，还愣是往树通子里钻。雪橇在风里颠簸着，有时蹿起挺高，像个皮球似的，弄不好翻了车，那就很麻烦了。他着急地对吴巴海说："将军，这样硬往前走不行啊。光为了赶路，一旦哪辆车出了问题，或是翻了，后果不堪设想啊！到那时，不但出事儿的车不能走了，而且连累其他的车都动弹不了，岂不更糟？"吴巴海巴图鲁听后，知道喀尔喀穆说得没错，又没啥好办法，便问："你看怎么办？"喀尔喀穆一时也不知如何是好。

　　正在二人焦虑万分之时，只听车门儿外有人喊："吴爷爷，喀尔喀穆叔叔，有事禀报！"吴巴海巴图鲁、喀尔喀穆听得清楚，连赶车的门突呼老人都听清了，是萨布素在喊。吴巴海冲车外高声儿问道："喊什么？"随后回头让门突呼把车停下。门突呼赶忙吆喝马，哪承想马却站不住，像箭似的穿进了左侧的树林子里，后来雪橇被树干卡住了，这才停下来。头车这一拐，其他的车不知是咋回事儿呀，全跟着进了林子。老将军生气地对已跑到跟前的萨布素说："军情这么急，你乱吵吵啥，为什么不快走？"萨布素忙禀道："吴爷爷，事情是这样的。我们在后头走，遇见一个同路去打猎的黑斤人，说是认识喀尔喀穆叔叔。还叮嘱说大雪天最好别在江上走，江风太大，让咱们跟他走岸上的鹿道，我为此特意来禀告爷爷的。"

　　喀尔喀穆立刻下了车，向萨布素问道："人在哪儿，是谁呀？"萨布素往旁边一指道："他在那儿。"喀尔喀穆顺手势一看，见有一辆二十多条猎狗拉着的不太大的带棚儿雪橇，里面坐着一个头戴貉壳帽子、身穿狐皮大衣的猎人。那人下车后，来到喀尔喀穆面前憨声憨气地说："大人，你们别走这条道，大风天走江道不行。应当走格桐河，会近得多，可直接奔大黑顶子山。那里都是林道，山高林密，从底下钻，没有这么大的风。平时走江道还行，今天风雪太大，走江道时间长了，人挺不住不说，马同样受不了。马要一冻坏，不走了，撂挑子了，把你们晒在这儿，还不全得冻成冰人儿呀！照我指的路走准没错儿，正好咱们是一道儿，还能送你们一程。"这时，吴巴海巴图鲁也从车上下来了，见眼前的老猎人说话挺爽快，大风天的顺风一刮，离老远便能闻到他满身的酒味儿。喀尔喀穆同老猎人一攀谈，才想起来了，原来的确熟悉，他是木尔忻寨黑斤首领都道尔下边的人。都道尔诚恳正直，人品好是出了名的，四年前归附了朝廷。他所以能同意归附，是喀尔喀穆做的工作并呈报朝廷的。后来，都道尔首领还在喀尔喀穆的引领下，亲自到京师叩见了皇上，奉上了不少貂皮。那时，大行皇帝太宗皇太极还在世呢，很是高兴，赏赐给他们许多绸缎。从此，都道尔的部落与清朝的关系很近，感情亦越来越深。再者，他知道自己能够见到皇上，全仗着驻防宁古塔的喀尔喀穆大人的引见，所以同喀尔喀穆十分亲近。喀尔喀穆将这些情况向吴巴海做了介绍，并说："老将军，这是咱们的人，很可靠，可以按他指的道儿走。"吴巴海说："那好，就让这位猎人领路，大家跟着他走。"于是，黑斤的老猎人赶着狗橇在前头开道，从山林里上了岸，吴巴海巴图鲁他们的四个大雪橇和马队在后边跟着，直奔格桐河。

狗橇快呀，一条头狗在前边领着，后头二十几条小狗全听它的，"汪、汪、汪"不停地叫着向前跑。赶狗橇的人主要是赶头狗，因为头狗熟悉道儿，对它的叫声儿，其他的狗听了，知道是怎么回事儿。赶路时，不必用鞭子抽，只摇就行。一摇一吓唬，边唱着歌儿边喊着，头狗便明白主人的意思，开始叫唤。那汪汪的叫声，人是听不懂，可狗与狗之间都懂。这叫声即是告诉同伴儿：现在上坡儿了，现在下坡儿了，现在过沟了，现在拐弯儿了，等等。叫声是狗之间的语言，因此，只要指挥好头狗，别的狗在风雪中会相互叫唤着、呼应着，才能步调一致、跟得上。

格桐河是松花江的支流，从西往东，流进松花江。北上大军沿着江岸走，很快便到了大黑顶子山的南沟。越过汤旺河后，黑斤的老猎人得拐弯儿走另一条道儿了。在同大队分手前，他告诉喀尔喀穆："大人，只能送到这儿了，你们顺着这条道儿直接往前走，可到刺冰河上游的南岸，那是一片密林。进了林子直奔西北，不用拐弯儿，就到精奇里江了。"吴巴海巴图鲁、喀尔喀穆、海色将军、门突呼老人在雪橇上向热心的老猎人招手表示感谢，喊道："谢谢你了，老人家，再见啦！"老猎人也在狗橇上大声儿告别说："一路顺风！记住，直接往前走，不要拐弯儿！"门突呼把鞭子叭叭一甩，辕马四蹄炸开，"嗒、嗒、嗒"跑得飞快，风雪很快被挡在密林之外。

林子里的道好走，马也撒欢儿，好像在说："嘿！你们要是早这么走哇，我就能帮上忙喽！"树林里确实是又暖和风又小，雪少多了。从密林的缝隙向上看，黎明前的星星更亮了，大队连车带人顺利地往前行进着。虽然以往从未走过这条道，好在一路上有不少带着猎狗打猎的鄂伦春人。夜宿时，猎人们搭一些撮罗子，笼着篝火。队伍经过跟前时，猎狗听到声音汪汪一叫，鄂伦春人便从帐篷里出来了，恰好借此可以向他们问路。这些猎人十分热情地为大军指点该如何走，尽管过些山岗儿，需穿密林，但不走冤枉道。天还没亮，已跨过了六百多里林中的雪道，比江道近多了，因为山道直呀。要是从江道上走，还得拐不少弯儿，算来算去，此条近道儿起码少走了二百多里路。天刚冒亮儿，遥遥可见位于精奇里江江口的阿木勒沟了，大家很是激动，兴奋地说："真神了，咱们如同长了翅膀了，跟飞来似的！"

再说乌林泰、玛赉、佟保早就接到了那三个色刻的传报，让他们待命，等着主将吴巴海巴图鲁的到来。这时，一兵勇来报："报——，东路大军已到阿木勒沟附近！"三人赶紧上了坐骑往东走，迎出三十多里地，才看到吴巴海巴图鲁带来的雪橇大队。打马跑到跟前，下马见礼，拜见了吴巴海巴图鲁、喀尔喀穆、海色将军。亲人相见，分外高兴，相互拥抱在一起。寒暄过后，众人翻身上马，带着车队、马队，直奔精奇里江江口西岸的一片密林，玛赉他们已在那里秘密地建起了清军东路大营。大营一色是用粗木杆子支起的帐篷，离阿木勒沟很近。为加强防范，在大营和阿木勒沟周围，布下了许多密哨。

去大营的路上，乌林泰、玛赉、佟保三人向吴老将军禀报了这些日子的情况。乌林泰说："人马按将军的指令部署完毕，整个阿木勒沟处在我们的包围之中。已经派人迎接沙尔虎达老将军和鄂罗塞臣、巴都礼的西路大军主力，不过去的人到现在还没回来，故而详情不明。几天来雪下得不小，据讲西边的雪更大，西路大军主力恐怕是因雪大天寒、路不好走才耽误了时间，估计今天晚上能到。吴大人，从目前的情况看，您带来的这些达斡尔逃人暂时还不能回家。为安置他们吃住，我们在密林的后边搭建起了十几座帐篷，帐篷里备置的皮子和衣被，都是从兵勇和骑兵手里挤出来的。"吴巴海巴图鲁听后，满意地点点头，说道："很好，想得挺细致，做得挺周到。"玛赉禀道："将军，您不是吩咐让在这儿打狍子吗？我们真打了，已有二十多只了，全在雪里埋着呢！可就是不明白，干啥打狍子呀？"吴巴海笑着说："是呀，对这个差事觉得奇怪了吧？我是怕你们没事儿干，弄不好再跟索伦部打起来。如果真的动了武，可就不好办了，这才给大家分派点活儿，去打狍子。你想啊，索伦部也有探子呀，人家要观察你呀，一看来的人都在这儿打猎呢，便不会太注意。如果咱像他们似的，天天刀枪相对，那他不是更火儿吗？要是做点儿转移视线的事儿，自然就没火儿了。好啦，打来了这么多狍子，等鄂罗塞臣将军来了以后，咱们可以开狍子宴啦！"说完，放声儿哈哈大笑起来。

乌林泰、玛赉、佟保将吴巴海巴图鲁率领的队伍和同时归来的达斡尔逃人，接进了密林后边的东路军大本营，并早已为他们准备好了饭菜。先让大家到住处安顿下来，擦把脸洗洗手，然后一起用餐。一切就绪后，奔波得疲惫不堪的兵士和逃人真是饿了，大口大口地嚼着肉干儿，咕嘟咕嘟地喝酒。烈酒进肚，个个脸上红扑扑的，眉开眼笑，精神抖擞。吃罢饭，吴巴海又向玛赉、佟保询问了各项军务的准备情况。玛赉回道："禀将军，一切均按来前您的部署就绪。"吴巴海说："好，咱们下一步就分头行动。"接着便将人员做了详细的分工，部署了每一路承担的差事。

第一路有萨布素、古兰二人，由萨布素带队，请海色帮助出谋划策。差事是：设法与古兰原来的妻子、现在被秦楷霸占的比雅格联系，争取她的帮助，打入水牢，救出周子正老先生。

第二路有喀尔喀穆、乌力老太太、芒古勒吉尔、彩彩、秀秀和小拜儿，由喀尔喀穆带队。差事是：通过乌力老太太、芒古勒吉尔与彩彩的丈夫、索伦部三大头领之一多凌阿的亲属关系，利用喀尔喀穆与多凌阿前些日子的秘密联络，进而说服他。并通过他跟岗查儿、吉古林联系上，与他们洽谈关于清兵与索伦部和好的事儿。使其认清真相，尽快脱离秦楷的羁绊，不再继续受他的蛊惑，将秦楷孤立起来。海色将军要在帮助萨布素、古兰打点妥帖之后，迅速过来协助喀尔喀穆，参与同岗查儿、吉古林、多凌阿的谈判。

吴巴海的两位副将玛赉、佟保的差事是：率军控制阿木勒沟的西面和北面两线，即通往黑龙江与何斯尔河口的两个方向，做好堵截，不放过任何一个从阿木勒沟叛逃的人。谁要是逃跑，必须堵住；谁要是闹事，就地擒拿。再一个是如果闹事的人同外头相互勾结，引其他部落的援兵前来帮助阿木勒沟的索伦部，则必须来多少抓获多少，不得有漏网之鱼。此项差事很重，为了防备万一，要求二将所带的八旗骑兵务要严阵以待，不许打盹儿，不许睡觉，没接到命令不得下马。什么时候接到了命令，才可以回来。

乌林泰的差事是：带兵去黑龙江江口和雅克萨，迎接西路主力鄂罗塞臣、沙尔虎达、巴都礼将军，与此同时，要堵住黑龙江的南路。因为雪大，联系不上，目前并不清楚他们是从雅克萨那边来呢，还是从南翁河入兴安岭、至黑龙江过江，故而两线都要派兵。吴巴海叮嘱乌林泰：

"千万要记住一点，就是接迎到主力部队时，需告诉他们，不得与索伦部人发生冲突，更不许参与战斗。这一点，一定要同鄂罗塞臣、巴都礼讲清。如果他们执意不听，赶紧将此情况向沙尔虎达老将军禀报，他能明白我的意思。然后悄悄儿地把他们领到阿木勒沟沟口屯寨这儿，同我会师。"乌林泰听罢点点头，表示完全理解主帅的用意。

此刻，眼看着吴巴海巴图鲁把几路要承担的差事部署完了，站在旁边的小英雄瓦礼祜着急地忽闪着一双大眼睛瞅着吴爷爷，心想："怎么没我的事儿呢？爷爷是不是给忘了，我跟谁干哪？"其实，吴巴海心里早有谱儿，只是瓦礼祜不知道罢了。正着急时，只听吴巴海叫道："瓦礼祜！"瓦礼祜赶紧答应道："唉，吴爷爷，我在这儿呢！"吴巴海说："孩子，你也有差事，而且十分重要。"瓦礼祜乐了，忙道："爷爷，太好了，正等着呢！让我干啥，跟谁去呀？"吴巴海笑着说；"瓦礼祜，你谁都不用跟，单独有个差事，担子还不轻呢，可要认真担起来哟！"瓦礼祜表态道："爷爷，您命令吧，让我干什么？肯定能干好。"吴巴海说："瓦礼祜，爷爷告诉你，你作为我的联络中军。主要是将几路兵马所承担差事的进展情况了解清楚，然后告诉我；爷爷有些什么事情想让他们知道，由你去传达，这便是中军所要办的。"瓦礼祜听完，着急了，嚷道："可是爷爷，联络中军这差事我也不懂啊，具体该怎么做呀？"吴巴海拍拍瓦礼祜的脑袋瓜儿，耐心地说："孩子，别着急，听爷爷慢慢跟你讲。一个是萨布素和古兰不是要打进去救咱们的周老先生吗？你呢，需要随时把他们此任完成得怎么样了，比如是否顺利呀，遇到啥难处没有哇，还有什么要求呀等了解清楚，转告给我。再一个是你要同喀尔喀穆叔叔密切联系，将叔叔与乌力老奶奶他们的差事办得如何、进行到什么程度了、有啥需要我们大营帮助办的及时向我禀报。至于军事上的事儿，你不用管，这两件事儿给爷爷办妥了就行了。因此，你的腿要快，嘴要勤，不能懒，不能偷着睡觉去。记住，要注意一点，一切必须是秘密进行。噢，对了，你穿的这身儿衣裳不行，得换一套。"瓦礼祜一听要换衣服，忙问："爷爷，得换什么衣裳呀？"吴巴海说："孩子，要换成索伦部达斡尔人的衣裳，你赶紧找乌力奶奶去。"瓦礼祜答应一声"嘚"，转身刚要走，吴巴海一想不妥，又叫住了他："哎，你回来！"瓦礼祜立即收住了脚步。吴巴海问道："瓦礼祜，你的达斡尔语怎么样？"瓦礼祜脸一红，不好意思地回答："爷爷，说得不怎么样。"吴巴海交代道："这样吧，你先不要去了，一会儿我派人让乌力奶奶或喀尔喀穆叔叔找一个达斡尔人和你一起办差。以你为主，需要讲达斡尔语时，让他出面。你俩都给我穿达斡尔衣裳，不能露出你是宁古塔的清军，明白吗？"瓦礼祜高兴地答应道："明白！这点肯定能做到，请爷爷放心。"吴巴海鼓励说："好孩子，挺机灵，爷爷相信你会办好的。不要怕，要胆儿大心细、做事儿稳当、遇事不慌，话一定得表达清楚，情况必须掌握得准确。可不能将一时没听清或者含含糊糊的消息告诉我，那让爷爷怎么判断哪，你说是不是？"瓦礼祜规规矩矩地边听边点头。

吴巴海像老爷爷手把手教孙子那样地教着瓦礼祜，讲得耐心、细致。要不大伙儿咋叫他老爷爷呢，真不像位将军，倒像个可亲可敬的长者。不管是谁，都非常信任他，发自内心地尊敬这位老将军。事情布置完之后，吴巴海想了想，说道："行了，爷爷一宿没睡了，要歇一会儿了。瓦礼祜啊，你先在我身边待着，现在出去了解情况为时还早点儿。"说完躺下了，又令身边的小校把喀尔喀穆找来。喀尔喀穆很快就来了，进屋便问："老将军，什么事儿？"吴巴海说："瓦礼祜对这里不熟悉，又不像萨布素还会些达斡尔语。你请乌力大娘帮忙，从当地选一个达斡尔人给他当助手，将他们化装成达斡尔人，这样便于行动。找到那个人后，让他到我这儿来一趟，同瓦礼祜见个面，想向他再具体交代一下有些务必注意的事项。""嘛，我立刻去办。"喀尔喀穆边答应边转身告退了。此刻，其他人已开始分头行动了，瓦礼祜静静地在吴巴海巴图鲁这里等着。

咱们单说第一路人，即暂时帮助出谋划策的海色将军和萨布素、古兰三人。海色是沙尔虎达身边的爱将，头脑灵活，机敏过人，会北方几个民族的语言。原来就是色刻出身，过去经常被派往北方，常常是了解了一些重要的情况之后，再向朝廷密报。因此，对秘密联络的方式轻车熟路；古兰乃达斡尔人，熟悉当地的情况，这些年在外面混，多少也算见过世面；萨布素聪明、机智、反应快，但到北边做这类事，还是头一次。吴巴海让他承担此项差事，是有意锻炼锻炼年轻人，让他学着做。从三个人的情况看，很多主意当然得海色拿，因是他的老行当，否则吴老将军不会这么安排。他们凑在一起商量之后，海色决定让古兰扮作在外经商多年的商人，并且似乎是干得很好、挣了不少银子的那种，而今是回来探亲的。要装得再不是过去那个穷途潦倒、吊儿郎当、让人瞧不起的癞蛤蟆的古兰了，而是要有派头，穿一身儿绸缎衣裳，看上去完全是神气活现的样子。萨布素则扮作古兰的亲戚，现在是他的用人，又是随从。让人一看，不仅是古兰的护卫，还会些武术，一般人不太敢惹，需身穿达斡尔人的衣裳。

为什么必须是这样扮相呢？海色将军对古兰说："据了解，比雅格风流，讲究排场，爱面子，是个喜好虚荣的女人。如果她一看你仍是原来的那副样子，甚至不如过去，肯定不愿见。即使这个时候秦楷对她不怎么好，宁可忍着，也不想瞅一眼那样的古兰。如果现在腰缠万贯，完全是一身富人气派，她很可能会对原来的丈夫有一种新的看法，巴不得见呢！进而重新被你吸引，容易一拍即合。另外，带着萨布素这么聪明、俊俏的小伙子，或许能迷住她。只有如此，才能驾驭比雅格，利用她为咱们办事儿。"经海色头头是道地一讲，古兰马上赞同道："好，太好了，这招儿确实不错！但我恐怕不行，眼下这点儿浓水，哪能办明白呀？"海色说："不用怕，我知道你行，肯定能办好。"古兰不无担心地说："我在外头混这些年，倒看过一些商人，可是能学得像吗？"海色鼓励道："当然能！你这么想对劲儿，就是要学那些阔人的样子，越像越好，逢场作戏嘛！"萨布素也觉得此办法可行，还真喜欢扮成这样的角色呢！说定之后，古兰觉得心里还是没底，便问道："大人，我可怎么同比雅格接触呢？"海色说："这还用我教你呀，那能耐哪儿去了？动动脑子不就行了嘛！比雅格可是你的妻子，怎会没有办法接触她？再说了，凭你现在的身份，招儿不是有的是吗？相信一定会办好的。需要用的东西，像银子呀、绸缎衣裳啊、荷包及其他的用品哪，我全为你准备好了。至于具体怎么与比雅格联系，你们俩自己商量着办吧。"古兰听海色这么一讲，觉得事儿没那么简单，信心仍不足，又问："海色将军，我几年来一直没回家看比雅格，刚一见面，得说啥好呢？真怕弄不明白把事儿给耽误了。"海色笑着说："古兰哪，你可是她丈夫哇！丈夫见自己的媳妇该说什么，那是你们之间的事儿，我管不着。但是你和萨布素要记住，我们的目的，是通过比雅格对你的信任，打进那个秘密牢房，把关在水牢中的周老先生救出来。至于你同比雅格说什么，总不能我教一句、你说一句、像背书似的吧？说白了，我又不知道你们夫妻以前在一起是怎么说话的，要是像我那么讲话，非把戏演砸了不可，怎么这会儿又糊涂了？"古兰、萨布素听了，不禁都笑了。古兰摸摸后脑勺儿，不好意思地说："海色大人，我明白了。请放心吧，争取把这场戏演好。"海色说："这就对了嘛，不是争取，而是务必演得像真的一般。只要多加小心，遇事不慌，多动脑子，准能成！"

咱们简短捷说。海色嘱咐好了萨布素、古兰之后，拔腿儿就到喀尔喀穆那边去了。他想的主要是如何配合喀尔喀穆同索伦部几个闹事头领的谈判，争取他们回心转意，解除对大清国的一些怀疑和怨恨，重新与达斡尔人建立兄弟的手足情谊，以便一致对外。这是沙尔虎达老将军交给的一项重要差事，孰轻孰重他当然清楚，必须得认真对待。也相信这边的事儿有萨布素掌舵，古兰又挺机灵，一切会如愿的。

萨布素领着古兰到第四辆大雪橇上，即那辆除了装有送给达斡尔人的各种礼品外，还预备了必要时色刻化装需要的各种物品的车上。他们脱下了穿的这身儿衣裳，按各自所扮的不同身份，换上了与之相适应的服饰。穿戴好后，车帘儿一打开，两个全新的特殊人物从车里出来了。一个是年轻有为的萨布素。他头戴貉绒帽子，脖子上围着白兔皮的长穗儿围脖儿。身上穿着毛朝里、白皮板儿朝外的狍皮布贡齐德力①，一直盖到脚面，腰间系一条黄腰带，罩着一件海豹皮的坎肩儿。裤子外边套着一条皮套裤，脚蹬水獭皮的温得，肩上背着个鹿皮褡裢。褡裢里装的东西通常是专门给主人用的，一般来说，主人到哪儿，仆人背到哪儿，内有鼻烟壶、手绢、银锞子等。银锞子有二两的、五钱的、一钱的，其中最大的是三两的，还有五个像手指甲那么大的一钱的银元宝。这些银锞子，是同明朝征战时得到的战利品。打完仗之后，朝廷又分给宁古塔的，准备以后用来作为交际、经商的费用。比如有时需要到外地去，做些秘密的联络工作呀，特别是在同明朝外部落打交道时，将它作为必要的经济上的交换物。萨布素这么一扮起来，显得格外的英俊、精神。另一个是古兰。他头戴白银狐皮的帽子，毛很长，一看就暖和。身着猞猁皮的皮大哈，外罩犴皮的花马褂儿，脚登水獭皮的温得，顿显十分富态、阔气。让人一看便知，前者是仆人、亲随，后者是主人。两人从车上下来后，骑上了高头大马，马的背上备有明朝高官使用的比较特殊的马鞍子。马鞍子上镶有金花儿、珠子和玛瑙，连马缰绳上都有珠饰。如此高贵的穿着，又骑着骏马良驹，在当时北边的部落里，无论走到哪儿，皆会令人刮目相看。认为肯定不是一般人，非富翁或阔人家的公子，没这样的派头。

萨布素他们早已通过乌力老太太的哥哥芒古勒吉尔打探好了，古兰的媳妇比雅格，目前住在秦楷去年为她特意准备的一个阔气的大院套儿里。这个大院套儿原来是达斡尔族的一个乌木斯罕首领的府第，经过

---

① 满语：长皮袍子。

重新修葺，又盖了几座木克楞的新房，便成了比雅格和秦楷居住的金窝了。不但富丽堂皇、应有尽有，而且有不少用人侍候。不过，秦楷须经常到军营里办事儿，找岗查儿、吉古林、多凌阿这几位部落头目研究军务，还要到另两位年轻的妻妾那儿住。因此，他不能经常回来。这样的话，实际上，这座府第多数时候是比雅格自己住。古兰原来的房子自比雅格搬走后，就没人住了，早已破烂不堪了。此次回来，可以说古兰已无家可归。

古兰同萨布素经过一番商议，没有直接去找比雅格，而是先找了同比雅格一个院儿住着的其弟阿巴克。那么，既然已经知道阿巴克与比雅格在一个大院儿住，为什么不找比雅格而要先见她弟弟呢？因为古兰过去之所以能认识比雅格，是通过的她弟弟阿巴克，而且一直同小舅子的关系挺好。古兰原来是个出名的猎手，同阿巴克常在一起打猎。那时，阿巴克家比较穷，人口不多，他上边有两个姐姐，老娘带着他们姐弟三人过日子。他大姐总有病，干不了啥活儿。尽管阿巴克年岁小，为了生活，也要靠打猎弄些皮张，卖掉后挣点儿钱补贴家用。他出外打猎，尤其是套紫貂、打个野鸡、捕鱼什么的，离不开古兰的帮助。一来二去的，古兰和阿巴克处得像亲兄弟一样了，由此渐渐地跟他二姐比雅格熟了，后来便好上了，结为了夫妻。小日子刚开始过得还不错，后来丈母娘去世了，比雅格的姐姐又病死了，生活一天不如一天。日子一苦，人就会发生变化。古兰变得好吃懒做了，不太爱管家事了，不关心妻子了，夫妻之间的感情越来越疏淡。部落里的人看古兰一天天游手好闲地到处逛，今天偷点儿这个、明天摸点儿那个的，都瞧不起。古兰更觉得没脸儿，索性扔下妻子和小舅子走了，从此阿巴克就靠他二姐生活。

现在比雅格摇身一变，成了秦楷的爱妾，阿巴克随之做了姐姐住的大院儿的总管。虽然秦楷身边还有两个年轻的妻妾，但比雅格比她俩会来事儿，又会卖弄风情，便被迷住了。秦楷对这位三夫人很是宠爱，尽量用更多的时间同她厮守，并将比雅格的大院儿当成重要的府第，把不少的金银财宝和一些秘密的东西全放在了府里，加强了对大院儿的护卫。看守的人，多数用的是汉人，有的则是秦楷在明朝为官时的亲随。平日里，他对跟随自己多年的明兵很是信得着，其中也有达翰尔人，远比明朝的兵少。由于所用的达翰尔人都是比雅格和她弟弟阿巴克的亲近之人，秦楷才信着了，不过信任程度远不如那些汉人。从这点可以看出，秦楷不白给，是个狡猾奸诈的人。尽管古兰家都不管了，一走便是几年，然而阿巴克对他姐夫的印象始终不错。因此回来后，古兰思来想去，觉着只能先找阿巴克。他对萨布素说："不管怎样，我和小舅子是从小的娃娃交，阿巴克肯定能记着我。过去，我帮了他不少忙，他对我也挺好。这个孩子如今大了，又讲义气，不会忘了姐夫对他的恩情。我同他姐姐眼下的这种状况，觉得不是太好说话，还是得想办法找到阿巴克。那样的话，咱们便有了跳板，事情会好办些。"萨布素同意古兰的想法，也就这么定下了。

萨布素和古兰打听到，阿巴克平时事情挺多，还常领着几个人骑马出去打猎，今天又出猎了。他俩知道了此信儿后，便来到比雅格的院外候着。等了不大工夫，阿巴克回来了，后边跟着几个人，马上吊挂着几只飞龙和野鸡。阿巴克从远处一看，大院儿的门外怎么站着两个人呢？好像从未见过。看那打扮，不是一般人，也不是精奇里江一带部落的人，穿戴不俗。不仅年岁较小的穿的袍子不一般，那年岁大的穿得更阔，还是猞猁皮大衣呢！像是从南边或京师一带来的，很有气派，或许是大富翁也未可知。他很奇怪，边猜测边往前走着。待快到近前时，刚要细看，哪知年岁大的冲他大声儿喊道："前头是不是阿巴克？"阿巴克一愣，赶紧把马一勒，忙问："你是谁？"古兰反问道："你看我是谁？"说着，把头上的白银狐皮帽子摘了下来。阿巴克不看便罢，一看大吃一惊啊！虽然离开的时间挺长，但古兰的面目在那儿呢，他熟啊，便说："哎呀，姐夫，怎么是你呀？"阿巴克上下一打量，姐夫变了，不是过去的那个癞蛤蟆了，现在变成天鹅啦！心里想："你看人家穿的戴的，我简直没法儿比，不知姐夫做啥大买卖，那么有钱有势。姐姐就是目光短浅、势利眼，啥事儿不往远看，如今姐夫多神气呀！"这么想着，遂问道："姐夫，这些年你到哪儿去了，发大财了吧？"古兰说："阿巴克，咱们总不能站着说话吧？先不讲别的，你在哪儿住，我到你那儿去。"阿巴克说："可不是咋的，你看我这是怎么了？高兴得啥都忘了。好吧，姐夫，跟我走。"于是，萨布素、古兰跟着阿巴克顺着新建的秦楷大院儿，即比雅格住的院子的土墙，绕到了后门儿。

三人到后门儿一看，门关得紧紧的。阿巴克跳下马，旁边几个随从也一块儿下了马，嘭嘭嘭地敲那小木门儿。木门儿开了，里边有两个看门儿的，都是明朝的兵。他们一见来人，便说："哎呀，是总管爷回来了！"随后，毕恭毕敬地请阿巴克进去。阿巴克领着护卫往里走，萨布素、古兰在后面跟着。二人刚要进去，守门人拦住道："哎，你们俩是谁？不许进！"阿巴克马上回头吩咐道："这是我的两个朋友，让他们进来吧。"
其中一个把门儿的说："总管爷，敏罕爷有令，任何人不准进这个院儿。
尤其是后院儿更不行，这您是知道的。"阿巴克不由分说，过去就是一脚，
把那个守门人踢了个腚堆儿，气得瞪着眼睛说："他妈的，我说话不好使
咋的？"那个被踢倒的人坐在地上，边起身边说："爷呀，你即使是打我
也不行啊！要想叫他们进去，得赶紧去问敏罕爷。他要让进，小的当然
没说的；他要不让进，小的放行了，真要被他知道了，脑袋还要不要了？
请别难为我们这些小的了，实在是不好办呀！"阿巴克说："那好吧，行了，
行了！"说着，便退了出来，对他的几个随从交代道："把我的马牵进去，
你们不用跟着了，先回去吧。"随从们把马牵进去以后，门哐啷一声关上
了。阿巴克心里这个火儿呀："他妈的，当着姐夫的面儿，叫我下不来台。
就算是那么个理儿，不也明明是在卷面子吗，叫我这脸往哪儿放啊？"可
嘴上又不好说什么，干憋气，回过头来喊古兰："姐夫，走，我领你到一
个地方去。"三人转身离开了后门儿。

阿巴克领着古兰往前走了没多远，来到一个汉人开的挂着酒幌子却
没名儿的小酒馆儿，一脚便迈进去了，边往里走边回头告诉古兰："姐夫，
你们把马拴在外头。"萨布素把两匹马拴在小酒馆儿旁边的树桩子上，拴
好后，二人也进去了。阿巴克问掌柜的："有没有空间儿了？最好给我找
个单间儿。"掌柜的忙道："还真有个空间儿。"随即吩咐酒保，将他们三
人领进一个单间儿。坐好以后，掌柜的过来了。他认识阿巴克，那是秦
楷大院儿的总管呀！甭管咋样，算得上是有头有脸儿的，有几个不认识
他的呀？掌柜的点头哈腰地问："爷今天想吃点儿什么？"阿巴克说："先
给我来壶茶，等会儿要菜再说。"掌柜的答应一声退下去了。阿巴克抬手
把半截门帘儿一拉，问道："姐夫，我还没来得及问呢，这位是谁呀？"古
兰说："对了，忘给你介绍了，这是我的好弟弟、当今的英雄。全仗他救
了我，武术相当高强，如今是我的保镖。"阿巴克又问："姐夫，你在外边
做的是啥买卖呀？"萨布素接过话茬儿道："哎呀，说起来你姐夫现在可
了不得啦，做的是皮张买卖。"阿巴克紧接着问："皮张买卖？朝廷让做
吗？"萨布素故意夸口道："不让做？凭什么，就冲我家大人跟朝廷郑王
爷的朋友关系，谁敢管他呀？那买卖做得好着呢！"阿巴克不解地问："哪
个郑王爷？"萨布素说："济尔哈朗啊！咳，跟你说了，你也不知道。"边
说心里边想："瞎吹呗！我胡编一通儿，他上哪儿弄清谁是谁去。"

阿巴克还真是个井底之蛙，哪里知道外头的事儿呀，只能是听着

呗。他是越听萨布素说，越觉得姐夫今非昔比了，是又做皮张买卖、又跟什么郑王爷关系好的，肯定很有钱，便越来越高兴。本来好喝，又贪婪，一听萨布素把他姐夫快捧到天上去了，更来神儿了，忽地站了起来，表白道："姐夫，当弟弟的没看错你吧？过去我就说你是条龙，只是暂时蜷在那儿。大伙儿谁能看出来呀？姐夫，你说弟弟这眼睛尖不尖？我早跟姐姐说过，姐夫将来肯定不是一般人，可是她不听啊！你看现在怎么样，照我的话来了吧？咳，啥都别说了，姐姐没福哟，让我怎么跟你讲好呢？"古兰把桌子一拍，激动地说："没啥了不得的！阿巴克，实话跟你说吧，姐夫就是来接你们姐弟俩的，不能再跟秦楷这个王八蛋混下去了。我跟他不仅有夺妻之恨，还有国仇，早晚非宰了他不可！弟弟，我告诉你，当今是大清朝的天下了，明朝早完蛋了！"阿巴克一愣，自言自语道："是嘛，不会吧？"古兰说："怎么，你还不知道哇？现如今在京师坐殿的是大清皇上，明朝的皇上吊死啦！"说着做了个上吊的动作。

阿巴克突然听到姐夫说的这些事儿，觉得挺新鲜。可转念一想，不能吧，我怎么没听到一点儿风声呢？仍然半信半疑。古兰见他似信非信的样子，便道："你要是不信我说的，那这么的吧，让我小兄弟给你讲讲。"萨布素说："阿巴克，你姐夫说的都是真的。明告诉你吧，我们这次来，正像我家大人所讲的，是救你们来了。你既然是大人的小舅子，也是我的弟弟，我跟大人亲如手足，咱们理当成为莫逆之交。要是信得过，我给你指一条光明大道，那就是应心向大清朝廷，不能再做秦楷的刀斧手和帮凶了。有朝一日朝廷拿住秦楷，你怎么办？你姐姐又该如何办，这事儿想过吗？我劝你们姐儿俩赶紧回头，现在还来得及。若不然，将来可是死无葬身之地呀！"阿巴克疑惑地问道："能那么严重吗？"萨布素十分肯定地说："难道还怀疑吗？我一点儿没骗你。阿巴克，因为我们关心你、爱护你，所以才说了不少贴心话。换了别人，我才不管呢！话不能白说呀，你真得往心里去，可不能再做错事儿了。"边说边注意观察他的每一细微变化。

阿巴克听了萨布素的一番话，心有些活了，开始琢磨了："姐夫的保镖说得对呀，倘若秦楷被清兵给抓了，我和姐姐的麻烦可大了。到那时，保不准小命没了呢！"于是问道："我们该怎么办呢？"萨布素见缝插针，故意挑拨道："阿巴克弟弟，你任啥别寻思了，听我的吧。刚才没见两个看门儿的兵吗？那是秦楷的爪牙，看把他们扬摆的。你大小是个总管吧？我一看对你的态度，便知道他们一点儿没瞧得起，难道心中不觉得酸、不觉得太丢脸了吗？"此话立马见效了，阿巴克无奈地摆摆手道："咳，别提了，丢脸的事儿多着呢！他们简直太熊人了，啥事儿都敢干，秦楷在后院儿就藏个人，听说是从宁古塔那边来的。"萨布素忙道："没错，我们也是为救此人而来的。但对这里的情况不熟，干着急救不了，贴不上边儿呀！"阿巴克煞有介事地说："我告诉你，后院儿有三个仓库。一个叫银库，那是秦楷专门用来存放银两的；还一个是二库，又叫皮张库，里边存放着好多的皮张。什么海豹皮呀，紫貂皮、虎皮、熊皮呀，还有狼皮、猞猁皮呀，全是好皮张。他在这儿可是搜刮了老多东西了，有很多值钱的物件是被他强行霸占了的；第三个是粮库，我们本地人时常吃不到粮食，秦楷却多得是。他把肉干儿、鱼干儿及五谷杂粮全部存放在这儿。粮库里，有一部分是原来分出来的，那是早先住在这个府里的乌木斯罕的舅父用来装冰的，是冰窖。冬天把冰刨出来装到窖里，等到夏天再用。现在不装冰了，在里边设了一个牢房，圈着那个从宁古塔来的老头儿。对这些只是听说，究竟是怎么回事儿，什么原因圈的，谁也说不清，连我姐姐都不知道。而且任何人不得近前，更不让看，水牢是秦楷偷着设的。"萨布素问道："听没听说那位老人家现在身子骨儿怎么样？""没听说。""谁在那儿看着？""一色是秦楷身边的亲信，别人干脆靠不了边儿。我对此特别有气，本来是总管，关人的事儿却不让我知道。只让管前院儿的吃喝拉撒和扫院子这些小事儿，大事儿管不着，这不是有其名无其实吗？"一脸七个不服、八个不忿的劲儿。

萨布素听了阿巴克的一席话，觉得时机到了，便开始将他的军了。先是斜眼有意扫了扫古兰，随后显出一副很为难的样子，对古兰说："大人，这不糟了吗？看起来你小舅子没那能耐呀，既没胆儿又没权，不行啊！咱们还得抓紧时间上哪儿另外物色一个胆子大的英雄干这事儿。我看是不是这样，大人能不能多出点儿血？谁要是把此事办好，你就大方点儿，多给他些银子。是不是再跟郑亲王说说，事成之后，给他高官做行不行？"古兰多精啊，立马明白了萨布素的用意，遂说道："当然行，多少银子我都出。谁要能把那牢房打开，给他三千两银子，不少吧？另外，我回去只要跟郑亲王一说，那他准能高官得做、骏马得骑，不就是我一句话嘛！"说得像真事儿似的。

阿巴克听他俩你一句我一句地在那儿合计着，有些着急了，生怕别人把这么好的美事儿抢过去，赶紧站起来说："姐夫，这位哥哥，你看这话是怎么说的呢，还找什么别人呀？我他妈就行！老子怕过谁呀？你们可别瞧不起人，千万别隔着门缝儿瞅，把人看扁喽！可以打听打听，我阿巴克从来没怕过秦楷，他算什么东西？刚才说的那意思，只是他太气人了，没把我当回事儿。之所以忍到现在，是碍着姐姐的面子。因为姐姐在他手里，得听人家的，我是怕姐姐受气，才不愿跟他扯。秦楷是个白眼狼、翻脸不认人的主儿，把他惹急了，什么事儿都干得出来。要是白刀子进去红刀子出来，杀了我姐姐咋办？说实在的，要不是心疼姐姐，还用等到现在？早跟他掰了。不光我，身边的人个个气得不得了，不少的索伦弟兄恨他。秦楷整天拿我们当猴儿耍，用的时候，把大伙儿叫到一起，说几句好话；不用的时候，踢到一边，权当没看见。许多秘密不让知道，好事儿永远轮不上，我是憋了一肚子气呀，正愁没地方撒呢！姐夫，你不用找别人了，这个事儿包在我阿巴克身上了。放心吧，你弟弟准行，瞧好儿吧！"看来话到此时，激将法已起了作用。萨布素索性再激他一下，说道："好兄弟，这可不是闹着玩的，更不是瞎吹的。咱得真有那份儿能耐，把救人的事儿办成才行。要知道，朝廷的事儿都是大事儿，叫我看哪，你算了吧，稳妥一点儿好，还是请一位胆大心细的英雄来办吧。"话里话外，就是认为他不行。

阿巴克听萨布素这么一说，更急了，立刻涨红了脸，很不耐烦地说："咋的？看不起人哪，我不是说了能办吗？说能办肯定行，定了吧，你们不用找别人了！"萨布素这个火候把握得可是恰到好处哇，立即答应道："既然兄弟这么讲了，那好，就是你啦！说说吧，准备怎么办？"阿巴克乐了，说："实际上，我早想下狠碴子整整秦楷这个王八蛋了，只是姐姐不同意，认为光是我一个人瞎蹦跶、瞎闹不行。再说，秦楷是军师，岗查儿、吉古林、多凌阿大哥特别听他的。如果真要动手把他宰了，不用说别人，索伦部的三个头目也饶不了我呀，那不是吃饱没事儿撑的、找死吗？现在不同了，有朝廷和你们给我做后盾，怕啥呀？有靠山了，还有什么不敢干的？你们是不知道哇，我平时本来好喝个酒，可在这儿喝口酒都不行。有一次，我喝多了，秦楷说这是酗酒，硬是被他扒光衣服吊起来好一顿揍。后来全仗姐姐出面，连哭带喊带骂的，才放了下来，把我的肺几乎气炸了！当着那么多人的面儿，将裤子扒下来打，这张脸不是丢大发了吗？所有的仇和恨一直记在心里，恨不得有机会撕了他！他搜刮民财，抢男霸女，哪家的姑娘漂亮，总能想办法弄到手，不干一件人事儿。就说河东那个老猎人吧，他家有个姑娘长得挺漂亮，秦楷看上以后便开始琢磨了。后来到底想出一个招儿来，声称要组成一个什么姑娘军，大伙儿全相信了。结果把姑娘们召集到一起，借单个儿考核的由头，晚上把那个姑娘给糟蹋了。全仗姑娘的老爹呀，听到信儿以后，带着族人，大骂着破门而入，才把女儿领回去。这件事，引起了索伦部的众怒。秦楷怕把人逼急了收拾他，一看来了不少索伦人，才没敢扬威，后来让岗查儿大哥给压下了。岗查儿大哥当众说：'大家先消消火儿，眼下咱们有很多要务要办，此事以后再说。放心吧，会追究的，先回去吧。'就这样，把大家勉强给劝住了。如果那天岗查儿大哥不压着，当时肯定闹翻天了，不少人要动斧子、动刀跟他干了！"你们看，这阿巴克还真挺能说。

萨布素听罢，很是高兴，觉得机会太好了，正是时候。便说："阿巴克，讲讲吧，你的具体做法是什么？"阿巴克诡秘地冲他俩耳根子悄声儿嘀咕了一阵子，萨布素、古兰点点头，觉得是个好办法。古兰问："什么时候办？"阿巴克回道："我听你们的，说啥时候办，咱就啥时候办。"萨布素说："时间不等人哪，越快越好，能不能今天晚上动手？"阿巴克爽快地答道："当然能！"于是，此事就定下来了。阿巴克又说道："姐夫，我看这样。咱先喝酒，喝完以后，我把你领到姐姐那儿去。"古兰笑道："那太好了，我早等不及了，正想快点儿看看她呢！可咱们得怎么进去呀？"阿巴克说："姐夫，你放心，这回还不走后门儿了呢，就从正门走。最好先不告诉姐姐你们是谁，等见了面以后，给她一个惊喜！"古兰逗趣儿道："好哇，在你的一亩三分地上，我们得乖乖听从调遣了。"三人又详详细细地把如何做这件事商量完之后，唤掌柜的点了酒菜，这才开始喝了起来。

阿巴克忒能喝了，古兰也是个酒鬼，他们两个碰到一起，那还有好？这顿喝呀！萨布素在旁边一个劲儿地劝少喝点儿，生怕酒后生事，因为还有重要的差事没完成呢！古兰说："老弟，你放心，我们索伦人好喝酒，酒后照样该干啥就干啥，绝对不会耽搁。而且胆儿更大，事儿办得更好，你把心放肚子里吧！"二人是你一碗，我一碗，时间不长，把三大坛子酒全灌进去了。待酒足饭饱，萨布素把掌柜的叫来，从褡裢里拿出一锭银子往桌子上一放，侃快地说："全给啦！"可把掌柜的乐坏了，忙要给萨布素叩头，古兰阻拦道："不用了，这是见面礼，咱们都认识！"掌柜的满脸堆笑道："哎呀，太谢谢爷爷了，祝爷爷发财呀！"三个人相跟着走出了小酒馆儿。

萨布素来到拴马的树桩前，把两匹马解了下来，自己牵着。古兰和阿巴克喝得晕晕乎乎的，相互搂抱着，像扭秧歌似的在前面走，边走嘴里边含糊不清地说些什么，萨布素牵着马在后面跟着。绕过土墙，就到了大院儿的前门。这个院子分前后两个院儿，中间只有一道墙隔着。比雅格在前院儿住，门儿看得较松。后院儿是那三个大库，布了不少兵，把守得相当严。阿巴克上前嘭嘭嘭敲门，也是出来两个门军，一看是阿巴克回来了，还勾肩搭背地抱着一个人，喝得醉醺醺的，老远能嗅到难闻的酒气。再看古兰的一身儿打扮，寻思这可得好好儿接待，连忙毕恭毕敬地说："总管回来了，请进。"阿巴克同古兰晃晃荡荡地脚像踩着棉花似的、高一脚低一脚地进到里面，接着又进了二道门，萨布素牵着马跟着进了二门。旁边两个门军见状，立刻上前把缰绳接了过去，牵到马厩里。阿巴克没理那些用人，因为常来常往的，都认识他，便把古兰、萨布素直接领到了姐姐住的房子前。

此时，正巧比雅格一个人在屋。她半躺在床帏里，眼圈儿红红的，在那儿生着闷气。因为好几天了秦楷只顾与那两个年轻的妻妾在一起亲热了，没到大院儿来，认为是疏淡了她，因此心情不快。尽管又是哭又是闹的，秦楷根本不理，没当一回事儿。比雅格越想越气，这不，还在抹眼泪呢！阿巴克来到了姐姐住的内室门外，没等仆人禀报，门也不敲，伸手一推进屋了。脸冲里躺着的比雅格吓了一跳，但并没动，心想："每次来人，有丫鬟先禀报。今天可好，没听到动静便进来了，莫不是秦楷回来了？"听听又不像，知道一定是自己的弟弟，别人不敢这么干。本来她就气不顺，刚要撩开帘子骂，一看，进来的不只是阿巴克，还搂着一个人，俩人都喝多了。又见那人的穿着打扮挺阔气，不知是哪里来的富家子弟。因为古兰的脸冲着阿巴克，背向比雅格，所以她看不见长的什么样儿，心想："这是谁呢？从未见过呀！"正奇怪时，阿巴克来到床前，神秘地说："姐姐，你看我把谁给你领来了？"比雅格一惊，扑棱一下坐起来，赶忙整理一下衣裳，扭过脸，用手帕轻轻擦了擦脸上的泪水，这才下了地，吩咐丫鬟赶紧上茶。丫鬟听令，很快端来了茶，摆放好后立马退下去了。这时，阿巴克才把古兰慢慢揽到茶几跟前的太师椅上。

古兰今天回到久别的家乡，触景生情啊，心情非常复杂，既激动、难过，又不是滋味。激动的是若不是萨布素救了自己，给了这么好个机会，能穿着漂亮的衣裳回到故乡同结发妻子相见吗？然而，由于以前不着调儿，离家多年，妻子已跟了别人。在这种情况下，只能偷偷地会面，你说心里的滋味能好受吗？他思前想后，哪能不难过呢？直想哭哇！酒自然就喝多了，真的有点儿醉了。他头向后仰靠在太师椅上，眼睛闭着，脸通红，头发涨，感觉像腾云驾雾一般。阿巴克站在古兰旁边，把丫鬟倒的热茶往大杯子里来回折了几下，以便能凉得快些。然后把稍凉了一点儿的茶端给古兰道："姐夫，来，喝点儿水。"他这一声"姐夫"，比雅格听得真切呀，当即愣住了！心想："难道是古兰回来了？"她慢慢走了过去，仔细一看，果不其然，正是久别的丈夫！现在的古兰简直叫人不敢认了，浑身上下的穿着打扮，哪是过去的那个穷鬼呀？这些年，比雅格因为跟着敏罕，不但吃香的、喝辣的，生活大变样儿了，而且经的多、见的广，眼光随之高了。即使是这样，却从未见过像今天古兰穿得这么阔绰的。俗话说得好："人饰衣服马饰鞍"，穿上华贵的衣裳，人也显贵了。古兰的这身儿着装，可是海色将军精心设计的，得体、大方、漂亮、高贵，确实把比雅格给镇住了。再一看，古兰身边还站着一位小伙子，穿得不比古兰差，比雅格头都晕了。阿巴克一看姐姐目不转睛地打量着萨布素，便冲姐姐的耳根子悄声儿说："小伙子是我姐夫的保镖，又是他的亲随。"阿巴克的一句话对比雅格来说，简直就像晴天霹雳！心怦怦直跳哇："哎呀娘啊，丈夫身边竟有如此标致的小伙儿做保镖，做梦都想不到他能变成这样啊，这可真是变了天啦！早知能有今天，当初他尽管有错儿，总该原谅呀，何必做对不起他的事儿呢？"越想越后悔，心中不由得升腾起对丈夫的一股爱意。

　　此刻，比雅格的心里矛盾得很。不理丈夫吧，情理上说不过去；理他吧，自己又跟了别人。咳，不管怎么说吧，不是有那么句话嘛，"一日夫妻百日恩"哪！古兰今天既然来到我面前，说明心里还有我，你看他酒喝得那么多，肯定是为了我比雅格。想到这儿，便有点儿心疼古兰了，索性豁出去了，过去一把将丈夫抱住了，回头吩咐弟弟："阿巴克，快来帮帮手，把你姐夫扶到炕上去。"比雅格的这句话，正中阿巴克的下怀。萨布素赶紧走上前，同阿巴克一起帮助比雅格把古兰连搀带抱地放倒在炕上。上面的铺盖很讲究，一色是丝缎的，柔软、质地好，且香气扑鼻。为了让古兰睡得舒服些，比雅格亲自给他除去穿戴。先脱下了水獭皮的温得："哎呀，这种温得可不是一般人能穿得起的呀！"又摘下了古兰头上戴的银狐皮帽子："听说银狐只产在北海一带的雪海深山里，用它的皮做帽子，价格昂贵得很，那得不少银子呀！"再解开那华贵的外衣，见里边穿得也很漂亮："真看不出来呀，丈夫竟然发了大财啦！"比雅格一边给古兰脱着，一边寻思着，心里真是羡慕极了。这时，阿巴克问道："姐姐，家里有没有醒酒的药？拿来给我姐夫用一点儿。"比雅格忙说："有哇，在前厅那个衣橱柜里。噢，还是我去拿吧。"说着，去前厅取来了秦楷专用的、用十几味草药配成的清香甜酸的醒酒汤。这种醒酒汤很好用，在醉酒之后，喝上几口可缓酒劲儿。使你既不吐头还不疼，只需昏睡一会儿，很快便能好转过来。萨布素和阿巴克帮忙扶着，比雅格将醒酒汤一勺儿一勺儿地喂给古兰。喝了一小碗后，古兰迷迷糊糊地睡着了。

　　阿巴克看古兰睡了，便开始规劝比雅格。他说："姐姐，当弟弟的说话就不用绕弯子了。姐夫是受大清朝廷之命来的，后头还跟着大军，已把阿木勒沟包围了。姐姐怎么办吧，是继续同那个败类秦楷混呢，还是跟着我姐夫？姐夫现在可是朝廷的人了，你看他穿的、戴的，多富有哇！如果咱们从此和姐夫好好儿过，将来可是富贵享不尽哪。不管怎么说，你们俩是结发夫妻。我早对你说过，姐夫将来肯定是个了不起的人，你偏不信。这回咋样？出去没几年变得这么阔气，有几个能混成他这样的？要我看呀，咱们应该弃暗投明，跟随我姐夫！我相信姐夫的心肠好，人也大度，不会记恨姐姐过去的事儿。"萨布素接过话茬儿道："夫人，不，还是叫你嫂夫人吧。我跟大人是莫逆之交，关系特别好，随他保镖已经好几年了，是朝廷的武将。眼下大军压境，秦楷已被包围了，很快会将他擒拿。他这个人一向挑拨是非，煽动民族间的不和，制造了北方兵乱，坏事干尽，朝廷肯定饶不了他。索伦人是我们的兄弟，乃大清朝的国民，因此绝不会以武力对付自己兄弟。嫂夫人，是时候了，该想想今后了。要叫我看，识时务者为俊杰，你不应站在秦楷那边继续上当了，理当迷途知返。说一句话不知嫂夫人是否爱听，秦楷这样狼心狗肺的人，能将他的老师关到水牢里，还能把你当人？他跟你在一起，只是当成花瓶儿、当成玩儿物，那绝不是爱。要说真心爱嫂夫人的，还得是我的哥哥、你的丈夫古兰大人。"萨布素此话一出，使得比雅格愈加伤心。

　　比雅格刚才为什么哭呢？她知道秦楷见异思迁，将达斡尔女人欺辱、霸占了不少。也根本不是真心爱她，从来没看成是自己的夫人。之所以宠爱，只不过因为还有些姿色而已，这一点，她心中是有数的。十分清楚自己的未来难卜，跟这样的人生活在一起，将来一定不会有好果子吃。总有一天，秦楷会把她抛弃，也曾下过决心早些离开他。但又有顾虑，怕同秦楷因此撕破脸闹起来，这个黑心狼说不定会杀了她，连阿巴克弟弟都可能跟着遭殃。她挺痛苦，觉得前途渺茫，常常暗自流泪。有时秦楷好几天不来，可来了以后，并不关心她，只是发泄性欲、百般玩弄罢了。特别是每当秦楷喝酒以后，总是大发脾气，横挑鼻子竖挑眼，比雅格委实受了不少气。在古兰没回来之前，她真不知该怎么办好。现在听弟弟和这位武将一讲，不仅言中了要害，还道出了始终抹不开说的话。加上看到原来的丈夫如今混得这么好，便有点儿想跟古兰和好的意思了。觉着古兰是有毛病，可啥事儿一个巴掌拍不响，不能只怨一方，自己同样有不对的地方。没守住空房，随便跟了别人，错儿在自身。再说，过去古兰还是知疼知热的，只是后来变了。想到这些，心就软了。萨布素一直在旁边注意观察着比雅格，看出她内心很矛盾。当感觉快到火候儿的时候，走过去将阿巴克手一拉，小声儿道："兄弟，有些事儿想同你商量一下。走，咱们出去说。"阿巴克会意地点点头，立马拔腿儿跟着萨布素往外走。

　　萨布素同阿巴克走出正厅，到了院子里，屋里只剩下比雅格和古兰了。比雅格看着酒醉的丈夫，想到自己做的那些事儿，真个是百感交集、惭愧不已，觉得对不起古兰。她与古兰毕竟夫妻一回，终究还是有感情的。想着想着，心里觉得特别难受，忍不住一头扑在古兰身上，抱着丈夫哇哇痛哭！古兰此时正在睡梦中，觉得有人压在了身上，又恍惚听出是比雅格在哭，很自然地便抱住了她，睡意蒙眬地喊着："比雅格，好想你呀，天天都想，我对不起你呀！"比雅格一听这话，又难过又心疼，对古兰百般地抚爱。这时，古兰醒了。一对儿长着长长睫毛的泪眼正火辣辣地注视着他。顿时，那蕴藏已久的欲火燃烧起来，无论如何抑制不住与妻子离别多年的孤寂！再说，古兰又正当壮年，精力旺盛，以前那个美貌多情、日夜思念的妻子就在眼前，夫妻之间的感情是扼制不住的。就这样，俩人搂抱着，爱抚着，在大白天里重新享受了云情雨意的快乐。

　　二人相互得到了情感的满足之后，比雅格依偎在古兰的怀里，像睡着了一样不出声儿了。古兰一边抚摸着妻子一边说："比雅格，咱们以后永远不分开了。朝廷的大军之所以到这里来，就是要救达斡尔人。你应帮助爱根抓住那个该死的秦楷，我与他有夺妻之恨，对咱俩都造成了刻骨铭心的伤害，此仇一定要报！"比雅格含情脉脉地抱着丈夫，答应道："放心吧，古兰，我一定帮你。说吧，想怎么办？"古兰说："比雅格，全靠你了，我还没想好，咱俩共同想。报完仇以后，咱们一块儿到宁古塔去，开始新的生活。你要帮了我，便是惩贼的功臣，朝廷会奖赏的。我对这里的情况不熟悉，主意还得靠你拿，看看该怎么办好。"比雅格一想，既然已经这样了，丈夫没把自己对不住他的事儿记在心上，这次又把身子重新给了他，我应该做个新的比雅格，做个真正的女人。想到此，横下心来，一咬牙道："不过古兰，我想的办法要讲出来，你以后可不许忌妒。"古兰保证道："说吧，放心，肯定不会忌妒的。"比雅格说："好，那我可说了。不论要办什么事儿，咱们得快点儿，不能在这里拖得太久。秦楷这个人一向说来就来、说走就走，不好掌握他的规律。他手下有个一块儿从京师来的心腹，大院儿控制在此人手里。说我弟弟是总管，实际上阿巴克啥权没有，啥也管不了。真正说了算的，是那个在后院儿管三个大库的徐牧、一位参领。他长得挺帅，二十多岁，勇猛、能干，人又聪明，是个英俊的武士。不瞒你说，我从来没看上秦楷，相貌别提多难看了，瘦得浑身上下一把骨头。罗锅腰，大驴脸，三角眼，还长了一张大扁嘴。生起气来嘴一撇，满脸看不到别的，就是一张嘴，要多难看有多难看。尤其是说话的声音跟夜猫子叫似的，让人听了身上直起鸡皮疙瘩。尽管长成这样，还自称美男子，到处勾引女人，只不过是狗尿苔长在了金銮殿上，位好。其实，我并不爱他，只因自己眼皮子浅，看人家有权有势才跟了。要说像个人样儿的、值得去爱的，还得是徐牧。他对我好像有意，时不时地为屁大个事儿跑来一趟，只是碍着秦楷的面子不敢罢了。整个大院儿便是他管事儿，要是能把徐牧控制住，其他的都好办。古兰，你们这次来，打算先办什么事儿？直截了当告诉我吧。"古兰说："先要救出关在水牢里的周子正老先生，他是秦楷的老师，一个好人哪！""噢，听说牢里有这么个人，具体因为什么关起来，我不知道。听徐参领说，秦楷命令他们要严加看管，如果一时疏忽让他跑了，必严惩不贷。""看得再严，咱们又不是白吃干饭的，一定得想办法把他救出来。"他俩边说，比雅格边帮着古兰穿衣服，自己也急急忙忙把衣服穿好。又到梳妆台前，对着镜子重新梳理了头发，往脸上扑了点儿粉。这是生怕跟阿巴克一块儿出去的那个陌生兄弟进来，若看见衣着不整的样子，那不羞死人啦！古兰倒不在乎这些，心想："要合计救人的事儿，必须得把萨布素找来。"于是，下地开门走了出去，将等在外头的萨布素和小舅子阿巴克喊进了屋。

话说那阿巴克在外面早已等得不耐烦了，听到古兰一喊，立即进了屋，着急地催促道："姐姐，得快些想办法，救人要紧。我倒有个招儿，还是原来说过的，干脆用药把那些看管的明兵全毒死，可你老是不同意。"比雅格说："别急，咱们再商量一下。阿巴克，你的那个招儿，是没有办法的办法，逼得实在没辙时才能用，而且必须想周全了方可。再说了，你咋能让那么多人一块儿喝药、还得顺顺当当地喝？依我看，咱们最好想法儿先把后院儿管事儿的徐参领诓出来，将他控制住，然后利用他去救人，关键是有没有能耐抓住他。"萨布素说："这不难。刚才阿巴克已经向我介绍了大院儿的情况，只要能把徐牧诓到这儿来，我们肯定擒住他。"比雅格点点头道："那好。抓住以后，让他下令，说秦帅为了犒赏大家，赏了两坛子酒让弟兄们喝个够。徐牧要是肯这么讲，兵士们会深信不疑的，乐不得痛痛快快地喝一顿，过过酒瘾。我正好有两坛子酒，还真是秦楷带过来的好酒，在后屋放着呢。给他们喝之前，先把迷魂药放进去。待喝完之后，用不多一会儿，全得晕倒，这个时候便可以办你们的事儿了，也就如入无人之境了。"古兰兴奋地说："这招儿妙哇，可比阿巴克的强多啦！"萨布素想了想，说道："是个好办法，不过只能在不得已时用，还是尽量说服徐牧，劝他带领那些弟兄跟咱们一块儿走。"古兰赞同道："行，按你说的办。"比雅格说："既然这么定了，先请这位小将、还有你古兰到旁边的侧厅，就是丫鬟、仆人住的那屋。平时，我和秦楷要喝个茶呀、办个宴席什么的，只要一喊，在侧厅的仆人们很快会过来听我们的吩咐。可见，这屋说话，侧厅能听到，你们在那儿等我的信号儿。徐牧来后，我要咳嗽一声，就是该注意了；咳嗽两声，准备动手；咳嗽三声，迅速过来抓人。现在，我在这里等候，阿巴克，你去把徐牧骗来。刚才说的，都记住了吗？"萨布素、古兰回道："记住了。"比雅格说："那好，咱们马上行动。"萨布素看这时的比雅格，还真有点儿豪爽的味道，语言精练，办事利落，倒像是个很有主意的女人。这么想着，便同古兰进入了旁边的侧厅。阿巴克转身刚要走，比雅格不放心，又把他叫了回来，嘱咐道："弟弟，千万要注意，不能露出马脚，装作每回我让你去请他那样，能做到吗？""能，姐姐，放心吧。"阿巴克说完，一溜烟儿地出了屋门，比雅格赶紧换了一身儿衣服，梳理了头发，坐在太师椅上，等待徐牧的到来。

单说阿巴克领命出屋，拐到中门，进去便可以到后院儿，但此门十分难进。为什么呢？前面讲了，后院儿有三个大库，那是秦楷最重视的地方，平时派四十多个看库兵丁坚守。其中，有三十多人是秦楷从京师带来的亲兵，都是汉人。剩下那七八个属于阿巴克的人，均是当地索伦部的达斡尔人，是通过阿巴克和比雅格的关系，经过秦楷亲自审查同意进来的。管这四十多兵丁的就是徐牧，尽管只是个参领，官不大，权势却不小。若是秦楷不在，后院儿所有的事儿他说了算。秦楷对他很信任，徐牧亦凭借秦楷的势力耀武扬威。

说起徐牧这个人，长得一表人才，武功不错。正因为如此，才引起了比雅格的注意，觉得无论是长相还是气质，哪点都比秦楷强。徐牧挺风流，还真是从心里喜欢比雅格。在他的眼里，谁都比不上比雅格，觉得长得实在是太美了，简直就是个天仙！甚至认为，若说比雅格有沉鱼落雁之容，闭月羞花之貌，一点儿不为过。每每想到比雅格，心里便激动不已，盼望着能与之亲近，总想插一脚。但有秦楷挡着，插不进去呀！他一直期盼着有个什么机会，哪怕能和比雅格亲一亲，便心满意足了。若是再能搂一搂、抱一抱，即使被秦楷杀了，也心甘情愿。对比雅格钦慕得五体投地，那是梦里想着比雅格，睁开眼睛想见到比雅格，一心想跟秦楷夺美。只要秦楷不来，他就假借各种由头儿到前院儿去看心中的美人。比雅格觉得徐牧不错，曾为徐牧动过情。可你说她风流吧，却又不让徐牧亲近，还不喜欢秦楷。女人的心思挺复杂，咱们说不好，让人琢磨不透，或许是女人有了一个男人，不容易喜欢第二个？总之，直到现在，比雅格还真没同徐牧有过肌肤之亲，连徐牧都觉得不解。

咱们闲言少叙，书归正传。阿巴克到了通往后院儿的中门，嘭嘭嘭地敲。你要敲门，门军肯定不会开，他得先看。怎么看呢？那门做得挺特殊，高高的。门上有个不大的窟窿，窟窿里镶个小门儿。小门儿还不在大门的下边，而是在大门的上头，跷着脚、扒着门往上看，也就刚能够着。从小门儿往里看，只能看到门军的两只眼睛，里边的人也是得跷着脚往外看，你说这门把得严不严吧？阿巴克敲开小门儿后，一个门军瞪着眼睛问："谁呀？"边问边跷起脚向外看着。仔细一瞅，认识，是阿巴克，便道："啊，总管爷呀，什么事儿？"阿巴克知道说别的进不去，每回都是这样，就告诉门军："请转告你们的徐参领，比雅格夫人有事儿要见他，让赶紧去一趟，越快越好。"门军答应道："好吧，你在这儿等着，我去叫。"说完，阿巴克听到了离去的脚步声。不大一会儿，徐牧从自己的屋子出来了，到了门前，仍然不开大门，从那小门儿伸脖儿往外瞅。一看真是阿巴克，问道："阿巴克，是你姐姐找我吗？"阿巴克说："是呀，叫你快去，有事儿。"徐牧天天盼着比雅格能传话儿给他，一听说让快去，真比吃什么都香。马上命令门军开门，三步两步地出了大门，又问阿巴克："真是你姐姐找我？"阿巴克说："是呀，不信哪，我啥时候骗过你？""秦帅敏罕来没来？""没来，别啰嗦了，快点儿去吧。""啥事儿呀？""不知道，我姐只说叫你过去。"徐牧一听，秦帅没来，比雅格又让去，这下可乐坏了！心中暗暗念起了阿弥陀佛，琢磨着莫不是比雅格今天变了，太阳从西边出来了？太好了，她的心里总算有了我，说不定那天大的喜事儿正等着我呢！他心里一高兴，急忙乐呵呵地往前颠儿，比阿巴克跑得还快。到了比雅格的房前，一步抢先进了屋，回头叮嘱阿巴克："阿巴克，你在门口儿给我看着，千万看好哇！秦帅要是来了，赶快告诉我。"阿巴克对此早已习惯了，姐姐每次叫徐牧来，徐牧都让他把门儿。如果是敏罕从远道儿过来了，只要听到銮铃一响，遂马上告知，徐牧则赶紧溜走，绝不能让秦楷碰上。要是真碰上了，那还了得！这次跟往常一样，阿巴克留在外面站岗放哨。徐牧也怪有意思的，尽管一次次地来见比雅格，从没得到什么实惠，但还是乐此不疲，你说他的耐性有多强！

徐牧进屋一看，哎呀，当时骨头都酥了！比雅格今天确实有变化。只见她一个人坐在铺着软缎的太师椅上，穿着与往日截然不同，非常诱人。平时，比雅格从不穿达斡尔人、满人的旗装呀、袍子什么的，而是穿秦楷专门从南方买回来的明代美女的宫装。明代女人服饰的特点之一，是女衫彩袖里边有或粉的、或绿的、或紫的等不同颜色的绢丝套袖，并镶有二尺多长的白绢，只在抖起彩袖时，手才能露出来。外罩衣服的腰间系着丝带，佩有香囊，很是标致，这便是比雅格的装扮。今天却不同，不仅没穿绢衣，连长衫也没穿。上身儿只着了件粉红的绣着百鸟的丝质小坎肩儿，外披粉红色镶黄穗子的披肩，披肩前头用一条绣带儿系着。这时，比雅格含情脉脉地轻声儿说道："徐参领来了。"声音是那样的温柔、甜润、好听，说完还嫣然一笑，露出两个深深的酒窝儿。这一言、一笑，可把徐牧的魂儿勾去了，忘乎所以地一下子扑了过去，双手抱住比雅格的大腿，跪在地上乞求道："夫人，你可想死人了！今天就成全了我吧，行吗？"比雅格连着咳嗽了两声，然后说："哎呀，徐参领，你这是干什么？"徐牧仍苦苦地哀求道："夫人，良宵一刻值千金，趁这个时候，咱们欢愉一次吧，求你了！"比雅格又连咳了三声，推却道："徐参领，这大白天的……"还没等比雅格把话讲完，徐牧已急不可待了，话也顾不上说了，上前便去搂抱比雅格。

说时迟，那时快，就在徐牧猴急般地撕扯着比雅格时，从后边快速上来两人，麻利地将他双手一抓，像提溜小鸡似的往上一提，吧唧一声摔那儿了。徐牧猛一惊，抬头一看，把他吓坏了，只见眼前站着两个手持短剑的陌生人！这时，比雅格说话了："徐牧，这两个人不认识吧？我给你介绍一下，这位是我多年不见的丈夫，外号儿叫古兰，你可能听说过；这位听了会吓死你，是清军的武将。"徐牧自感大难临头，顿时傻眼了，哪还顾得上反抗？萨布素用短剑指着他的鼻子说："徐牧，实话告诉你，清军已将这里包围，你和秦楷死到临头啦！是将功赎罪呢，还是与秦楷一块儿上断头台？何去何从，自己选择，我给你时间。"徐牧吓得豆大的汗珠儿从额头滴滴答答滚落下来，忙跪地求饶道："清军爷爷饶命啊，大人不见小人怪，我们是一帮混吃等死的人哪。其实，小人冤枉啊，和秦楷不是一条心，只是没办法，身不由己呀！每天是仰头望明月，低头思故乡，只盼着早点儿回家与亲人团聚。可秦楷不答应，硬是给圈在这里，真是苦熬岁月、没个尽头。早希望清军快到，只有大清的兵马来了，我们才会有出头之日。咳，你们看我今天干的这是啥事儿呀？还不是憋得难受嘛，请爷爷饶命啊，饶命！说句实在的，爷爷一定要杀，那就杀吧，反正我也不想活了，这么活下去太没劲，不如死了干净！"说完，一咬牙，双眼一闭，等着萨布素砍他的头。

萨布素见状，当即收起了短剑，拍了拍他的肩膀道："徐牧，要杀你还不容易？刚才只要我把利剑轻轻那么一动，那小命不就玩儿完了吗？想过没有，谁都是爹妈生、父母养，人活一世多不易呀，哪个人不盼着给自己的祖上求个功名利禄、光宗耀祖？你可好，哪像个男子汉、大英雄啊？反倒苟且偷生做小人，浑浑噩噩妄活一生，还要了断自己，能对得起谁呀？可耻！说句贴心的话，我真挺相中你。看样子比我大不了多少，正当年富力强，又是一表人才，替你感到惋惜呀！不过还不晚，应败子回头，为我大清朝廷出把力。只要将功赎罪，你徐牧未来的前程似锦啊！不要再跟秦楷站在一起了，还不就是靠着你笼络那些明兵替他卖命吗？方才你说了，哪个不惦着自己的家，谁没有妻儿老小？都想早点儿回到故乡，谁愿意在冰天雪地里遭这份儿罪呢？不但不能以死吓唬人，更不能为虎作伥，难道不能做点儿积德的事儿、帮助那些弟兄早一点儿脱离苦海吗？你也知道，明朝已经完了，那么出路在哪儿呢？很简单，投降大清国，顽抗只有死路一条！目前，清朝的大军已将这里团团围住，只有回头是岸才是唯一出路，而且朝廷定会褒奖你。可以再告诉你，想继续蒙骗索伦部的达斡尔人不可能了，他们以前受你们的欺骗，那是一时糊涂。现在已回心转意、认清是非、反戈一击了，同大清国是一条心了。他们的首领吉古林、多凌阿、岗查儿正同我们谈着呢，很快将一起去讨伐万人恨的秦楷。秦楷最后必然是引火自焚，这是他坏事做尽，咎由自取。徐牧，要是能回头，现在便给你个戴罪立功的机会，怎么样？"说完，冲比雅格使了个眼色。

正在徐牧犹豫、思索的时候，比雅格缓步来到他面前，微微低下身子，一只手扶着他的肩膀，温情柔意地劝道："徐参领，这位小将讲得多好啊，连我听了都特别感动，说的可全是掏心窝子话呀！我了解你，是一个为人正派、有良心、有血气的男人，对下头的兵勇挺好。也佩服你，愿意亲近你，这点儿你是知道的。从年岁来说，我是你姐姐，姐姐当然得替弟弟着想。你识文断字，知书达理，对小将军讲的道理不会不懂。别再犹豫了，千万不要蹚浑水太深了！就应该像小将军说的那样，领着弟兄们投降大清国，干点儿为国为民的好事儿。将来还能在大清国里谋个一官半职，那多有名望啊，上对得起父母，下对得起自己。做姐姐的，总算没白认识你一场，能跟着沾点儿光不是？徐牧，相信姐姐，我知道你会这么做的。帮助了这位小将军，等于帮助了大清国，将来一切会好的。"比雅格的话音刚落，萨布素便命道："徐牧，起来吧。"比雅格搀着徐牧站了起来，徐牧毕恭毕敬、哆哆嗦嗦地说："谢谢爷爷不杀之恩！"

比雅格的一番话可是价值千金哪，的确说动了徐牧。在徐牧听来，萨布素虽然讲了不少，也认为有道理，但心里还是七上八下的。总觉得没底，一时不知如何办才好，比不上比雅格的话那么让他动心，这个女人的嘴巴真是厉害！何况徐牧的心里一直有比雅格，又敬畏又爱，轻易不敢造次，对她的劝说自然往心里去。徐牧稳了稳心，对比雅格说："姐姐，你说得对，我听你们的，愿意投降。"回头又问萨布素："不知清军爷准备让我干啥？"萨布素说："我问你，知不知道周子正的事儿？"徐牧马上把头一低："知道，这个事儿我全知道。""他现在的情况如何？"徐牧回道："咳，周大人押在我所管辖的第三库的牢房里，就是那个冰窖里的水牢。我也听说周大人在明朝是赫赫有名之人，有才学，为人耿正刚直。他这次到北方，本是以好友的身份来说服秦楷、给他指一条光明之路的，奉劝秦楷不要再到处煽风点火、欺骗达斡尔人了，应率众投降清朝。秦楷真是太坏了，阳奉阴违，对老先生的肺腑之言不但不听，反而暗下毒手。借请周大人前来会面的机会，将他塞入水牢，想置之于死地，并命令我们严加看守，生怕清军派人来劫狱。看守周老先生的人，全是他带来的明兵，每天轮流值班。小将军，你们来得太及时了，老人家到今天已经绝食三天了，茶饭不进，什么人都不见，天天破口大骂。有时还喊叫着：'徐牧，快给我滚出来！'我知道，那是想让我找秦楷，好同秦楷论理。现在老人家已非常虚弱，十分可怜，让人看着揪心哪！"说完，抬头看了看萨布素，只剩下唉声叹气的分儿了。

　　萨布素听说自己的恩师一直以来备受折磨，难过极了，心如刀绞啊，便说："徐牧，这回该看你的了，必须帮我们尽快救出周老先生。"徐牧表示道："行，小将军，有你这句话就行，我跟你们干。"萨布素说："那好，你把秦楷的兵力及分布情况讲一讲。"徐牧介绍道："秦楷的兵力不足，也就百十号人，全是从南边带过来的明朝兵将。有四十多人放在这里，差事是看守后院儿的三个大库和牢房，身边只带五六十号人作为护兵。他现在靠的主要力量是岗查儿，他们是一条心。因为岗查儿的叔叔便是庚辰年被清廷杀掉的博穆博果尔，岗查儿是其侄子，所以他对清朝廷的仇恨最深。秦楷恰好利用了这一点，以他的三寸不烂之舌，到处蛊惑人心，促使岗查儿与清廷为敌，这是一股势力。索伦部还有吉古林、多凌阿两股势力，也受了秦楷的煽动和利用，不过秦楷与他们不像同岗查儿那样亲密。三股势力共有十六寨人马，大约一千五六百人，其中岗查儿最多。他的兵力主要分布在雅克萨、阿沙津一带，从平果河、乌库尔河、鄂嫩河到乌尔汉河，都有派驻的兵马；陶斯河、毕日阳河、何斯尔河一带是吉古林的兵力；何斯尔河以东和精奇里江的布丹河一带，也就是我们所在的阿木勒沟一带，是多凌阿的兵力。论力量，当然还是岗查儿最强。为什么呢？秦楷在他那里下的力气最大，把过去从一个老僧那儿学来的有万夫不当之勇的毒掌铁石追魂弓传授给了岗查儿的人。他们已掌握了这种弓箭的制作和使用方法，箭头儿上不仅有毒，而且带火，威力很强，你们要小心岗查儿这部分人。眼下秦楷还不知道天兵已降，趁此机会，正好可以救出周老先生。"看来徐牧对这些情况了如指掌。

　　萨布素听了徐牧的介绍，认为事不宜迟，命令大家马上动手。由古兰、比雅格、阿巴克三人收拾前院儿的东西，把比雅格的细软和贵重物品全装上车之后，立即到后院儿去。后院儿的行动由徐牧负责，萨布素嘱咐他："徐牧，我完全信着你了，可要把握住此次难得的立功赎罪的机会呀！你把后院儿的兵丁召集到一起，向他们讲清形势，说明缘由，交代政策。愿意投降的，就随你一同行动；不愿意投降的，这里有两坛子酒，想办法让兵丁们喝了，使之迷糊过去。记住，绝不能误了我们的时间，那部分人就由你指挥。走的时候，还要把三个库的所有东西一起运走，能做到吗？"徐牧说："请小将军放心，一定能办好。他们全听我的，早想离开了，都盼着有这么一天呢！"徐牧听命，转身出门，到后院儿集合了守库的兵丁，把眼下的形势说了一遍。看来徐牧是很有号召力的，大家心特别齐，纷纷表示愿意投降，恨不得马上回到自己的家乡去。于是，兵丁们赶车的赶车，牵马的牵马，装运的装运，很快将三个库的东西全部装上了车。一切停当后，徐牧让他们在原地待命，然后带着两个兵丁同萨布素一起进入了水牢。

关押周子正的水牢，即是第三个库原来的冰窖，萨布素一行四人一个磴一个磴地往下走。地窖挺深哪，里边阴森森的，拔凉拔凉的，一进去就冷得直打寒战。下到底，再走到最里边，才见有间小破屋，屋里躺着一位瘦骨嶙峋的老人，此人便是周子正。打开房门时，周子正听到声儿了，以为又是秦楷的人来送吃的东西或要谈什么，闭着眼睛，瞅都不瞅。这时，徐牧开口了："周大人，有人看你来了。"周子正一听是徐牧的声儿，还真是秦楷的爪牙来了，生气地把身子扭了过去，干脆不理。此刻，站在徐牧身边的萨布素看到昔日最敬重的恩师被折磨成这个样子，早已忍不住了，一头扑到老人身上，号啕大哭道："周爷爷，快看看呀，我是萨布素啊，我们救您来了！"周子正开始时不相信，仔细一听，声音倒挺熟。转过脸来，立刻感到一股呼出的热气扑到脸上，并有热泪滴在头上。睁眼一看，没错，正是日思夜想的弟子萨布素！赶忙起身抱住萨布素，问道："孩子，你怎么来了？这儿可是虎狼之地呀！"萨布素说："吴巴海老将军带着大清兵马救您来了，爷爷，咱们快走吧。"周老先生听罢，并没动弹，而是急不可待地又问："孩子，你爷爷可好吧，身子骨儿怎么样？"周子正身陷囹圄，却不为自己考虑，心里还惦着哈勒苏呢，真是可钦可敬啊！萨布素一听这话，越发止不住眼泪了，边哭边回答："周爷爷，以后我再告诉您，先得赶紧离开这儿。"周子正说："萨布素，我至死不能离开呀，朝廷交给的差事还没办成呢！秦楷这个王八蛋，到现在没能跟他谈上，哪能走啊？差事要是完不成，我对得起谁呀？更对不起大清朝廷！"萨布素说："爷爷，已经不用办了，也用不着劝说了。他既然不识时务，顽抗到底，只能擒拿，具体情况咱们回去再唠。"说完，也不管老先生愿意不愿意，回头一使眼色，徐牧和带的两个弟兄上前搀起了老人。其中一个兵丁低下身子，把老先生背了起来，萨布素在后边扶着，一行五人向牢房外走去。道儿上，周老先生还一个劲儿地挣脱道："放下我，不能走哇，差事没办就走，这算怎么回事儿呀？"可终究没人听他的。

萨布素到了外面，见车已套齐，便吩咐把周老先生放到早已预备好的、铺着厚厚两层皮子的车上，那是怕被折磨得只剩一身骨头的老师硌着。扶着老人躺下后，为防一路凉着，又给盖上了被子和皮袍子。这时，前院儿古兰他们的车也赶过来了，萨布素问道："怎么样，还有什么事儿没办完，现在能不能走？"古兰说："啥事儿都没有了，可以走了。"于是，一队人马赶着五辆大车，从秦楷大院儿的后门出来，直奔阿木勒沟的东路军大营而去。临走时，不知是谁，一把火把库房点着了。由于盖库房用的全是多年的干木头，风又大，火随风呼地蹿了起来，那是浓烟一片哪！

　　简短捷说。萨布素一行顺利地到了阿木勒沟吴巴海巴图鲁新建的东路骑兵军营所在地，出来迎接的正是吴老将军。他见萨布素、古兰回来了，高兴极了，几步迎了上去。萨布素禀道："吴爷爷，我的周老师救回来了。"吴巴海听罢，赶紧来到车前看望周子正。老先生见是吴将军来看自己，硬撑着要坐起来说话，吴巴海忙摁住道："请不要起来，不急着说，以后有的是时间啰。外头太冷，您老又累了，先进屋歇息。"然后命令赶车人，将车直接赶到主将住的那处帐篷前。萨布素随车跑了过去，停下后，上前轻轻背起了老师，送到吴爷爷的帐篷里。之后，吴巴海巴图鲁先安排徐牧等四十多人住的地方，又命亲随希福进帐服侍周老先生安歇。希福本是玛赉身边的一个部将，是吴巴海特意留下的，让他同瓦礼祜一起在主将帐下听差。希福按吴巴海的吩咐，命小校打来温水，给周子正擦了身子，洗了脚，剃了头，从里到外换了身儿新衣裳。又铺好了被褥，让老先生先睡一会儿。周子正已经是几天没合眼了，这回到家了，激动得不禁热泪直流哇！见吴巴海回帐，很想同老将军多说会儿话。可是他太虚弱、太累了，不一会儿，便含着眼泪睡着了。吴巴海见周老先生安歇了，回身叮嘱小校在旁边侍候，不要离开一步，千万要照看好老人。然后带着希福、萨布素出帐，到后边的两个帐篷去看望新投诚过来的徐牧和四十多个兵士。到那儿以后，见铺的、盖的和用的东西准备得很齐全，这些人对清军所给以的周到照顾，自然是千恩万谢。吴老将军还特别鼓励徐牧道："你做得对，差事完成得很好，早该如此。等大事完毕，我们将上报朝廷，一定会论功行赏的，现在你们唯一要做的就是休息。"从帐篷出来，一行三人又去看望古兰和他的妻子比雅格。见了面，吴巴海高兴地祝贺他们夫妻团聚，表示了欢迎之意。比雅格道了万福，并感谢将军大人的关怀。

　　吴巴海巴图鲁见一切就绪，这才同希福、萨布素返回主将帐篷。路上，萨布素把所得到的军情及秦楷的兵力情况以及岗查儿、吉古林、多凌阿的力量分布做了禀报。老将军听完以后，觉得军情十分紧急，命希福赶紧通知伙食大帐备办膳食。不要做什么大鱼大肉，就是一般的饭菜，以备大军出发时带上，希福边答应边快步走了。吴巴海巴图鲁同萨布素进了行辕大帐，因周老先生正在大帐的后边歇息，他俩便悄悄儿地来到前厅，吴巴海坐在太师椅上，萨布素坐在老将军的身旁。吴巴海让他把徐牧等人谈到的情况再详细讲一下，萨布素又复述了一遍。吴巴海听后，沉思片刻，提起笔，刷刷刷起草了一页公函，向郑亲王济尔哈朗、睿亲王多尔衮告知阿木勒沟的现状，并命色刻速报京师。之后，又写了一份信函，交色刻送西路军乌林泰，让乌林泰将阿木勒沟的情况转告正在东进的西路大军主将鄂罗塞臣。刚放下笔，就听帐外传来急促的马蹄声，不大一会儿进了院儿，只见一个人从马上跳了下来。一看，原来是瓦礼祜。瓦礼祜进得大帐，乐呵呵地向老将军禀报道："将军爷爷，大喜事儿呀，喀尔喀穆叔叔和海色将军领着索伦部的首领吉古林、多凌阿正往这边来呢！"吴巴海巴图鲁赶紧起身出帐迎接。

这是怎么回事儿呢？说书人不是向各位阿哥讲了嘛，吴巴海巴图鲁的人马一到阿木勒沟，便分成了三路，每路分头去完成自己所承担的差事。萨布素、古兰这一路，差事已顺利完成，胜利而归。另一路是由喀尔喀穆领着乌力老太太和她的娘家哥哥芒古勒吉尔，去劝降索伦部的三个头目。喀尔喀穆他们一到那儿，先把带回去的那些原在郑亲王庄园做奴隶的索伦部兄弟交还给他们。其中，有多凌阿的妻子和儿子，还有吉古林的两个侄女。亲人相见，骨肉团聚，能不高兴吗？真是有说不完的话、道不尽的情、一片哭声、一片笑声、苦尽甜来呀！这些人的归来，已使多凌阿、吉古林对清军的救助感激万分，没承想还能在家乡见到久别的亲人。接着，喀尔喀穆又把从宁古塔带去的礼物分送给了索伦部的人。族人接受了礼物后，个个涕泪横流，越发感受到了朝廷对他们的关怀。加上乌力老太太、芒古勒吉尔用自己的亲身经历、亲眼所见苦口婆心地劝导，多凌阿、吉古林就有了心向朝廷的想法，并多次劝说与秦楷接触多、关系密切的大哥岗查儿。可岗查儿与清朝有血仇，心中有鬼，受秦楷迷惑深、控制重，一点儿听不进去，仰仗着自己的势力强，始终不肯降清。多凌阿、吉古林一看岗查儿顽固得很，实在是说服不了，只好放弃。他们各自率领本部落的兵马，公开声明投降大清朝，不再作乱。于是，喀尔喀穆以及后来赶去的海色将军，带领着吉古林、多凌阿的兵马奔东路军大营而来。

吴巴海巴图鲁听瓦礼祜一报，能不高兴吗？满脸挂着微笑，紧走几步出了大帐。一看，有五百多人的队伍向这里走来，那真是浩浩荡荡啊！其中包括多凌阿的兵马一百多人，吉古林的兵马三百多人，还有自愿到宁古塔来的一些达斡尔兄弟。老将军急忙上前，向多凌阿、吉古林表示祝贺，向投诚过来的索伦部将士、达斡尔族兄弟表示欢迎。此时的东路大营，充满了一片喜悦、一片欢笑，大家高兴地唱着、跳着，真是表不尽的亲情、诉不尽的衷肠啊！

吴巴海命希福将这些刚刚到达的人尽快安置好，然后急忙回到大帐议事。召来议事的有喀尔喀穆、海色将军、萨布素、瓦礼祜，还有投诚过来的吉古林、多凌阿以及他们的部将，徐牧也被特例请到了现场。希福安顿好众人后，最后一个进了大帐。吴巴海巴图鲁看了看大家，说道："请各位来，是共同商量一下我们下一步怎么办。估计秦楷很快会得知吉古林、多凌阿你们二位离他而去，归顺了大清朝廷；也会知晓周子正老先生已被人救走；还会知道徐牧带领他的一部分亲兵离开了。这样，他能不恼火吗？必然会困兽犹斗，同清军死拼到底。秦楷明知光靠身边的亲信五六十人肯定不行，这样的话，只能鼓动岗查儿跟他一起干。而岗查儿自认为力量很强，又有秦楷教给他们的毒掌铁石追魂弓，定会抱着复仇的决心较量一番，因此绝不可以轻敌。不过我断定，岗查儿若同咱们打，不会在阿木勒沟，因为这里不是他的主力所在。如此一来，秦楷必然西逃到岗查儿的据点，集结到阿沙津去。为了不让他远走，我们必须在西逃的路上快速出击，追剿堵截，就地歼灭。"大伙儿都点头表示老将军的判断是对的。吴巴海接着说："现在涉及一个比较着急又很棘手的问题，那就是我们无法知道鄂罗塞臣、沙尔虎达、巴都礼三位将军所率领的西路大军目前到了哪里。虽已派乌林泰去接，但尚无消息。如果西路大军能从西面堵截，形成两面夹击之势，便可迅速捉拿秦楷，瓦解岗查儿。"在座的人也一致认为，秦楷西逃的可能性最大。由于冰天雪地，路不好走，行动不便，估计不会走出太远，应当立刻行动。时间紧迫，追在眉睫，一个个纷纷请缨出击。吴巴海巴图鲁命两名色刻立即出发西去，向鄂罗塞臣、沙尔虎达、巴都礼将军转达东路大军大捷的情况以及让他们全力堵截秦楷和岗查儿的索伦兵西逃，并告之东路大军马上西进，追赶逃兵。又传命备锅造饭，吃不完带着。为什么呢？因为很难估计西进多远，一路需要走江道。这样，途中不一定有索伦部达斡尔人的屯落，吃饭肯定困难，只能带上备好的饭菜、肉干儿、干粮等，以便在路上吃。一切准备就绪，东路大军在吴巴海巴图鲁的率领下，迅疾起程追赶秦楷。

再说秦楷正在两个年轻妻妾那里逍遥自在，一亲兵急禀："徐牧叛变，率众投降了清朝。周子正被从水牢中救出，比雅格夫人跟着原来的丈夫一起逃走，并带走了府中的所有财产。她住的大院儿已大火连天，片瓦无存！"接着，岗查儿也匆匆前来密报："秦帅，大势不好！吉古林、多凌阿已降清，我们该怎么办？"秦楷大惊，当时就蒙了！只好故作镇静地说："不必管他，不用怕他们降清，走了吉古林、多凌阿不当事儿，大部分兵马不是仍在兄弟你的手里掌握着吗？还是你厉害，可千万不要上他们的当。别看清廷的人说得怎么怎么好，那是引诱你们投降呢！不是嘛，吉古林、多凌阿就上当了。清朝的人一向诡计多端，狡猾得很，这是他们惯用的伎俩。表面说跟咱们索伦兄弟亲密无间，实际背后坏事做尽，男盗女娼。你看着吧，吉古林、多凌阿他们的后果不会好，早晚得成为阶下之囚、刀下之鬼。岗查儿，我的好兄弟，你可是大仇在身，绝对不能听他们的蛊惑，得听我的话，我秦楷干吗坑兄弟呢？事不宜迟，赶紧集结在这边的兵力，开拔西进，回你的家乡。咱到了那儿可全是你的地盘儿，乃有源之水、有本之木啊，父老乡亲都会听你的，完全可以同清廷决一死战！"岗查儿不过是个一般的猎人、一介武夫而已，头脑简单，哪有什么计谋和策略？现在他把宝整个儿押在秦楷身上了，指望着他给自己出主意，并看成救星一样，言听计从，拜为军师。刚才听秦楷那么一讲，像吃了颗定心丸儿，不那么慌了，不假思索地说："兄弟谨遵军师之命！"就这样，秦楷同岗查儿这个联军在所谓的军师鼓动下，立马组织西进。他们原以为西边是自己的家，一路不会有任何阻拦，完全可以如入无人之境。于是，打着旗号，马挂銮铃，耀武扬威地向西驰去。可万万没有想到，走出不远，刚刚过了黑龙江北岸的陶次河，便见黑龙江南岸的乌玛尔河那边，一片旌旗招展，仪仗之后是高举的黄龙旗、黑压压的马队、车队，有两千余人正向东挺进。

黑龙江一带已有月余未见太阳，连日大雪纷飞，丛林、江面、山岭、沟谷皆被白雪覆盖。由于天天下个不停，积雪尚很松软，每踏下去便是一个脚窝儿，故而难以举步。秦楷和岗查儿的队伍只能踏着厚厚的积雪，在江道上一步一步地往前挪。本来路不好走，行动就很缓慢。又突遇清军大马队，可把他俩吓坏了，做梦想不到西路竟会有打着黄龙旗的大军！岗查儿惊恐地问："哎呀，秦帅，这可怎么办好？"秦楷多阴险、狡诈呀，奸笑两声道："怎么样啊，岗查儿，我说的清兵狡猾没错吧？早算计到了他们会有这一手，才决定领你西进、离开阿木勒沟的。看到了吧，如果仍在阿木勒沟恶战，那么，东路有吴巴海大军，西路又来了这么多兵马，不得把咱们像包饺子似的包在里面？多亏走出来了，才摆脱了被吃掉的危险。虽然吉古林、多凌阿投降了清朝，只不过是五个手指被砍掉了两个，没什么了不起，主力并没受到损失。眼前的这个局势，你只要听我的，一定能应付过去。我看清兵对这条路不一定熟悉，特别是江道的风大，雪还下个不停，他们同样不好走。咱们现在兵分两路，一路隐蔽在河岸的密林之中，一路隐蔽在呼玛尔河口那个岛子上，等于撒下了一张大网。只要他们走过来，钻到网里，便可以从两边收口儿，用毒箭杀他个人仰马翻。"岗查儿经秦楷这么一点化，高兴了，心想："难怪秦帅是军师，就是有招法。"遂表态道："秦帅，我听你的，全按你说的办。"于是，秦楷和岗查儿在河岸和江心岛上，布下了堵截西路清军的罗网。

那么，在黑龙江南岸出现的这支队伍是谁呢？正是鄂罗塞臣、沙尔虎达和巴都礼率领的西路大军，乃此次北进的主力。为啥走得如此缓慢、用了这么多天才到黑龙江南岸呢？因为连日来雪太大，道不好走。他们先是走南翁河，沿嫩江北上。可是路上，一片白雪，分不清哪儿是道、哪儿是沟谷，轻易不敢向前推进。要是不小心掉进深雪窝子里，人马根本出不来，将立即毙命。后来，从当地找来两个向导，引导大队从嫩江往西北走。经过多日的艰难跋涉，才到了三江口，接着又往北行。这条江道两岸有不少的杨树和柳树，经风一刮，雪上便形成了一个硬盖儿，刚刚下的雪亦随风堆到一边去了。这样，道就比较平坦，好走一些。尽管如此，那没膝的雪，马腿有时也会陷进去，还是很难前行。费了九牛二虎之力，好不容易赶到了黑龙江，与吴老将军派来的乌林泰会合了。之后，正加快速度，马不停蹄地奔向阿木勒沟，准备与吴巴海巴图鲁会师。

当西路大军到了黑龙江呼玛尔河口时，望见江的对岸有一支队伍。队前有两面大旗，一面旗上大书一个"岗"字，知道这是索伦部首领岗查儿的兵马；一面旗上书一个"敏"字，自然是敏罕，即秦楷的兵马。鄂罗塞臣、巴都礼感到很奇怪："他们怎么来了呢？"老谋深算的沙尔虎达一看就明白了，说道："二位将军，前头突然出现了秦楷和岗查儿的队伍，说明这里将有战事，很可能是吴巴海巴图鲁发兵给赶过来的，估计是要到雅克萨、阿沙津自己的部落里去。二人所带的兵马虽然不多，但我们对情况不明，不能轻举妄动。为阻止西逃，不妨在这里摆下阵势，以逸待劳。等吴巴海巴图鲁的兵马一到，即可扎住口袋，形成两面夹击之势，将他们卡住，使其无处逃遁。"沙尔虎达老将军久经沙场，尤其是对北方了如指掌，几个民族部落的内情都很熟悉，完全能做到心中有数，有的放矢。可鄂罗塞臣、巴都礼听了以后，却不同意他的意见。鄂罗塞臣说："我认为没必要等，堂堂的大清军怕什么秦楷、岗查儿？老将军过虑了。"猛张飞巴都礼更是当局者迷，不假思索地说："秦楷算什么东西，那么几头烂蒜还不好收拾？一顿乱刀便叫他们玩儿完，还用等吴巴海巴图鲁来？"沙尔虎达进一步解释道："将军，这个地方前不着村、后不着店，周围又没有其他部落，岗查儿他们肯定找不到援兵。再说，此地离阿沙津、雅克萨又远，援兵一时接应不上，因此只能孤军作战。而我们的兵力正强，比他们的人多。等吴老将军的兵马一到，更有胜算的把握，这是消灭秦楷的最好时机，千万不能错过。"然而，鄂罗塞臣、巴都礼对此仍不以为然，像没听见沙尔虎达说什么似的。巴都礼说："还犹豫什么？打仗就应速战速决，打他个措手不及！"沙尔虎达一看，俩人均不采纳他的主张，心想："这不是对牛弹琴吗？何况鄂罗塞臣是主将，自己是副将，只能辅助人家。如若不听，神人也没办法。"只好偷着向站在身边的乌林泰吩咐道："你立即派人将此情况详细禀告吴巴海巴图鲁，让他快速西进，越快越好！"乌林泰得令后，马上派出亲信，绕道精奇里江，去阿木勒沟找吴老将军。至于是否找到，暂且不表。

咱们再说鄂罗塞臣。他为什么对沙尔虎达的主张听不进去呢？因为这些天雪特别大，行军很不顺利，心里早就腻歪了。一路上不停地抱怨："快到暮春了，雪还下个没完，这不纯粹是跟我找别扭吗？"没承想到了呼玛尔河口，却与不知从哪儿冒出来的秦楷、岗查儿所率的兵马相遇了，实在是不愿意在这里多待一天。再加上巴都礼在一旁的跃跃欲试、火上浇油，自然不同意沙尔虎达的主张了，认为用不着布什么阵势，更不必稳扎稳打。于是，决定派出两员大将率兵先冲上去，杀他个落花流水、人仰马翻，随后大军向前推进。沙尔虎达老将军一看，鄂罗塞臣不仅不听劝阻，还要遣将往上冲，这太危险了！只好又提出了一个折中的办法："既然将军一定要近战强攻，你看能不能这样：我的身边有些战将曾在北地打过仗，对冬天的雪战比较有经验。我派出两位佐领，你也派出两位，让四位佐领带二百精兵组成开路先锋，趁夜里出其不意地攻入敌阵。如果顺利，冲锋胜了，我们的大军可推进；如果不顺利，冲不过去，受了损失，大军则按兵不动，等待吴巴海巴图鲁东路人马的到来。"鄂罗塞臣考虑沙尔虎达毕竟是副将，什么建议都不采纳也不好，只得勉强同意了。

这样，便各选出两个佐领出战，沙尔虎达还特别对四位佐领嘱咐道："你们要稳扎稳打，不许声张，看形势而动。如果不利，片刻不能耽搁，赶紧撤回。"

夜里丑时，二百骑兵在四位佐领的带领下，杀向了秦楷和岗查儿的大营。哪知二人早有准备，已设下了陷阱，布下了大网，专等清兵来偷袭。原来，人家那前头的大营是虚设的。表面上看，外头挂着旗子、灯笼火把的，也能听到里边有人大声儿喊叫着、说着、吵着，似乎有不少人。实际上，正面营房没几个人，大多隐藏在两岸的丛林里，树上、树下皆是手拿弓箭的射手。当沙尔虎达和鄂罗塞臣的四个佐领率领马队冲进去时，开始人家没管。等把人全放进去之后，将口袋一扎，箭遂从四面八方向二百骑兵雨点儿般射来。此箭，就是秦楷拿手的毒箭——毒掌铁石追魂弓。有的是一般的箭头儿，有的箭头儿上绑着石头，石头上面有针。箭头儿、石头皆是用毒药泡过的，毒性极大，箭头儿上还蘸了些油。每个弓箭手身旁，备有一个小火炉和油罐儿。箭在射出之前，把箭头儿往油罐儿里插一下，拿出来再用火一点，噗！铁石头和箭头儿忽地着了起来。当把这带火的箭放出后，便看毒箭像火蛇似的快速窜向清兵的马队。风雪这么大，周围一片白，往哪儿跑哇？火借风威，风借火力，眼看着把这些人马变成了一片火海。那油相当厉害，沾在身上遇火就着，箭头儿和铁石碰破皮肉就中毒，人畜当即殒命。一匹马倒下了，砸向另一匹马，马倒下了再砸向人。这样，二百精兵没回来几个，几乎全部葬入了火海。当大家含着眼泪收尸时，看到不少兵将已烧得面目全非，整个人抽缩到一起了，死得很惨。后来，人们在此建了一座肉丘坟，这是后话。

鄂罗塞臣、巴都礼这回算领教了索伦部人的厉害，认为他们不是那么好惹的。也知道了秦楷不简单，这才哑口无言了，开始听沙尔虎达的了。可这两个人过去在平原上对打胜仗已经习以为常了，没同北方人交过手，遇到难处容易犯急躁病，吃不得败仗。沙尔虎达深知这一点，担心他们一着急再做出什么更蠢的事儿来，便安慰道："将军，吃一堑长一智，此次的失利，算买个教训吧。这期间，我们必须严阵以待，关键是防备秦楷来偷营。因此，一定要做好防卫，不能有任何的疏忽，严令将士们须百倍的警惕，等待吴巴海巴图鲁的兵马。"又嘱咐二位："千万不要为这点儿损失灰心丧气，应鼓起士气。不然，秦楷若再来一个反击，别看我们有两千多人，要是士气没了，必将溃不成军哪！"鄂罗塞臣觉得真是太窝火、太憋气了，从来没吃过这样的亏，巴都礼在旁边也是七个不服、八个不忿。夜里，鄂罗塞臣问巴都礼怎么办好，巴都礼说："主将，我看这样干等不行。沙尔虎达是老来昏庸，做什么事儿都前怕狼后怕虎的。绝对不能就此罢手，还得跟秦楷他们干！"鄂罗塞臣说："是呀，我总觉得咱们的亏吃大了，太丢人了。不行，一定要把损失补回来，组织全部兵马，倾巢出动。秦楷不是杀死我二百吗？这两千多人全上去，看那箭还好使不好使。能射倒这个，却射不倒那个，咱们跟他拼了！"二人合计了一会儿，就这么决定了。而秦楷和岗查儿因为这一仗胜了，此时正趾高气扬呢，狂喊着："好哇，清兵，你来吧，来多少我烧死你多少！"

就在鄂罗塞臣、巴都礼准备倾巢出动、决一死战，秦楷、岗查儿得意洋洋的时候，便听东边号炮连天。这是怎么回事儿呢？原来在吴巴海巴图鲁率领吉古林、多凌阿和清兵马队以及一些达斡尔人向西追赶秦楷的道上，接到了乌林泰派来色刻的禀告，得知西路大军在呼玛尔河口截住了西逃的秦楷和岗查儿的人马。吴巴海下令急速前行，尽快赶到呼玛尔河口，与大军主力共同夹击之。那么，队伍里为什么还有那么多达斡尔人呢？因为这些人中，有不少是同岗查儿的兵士有血肉情缘。有的是索伦兵的家属，有的是逃遁被收拿的以及救回、捡回的索伦人。他们情同手足，有的是父子，有的是叔侄，有的是亲兄弟。只要这些人在阵前一喊，岗查儿的索伦兵哪能不听自己亲属和骨肉的话呢？这样一来，他们便不能恋战，从而瓦解岗查儿兵卒的士气，要比大炮的威力大得多。所以，吴巴海巴图鲁出发时带上了他们。这支队伍哪还顾得上道路高低不平，更不管雪大风号，向西快速推进，很快赶到了毕日扬河。过了河，看见了秦楷、岗查儿的营寨。再往前，也见到了竖着黄龙旗的鄂罗塞臣和沙尔虎达、巴都礼所率领的西路大军营寨。这时，吴巴海巴图鲁命令大军布勒齐鸣，号炮齐发。一是向西路大军发出信号儿，表示东路军已到；二是让秦楷、岗查儿知道，他们已被东西两路清军包围。

秦楷在营帐内听到号炮声声，觉得奇怪，急忙出帐瞭望。一看清军的东路军已追了上来，做梦想不到竟这么神速！前有西路大军堵截，后有东路大军追击，自己被夹在了中间，心里确实有点儿发毛。可他毕竟是身经百战的武将，一看这种阵势，觉得只能先发制人，打对方一个措手不及，否则将束手待毙。看看前面，西路大军那是严阵以待。回头看看后边的东路军，发现并没有多少兵马，多数是吉古林、多凌阿的队伍。后头尽管有些清军马队，但人数不多，还有些达斡尔人。认为那纯粹是些乌合之众，便决定先打后头的东路军，并向岗查儿煽惑道："岗查儿兄弟，眼下前有大兵堵截，后有清兵追赶，看来只能拼死一战了。应该说，这是你报仇的大好机会。我已经看过了，不妨选择向后面动手，不过是吉古林、多凌阿的队伍和一些达斡尔人。你可命令射手，一定要用毒掌铁石追魂弓猛射。"岗查儿开始不同意，为难地说："哎呀，那不全是咱们的兄弟和亲人嘛，怎么能下得去手啊？不行！""岗查儿，你糊涂了，吉古林、多凌阿还是你什么兄弟？既然投降了清廷，那就成了清朝的力量，反过来和我们作对。两军阵前交锋，绝不能手软！不是非要射死他们，而是清兵逼的。只有吉古林、多凌阿的索伦兄弟被杀死，才会使他们看清这场仗是清兵引发的，也才会知道没有清兵的追击，兄弟之间是打不起来的。因此，他们不能恨你，只能恨清兵。这样，或许会回心转意。如果被他们包围了，咱们只能束手就擒，你还有命吗？岗查儿，无毒不丈夫，快动手吧！再说了，吉古林和多凌阿已是不义之人，有啥可怜悯的？"经秦楷这么一鼓动，还真挑起了岗查儿的火儿，答应道："那好，秦帅，听你的，就这么办。"回头马上命令兵士放箭。顿时，带火带毒的箭向东路人马铺天盖地地射来，随之是孩子哭、女人叫，乱成一团。有的人高喊："岗查儿，你糊涂了，怎么杀自己的弟兄啊？"有些达斡尔人大声儿嚷道："岗查儿，这是干什么，连祖宗都忘了？杀的可是你的骨肉手足哇，还是个人吗？"有的高呼求助："大哥呀，快救救我！"有的叫道："阿玛呀，我看你来了，把箭放下吧！"喊声、哭声、叫声连成一片。

　　岗查儿队伍的索伦兵，一听到自己兄弟的喊叫和孩子的哭声，心就软了，立刻停止了射箭。秦楷见此情形，急忙命令自己的亲兵动手放箭，那五六十人可是明兵啊！秦楷从明朝带过来的百十来号兵，一部分已由徐牧率领投降了清军，剩下的则死心塌地跟随他，是其心腹卫队。这些明兵在索伦部里没有亲人，可以毫无顾忌，心又狠，箭是越射越多。岗查儿见索伦兵不放箭了，便提着刀，发疯般地冲到队伍里，圆瞪血红的双眼，杀气腾腾地说："我看谁敢不放箭！"边说边举起大刀，手起刀落，只听咔嚓一声，一个已把箭收入箭囊的索伦兵脑袋滚落在地。随后，又声嘶力竭地吼道："给我继续射，谁要是不射，他就是你们的下场！"索伦兵只好重新拿起了弓箭。这时，西路大军的兵马上来了，秦楷分出二十多明兵，同岗查儿的一部分重新拿起弓箭的索伦兵一起向鄂罗塞臣、沙尔虎达、巴都礼的队伍嗖嗖嗖猛射，致使西路的兵马不能向前靠近。秦楷和岗查儿见西边已挡住了鄂罗塞臣的马队，回头仍然猛攻东路。

　　正在东路的达斡尔兄弟惨遭杀害的紧要关头，突见一位白发老人冒死赶到了阵前，高声痛斥道："秦楷，我周子正来了！你这个丧尽天良的败类，还要继续犯罪吗，还做离间达翰尔兄弟的勾当吗？你已经死到临头了，竟敢动用毒掌铁石追魂弓，要杀死多少人呀？众位达翰尔兄弟，互相看一看吧，被射杀的可是你们的亲人哪！大家应马上调转弓箭，射向秦楷这个黑心狼，不要再受他的挑唆了！"东路大军的人一看，周老先生怎么来了呢？太危险了，便想往回拉他，可是已经来不及了，个个急得不得了。而此时的周子正根本没把生死放在眼里，他正是为了当面儿揭发秦楷的罪行，才偷偷跟来的。

那么，这到底是怎么回事儿呢？前书讲过，周子正老先生被萨布素他们从水牢里救回到东路军大营后，吴巴海巴图鲁将他安置在自己的帐中歇息。大队集合时，并没有叫他。哪知老人早醒了，听到了大队要去追击秦楷的战马嘶鸣声，心想："这可得去，应该当面儿揭穿秦楷，让达翰尔人明了真相，只有我揭最有力。"于是，偷偷换了身儿衣裳，不知从哪儿还弄来了一匹马，不顾疼痛、虚弱的病体，骑上马混在达翰尔的人群中跟了出来，谁也没注意到他。临出发时，萨布素不放心周爷爷，想回去看看。到大帐里一看，却不见老人的踪影，遂立即报告了吴巴海巴图鲁，老将军令人赶紧找。兵丁们左找右寻了半天，没找到，吴巴海对萨布素说："老先生准是混到队伍中去了，身体太弱，经不起折腾了，千万不能让他到前阵哪，去了必死无疑。快！再到队伍中找找看。"人太多，走得又急，上哪儿找哇？萨布素从后头走到前头，又从前头返回到后头，就这么来回地边走边喊，喊了半天，也没听到老人家的回声儿。其实，萨布素喊时，周子正听到了，并没出声儿，就这么跟着来了。他的马跑得特别快，可怎么跑，没跑过前头的兵马，前头的已和秦楷对峙上了。待赶到时，见秦楷正命亲兵恶狠狠地放箭，伤害了不少达翰尔兄弟。他怒火中烧，忍无可忍，毫不顾忌地飞马冲到阵前，大义凛然地痛斥秦楷。老人家在阵前高喊时，萨布素才看到，但已经不赶趟儿了。再说人那么多，哪能过得去呀，只是干着急。

秦楷一看周子正来了，可把他恨坏了，心想："好哇，这不成了我的催命鬼了吗？我去哪儿，你就跟到哪儿；我来这儿，你又跟到这儿，是不是存心找死呀？那好，今天成全你！"他恼羞成怒，立即命令兵士向周子正放箭，歇斯底里地号叫着："射死这个败类、这个叛国逆臣，给我杀了周子正！"话音刚落，箭似飞雨般射来，其中一箭不幸射在了周老先生的身上。在这之前，吴巴海巴图鲁看到手段残忍的秦楷命兵士放出带毒的火箭，伤害了不少达斡尔兄弟，已经气愤至极。现在又见他喊着、骂着，将毒火之箭射向了老人家，哪里还能看得下、站得住？真是心如刀绞啊！随即怒目圆睁，挺胸抬头，双腿一夹，打马猛冲了过去。要用自己的五尺之躯挡住那罪恶的射向达斡尔兄弟的火箭，直取秦楷的性命，大声儿喊道："秦楷，住手！一个禽兽不如的东西竟如此猖狂，看爷来拿你！"虽然前面箭似游龙，火炮声声，但都挡不住威风凛凛的吴巴海巴图鲁。只见老将军又一勒缰绳，战骑跃起多高哇，从人群的头上噌地跳了过去，落在一个山坡儿上，又蹿了几蹿，便到了秦楷面前，吴巴海大喝道："秦楷，你的死期已到，还不赶快跪地求降！"秦楷一看真的冲上来了，吓得边命令放箭边骑马就跑，老将军在后面紧追不舍。其时，两边的箭一放，吴巴海身上及坐骑已中了多箭。马在跑，风在吹，箭变成火，越来越大，像条火龙一样向前滚动着。吴巴海巴图鲁哪里顾得上这些，仍然拼命向秦楷冲去，高叫着："秦楷，拿命来！"声如洪钟，回荡在雪野上空。将军的这种果敢、刚毅、勇猛，把秦楷吓傻了，一看纯粹是亡命徒冲自己来了，没辙了，彻底蒙圈了，调过马头慌忙往后跑。说来也巧，吴巴海座下身中多箭的战马跑着跑着，突然轰隆一声倒了下来，不偏不倚，正好砸在秦楷的脑袋上，当即脑浆迸裂、呜呼哀哉了。因为这马是折了一个个儿倒下去的，所以吴巴海亦被甩出好远，如同一个火球，半天才落地。

沙尔虎达、鄂罗塞臣、巴都礼见此情景，急忙率领西路大军冒着箭雨冲过了火海，边冲边高叫着："巴图鲁，我的老哥哥、老将军，我们救你来啦！"东路军也冲了上来，喀尔喀穆、海色、萨布素等人跃马扬鞭地呼喊着："将军，我们替你报仇来了！"岗查儿一见这些人不要命地往上猛冲，哪还敢放箭？将缰绳一勒，啪啪使劲儿用鞭子抽马，没命地往西遁去。他的部将见主帅跑了，这仗还怎么打？全跟在后面逃了。沙尔虎达、鄂罗塞臣等人冲到吴巴海跟前，赶紧脱下衣服，扑打着他身上的火苗儿。灭火之后，见老将军已被烧得面目全非，旁边的周子正老先生亦被焚烧而死。跟着过来的索伦部达斡尔族众以及乌力老太太、吉古林、多凌阿等，看着两位老人被烧的惨状，不禁号啕痛哭起来！哭喊着："将军哪、周老先生，我们来拜见您了！"边哭边按照达斡尔人古老的习俗，采来了冬青，盖在两位英雄的身上。萨布素跪在地上恸哭不止，痛不欲生，抚摸着两位老人说："吴爷爷，孙子还没跟您老亲够哇，咋就走了呢？恩师呀，醒醒啊，您看，我身上还带着您给讲的那些书稿呢！没想到只见了一面，便离弟子而去了，周爷爷，我好想您呀！"哭得气儿都喘不上来了。喀尔喀穆走过去，把萨布素扶起来，搂在了怀里。大家万万没有想到，才高志坚的周子正老先生和功高盖世的吴巴海巴图鲁就这样命丧黑水之滨、壮烈殉国了。达斡尔人，尤其是那些被解救出来的人们清楚地记得，吴老将军冒着凛冽的寒风来到北方，以火热的胸怀温暖着北方各族父老乡亲的心田，想方设法地帮助不少人脱离了苦海，使许多破散的人家重新团聚。达斡尔是讲情义的民族，能分辨出谁是恶人，谁是大恩人。为了悼念、祭祀两位老人家，族中的兄弟、老人、孩子、妇女和所有的亲人，皆跪在英雄的四周。笼起了九堆篝火，杀野鸡、飞龙、狍子，奉上美酒，频频施礼，向英灵叩拜。之所以敬重他们，是因为老英雄为了拯救达斡尔兄弟和卫护百姓的安宁，不顾个人安危，挺身而出，献出了宝贵的生命。

按照北方的古俗，族众就地设立了灵堂，捡了些江边儿的石头，堆起敖包。再砍来松树，插在石堆中，由萨满击鼓，招魂、叩祭。大家围着吴巴海巴图鲁和周子正老先生唱起了低回婉转的哀歌，向腾格里请求，让两位英雄的灵魂安息。沙尔虎达、鄂罗塞臣、巴都礼也在其中，同人们一起参加了祝祭。祭祀结束后，砍伐百年的红松，做了两口棺椁，成殓了两位老人家。吉古林、多凌阿和众位索伦人纷纷请求，把达斡尔的恩人留在北方，让他们同各族民众生活在一起，岁岁守候、祭奠永不分离，三位将军含着眼泪答应了。于是，便选了黑龙江的北岸、毕日扬河进入黑龙江河口西岸的一块地方，扫清冰雪，刨出深坑，把两口棺椁埋葬在那里。后来，年年都有索伦部的人前去叩拜，为坟墓添土垒石，并在上面栽些榆树、柳树，成了黑龙江的敖包。为了纪念英雄，以启后人，人们还把毕日扬河改称巴图鲁河、巴图鲁沟、巴图鲁乌拉、毕日扬鄂博等不同的名字，这是后话。

安葬了两位老人，清军兵分两路，分别由鄂罗塞臣、沙尔虎达、巴都礼、喀尔喀穆率领，一路打扫战场，一路西进，追击西逃的岗查儿。这时的岗查儿已是六神无主，惶恐万分，特别是秦楷一死，立刻失去了主心骨儿，啥都不行了，不知怎么办好了，就是拼命往西逃。然而跑得再快，也抵不过怀着满腔怒火的清兵马队的急速追赶呀！呼玛尔河一战，可把清兵惹急了，大家是憋足劲儿嗷嗷喊着要为吴巴海巴图鲁、周子正老先生报仇哇，能放过他们吗？很快就在黑龙江北岸的陶斯河一带撵上了岗查儿。由于在奔逃途中，走得慌张，岗查儿的马腿瘸了，跑不动了，只好率兵躲藏在密林里。清军随即包抄了他的队伍，在征杀中，岗查儿被清军马踏而死，八百多名残兵败将成了俘虏。至此，岗查儿全军覆没。沙尔虎达同鄂罗塞臣、巴都礼商量，为了安定北方，防备罗刹继续犯边，按照睿亲王的钧谕，清除了乌尔汉河一带岗查儿的据点和部落，将所俘的人连同乌尔汉河伦图尔峰一带索伦部散在部落的一千多人，全部迁往了内地。

歼灭岗查儿之后，鄂罗塞臣、沙尔虎达、巴都礼回到了何斯尔附近的阿木勒沟。在这里，三位将军又见到了吉古林、多凌阿二人。按照八旗的旗制，将他们的队伍编入了八旗，并请旨允准，吉古林、多凌阿任佐领之职。当地的部落重新得到了清廷的承认，派人向他们赠送了布帛和日常用品。宣布的当天晚上，人们兴高采烈地围着篝火载歌载舞，以示庆贺。就在这欢乐之时，京师的色刻飞马传来圣旨，命鄂罗塞臣、沙尔虎达和吴巴海巴图鲁接旨，可见皇上此时还不知道吴老将军已经殉难。钦差在雪中宣读圣旨时，除了鄂罗塞臣、沙尔虎达跪下听宣外，当时在场的巴都礼、喀尔喀穆、海色、希福、萨布素、瓦礼祜以及索伦部的首领吉古林、多凌阿和所率兵将皆跪倒在地。钦差宣道：

"奉天承运，皇帝诏曰，江山抒曲，天下归一。朕得奏和硕睿亲叔王云，吴巴海巴图鲁解索伦积怨，抚兵火雁害逃逸之人，骨肉团聚，在在相睦，深谙朕恤民如子之要妙，朕甚慰焉。嘱尔众臣，铭记叔王钧谕，谕亦朕意耳。谕云，惟崇德北伐，乃奉天大行皇帝御旨所宗，不可责疑。余可酌也。凡庚辰掠获，非作奸犯科者，已知有充拔婢役之人，仍行返籍。凡兵祸荼毒之孤老寡孺，衡其害，帑银赏之。恩育德化，安居乐业，怨女旷夫，各享其所，诚沐我朝皇恩浩荡之福祉也。钦此。顺治元年四月吉旦。"

此道圣旨，一是肯定了吴巴海巴图鲁的举措，正合要想天下归一，就要抚恤北方民族的朕意；二是表明和硕睿亲王多尔衮写信给吴巴海所讲的对索伦部的策略乃朕意，明确了索伦部的达斡尔人因对庚辰之役不满而引发出的各种问题的解决办法。钦差读罢圣旨，沙尔虎达、鄂罗塞臣接旨谢恩，山呼万岁，万岁，万万岁！由于钦差是用汉语宣读的，许多达斡尔人不一定都能听懂。于是，沙尔虎达老将军又把圣旨捧了过来，翻译成达斡尔语重新宣谕一遍，并做了些解释。男女老少这回全听明白了，对皇帝的圣恩无不感激涕零、欢呼雀跃！感谢朝廷的恩泽，尤其是对抚恤孤老寡孺、按各家损失的大小拨发帑银、将失散的亲人送回来等做法打心眼儿里高兴，原来的一切积怨、忧愁、愤慨顿时冰释云消。这一天，他们同朝廷来的鄂罗塞臣、沙尔虎达、巴都礼等将军以及宁古塔来的喀尔喀穆亲亲热热地在一起说呀、笑哇、唱啊、舞啊，时不时地高呼："博德格图门色！①"大家围着篝火，一直狂欢到天明。将军们早就盼着民族欢乐团聚日子的到来，而今，在各族百姓的努力奋斗下，终于来临了。一个个为此情景激动得热泪盈眶，庆幸黑龙江沿岸的一些部落，尤其是索伦部的达斡尔人重新回到了大清国的怀抱。他们知道，只有北方各部落的安定，民心向着朝廷，才能有北国疆土的巩固。军民才会集中精力，团结一致，共同对付自崇德末年以来沙俄的侵扰。在这欢庆胜利的时刻，所有的将领、兵勇以及达斡尔族的人们，更不会忘记为北方安定献出了宝贵生命、以自己的一腔热血染红雪原的英雄们。鄂罗塞臣、沙尔虎达决意回朝后，为英雄吴巴海巴图鲁上奏请旨，赐给功名，同时亦为鸿儒周子正老先生请功。

话休烦絮。鄂罗塞臣、沙尔虎达、巴都礼将北方一应事务安排停当之后，准备率领大军班师回朝，海色、玛赉、佟保、希福等众将因南方战事的需要，也将随军同返。临行前，喀尔喀穆经请报鄂罗塞臣同意，对从秦楷那边投诚过来的参领徐牧及所带来的四十多明兵做了安置。其中有病的及父母年老无人尽孝又愿意回去的十几个人，准其返籍。余下的三十多人皆愿随徐牧参领投入宁古塔驻军，遂将他们编入八旗为伍，充实了驻防八旗的力量。萨布素、瓦礼祜比谁都高兴，因为他俩不仅已与徐牧结为好友，也同这些新入伍的汉族兄弟相处得十分融洽，今后将共同为驻防宁古塔贡献力量。

鄂罗塞臣、沙尔虎达返回朝廷的当天，便向皇帝上奏，为吴巴海巴图鲁、周子正老先生请功。不久，皇上颁下旨意，由吴巴海的后人承袭梅勒章京世职。因吴巴海的儿子已故，其大哥的儿子也早夭，便由孙子玛可度承袭之。后来，玛可度在清康熙年间，屡建奇功，为吴巴海一家争了光。皇上授周子正佐领衔，所赐功名及其赏银，直接发到他的故乡山东莱州即墨之家室承享。

话说喀尔喀穆同吉古林、多凌阿送走了鄂罗塞臣、沙尔虎达、巴都礼率领的北抚大军之后，北方的天气一天比一天转暖了。大地回春，冰雪消融，黑龙江开始流淌冰排。冰排相撞，发出啪啪的响声，预示着万

---

① 满语：皇上万岁。

物复苏的春天来了。俗话说："七九河开，八九雁来。"冬天南飞的大雁，现在又陆续排着"人"字形的队飞了回来。春天的和煦阳光，既带给了黑龙江两岸达斡尔人战后的安宁，也是百废俱兴的最好时机。两年的战乱，让北方索伦部的人承受了太多的苦难，房屋被毁，牛羊倒毙，村落凋零。为了改变这一切，使百姓安居乐业，鄂罗塞臣、沙尔虎达临走时，嘱咐宁古塔驻防八旗的首领喀尔喀穆："我们走了，留给你的事情还很多。要想办法为那些流离失所的人盖房子，尤其对孤寡老人更要费点儿心，让他们能有个安居之所。应尽一切力量做好安抚，考虑得一定要细。倘若在这些事情上有一点点粗心，索伦部的弟兄就容易同我们在感情上拉开距离，那将后患无穷啊！"喀尔喀穆当即向两位将军表示："请放心，我会把索伦部的人当作自己的父母、兄弟一样对待，决不辜负朝廷的委托和将军的期望。"二位将军十分信任喀尔喀穆，认为他是一个兢兢业业、认认真真干实事儿的人。还告诉他："如果忙不过来，让海色和希福来帮助你，有什么困难及时告诉我们。"喀尔喀穆由衷地感谢二位将军的关怀。

喀尔喀穆忘不了将军的嘱托，绝不食言。在鄂罗塞臣、沙尔虎达离去的第二天，便率领萨布素、瓦礼祜、徐牧、哇嘎、门突呼以及驻防宁古塔的二百余将士，大张旗鼓地开展了巩固北疆、抚民安民的工作，投入到屯寨筑居、帮扶鳏寡诸事之中，大兴土木，做得认真、细致。天天没早没晚地跟索伦部的人滚在一起，有时是三过家门而不入，夫人很少见到他。这次离家又半年多了，属员心疼上司，常劝他能不能隔两三个月轮换一次，不要总是一个人盯在这里。他可倒好，对属员实行轮换，关心他们的衣食住行，而对自己却从不心疼，依然如故。同吉古林、多凌阿等索伦部的头目，从大雪纷飞的严冬，到冰河解冻的春天，天天忙着选材、伐木，手掌磨得全是血泡。伐完之后，将木材用牛一根根拉回来，很快便在十二个屯寨里，建起了二百八十余间木克楞房子。这种房子，就是用锯成一定长度的大圆木一根根地摞起房架，留出门和窗户。地下挖一深坑，先用火烧，然后夯实。再在已夯实的地面上铺一层圆木，用钉子钉到地底下，用和好的泥把木缝儿抹得严严实实的。这种房架和地面所用原材料全是圆木的房子，即暖和结实，又防寒防风，还不容易塌。当时，北方以及俄罗斯那边盖的许多房子都是这样的。除此，还盖了九十多处地窖子。喀尔喀穆春节期间也没回家，是和索伦部的达斡尔兄弟一起过的，解决了三千多无家可归的人和孤寡老人的安居之所。达斡尔的弟兄们有了房子住，脸上才露出了笑容，那真是家家高兴、户户满意呀！大家对喀尔喀穆无不怀着敬仰、感激之情，不是今天这家要拉去吃饭，就是明天那家想请去喝酒，可他哪有那心思呀？原来脑子里又在筹划着一件大事儿。

那么，喀尔喀穆琢磨的是件什么事儿呢？吴巴海巴图鲁生前曾提出："咱们是朝廷任命的封疆大吏，既然任职在宁古塔，就要详详细细地从东到西巡检黑龙江沿岸的哨卡及已建起的烽火台。还要通过勘查，把北疆的山山水水、沟沟岔岔清清楚楚地装在心里，熟知自己的家底子，知道肩负的责任。这是义不容辞的分内事，不能让皇上操心。"喀尔喀穆时刻记着前辈语重心长的话语，常想："老将军虽然走了，但他的英灵永在，一定还惦记着这件事。说实在的，我们真是做得不够哇，对北国究竟有多少烽火台坏了，还有多少应建的哨卡没建起来，有多少山林、河流、湖泊，面积多大，并不完全知晓。此事必须抓紧，过几天领着萨布素他们先去吴巴海巴图鲁坟上祭扫献供，向将军表决心。然后组织力量，亲自率领他们从额尔古纳河行至黑龙江以东的入海口。再从精奇里江、牛满江北上到乌第河，把大半个北国走遍了。自己是驻守宁古塔八旗的首领，只要有一口气在，务要把每一个烽火台、每一个哨卡和所有的山山水水摸个明明白白，决不辜负老将军的期望。"当把一切想好之后，这件事便定了下来。

祭拜过吴巴海老将军，喀尔喀穆一行就要离开阿木勒沟了。走前，在宁古塔驻防八旗的行辕，喀尔喀穆向众将士宣布：晋升年轻有为的萨布素、瓦礼祜为拨什库。从此，小哥儿俩由马甲升为了低级将领。出发的前一天晚上，喀尔喀穆准备同吉古林、多凌阿及达斡尔的众弟兄聚首一次，饮酒告别，并让所有的兵勇参加。他同索伦部达斡尔人相处的这些日子里，建立起了深厚的感情。为了此次团聚，还提前领着萨布素、瓦礼祜等人到黑龙江北岸打回来一头黑熊。当晚，月光皎洁，篝火熊熊，人们边唱着乌春、跳着莽式舞，边啃着熊头、熊掌、熊肋巴骨。熊肉很肥，在火上一烤，流出的油散发着诱人的香味儿。大家正无比兴奋地吃着熊肉、欢歌笑语的时候，一小校来报，说是喀尔喀穆日夜期盼的前些天派出的巡逻兵回来了。随着銮铃的响声，率领兵士巡逻的扎科丹佐领来到了喀尔喀穆面前。定睛一看，巡逻兵个个眼泪纵横，扎科丹的右臂缠着一块白布。不用问，知道出现了异常情况，肯定是罗刹又闹事了。只觉得脑袋嗡的一下，真是一波刚平、一波又起呀！

　　果不其然，扎科丹佐领率领的宁古塔八旗兵勇和由索伦兵做向导的联合巡逻队一共十五人，按喀尔喀穆的指令，骑着马从阿木勒沟出发，沿精奇里江北上，一直到江源乌弟河。然后过外兴安岭，到北海、鄂霍茨克海。这条路线每年需要走一趟，察看那里的烽火台和哨卡毁坏没有，房子是否被烧，有没有异常情况，罗刹是否犯边等。当他带着兄弟们依然沿着规定的路线巡查到乌弟河时，突然看到了一股儿罗刹兵，能有几十号人。他们有马，有小炮，每人身背一杆火筒枪。扎科丹很是吃惊，还是头一次在这个地方冒出了匪徒，预感到事态非常严重。琢磨着自己的人少，对方人多，武器精良，不能正面冲突。于是，命兵士在后边偷偷跟着，看看强盗们到底向哪里去。结果发现他们从精奇里江一直沿江南下，沿途不仅掠夺当地达斡尔居民的牛、羊、猪、鸡，还任意捆绑达斡尔男女给他们做苦工、盖房子。令人惨不忍睹的是，因冬天粮食少，竟杀人为粮，特别喜欢吃小孩儿和年轻女人。有时饿急了，连同伴儿的尸体都不能幸免，当地人喊他们魔鬼、妖怪、吃人的生番。巡逻队在后面跟踪时，有一次躲闪不及，突然正面与罗刹兵相遇。扎科丹据理提出抗议，令其赶紧离开大清的土地，从哪儿来的回哪儿去！匪徒们却蛮不讲理，开枪杀死了巡逻队的四个弟兄，气焰十分嚣张，恬不知耻地说："我们是奉大俄罗斯帝国君主之命而来，走到哪里，哪里便是大俄罗斯的土地。而且想到哪儿就到哪儿，任何人阻挡不了，凭什么离开？这里是我们的地方！"强盗嘴脸暴露无遗。扎科丹尽管气愤至极，然而无奈的是自己的手里只有刀和棍棒，很难与持枪的匪徒直接对抗。别看罗刹兵嘴里哇啦哇啦地乱喊，毕竟做贼心虚。他们听说精奇里江有清兵和索伦兵驻防，若真打起来，寡不敌众，兴许会吃大亏的。因此，在打死了巡逻队的四人之后，没敢在此地久留，而是迅速赶到黑龙江乘船南下了。巡逻队见罗刹溜了，知道如不尽早将此情况向将军禀报，想出对策，歼灭这股魔鬼，他们将会在另一些村寨造成更大的灾难。便没有继续尾随，也没暴露，选了条近路，走精奇里江一带的密林，赶回了阿木勒沟。

　　喀尔喀穆了解了罗刹的所作所为后，考虑强盗们如果继续往南来，形势会相当严峻，不可轻怠。他褒奖了扎科丹和巡逻的兵勇们，同吉古林、多凌阿等人一起安葬了殉国的四位弟兄，然后将这一新的动态迅速上报了朝廷。

　　扎科丹带回来的有关罗刹烧杀抢掠的罪恶行径，像晴天霹雳一样震撼着喀尔喀穆的心。过去，他只知道罗刹在外兴安岭及额尔古纳河以西的数千里之外频频活动，没想到竟来得如此之快，已经进入黑龙江流域，到了大清国的家门口儿了！这可不是小事儿，绝不能疏忽大意。每当一想到罗刹入侵，他的心久久不能平静，因为以前曾吃过这方面的苦头儿。作为大清国的一个封疆大吏，最要紧的是，则首先要把住边疆的大门。沙尔虎达曾嘱咐过他："在北方，一个是要安抚好索伦部的达斡尔人，使之心向朝廷，搞好民族团结，永葆部落安宁。另一个是要密切监视北边罗刹的动静，时刻提防他们的入侵。"正因为喀尔喀穆始终没忘这两件事，所以才抛家舍业、废寝忘食地帮助达斡尔人修建房屋，使之尽快有个居所，把一切该做的事情尽量往前赶。这样，一旦罗刹发兵入侵，能有所准备。可他还是没有想到罗刹这么快就来了，像早到的寒霜，为刚刚复苏的大地带来一股肃杀之气。

罗刹对中国领土的虎视眈眈，是朝廷最为担心、时时放不下的一件大事。其实，范文程老先生提出的"南进北抚"之策中的"北抚"，根本要旨就是安抚北民，早御罗刹。在这方面，应该说喀尔喀穆是心有余悸的。因为朝廷过去曾严厉地责怪过："宁古塔御北的烽火台没有按要求全部修整，有些尚未建完。如果战事哪一天来了，烽火台点不着，甚至因此败北，怎么交代？"皇上为此大怒，险些将喀尔喀穆贬官降职，全仗沙尔虎达和吴巴海巴图鲁说情力保，才算免了场大祸。说来已经是前两年的事儿了，喀尔喀穆永远铭记在心，此次是拼着命要把一切办好。可万没想到，还没等巡查完呢，罗刹匪徒便侵入了黑龙江，你说能不让人着急吗？他一方面向朝廷奏请增派兵力，因身边的人马实在不多，出了意外难于应付；另一方面需部署好现有的兵力，追歼入境的罗刹之敌，不能让其入侵得逞。他立即召集了宁古塔的将领和索伦兵马的首领吉古林、多凌阿，一同商议如何调兵遣将。合计的结果是：留一部分兵力在宁古塔把守，各负其责，做好方方面面的准备，严阵以待。绝不能懈怠、麻痹，严防罗刹窜入国境掠夺粮食、财物和人畜；精奇里江一带，由吉古林、多凌阿率索伦兵马扼守拒敌；喀尔喀穆带领在阿木勒沟的宁古塔八旗兵勇，马上整装出发，向东追击罗刹；萨布素、瓦礼祜与几个色刻，走河边儿林中秘密小道儿，分头向沿岸各村屯报信儿，在罗刹到来之前将警报传出。军民万众一心，同仇敌忾，迎击罗刹匪徒，坚决捍卫大清北土！

从乙酉年起，由于沙俄的入侵，大清国北方的形势日益危急。有道是：豺狼进家门，岂有安卧之榻？壮心御鬼魅，方为英雄本色！

话说黑龙江有两个源头。南源额尔古纳河，出内蒙古东北部大兴安岭的西坡儿。北源石勒喀河，出蒙古北部肯特山东麓。两条河流至恩和哈达附近汇合，称为黑龙江。黑龙江在流向鞑靼海的流程中，首先在北岸接纳了两条大河：一条是精奇里江。因其水色黄，满语称"黄"为"精奇里"，故而得名。它源于大兴安岭，从北向南流淌，注入黑龙江，是黑龙江北岸最大的一条支流。大河两岸，土地肥沃，森林如海，资源丰富，盛产米谷、豆类、黍类及各种瓜果、蔬菜。后来为沙俄霸占，改名儿结雅河；另一条与精奇里江并行流淌的大河叫牛满江。这条浩浩大河同样源于大兴安岭，位于精奇里江东面，也是由北向南流淌，注入黑龙江，成为黑龙江的又一条支流。此河两岸，森林资源丰富，有紫貂、猞猁、赤狐等珍贵动物，还有金钱豹、黑熊等猛兽。两条姊妹江，使黑龙江中游北部的广袤平原河流纵横，林网密布。在大河流域，世代居住着达斡尔、鄂伦春、满洲等民族，以农耕和渔猎为生，有北疆"鱼米之乡"的美称。各族人民生活富庶，和谐安定。

然而，近些年来，这一带却闹起了"黄毛怪"。有的人家牲畜被掠，有的族人惨遭杀害，已是家喻户晓，人人皆知。乌力老太太和她哥哥芒古勒吉尔知道此事，当年曾亲眼看见，他们就住在黑龙江上游的乌穆列堪河一带。古兰、比雅格、吉古林、多凌阿的先辈，亦亲历、亲见过"黄毛怪"，因为古兰和比雅格的父辈原来也住在这一带，具体为陶木河、毕拉河附近。说起来，比雅格正是由于生在毕拉河岸边，才以其谐音起了名儿的。古兰的阿玛，当年当过陶木河陶木噶珊的首领。多凌阿的家族，原住石勒喀河的上源鄂嫩河一带。他是在这里出生的，后来才迁到精奇里江上游的乌穆列堪河谷，并认识了住在当地的乌力家族，娶了乌力的女儿彩彩。吉古林的部落，世居布丹河一带闻名的达斡尔精奇里哈拉噶哈里碧汉额里村，姓精奇里氏，后来迁到何斯尔河一带，从事农耕和渔猎。达斡尔人热爱精奇里江和牛满江，因为那是他们的母亲河，始终伴随着族众的繁衍生息。这个民族的姓氏很多，如敖拉、鄂嫩、乌力斯、德都勒、苏都尔、布克图、吴然、莫尔登、何斯尔、金克尔、鄂尔特、卜库尔、阿尔丹、毕日扬、沃热哈、陶木等。各个姓氏的族人大都在精奇里江、牛满江一带住过，或现在仍居于此。他们相互关系密切，结成亲戚，和睦团结，非常抱团儿。而且有难相帮，有乐同享，不畏强暴，酷爱正义与自由，是北方的一支颇有影响、勤劳勇敢、乐观向上的英雄民族。在闹"黄毛怪"的这些年里，族人自发地联合起来，以屯寨、城堡为据点，灵活巧妙地与之周旋。各个部落在抵御"黄毛怪"的战斗中，打过多次胜仗，也遭遇过重大牺牲。慷慨悲壮，可歌可泣，谱写了雄浑壮丽的英雄诗篇。

所谓的"黄毛怪"不是别个什么，就是侵入黑龙江的罗刹匪帮。其实，"罗刹"不是他们的正名儿，不过是清朝北疆民族对俄罗斯入侵者的轻蔑称谓。俄罗斯作为一个统一的帝国出现在欧洲东部，是在明朝英宗天顺六年的时候，于莫斯科公国的基础上形成的。当时的伊万三世虽然自称"全俄罗斯大君主"，但其领土并不大，直到黑龙江以北、乌苏里江以东地区已在我国唐朝实行有效管辖的七百余年以后，俄罗斯国家才逐渐形成。领土尽管有所扩大，东北疆界并没有越过乌拉尔山，与西伯利亚，特别是黑龙江流域远隔万水千山，同那里的居民毫无关系，仍然是一个欧洲国家。俄罗斯从伊万三世开始，对外不断征服其他民族，吞并左右邻邦的领土。到伊万四世的时候，侵略野心愈加膨胀，公然采用古罗马皇帝"恺撒"的称号，自称"沙皇"。沙皇政府为了满足封建贵族的领土要求，开始向东方进行大规模的军事远征，不断掠夺周围的领土。经过三年血腥的厮杀，终于征服了位于伏尔加河的喀山汗国，将喀山城抢掠一空。接着又攻占了位于伏尔加河下游的阿斯特拉罕汗国，将整个伏尔加河流域归入了俄罗斯的版图，比伊万三世时的领土扩大了两倍多。至此，沙俄的强占领土欲望并未满足，血腥的征服接踵而来。把广袤的西伯利亚看作向东扩张的主要目标，不惜启用逃犯做统领，率哥萨克军越过乌拉尔山，征服西伯利亚汗国。两军交战中，受到了顽强的抵抗，最终还是逼得西伯利亚汗王南迁，从而占领了西伯利亚汗国的大部分国土。东西伯利亚盛产的毛皮、黄金，更吸引了沙俄侵略者，日里梦里都想得到。他们利用鄂毕河、叶尼塞河、勒拿河及其支流水系，将一批批侵略军源源不断地送往西伯利亚，在那里建立了抚木斯克、叶尼塞斯克、库兹涅茨克、马克夫斯克、克拉斯诺雅尔斯克、伊利姆斯克、勃腊茨克等城堡，并成为向四处扩张的军事据点。其后，又在勒拿河中游建筑雅库茨克城堡，作为俄罗斯侵略军前往黑龙江和鄂霍茨克海的主要根据地。

大约在明末清初的时候，沙俄侵略军不断南进，寻找和踏查传闻中的那个富饶的黑龙江。也正是在这时，精奇里江、牛满江一带闹起了"黄毛怪"，血腥的屠刀向大清国富饶的黑龙江一带各族人民凶残地砍来。当时正值明朝大厦将倾，女真崛起，朝廷根本倒不出兵力对付"黄毛怪"，再说也顾不上。后金建立后，着重完成统一女真诸部的大业，无暇顾及。"黄毛怪"便钻了空子，时常携带着武器，偷偷过境骚扰。在宁古塔的密档中，早年没有罗刹出现的记载。到戴珠瑚驻守宁古塔时，才有去萨哈连以北的鄂霍茨克海之滨以及石勒喀河、额尔古纳河一带狩猎的猎民和前去巡狩的兵勇回来奏报，说在那里遇见了"黄毛怪"。"初见则怪，曾遇黄毛、蓝眼、高鼻怪客。其语不懂，其行诡诈，性淫，男女互淫为乐。喜食面烤食，冬无粮，有偷吃人肉者，土民称为'人魔''黄毛怪'，后蔑称'罗刹'。崇德以降，北域屡见不鲜，实察乃欧罗巴国内侵之俄罗斯国人也。近期则为患，据我土地，私开农耕，筑木舍，围木栅，曰城堡。掠当地之民，强行为之耕牧，掠收皮毛税捐，奸淫烧杀嗜性。踞全日见增多，若星罗棋布，视为其国其土，若瘿瘰腐躯，不可不力除也。"当地人们对"黄毛怪"的种种罪行无不义愤填膺，因此，常有自发联合进行自卫反击的，打得"黄毛怪"狼狈逃窜。

沙俄侵略者在蹂躏西伯利亚各族人民的同时，屡屡派人或间接刺探从南边来的一些商人或猎人，了解阿尔丹上游一带的物产和土著居民的生活状况。还从那些曾去过精奇里江的俄罗斯强盗的口中得知，从雅库茨克出发，由阿尔丹河上溯，越过外兴安岭，竟惊喜地发现，与勒拿河平行的一条石勒喀河同额尔古纳河汇合成波涛滚滚的黑龙江，从此知道了东方有一条浩瀚的大江。后来又进一步了解到，黑龙江有几条出名的支流，即精奇里江、牛满江、松花江等。那里气候宜人，土地肥沃，江两岸是大片大片的平川沃野，出产麦谷，粮食丰盈。牛羊成群，尤以貂、赤狐闻名于世，还有铜矿、银矿、金矿等。"棒打獐子瓢舀鱼，野鸡飞到饭锅里"，好个鱼米之乡，非常适于生存发展，农、林、牧、渔远比他们久居的北寒带地域富庶。这一切，使沙俄殖民者馋涎欲滴，认为是多年来梦寐以求的天堂宝地，引起了沙皇政府的百倍重视。为了满足贪婪的欲望，于是从崇德八年起，沙皇发下旨意，以雅库茨克为桥头堡、瞭望哨、发兵基地，组成远征队，疯狂地向黑龙江流域进犯。

那么，沙俄为什么选择从雅库茨克向中国发动进攻呢？因为这个城堡的地理位置极好，对大清的北方有居高临下的严控态势。它位于西伯利亚勒拿河流域的中段，即黑龙江上游的正北方，属外兴安岭以北，东面便是鄂霍茨克海。若从该地进入勒拿河，可逆水南进。之后进入阿尔丹河，再越过外兴安岭，不需多久，就可到达精奇里江上源，进入我大清的国土，较从欧洲到此近了数万里的路程。当时，清廷正忙于伐明南进，不但对罗刹的阴谋伎俩没有引起足够的重视，而且过于大意，致使北边防军松弛，给了罗刹以可乘之机。他们正是从雅库茨克派出了一批批侵略军，即所谓的远征队，到田园里抢夺丰收的果实，进村庄掳掠皮张、牲畜，为所欲为，干下了极不光彩的强盗行径。致使生活在外兴安岭下大清国北方的达斡尔人、鄂伦春人、赫哲人、满洲人遭受了巨大的灾难，在大人和孩子的心中，积郁了千古的仇怨。同时，也留下了许多抗俄的可歌可泣的悲壮故事以及为颂扬这些英雄而流传在民间的乌勒本和乌春。

在清兵打击沙俄侵略军时，一位沙俄武官彼得投降了大清国。据他讲，沙俄驻雅库茨克的行政长官也姓彼得，叫彼得·果洛文。曾是莫斯科沙皇手下的文官，聪明有智谋，深得沙皇的赏识。因常常听到黑龙江的一些奇闻，便魂牵梦绕，很想为沙俄占有黑龙江的土地立下汗马功劳，遂主动向沙皇请求，愿到雅库茨克任职。沙皇允准了，即刻派其前往雅库茨克任督军。临行前，他物色了一个助手，原本为沙皇宫中的文书官，叫波雅科夫。这个人贪婪残暴，嗜血成性，利欲熏心，只要有利可图，什么伤天害理的事儿都能干得出来。于是，彼得·果洛文带着波雅科夫从莫斯科来到了雅库茨克。

明崇祯十六年，清崇德八年夏日的一天，果洛文将助手波雅科夫召到自己的住所，对他说："目前，我们已经征服了西伯利亚的广大地区。然而，由于这里的气候寒冷，土地贫瘠，处境越来越不好。毛皮不足，军队的用粮日渐短缺，长此下去，必定遭殃。沙皇一再指令要用征服新土地的办法，扩大皮张的来源，解决粮食问题。不是早就听说斯塔诺夫岭①南面有一条阿穆尔河②吗？那里盛产紫貂，农牧业很发达。不妨去探源溯流，查个究竟，看看是否真有此河，还是天方夜谭或人们的口碑轶文。倘若能够找到那条流金淌银的大河，真有上帝赐给的那片沃土，我们的粮税将年年丰盈，沙皇统辖的土地也可拓展几万里。因此，决定派你组织一支远征队，去探查并占领这片新土地。"波雅科夫听后，心想："能让承担如此重任，这是对我的宠信。再说阿穆尔河地方若像讲得这么富，也是我大发横财的极好机会。真要一举成功，岂不高官得做？名利双收的事儿哪能不干呢？干，一定得干！"于是连连点头称是，并表示：

---

① 俄语：外兴安岭。

② 俄语：黑龙江。

"请督军放心,我马上组织远征队。"波雅科夫辞别了果洛文,一点儿没耽搁立刻去做准备了。

七月,波雅科夫把远征队拼凑起来了,自任首领,手下有两名哥萨克五十人长,一个叫米宁,一个叫波特罗夫。率领一百一十二名军役人员,还有征税官两名、翻译两名、铁匠两名,又网罗了亡命徒十五名,共计一百三十三人,每人带铳枪一支。队伍配备铁炮一门,炮弹一百发,火药及铅弹各八普特。

七月十五日,果洛文召集远征队,按沙皇的旨意发布训令。他说:"哥萨克们,听说斯塔诺夫岭南面有一条大河叫阿穆尔河,那里富庶得很,要什么有什么。现在沙皇派你们去寻找、踏查并占领传闻中的这片新土地,为国君征收毛皮实物税,寻找银矿、铅矿和铜矿。"在场的人听了,个个兴奋不已。他看了看大家那乐不可支的样子,接着说道:"沙皇训令我们,对那些难于驾驭、不肯归顺的土著人,坚决用武力镇压!"波雅科夫带头表示:"效忠沙皇!"其他的人亦随之呼喊助威。果洛文最后提高嗓门儿鼓动道:"哥萨克们,大胆地干吧,要为沙皇效命,金钱、美女、勋章等待着你们,各位将作为新土地的发现者而载入俄罗斯远东开发的史册!"

第二天,一支以波雅科夫为首的地地道道的武装侵略军便从雅库茨克出发了。这天,乌云布满了天空,浓雾笼罩着勒拿河畔,他们乘九只木船向南行驶,途经阿尔丹河、乌楚尔河、戈诺姆河,直抵努亚姆卡河。因为一直是逆水行船,所以速度很慢,费去了许多时日才上岸。翻越群山之后,总算到了高高的外兴安岭北坡儿。此时是九月下旬,冬天已经来临,江河开始结冻。波雅科夫考虑到冬天长途跋涉的艰难,只好留下部分人员,由哥萨克五十人长米宁率领,于林中伐木,筑木克楞房子过冬,一些粮食、船只、辎重等也留在了这里。为了早日实现沙皇的占领计划,波雅科夫顾不得寒冬的来临,自率九十人,乘雪橇继续南进。因来时带有铁匠,故雪橇是就地打造的。前面说到的那个武官彼得,便是跟随波雅科夫一起先行之人。

十月末,波雅科夫一伙儿翻过了外兴安岭。十一月间,又侵入了精奇里江流域,此时已进入严冬。他们一面在精奇里江由北流来的支流乌姆列堪河旁筑房,一面在附近大肆骚扰,抓人抢粮,准备过冬。在乌穆列堪河口,有个只有十二户的小屯子,叫乌穆列堪寨,住的全是达斡尔人,噶珊的头领是著名的布果尔钦老玛发。这位老人十分慈祥,为人诚恳善良，面对强敌正义果敢，在附近具有很高的声望。因寨中有几位老人受了冻伤，他就将乌力老太太的哥哥芒古勒吉尔请来为其治伤。正是芒古勒吉尔住在此地的时候，遇到了沙俄匪帮的侵扰，后来他将这件事讲给了萨布素。

事情是这样的：旧历十一月末的一天，屯子来了一群黄毛、蓝眼、大尖鼻子的外国人。时值深冬，外面北风呼啸，寒气逼人，个个满身白雪，眉毛、胡子挂着厚厚的白霜。纯朴忠厚的达斡尔人十分好客，布果尔钦老玛发见是远方的客人，赶忙热情地将他们让到了屋里，端来奶茶、斟上酒，以便喝了好暖暖身子。又专门扒来了两大盆火，让他们脱下外罩儿，好好儿烤一烤。他的老夫人还给端来一木盘儿榛子仁儿、都柿干儿、奶酪、奶皮儿等，请客人品尝。屯里族众看到来了这么多打扮特殊、长相奇怪的外客，也都好奇地凑了过来，屋里屋外挤满了人。

这时，五十多岁、两只手上戴着七个金镏子的波雅科夫，让会讲流利的满语、达斡尔语的翻译请布果尔钦老玛发坐在他的对面。老人坐过去后，波雅科夫便详细地打听一些有关情况，像你们是哪国人呀，这里是什么地方啊，屯子里有多少人哪，属哪里管辖呀，等等。然后，他对老玛发说："我们是奉大俄罗斯沙皇陛下的旨意而来，俄罗斯强大无比，俄罗斯人到哪里，哪里就是俄罗斯的土地。你们应该给俄罗斯帝国纳税，加入俄罗斯国籍，做沙皇陛下的忠实臣民。"此番话可露了馅儿了，完全是一副侵略者的丑恶嘴脸。正直的布果尔钦老玛发非常气愤，大义凛然地说："我们是大清国的臣民，年年向朝廷交纳贡税，凭啥给你们纳税？要知道，这里是大清国的土地，你们来了是客人，理应欢迎。要是威胁我们必须听外来人的话，那便对不起了，可以告诉你，决不答应！"双方越说分歧越大，争论越来越激烈，僵持了好一阵子后，只见波雅科夫生气地一跺脚站了起来，怒气冲冲地让翻译传告："沙皇的旨意不可违抗，我们是带着枪炮来的。谁敢抗拒命令，必杀掉他，屯落亦会夷为平地！"波雅科夫蛮以为这么一吓唬，达斡尔人可能就屈服了。恰恰相反，只见布果尔钦老玛发忽地也站了起来，针锋相对、斩钉截铁地说："我们是大清的臣民，享受大清皇上的恩赏。达斡尔人从没怕过谁，你有破炮，我有大弓！你的这几个人，像野猪羔子钻进了千张猎弓的包围之中，夷为平地的不是我们。要愁的倒是你们自己，恐怕死到临头还得不到全尸！"说完，双眼紧盯着波雅科夫，讥讽地哈哈大笑着。

波雅科夫往四下一看，在场的达斡尔人怒目圆睁、紧握双拳，有的已把弓箭拿在手，觉得有点儿不妙。自己人少，只要部落的布勒一吹，很多人会聚到这儿来，那可就麻烦了。说实在的，他也怕出事儿。于是，立马换了一副腔调儿，笑着对布果尔钦老玛发说："请不要介意，我不过是开个玩笑。其实，我们是奉沙皇的旨意，来同你们永世和好的，建立起真诚的友谊。还给大家带来了不少莫斯科的珍贵礼物，请你跟我去一下，把礼物取回来，好不好？"说着，走过去要同老玛发握手。布果尔钦哪懂这些礼节呀，根本没理他。波雅科夫又通过翻译，多次热情地相请，老玛发实在推辞不过，才答应下来。他的大女儿怕老父走路不便，要帮着去拿东西，便陪着去了，同去的还有一位家丁。刚刚走出屋门的波雅科夫见有些人不太放心地看着布果尔钦，遂回过头来蒙骗道："你们不用担心，他们拿了礼物马上会回来的。"布果尔钦老玛发等三人刚走出院子，就看到一些哥萨克匪徒随后也从各家各户走了出来，有的牵着牛，有的拿着貂皮，有的抬着粮食，随着他们向屯外走去。

出了屯落，布果尔钦才发现，沙俄匪徒已在屯外的林中搭起了两座大帐篷。当把他们三人带进帐篷后，波雅科夫立即变了脸，给老人带上了枷锁，并派人看守其女儿和家丁，布果尔钦这时才知道上了强盗的当了。波雅科夫强迫老玛发说出精奇里江一带土著居民的生活状况以及清廷的情况，老人像没听见似的，一概不答。波雅科夫凶神恶煞地威胁道："既然到了这里，就由不得你们了！我可以告诉你，不管部落以前归哪儿管，从今天开始，全是我们大俄罗斯的子民了，要向沙皇陛下交税，听明白没有？"老玛发义正词严地质问道："我们是大清皇帝的忠实臣民，向你们交哪门子税？"波雅科夫凶相毕露，刷地抽出了军刀，敲着布果尔钦老玛发颈上的枷锁，声嘶力竭地吼道："要是不向俄罗斯帝国纳税，别怪我不客气，先杀了你，然后把屯落变成废墟！"说完，命令手下人用鞭子猛抽老人和他的女儿及家丁。之后，又把他的女儿捆绑起来，企图奸污。布果尔钦气得眼睛都红了，大骂匪徒是畜生，戴着枷锁向波雅科夫撞去，家丁也同他们厮打起来。

屯里的族众一直等到掌灯时分，未见布果尔钦老玛发和他的女儿、家丁回来，知道出事儿了，肯定是那帮强盗耍的鬼把戏。大家连夜把粮食、皮张、牲畜转移到别处，同时派人到各处去传信儿，联络其他屯子的达斡尔人，纷纷拿着弓箭、砍刀、镐头，举着火把，到屯外帐篷向波雅科夫要人。面对愤怒的达斡尔人，波雅科夫蛮以为只要摆出一副气势汹汹的架势，便可以吓退他们。可达斡尔人不但没有被吓退，反而举起砍刀，拉开弓箭，没刀没箭的，就抡起镐头，勇敢地冲向匪徒。附近的武装达斡尔人听到信儿后，跃马扬鞭奔驰而来，把罗刹围个水泄不通。人喊马嘶，箭如飞蝗，刀砍镐刨，真个是痛快！尽管匪徒手里有枪，可面对面地对打起来，那枪干脆用不上啊，有的当即被打死，有一些被打伤。波雅科夫一看，不仅没占便宜，还有重大伤亡，更加气急败坏。于是，凶残地杀害了布果尔钦老玛发和他的女儿，然后带着残兵败将滚的滚、爬的爬，逃回了乌穆列堪河旁的营地。达斡尔人乘胜追击，一直追到了营地，围了三天三夜呀！可把匪徒们吓坏了，不得不整天修他们的小地堡，时刻担心达斡尔人会打进来，天天提心吊胆地龟缩在宿营地里不敢露面儿。乌穆列堪寨一仗，打死俄罗斯强盗十名，伤五十六名。虽然达斡尔人也有重大牺牲，但这场慷慨激昂的战斗进行得轰轰烈烈，将侵略者打得落花流水。让波雅科夫一伙儿真正尝到了达斡尔人的厉害，大长了中国人的志气，是大清国北疆的达斡尔人扬眉吐气、跟外国侵略者打赢的第一仗！

居住在精奇里江沿岸的达斡尔村落一传十，十传百，很快都知道了精奇里江来了罗刹以及乌穆列堪寨痛打魔鬼的正义之举。人们对布果尔钦老玛发的壮烈牺牲表示敬仰，为取得的胜利感到欢欣鼓舞，并且从乌穆列堪寨抗击罗刹入侵的自卫战中，认清了匪徒们的真面目。各村各户全部动员起来了，把所有的口粮、皮张藏了起来，并实行村屯联防。一屯有事，只要布勒一响，各屯皆来支援。大的屯落原来就挖有地道，现在又把各屯的地道连接起来，形成了一个严密的防御网。由于各村屯有了准备，波雅科夫一伙儿到哪儿抢不到东西不说，还连连挨打，使得他们一筹莫展，寸步难行。更让匪徒们难以忍受的是，冬天来了，江河结冻。致使留在外兴安岭北坡儿的粮食送不上来，附近的村屯又抢不到，所带有限的粮食早吃光了，三尺肠子闲了二尺半，有的已经活活饿死。在走投无路的情况下，便以人肉为食，把被打死的达斡尔人尸体偷偷拖到营地，烧吃人尸。甚至连同伴儿的尸体也作为佐餐，真正成了"吃人的生番"。这件事情一传开，更加激起了北方各族人民的切齿痛恨，把那些哥萨克人斥之为可恶的吃人恶魔、黄毛、蓝眼睛的妖怪、害人的罗刹鬼。

甲申年暮春，吃了五十多具人尸的波雅科夫一伙儿终于等来了留在努亚姆河的同伴儿米宁，好不容易拿来了粮食，这才有了吃的。匪徒们吃饱之后，准备继续南侵。北方冰雪的解冻时间晚，黑龙江、精奇里江得到旧历四月末才能开江。初时还要跑一阵子冰排，冰排消了，才可以

行船。波雅科夫一伙儿见江上能行船了，便悄悄儿地逃出乌穆列堪寨，坐船顺精奇里江南下。精奇里江中下游的各族各姓听说吃人的生番来了，男女老少齐出动，予以阻击，不准罗刹匪徒上岸。波雅科夫一伙儿的日子越发不好过了，成了过街老鼠，人人喊打。使之既上不了岸，又不敢到达斡尔各屯寨去，只好整日蜷伏在船上，顺流而窜。经过日日夜夜苦苦的煎熬，总算进入了黑龙江。波涛滚滚的黑龙江犹如万马奔腾，发出一阵阵的咆哮之声，波雅科夫心有余悸，仍不敢贸然行动。开始时，想找找银矿。可找来找去也没找到，便故伎重演，于黑龙江上游欺骗一些寨子的村民，征粮征税。

前书说到，喀尔喀穆得到扎科丹有关罗刹进犯的报告之后，立即奏报了朝廷。称俄罗斯有大举进犯精奇里江、黑龙江之势，十分危急。望朝廷派兵前来助阵，迅速赶到，缜密行之。之后，喀尔喀穆做了详细的部署：吉古林、多凌阿率索伦兵留守，严阵以待；萨布素、瓦礼祜带领色刻沿江传信儿，要求各村屯迅速把粮、畜、物藏起来，做好抗击罗刹的准备，定下相互联络的互援暗号儿；喀尔喀穆率领驻防宁古塔的八旗兵马，追击来犯的罗刹。一切就绪，马上分头行动。当喀尔喀穆所带兵马穿越林间的羊肠小道儿、秘密到达黑龙江下游的时候，朝廷根据宁古塔的紧急奏报，特派来协助抗俄的希福率领的增援马队也赶到了黑龙江下游。两军会合，安营扎寨，派人去寻找来犯罗刹的踪迹。恰在此时，沿江传信儿的萨布素、瓦礼祜来到了营地，喀尔喀穆、希福急忙起身将二人接入大帐。萨布素、瓦礼祜向喀尔喀穆、希福施礼后，报告了一路上所了解的情况。萨布素说："我们到沿江各个屯寨传信儿后，村民均已将该藏的全藏起来了。由于这一阵子河水猛涨，江水泛着白沫儿，江岸两头儿白茫茫的，有如汪洋大海，入侵罗刹所乘船只无法停留。况且两岸各村都有抗击罗刹的准备，戒备森严，致使匪徒的掠抢难以得逞。这样，他们只好龟缩到麻彦、乌拉嘎、太平沟一带，仅抢到了两头牛，宰杀后做了口粮。又顺流过了明山，在南岸的河套子里，掩藏了船只，支起了帐篷。因为罗刹兵对地势不熟，怕暴露，怕挨打，所以白天很少出来。晚上也不敢多个人出来，只是派出一两个到各处扫听情况，窥伺有无清兵，了解各个部落对他们是否提防。还专门向一些老年人询问，打探这条河能流到啥地方去呀，两岸有否屯落、叫什么名字、头领是谁呀等等。"萨布素说到这儿停了停，然后不无得意地继续道："喀尔喀穆叔叔、希福叔叔，告诉你们吧，我和瓦礼祜还认识了两个俄国兵呢！"喀尔喀穆一听，觉得有点儿奇怪，忙问："怎么回事儿？"萨布素遂向他们讲了事情的始末。

原来有一天，萨布素和瓦礼祜穿着达斡尔的衣裳，骑着马到附近屯寨传完信儿之后，想到罗刹人待的河套那儿看个究竟。他俩就琢磨："怎么办好呢？要是贸然而去，肯定不行。"合计来合计去，有啦！终于想出了一个计策。于是，二人装扮成猎人的模样，顺路抓了几只兔子，打了两只山鸡。然后将猎物吊挂在坐骑的脖子上，走到离罗刹人藏木船不远的几棵大榆树旁边下了马，坐下来，装作吃晌午饭的样子，推杯换盏、吵吵巴火地大吃大喝起来，还高声儿唱着达斡尔民歌，故意让罗刹鬼听到。

不大一会儿，榛材棵子里一阵嚓嚓的响声过后，果然走出两个罗刹鬼。其中一个是高个子，长着连鬓胡子，浓眉大眼，眼眶儿挺高，眼睛眍䁖着；另一个个头儿稍矮，看起来很年轻，也就二十多岁。可能是因为住的帐篷见不到阳光，阴冷阴冷的，所以大暖和天的，两人都穿着羊皮的俄罗斯大氅。身上没带什么家巴什儿，也没冲萨布素他俩发横，而是笑着走过来了。四只眼睛死盯着萨布素和瓦礼祜的嘴，看他们大口大口地吃着饽饽，嚼着狍肉干儿，还吱儿吱儿地喝着烧酒。这俩家伙眼睛几乎看直了，馋坏了，直劲儿地吧嗒嘴。待了一会儿，可能是实在忍不住了，只听那个大个子说："二位好啊！我们是俄罗斯人，向你们致意，请问能否给一些帮助？"萨布素装模作样地回道："不用客气，想打听什么尽管问，只要是我知道的。来，先请坐，跟我们一块儿吃顿晌饭吧。"大个子接着说："我们来是想向你们打听道儿的，请告诉我……"萨布素故意打断他的话："不要着急，坐下吧，咱们边吃边慢慢唠。"二人一听真让他们一块儿吃，咧开嘴乐了，迫不及待地一屁股坐在地上，真不客气，手一伸，大把大把地抓狍肉干儿猛往嘴里送，吧唧吧唧地大嚼着。看他们那个狼吞虎咽的吃相，一定是好几天没正经有东西下肚了。瓦礼祜又给倒了两盅酒，两人连谢带点头地笑着，一把抓起酒杯，咕嘟咕嘟地喝了起来。

两个罗刹鬼吃得差不多了，抹了抹嘴，开始打听了，大个子先问二人是哪儿的。萨布素回道："我们是来打猎的，家住百十里开外呢！""你熟悉这个地方吗？""太熟了，是我们的家乡啊，只要打猎就来。""见没见过有清朝的兵马呀，巡逻到过此地吗？""何止是到过呀，巡逻兵常来。人真不少，昨天还从这儿过了呢，你们可要小心哪！""请问这一带哪个屯子比较大又富裕，哪个寨子贮藏的粮食多？""咳，实话告诉你吧，周围这些寨子全是小屯子。你们或许已知道了，这儿太穷了，何况大伙儿听说你们来了，早躲起来了。""噢，是这样。他们躲到什么地方去了，到哪儿能得到貂皮和粮食什么的？""那得到下江去。""下江在哪儿？""从这条江顺流而下，到松花江口那儿。松花江口的两边不是达斡尔人的地方，而是满洲人的住地，就是珠申人。他们的生活可比我们好多了，牛羊成群，粮食袋子垛得一排一排的，家家都挺富有。要想得到所需要的东西，必须到那里去，正是松花江和黑龙江交汇处，是三角地带，称得上地地道道的粮仓啊！貂皮、粮食有的是，粮食成囤成囤的。""再往下去能到啥地方？""往下去进了大海了。"这一问一答之后，二人高兴了，也吃饱喝足了，便站了起来。萨布素看他们要走，又假装一本正经地说："刚才说的这些话，你俩可不要对别人透露是我讲的呀！"说着，又给了他们两只山兔，罗刹兵边伸手接边答应着，谢之后转身走了。萨布素随即腾地从地上跳了起来，拍拍屁股上的土，同瓦礼祜牵过坐骑，骗腿儿翻身上马，嗒嗒嗒疾速钻进了山林之中。那两个罗刹兵留了个心眼儿，走到不远处停下了，赶忙藏到榛材棵子里，等着看看萨布素他们往哪儿去。一瞅二人进了前边的林子，以为真是猎人，这才高高兴兴地返回去报信儿了。

喀尔喀穆听完以后，没太明白，又看萨布素、瓦礼祜一个劲儿地笑，便问："你们笑什么，啥意思呀？"瓦礼祜眨眨眼睛，收敛了笑容，说："叔叔，还没懂啊？这是萨布素出的一个花招儿。您想想，咱们等于挖了个陷阱，只等着套兔子啦！罗刹鬼如果上当了，必前往三江口。我们马上去那儿等他们，设下埋伏，打他个措手不及，准能全胜！"哈尔喀穆这才恍然大悟，高兴地拍着两个孩子的肩膀说："噢，是这么回事儿呀。真是两个小机灵鬼，想得好哇！对，就这么办，将计就计，牵着他们鼻子走。"于是下令，拔营起程，直奔下江满洲人聚居的三江口西岸的白桦林。人马很快到了那里，隐蔽在林中。安下营寨后，喀尔喀穆和希福带几个人进了屯子，找穆昆达商量伏击之事。

三江口一带住的多半是关姓，即瓜尔佳氏，其他还有老赵家、老张家等姓氏。不少人家的男儿是八旗兵，因此旗兵家属很多。喀尔喀穆一行进了屯子之后，见到了德高望重、年届八十的穆昆达关玛发。把情况一讲，老玛发说："罗刹鬼来了好哇，叫他有来无回！咱们立即行动。"随即命他的两个重孙子赶紧组织人，随着喀尔喀穆一起去做准备。他们算了一下，罗刹从明山河套地下来，到达三江口足有二百来里路，至少走两天多。如果要慢一点儿，就得三天。为什么呢？他们对此地不熟悉，只能一边试探着一边走，当然慢了。那么，这块儿为什么叫三江呢？因为松花江流入黑龙江的地方，形成了三股河汊子。往西，那是黑龙江上游；再往下走，是黑龙江的正江；除此，还有往东海去的道儿，正好是三个方向，故而称之。这里水势湍急，水流很大，像到了汪洋大海，一眼望不到边。江心里芦苇丛生处，似一片天然的绿岛，栖息着成群的天鹅、大雁，是鸟类聚集的所在。有水有草，有群鸟在上空飞翔，可以说是个很美的地方。喀尔喀穆估计罗刹得从西边过来，大家遂在满洲屯西边的离屯六十余里处设下了卡子，以便在那里堵截罗刹，防止他们进屯祸害百姓。要是罗刹强攻，则就地歼灭。萨布素认为，罗刹鬼得很，最大的可能是从江上来。于是，喀尔喀穆、希福在面对三江口的山岭上，设下了许多伏击点。所有的一切布置就绪，便日夜派人守候，每人手里拿着刀或者矛，还有拿火绳儿枪的。火绳枪的枪把儿是自己削刻的，铁枪筒儿也是自己铸的。在枪管儿里放些火药、碎石子或铅弹，然后用火绳儿点着火药，轰的一声，铅弹或碎石子就从枪口儿喷出去了，杀伤力挺强。一米之内打腿，腿得折；打眼睛，眼睛准瞎；打脑袋，会打出个窟窿来。当地人平时打猎常用这种枪，现在就用它来对付罗刹鬼了，其余的人埋伏在江岸两边的丛林里。由于他们熟悉地形，山上的人各自选些便于伏击的地方，全都隐蔽起来。另外，又派出探子，到西岸上游探寻罗刹的行踪，看所乘船只过来没有。只要见到影儿，立即骑马飞报，可以说各个方面皆做好了充分的准备。

单说这一天，大清的兵勇吃过晚饭，正按照喀尔喀穆的部署在伏击点守候的时候，出去寻访的探子飞马来报："江面有三只罗刹的船由西而下，已疾速往三江口驶来！"喀尔喀穆、希福听报后，高兴得摩拳擦掌，立即命令兵丁做好战斗准备。往江面一看，只见罗刹乘坐的是小木船，每只坐六七个人，三只共有二十来人。这种小木船的优点是轻巧、灵活、划行的速度快，如同三支箭射过来了。在初升的月光映照下，隐约可见罗刹鬼在三江口下了船，还真没往前走，只在附近活动，看样子是想在密林里宿营。不大一会儿，果然搭起了帐篷。他们的一举一动，喀尔喀穆因在山上，居高临下，所以看得一清二楚。萨布素、瓦礼祜同周围满洲屯来的人，也都看在眼里，只等喀尔喀穆一声令下，大家会像猛虎下山般冲过去，杀他个片甲不留！但喀尔喀穆并未马上吹响暗号儿，想再等一等。为什么呢？他见从小船上只下来二十多人，原本可是一百多匪帮啊！显然来的只是前哨。如果马上动手，罗刹的大队人马一到，自己反倒会背后受敌。说不定在去抓这些人时，大队人马碰巧此刻从眼皮底下绕过去了，必会顺利地进入满族屯，屯子就要遭殃了。所以便没动，想再观察一下。

夜深了，万籁俱寂，只听到江水拍击岸边发出哗哗的响声。哥萨克匪徒或许折腾得太累了，进到帐篷里没多久，便发出了如雷般的鼾声。门外站岗的，不时地伸着懒腰，打着哈欠。直到这时，喀尔喀穆见他们的大队人马仍没有来的迹象，想趁此机会，先把眼前这些人收拾了。他把两手往嘴边一捂，发出了嘎嘎的猫头鹰叫声。希福、萨布素、瓦礼祜听到号令后，随即带着满洲屯的族众，出其不意地冲到帐篷前。两个在外站岗的罗刹鬼惊慌失措，也顾不上进帐篷里报信儿了，撒腿就往江边儿跑。瓦礼祜一个箭步蹿过去，抢起大刀，向落在后面的那个哥萨克头部砍去，只听扑哧一声，脑袋骨碌碌滚落在地，血染刀锋。跑在前面的那个哥萨克回头一看，同伴儿已被砍死，吓得只张嘴叫不出声儿来，一头栽到江里，腿被石头卡住而受伤。这时，还有一个可能是起夜的哥萨克，一看不好，惊恐地大喊："不好了，清兵来了！"边喊边趁势跳进江里，仓皇逃命。萨布素岂肯罢休？噌噌飞跑到江边儿，纵身一跃，撺进江里，一只手抓住那个受伤的哥萨克，另一只手嗖地甩出了扎枪，不偏不倚，正好扎到后跳进江那个哥萨克的身上。那人被扎得嗷的一声。这一声儿惨叫，惊醒了帐篷里睡梦中的哥萨克匪徒，一个个纷纷争抢着往外跑，哪能来得及呀？抗俄的勇士们如龙似虎，刀光闪闪，手起头落，二十多个哥萨克转眼间全被砍倒了。萨布素像拎小鸡似的提溜着腿部受伤的俘虏上了岸，仔细一看，想起来了，此人正是与瓦礼祜遇到的两个俄国兵中的个子稍矮的那个，忽然产生了一个想法：留下他，将来还有用。于是，将他带到喀尔喀穆面前，问道："叔叔，杀了吗，能否留下？"喀尔喀穆从萨布素请求不杀俘虏的口气中，觉得一定有他的用意，想了想说："留下个活口儿也好，想办法让他说出罗刹的情况。"这样，便将这个哥萨克留在了老穆昆关玛发那儿，让人看着他，还给裹了腿伤。

再说罗刹的头领波雅科夫真够狡猾的，当听到三江口很富庶时，恨不得一口把所有的粮食全部吞进肚，皮张也掠个精光。但又怕上当，便没敢倾巢出动，而是先派出了小分队到前头蹚路子，大抢一顿再说。如若顺手，自己再率大队人马去扩大战果。此刻，他正乘船走在半道儿上，并没发现有什么异常，还挺得意的，大船继续向前行进着。突然，有人看见江面飘过来一个哥萨克兵，立即报告给他。波雅科夫大惊，急忙走出船舱，下令赶快打捞。将那人弄到船上后，发现已经奄奄一息，左肋划了一个很深的大口子，血仍在往外流，身上的皮衣早没了，冻得哆哆嗦嗦的。波雅科夫见状，又命人给他喝下了半碗酒，暖暖身子，包扎了伤口，半天兵士才渐渐清醒过来。这时，天刚蒙蒙亮。波雅科夫见他醒过来了，便问道："小分队怎么样，发生什么事儿了？"那人回答说："小分队的人全被清兵杀死了，我是拼着命跳到江里才逃出来的。"波雅科夫听后，惊出一身冷汗，疯了般狂喊："快划船，不能在三江口停留！"于是，大船向黑龙江下游逃去。

其实，这一切喀尔喀穆在江边儿早看见了。见那船并没想在三江口靠岸停下，而是在翻滚的波涛上，一起一伏地快速向前划去。心想："一定是得到信儿了，要夺路而逃哇！"立刻命令道："匪徒们要逃，赶快追。继续尾随、监视，绝不能让他们跑掉！"喀尔喀穆办事儿一向果断。希福心细，胆儿比较小，一听喀尔喀穆说要追，立刻建议道："现在水势太大，江流又急，江面宽阔，尚有冰碴儿，不宜乘船追击。即使沿江边儿追，骑马尾随也不方便。况且我们赶到松花江的下游，那可快到出海口了，等于到了罗刹的老巢了，是不是不要往前追了？"喀尔喀穆不同意，坚持道："不能不追，下江有赫哲、费雅喀兄弟，不能让他们受害呀！咱们既然已经跟了四十多天了，必须跟到底，绝不能前功尽弃。先不露声色地在后面暗中尾随，如果乘船容易被发现，便骑马在岸上跟踪。希福啊，不能怕危险就不追了，只有领头儿的敢于拼，才能率领大家所向披靡。俗话说：'兵熊熊一个，将熊熊一窝'呀，咱可不能熊啊！"希福一看喀尔喀穆态度这么坚决，当然听命了，马上令萨布素到沿江部落赫哲人家里借些好马，还要多借几匹备用，再筹集够吃十天半个月的干粮，尽快出发。萨布素、瓦礼祜赶忙跑去把此事办好了，大队即刻启程。

由于黑龙江江水的上涨，特别是三江口水流快，顺流而下的船只速度更快，因此波雅科夫乘坐的大船很快便没影儿了。而喀尔喀穆所带的队伍是骑马在陆地上追，有的地方虽离江边儿近些，但要在南岸的密林里穿行。当遇有陡崖时，江边儿走不了，必须绕过去。这样，尽管他们尽力打马拼命飞奔，有时可看到波雅科夫所乘船只的影子，有时却因为陡峭山崖的遮挡，一点儿看不见。特别是江水快到入海口急转弯处时，水面越来越宽阔，水流湍急，船的行进速度快如射出的箭。在这种情况下，想追上江中的小船谈何容易？何况待喀尔喀穆马队越过沟谷，穿越密林，登攀荒芜的林海小路，费了九牛二虎之力再追到乌苏里江江口时，所追的船只早已无影无踪了。他们沿路打听，皆说未曾见到罗刹的船只。喀尔喀穆想，既然没见到罗刹兵，那就是说，匪帮一直未敢靠岸停留，还在顺流而下。于是，他们又骑马沿江进入了赫哲族聚居地。到这儿以后，听当地人讲，见到江心有几只船飞速地向下江驶去。即使这样，喀尔喀穆也没放弃，仍在继续追赶，一直到了离黑龙江出海口不远的费雅喀人居住地。

费雅喀人的各个屯寨都有姓长，即部落长。自归顺大清以来，年年向朝廷缴纳贡品，划为宁古塔驻防管辖。宁古塔衙门于每年春夏秋三季，派兵前来收缴贡物和到各处巡逻。费雅喀人以渔猎为生，可得大量的貂皮或其他动物的皮张，还有药材、山货、海产品等，惟缺少粮食、盐、绵、绸缎、铁器及日用品。因此，年年春秋两季均于内地举行一次交易，以物易物。费雅喀男人同满洲人一样梳辫子，妇人披发。无论男女，穿着皆以皮衣为主，雪橇、船只为交通工具，生活得十分悠闲。大小村落很多，比较集中，多数坐落在两岸依山傍水的山下。如遇有特殊的情况发生，各屯寨有联络信号儿，即用螺号、鼓乐互相传告。喀尔喀穆作为驻防宁古塔头领，曾两次到这里巡查，对此地虽不太熟，也不算陌生，此次当然是为追击波雅科夫匪帮而至。经向不少人问询，他们同赫哲人说的一样，没有见到江中的木船。这就足以说明喀尔喀穆的马队穿山越林、绕道儿从江两岸走时，波雅科夫的木船于江心走的是直线，早过去了。喀尔喀穆见天色已晚，决定到西岸找了一个较大的部落投宿。

喀尔喀穆所率兵马来到的部落在这一带是比较出名的，部落的头领叫那朱库，是位七十多岁的老人。身板儿倒挺硬朗，红通通的脸膛儿，鹰眼白眉，白髯飘洒，身穿狰皮大衣，很有风采。他见喀尔喀穆身上带着大清国宁古塔驻防的令牌，知道来者是朝廷的哈番，便叩头下拜。喀尔喀穆忙将他扶起，说道："请老人家不必拘礼。"费雅喀人纯朴、正直，同朝廷的关系一直挺好，年年缴纳贡品。朝廷亦将费雅喀人作为北方的少数民族之一，给以了许多优惠的待遇和特殊的照顾。因此，那朱库一见朝廷来人了，非常热情，赶忙将客人让了进来。那朱库有八个儿子，全与他同住，十九间木克楞房子围在一起，全家上下大人孩子的，很是热闹。喀尔喀穆一行进院儿之后，只见房前屋后到处挂满了咸鱼、肉干儿，有的就是把一条大海鱼取出肠子、劈成两半儿挂起来晾晒的，满院子散发着一股鱼的腥味儿。几只大猎狗见进来了生人，便疯狂地冲这些陌生人狂吠，有的还跃跃欲试地要冲上来。那朱库用费雅喀语制止道："叫唤什么？这是咱们的好朋友来了，再叫就拿棒子打！"猎狗还真懂事儿，听老主人骂了以后，立刻没声儿了，摇着尾巴、撒着欢儿看着来人。院子里有几个费雅喀人正在用利刀劈开摆放于木案子上的一条千余斤重的大鳇鱼，并用手从鱼腹中往外掏着鱼子。然后将鱼子放在木案前边一个装满水的木槽子里，鱼腹还在腾腾地往外冒着热气，那人的双手被染成了血红色。更有意思的是，在大伙儿的脚底下，有一群小狗跳着、逗着地跑来跑去。有的撒着欢儿，有的在戏耍，有的坐在那儿瞪着眼睛，露出一副讨人欢心的样子，等待着主人的恩赐。东海渔村的恬淡安适以及独有的生活场景，深深地吸引着头一遭到这里来的希福、萨布素、瓦礼祜等人，他们好奇地这儿瞅瞅、那儿看看，觉得样样儿都很新鲜。

大家在院子里看了一会儿，那朱库老人便请喀尔喀穆一行进屋喝茶。落座后，老夫人给每人送上的不是什么茶，而是一碗又热又香的乳白色的鱼油汤。那朱库老人说："请尝尝，这汤可比茶好多了，像奶一样。喝上一口，喷香喷香的。天凉喝它暖身子，身子骨儿壮，喝吧！"萨布素他们头一次喝鱼油汤，刚开始几口喝不惯，发呕。强忍着喝，就能喝下去了。老夫人又给每人盛了一大碗，也都喝了。你别说，越喝越感到舒服，不仅腥味儿觉不出来了，反而品出了一种特殊的香味儿。还好像有一股热气立即传遍全身，寒冷顿消，身子暖和多了。喝完之后，那朱库拿来了烟斗，请在座的各位抽烟。费雅喀无论大人、小孩儿抽烟，全用木头刻的烟斗。烟锅儿挺大，像小碗似的，杆儿有的长些，有的短些。那朱库老人拿来的这个烟斗，是用木头疙瘩刻的，挺沉，烟锅儿大，一次能装不少烟丝。一抽，烟锅儿里的烟火通红通红的，升腾起一缕缕的烟雾。老人把烟斗首先递给了喀尔喀穆，喀尔喀穆礼貌地接了过来，那朱库在一旁笑着看他抽。费雅喀人就是这样，你越是抽他的烟，他越高兴，觉着这是一种亲近的表示。喀尔喀穆抽了几口后，递给希福。希福刚抽了两口，便呛得一声接一声地咳嗽起来，眼泪也流出来了。萨布素、瓦礼祜看着他那个样儿，笑得前仰后合的，肚子都笑疼了。于是，大家是边抽烟边烤火盆儿边唠起了罗刹。喀尔喀穆从那朱库老人嘴里得知，"黄毛怪"来犯的事儿族人听说了，但在此地没见到，不知到什么地方去了。老人看出喀尔喀穆是急着要找到罗刹，遂让身边的下人出去打听。回来告之，附近大大小小四十多个屯寨、五六十里的地方，均未见到匪徒的影子。那朱库说："再远一点儿的地儿，就不归我们管了。那里的人住江边儿，有的住林子里，有的住山旮，相距几十里，不知他们看到没有。不过在那么一大片地方，又是山又是密林的，想见罗刹鬼并不容易，在哪个山旮旯都能藏得住。要想找到，可像大海捞针一样，难哪！"喀尔喀穆听老人这么一说，更着急了，忙问："老人家，还有什么办法吗？"那朱库说："别着急，只能慢慢来。既然已经来到这儿了，先不要走，一定想办法查到就是了。"喀尔喀穆一想，也是啊，我们对费雅喀的语言、生活和周围环境不熟悉，只能依靠当地人帮忙了，决定暂时住下来等待。

喀尔喀穆一行住下后，天天憋闷得难受，他们哪是能在屋里待得住的人呀，有时出去到附近走走、看看。一天，在一个院子里，看到不少费雅喀的姑娘领着孩子们在那儿唱歌、跳舞，还用小木槌儿击打着"浪木"，玩儿得特别开心。什么是"浪木"呢？即是将伐来的一根大木头扒下皮，再把木心儿掏空。晒干后，两端钉上皮条儿，然后横着吊在架子上。这样，当用木槌儿敲打空心横木时，可发出悦耳的声音，并随着敲打的力量来回悠荡着，故而称之。今天姑娘们敲打的这根"浪木"，外面已蹭得又黑又红，看样子起码用了几十年了。一些孩子伴随着姑娘们的敲击和歌声，高兴地跳着舞，妇女们则在两边的小凳子上坐着，凳子上铺着白熊皮，悠闲地听着敲出来的各种乐声和旋律。萨布素第一次看见这种乐器，便走了过去，仔细地看了半天，又好奇地接过木槌儿敲打起来。轻敲，声音圆润好听；重敲，铿锵浑厚；快敲、慢敲，发出的声音都不一样。另外，木槌儿也有几种。有粗的、细的，也有扁的、圆棱儿的。不同的槌儿敲在浪木上，会发出不同的音律。熟练了以后，可用各种各样的槌儿，以或轻或重的力量敲，就能够敲出异样的乐曲来，这是费雅喀人特有的一种"浪木曲"。

尽管费雅喀人十分热情，那朱库老人招待得也很周到，但喀尔喀穆心里着急呀，总想带人下去亲自了解一下匪徒的情况。哪知那朱库老人却一直不让，说道："哈番大人，不是已经说了嘛，寻找罗刹鬼不用烦劳各位了。再说了，你们上哪儿去找呀？全交给我了，由我替你办。放心吧，跑不了他们！噢，对了，还真是巧了，明天要过熊节了。这是个大喜的日子，你们安下心来，同我们一起乐和乐和好不好？"萨布素他们不但从未享受过熊节，而且第一次听说，越发好奇。说起熊节，可是费雅喀人的一个特殊、盛大的节日。族人把小熊抓来或买来，在家里圈养着，养到一定时候就该杀了。杀之前，要有个仪式，通常是在晚上，屯寨里的人以及附近部落的人都赶来参加，这便是过熊节。大家举着火把，将脖子上套着锁链子的大棕熊从熊圈里引出来，一个人在前头牵着，四五个人拿着棒子在后面赶着，领着熊绕着屯寨走。熊一般知道自己要被杀掉，会暴怒、号叫，因此边赶边要给它喂吃的，然后装进木笼子里。开席喝酒时，族人坐在炕上喝着，熊在木笼子里吃着。杀熊之前，先要勒条狗。目的是让这条狗为熊神的魂灵升天引路，也就是让狗拉着熊一起升天，狗是运输工具。到要杀熊的时候了，有专人祷告一番，跟熊说："今天杀你呀，可不是我拿刀杀，而是蚂蚁在你身上爬。是天神让你去，不是我们让你去。"杀完收拾好之后，把熊肉煮熟或烤熟，族人再一起热热闹闹地吃熊肉。吃熊肉是有讲究的，分部位。哪块儿主人吃，哪块儿女人吃，哪块儿客人吃，都不一样。吃完了，需要埋葬熊骨，也有一定的仪式。待一切全做完了，熊节才算结束。这次正好是那朱库老人家养的熊该杀了，主人认为能赶上就是缘分，便盛情挽留朝廷来的哈番。

喀尔喀穆一行虽然赶上了过熊节，但心里有事儿呀，只好同老主人那朱库商量道："我们还有要务，急着追赶匪徒，是不是不参加了？"那朱库说："那可不行。我看还是先不要急着走，无论如何得和屯寨的人一块儿热闹热闹。即或我放你们走，恐怕全寨全族的人也不会同意。我知道大家想尽快找到罗刹鬼，可没有族人做向导，这么大一片地方，你们自己去根本找不到哇！这里是个大部落，与周围一些小部落都有联系。如果强盗们要藏在哪个山沟儿的小部落里，咱们肯定会知道信儿的。哈番大人着急，其实我心里更急，早已派人出去寻了。再说，罗刹鬼要是真到了附近，不用去找，立刻就会知道，因为同别的部落可以用双木梆子进行联络。"萨布素插嘴问："老爷爷，什么是双木梆子？"那朱库老人说："这双木梆子，就是用两块硬木刻成的梆子。一头儿有把儿，互相敲打，发出"哧、哧、哧"的声音，分长音、短音、单音、碎音，有急有缓。敲梆子是一种技术，梆子一敲，各部落有什么情况立马全知道了。所以，我一直劝你们等一等，留下来吧，大家盼着同朝廷的哈番欢度熊节呢！"喀尔喀穆一听主人把话说得那么诚恳，再说那朱库不单单是一个屯寨的姓氏长，还是这一带费雅喀人的联合首领，族众皆听他的调遣。既然老人心中有数，看来是有些把握的，匪徒们很难逃出他的手心儿。而且喀尔喀穆还知道，老人家曾随同吴巴海巴图鲁到沈阳京师拜见过太宗皇上，向朝廷纳献貂皮。皇上赐宴招待了他，并赠送了许多绸缎、布帛。老人同朝廷的感情很深，对派来的官员一向是有求必应、热情帮助。因此，眼下即使再急，总不能辜负那朱库的盛情啊！何况熊节又是费雅喀人的民族习惯，理应尊重。于是，客随主便，答应了老人的邀请。就这样，喀尔喀穆一行同费雅喀的族人们过了一个欢乐喜庆的节日，大家边吃熊肉边喝酒，共同祭拜了熊神和天神。

第二天，那朱库老玛发在喀尔喀穆的请求下，再次派出了打双梆子的人，乘着马拉爬犁，到黑龙江出海口邻近的村寨传报消息，了解情况。晚上返回时告知，那一带未发现沙俄侵略军。萨布素、瓦礼祜一看，又过好几天了，一点信儿没有，有些坐不住了，提出要亲自出去查看。对此请求，喀尔喀穆没答应，那朱库老人也不同意，说道："没有我们的人做向导，单独出去实在是太危险了。被费雅喀人抓住倒是小事儿，弄不好的话，还会误以为是异族人而杀了呢，那可不是闹着玩儿的。"接着安慰道："朝廷的各位哈番，请你们放心。那帮黄头发、蓝眼睛、大鼻子的罗刹鬼骗不过费雅喀人的眼睛，不会得到任何好处。倘若胆敢在这里撒野，族众是绝不会饶过的，等着他们的只能是弓箭，或者被扔到黑龙江里喂鳖。这一带的山洞很多，还有不少族人打野围子时用的地窨子，现在全空着。之所以找不到他们，很可能是躲到哪个山沟儿的山洞子里去了。我将不断地派人去传信儿，只要大家有准备，他们啥也抢不去。时间一长，罗刹鬼没有粮食吃，不用你找，他自己就会从地里钻出来，到那时再收拾并不迟。"喀尔喀穆一听，觉得既然暂时没有什么好办法，只能这样了。从此，他们耐心地住了下来，与那朱库老人全家和当地的费雅喀人交上了朋友，向他们学习费雅喀语，穿上了海豹皮衣裳。萨布素、瓦礼祜还乘爬犁远行二百多里，到海湾去打海豹，连春节都是同大伙儿一起过的。唱费雅喀的歌，跳费雅喀的舞，并参加了几次族人神圣的萨满治病祭祀。虽然远离故乡数千里之遥，但热情好客的费雅喀男女老少，却使他们感到非常温暖，无比亲切，留下了极为深刻的印象。

时光在等待中度过，刚到初春，那朱库老人的话应验了！有几位依山傍水村寨的巴雅喇乘着雪橇来传信儿了，说黑龙江入海口处有座著名的六尖子山，住在山下的两个费雅喀寨子的人发现了罗刹鬼。看见一个个从六尖子山山谷的老熊洞里出来，到附近的寨子里抢粮，还打伤了一对儿老夫妻。当时儿子不在家，同几个人去海湾捕海豹了。老夫妻被打时发出的喊声惊动了寨子里的人，当大伙儿赶到的时候，罗刹鬼已经跑了，有人看见又回到六尖子山那边去了。那朱库老人一听，乐了，对喀尔喀穆说："哈番大人，你看怎么样？罗刹鬼果然忍受不了饥饿，开始出洞了。我们这个村寨在黑龙江出海口一带是最大、也是最富的，别的寨子不但小，而且都很穷。估计这股儿匪徒在那儿抢不到粮食，很快会到这里来。不管他们啥时候来，既然已经发现了豺狼的踪迹，应当赶紧想对策了。"喀尔喀穆一行在此地待的时间不算短了，对这一带的地形比较熟悉了，各屯寨的情况也掌握了。听了那朱库老人一番话，很是兴奋，便说："老姓长，讲得好哇，咱们让他有来无回！还是先通知那些小屯寨把粮食、皮张藏起来，人要躲一下，以便逼着罗刹鬼到我们这里来，想办法制服他们！"那朱库老人答应道："行，咱就这么办。"说完，把身边最得力的梆子队派出去了。

　　梆子队每人手拿双梆子，从秘密通道登上了神圣的六尖子山最高处，由一人领头儿，用双梆子"哪、哪、哪"地传送着信号儿。因为费雅喀的几代人听惯了此信号儿，所以梆子发出的不同声音，是报的吉祥，还是报不利的消息，大人小孩儿都知道是什么意思。尤其这次是在高山上敲梆子，顺风一刮，声音异常响亮、清脆，四面八方听得清清楚楚。人们听出了是从山尖儿上传过来的告急的梆子声，让赶紧向大寨迁移、躲藏。信号儿一经传出，族人马上行动起来，不大一会儿，各寨全空了。首领们迅速地聚集到了那朱库老人的大寨，来拜见他们的总头领，听候命令，那真是雷厉风行啊！喀尔喀穆一看双梆子真个灵啊，人们闻风而动，效果又那么好，不禁暗暗竖起大拇指叫绝。那朱库老人把各寨的头领引见给了朝廷的哈番大人，一个个热情地施礼问候，喀尔喀穆则高兴地向众位回礼。原以为各寨的头领是些老头儿呢，可实际一看，没想到多数竟是青壮年，乃后起之秀啊！正合他的心意，就希望多有些年轻人，因为喀尔喀穆有自己的战略部署。

　　这些天来，喀尔喀穆不是学了些费雅喀语吗？他操着半生不熟的费雅喀语，向头领们连比划带说地揭露了罗刹的凶暴。所讲的强盗们掳掠大清国土、杀我各族人民血的事实，像熊熊的烈火一样，点燃了这些青壮年炽烈的复仇火焰，义愤填膺，纷纷献计献策，七嘴八舌地提出了不少对付罗刹的办法。有的说，我能使弓箭，用箭射杀他们；有的说，我的狗厉害着呢，百十来条猎狗，把他们撕也撕碎了。有的表示担心："听说罗刹有枪有炮，就咱们这些家巴什儿，能行吗？"喀尔喀穆提出："我倒有个办法，琢磨着能行得通。"大家齐声儿问："什么办法？""我发现这块儿有个特点，各个屯寨都靠着山。依山傍水的屯寨多数是偏坡儿形的，下头是河谷，完全可以利用地势战胜罗刹强盗。"大家听后，急得瞪着双眼直晃头，不明白是什么意思。那朱库老人说："请哈番具体说说，究竟是个啥招儿，它比弓箭还厉害？"喀尔喀穆笑了，说道："要告诉你们的这个战法，为八旗兵百战百胜的绝招儿，是从汗王爷那儿传下来的，叫'滚木礌石'。"众人迫不及待地齐声儿问："什么叫'滚木礌石'？"喀尔喀穆说："简单讲，先伐些木头，再搬些大石头，放在居高临下的屯寨四周。等罗刹鬼来了，砍断系着木头和石头的绳子，木头、石头就会天塌地陷般顺坡儿滚下去，专砸那些抢掠的恶魔，这便是滚木礌石。"在场的人总算全听明白了，认为此招儿挺好，都同意采取这个办法。喀尔喀穆说："那好，诸位头领年轻力壮，一定要抓紧时间，现在跟我伐木头去。伐完木头，再背些大石头，架在屯寨的四周。要隐蔽好，做稳机关，千万不能让罗刹鬼发现。"那朱库老人带头保证道："行，我们听哈番大人的，你说怎么办，咱就怎么办。"诸位头领对朝廷的哈番一向很尊敬，当然听从指挥了，表示愿意随喀尔喀穆大人一起干。

真是人心齐泰山移呀，众族人随同喀尔喀穆一行没早没晚地干了起来。先在周围伐树、背石头，然后搬到屯寨的四周，尤其是交通道口的地方要多摆一些。再把粗木头、大石头用牛皮条子呀、熊皮条子呀、野猪皮条子等缠住绑结实了，另一头儿固定在钉好的木桩儿上。有的木桩子能绑几根粗木头，粗木上还摆些大石头，使木头、石头半吊着。然后再在吊好的木头、石头上盖上草和树枝。从远处看，像围墙似的，十分隐蔽，人躲在滚木礌石的后面监视着。一旦有情况，听到命令，举起斧子把粗皮条子一砍，那几百斤重的大圆木带着粗重的巨石，便会像从天上掉下来一样轰隆隆地滚到山下去，震耳欲聋啊！可以想象，木头、石头从高处带着巨大的声响飞奔而下，在下边的人畜吓也吓蒙了，哪能躲得了哇，再说往哪儿躲呀？眼睁睁地看着那些滚木礌石在地上滚，想蹦起来避开，那是很难闪过的，必将把人和畜的腿砸折，这还是轻的。若砸正当了，会被圆木直接推到江岸下边，滚进江里去，小命还有吗？应该说，此招儿相当厉害。不用放箭，以逸待劳，只需动一下斧子，你就坐在那儿等着收尸吧！

喀尔喀穆是个办事儿细致、认真的人，一向如此。在布置滚木礌石的过程中，那些费雅喀人开始不太懂，他便热心地手把手教，给以耐心的指导。还不厌其烦地叮嘱大家，一定要小心，一点儿不能疏忽，如果小事儿不注意，很容易出大事儿。等到各个机关全安好后，喀尔喀穆管得愈加严了，不许任何人到底下走，必须老老实实在山上等着。而他却从山上一次次地下去，一遍遍地检查，看哪个地方滚木或礌石下滚时有障碍物。假如有石头挡着，需要搬开石头，修平道路。萨布素、瓦礼祜惦着他、心疼他，见一个人干太吃力，赶忙下山帮助搬石头，扫障碍。喀尔喀穆抬头一看是他俩，立马生气了，瞪着眼睛毫不客气地训斥道："你们下来干什么，不要命了？没告诉不能在圆木下站着嘛，还愣着干啥？快上去！"把萨布素和瓦礼祜硬是给骂走了。可他不上去，仍在底下站着，看看有没有牛哇、马呀走过来，深恐有些人因不明白、不注意而发生意外。他一次次地提醒大伙儿："千万不要小看这机关，它一动，可是人命关天哪！你们只能站在各个机关上面的地方，不能站在下面，那是绝对不该停留的地儿，也是最不安全的地儿。特别忌讳的是把要领给忘了，要牢牢记在心里，像刻在脑子里一样。"费雅喀人还真向喀尔喀穆学会并掌握了滚木礌石的要领和技术，有两个屯子就是自己安装的机关。现在一切都布置好了，已是万事俱备，只等罗刹鬼前来，好送他们上西天啦！

自从装好滚木礌石机关之后，喀尔喀穆总是不放心，老怕有什么闪失。在一个漆黑的夜晚，想不到竟真的出了令人悲痛、惊天动地的大事儿！喀尔喀穆已是连着几夜没歇息了，两眼充满了血丝，整个儿瘦了一圈儿。他担心有人不小心，到滚木礌石之下，倘若碰到机关，将十分危险，会出现意想不到的严重后果。虽然每天日夜有人值班，认真看守着滚木礌石的机关，但还是不托底，每晚总要起来几次到屯寨周围各处去察看。这天夜里，他愣是逼着日夜劳累的萨布素、希福、瓦礼祜他们好好儿睡一觉，自己照常爬起来，在月光下边走边巡察。先看看那些岗哨尽没尽心，是否睡了。一看，所有的岗哨都在小茅屋门前警惕地站着呢，这才放心了。又走到屯前大道的旁边，听听吊木的下头是否有动静。正检查着，突然听到有轻微的唰唰声。他警觉地绕过去一看，原来不知从哪儿来的几头老牛正在滚木礌石下面吃草呢，并且边吃边往山坡儿上走。心中猛然意识到这太危险了，一旦碰动了上面的机关，圆木滚下来砸死几头牛不说，好不容易摆上的木头、石头还要重新去吊。抬木头、背石头、架机关说起来似乎挺简单，做起来哪那么容易呀？要花费很大的力气才行啊！再说了，重新伐木，重新修造滚木架儿，需要时间哪。说不定哪天罗刹鬼就来了，岂不措手不及？那可误了大事儿了。想及此，也是太着急了，啥都没想，只想尽快上去将牛赶走。他本应叫那几个放哨的，悄悄儿下山，分头把牛赶开。当眼看着有的牛低头边啃着草边走近了滚木礌石的机关时，一着急，顾不上喊人了，拔腿便往山坡儿上跑。本想先赶走离圆木架儿比较近的牛，哪承想这么一轰，离圆木架远的牛却惊了。牛不懂啊，它一惊，不知怎么偏偏往上跑。这一跑不要紧，正好撞上了其中的一个机关，牛的犄角将吊木的皮条子顶断了。只听轰隆一声，圆木、巨石无情地滚下山来，三头牛从旁边蹿过去了，喀尔喀穆及另外两头牛被砸在了圆木之下。

那朱库老人此时还刚睡，正稀里糊涂地做梦呢。圆木滚下来的轰响惊醒了他，一激灵，起身腾地站起来就往外走。其他的费雅喀人以及萨布素、希福、瓦礼祜也听到了忽隆声，都跟着跑了出来。互相一看，发现没有喀尔喀穆，便立即分头去找。一个个大睁着眼睛搜寻着、焦灼地呼喊着，却始终听不到喀尔喀穆的回答，预感到可能是出大事儿了。这时，忽然听到从北坡儿传来那朱库老人带着哭腔儿的招呼声："快过来，在这儿呢！"大家循声儿跑了过去，到了北坡儿底下，只见一个血肉模糊的人被砸在了滚木之下，那朱库老人号啕大哭着，正在试图抱起他。走到近前一看，不是别人，正是最受爱戴的喀尔喀穆大人！那朱库老人大声儿地叫着喀尔喀穆的名字，却听不到他的回答，只是静静地躺在老人怀里，早已不省人事了。萨布素、瓦礼祜、希福和费雅喀人全围了上来，泣不成声地唤着："将军、大人，你醒醒，醒醒啊！"可是，已经无济于事了，喀尔喀穆再也没有醒过来。

当费雅喀的男女老少听到喀尔喀穆离世的不幸消息后，全从家里出来了，能有几百号人哪。他们走上黑夜的山坡儿放声儿大哭，那真是悲痛欲绝、哭声震天啊！纷纷跪在喀尔喀穆的周围，用费雅喀的礼节，将珍贵的鹰的羽毛和各种彩条儿堆放在他身上。人们打心眼儿里敬仰这位心目中的将军，深深地感谢将军，他是为了费雅喀人的安宁，为了百姓不再遭受苦难而献出了宝贵的生命。那朱库老人无限悲伤地同萨布素、瓦礼祜、希福商量："不知什么时候罗刹鬼就可能来犯，咱们得快些处理好哈番大人的后事，你们看呢？"希福他们也是这么想的。于是，遵从费雅喀人的传统习俗，连夜为喀尔喀穆打造了一口松木的棺椁。棺椁上插了鹰翎，内镶海豹皮的帏幔，又为喀尔喀穆换上了在费雅喀人中，只有德高望重、族中最受崇敬的英雄去世时才可以穿的最名贵之英雄袍。袍子是用绸缎镶制而成，上面绘有花儿、鸟、鱼、森林、大海，象征着英雄万古长青。喀尔喀穆的头下枕着神圣的六尖子山的玉石，预示着神将永远护佑将军的魂灵，身上覆盖着白色海鸥的羽毛。成殓之后，盖上棺盖儿，由那朱库老人、希福、萨布素、瓦礼祜及喀尔喀穆生前熟悉的费雅喀男女老少护拥着，送到六尖子山南坡儿的古松林中暂时停放，并燃起了篝火。这一夜，费雅喀人一个没离开，默默地为喀尔喀穆守灵。希福、萨布素、瓦礼祜虽然多次劝说大家回去，但谁都不肯走。老人和女人们在守灵时，唱着费雅喀的送魂调，歌声是那么哀婉、凄楚，让人听起来万分悲痛，热泪滚滚。

天明不久，有探子向那朱库首领报曰，罗刹匪帮过来了。老人家愤怒地高叫："好哇，来得太是时候了，我们正等着呢！"然后命令大家迅速各就各位。族众按照喀尔喀穆生前的部署，井然有序地回到滚木礌石后面各自的位置去了。

果不其然，波雅科夫匪帮在六尖子山熊洞附近的小寨子里转悠了好几天，没得到半粒儿粮食。实在饿得受不了了，没别的招儿哇，只好再出来抢。他们晃晃悠悠地来到大寨前，用双手捂着嘴冲山上喊道："全给我听着，我们有大炮和枪。要是不把粮食拿出来，就用炮轰，用枪打！"费雅喀人对威胁恐吓一点儿不害怕，讥讽地回道："上来吧，已经给你们预备好了粮食，在这儿呢，看哪！"一边喊，一边把装粮的簸箕往地下一放，用簸箕撮起粮食给他们看。还故意用力撮，好让罗刹鬼听到撮粮的欻欻声。匪徒们真是饿急眼了，再一听那欻欻的撮粮声，眼珠子都馋红了，像饿狗捕食似的立马要上去。然而，波雅科夫十分狡猾，怕其中有诈，只派出了二十几个哥萨克。这些人没命地往山坡儿上跑，一心想尽快得到那些粮食。正在这时，那朱库老人命令身边的双梆子队敲梆子。"哪——哪——哪——"信号儿一响，拉动机关，砍断绳子，所有的滚木礌石轰隆隆轰隆隆地滚下山去了。哥萨克匪徒哪里会想到祸从天降啊，还没等回过味儿来呢，已全被砸成了肉饼。波雅科夫一看不好，慌忙率领剩下的人马逃之夭夭。一共来了七十多人，逃走时不到五十人，那二十多人便被撂到这儿了。匪徒们仓皇失措地逃到江边儿，啥也顾不上了，原来抢的貂皮还丢掉了不少。争先恐后地跳上了事先预备好的小船，没敢按原道往回走，而是向出海口方向逃去。他们知道，倘若再回到原处，一是时间长了，没粮食吃恐怕得饿死；再一个是跑回去，肯定会被追击，即或不饿死也得被打死。因此，只能硬着头皮，从海上逃回雅库茨克老巢。

奔腾呼啸的黑水怒涛，像懂得大清各族人民的心似的，一浪接着一浪地驱赶着那些衣衫褴褛、蓬头垢面、狼狈不堪的吃人恶魔，这就是沙俄第一批侵略军入侵黑龙江流域的可耻下场。

费雅喀人和朝廷派来的兵勇一同赶跑了波雅科夫一伙儿强盗之后，

非常高兴，欢欣鼓舞。然而，在欢乐之时，人们怎能忘记尊敬的喀尔喀穆呢？若不是他采用滚木礌石的办法，咋会这么顺利地取得反击侵略者的胜利呢？族众无不称道喀尔喀穆大人是费雅喀人的救星，深深感激这位朝廷的哈番，纷纷请求把他的遗体留在费雅喀居住地。那朱库老人为此同希福商量道："将军的故乡离这儿千里之遥，不要运回去了，况且道路艰难，运送很不易。将军是费雅喀的大恩人，我们离不开呀！就让他睡在六尖子山上吧，望着大海，看着我们的生活，世世代代与费雅喀人相伴在一起。我们将把将军的棺椁移入山上氏族祖先的墓地，永享费雅喀人子子孙孙的祭拜。"希福见老人说得十分诚恳，真心实意地要将喀尔喀穆葬于他们祖先的墓地，很是感动，便同意了那朱库首领和费雅喀人的请求。

说起喀尔喀穆这个人，在座的各位阿哥大概已经很熟悉了。他是满洲镶黄旗人，崇德四年任驻防宁古塔八旗的佐领，人们尊称为"将军"，是吴巴海巴图鲁的爱将。在吴巴海调离宁古塔之后、朝廷尚未派新任的梅勒章京或其他高官之前，他实际上就是驻防宁古塔八旗的首领。在任四年多的时间里，尽管官品不高，却为宁古塔人和北方各族各姓办了许多好事儿。日夜奔波，勤劳务实，踏实肯干，赢得了百姓的普遍尊敬。在反击沙俄的侵略中，身先士卒，将自己的一腔热血泼洒在费雅喀的土地上，终年五十有四。

安葬那天，除了八旗的官兵，附近各屯寨的费雅喀男女老少几乎是倾寨而来。他们按照费雅喀的礼俗，在喀尔喀穆身上、帽子上，插上了象征灵魂安息的羽毛。由那朱库老人、希福、萨布素、瓦礼祜等人先抬着棺椁，从六尖子山南坡儿的松树林里起灵，走了一段路后，放到一个爬犁上。爬犁由三条狗拉着，部落的总首领那朱库老人含着泪，牵着拉爬犁的狗，缓缓走向六尖子山费雅喀氏族祖先的墓地，后边跟着送葬的希福、萨布素、瓦礼祜、八旗兵勇及二三百费雅喀人。他们一路上为失去贴心人喀尔喀穆而痛哭不止，那悲凄的号啕在崇山峻岭中回荡。到了墓地，将棺椁放进一个事先架起来的小木房里，木房是土墙、木头房盖儿。房前有两棵大松树，两只一人多高新雕的神虎守护在灵堂的左右。还竖起了一根神杆，神杆的顶端雕有飞翔的神鸟，由它来预报天气，随时告知亡灵天气的变化。比如今日天朗气清，阳光灿烂，告知亡灵可出外游玩；今日狂风不止，下暴雨了，神鸟则告知亡灵在墓里安歇，不要出去。实际上，神鸟就是亡灵的守护神。送葬人将棺椁安放停当后，再将运灵拉爬犁的三条狗打死，葬在喀尔喀穆的墓前，即由狗引魂升天。今后，在那个世界里，它们便是喀尔喀穆的好朋友，将日夜陪伴着将军。之后，送葬人依次到供桌上敬献花朵、供果，祭拜亡灵。

安葬完毕，人们回到了自己住的寨中。希福考虑此次追剿罗刹人的重任已经完成，遂同萨布素、瓦礼祜商量了一下，决定返回宁古塔。起程的前一天，希福、萨布素、瓦礼祜又到喀尔喀穆坟前奠祭。他们跪在地上，希福向喀尔喀穆拜别道："我们明天将要离开这里，返回宁古塔，不带您走了。请安息吧，您的英灵永在，大家会永远怀念您的。"说完，三人大哭不止。萨布素、瓦礼祜更是泪人一般，心里难过极了，真舍不得喀尔喀穆叔叔就这么走哇！希福费了挺大的劲儿才将他俩搀扶起来，三人一步一回头地离开了墓地。回到寨子后，萨布素把喀尔喀穆的衣物整理好，一并带回宁古塔。

第二天清晨，希福、萨布素、瓦礼祜及八旗兵勇向好客的主人那朱库和费雅喀人告别，准备起程。老人家说："你们军务在身，我就不留了。眼下江水猛涨，去宁古塔的一路上是逆水，不好行船，速度也太慢，还是走陆路吧。我这儿有马，备用的若不足，尽可以从马群里挑选。"希福接受了老人的建议，补充了些马匹，带足了路上用的干粮、鱼子酱菜、肉干儿、肉糜等。分别时，那朱库老人和众乡亲送了一程又一程，一直送出百里之外才依依惜别。

希福率领马队日夜兼程，首先到了三江口，萨布素去满洲屯接出了寄放在那里的罗刹俘虏，就是腿部受伤的那个俄国兵。呆在满洲屯的日子里，他的腿骨已被接上并治好了，同满洲人相处得蛮熟了。觉得这里的人对自己不但不戒备，而且像亲人一样地照顾，于是从心理上渐渐亲近了，还学会了一些满洲话。尤其使他不能忘记的是，在萨布素的请求下，喀尔喀穆大人才饶他不死。因此，很是感谢萨布素，始终想念着这位救命恩人。当见到萨布素回来时，他特别高兴，俩人唠了很长时间，越唠越热乎。还告诉萨布素，他叫彼得，刚二十岁。原先在俄国是个流浪儿，父母早死了，没吃没住，十分可怜。为填饱肚子，常常沿街乞讨。波雅科夫招兵时，他见军营有吃有住挺好的，这才报名当了兵。再说，波雅科夫愿意招像他这样的人，老实听话，无家无亲人，即使哪天死在外头了，也没人惦记没人管。就这样，便随波雅科夫侵入了中国领土。过来以后，整天被搒被打，无粮可吃，眼睁睁地看着一块儿入伍的同伴儿一个个饿死了。特别是波雅科夫凶狠残暴，对新兵非打即骂，说杀就杀，说砍说砍，根本不当人，这时候才知道自己上当受骗了。可又不能逃，逃了还怕被清兵抓住杀掉。正在担惊受怕、走投无路的时候，那天同大个子兵被派出来问路，正巧遇上了萨布素、瓦礼祜在那儿吃晌饭，也让他们二人吃了个饱，真是很感激他俩。萨布素听了彼得的一番话，心想："还别说，算是有点儿缘分。"遂问道："如此看来，要到下江去，是你和大个子向波雅科夫报的信儿了？"彼得回道："是呀，可是波雅科夫没全信我们的。他只派了二十多人先去下江，我是其中之一，正是此次被俘了。满洲人对我非常好，又是开导又是治伤的，并让我吃得饱饱的。真后悔不该到万里之外的大清国来惹麻烦，占你们的土地，抢你们的东西，做尽了坏事，简直太可耻了。"萨布素觉着彼得算是有点儿正义感的人，便对他说："我们决定带你走，回宁古塔去，今后好好儿效力救你的大清国吧！"彼得是个不忘恩的小伙子，真的为大清国出了力，成了四品带刀官员，这是后话。

话要简说。希福、萨布素、瓦礼祜与八旗兵勇，另有一个俄国俘虏兵，一路晓行夜宿，终于到了海浪河，宁古塔早有探马将此报知升为副将的驻防宁古塔的八旗佐领扎科丹。他已经得知朝廷派来救援的希福将来宁古塔，也听说了喀尔喀穆在北方殉国的消息。于是，率领骁骑校等众官兵以及宁古塔各姓的族人，还有哇嘎、窝赫、门德赫、巴克等，打着白幡，披着白衣衫，后边跟着一辆罩着白罩儿的轿车，里面坐着喀尔喀穆的夫人孙佳氏和他的小儿子乌西哈，到几十里外等候。

希福率领的马队正从海浪河岸往宁古塔行进时，远远望见了扎科丹的迎接队伍，也看到了急切得把头伸出车外的喀尔喀穆夫人和小儿子乌西哈。他急忙下马，由萨布素和瓦礼祜捧着喀尔喀穆的遗物，缓缓走向人群，恭恭敬敬地跪送给扎科丹和喀尔喀穆夫人。大家想念的喀尔喀穆没有回来，见到的只是他的遗物，能不悲痛吗？人群中立刻爆发了一阵哭声。宁古塔一年来有三位英雄为国殉难。一位是吴巴海巴图鲁，一位是明朝的降将、萨布素的恩师周子正老先生，还有一位就是喀尔喀穆佐领。人们为了纪念他们，由各姓氏的穆昆达提议，经驻防八旗衙门同意，为三位英雄在龙头山哈勒苏将军的墓旁分别建了三座衣冠冢。什么叫衣冠冢？即以殉难者的衣服、帽子及遗物代替尸身，装入棺椁，安葬后同样修坟立碑。三座衣冠冢修建完毕，举行了隆重的葬礼，说书人在此就不多讲了。

单说萨布素回到家里，拜见了阿玛虽哈纳、额莫舒穆禄。见二老的身子骨儿挺好，额莫还是那样忙前忙后的，阿玛的腿比以前强多了，只是走路有点儿瘸。两位老人家见萨布素长高了，原本黑红的脸膛儿越发黑了，浓浓的眉毛更重了，胳膊腿较前壮实了，显得格外的英俊、成熟，感到很是欣慰。萨布素回来连性格都变了，不像小时候那么好说话了，也不那么爱动了，看起来较前深沉、稳重了不少。你要是关心地问他点儿什么，总是说很好、不累，回答得十分简单，多一个字儿不讲。舒穆禄夫人了解自己的儿子，知道这次出征对萨布素的冲击不小，教育亦会很深，是他逐步走向成熟的重要因素。

事实确实如此。萨布素随军北上这一年多来，所见所闻和亲身经历，使他长大了。有的令他惊心动魄、刻骨铭心；有的叫他万分焦虑，心情沉重；有的让他肝肠寸断、无比悲痛。故此，心中油然升起一种责任感，增强了奋发向前的勇气和力量。刚北上的时候，萨布素怀着一种好奇的心理，想得也比较简单。以为随军走一走、看一看，一定会很新鲜；杀几个罗刹鬼，会感到痛快，仅此而已。可是，发生了许多事情之后，最初的想法变了，甚至同以前的认识截然不同。没想到世事会这么复杂多变，形势会这么严峻，两军对阵会这么残酷。最令他难以忘怀的是，目睹了最崇拜、最敬重的吴巴海巴图鲁爷爷在拯救达斡尔人的关键时刻，浑身是火，跃马扬鞭，勇敢地冲进明营，同敌人进行了拼死的搏杀，最终壮烈牺牲的情景。那个震撼人心的瞬间，深深地刻在脑子里，久久不能平静；令他根本没有想到的是，受人尊崇的像爷爷一样的周子正恩师，平时看来只是一介书生，温和儒雅，斯文有礼。然而面对仇敌，却是那样的大义凛然，威武不屈。为了护卫大清国的国民不顾个人安危，慷慨陈词，最后英勇献身。先生痛斥秦桧的义正词严的话语，一直在耳边萦绕，永记不忘，对自己是极大的冲击和鞭策；还有最尊敬的喀尔喀穆叔叔，为费雅喀兄弟的安宁，起早贪黑地帮助当地百姓设置滚木礌石，几天几夜不合眼。结果为了防范沙俄的入侵，确保费雅喀人的生命财产和安全，殉难在黑龙江出海口的六尖子山上。这些英雄的音容笑貌，言谈举止，永远铭刻在萨布素的心中；为国捐躯的英雄行为，给他留下了终生的印记，透彻肺腑，浸入骨髓，激励斗志。使他知道了人应该怎样活着才有意义，如何走好自己的每一步路，做一个堂堂正正的大写的"人"。多少个日日夜夜，他都是以泪洗面，常常在梦中向几位可亲可敬的长辈敞开心扉。正是由于在随着几位领路人去北抚的过程中，目睹了他们殉国的壮举，受到的激励和教育人大、太深刻了，才使他变得越来越深沉稳健，经常是凝神思考，沉抑不语。

虽哈纳、舒穆禄夫人理解儿子的心情，因为他们自己亦如此，常常为几位亲人的牺牲热泪盈眶，难过得缄默无言。对吴巴海巴图鲁、周子正老先生和喀尔喀穆佐领，也像萨布素一样，十分尊崇，十分怀念。这父子、母子三人之间尽管话语不多，却心心相印。所有对英雄的敬仰、思念以及为死去的亲人复仇的那种意志，在他们的默然相对中，相互沟通，相互传递，不用多说什么，都明白各自的心思。虽哈纳对孩子的成长感到满意，并为有这样的儿子而自豪，总是情不自禁地拍拍萨布素的肩膀，意思是说："孩子，长大了，懂事了，阿玛相信你会把一切干好的。我的儿子不会给哈勒苏爷爷、阿玛、额莫，还有你尊敬的吴巴海巴图鲁老将军、周子正恩师、喀尔喀穆叔叔丢脸的，更不会辱没富察氏的家风！"

大家知道，萨布素自幼好学，很有心计。从小跟着爷爷、额莫习练马术、箭术、弓法，其后随同周子正老先生习汉学，对一些唐诗、古文背诵如流。通晓满语、达斡尔语、赫哲语，最近又学会了一些费雅喀语。然而，此时的他想得可比以前多了。觉得只会运用几个民族的语言还远远不够，最要紧最缺的，则是没有掌握侵入大清领土进行掠夺的强盗的语言，即俄罗斯语。要想有效地抗击沙俄的侵略，做到知己知彼，进而战胜之，必须学会俄罗斯的语言，懂得和了解俄罗斯的民情。倘若不清楚他们的风土人情，便不知人家在干什么、做出的举动表示什么。不懂其语言，见面只能是大眼瞪小眼，既表达不清自己的意思，也不明白人家是什么意思，这怎么行呢？其实，他早已萌生了学会俄罗斯语的想法，只不过现在更坚定了。各位阿哥可能还记得萨布素在北抚路上的三江口满洲屯附近抓了一个受伤的俄罗斯俘虏兵吧？当时，是他向喀尔喀穆请求不杀的，又是他提出把俘虏兵寄放在满洲屯的，并亲自挑选了一户满洲人家，叮嘱他们要认真照护。其实，哪个满洲人家愿意接收、伺候一个黄发、蓝眼、高鼻、腿又受了伤的强盗兵呢？不仅不愿意，恨不得一刀宰了才解恨！是萨布素苦口婆心、不厌其烦地予以说服，才使得那户人家明白了不杀的道理。最后接纳了俘虏兵，像亲人一样关心、照顾，为他治好了腿伤。那时，萨布素就有心要交这个俄罗斯朋友彼得，以便将来向他学习俄语，只是当时未直接表白。这次萨布素将彼得带回宁古塔后，没让他到马场干活儿，而是征得额莫舒穆禄的同意，留在了自己家里。开始，彼得不习惯，有顾虑。后来由于萨布素朝朝暮暮与之相处，尽心尽力地帮助、安慰他，使彼得渐渐地熟悉了新的生活环境，愿意同萨布素在一起了，并认真地教授俄语。这样，两个人慢慢地成了要好的朋友，建立起了相互信任的真诚友谊。

时光像射出的快箭，一晃，萨布素已从费雅喀人居住的地方回来一年多了。现在是大清国顺治四年的初秋，刚刚过完欢乐的立秋节。过节当天，家家按习俗吃鱼头宴，做黄米枣糕、苏叶芝麻甜糕等，象征丰收之秋，吉祥有余。今年大家虽然照旧过了立秋节，但比往年要素淡得多，笑不起来。因为越是这样的时候，越要想起曾经生活、战斗在一起的有如亲人的英雄们，各家不约而同地到龙头山上送窝陈①。舒穆禄领着萨布素、党丹、安茹格格；瓦岱夫人梅吉奶奶领着瓦礼祜；喀尔喀穆夫人孙佳氏领着小儿子乌西哈；戴珠瑚夫人奚特里氏带着从京师回来的孙儿；宁古塔的几位穆昆达，像宁古塔哈拉的波尔辰妈妈、瓜尔佳哈拉的杜琴妈妈、尼玛察哈拉新选的穆昆达雅哈老玛发、吴扎哈拉的哲森妈妈等，都带着本家族、儿子、女儿、孙儿前来拜祭宁古塔的恩人。龙头山上，到处飘散着祭祀的香烟，将军家前摆放着各样的供品，真是秋山醉美酒，白云泣呦呦啊！一片哀悼之声。波尔辰妈妈最难过，那是号啕大哭哇！哭着哭着，便趴在了哈勒苏的坟上。舒穆禄夫人见状着急了，赶紧走过去，一面往起搀一面劝慰着。波尔辰妈妈不顾舒穆禄的相扶相劝，拍着坟头儿哭诉道："哈将军哪，我的大儿子纳木它走了这么多年，一点儿音信没有啊，不知是死是活呀！谁管他呀？别人家全有惦着的，上坟的上坟，娶媳妇的娶媳妇，可我的命苦哇！老将军你不在了，谁能给老太太做主啊，阿布卡恩都力呀！"萨布素忙走到跟前，给老奶奶擦了擦眼泪，轻声儿道："奶奶，不要哭，孙儿记下这件事了。您放心，一定想法儿帮您找到纳木它叔叔，要活见其人，死见其坟。就交给我吧，请奶奶相信萨布素会说到做到的。奶奶，别哭了，若哭坏了身子，麦里西、麦里特该着急了。"这时，希福等人也在一旁不停地百般抚慰，过了好一阵子，波尔辰妈妈才止住了哭声。

我们且放下宁古塔人在立秋时节到龙头山上祭祀英雄不讲。再说京师根据希福的千里急奏，皇上得知了宁古塔驻防八旗首领、散骑郎喀尔喀穆为抗击俄寇，已在费雅喀部落英勇殉国，甚是悲悯，赐佐领世职由

---

① 满语：祭品。

其子承袭，并赏重银、绸缎等于家室，以安恤后人。又传旨睿亲王，让他遵孝庄皇太后懿旨，委沙尔虎达速选干才承担宁古塔驻防之责。多尔衮遵谕旨，向沙尔虎达传书："命尔速速优择名将，署理宁古塔军务，王心垂挂耳。"当时，沙尔虎达正从岳州歼敌入京，心还在疆场上，对此事想得不多。受睿亲王的王命以后，才认真思虑一番。琢磨着到底选何人好呢，谁能堪此重任呢？宁古塔是北疆的要冲之地，俄人在那里闹得正凶，选的人一定要有勇有谋。想来想去，觉得这样的御敌大将身边倒是有一个，此人身经百战，很有名望，那就是喀尔喀将军。但又考虑到眼下南边用兵正急，真有点儿舍不得放到宁古塔去。那么，不让喀尔喀去还有谁呢？正发愁的时候，恰好海色进帐禀报军情。沙尔虎达猛然想到，何不让他去呢？海色随我多年，比较了解。又刚从北地归来，熟悉一些北方的民情，除了他，很难再有合适的人选了。于是，便决定由海色承担此任，随即将自己的想法禀报给了睿亲王。睿亲王没有异议，马上请旨命海色为驻防宁古塔八旗总领。允准后，沙尔虎达与海色彻夜详议宁古塔之任，一再叮嘱："此任攸关，是固国安邦之重位。现在罗刹正进犯我大清北疆，万不可小觑。尔随我御北多年，皆同诸族周旋，此乃手足之间的萧墙之误，不可与抗击俄罗斯入侵同日而语。今天，圣上赐尔大任，务要记住必有天降大任于斯人，必先有乏其筋骨、劳其心志之心。要蹈吴巴海巴图鲁、喀尔喀穆之辙，缜思精忠，不可疏怠也。"

说起来，海色这个人一向好大喜功、华而不实，根本不愿到冰雪连天的北疆去，却无可奈何。因追随沙尔虎达老将军多年，况且断不敢违拗君命啊！对让他到宁古塔去，心中十分不快，又不能不去，不得不勉勉强强地应允。说实在的，在接受此任的当时，脑子里挺乱的，对沙尔虎达的谆谆嘱咐没认真听，可以说没怎么往心里去。沙尔虎达是个爱护自己部将的将军，十分赏识海色的聪明、机灵、悟性好，喜欢他说话爽快、办事果断，亦知道此人有些不扎实、浮华。可年轻人谁没个过失呢？就宽容了。老将军在与海色的交谈中，看出他对接受此任有些勉强。开始不知为何，后来忽然想起来了："噢，对了，怪不得呢，人家是新郎官呀！新婚宴尔，派其远征，确也不该。"怎么回事儿呢？原来，海色夫人久故，鳏居多年，今年四十有五。前不久，沙尔虎达充当月老，为海色牵了红线，聘了自己的故友之女。此女年方二十七，美艳过人，本应早嫁，可始终没有如意之人。此番认识海色，并结为秦晋之好，心甚满意。海色更是高兴，不但中意，而且喜欢得不得了。中年得美姿，正是鱼水合欢、情何款密、丝罗有抚、意甚绸缪之时。然军务甚急，非海色无再委之人。沙尔虎达便耐心地安慰了一番，还特别告诉他要单骑赴任，不能带家眷。海色只好从军令，即日起行。新婚伉俪，生生别离，别有一番惆怅，本书不表。

海色单骑晓行夜宿，很快来到了宁古塔。宁古塔的官兵、各族各姓的民众见朝廷派来了新的驻防总管，又是沙尔虎达的爱将，无不欢欣鼓舞，认为这是宁古塔之福、北疆之幸！希福、萨布素、瓦礼祜等人见到了分别不久的海色，尤为高兴，杀猪宰羊，备酒设宴，热情款待，分外亲热。然而，海色从来到这儿的那日起，天天板着一副铁青的面孔，见不到一丝半点儿的笑容。闹得众人莫名其妙，不知何故如此，个个谨慎地侍候着，不敢有半点儿的含糊。可是时间一长，宁古塔驻防八旗里开始不平静了，最初惹事儿的是波尔辰妈妈。她来到衙门，找到总领海色，请求帮助寻找失踪多年的长子纳木它，说是在戴珠瑚时期被外族给掳走的。她说："以前，戴珠瑚老将军、吴巴海巴图鲁、喀尔喀穆大人答应过，一定帮助给打听，想办法尽早把人救回来。可一晃十几年过去了，小孙子都快要娶媳妇了，还这么拖着，你们总不能光戴亮顶子不想着给庶民百姓办实事儿呀！前些年战事多，忙不过来，我不怪他们，现在该给办了吧？"海色本来就不愿到宁古塔来，正一肚子火儿没处发呢！再加上那天酒喝多了，迷迷糊糊的，便不问青红皂白，啪地一拍桌子站了起来，大声儿喝道："来人，给我赶出去，哪里来的背里艺①！"这下波尔辰妈妈可炸庙了。她在宁古塔哪是一般人呀，虽然脾气暴，但心眼儿好，心肠儿热，是个有影响、死要面子的人。连哈勒苏老将军、吴巴海巴图鲁、喀尔喀穆都十分敬重她，族人更别说了，全听她的，海色算是捅了马蜂窝了。波尔辰妈妈见总领不仅不答应帮助找儿子，还拍桌子瞪眼睛地往外撵，她哪受得了这个？索性连哭带骂地大闹起来。希福、萨布素、瓦礼祜等上前苦劝，根本不听，萨布素手扶着她的肩膀说："奶奶，回去吧，这么闹下去，解决不了问题。"波尔辰妈妈一听说她闹，侧过身回手啪地给了萨布素一个嘴巴，生气地吼道："你个小图克山②，光跟奶奶有能耐，咋不敢说他呢？海色，你打听打听，我波尔辰怕过谁？就是当今皇上来，看在我这么多年为宁古塔八旗做的桩桩件件好事儿上，也得给个面

---

① 满语：疯子。

② 满语：牛犊子。

子。平时一直把你们当成自己的孩子一样对待，咋的，今天说几句不行了？你真给八旗兵丢脸！沙尔虎达大人我是没见过，可谁都知道他的威名。我上他那儿告你去，摘掉你的亮顶子，扒下你的裤子，打你八十军棍！"波尔辰妈妈才不在乎呢，一句接一句地越说越不像话了。海色一向酗酒，恰好是刚喝完。因此，尽管波尔辰妈妈在那儿大声儿嚷嚷着，酒醉的他早已坐在鹿皮躺椅上打起了如雷的鼾声。波尔辰妈妈一看海色不但没听，还呼噜上了，越发来气了，捶胸顿足地大吵大骂着可嗓门儿灌！大伙儿一看没招儿了，赶紧让人去找舒穆禄夫人，因为知道老人家最听她的话。舒穆禄夫人呼哧带喘地跑来以后，好说歹说、连劝带哄地总算止住了。临走时，波尔辰妈妈仍不停地哭着、喊着、说着，委屈得很呢！

波尔辰妈妈走后好长时间，海色酒醒了。希福、萨布素、瓦礼祜和宁古塔的其他佐领，异口同声地指责主帅的过错，还特别向他介绍了波尔辰妈妈在宁古塔的为人和影响，并指出："你来的时间不长，情况不清，应当多听听才是，怎么能乱发脾气呢？有话不会好好儿说嘛。再说这样做，也影响我们的军威和声誉呀！"可海色对此不理不睬，大家很是生气，又没办法，只好作罢。接着，众人又建议："为防御罗刹的再次入侵，我们应出师黑龙江，及早做准备。"海色仍不听，还蛮有把握、十分傲慢地说："此为主帅运筹帷幄之责，非尔等应虑之事。尔等应各守其职，各尽其责。宁古塔武备松弛，营舍凋敝，应速速修理。俄人已遁，不会即来，量其武力安能与我大清对垒，以卵击石。余所念者，精兵习武为要。"希福一听，大吃一惊！心想："这是什么话，咋能如此说呢？"刚要提出异议，可环顾四周，见没人吱声儿，也就把话咽回去了。萨布素不听邪呀，从来是憋不住哇！不管你是谁，只要错了，我肯定要提出来。于是站了起来，直截了当地说："海色大人，您所讲的是谬话。国家安危，匹夫有责，何况我们是八旗的将士，怎能不管？罗刹之害，北人朝夕所念。言称罗刹不敢来犯，纯是不知其真情之语，此话怎能出自叔叔之口呢？罗刹其暴其残、穷凶极恶，侄儿萨布素和希福大人都已深知，亲眼看见。我断定罗刹不日必来，绝不可掉以轻心。应当厉兵秣马，枕戈待旦，以迎敌师。侄儿还请叔叔大人准允我与瓦礼祜再去精奇里江，正巧最近哇嘎也准备去北边接亲，我们仨可同去。到那儿会见古兰，拜见吉古林、多凌阿及达翰尔众佐领，与他们定好联系信号儿。一旦有事儿，宁古塔则闻铎即至，严防北方诸族遭受罗刹之害。"海色听后，半天才说："萨布素，近年甚有长进哪！蒙众大人垂爱，人贵在自谦，怎能如此多嘴多舌、敢在主帅面前高谈阔论？下去吧，我自有安排。"萨布素碰了一鼻子灰，站在那儿很不自在，又不好再多说，很是下不来台。他弄不明白，真的糊涂了，心想："眼前还是那个做事周密、为我和古兰出招儿去救周子正老先生的海色叔叔嘛，现在的脾气咋变得这么坏呢？真叫人摸不透。"瓦礼祜在身后直拽他的衣襟儿，意思是告诉他："别说了，快住嘴吧，越说越糟哇！"萨布素只好退了出来。

这些天来，海色根本不想北疆之事。希福见此，一再建议："应速速派兵北上，勤于了解罗刹的动向。与吉古林、多凌阿、那朱库等首领建立起互通声息的联勤关系，一方有事，各方齐援。尤使宁古塔如蛛网，随时可知蚊虻偷落之打算。"海色听后，漠然处之，自认为："兵贵精贵勇，兵强可威震八方，何俱罗刹凶戾。"其结果，希福、萨布素、瓦礼祜等终日在海色的调动下，除了修理破旧的营舍，就是操练兵马，训练弓马箭术。个个废寝忘食，汗水淋淋，北疆的防卫早被海色抛到九霄云外去了。尽管希福、萨布素、瓦礼祜苦谏北上，无时无刻不在记挂北地的安危，担心由于防御不够，百姓遭受罗刹之害。但是，主帅按兵不动，别人干着急也不顶事儿啊！

顺治五年秋，古兰领着吉古林、多凌阿及达斡尔的佐领来到了宁古塔。之所以匆匆赶来，是请求宁古塔赶紧派兵，常驻精奇里江口。可海色只是热情款待，却不答应所请之事。多凌阿很生气，说道："没想到来了这么个主帅，跟我们也不是一条心哪！"之后，他们便同萨布素商量，决定由吉古林、多凌阿执笔，写信给沙尔虎达。信中讲了对当前形势的看法，特别提出对海色不满，指出了他的过失。色刻送至沙尔虎达处，阅后马上传书海色，怒斥其错误做法。海色读罢大怒，心中无名火起，断定是萨布素他们干的！遂将萨布素找来询问，并要撵其回家，逐出宁古塔驻防八旗。这下可惹恼了虽哈纳，立刻拄着拐杖，捧着太宗赐的宝剑，怒气冲冲地来到了宁古塔驻防衙门，进屋就冲海色喊："萨布素究竟有什么错儿，竟敢如此绝情？告诉你，贬我儿不为国从戎者，只有皇上！"海色一看皇上赐的御剑，扑通一声跪下了，这才不敢再说什么。此事很快传至京师睿亲王多尔衮王爷那儿，他知道哈勒苏奉有哥哥太宗皇爷赏的短剑，虽哈纳能将短剑请出来，可见事情不小，心里得特别生气才能如此。当即令人把沙尔虎达将军找来，大骂了一通儿，说他治军不严，竟出了海色撵萨布素这等事。沙尔虎达只能自责，并于顺治六年，己丑年春天，受王命，亲自带领身边的爱将喀尔喀来到宁古塔处理此事。

喀尔喀属正白旗，是著名的开国大将厄尔汉的部下。同其二弟萨穆什喀一样，都是太宗皇帝的勇将，均参加了庚辰年的北征。谙熟北方的民情习俗，颇有战功，并授给他阿达哈哈番之职。这回到宁古塔来，是接任宁古塔驻防八旗总领之职的。海色只管北方的军务，以防御罗刹为其专职，并将希福调其麾下，襄助军务。沙尔虎达又一次叮嘱海色："今后要关注北方，常驻黑龙江，做北民之盾。因京师与塞北大漠远隔千余里之遥，故兵情急报十分不便。朝廷已特旨，委宁古塔全权受理北疆诸务，事后速奏，不可拖延。这就要求宁古塔封疆诸吏，勿忘圣恩，审慎政务，不可疏失。"老将军还带海色亲自去看望虽哈纳一家，向其致歉，使虽哈纳很受感动。

单说宁古塔自从喀尔喀接管之后，形势发生了很大变化。又像吴巴海巴图鲁、喀尔喀穆佐领治理时一样，关心各姓，善待族众，民心大快。萨布素、瓦礼祐等人的劲头儿上来了，每天起早贪黑、尽心尽力地去做喀尔喀交办的各项差事。喀尔喀年近六旬，老成持重，平易近人。因早闻哈勒苏将军的大名，所以十分喜爱其孙儿，对萨布素的为人处事、文才武功亦很欣赏，时有夸赞。他完全同意希福、萨布素、瓦礼祐等人的建议，应尽早赶赴北方，了解防御罗刹的实况。此事定下之后，萨布素一次次请缨前往，喀尔喀考虑再三，终于准允。瓦礼祐坚持要跟萨布素一起去，喀尔喀也同意了。

顺治七年，庚寅年，女真的天虎年正月，正是冰雪覆盖的严冬。萨布素带着俄国朋友彼得，同瓦礼祐一块儿北上，哇嘎携秀秀与之同行。行前，正好赶上打牲佐领陪着盛京将军派来的京师收貂皮的官员三十二人到达宁古塔，他们也要到北方去，喀尔喀嘱告萨布素顺路陪行。这样，一路上好几十人，有说有笑的，非常热闹。走了一个来月，才到达精奇里江的阿木勒沟，见到了乌力奶奶、芒古勒吉尔爷爷及彩彩等人。亲人相见，真是别有一番乡情，喜泪掉起来止不住不说，还有说不完的话、唠不完的嗑儿。萨布素、瓦礼祐又拜见了吉古林、多凌阿佐领，谈了一下别后的有关情况。古兰、比雅格听说之后，热情地将萨布素、瓦礼祐请到家中做客，特意给他们做了新从北海捕来的海豹肉，大家一同品尝味道鲜美、清香异常的海豹肝、海豹肉，边吃边唠，十分高兴。

萨布素从小有个特点，好探求奥秘。凡是遇到的或者要办的事儿，必须查一查、看一看，总要弄个明白。小时候，哈勒苏给讲熊的故事，他就探过熊窝；哈勒苏说到鸟蛋，他就上树掏鸟窝；哈勒苏讲到狼爱崽子，他就进狼洞弄走小狼崽儿挂在树上看了个究竟。现在则一门心思地想知道北方罗刹是怎么生活的，雅库茨克是个什么样的地方，离大清国到底有多远。"不入虎穴，焉得虎子"这句爷爷常说的话，他始终记在心里。自从到了阿木勒沟，一直在想："为什么我们总是盲目坐在家里防备或被动地等着罗刹来犯？既然到北边来了，能不能变被动为主动，到罗刹的老巢去探个虚实呢？知己知彼，方能百战百胜，只有弄清楚了，才能有效地对付他们呀！"还多次问过想家的彼得："你家住在哪儿？俄罗斯离我们远吧，怎么个走法？我能不能去看看，那里会有人挡吗？"彼得对萨布素的询问，一一做了答复。他的确很想家，当然希望萨布素能同去，因为与之相处得像亲兄弟一样。彼得还对萨布素说："远东那一带有许多不同的人种，相貌各异。在雅库茨克，有大清国的人，也有达斡尔人、满洲人、鞑靼人等，不全是像我们这样黄头发、蓝眼睛、高鼻梁的欧罗巴种族的人。因此，你去了，不会显得特殊。再说，现在还会讲一些俄语，又有我帮着，咱们一块儿去走一走，不会出啥事儿。"萨布素听了很兴奋，暗暗下定决心，一定要到雅库茨克走一遭。他很有心计，内心的奥秘对谁都没讲，只跟瓦礼祜说："你在这里同吉古林、多凌阿合计布防的事儿，要细致一些，我领着彼得到黑龙江出海口那儿去看看。"他最怕乌力奶奶知道此事，不仅会生气，还肯定让你走不成。所以，根本没向任何人透露，跟彼得则说是陪着到他们家乡玩儿一玩儿。于是，三月初的一天，萨布素化了装，同彼得悄悄儿地离开了阿木勒沟。

萨布素与彼得走了三个来月，才到了沙俄占领的地界。因为当时罗刹正忙于往东扩张，故而没设卡把守，可以随便进出。况且彼得本是那里的人，路又熟悉。所以，他们六月中旬扮成打猎归来的样子，顺顺当当地进入了东方最活跃的俄罗斯大都会——雅库茨克。当时说这座城很大，其实并不大，仅有近万人口。两条十字形的大街，几乎都是土道，有的地方刚刚铺上小石头子儿，街道算得上整齐。两边全是木房和尖顶儿的欧式房，房子外墙用绿、红、黄等不同颜色的油漆刷的，挺好看。房屋的四周围着小木板儿夹的花木矮墙，也刷了油彩。家家的院子里栽树或种花儿，而且养有长耳朵的俄式大狗。有白花儿的、黄花儿的、黑花儿的，个头儿挺高，很厉害。雅库茨克的商人不少，不仅有俄罗斯的，还有从西方来的、从蒙古来的，有一些是从大清国来的。因此，雅库茨克成了当时远东的商埠和集散地，街道的马车来来往往，人流如梭，热闹得很。楼房并不多,多数是二层塔式的小木楼,建筑精巧、美观。有教堂,内里的大钟不时发出当当的响声,来做弥撒的人络绎不绝。在教堂附近,常可看到一些穿天主教、东正教教袍的传教士。这里面包特别多,全是很大较酸的黑面包,进餐时,把它切成片儿,抹上果酱吃。街上往来的人多数穿皮衣裳,有的是光板儿皮的,脚登高勒儿皮靴。女人则穿彩绣的花裙子,上身儿裙衣宽大,绣着各种各样的花朵。裙子的下摆本是扇形,用铁圈儿支撑起来后,便成了环形。这样,每个穿这种裙式的女人走在街上所占的面积自然比别人大。贵妇人坐着马车,头戴大沿儿的纱帽,帽子的周围别着用绢布做的花儿,并插有白羽翎。手腕戴手镯,手指上套有金镏子,耳朵上吊着金耳坠儿。萨布素到了雅库茨克后,对处处皆觉得新奇、有趣,增长了不少见识。可就是没打探到是否有侵略大清国的消息,在街面儿上更听不到什么信息,心想:"到这儿来只看到异国风情,却摸不到所需的情况,没达到目的哪儿成啊?"为此,他很着急。

有一天,彼得带萨布素去一个新建的赛马场,边走边介绍道:"我在这儿流浪时,那里还是一片草地,后来才建起了赛马场。挺热闹,骑马来往的人可多了,你一定会喜欢看!"彼得说得真对,萨布素最喜欢看赛马了,因为他是马上英雄啊,从小对马的习性特别熟悉。他们俩是走着去的,好在雅库茨克不太大,没多一会儿,便到了赛马场。这里是贵族常来玩儿的地方,门票要很多戈比[①]。可彼得、萨布素身上没有卢布[②],没门票人家不让进呀,琢磨了一会儿,也没想出什么能进去的好办法。再说门儿把得很严,根本无空子可钻,只好在门口儿看着。守门儿的是一个哥萨克老头儿,个儿不高,挺胖的,白头发、白胡子、白眉毛、蒜头鼻子、浓眉大眼。那眉毛长长的,都快耷拉到眼珠子上了。老头儿瞪着大眼睛死盯着彼得和萨布素,大概是把他俩看成了流浪的穷光蛋或小偷什么的,只要刚一靠过去,他就摆手喊道:"巴肖[③]!巴肖!"站远点儿,站远点儿! 二人只好离开赛马场。

赛马场前面是处大广场,周围有几棵高高的白杨树,粗壮挺拔。路是新修的,挺宽,不过仍然是土路,只是铺了些沙子。此刻,赛马场那

---

① 俄罗斯等国的本位货币。
② 俄罗斯等国的本位货币。
③ 俄语:去。

边的人一边用俄语喊："欧钦尼合勒肖①！"一边不停地鼓掌。这是怎么回事儿呢？原来是一位穿着白纱裙、打扮得非常漂亮的俄罗斯少女骑在高头大马上，由一个穿着与白马颜色截然相反的黑西服、宽腿儿黑裤子、脚登黑皮鞋、头戴黑礼帽的小个子仆人牵着，正向赛马场走来。那大白马扬着脖儿往前走，不少赶马车的马夫和行人一看大白马过来了，都赶忙让路。有些人则仰着头，盯着看那白马上的少女，还有些穿得十分华贵、讲究的贵族子弟围前围后地欣赏、议论着。一看这架势，就知道那少女绝非一般人家的。当白马快要走到赛马场门口儿的时候，把门儿老头儿大声儿向路人喊着："快，快让开，我们尊贵的仙女娜柳莎小姐来啦！"在他高喊着的时候，白马刚走过赛马场门前的十字路口。这时，不知从哪儿窜出几条长耳朵狗，其中一条嘴里叼着块儿骨头在前边跑，其他几条在后面追，正好从扬脖儿走着的白马前面像箭似的穿过。白马突然一惊，一下被这群狗吓毛了，尥开四蹄向前奔跑起来。牵马人不仅没拽住，还把自己甩出老远，马缰绳也脱了手。大白马穿过木障子，迅速向广场一侧的大道上跑去。周围看热闹的人全吓蒙了，那些盯着少女看的翩翩少年和一些迷恋少女的风流英俊的贵族子弟都傻了，只是往白马奔去的方向跑着，大呼小叫的，不知所措。大白马驮着少女向前狂奔时，撞倒了不少街面儿上的货摊儿，瓜果、杂物扬了满地。那马越跑越快，街上的男男女女、老老少少看到此情景，惊恐得不是好声儿地喊着："真主啊，上帝呀，我们小仙女要出事儿啦，快来救救她呀！"人们是干着急没办法。

　　这时，因为没钱买票进不了赛马场看热闹、又被看门儿老头儿撵走的萨布素和彼得正在路上闲逛着，忽然看到一匹受惊的白马驮着一位白衣少女向他们这个方向奔来，少女恐慌万状，眼看一场大祸就要发生了！萨布素心想："不能眼看着这姑娘出事儿呀，况且惊马容易伤及路人，必须得制伏它！"各位阿哥都知道，萨布素的马术很高，不论什么样的烈马，只要到他手里，便像绵羊一样驯服。那么，他能制伏惊马吗？说时迟，那时快，只见萨布素大步流星地走近已经到了跟前的白马，一纵身跃上了马背，稳稳地坐在白衣少女的身后。围观的人一看少年能在惊马飞奔之时跳上马背，无不为之拍手叫绝！萨布素坐在马背上，一手搂住摇摇摆摆的少女，一手抓住马鬃，两腿紧紧夹住马肚子。白马跑得正急，忽觉背上被砸了一下，又增加了重量，更加暴怒！遂扬起前蹄，像竖起来

---

① 俄语：很好。

一样，咴儿咴儿怪叫。围观的人见此，吓得光张嘴说不出话了，白衣少女更是惊骇得大声儿哭叫起来。萨布素赶忙用俄语安慰道："小姐，不要怕。只要紧紧靠着我就没事儿，千万别乱动，摔不下去的。"说完，突然用右腿冲马的下胯使劲儿一踹，马的两条前腿扑通一声跪到了地上。但它仍然不老实，猛地站起来又尥起了蹶子。萨布素趁势往前一俯身，一只手狠狠掐住马的右耳朵，用力一拧，差点儿没把耳朵给薅下来。只见那马疼得全身发抖，眼珠子立即出现了血丝，嘴里吐着白沫儿。时间一长，马的神经可能麻木了，不一会儿就站住了，四蹄直打颤，全身堆缩下来，再也不蹦了。

此时，凡是在现场围观的俄国人全惊呆了！他们从未见过这样惊险的场面，也从未见过马技这么神奇的骑手，简直就是一场高超的马术表演，人群里爆发出热烈的掌声。不少俄国少年兴奋地跑过来，高喊着："乌拉①！乌拉！""欧钦尼合勒肖！"有些人把帽子摘下来，挥舞着向马上的少年致意。两个护卫模样的人赶紧把惊魂未定的小姐抱了下来，又有几个年轻人随彼得走了过去，将已跳下马来的萨布素抬起来抛向空中，呼喊着："乌拉！乌拉！"上下抛个不停。刚刚稳定下来的少女见状，急忙走过来，高叫道："别抛了，快停下！"人们听到喊声，才把萨布素放了下来。白衣少女走到萨布素面前，心疼地看着他，随即深情地亲了一口，轻轻说："思巴细巴②！思巴细巴！"此刻的少女也没心思去赛马场了，命护卫们赶快送她回家，而且一定要将救自己的小伙子和他的朋友一起请去。萨布素一再婉言谢绝，可少女无论如何不允。彼得对萨布素说："既然小姐非让咱们去，作为有教养的人就不应驳她的面子，这样做不礼貌。还是去吧，也好见识见识。"于是，萨布素和彼得跟着少女去了她的府邸。

这位俄罗斯少女的府邸真是不一般，院子的四周围着高高的砖墙，大门口儿有两个荷枪实弹的军人站岗。尽管戒备森严，有小姐领路，谁敢挡啊？萨布素、彼得随同少女进了后边的二层楼，上了楼梯，迈入了金碧辉煌的大厅。厅内很漂亮，全是白纱帷幔，墙上挂着一幅幅俄罗斯油画。其中有一幅肖像画，萨布素虽然不认识画的是谁，但看出那一定是位贵妇人。天花板上吊挂着由九根白柱子围成的金饰灯架儿，灯架儿装有圆形大吊灯，锃光瓦亮。四周养着各种奇花异草，鱼儿在鱼缸里自

---

① 俄语：万岁的意思。

② 俄语：谢谢。

由自在地游着，还有一只白鹦鹉。看得出来，少女喜欢白色。身上穿的衣服是白的，所骑马的毛色是白的，房子的厅内是白帷幔，连养的鹦鹉都是白羽的。那鹦鹉站在环形的金饰吊架儿上，只要一叫唤，吊架儿就随之来回悠动。少女走过去，把手伸到鹦鹉跟前，鹦鹉便用嘴轻轻亲着她的手。

少女请萨布素、彼得坐下后，用人献上了咖啡。萨布素端起杯，喝了一口就放下了，不知这又黑又苦的东西是什么，也喝不惯。彼得倒是挺来劲儿，坐在那儿边喝边品、有滋有味的。少女一看萨布素不喝，马上站起身来，亲自倒了一杯牛奶端给他，这才喝了几口。萨布素此时注意到，少女穿的是套白纱连衣裙，两耳吊着金耳环，手上戴着闪光的金戒指。金黄色的卷发披至腰间，睫毛长长的，向上弯着，甚是好看。三人随便聊了一会儿，为了表达对萨布素舍身相救的感激之情，少女特意安排他们晚上在府邸休息。萨布素说："小姐，小事一桩，不必客气。我们务必得回去，不能在此久留，不过很荣幸能认识你。"少女说："我十分高兴能同你和你的朋友相识，你是我的救命恩人，我们交个朋友吧，欢迎今后常来做客。既然今天不能留在这里，那么请二位共进晚餐总可以吧？"萨布素想了想，点头答应了。小姐问萨布素："你叫什么名字，是哪里人？"还没等萨布素回答呢，彼得忙抢着说："他叫舒拉，我叫彼得，是鞑靼人，眼下住在莫斯科。"小姐兴奋极了，庆幸认识了一位好朋友，微笑着站起身来，紧紧握住萨布素的手，又虔敬地鞠了一躬。她这一笑，方显露出脸蛋儿上两个深深的酒窝儿，看起来更加妩媚动人。

萨布素、彼得在俄罗斯少女的热情招待和一再挽留之下，在她的家中呆了好长时间才离去。通过交谈，方知他们所待的地方，原来是雅库茨克最高行政长官的府邸。这位小姐是雅库茨克新任督军、最高行政长官弗兰别茨科夫的女儿，叫娜柳莎，刚满十八岁，是父亲的心尖儿宝贝，也是雅库茨克最年轻、最美貌的女子。大厅墙上那幅油画中的贵妇人，是小姐已过世的母亲。后来，萨布素又多次应娜柳莎之邀，去最高长官的府邸。一次是参加那里举办的一个鸡尾酒会，萨布素带着彼得到了那儿，看见前来的不仅有当地的达官显贵，也有不少俄罗斯贵族少年。在酒会的热烈气氛中，穿着华贵、风流倜傥的贵族子弟，对娜柳莎是趋之若鹜，处处献着殷勤，有的甚至苦苦地追求，一再地缠磨。可她却是一概不予理睬，惟愿同穿着朴素的平凡青年萨布素在一起，还破例地请这位新朋友到她华丽的闺房里去坐。

　　自从那日萨布素制伏惊马、救了娜柳莎之后，娜柳莎越看萨布素，越觉得他英俊、潇洒，而且打心眼儿里喜欢，当时援救的情景时不时地涌现在脑海里。白马受到惊吓驮着她奔跑的时候，那么多追求她、仰慕她的男子只是惊叫、躲避，没人敢上前施救。只有萨布素在千钧一发、危险将至之际，不顾个人安危，挺身而出，飞身跃到马背上，这该是何等的勇敢啊！尽管惊马狂奔乱跳，可萨布素却不慌不忙地将它制得服服帖帖，乖乖地任其摆布，这又是何等的神奇呀，比家里专门雇的马房佣人的技术要胜过百倍！还有令少女心仪的是：在马上，萨布素紧紧地搂着自己，那火热的胸膛紧贴着自己的后背，那低声儿安慰的话语，至今想起来仍感到十分惬意。每每回忆这一切，都使姑娘心潮澎湃，敬佩不已。升腾起对异性的那种特殊的、不可名状的冲动，产生了难以言喻的好感，不禁遐想联翩，夜不能寐。她不仅仅喜欢萨布素，愿意与之聊天，更想同萨布素永远在一起，再也不分开。哪怕只是叫他来代替家里雇用的马房用人，专门为自己牵马，只要能天天见到就好。所以，后来娜柳莎又多次盛情邀请萨布素到家里来，直言不讳地表达了爱慕之情，还让教她马术。

　　其实，娜柳莎的绵绵情意萨布素早已感觉到了，也知道是个好姑娘。可是不能啊，本是有目的而来，哪能为一己私情而忘了肩负的大任呢？但又不想伤她的心，对姑娘的直言求爱只好巧于周旋，并且每次去都带上彼得。娜柳莎却不清楚是怎么回事，更不明白为什么萨布素总是以莫名其妙的语言搪塞。她是一个性格开朗、热情爽快的人，以为萨布素与自己相处的时间不长，还需要相互熟悉一段儿，也就没太往心里去。萨布素之所以愿意到娜柳莎那儿去，主要是想从她那里了解更多关于罗刹目前的动向和企图侵略大清国的情况。为此目的，后来还特别请她为彼得在其官邸谋一文官之职，娜柳莎真的照办了。这样，彼得乘办差之便，掌握了不少重要军情。直到弗兰别茨科夫调回莫斯科，父女二人离开了雅库茨克，才又回到了宁古塔。

　　还有一次，萨布素应娜柳莎之邀，到最高长官府邸教她马上功夫和驯马技术，仍同彼得一块儿去的。到了那儿，娜柳莎便将他俩带进了自己专用的马棚。马棚里养着十几匹马，有法兰西的、英吉利的、澳大利亚的，都是些漂亮、高大的良种马，由专人饲养。看来，娜柳莎不只是个喜欢马的姑娘，而是特别钟爱马。她兴致勃勃地向萨布素介绍着这些美丽的马，说每匹都有一个好听的名字，公马就起男孩儿名儿，母马则起女孩儿名儿。看过之后，娜柳莎又领萨布素进了另外一间特设的马棚。马棚装饰得金碧辉煌，布置得非常漂亮，比一般人住的房子要华丽百倍。棚内只有一匹马，是黄色银鬃马。白鼻梁儿，白蹄碗，戴有镶金花儿的金饰笼头。娜柳莎告诉萨布素，此马叫米拉，是俄皇皇太后赏给她的宫廷御马。正是为了它，才专门修了这么个马房，给以特殊的饲养和照顾，可以说是金屋藏娇。萨布素也是爱马之人，并有着特殊的感情，不禁暗暗赞叹俄罗斯的高个儿种马，心想："这种马在大清国太少见了，尤其北方多是小个儿马。别看个头儿小，却吃苦耐劳，不知这高头大马是否适用？要是能弄回几匹，那该多好啊！"

萨布素正想着，娜柳莎领来了一个人，指着来人介绍道："亲爱的舒拉，他是从大清国抓来的奴才，很会养马，是我的马博士，你们认识一下吧。"这可真是做梦都想不到的奇遇呀！在异国他乡，又是在雅库茨克最高长官的官邸，却突然见到了大清国的人，你说萨布素能不感到吃惊吗？何止是吃惊，还引起了极大的兴趣，急忙走到那人面前，仔细地打量着。来人四十多岁，不抬头，也不说话，只在那儿闷着头刷马、扫地、拾粪，干活儿认真、仔细、一丝不苟。萨布素弯下身来，细细地看了看那人的脸面，边看边问："你是哪个地方的人，叫什么名字？"那人抬头瞅了瞅，没理他，仍然低头干活儿。娜柳莎这时正巧离开了，去另一个马舍察看，还向那里的几个用人交代着什么。萨布素趁此机会，用满语小声儿问："阿古①，西艾巴都尼亚玛②？"那人一惊，上下打量着萨布素，然后忙又低下头，还是一声儿不吭。萨布素又问："你是吉林的还是宁古塔的？为什么忘本，咋不想家呢？没有父母兄弟姐妹吗，真就心甘情愿做人家马倌儿？"这几句话可刺痛了那人，他抬起头来，瞪着大眼睛盯着萨布素，张了张嘴，似乎想说什么，但终究没敢说。萨布素见此，直截了当地交了底："告诉你吧，我是大清国的人。"那人更为惊诧，立即向周围瞅了瞅，低声儿问道："你为啥来这儿？"萨布素说："我有我的事儿，不必多问。告诉我，你家究竟在哪儿？或许回去能替你转告家人，让他们知道你的情况。想想吧，家里能不惦着亲人的死活吗？"那人小声儿说："我家在宁古塔。"萨布素听后一愣，以为没听清呢，反问道："你说的是宁古塔？""对，没错。"萨布素盯着问："波尔辰妈妈你认

---

① 满语：阿哥。

② 满语：哪个地方的人。

识不？"那人一听，激动得不得了，忙道："哎呀，那是我十几年没见到的额莫呀，你怎么知道她？"说着，便止不住眼泪了，马上用衣袖儿擦了擦，又向四周看了看。萨布素继续问道："你是怎么到这儿来的？"那人回答："咳，当年我是与其他四个沙音哈哈一块儿被黑斤部的人绑走的。后来，将我们赶到北海捕白熊，于西海岸马利亚河畔宿营。在那儿干了不少年后，又让罗刹给抓走了，到雅库茨克已经五年了，与家里音信皆无。因为他们看上了我马养得好，才让到督军府来专门饲养马的。"萨布素若有所思地说："噢，知道了。从现在起，你什么都不要讲，咱们仍装作不认识。放心吧，我一定会想法儿救你，一切还要听从女主人娜柳莎的吩咐，记住没有？"那人信任地点了点头。

就在这时，娜柳莎哼着小曲儿、笑着走过来了。到了萨布素跟前，一只手扶着他的肩，身子轻轻亲昵地倚靠着他。萨布素似乎是不经意间躲闪了一下，顺手拿起刷子走过去帮助那用人刷马毛，娜柳莎则站在旁边高兴地看着。过了一会儿，说道："舒拉，亲爱的，行了，跟我走吧，还有件事儿呢！"边说边拉着萨布素的手，离开了心爱的马房，向后花园的小凉亭走去。为什么娜柳莎急着拽萨布素走呢？原来她硬逼着督军父亲要在后花园会见萨布素。弗兰别茨科夫很忙，天天应酬不暇，之所以答应来，也是想看一看爱女的救命恩人。二人到了凉亭，萨布素同弗兰别茨科夫握过手后，便仔细地打量着督军。他身穿褐色燕尾服，白衬衫，领口儿打着黑色的法兰西领结；秃顶，四周的头发是染过的，嘴里镶着几颗金牙，手戴着金镏子。弗兰别茨科夫同萨布素简单地交谈了几句，随便问了一下自然情况，又表示了感谢之意，然后言称还有些急务需要处理，便礼貌地告辞了。

九月初的一天，娜柳莎再一次邀萨布素到她家的后花园，参加在那里举行的月下舞会。萨布素如约前往，看到来了不少人，雅库茨克的名流几乎全到了。在这些客人中，最引人注目的，便是坐在弗兰别茨科夫身旁的那个胖子。此人五十多岁，留着长发，满脸的络腮胡子。身穿红西服、白绸裤，胸前别着银花儿，像众星捧月般坐在中间，在座的各界名流对他毕恭毕敬、刮目相看。娜柳莎告诉萨布素："那个胖富翁，是当前俄国最显赫的功高盖世的大英雄叶罗费·哈巴罗夫先生。听说为了要武器和军费，刚从黑龙江前线回来，很快还要返回去。这个舞会，是父亲为了给他接风洗尘而举办的。"萨布素因是坐在后边，人很多，加上一些贵妇人簇拥着哈巴罗夫，又是在月下烛光里，所以看不太清楚。心想：

"就是这个可恶的强盗，在我大清的地面上烧杀抢掠，无恶不作，双手沾满了国人的鲜血。还觉不够，不日仍将返回大清，继续为非作歹，这是个极其重要的情况。"后来，萨布素为了获取更多的信息，投其所好，借教娜柳莎马术，常到督军府去，进一步刺探了不少重要的军情。特别是知道了沙皇已允许再派六千余人，由哈巴罗夫率领向博德格王爷，即中国的顺治皇帝开战。督军府的督军，即弗兰别茨科夫为此特别拨给了三门大炮，并从督军府军队里挑选出二十多名通晓军事谋略的军官，以加强哈巴罗夫的军事力量。看起来，这回到中国去的势头，要比波雅科夫那次更强劲，更凶残！

萨布素到雅库茨克的时间虽然不长，但因偶然认识了最高行政长官弗兰别茨科夫的爱女娜柳莎，从而知道了雅库茨克上层社会的人员构成以及有关远征中国北方的部署。尤其是得知了哈巴罗夫准备率领六千余俄军侵占黑龙江的信息，认为应该马上回去向朝廷禀奏。再说，也真的有点儿想家了，想阿玛、额莫及所有的亲人。令他感到欣慰的是，竟在异国他乡鬼使神差地见到了波尔辰妈妈朝思暮想的大儿子纳木它，这可是阿布卡恩都力的保佑啊！既然找到了，就必须赶紧救出来，尽快带回家乡去，以慰老奶奶的心。得怎么救呢？萨布素辗转反侧、冥思苦想，终于琢磨出了一个绝好的招儿来。

这一天，萨布素没等娜柳莎邀见，一大早单独来到了雅库茨克最高长官行政府邸。娜柳莎见萨布素来了，高兴极了，笑着逗趣儿道："亲爱的舒拉，你好啊！过去是我邀请了，你才来。今天缘何这样主动，竟然自己送上门儿来啦？"萨布素说："娜柳莎，我要回鞑靼海峡的家乡看望老娘，是特意来向你告别的。"娜柳莎一听萨布素准备回故乡，马上要离她而去，那初见面的高兴劲儿顿时一扫而光，两眼充满了泪水，说什么不让走，一再地苦苦挽留。萨布素劝慰道："娜柳莎，别哭哇！只是因为老娘年纪大了，想回去看一下，很快会回来的。再说了，我能不想你吗？"娜柳莎一听此话，才渐渐止住了泪水，心里稍稍有些安慰。说实在的，萨布素最后那几句话，是她最爱听的，也是从未听到过的，不禁动情地说："你要看望妈妈，我没有理由阻拦，千万快点儿回来呀！"说着，从脖子上摘下了上有俄罗斯沙皇伊万三世画像的金项链，送给最亲爱的朋友舒拉。萨布素见她对自己是这样的真诚，又是如此的天真可爱，很为之感动。人心都是肉长的呀，还真有点儿依依不舍，心头有一股惜别苦、惜别难的滋味。他想："俄罗斯人要全像纯情的娜柳莎这样，给人以坦诚的爱，对人真挚友好，那该多好啊，人们不就可以永享太平了嘛！为什么世上还有像波雅科夫、哈巴罗夫那样的恶魔呢？"萨布素接过项链后，紧紧握住娜柳莎的手说："谢谢你，娜柳莎，我实在是没什么礼物可送，非常抱歉。待从故乡回来，一定带给你，相信会喜欢的。另外，还有一事相求。这次回故乡，总算是出门在外嘛，要买些东西带回去。彼得已不能同我一起回返了，这样的话，一个人恐怕拿不过来，别人又信不过。所以，想请你帮个忙，能不能让那个刷马的用人跟着走一趟。我看他挺老实，还忠厚，准能靠得住。等回来时，再把他交还给你，可以吗？"萨布素讲这番话时，提心吊胆的，怕娜柳莎不答应。哪知娜柳莎奔儿都没打，慷慨地说："亲爱的舒拉，有啥不可？要什么我都会答应。别说让个用人去，就是让我去，也会奉陪的。"说完，深情地看了看萨布素，眼睛又湿润了，萨布素连忙对这位萍水相逢、感情赤诚的异国友人表示了由衷的感激。萨布素和纳木它回乡时，是在娜柳莎的热情帮助下，使彼得能够借用督军府的大马车相送。正因为坐的是督军府的车，任谁不敢阻拦，才顺利地通过了最近新设的几道关卡。一直走到再没关卡的地方，彼得方同萨布素分手，将车赶了回去。

萨布素和纳木它俩人骑在一匹马上，高高兴兴地从勒拿河向外兴安岭走去。原以为这条路一定很荒凉，不会有几个人走，没想到却人来人往，络绎不绝。其实，自哈巴罗夫第一次从勒拿河进犯黑龙江后，不少俄国商人已知道了此为通往大清国的一条近道儿，俄人叫它"阿穆尔小道"。走在路上，萨布素才明白，原来这条自古以来渺无人烟的外兴安岭丛山密林的虎狼之路，早已变成了俄国对大清国财产进行肆无忌惮掠夺的畅通无阻之路，是那些贪婪的沙俄强盗在我国边界私开的一条暗道，像偷油老鼠进出的洞一般。这是朝廷和大清臣民做梦都想不到的一个秘密，若不加强防范，有多少财富也得像流水一样流走。萨布素感到不寒而栗，心想："看来要是不从这儿走，还真不清楚是啥样子，此次来得正是时候。我得赶紧回去，把这个大秘密报告给喀尔喀大人，并上奏朝廷，以便想出对策，及早堵塞漏洞。"

萨布素和纳木它正在阿穆尔小道走着的时候，遇到了一伙儿也是从雅库茨克出来的俄国商人，据讲此去是要到大清国进行土地开发和找宝的。因为都要到外兴安岭，便一路同行。刚开始，那些俄国商人对萨布素和纳木它并不介意，他俩的穿戴同俄国商人没什么区别，身着当时俄罗斯人喜欢穿的黑呢子礼服。上身儿的两只袖子袖口儿是抽紧的，小开领，内穿白立领绸内衣，腰间束紧身带。下身儿是肥腿儿裤，足登高鞡儿黑皮靴，外边罩着一件哥萨克马队喜欢穿的、两个肩上由于里边有硬布垫肩而向上翘着的国防绿呢大衣。头上戴着黑亮皮的青年帽，帽子上边有个小疙瘩，前头是硬皮子做的短帽檐儿，戴起来显得特别精神。那些俄国商人看着眼前一大一小两个人的样子，听着他们的交谈，以为可能是雅库茨克一带哪个作坊或牧场的管事人。纳木它在那儿待的时间长啊，虽然本身没什么气派，但俄罗斯语说得很流利。萨布素尽管气宇不凡，可因是后学的俄语，时间又短，说起话来还是挺笨的，听起来舌头总是不得劲儿，不过通古斯语倒十分顺畅。不知这伙儿俄国商人是从哪里打听到萨布素是鞑靼人，而雅库茨克恰恰也有鞑靼人，都不怎么会说俄罗斯语，只说通古斯语。所以，并没引起他们的注意。看长相，他俩不是黄头发、蓝眼睛、大鼻子，这在雅库茨克不足为奇，自然也就没有什么疑虑。

　　走了一段路，俄罗斯商人逐渐发现萨布素和纳木它的行为有些古怪、格路，便开始注意观察，常常暗地里窃窃私语。那么，他们怎么会觉得这二人格路呢？原来凡是到大清国去的俄国商人全是大包小裹的，将不少帆布袋子驮在马背上，准备回来时好装货品。并要带上很多草料，供马匹一路食用。一看他俩可怪了，不仅带的东西少，还俩人骑一匹马，挺不简单哪！说实在的，萨布素此前对这些想得真是不多，本应让彼得再弄一匹马，俩人各骑各的。可总觉得自己腿脚好，马上功夫不错，同纳木它骑一匹就行了，没承想反倒引起了俄国商人的怀疑。再加上他俩只带了褡裢式的两个包袱，里边装了点儿吃的和几件换洗的衣服，让人一看，不知道究竟是做什么去。说是串亲戚吧，不对，此路通往黑龙江，往前走是大清国呀；说是去远处散心吧，看样子不像，这个时间哪有出外野游的？还有让他们感到奇怪的是，同是俄罗斯人到大清国去做买卖，唯独他俩瞅商人们的目光不友好，并且单独在一边说话，跟同路人不太合群。于是，便凑在一起悄悄儿议论着："这一大一小是奸细吧？会不会是大清国博德格派来的呀？不可不防！"一种莫名其妙的特殊情绪，使那帮相互本来不熟悉的俄国商人和"探险者"开始抱团儿，对萨布素和纳木它倍加警惕。真是同路不同心哪，互相盯视着，甚至连说话都有戒备。比如刚开始时，俄国商人交谈时不太注意，话还多，说的声儿挺大。后来就小声儿说，话语不那么多了，再后来索性不说话了，晚上打小宿睡觉也不往一块儿凑了。俄国商人聚在一起，笼起篝火，拉着手风琴，吃着烤肉、面包，喝着瓶子上带有皇太后伊卡捷林娜圣像的白兰地酒，跳着俄罗斯舞。萨布素和纳木它则在离他们远一点儿的地方搭一小窝棚，在里面歇息、睡觉。商人们时不时地有意招呼他俩，让到他们那边跳舞，二人便以累了为由予以婉拒。

实际上，那边俄国商人疯狂地跳着、唱着、喝着，加上一阵阵的夜风把他们打饱嗝儿呼出的白兰地酒味儿吹了过来，弄得萨布素和纳木它根本睡不着。萨布素惦着可怜的纳木它，心想："要是我自己呀，才不在乎呢！唱就唱、跳就跳，反正有功夫、会武术，他们那样儿的，一个人能对付好几个。可现在不一样了，得带着纳木它。他这些年给罗刹当奴才，吃住都不习惯，受了不少苦，瘦弱得很。心情也不好，还想家，又没有真功夫。年纪再大一些，已是四十大多快五十岁的人了，我怎能大意呢？何况想办法寻找纳木它叔叔，是早已答应过奶奶的，阿布卡恩都力保佑，今天真就办成了。因此，无论如何得平平安安地护送回宁古塔，亲手交给老奶奶。"

萨布素是个心肠儿很热的人，躺在窝棚里，嘴里嚼着一根儿草棍儿，反复地琢磨："我得用个什么招儿能把俄国人甩开呢？前头的路还很长，差不多有千里之遥，该怎样做才能保护好纳木它叔叔呢？"不知不觉中，把草棍儿都嚼烂了。萨布素做啥事儿都挺慎重，直到现在没把自己的真实身份告诉老实巴交的纳木它，也没讲是哪地方人以及干什么来了，使纳木它一直蒙在鼓里。纳木它这些年远离家乡，给俄人当奴才，被折腾得有些窝囊、怯懦，话很少，整日胆战心惊的。而今是打心眼儿里感激这位年轻人，却想不明白小伙子为什么会对自己这么好。光知道他是大清国人，肯定是位朝廷的大英雄，要不怎么能单枪匹马来到雅库茨克呢？至于到底干什么来了，为什么救自己并不知道，萨布素不让问。纳木它一直在琢磨："年轻人怎么知道我的家乡和额莫的名字呢？他的胆儿也太大了，竟敢在罗刹的老虎嘴里不露声色地把我救出来，又大摇大摆地领回家乡去，该有多大的能耐呀？快赶上神人啦！"真是佩服得五体投地，心中只有一个念头，就是老老实实地跟着走，平平安安地回到家，见到久别的额莫和儿子麦里西。眼下逃出虎狼之窝是最要紧的，自己啥能耐没有，只能处处依靠大恩人了。

夜渐渐深了，萨布素嘱咐纳木它："大叔，马由你牵着，死死抓住缰绳，别让它跑了。咱们可就这么一匹千里驹，无论啥时候，都不要离它太远。一旦出现什么情况，不用管我，立刻骑上马往前跑。只要能够越过兴安岭的几道大岗，下了坡儿，便到精奇里江了。再沿江往下游走，将越来越安全，一般不会有事儿了。"纳木它说："咱俩只有一匹马，我不能自己骑着走哇，你怎么办？"萨布素说："不用担心，我有的是能耐。既然能到雅库茨克来，就能从这儿出去，你还不相信吗？大叔，一定要听我的，刚才说的话，可千万要记住啊！"纳木它听了，不住地点头，二人如此这般地商量好了。

到了后半夜，俄国商人可能连唱带跳地折腾了一大通儿累了，又喝了那么多白兰地，很快进入了梦乡，除了鼾声，一点儿动静没有了。始终没睡的萨布素趁机腾地站了起来，叫起纳木它赶紧拿上东西，二人轻手轻脚地悄悄儿离开了用杨树棵子、榛材棵子搭的小窝棚，在月夜下先行上路了。走着走着，看到远处有一只老熊领着几只小熊过去了。这里本来是熊窝之地，常能碰到，所以并不感到奇怪。夜风嗖嗖地刮着，天气很凉，纳木它不自觉地紧了紧衣服。又听远处传来公狼的长嗥声，尤其是在深夜，显得异常凄厉，令人胆寒。他俩快速钻进了前面的林中小道儿，好在月光下，崇山峻岭的轮廓能看清楚。只见南面远处横卧着一条黑色的大岭，像高墙一样，那便是横亘东西的外兴安岭。萨布素一看高兴了，知道只要越过这座雄伟的山峰，就是亲爱的故土了。眼下，翻过月影儿中的黑色高墙，是他们最明确的目标。尽管天黑，但不可怕，大山担当了最可靠的向导，是路标。说实在的，那个时候，哪有什么路呀？路是由人一步步踏出来的，走的人多了便成了路。纳木它见萨布素不骑马，让他一个人骑，索性也下来牵着马走。萨布素走得很急，是想尽快甩开那些俄国商人，免生麻烦，早点儿护送纳木它叔叔回家。因此，直劲儿地催促快些走，纳木它则顺从地紧随其后。没路，可奔着山走，方向总不会错，二人就这么深一脚、浅一脚、高一脚、低一脚地拼命往前赶。

天刚蒙蒙亮时，萨布素和纳木它见草丛中有一条草道，草道上有大轮儿车压出来的车辙，既深又清楚。顺车辙的痕迹往远处眺望，车辙印儿像两条黑黑的长带子向前延伸着，一直爬向一座高高的南山之巅，那么清晰，那么笔直，像个天梯似的！再远一点儿，则是外兴安岭北麓的一条通道。萨布素知道，越过层层的关山，那面便是平畴林海，即外兴安岭的南麓，下面是精奇里江江源的千里沃野，离乌力奶奶住的阿木勒沟不远了。纳木它年轻时打猎只到过东海窝集一带，大北方从未来过，因此觉得处处都那么新奇、陌生。萨布素兴奋地对他说："大叔，总算有盼头儿了。前边再过几道高山大岭，下了岗，进入林海中，有条精奇里江。从江源走到江口，便是黑龙江了，那是咱们的第一站。然后再到松花江江口，进入呼尔哈河河口，就能看到你十几年来日思夜想的宁古塔啦，终于见着亮儿啦！"纳木它一听，激动得心怦怦直跳，马上来了精神，同萨布素走得更快了。

就在这时，突然从林子里跳出五个人来，拦住了二人的去路。他俩一看，不由一惊，根本没想到这里竟会有罗刹鬼！那几个人笑着向他们打招呼，纳木它亦熟练地用俄语致礼，对方听了挺高兴。萨布素用俄语问他们为什么到这儿来，五人纷纷说是去精奇里江找宝，现在于林中宿营。他们对此路并不熟，一再向萨布素打听："过了前面的大山，是不是有条阿穆尔河？"萨布素说："对，往前走就是了。"几个人听到了肯定的回答后，急忙返回身从树林中牵出五匹马，马身上驮着背囊大口袋，看样子里边装的是些日用品和口粮。每人的肩上吊挂着个大水壶，腰间挎一柄精美的马刀。一看这些人的装束，绝不是一般的商人，立即引起了萨布素的警觉。他主动迎上前去与之搭讪，看似漫不经心地闲聊，实则是在转弯抹角地打听他们到底是干什么的，准备到哪儿去。东拉西扯地唠了一阵子，五人终于无意间透露出是掉队的哥萨克兵，正去追赶前几天从这里走过的由哈巴罗夫率领的"探险队"。萨布素想："可真是巧哇，刚刚甩开了一伙儿俄罗斯商人，又碰上了一群狼。这几个罗刹鬼可不同于前几天碰到的那些商人，而是魔鬼哈巴罗夫带来入侵大清国的匪徒啊，必须百倍提高警惕呀！要不咋说冤家路窄呢，今天让我给碰上了。好啊，那咱们就较量较量吧！"再看五个匪徒的外表，全打扮成商人模样，萨布素便对他们说："既然同是从俄罗斯来的，又都要过外兴安岭，咱们可以结伴儿同行了。"这几个人对萨布素和纳木它当然不放心，详详细细地问他俩是干什么的，从哪儿来，具体要到哪里去。萨布素支吾了一阵子，想搪塞过去，可几个罗刹鬼偏偏抓住不放，非要刨根儿问底儿不可。萨布素笑了，打着手势说："我们是从雅库茨克来的，是为了那个……"说着用大拇指和中指咔儿地打了一个响儿。那些人看明白了，原来他俩是去找宝、去冒险的，也会心地笑了起来。就这样，他们开始一块儿同行。

路上，萨布素显得特别热情，有意同罗刹鬼亲近，暗地里却在琢磨着这几个人。他发现其中一个又高又胖的人脸上有环形的烙痕，知道肯定是一名俄国的囚犯，从监牢里出来，又被雇佣到黑龙江去的。因为在俄国，重犯的脸上或肩上，常烧有烙痕。再细看他，体格剽悍，虎背熊腰，相貌极凶。长着一对儿大眼珠子，鹰钩鼻子，满脸黄胡子，一张大鲇鱼嘴，镶的两颗银牙直冒亮光儿。从五个人的举止行为来看，胖子是他们之中说话算数的，其他几个都听他的。这家伙眼睛恶狠狠地死盯着纳木它牵的马背上驮的包袱，其实包袱里只装着几件衣服和一点儿吃的，有肉干儿、干面包，还有娜柳莎给带的一些果酱、香肠、奶油什么的。因为是随便装到里边的，并没有摆放得很规整，加之路上一颠簸，所以袋子鼓鼓囊囊的，好像里边有不少东西似的。胖子以为萨布素他俩没注意，有时便悄悄儿地紧走几步贴过来，偷偷靠近纳木它牵的马，伸手迅速地掐掐包里的物件，想知道究竟是什么。这些举动，哪能瞒得过有精细的侧力功、反背功的萨布素那双眼睛？胖子的每一个微小动作，皆逃不过他的视线，说实在的，早就在提防着这几个要比甩掉的俄国商人危险得多的哥萨克兵了。他俩故意快些走，五个匪徒也紧紧跟着。走了整整一天，到了晚上，总算越过了五岗七大岭，到了外兴安岭的南坡儿。下了坡儿，进入一片林莽之中。整片林子全是原始密林，黑糊糊的，望不到边儿，更望不到天，只能听到外面的风声。林子里跑着獐狍野鹿，还不时有狼群、黑熊出没。到处可见动物的尸骨，也有少量人的骨头，可以说这里是凶残野兽的天下。萨布素紧走几步，上前拉住只顾低头走路的纳木它，小声儿说："大叔，你快些走，甩开这些人，我在后边对付他们。"在树林子里骑马非常不容易，因为那树不长枝干，而是专往上长。这样，必然是一棵挨一棵，十分密集，间隙很小，马在里边只能别着走，很难穿行。尽管纳木它费了挺大的劲儿马不停蹄地往前赶，终究没能甩开。

第二天，萨布素早早起来了，叫起了纳木它，告诉他："大叔，赶紧骑马先走，顺着精奇里江江源快马南行，不用管我，肯定会追上你的。"又指着岭下说："看到下头那块儿没有？已露出了江源，那就是精奇里江。你顺着河汊子往水宽的地方去，千万别走错了。"纳木它担心萨布素的安全，不想离开他，商量道："我们还是一起走吧，要是出个啥事儿，总能帮帮你。"萨布素说："不行，你快走，我没事儿。你要出个三长两短，我怎么向老奶奶交代？既然把大叔带出来，就一定要保护好，安全地送到家。好了，别犹豫了，快走吧！"纳木它很是感动，觉得这个年轻人实在是太仗义了。他见说服不了萨布素，只得说："好吧，那我先走了。"随即翻身上马，隐入了密林之中。

萨布素见纳木它走远了，随后开始急速前行。走了一段路后，才放慢了脚步，心想："这下行了，大叔走了，我就好办了。匪徒干八蛋们，我要让你们睁眼好好儿看看，大清国的人个个是响当当的！"萨布素向来有一股子劲头儿，天不怕地不怕，还有智谋。又走了一会儿，索性站下了，放开喉咙唱起了满洲的歌谣。在林子里这么一唱，声音可传得远哪，五个罗刹鬼虽然跟得紧，但由于萨布素和纳木它走得早，还是被甩出挺远。再说了，他们对山路哪有萨布素熟哇！萨布素从小跟着爷爷在林子里各处转悠，像只小松鼠似的，嗖嗖嗖走得相当轻快、灵活，有时爷爷都追不上他。密林中的道儿多半是蛇形的，在里边转来转去的，若没有点儿能耐，一会儿便把你累得满头大汗了，再一会儿则分不出东南西北了。不仅累屁了，动弹不了了，也蒙圈了。五个匪徒牵着马驮子，本来树的间隙就小，走几步便让树给挤住了，特别不好走。因此走得很慢，是又急、又累、又蒙，干撵看不着萨布素他俩的影儿。这时，突然听到前边有人唱歌儿，可乐坏了，像在黑暗中见到了一缕阳光，纷纷嚷道："哎呀，他们在那儿呢！"随后立即循着歌声奔过去，终于赶上了萨布素。

五个哥萨克匪徒见到了萨布素，还挺高兴，萨布素也跟他们嘻嘻哈哈、说说笑笑的，用手一指道："前面是精奇里江，沿江走到尽头儿，便是黑龙江。你们到过黑龙江吗，就是阿穆尔河？那水可深哪，还特别凉，江中有的是鱼，条条个儿大肉厚，味道鲜美着呢！"罗刹鬼瞪着眼睛，张着大嘴，全都听傻了。因为是第一次听说，所以觉得特别稀奇，而且越听越爱听，个个心里琢磨着："这儿可真是块宝地呀，我们来对了！过去沙皇不知道哇，全仗伟大的哈巴罗夫先生给打开的大门，一定是主的安排！"一边想着一边低下头，左手捂着胸口儿，右手画着十字，脸上现出得意的笑容。这时，他们才注意到萨布素的同伴儿没了，马上问道："和你同来的那个人到哪儿去了？"萨布素说："噢，他在前边呢！"几个人露出一种怀疑的目光，不太相信地四下瞅了瞅。

萨布素一看他们那样儿，心里恨透了，不说话了，又琢磨起道道儿来："我得怎么做才能稳住这几个家伙呢？绝不能因纳木它的离开而引起他们的怀疑，那样会因小失大的。也是真寸哪，既然狭路相逢，我要是不收拾仇人，能对得起谁呀？"他的小脑袋瓜儿一转个儿，有了！便又假装高兴地走过去，向五个哥萨克兵白话起来："此地我来过多次，路熟，闭着眼睛都能知道哪儿是哪儿。这块儿不错呀，貂皮多，还有沙金锞子，没看我同伴儿牵的那匹马上驮的都是大清国的小金元宝嘛！"罗刹鬼一听，啊？原来包袱里装的是金元宝！立马全凑了过来。萨布素继续鼓动道："诸位要是信着我，就听老弟的，今天晚上咱们住一块儿，明天一早探宝去。不过不能大摇大摆地去，因为那里常有大清国的兵，必须得偷着去。我领你们选个地方，抢完以后，赶紧撺'探险队'去，两不耽误。多好的事儿呀，上哪儿找这个便宜呀，不纯粹是轻而易举地立了一大功吗？"匪徒们越听越乐。萨布素又故意说："别光乐了，咱们得快点儿走，好赶上我那个伙伴儿。"听到萨布素的这句话，几个人的疑虑才算彻底打消了。

罗刹鬼十分兴奋，劲头儿也来了，边走边打马，没用多长时间便赶上了前边的纳木它。纳木它为什么走得这么慢呢？因为他心里一直惦着萨布素。寻思小伙子好心相救，还让我一个人骑马先走，咋能扔下人家不管呢？做人得有良心呀！不行，无论如何得一块儿走。于是，他走一走，回头瞅一瞅，看萨布素追上来没有，速度自然就放慢了。萨布素领着哥萨克兵追上来之后，纳木它觉得挺奇怪，刚要发问，萨布素马上拽拽他的衣角儿说："大叔，今晚上咱俩同他们一起住在这儿。"纳木它没再多问。一行人足足走了一个白天，到了晚上，才选了个地方，搭起了两个窝棚，五个匪徒住一个，萨布素和纳木它住一个，各自歇息了。

五个罗刹鬼在窝棚里吃饭、喝酒咱们不讲。单说萨布素躺在窝棚里，那是思绪万千、心潮翻滚哪，想了好多的事儿。他想："这几个匪徒既然盯住我俩，就不会轻易放过，得把我们逼到他们那儿去，也好向长官交差。加上对此路又不熟，必然让我俩当向导，用完之后极有可能杀掉。如此看来，我不动手，他们也会动手，所面临的死仗是避不过去的。何况是一帮马上要踏入我大清国土的恶魔，我绝不能放行，应就地解决，送回老家去！罗刹在大清国土犯下的罪行累累，许多财产被抢掠，不少骨肉同胞被杀害，园田被毁坏，使得妻离子散，家破人亡。这一切自从到北方之后，都是历历在目啊！"想到这儿，真是恨透了罗刹，牙关咬得咯咯响。于是转过身来，悄悄儿叫起了侧卧着的纳木它，嘱咐道："大叔，今晚不要在窝棚里睡了，到外面找一个容易隐藏的地儿歇息。记住，千万别把马拴上。你贴着马，睡在马肚子下，手里抓着缰绳。倘若听到有动静，赶紧骑上走，务要多加小心。不论我这边发生什么情况，你都不用管，只需离开就行了。"纳木它听萨布素这么一说，又不放心了，忙问道："一个人能行吗？"萨布素说："照我说的做，快去吧。"纳木它知道争也没用，便乖乖地起身偷偷出去了。

萨布素将纳木它撺出窝棚之后，到外边抱了些草，用两张皮单子分别将草包上，做成长条形放在睡觉的地方，像有两个人躺在那儿一样。

然后脸冲外贴着窝棚壁闭目养神，两耳警惕地听着罗刹住的那个窝棚的动静。说实在的，匪徒们同样是谁都没睡。别小瞧哇，那可是哥萨克兵啊，很有掳掠的经验，一直在注意倾听着萨布素这个窝棚的动静呢。想等晚上乘其不备，抓起来做俘虏，再把那些金元宝抢到手，成为自己的囊中之物，真可谓得来全不费功夫。他们之所以到现在还没动手，是在等待时机。

半夜了，双方皆无动静，萨布素躺在窝棚里是睁一眼闭一眼、始终不敢睡呀！到了三更天黎明之前，正是人酣睡的时候，几个罗刹鬼以为萨布素他俩肯定睡得像死猪一样，便开始动手了。他们由那个脸上印有环形烙痕的五大三粗的胖子领头儿，悄悄儿走了出来，靠近了萨布素住的窝棚。胖子第一个冲了进去，恶虎扑羊般地扑到二人睡觉的地方，猛然一下狠狠地掐住了用皮单子卷草而成的假人形的上头。这一掐，那小子立刻觉得不对劲儿了，不禁"唉呀"一声！顺手一划拉，没摸着人，随即边大叫着："不好！"边站起身来，话都没说，将跟进来的几个同伙儿一推，撒腿就往外跑。后进来的那几个懵懵懂懂的哪里能知道是咋的了，看胖子往外跑，也跌跌撞撞地跟着跑。怎么回事儿呢？咱们前面说了，萨布素对此早有准备。那几个罗刹鬼刚一出窝棚，他在这边便听到了，马上坐了起来。待他们欻啦欻啦地走到窝棚门口儿时，萨布素应声儿一纵身，腾地跃起，来了个蝎子倒爬墙。这个功夫很厉害，是利用脚、头顶、两臂、两手的力量以及身体的弹力，紧紧地贴在窝棚上面的树杈儿上。劲儿还要使匀，肩和手往下一压，两脚才能勾住窝棚的顶端。这是萨布素在搭窝棚时，已经按事先谋划好的道道儿去做了，有意将窝棚的上部搭得结结实实的。人即使贴上去，顶盖儿也不会摇动，更不会掉下来。因为天黑，窝棚里挺暗，所以刚一进去什么都看不到。再说，匪徒们只顾往地上扑，谁能往上瞅哇？无论如何想不到人能到棚顶儿去。

此刻，萨布素见几个罗刹鬼在窝棚的门口儿你挤我、我挤你地争抢着往外跑，立刻向上一窝身，右腿略弯，伸手将早已藏在黑裤腿儿外侧的特制镔铁短剑的剑鞘弹簧一按，小短剑噌地从剑鞘里弹了出来，随即握在手中。此短剑看似很小，却锋利无比，削铁如泥，用于防身，异常便捷。那最后一个匪徒刚跟着进来，便见别人纷纷往外跑。他虽然没来得及弄清这是咋回事儿，但起码知道窝棚里的人肯定是有准备，危险即在眼前，不逃就没命了，也窝头跟着往外跑。然而实在是晚三秋了，待到了窝棚门口儿时，萨布素从顶端忽然来了个鹞子翻身，冲下一扑。窝棚门儿不是矮嘛，那个罗刹鬼把头一低，刚往出一伸脖儿，正好萨布素已转了过来，将手中的短剑照他的脖子用力一划道："你给我回去吧！"只听嚓的一声，脑袋像削萝卜似的被削掉了，最后一个进来的罗刹鬼就这样稀里糊涂地玩儿完了。

随后，萨布素从窝棚里跳了出去，追赶第四个拼命向前跑着的小个子兵。可他哪能跑得过走惯山道和密林的小英雄啊，萨布素双手握住短箭，在其身后腾跃而起，来了个童子拜观音。这个匪徒当时在前面跑，而萨布素是从他身后蹿起来的。在身体一坠地的工夫，已将剑从上至下使劲儿一划，只听咔咔两声，短剑从那人的后脖梗子直接扎了进去，又顺着脊梁骨往下一挑。钢刀本身就特别锋利，再加上萨布素从上向下跳的百多斤重的分量一压，当即将那人的后脊梁骨到腔尾骨整个劈成两半儿。这叫后开腔，土话称后开门儿，人体完全被肢解。罗刹鬼还没感到疼呢，只觉得身后一凉，便倒地毙命了。

因为刚才短剑是从罗刹鬼的后脊梁骨咔咔划下来的，有声音哪，跑在前头的第三个匪徒，正是那个又高又胖、脸上印有环形烙痕的大凶鬼。他听出身后有奇怪的动静，不回头便罢，回头一看，立刻傻了。只见他的伙伴儿已倒在地上，鲜血四溅。又见萨布素两眼圆睁，手握短剑疾走如飞地奔过来了，吓得不会走道儿了，扑通一声瘫坐在地上，双手又开麻爪了，惊恐地喊着："啊——啊呀呀！"只剩下大叫的分儿了。萨布素哪管这套，你叫唤你的，我砍我的，跳将过去咔嚓就是一剑，大凶鬼的脑袋骨碌碌滚到了地上。

跑在前头的两个罗刹鬼，见身后三个同伙儿已经血染尘沙、死于非命，彻底吓蒙圈了，也辨别不出方向了。其中一个窝头往左边小道儿上跑，萨布素弯腰捡起一块大石头，用力一撇，不偏不倚，正打在他的后脑骨上，顿时脑浆迸裂，扑通一声摔在地上，像头猪一样被宰杀了。剩下的那个罗刹鬼一看大势不好，哆哆嗦嗦地高高举起了双手，跪地投降。萨布素手持带血的剑往死尸身上蹭了蹭，又从地上薅起一把草，把短剑擦干净，然后往裤腿儿下的小剑鞘上刷地一插，指着那些死尸对俘虏说："你把他们全扔到山涧去，将马链在一起，跟我走！"俘虏听话地站了起来，扯着四个同伙儿的大腿，一个个扔下了山涧，又将五匹马驮子链到一起。

再说纳木它按萨布素的吩咐，走出窝棚，悄悄儿来到拴马的地方，解开缰绳，选了一个离窝棚较近的暗处隐藏下来。心想："离年轻人近些能听到动静，倘若出现了什么异常情况，便于及时相帮。"他贴着马躺下了，迷迷糊糊地闭着眼睛眯着，始终没敢睡实。到了三更天，仍很平静，以为不会有啥事儿了。正这么想着的时候，忽听咔嚓一声，不由得腾地跳了起来。定睛一看，眼瞅着萨布素喊里咔嚓、干净利落地把四个罗刹鬼全收拾了，还抓了一个俘虏，那双眼睛都看直了！佩服得五体投地呀，年轻人这么神勇，武功这么厉害，不就是传说中的神人嘛。那么此人是谁呢，究竟是干什么的？不得而知。一边想着，一边赶紧迎了上去。萨布素让俘虏牵着五匹马驮子在前面走，他和纳木它在后面跟着。

此时，那个哥萨克俘虏吓得心怦怦直跳哇，腿都迈不动了。一看这个鞑靼人太狠了，手真黑呀，一眨眼工夫，四个伙伴儿全让他给杀了，看来我也难活呀！想到等待自己的可悲下场，便琢磨着与其等死，不如趁天没亮，找个机会拼死一搏。正在这个节骨眼儿上，萨布素回头招呼落在后面的纳木它："大叔，快点儿，紧走几步！"说完还站住了，脸冲着纳木它在那儿等着。罗刹鬼回头一看，机会来了！伸手从内衣里掏出一支单筒小短枪，在萨布素身后叭的就是一枪，萨布素应声儿倒地。罗刹鬼本来心里就害怕，又紧张得要命，手哆嗦得直打颤，只想赶快逃命要紧。因此，放了一枪后，连看都没看一眼，转身一骗腿儿跳上马背，拼命打马按原路跑去，很快隐入外兴安岭的群山密林之中，逃向雅库茨克了，这是后话。

萨布素被打倒后，纳木它吓出了一身冷汗，慌忙跑过去，抱起全身是血的恩人。天黑呀，看不见究竟是打到哪儿了，摸哪儿哪儿是血，心里这个急呀，不停地呼唤着："喂，年轻人，伤在哪儿了？快醒醒啊，说话呀！"萨布素开始还明白点儿，后来只觉得身子一沉，脑后头像有个铁砣往下坠似的，浑身刺痛，头一晕就不省人事了。纳木它看着萨布素，急得也不知怎么办好了，坐在那儿心疼得直掉泪。

由于是夜晚时分，万籁俱寂，枪声一响，异常清脆，能传出好远。说来萨布素挺有福分，偏赶上达斡尔族的首领吉古林率人先是到黑龙江上游、然后又到精奇里江一带巡逻，正巧听到了那声枪响，觉着很奇怪："深更半夜的，为什么会有枪声，莫非是有人遇到野兽了？"遂举着火把，匆忙向枪声响起的方向奔去。不大一会儿，便来到了萨布素出事的密林里，在火把的照耀下，发现被击倒的人正躺在另一个人的怀里。待三步并做两步地走到跟前一看，那受伤的不是别人，正是受命找了好多天的萨布素！对抱着萨布素的纳木它，他们仔细瞅了瞅，都不认识。原来，萨布素失踪后，吉古林和多凌阿听说他到北边去了。加上乌力老太太一讲，猜出十有八九是去探敌情了。也知道小伙子胆大心细又敢闯，就把这事儿传报给了宁古塔喀尔喀将军。喀尔喀将军命令他们注意巡逻、搜索，了解情况，想办法掌握萨布素的行踪，以便接应他。没想到今天在精奇里江上游，却见到了受了枪伤的萨布素。他们听纳木它三言两语地介绍了一下情况，又简单地为萨布素包扎了仍在出血的伤口，然后抬起来放于马背，急忙上路了。直到此刻，纳木它才有些后怕，心想："这一带虎、狼、豹等猛兽多得很，常常夜里出来伤人。要不是碰巧遇上了他们，不但年轻人的枪伤得不到及时救治，而且恐怕一晚上连尸体都留不下来，真是太险了！"想到这儿，不禁打了个寒战，口里直念阿弥陀佛。

吉古林率人一路守护着萨布素，心急如焚，一刻不停地往阿木勒沟赶，真够辛苦的。他们顺着江逆水而行，穿林过岗，爬坡儿攀登，走了十余天，终于赶到了阿木勒沟，多凌阿、乌力母女、芒古勒吉尔、比雅格、古兰和所有认识萨布素的人全等在寨口儿。大伙儿见萨布素紧闭双眼，黑瘦黑瘦的，颧骨挺高，眼睛凹进去了，浑身是血，不省人事，心疼极了。最难受的莫过于乌力奶奶，一头扑到萨布素身上痛哭起来，大声儿唤着："萨布素哇，睁眼看看奶奶，是奶奶的罪过呀，没有看住你。我对不起舒穆禄夫人，也对不住虽哈纳大人，让你受这么大的苦、遭这么大的罪呀！我有罪呀，该死啊！"一些人过来劝阻道："奶奶，别哭了，眼下不是哭的时候，给萨布素治病要紧哪！"好说歹说，总算把老人家劝住了。

萨布素是被双马的马驮子驮回来的，这是北方特有的一种运输方式，叫连环马。就是将两匹马并排链上，笼头绑在一起，马身上安放小鞍子。下面把肚带儿勒好以后，马鞍子上单有连环绳儿，也绑在一块儿，再在两匹并排马的背上铺好平排板儿。板子的两边都有眼儿，用皮条子从马肚子下边绕过去捆绑，平排板儿便可以紧紧地压在马的脊梁上，之后在平排板儿上放东西或坐人。走时，必须两匹马一齐迈步才行，也有用三匹、四匹马的。早先，病人、老人及妇女、小孩儿走长途路时，多用此种办法。甚至一些高贵的首领也是这样，当然，马背上的装备要好得多。马驮子所用的马也不一般，必须选专门训练出来的走马，跑起来像走步一样。马的四条腿是先右腿一块儿迈，然后再左腿一块儿迈，这样走起来即是有节律的左右、左右，很平稳，人在马身上一点儿都感不到颠簸。

吉古林他们这次用的是最好的走马双马驮子。在双马的背上绑好平排板儿，上边铺上狍子皮和草，再铺上褥子，很暄腾。然后把萨布素轻轻地平放在平排板儿上，盖上被子。这样，马走起来不蹾跶，能减少伤口的疼痛。还在小伙子中，选了两个精明能干的人来牵马头。为什么是两个人呢？因为是双马呀，一边一个，手得把住马的笼头。纳木它自告奋勇地跟吉古林首领说："你们在前面走，我在后面照顾着。"吉古林虽然不认识他，但看人挺老实忠厚的，便答应了。于是，一行人紧赶慢赶、平平稳稳、安安全全地回到了阿木勒沟。大家立刻围了上去，把萨布素从马驮子上轻轻地抬了下来。本来乌力奶奶要把萨布素接到她家去，但古兰、比雅格不答应，恳切地请求接到自己家养伤。比雅格说："乌力奶奶、吉古林首领，你们就答应了吧，我一定能伺候好萨布素小将军，他对我家有恩哪！我会天天给他做最好的肉粥吃。拉屎撒尿不要紧，我不嫌弃，都能收拾。"大伙儿也相信比雅格能照顾好萨布素，因她早已不像过去那样风骚、浮华了，而是变得贤淑、勤劳、待人热情、很是有些达斡尔女人的风度了。吉古林想了想同意了，把萨布素安顿在她住的内室。比雅格为能让萨布素睡得舒服些，伤口不至于感染，特意换上了洗得干干净净的褥单、被子，一点儿不在乎由于受伤而弄脏。看病的重任，自然又落在了芒古勒吉尔的身上。老人心里十分清楚，萨布素到北方，那是为大清国去的，是为达斡尔族的安宁去的，咱们得对得起人家。所以，二话没说，完全按吉古林首领的吩咐，答应在把萨布素送回宁古塔之前这段时间，千方百计地为其疗伤。然而芒古勒吉尔不是正经八百的郎中，只会用土办法、土药治冻伤，不会治枪伤。可是哪有啥招儿哇，没人哪，只能暂时应付着。

芒古勒吉尔对萨布素很有感情，看他一直到现在还昏迷不醒，特别担心。心想："萨布素这么年轻，千万别出一差二错呀，无论如何得想法儿先让他明白过来。"老人含着眼泪出去了，不大一会儿，抱着一包子药回来了。咳，其实哪有什么药哇，那时一般看病用的是土方、土药，阿木勒沟亦如此。大家围上去一看，对这些所谓的药全认识，不过就是大烟膏子，即罂粟，是人们熟悉的重要的祛病之药。只要有什么头疼脑热了，肚子疼、胃疼了，伤寒、出花什么的，都离不开它，很管用，而且来得快。还拿来了一罐儿大烟水和一坛子白酒，白酒在当时不光是喝的，也是用来治病的。有什么大寒症啊，身子乏呀，骨头节儿酸哪，不能睡觉哇，喝了便有作用，可以昏昏入睡。如果让野兽咬伤了，用酒一喷，立马消了毒了，尤其是能活血。再有一样就是乌头汁，在当时算是好药了，草甸子里有的是。乌头生长在丘陵的草棵子里或丛林之中，有大毒。

一般只把它放在面食或肉里，作为捕猎动物的诱饵，可以抓狼、套兽、除老鼠。人如果不小心吃了，马上会死掉，那可了不得。这种性温、味辛的毒性药，能祛风湿，又有镇痛的功效，各族人皆离不开它。老人家就是拿来这些中药准备给萨布素治病的，也只有三样宝贝，再没别的什么了。

萨布素受了枪伤，没有一个不牵挂的，全来了，把比雅格的屋子围得里三层外三层的，心里默默地祝福着："小将军可是个好人哪，这些年连家都不顾，为咱达斡尔人的安全到处奔波，还受了这么重的伤，遭这么大的罪。阿布卡恩都力呀，保佑我们的小英雄快些好起来吧！"人们急切地企盼着，等待着萨布素什么时候能醒过来，也想看看芒古勒吉尔是怎样给治病的，撵谁谁不走。这时，乌力奶奶和比雅格坐在炕上，开始动手给昏迷不醒的萨布素扒衣裳。咱们前边讲过，萨布素的外身儿虽然穿的是俄罗斯的黑呢子衣服，但里身儿仍然穿着一层层满族的衣服。坎肩儿是皮子的，里子是布的，扒了半天扒不下来。怎么的呢？他不是伤了嘛，已十多天了，脓和血水嘎巴到一块儿了，衣服变得硬邦邦的，又不敢使劲儿扒。芒古勒吉尔对乌力说："得慢慢来，否则伤口肯定得疼。只能用剪子剪，用刀子割。"比雅格立即拿来了剪子、刀子，喊里咔嚓地把沾满了脓血的衣服一层层地都给剞开了。打开皮袍子一看，见前身只有些血水和血嘎巴儿。又轻轻地把萨布素翻了过来，使其脸朝下、背冲上，便于看清他的伤口。这一瞅不要紧，大家的心一下子提到了嗓子眼儿！原来弹头儿在肉中炸裂了，伤口很大，肉向外翻翻着。子弹是从后面打入了右肩胛骨下方的肋巴里，弹头儿仍在肋骨的肉膜中包着，幸好没伤及五脏。但因延误了救治的时间，所以，伤口的周围已经溃烂了。淌出来的黄脓、血水有的已经干了，干了又接着淌，脓中有血，血中有脓，臭气熏天，直打鼻子。在场的人没有一个因此而走掉的，全替萨布素着急。

乌力奶奶和比雅格拿着用白酒泡过的软布，轻轻地擦着萨布素身上的血嘎巴儿。待擦完伤口，再用双手一挤，脓血水溜儿般往外冒，脊背右肋处烂出了一个大窟窿。还好，幸亏罗刹鬼当时心惊胆战的，一枪打偏了。要是那颗罪恶的子弹正好从后心打进去，萨布素可就没命了。芒古勒吉尔用酒把刀子、钳子擦干净，又在火上烧了烧。热了之后，把刀子慢慢伸进腐烂的大窟窿里去，一剜，便把死肉剜出来了，这样反复了两三次。然后用钳子往窟窿里一探，可能是因为碰到好肉的地方了，只听萨布素大叫一声："哎呀，疼死我了！"随着叫声，大家一阵儿高兴，小将军总算醒过来了，一直悬着的心才算落了地。萨布素慢慢睁开双眼，恍惚看到了周围一些熟悉的人。此刻，门突呼、哇嘎也挤进了人群。原来他们同达斡尔兄弟一块儿出外到柏柳通砍柴，去了八九天，今天才回来。一听说萨布素受伤了，现正在比雅格家，爷儿俩连饭都没吃，急匆匆地赶来了。到了门口儿，见满屋子全是人，没办法靠前，只好硬往里挤。正这时，就听萨布素嗷地大叫一声，俩人急得顾不了那么多了，用力分开众人到了火炕前。哇嘎一看萨布素伤得这么重，心疼地说："萨布素，觉得怎么样了，还很疼是吧？我和阿玛看你来了，可要挺住哇！"说着，难过得哭了起来。萨布素抬眼看着哇嘎，没有了说话的力气，只是微微点了点头，额头上的冷汗珠子像黄豆粒儿似的，滴滴答答往下淌，比雅格用手帕不停地给他擦着。芒古勒吉尔就是用这种土办法，将伤口里边的烂肉一点点儿取了出来，再捏一小块儿大烟膏子塞到窟窿里去。用乌头汁把周围洗了洗，又浇些乌头汁到伤口里，以毒攻毒，然后包扎好。萨布素实在太虚弱了，没过多一会儿，便疲倦地闭上了眼睛。

大家看萨布素醒过来了，屋子里的紧张气氛开始变得稍稍有些松弛了。这时，人们才注意到，跟萨布素一起回来的还有一个人。此人一直在旁边守着，不吱声儿，老实巴交的，谁也没顾上看他，再说都不认识。当门突呼、哇嘎看到他时，突然一愣！他们认识呀，这不是波尔辰妈妈的大儿子纳木它吗？门突呼和哇嘎在宁古塔已经生活多年了，与纳木它是一个地方的人，彼此很是熟悉。自从纳木它被掳走后，再没有见过面，但对他的长相却记得牢啊，没想到今天在阿木勒沟见到了！爷儿俩高兴得搂着纳木它的肩膀问这问那的，又问为什么才回来，听他一讲，才知道是被萨布素救回来的。纳木它直到现在都不清楚萨布素姓甚名谁以及他的身份、身世，只是刚刚从门突呼和哇嘎的口中，方知救自己的人叫萨布素，住在宁古塔，武功是叫得响的，其长辈全是些赫赫有名之人。也难怪，纳木它怎么会知道这些呢？萨布素全家去宁古塔的时候，他早就不在那儿了。这回不仅知道了救命恩人萨布素的一些情况，听说了自离开宁古塔以后，那里所发生的许许多多事情。还知晓了额莫波尔辰妈妈身体很好，挺硬朗，儿子麦里西、小侄子麦里特天天想他、盼他早点儿回去呢！这些话咱先不讲。

再说芒古勒吉尔忙活了一阵子，连紧张带心疼的，已经是满身大汗了，总算把萨布素的伤口处理完了。他坐在炕边儿，喝着乌力给沏的茶，一边喝一边犯愁："下一步咋办哪？光用这三样药不顶事儿呀！可此地也没别的药哇，得用什么法儿能赶紧治好呢？再者，我又不会红伤疗法，这么耽误下去哪行啊？"正着急时，小校进来向吉古林报道："喀尔喀将军急令，速送萨布素回宁古塔治伤。"喜讯一传开，大家伙儿发自内心的高兴啊，认为这回小将军可有救啦！于是，你一言我一语地议论开了，都说应当尽快安全地送萨布素回宁古塔，因为时间不等人。芒古勒吉尔是既高兴又发愁。高兴的是萨布素的救治有希望了，命可以保住；愁的是路途这么远，路上耽搁的时间那么长，咋能放心送他走哇？吉古林更担心，怕萨布素失血过多，身子骨儿十分虚弱，半道儿伤口保不准会突然加重，那不就糟了吗？他同芒古勒吉尔商量了半天，没拿出个什么好办法来，二人急得直搓手。

哪知迷迷糊糊中的萨布素听到了这个信儿，身子轻轻一动，手微微抬起。吉古林、芒古勒吉尔见此，赶忙俯身过去，问道："萨布素，你别动，有什么事儿吗？"萨布素小声儿说："快，快送我回去。只要有一口气，就得赶回宁古塔，必须尽早见到喀尔喀将军，有重要的军情禀报。"吉古林、多凌阿见萨布素坚持回去，知道劝也没用，没法儿留住他。再说，继续留在阿木勒沟真不行，得不到有效的医治且不说，时间长了会有生命危险的，还是得想辙快些送回宁古塔为好。何况萨布素有急事奏报将军，那可是刻不容缓哪！于是，经过仔细斟酌，考虑来考虑去，最后决定由哇嘎夫妇护送萨布素回宁古塔，纳木它同车返回自己的故乡。因为哇嘎是个好驭手，车赶得稳，既快又安全，萨布素信得过他；秀秀做事周到、细致，可随车照料，纳木它亦能帮助护理。行前，芒古勒吉尔特意张罗了一些止血止疼的草药，带着路上备用。又把萨布素的伤口重新处理了一下，消了毒，敷上药，以防继续溃烂，大家则准备了一些路上吃的、用的、喝的。比雅格担心萨布素长时间地躺在车上会不舒服，身子硌得慌，便拿出了新被、新褥子铺在车里，还收拾了几件古兰穿的衣服以便给他替换。一切准备就绪，吉古林、多凌阿、乌力奶奶、芒古勒吉尔、比雅格、古兰、门突呼等人含泪送走了伤势沉重的萨布素。

单说哇嘎一行离开阿木勒沟后，尽量选些较平坦的捷径走，晓行夜宿，用了一个多月的时间，终于回到了宁古塔。萨布素的伤口虽然有哇嘎、秀秀、纳木它的精心照料，不停地换药，但由于化脓并未完全控制住，一路上多次发高烧，有时处于半昏迷状态或干脆不省人事。到家的时候，身子骨儿更瘦、更虚弱了，舒穆禄夫人见儿子伤成这样，心疼得直掉泪，赶紧让二儿子、萨布素的弟弟党丹把哥哥背进了屋。不大一会儿，刚刚到家与额莫和家人团聚的纳木它，又随着额莫，带着儿子麦里西和侄子麦里特来看望萨布素了。一进屋，波尔辰妈妈的眼泪就止不住了，顺脸往下掉哇！既为儿子回来高兴，又心疼萨布素为救纳木它遭的这个罪、受的这个苦，内心非常感激萨布素从异国他乡救回了自己思念多年的儿子。因此，特意带着纳木它和孙子前来向大恩人拜谢，并牵来了两只刚下完崽儿的梅花鹿，那鹿奶子膀得溜圆。鹿奶温甘大补，重伤的人喝它，可补血、补阳气、壮活力，有助于伤口尽快愈合，肌体早日康复。哲森妈妈送来了族人在北海捕的一只像海龟似的有半透明黑黄亮甲的大玳瑁。据传，将玳瑁的生殖器割下后服用，有起死回生之功效。于是，波尔辰妈妈、哲森妈妈亲自主灶烹制玳瑁羹汤，由安茹格格一口一口地喂给大哥。之后，又喝了刚刚挤出的鹿奶，果然灵验，真的见效了。

萨布素在亲人们周到、细致的护理下，特别是吃了玳瑁的生殖器，喝了玳瑁羹汤，只觉得鲜羹入腹，全身发热，大汗淋漓。出了一身透汗之后，感到身子轻松多了，也稍有点劲儿了，慢慢地睁开了双眼。萨布素第一眼便看到了额莫，急忙说："额莫，儿有要事，快请将军到家来。"舒穆禄夫人闻听此言，赶紧让人去请喀尔喀将军。喀尔喀闻讯匆匆赶来，萨布素挣扎着要坐起来，将军轻轻摁住他，亲切地说："萨布素，你终于回来了，乡亲们都盼着呢！身上有伤，不用动，有话慢慢说，别着急。"萨布素躺在炕上，禀报道："请将军速速派人飞马京师，向皇上奏报罗刹的用兵之心。现在，沙俄皇上又派哈巴罗夫率六千余大军再犯黑龙江，雅库茨克的督军弗兰别茨科夫给他配备了三门大口径的火炮，并增加了兵源。而且不是普通的哥萨克兵，是派给他二十多名有谋略的军官，作为参谋或直接指挥军队作战。此绝非一般的犯边、掠财之举，实乃俄罗斯沙皇帝国定下的国策。罗刹已立誓要永远占领我大清黑龙江以北的土地，诚望朝廷勿怀侥幸之念，矢志抵御豺狼。否则，广袤的黑龙江北域必要尽落俄人之手，形势将极其紧急、异常危险了。"萨布素忍痛报告了敌情，身体不支，又是一阵眩晕。喀尔喀点头道："好，明白了。萨布素，好好儿将养，我马上去安排一下，一会儿再来看你。"说完，反身出去，回到署衙，书写奏章。写罢封好，立即交色刻，当夜飞马千里奏报朝廷。

再说北京的郑亲王等大人们接到了宁古塔的急折，没敢耽搁，速报皇上。顺治帝听罢，立刻下旨："凡我臣庶，务知俄罗斯割裂大清祖宗土地之举，驱狼务尽，固土务坚，骄堕庸塞者斩不赦。"圣旨下后，马上传橄域北，让人人知悉。萨布素因勘查俄情有功，得到京师嘉赏，并命宁古塔驻防八旗布达众将勇："前锋马甲萨布素智察敌情，骁勇有功，授宁古塔总管笔帖式衔，望亀勉奋蹈焉。"

喀尔喀将军、波尔辰妈妈、哲森妈妈和宁古塔各姓穆昆达及男女老少，都十分关心萨布素的伤情。大家商定，请天聪年初由诺雷部迁入宁古塔的满洲苏木哈拉的穆昆达嘎鲁泰老玛发为萨布素疗伤。嘎鲁泰不仅擅于治红伤，接骨、活血、祛病也有奇方。当向他说明了情况、萨布素的枪伤不轻时，二话没说，欣然应允。嘎鲁泰老玛发对哈勒苏将军一向是很尊重的，对其孙子的伤情当然关心，答应一定想办法好好儿调治。为了方便起见，决定将萨布素接入自家。舒穆禄夫人考虑到儿子伤很重，住到老玛发家，会给他的家人带来不少麻烦，于是提出自己能否也住在玛发家伺候儿子。嘎鲁泰全家婉言谢绝，老玛发说："是不相信能照顾好萨布素吗？放心吧，我们对待他会像自己的孩子一样，不用劳动夫人了。"嘎鲁泰老玛发是谁呢？即萨布素的好伙伴儿窝赫的爷爷。萨布素被送到老玛发家后，嘎鲁泰便让小孙女、窝赫的妹妹卡克屯侍奉左右。舒穆禄夫人听说后，十分高兴，觉得更没说的了。因为她对身材苗条、美貌的卡克屯从小时候就喜欢，认为那是一位娴静、温柔、勤快、干净利索、会照顾人的姑娘，甚至有不少地方挺像自己少女时代的样子，平时娘儿俩处得特别投缘。

其实，卡克屯与萨布素相互之间早就认识。小的时候，由于窝赫哥哥的关系，卡克屯常同萨布素等一帮男孩儿一起打秋千呀、抽冰嘎呀、赶狗爬犁什么的，只是她的年龄比男孩子稍小一些。九岁那年的一天，这些孩子在呼尔哈河上，从高高的大雪山上往下放雪爬犁，玩儿得可高兴了。别看天冷，架不住一刻不停地上去下来、再上去再下来地一次次来回折腾啊，个个疯得小脸儿红扑扑的，额头上都是汗。卡克屯很勇敢，一次，只见她从高山顶上，像个小飞燕似地滑冲下来，哪承想雪爬犁一歪，碰到一个大冰块子上了，一下就翻了。卡克屯被甩出老远，不偏不倚，正好甩进大雪窝子里去了，全身埋在雪里。窝赫吓得直哭哇，瓦礼祜、麦里西、巴克当时也蒙了，不知道怎么办好了，急得直跺脚，干吵吵："这可糟了！萨布素，你倒是快说呀，咋办哪？"萨布素啥也没讲，转身嘭地跳进雪窝子里，三下两下扒开了雪，把卡克屯给抱出来了。卡克屯吓得哇哇大哭，萨布素拍着她的头哄道："卡克屯，好了好了，别怕，没事儿了。"见卡克屯还哭，便又逗趣儿道："别哭了，擦擦眼泪上轿吧！

来，趴在阿浑背上，阿浑背你走。"说着，立马蹲下身来。小卡克屯听话地趴在萨布素的后背上，就这样一直背回了家。卡克屯始终记着是阿浑把自己从雪窝子里扒了出来，从小到大，萨布素是她心中最敬慕的一位哥哥。此次嘎鲁泰老人家把萨布素接到家里治伤，又让孙女卡克屯来照顾，可把她乐坏了，心里美滋滋的。小窝赫也非常高兴，小时候的伙伴儿又能天天在一起了，正合心意！

卡克屯这个名字是满语，译成汉语就是百合。在女真人里，姑娘的名字一个叫衣尔哈①，一个叫卡克屯，此乃最美最善良的一种吉祥的花朵。卡克屯的父母在天聪年间诺雷部的征杀中，双双丧生，嘎鲁泰、小窝赫和卡克屯是戴珠瑚将军派虽哈纳带兵救回来的。到宁古塔后，给他们一家三口儿盖了房子，送去了口粮和一些日用品。从此，在卡克屯、窝赫幼小的心灵中，便记住了虽哈纳是最亲最好的叔叔。嘎鲁泰当然也特别感激虽哈纳的救命之恩，使他和孙子、孙女能死里逃生。

日子一天天过去了，眼看着孩子们长大了，卡克屯也二十岁了，老玛发对虽哈纳之子萨布素有了特殊的情感。不但喜欢他，而且佩服那身高强的武功和马术，还知道他的一家人都特别好，便有心将孙女许给萨布素。而卡克屯心中最理想的人正是萨布素，常常想，将来若能嫁给这样的人，就心满意足了。满族有个传统习俗：姑娘成人，可述身世，以歌传情。男孩儿如果看中了哪个女孩儿，要向自家大人讲明。大人若是应允了，可去姑娘家定亲。卡克屯口弦琴弹得好听，歌儿唱得悦耳。有一天，波尔辰妈妈正巧从她家门口儿路过，见卡克屯光着脚，脸冲屋坐在窗台上，边纳鞋底儿边哼歌儿，唱得十分入神：

> 机灵的大雁落水湾，
> 水湾暗藏着俏阿哥，
> 那是百里挑一的英雄汉。
> 牛皮刺花儿红口袋，
> 装满支支雕翎箭。
> 真像神速般的闪电，
> 獐狍梅鹿倒一片，
> 阿哥的猎物装不完。

---

① 满语：花儿。

波尔辰妈妈一听，乐了，全明白了。轻轻走到姑娘身后，照肩膀啪地拍了一下，笑着说："啧啧，沙音赫赫[1]，在夸谁呀？羞羞羞，姑娘大了，懂得想男人喽！"卡克屯光顾低头唱了，根本没注意别人呀，回头一看，身后竟站着老奶奶！顿时脸羞得热辣辣的，一下红到耳根子。她急忙撂下鞋底儿，跳下窗台，鞋都没来得及穿，上前一把就将波尔辰妈妈抱住了，央求道："奶奶，您是天下最好的奶奶，可千万别说出去呀，人家是随便唱着玩儿的。"波尔辰妈妈故意不放过，说道："唱着玩儿的？那牛皮刺花儿红口袋箭囊，还是我送给萨布素的礼物呢，能瞒过谁呀？别看奶奶老眼昏花了，甭想唬得住。你咋没唱我的小孙子麦里西呢？不害羞，是心上有人喽！"说完，用手刮了刮卡克屯那好看的小脸蛋儿。卡克屯仍说着好话儿："奶奶，饶了我吧。要不，我到奶奶家去，专给您一个人唱，让奶奶听个够还不行吗？"波尔辰妈妈继续逗她："好啦，奶奶这回可有事儿干了，一个姑娘心里想着让奶奶做媒人喽！"说完，哈哈笑了一阵子走了。

卡克屯知道萨布素是因公受伤而住进了自己家里，对他的伤那是看在眼里、疼在心上啊，常常暗自难过，忍不住眼泪。打从住到她家第一天起，便专心一意地在小哥哥身边伺候着。怕哥哥睡不好觉，不利养伤，那是狗叫不行，猫来也不行；炕太热不行，凉了还不行。处处留神，真是无微不至呀！不但亲自给萨布素做鹿脯粥，熬飞龙汤，而且一口一口地喂给他，嘴里还不停地劝说着："阿浑，多吃点儿，只有嘴壮，身体才能很快好起来。"萨布素每次听了这话，心里暖乎乎的，有滋有味地吃着，食欲大增。一天，此情景被前来看望萨布素的快嘴的波尔辰妈妈瞧见了，于是笑着说："啧啧，你们看哪，我们小百合多尽心尽意呀！这么的吧，我做媒，把你嫁给阿浑吧。萨布素，你是同意还是不同意？"萨布素腼腆地摸着后脑勺儿嘿嘿笑，不回答。波尔辰妈妈又说："笑什么？我说了就算，能当你额莫半个家呢，信不信？"萨布素还是光笑不吱声儿，把卡克屯羞得连头都不敢抬。不过，萨布素、卡克屯对波尔辰妈妈的话，那是打心眼儿里愿意听、一个劲儿地偷着乐，只是不好意思说出来罢了。

萨布素对卡克屯也是从小就有好感，在宁古塔不少萨里甘居中，最合心、最中意的，只有卡克屯。俗话说："猎人家儿女会射箭，窝克拖

---

① 满语：好姑娘。

西^①家儿女会医药。"卡克屯既聪明伶俐，又稳重用心，平时总在玛发身边转来转去的。时间一久，受玛发的熏染，自然而然便学会了不少治病用药的神技。而窝赫淘气，光知道玩儿，每天到处疯跑。相比之下，嘎鲁泰更喜欢卡克屯，平日里，经常有意锻炼小孙女。像采药、晒药了，如何炮制、用药了，都让卡克屯自己动手，他在一旁边看边指点着。这些天来，老人一直让孙女给萨布素擦洗伤口，先除掉脓血，之后再换药、包扎。卡克屯一点儿不怕脏，争抢着做，很愿意为阿浑干这干那的。小丫头的手劲儿刚好，不轻不重。重了，怕萨布素疼；轻了，怕感到发痒，不好受，想得十分细致，照顾得非常周到。萨布素也高兴让卡克屯来做，什么都听她的，让怎么样，就怎么样。卡克屯已感觉到萨布素对自己不离左右地伺候挺满意，也就愈加尽心了。舒穆禄夫人有时过来看望儿子，见他们两人在一起说说笑笑、知疼知热的，从不打扰，总是乐呵呵地悄悄儿退回去了。

萨布素与卡克屯有说不完的话、唠不完的嗑儿，两心相印，两情相爱，情意绵绵。一晃一个多月过去了，萨布素在苏木穆昆达嘎鲁泰的精心治疗和全家的悉心照料下，伤口痊愈了，大家分外高兴，舒穆禄夫人和虽哈纳更感到无比欣慰。两家人越走越近，越处越亲，正是良缘由夙缔，佳偶自天成。舒穆禄夫人与虽哈纳一合计，儿子也二十多岁了，该娶媳妇了。再说卡克屯这孩子不错，挺招人喜欢的，便决定请波尔辰妈妈做媒。波尔辰妈妈同嘎鲁泰老玛发一说，那是一百个愿意，岂不知他早就认为孙女和萨布素很般配。卡克屯听说后，那可是心花怒放啊！美得跟什么似的，坐也坐不住、站也站不稳了。于是，按照满族的传统古俗，选了个良辰吉日，波尔辰妈妈领着舒穆禄夫人和儿子萨布素，到苏木哈拉嘎鲁泰玛发家里"端盅"，即送定亲礼。定亲礼包括一副爱新霍霍^②、一副银镯子、两枚金戒指及用彩盒子装的丝缎。因萨布素伤刚好，又有军务在身，两家商定秋后完婚。

"端盅"这天，舒穆禄夫人备办了鹿宴，把嘎鲁泰玛发、窝赫、卡克屯三人接到三棵杨富察氏家里。喀尔喀将军和佐领们都到场了，宁古塔驻防兵勇也来了不少。除此，还有哇嘎全家、萨布素在马场的兄弟瓦礼祜、麦里西、麦里特、巴克、土球子等，宁古塔的各姓穆昆达及众乡亲

---

① 满语：医生。
② 满语：耳坠。

当然落不下。一是为萨布素的重伤痊愈，感谢嘎鲁泰玛发一家热情、耐心之照料；二是为庆贺富察氏与苏木氏两家喜结连理之亲。这一天，富察氏家不单是双喜临门，并且还有一喜。扎科丹佐领受喀尔喀将军之托，带着兵勇，吹着唢呐，打着铜锣，双手捧着放在红缎子托盘上的九品顶戴送到了虽哈纳家，此为宁古塔驻防八旗送给萨布素的宁古塔总管笔帖式的袍服。穿上这身儿衣裳，就标志着萨布素从此正式加入了军旅，身膺文职，在喀尔喀身边当谋士、书记官。萨布素年轻，通晓几个民族的语言，又会罗刹语，是宁古塔驻防八旗中的笔帖式最佳人选，荣膺此任，可以说非他莫属。在鹿宴上，喀尔喀将军向虽哈纳、舒穆禄夫人祝贺，宁古塔驻防众兵勇、众乡亲举杯同庆，夫妻俩真是无比兴奋啊！儿子长大了，要承继爷爷哈勒苏的遗志，按照长辈对他的训诲担起国家大任，鹰要在无比广阔的天空飞翔起来啦！萨布素穿好笔帖式的九品袍服，先拜喀尔喀将军和众位佐领大人，又拜阿玛虽哈纳、额莫舒穆禄，再拜波尔辰妈妈、嘎鲁泰玛发、哲森妈妈等众长辈。就在这时，小色刻禀报，罗刹又犯黑龙江，烧杀抢掠，无恶不作。正像萨布素归来急报时所讲，发兵御北为当务之急。这才引出了海色误战机，皇上震怒，诛杀将军；沙尔虎达奉命镇守宁古塔，慧眼识英才，众子弟比棍应征；萨布素屡蒙恩宠，步步荣升，抗俄风火中锤炼成中流砥柱、一代英杰。请众位阿哥听我继续讲唱国人慷慨激昂风云故事的下章乌勒本。

第四章　鹰击万里

　　正如萨布素从雅库茨克探得的情报那样，野心勃勃的罗刹又卷土重来，而且变本加厉。他们一刻未放松过对大清土地的侵占，一心要开辟所谓的"新土地"，从不承认自己的挫折和失败。波雅科夫回到雅库茨克后，凭着三寸不烂之舌，在主子面前拼命吹嘘。声称此次探查的确发现了新大陆，那是最美、最富饶的地方。极力表白他对沙皇陛下最大的贡献，是摸清了黑龙江流域方方面面的情况，这是划时代的探索，意义重大。又把在中国境内费雅喀地方掠来的人质和皮张献了出来，并告诉雅库茨克长官，那里虽有清朝官员管辖，但不常去。每年只是按时巡逻，收缴贡赋，管制不严。还说也曾遇到一些抵抗，不过是当地达斡尔人的自发行动，一群乌合之众而已。只要组织强有力的远征队，迅速出击，完全可以占有这片土地。雅库茨克长官听了非常高兴，准备请示沙皇，再干一场。正巧这时，有个富豪、破落地主叫哈巴罗夫的，自告奋勇要充当侵略中国的马前卒。这家伙在勒拿河开办过盐场，干了一溜十三遭，没挣着钱。当听到黑龙江富有的消息后，觉得能去那儿可太好了，是个难得的发大财的机会。于是，经过多次交涉，终于从雅库茨克长官处讨得了远征黑龙江这个所谓的肥差，得到了一笔数目不小的国库贷款。他用这笔钱筹措了一些武器和装备，网罗了一百三十多名亡命徒，组成了一支侵略队伍。雅库茨克长官为了表示对他的支持，特拨给了三门大炮。

　　这支侵略军于当年初秋，选择了一条与波雅克夫所行完全不同的捷径，即从勒拿河南下，进入其支流奥廖克马河，然后翻过外兴安岭，直接进入中国领土。在战术上，采用突然袭击的方法，乘其不备，冲入屯寨，旋风般掳掠杀戮一番之后即遁，再到另一处施暴。

　　时隔不久，哈巴罗夫便率领侵略军流窜到黑龙江沿岸，逼近了达斡尔头人阿尔巴西的住地雅克萨。这里的百姓早已从波雅科夫的侵略行径中，看清了罗刹贪婪、残暴、凶恶的嘴脸。当哈巴罗夫一伙儿入侵的消息传来时，他们马上进行了抗击的准备，将牲畜、财物、皮张、粮食等全部转移疏散了。匪徒们气势汹汹地以火炮攻城，阿尔巴西组织族众进行了英勇的抵抗。终因侵略军是突然而至，火力凶猛，致使伤亡太大而被迫撤离。哈巴罗夫一伙儿占领了雅克萨后，很是得意，遂以此为据点，四出骚扰，东抢西掠，隔三差五地洗劫雅克萨城与呼玛尔河口之间的达斡尔屯寨。

过了一段时间，哈巴罗夫又率领匪徒乘坐大小船只，顺黑龙江南下，来到了桂古达尔城堡。此城位于黑龙江右岸，是几个达斡尔部落共同建造的，由一座上城和两座下城并连而成。城外挖有宽阔的护城壕，城上修有瞭望楼，建筑坚固、实用，城内居民千余人。当哈巴罗夫在船上看到了这座美丽的城堡时，兴奋得眼睛直冒亮光儿，随即率众迅速登岸，以火枪、火炮逼近了上城，并在城下高声儿威胁说："都给我听着，我们奉俄罗斯沙皇旨意，要求你们归顺沙皇，缴纳实物税。胆敢反抗，全部杀光！"桂古达尔城首领愤怒地痛斥道："休想！你们是外番，我们是大清国的臣民，早已向朝廷纳贡了。谁敢在大清国的土地上胡闹，绝不客气，必将用弓箭射死他！快滚，快滚！"达斡尔人很坚强，没有一个屈服的。其时，随京师内务府衙门收贡人员一起来的、由参将胡安率领的五十余名八旗兵以及宁古塔由吉古林率领的巡逻队也在此城。你道为什么会碰得这么巧？原来朝廷除了接到萨布素探得的情报外，还屡接宁古塔的八百里急奏。说罗刹犯境，十分凶狂。宁古塔兵力不足，形势危急，请朝廷速派兵力支援。兵部尚书明安达礼按皇上旨意，立即派部将胡安率八旗兵前往侦察，刚好赶到这里。而宁古塔的吉古林是率队巡逻，恰巧至此，故而相会。

胡安、吉古林和桂古达尔城的头领共同商议御敌之计时，一小校来报，说罗刹已开始攻城。大家忙分头率领本部人马各就各位据城抗击。匪徒们仰仗火力优势，疯狂地向城堡扑来，清军和达斡尔人则从城堡上向下放箭。箭如飞蝗，射得罗刹鬼杀猪般号叫，抱头鼠窜，不少人中箭而死。正是这密集的箭雨，打退了罗刹匪帮一次又一次的进攻，城下的田野被箭杆儿覆盖着，像突然从地上冒出来的光杆儿竹桩一样。哈巴罗夫提溜个沙哑嗓子，向喽啰们不停地吆喝着、威逼着，但一个个无论如何不敢上前。恰在这时，嗖地一箭射来，哈巴罗夫身旁的一个匪徒应声倒地。这下他可吓坏了，趔趔趄趄地退后了好几步，急忙命令哥萨克兵赶紧用火炮轰城。那火炮是大口径的，威力不小，而达斡尔人修的都是土坯城墙。因此，经过一阵狂轰，城墙被炸开了一个缺口儿，哈巴罗夫驱赶着荷枪实弹的罗刹兵从缺口处向城里猛冲。城里的清军和达斡尔人也不示弱，勇敢地堵住缺口，与敌人展开了惊心动魄的白刃战，从夜晚一直打到第二天拂晓。在这场浴血恶战中，杀死杀伤四五十名匪徒，使其受到重创。清军和达斡尔人因武器抵不过罗刹，伤亡亦很大，不少人被杀害，桂古达尔城的首领壮烈牺牲，参将胡安受了重伤。在这种情况下，胡安只好命吉古林率众撤离上城，以避罗刹的锋芒。于是，吉古林让兵士们抬着胡安，掩护族众迅速由上城撤离到下城，重新进行了整顿和布防。安置好后，胡安一面派小校飞马去宁古塔禀报，要求速速增援；一面让兵士抬着自己赶回京师，向朝廷奏明战况，吉古林则率众继续防守。

哈巴罗夫率领匪徒在城内无人防守的情况下，顺利占据了桂古达尔上城，自以为得手。隔了两天，便迫不及待地组织兵力，更加猖狂地向下城进犯。岂不知下城军民早已枕戈待旦，在吉古林的率领下，巡逻队和达斡尔人同罗刹匪徒又一次展开了殊死搏斗。战斗打得相当残酷、激烈，一些达斡尔人在激战中倒下了，殷红的鲜血染红了养育他们的土地，勇士们为保卫家园誓死不屈。

花开两朵，各表一枝，单说胡安回朝禀报一事。参将胡安不顾伤痛由十几个弟兄抬着，日夜不停地奔向京城。到了京师，连家都没回，直接去兵部见明安达礼大人。明安达礼见胡安双臂已断，不时地流血，十分心疼，便让他先治伤、包扎。但胡安说军情紧急，等不得，明安达礼大人只好让他躺在担架上禀报北疆的战况。胡安断断续续、有气无力地强挺着将军情讲述完毕，之后，终因一路劳累、心力交瘁、伤口迸裂、失血过多而殒命。明安达礼大人悲痛地安排了胡安的后事，然后入朝，将胡参将拼死所讲的一切奏报给了顺治皇爷。

顺治帝福临自六岁登基，现已临朝八九年了。这期间，朝廷发生了一个大的变化，即由于大臣苏克萨哈等人的参奏，将皇父摄政王多尔衮定为图谋叛逆罪而一举贬除，年仅三十九岁的多尔衮在顺治七年十二月死于喀喇城。睿亲王既死，福临便于顺治八年正月亲政于太和殿。别看这时的皇上年不过十三四岁，办起事来却十分干练、果断，朝中大臣没有不听的。他从小好学，诗书礼仪样样儿精通，而且懂书法，擅丹青。尤得唐代才子王摩诘泼墨山水之神韵，诗中有画，画中有诗，备受朝臣欣赏。顺治帝在听了明安达礼奏报的北疆战事之后,义愤填膺,一怒之下,来了灵感,挥毫绘出一幅水墨画,名为《黑水淹罗刹》。他并未到过北疆黑水,然而却画得栩栩如生,似身临其境。画中的罗刹鬼被大清军民怒击,沉毙于滔滔黑水之中。敌人的呼喊怪嚎,大清凯旋军民的胜利欢呼,仿佛闻之有声。所有看了这幅画的人,没有不欣赏、不佩服的,顺治帝还特意将画呈孝庄皇太后御览。皇太后看过之后,高兴地赞许道:"好皇儿呀,俗话说,普天之下,莫非王土;率土之滨,莫非王臣。你有这种爱土爱民之心,哀家高兴啊!作为一代帝王,就应常怀以民为本、固土为重之心。皇儿画得好,看过此画,可知你日夜远虑漠北,朝夕期盼奏凯捷音。它必能鼓舞宁古塔御北之志,坚定军民胜利之心,应传谕朝野,不要辜负皇上的一片用心!"

顺治帝是个火暴性子,别看人小,脾气很急。众臣都知道,他最憎恨胆小怕事之人,最喜爱勇于争胜之人。有一次,他在御花园看武士们比布库,便向他们说:"谁要拔得头筹,朕将给予重赏!"以此鼓舞各个武士奋力争先。当比试结束时,顺治帝从御座上站起来,不仅亲自给得头筹的勇士斟上一杯金菊百花参杞酒,还赐他可以坐着喝酒,不用跪接,这是多大的殊荣啊!同皇上一起来看比试布库的郎球、明安达礼、范文程等重臣均进言,历朝哪有臣坐君立之事?万不可如此。福临嗔怪说:"凡事为何必须君坐臣立?应以能为重,能者为上。能人乃栋梁之材,国家之幸,帝王之幸,君应喜之,有何不可?"

郎球是位出名的大臣,满洲钮祜禄氏。少年时代,随父阿尔穆归附努尔哈赤。其父在从太祖攻瑷鸡堡时,太祖重伤,阿尔穆护驾中箭身亡。郎球在太宗皇太极时,屡建战功,后于朝中为官。因家中养了几位明朝的文士,闲暇时,便向他们学习汉学,下了一番苦功夫,故而文武齐才。顺治初年任礼部尚书,顺治七年任吏部尚书。遵照孝庄皇太后的懿旨,又任顺治帝谋师,深得朝中众臣敬仰。大将明安达礼也很有名,是顺治爷信任的重要谋臣、身边的武将。顺治初年任礼部侍郎,是郎球的得力助手,二人关系甚密,亲如手足。顺治三年,从礼部调任兵部侍郎,顺治八年升任兵部尚书。

咱们不表这两位重臣对皇帝何等忠心,回头再说顺治帝。他年纪轻轻,深居皇宫,为什么对罗刹会有那么大的仇恨、所画《黑水淹罗刹》会如此生动、倾注了这么深的感情呢?主要是因为有郎球、明安达礼等大臣在圣驾左右,常向其讲述罗刹的凶恶及北民所受荼毒之苦。说到情深处，圣躬常常是涕泪满襟。为了进一步了解罗刹犯边的实况，顺治帝曾多次召见御北名臣沙尔虎达、鄂罗塞臣，听他们介绍与罗刹对阵的情景。顺治七年，皇上将驻防宁古塔的喀尔喀召入京师，听他禀奏北方各部落御敌之战事。顺治情急，为征罗刹，经常缠磨孝庄皇太后能够允许御驾北上，君臣同御"黄毛怪"。皇太后一次次耐心地劝道："你为皇上，不能因一时冲动，非要亲自出征。只需坐镇京城，总揽全局，指挥大臣、大将去就行了。"可顺治不听，皇太后没法儿了，遂将刚从科尔沁狩猎归来的皇叔郑亲王济尔哈朗召进宫来，命他规劝皇上。经过一番开导，这才使顺治福临放下了御驾亲征的念头，不过还是传旨给皇叔济尔哈朗与兵部尚书明安达礼："当今南国已渐平抚，明王虽然尚偏据一隅，但只要兵箭御之，即可安定。而北方臣民正受罗刹之害，与京师远隔万里之遥，鞭长莫及。宁古塔又缺重臣镇守，朕心日夜不安。应派重臣重返皇祖发祥之地，抵御罗刹虎狼于我大清藩篱之外，此为至关重事也，不可延误。"皇叔济尔哈朗、兵部尚书明安达礼领命之后，立即商议派人前往宁古塔镇守。

那么，宁古塔现在到底是怎样一种状况呢？一句话，问题不少，若想解决，十分棘手。前书我们曾说到，胡安重伤返京之前，命令小校前往宁古塔，请求章京衙门派兵增援，这个小校是由门突呼老人骑马带路、日夜兼程赶到宁古塔的。各位阿哥一定想知道，报信儿的小校怎么会遇到门突呼老人呢？门突呼本来与老伴儿乌力住在阿木勒沟的。由于故土难离，又日夜思念宁古塔，便说服了老伴儿，准备返回去，把彩彩与小外孙留给多凌阿。吉古林得知此信儿后，便让小校与门突呼老人同行。到了宁古塔，小校先拜见了喀尔喀将军。喀尔喀只管地方一应事务，兵力则由海色管。海色傲慢得很，谁的话都不听，与喀尔喀的关系处得比较僵。喀尔喀听了小校的报告，本不愿见海色，但为了前方的大事，还是领着报信儿小校硬着头皮到戍边旗营拜见了海色大人，禀报了桂古达尔城被罗刹炮击、清兵及达斡尔族众伤亡惨重、急需援兵救助等情况。海色听后，说道："桂古达尔城离这里千里迢迢，现在派兵去已经不赶趟了。再说，去也没什么用了。"喀尔喀反驳道："怎么没用呢？应当派兵救援。即使救不了桂古达尔城，总要想到罗刹还将洗劫其他村寨，人命攸关，应火速出兵！"海色一向刚愎自用，根本听不进喀尔喀的劝告，结果愣是按兵不动。

哈巴罗夫在占领了桂古达尔上城之后，又对下城进行炮击。尽管吉古林率众进行了顽强的抵抗，但是清军和达斡尔人的弓箭，远远抵挡不住沙俄强盗的火枪火炮，何况这座城里大部分是妇女和儿童。哈巴罗夫傲慢地高喊，让达斡尔人赶快开门献城。达斡尔人从容地回绝道："人在城在，宁可死，决不投降！"哈巴罗夫狂吠："那就别怪我不客气了，定杀个鸡犬不留！"又是一阵炮击，下城的城墙倒塌，守城的兵民死伤过半。哈巴罗夫一伙儿乘势攻入城中，抢掠了城内的二百四十多名妇女和一百一十多名儿童，还有牲畜二百五十多头。吉古林和所率领的少数巡逻人员冲出城堡，幸免于难。桂古达尔城在沙俄铁蹄的践踏下，付出了巨大的代价，哈巴罗夫匪徒亦死伤五十多人。

哈巴罗夫一伙儿在血洗了桂古达尔城后，盘踞没几天，又沿江下驶，窜到了达斡尔头领托尔加的住地，即古瑷珲城附近的托尔金城。匪徒们来到这座城堡时，正赶上头领托尔加和大部分族众到附近的部落参加盛宴去了，故而乘机偷袭了城堡，顺利地攻占了城楼。等托尔加得知此信儿、慌忙跳上战马率众赶回来时，城堡已经失落。他们便以弓箭奋力猛攻，想从匪徒们的手里夺回来。可因对方的火力太强，非但没有夺回城堡，还被抓去了许多人，头领托尔加也被俘了。匪徒们逼迫他们交出实物税，托尔加对哈巴罗夫说："不久前，这里来过朝廷的人，我们将貂皮都纳贡了。你们若想要貂皮，得把族人放回去，好上山去抓鼠貂。我情愿在这里做人质，为他们担保。"哈巴罗夫贼眼珠子一转，心想："只要扣住头领做人质，他的人就得老老实实地交来貂皮。"于是，同意只留下托尔加及另外两个头人，准许其他人回家准备貂皮。可是，族众却站在那里，看着自己的头领不肯离去。托尔加见此，走到妻子面前，抽出腰刀，刷地把头上的发辫割了下来，交给妻子。妻子明白了，丈夫这是为了保护同胞，准备牺牲自己。她接过诀别的信物，悲愤交加，擦去夺眶而出的泪水，刚强地昂起头，朝丈夫投去会意的目光。然后，毅然转身，带领众人朝城里走去。哈巴罗夫把人质带到一个院子里监禁起来，满心欢喜地等待着达斡尔人交来貂皮。

九月里，一个晴朗的早晨，晨霜铺地，太阳刚刚升起。一罗刹鬼慌慌张张地跑来向哈巴罗夫报告："大事不好，城里的达斡尔人已经骑着马，携妻带子地集体逃跑了！"哈巴罗夫听后，连呼："上当了，上当了！"一边派人追赶，一边带人在城内搜查。匪徒们追了一阵子，一个没抓到不说，而且搜查城内的结果，仅仅剩下了两个病弱的老太太，因为她们不肯离开自己的家。气急败坏的哈巴罗夫命人把老太太和扣留的人质带到面前，暴跳如雷地斥责托尔加："你不是说让大家回去准备貂皮吗？那貂皮在哪儿呢，人怎么逃走了？"托尔加轻蔑地回答："我是这样告诉族人的，可他们不堪忍受你们的欺压，就逃跑了呗，腿长在人家身上呀！"哈巴罗夫追问道："我问你，他们是怎么逃跑的，逃到哪儿去了？"托尔加反击道："你把三个人质扣在这里，人怎么跑的，跑向哪里，你都不晓得，我们怎会知道？"哈巴罗夫一看什么也问不出来，便将全部愤怒发泄在人质和两个老太太身上，命匪徒严刑拷打，用火烧、鞭子抽，施以酷刑。然而这一切丝毫动摇不了英勇的达斡尔人，托尔加正义凛然，坚贞不屈，冷笑道："强盗们，听着！今天既然落到了你们手里，早已把生死置之度外，要杀要砍随便！"哈巴罗夫一看自己的幻想全部破灭了，便命匪徒放火毁掉城堡，歇斯底里地吼叫着："好哇，给我烧，烧个寸草不留！"托尔加等人见族众辛苦建起的家园顷刻间变成了一片废墟，悲痛万分，乘匪徒不备，拔剑自刎了。哈巴罗夫一伙儿见什么也没得到，只好悻悻然继续沿江窜扰。

且不说哈巴罗夫一伙儿沿途不断地遭到各族人民的阻击，再说吉古林等人天天盼着宁古塔派兵救援，可等了几日，不见援兵到来。去报信儿的小校回来说，无论怎么请求，海色将军就是不想派兵。吉古林十分气愤，一怒之下，便同报信儿小校一起连夜奔往京师。到了京师，他们将海色不肯派兵一事禀报给了兵部尚书明安达礼大人，明安达礼立即向顺治皇帝启奏。顺治帝听罢，龙颜大怒，要严惩海色。明安达礼见此，在侧一再为其求情："请圣上息怒。目前，正是国家用人之际，尽量不要杀大将，还是命他将功赎罪为好。"顺治帝听劝，暂没杀海色。又根据郑亲王济尔哈朗和明安达礼等大臣的推荐，下圣旨，召副都统、梅勒章京沙尔虎达、护军参领、甲喇章京海塔、巴噶礼速做部署，统精兵驰援宁古塔，不得有误。沙尔虎达接旨后，深知海色既聪明过人，又骄慢自恃，不听规劝。如不及早安排好，还不知会酿成什么大祸。便一边急忙同海塔、巴噶礼进行驰援北方的各种准备，一边请明安达礼大人奏请圣上传旨给海色，命其迅速率师出征。这样，海色便不敢搪塞了，也可避免自己到达之前再出什么差错。

顺治八年，辛卯九月下旬，哈巴罗夫一伙儿从黑龙江乘船，进入松花江以西的满洲人居地。这一带人口稠密，生活富裕。强盗们大施淫威，烧杀抢掠，无恶不作。不仅打死很多青壮年，还将妇女、小孩儿、牲畜夺为己有。十月九日，又窜到了位于乌苏里江口以西六百里的黑龙江下游左岸的赫哲族、满洲人居住的乌扎拉村。当俄匪正企图上岸时，赫哲的男男女女齐集岸边，手持弓箭以武力阻止之。后来哈巴罗夫凭借炮火强行登岸，并在屯边儿险要山头儿修筑寨堡，称之为"阿枪斯克"。以此为据点，四处抢掠粮食、牲畜，征索各种实物税，准备在这儿过冬。当地居民不堪俄匪的欺压、蹂躏，赫哲、满洲人打算联合起来进行反击。

一天，赫哲人侦察到百十余名匪徒出外抢劫去了，估计当天回不来，留下的只有几十人。于是，第二天黎明时分，埋伏在密林中的八百多赫哲和满洲族众突然出击，将所谓的"阿枪斯克"寨堡团团围住。杀声震天，刀光闪闪，留守的罗刹鬼躲在炮楼里吓得要命，不停地乞求上帝保全狗命。当赫哲人和满洲人运来柴草准备火攻的时候，外出抢劫的匪徒们回来了，从背后疯狂地开枪射击。这些抗俄勇士为了避免腹背受敌，也为了不致遭到更大的伤亡，很快撤离了，同时派人向宁古塔报信儿。几名赫哲族的身穿鱼皮铠甲、背着弓箭的骑手，怀揣告急文书，向宁古塔急驰而去。

赫哲族骑手到了宁古塔旗营衙门，向海色控诉道："一伙儿罗刹匪徒手执火枪火炮，强占了我们的土地，夺去了寨堡，抢走了辛苦种下的粮食，见男人就杀，见妇女、儿童就抓。我们联合了当地的所有满洲人，已用尽全力与罗刹死拼，也抵挡不住他们的大炮，死伤很大。因此，前来请大人派天朝兵马征讨罗刹，消除祸害，拯救危难的黎民百姓。全仰仗大人救命了，子孙万代都将记住您的大恩大德。请大人快出兵吧，快来保护我们吧！"海色本已接旨，钦命率师出征。眼下又有赫哲人求救，在喀尔喀等人的催促下，只好亲自率兵征剿罗刹匪帮。喀尔喀见海色同意出兵，便主动出主意。除驻防八旗兵六百人外，又为他组织赫哲族五百、满洲人一百、从黑龙江调回四百，组成了一支一千六百余人的浩浩荡荡的征剿罗刹大军，并有副将希福、笔帖式萨布素、拨什库瓦礼祜随队出征。

单说萨布素等人得知罗刹欺人太甚，到处烧杀掳掠，早已义愤难平。见海色按兵不动，更加有气。现在接了圣旨，又有赫哲人前来请兵，海色也要亲率大军讨伐，在喀尔喀的斡旋下，便将愤怒和早已憋足了的那股恶气，化为了抗敌的激情。个个立目横眉，摩拳擦掌，决心在乌扎拉痛歼罗刹豺狼！

海色率领的以希福、萨布素为先锋的抗击沙俄侵略的大军，日夜兼程，出其不意地来到了乌扎拉村。拂晓时，海色下令开炮攻城。乌扎拉寨堡的匪徒们正在甜梦之中，轰隆……轰隆……清军的大炮响起来了，震动着北疆大地，勇士们仿佛天降一般！正在巡逻的侵略军突见眼前出现了大清国的军队，惊恐万状，声嘶力竭地呼喊着："哥萨克兄弟们，不好了，清军来了！快起来，准备战斗！"睡得像死猪一样的匪徒们晕头转向，被这突如其来的炮声、喊声完全吓傻了。连日来，他们仗着火枪火炮，连下几城，那真是得意洋洋、目空一切呀！认为守护黑龙江一带的很少有清军，多是土著居民，不可能有什么战斗力。自己既有先进武器，又有军事参谋数人协助哈巴罗夫出谋划策，一定会所向披靡、旗开得胜的。做梦都没想到清军竟有如此猛烈的炮火，连惊带怕，有的登不上靴子、戴不上帽子，有的穿不上衣服、找不到裤子，满屋乱窜，慌作一团。哈巴罗夫同样发蒙，不知如何是好，嘴里不住地叨咕："耶稣、圣母保佑吧，千万别让我遭难哪……"话还没说完呢，轰隆一声炮响，炮弹在匪徒们的头上开了花，一下子炸死了十来个。哈巴罗夫尽管一再祷告，也未幸免，脚被炸伤了。战斗从拂晓持续到日上中天，清军用大炮和土炸雷顺利地轰塌了城墙。继而猛打猛冲，跃入城内，俄匪势危，只好龟缩一隅顽抗。

正值胜利在望之际，海色过分轻敌，高傲自负、好大喜功的劲儿又上来了，对沙俄强盗的野蛮和狡诈认识不足，独出心裁，想抓活的送往京师。目的是让朝野见识见识他的威力，皆赞海色之功！便突然下令："马上停止射击！不许放火烧，更不许砍杀罗刹鬼，要抓活的！"对这一错误的命令，很多人不解，予以强烈反对，均遭到海色的痛斥。萨布素、瓦礼祜苦劝道："将军，不能这样做啊，应听听大家的意见才对。"海色哪里听得进？大骂他们多管闲事儿，不听军令。这样，清军不仅白白失去了战机，还给了罗刹鬼开炮的机会。匪首迅速组织兵力，调转大炮，以火枪火炮猛烈地向冲进城内的清军射击，很多人倒在了枪口下，只好忍痛撤离城堡。俄匪乘势冲出城外，向清军疯狂反扑，使之伤亡惨重，由胜利的进攻转为了失败的撤退。

在这次战斗中，哈巴罗夫匪帮虽然侥幸未被彻底歼灭，却也遭到了重创，从此一蹶不振。哈巴罗夫在给雅库茨克长官的报告中说："在这里，我们再不敢停留，不知将于何处过冬。清军有可能随时前来袭击，而我们人数越来越少，要想占领这块土地，实在是不可能了。"当哈巴罗夫得知清军将要进行一场更大规模的进剿时，不得不带领残留的匪徒，装上掠来的皮张诸物，乘船从乌扎拉村顺江逃向了精奇里江。清军在这次战斗中，丢失了一些马匹，数量不小。后来，赫哲人想方设法地四处寻觅，找到后，千里迢迢地送到了宁古塔。清军将被匪徒们抓去当人质的赫哲人救出后，族人用十六张貂皮缝制了大衣，送给了清军，以表万分感激之情。

在萨布素、瓦礼祜的极力要求下，海色同意了二人的建议，撤离乌扎拉的清军没有直接返回宁古塔，而是在松花江口堵截匪徒们。然而此时的松花江正在涨水，水势汹涌，江面宽阔，少量兵力不易把守。加之风大浪急，哈巴罗夫一伙儿所乘之木船又支起篷帆，顺流疾驶，终于突破了封锁线，奔向出海口，清军的堵截未获成功。

我们且不说罗刹匪帮如何狼狈逃窜，再说刚从河北冀州平乱归来的沙尔虎达将军。他本来就已高龄，一身战伤。现又身染沉疴，听说了宁古塔的情况后，很想快些调治好病弱之躯，尽快按旨去北疆赴任。真是心急如焚哪，每天小儿子巴海守在身旁，端汤喂药地伺候着。一天上午，只听家人来报："皇上驾到！"全府震惊。沙尔虎达忙令众奴才、婢女退下，挣扎着起来，穿好官服，拉着儿子慌里慌张地大步跑出屋门口儿，下了阶梯。到得中门时，皇驾和跟随的公公、扈从，还有郎球、明安达礼两位大人，后面有侍卫牵着马，已经到了院子里。沙尔虎达携巴海急忙伏地叩头，奏道："奴才沙尔虎达诚惶诚恐，带犬子巴海迎接圣驾。不知圣驾屈就寒府，有事何不唤奴才前去，却劳动皇上亲自来此，真是折杀奴才了。罪过，罪过！"顺治帝见沙尔虎达跪伏接驾，忙命道："停轿！"轿停下后，自有公公扶持幼主下了轿。顺治帝缓步走到沙尔虎达面前，伸出手来搀扶道："老将军，快快起来，头前引路，到厅里叙话。"沙尔虎达谢过圣恩，与儿子一同站了起来，引一行人到了客厅。

皇上落座后，郎球、明安达礼也在皇上一侧就座。沙尔虎达、巴海再行面君大礼，又拜过两位尚书大人，命奴婢奉上茗茶。奴婢退下后，顺治帝赐沙尔虎达坐，郎球首先开口道："老将军，圣上听说你从冀州一路风尘仆仆归来，又染风寒，身体欠佳，十分挂念。特命我和明安达礼大人陪同探望，君臣还将在此商议要事。"沙尔虎达说："圣上如此关爱奴才，真乃皇恩浩荡，无上感激圣上的厚爱。奴才自幼随太祖爷起兵伐明，后随太宗血战松山、杏山，暮年又奉太宗遗训，护持幼主。三世知遇之恩，当肝脑涂地，死而不惜！奴才偶染风寒小疾，何劳圣上牵挂，尽管身在舍中，心已远飞北疆。海色随奴才有年，此人言过其实，也是奴才荐才不当，深感愧疚。奴才已与家人商议，想奏请皇上，全家立即举迁，重整北疆。只要一息尚存，愿仿马援之志，马革裹尸，以报陛下。"说着，早已热泪纵横、泪湿满襟了。明安达礼高兴地说："老将军，陛下临舍，亦为此事。不想将军早有安排，正和圣上与微臣议定相合，太好了。当今罗刹嚣肆漠北，视我朝如草芥，皆因我军忙于平抚江南诸省、漠北兵力不足而致。今四海归一，江山既定，惟北疆罗刹犯边屡屡，朝廷当竭力剿除。此率军良臣、虎贲之将，非将军莫属也。"这时，顺治帝才缓缓说道："正是，正是。若老将军坐镇宁古塔，我朝则可坚若磐石，江山永固，罗刹必遁，朕心安矣。尔去漠北，朕授汝以权，擢固山额真职，正一品，建宁古塔固山额真衙门。琐事不必奏报，与郎球、明安达礼二位大臣议夺可耳。"沙尔虎达跪地叩头领旨谢恩。之后，顺治帝起驾回宫。沙尔虎达和巴海恭送圣上，并与郎球、明安达礼二位大人拜别。

自那日皇上过府探望，沙尔虎达自知任重，虽身带沉疴，但不敢懈怠。急忙吩咐整理家务，决计携眷速赴宁古塔永驻，以铭自己与北疆生死与共、与漠北黎民共呼吸、同安危、矢志疆场之忠心。

不日，沙尔虎达即率身边爱将甲喇章京、护军参领海塔、巴噶礼及儿子巴海和家眷赴宁古塔上任。这里说书人要向各位阿哥交代的是：海塔、巴噶礼刚到宁古塔，便被济尔哈朗亲王调走，随同南下西湖去了。实际上，随老将军来宁古塔的，等于只有他的儿子巴海。

满族先民有句古谚："鹰来生风，虎来地动。"自沙尔虎达老将军常驻宁古塔后，改变了这里过去一向驻防官员品级不高的设置。往昔，宁古塔虽为北疆之重镇，有南沈北宁之誉，然其驻防官员从未高于四品的佐领之职。故军力低微，一旦有事，除朝廷授命代行外，必须申奏等批。若遇有急情用兵，便束手无策。罗刹之所以能在此横行，这是其中的原因之一。顺治虽是少年天子，自贬除摄政睿亲王多尔衮，大权在握，察事聪颖、敏锐，断事决绝果断，言必信，行必果，朝野上下重臣皆交口称赞。这次派三世勋臣、疆场老将镇守宁古塔，而且将驻防首领一下子升为正一品的统领衔，封为固山额真。辖区从盛京昂邦章京属下划分出来，成为统率八旗兵镇守黑龙江、松花江、乌苏里江等流域，包括库页岛、尼布楚在内的独立的军事戍守区和行政区。其首领职衔是和盛京首领一样高的昂邦章京，事情可直达兵部，真可谓英明之举。首任宁古塔昂邦章京沙尔虎达的到任和区划的变动，使宁古塔人受到了极大的震动和鼓舞，地方的气氛也为之一变，驻防官兵和黎民百姓亦自觉地把个人的命运跟抗击沙俄侵略、巩固东北边疆的事业联结起来了。自幼受尚武精神熏陶、立志忠贞报国的青年萨布素，更加意识到保卫家乡、捍卫国土、驱逐沙俄侵略者是自己的神圣天职，决心跟随沙尔虎达将军披坚执锐，干一番惊天地、泣鬼神的大事业。

沙尔虎达一到宁古塔，便着手整顿军备，扩建满洲八旗，由原来的只设上三旗，又增置了下五旗，兵力扩大了许多，加强了镇守边疆的力量。与此同时，对海色领兵战败的情况，进行了详细的勘核，如实禀奏皇上。顺治帝御览了宁古塔的奏折后，甚怒，当即朱笔下旨："海色当诛，钦此。"这一言简意赅的旨意，表达了皇帝对不尽职守官员的愤怒和毫不宽容。御旨传谕兵部，又飞马传檄宁古塔昂邦章京衙门。朝野众臣暗暗佩服小皇帝办事干练、果断，人人震慑，个个谨约慎行，严以律己，不敢疏怠。沙尔虎达焚香叩拜接旨后，马上升堂坐帐，萨布素、瓦礼祜侍立听命于左右。那升堂的鼓声震天，陈列两班兵勇的"威——武——"之声惊天动地。三军将士齐列帐前，宁古塔的众族人也被召来莅席。四周兵勇手执兵刃，环视警戒，横眉怒目，在场的人等瑟瑟肃立，不敢大声儿出气儿，这是宁古塔地方有史以来第一次开如此庄严的大会。

不大一会儿，"当——当——当"三声锣声儿响过，大将沙尔虎达站立于案后，喝令押海色、希福入帐。随后的"威——武——"之声慑人心魄，二人进得帐来，连忙跪倒，口喊："罪臣拜见大将军！"长跪于地，等候发落。沙尔虎达迈步走下帅台，向南行三拜九叩大礼，然后站起，双手恭恭敬敬地从帅案上捧起圣旨，转过身说："海色接旨！"海色低着头，双手伏地应道："奴才海色领旨。"沙尔虎达肃穆地宣道："海色当诛，钦此。"海色听罢旨意，涕泪满面，惭愧懊悔不已，匍匐地上，带着哭腔儿说："奴才谢恩！"停了一下又泣声禀道："奴才有负圣恩，辜负将军如子般的训诲提携，待来世衔环相报吧！今恨悔已晚，愿将死躯葬于宁古塔。生不能为国建功，死后请立'辱墓'，以儆后人。只祈圣上恩待奴才的高堂母、妻儿老小，奴才死无憾也。"说罢呜呜痛哭。沙尔虎达大声儿说："海色，自朝廷命你镇守宁古塔，不仅不驻防黑水之滨，远离受害民众。部落有难，还按兵不动，死伤无辜数百人之多，有辱圣命，罪恶难恕！不忠君，不亲民，不效力固北，自恃桀骜，尔当知罪。念你我戎马之谊，汝家室、高堂母，我自会派人细心照料，尽可放心，不必挂怀。"说完，忍痛喊了一声："斩！""斩"字一出，沙尔虎达急忙扭过头，泪水扑簌簌滚落下来。想到海色追随自己多年，可恨他不争气呀！尽管有才，却孤芳自赏，不能容人，又不听劝阻，这是自食其果啊！老将军实在是为他三十六个春秋的壮美年华而惋惜。

海色被处斩后，沙尔虎达便按他的要求，厚葬于宁古塔，并率众将士前去奠祭。海色虽有罪，但戎马倥偬，仍有功焉。为照顾其家，沙尔虎达从自己的饷银中拨出白银万两，给海色的遗孀和老母，供她们安度晚年。还按刑部、兵部的议决，对乌扎拉屯败绩有关的翼长、领兵之将希福做了处理。念其所行之事乃受海色之命而为，可作为副将也有失阻劝之责，鞭一百，革去翼长之职，仍留宁古塔军前效力，继续做他胜任的火头军差使。

处理过海色之后，宁古塔昂邦章京衙门又接明安达礼的传檄。檄文称："现受命筹组管理大清国四周诸藩国，如安南、暹罗、李氏王朝、俄罗斯事务的理藩院，与兵部、吏部、礼部、工部同级。悉宁古塔驻防八旗喀尔喀将军久随沙尔虎达经略北方，通晓几个民族的语言，熟悉俄罗斯国情，故命喀尔喀奉调回京。"这样，原来跟随沙尔虎达的两位将军，一位刚刚被处斩，一位又要奉调回京，老将军真是悲喜交加呀！喀尔喀是沙尔虎达的一员爱将，也是身边的亲信，当年是他亲自将喀尔喀送到宁古塔的。喀尔喀本以为老将军父子来到宁古塔了，从此便可以同他们聚在一起，不再分开了。没想到老将军刚到，自己却被征召回京，怎能不难舍难分？何况喀尔喀几年来与宁古塔人朝夕相处，感情颇深，舍不得离去。不过军令难违，社稷为重，只能作别赴行。老将军沙尔虎达、少将军巴海，还有宁古塔的萨布素、瓦礼祜等，在同喀尔喀分别前，携酒同登龙头山，祭奠拜谒哈勒苏、吴巴海巴图鲁、喀尔喀穆英灵。路上，沙尔虎达暗问喀尔喀对宁古塔军务有何建议。喀尔喀说："将军，您深谙宁古塔军务，末将安能有何高见？恕我直言，萨布素其人诚朴、勇健、有谋，可重用。"说完又附耳小声儿讲了一些什么，沙尔虎达听后会意地笑了。所有这些举动，巴海、萨布素、瓦礼祜都看见了，因二位将军没讲出来，当然也就不好多问了。

喀尔喀离开的那天，沙尔虎达、巴海、萨布素、瓦礼祜和宁古塔各姓穆昆达以及门突呼、哇嘎、麦里西、麦里特等人，分乘两条船，将喀尔喀送过了呼尔哈河。过了河，还要再送，喀尔喀阻止道："好了，到此为止吧，不要送了，将军和各位请回吧！"大家只好与喀尔喀依依不舍地拥别。然后由萨布素、瓦礼祜陪同并辔骑马，一直送出四十余里，过了毕尔腾湖，在喀尔喀的一再婉拒之下，才停了下来。三人跳下马，喀尔喀说："我走了，你们跟老将军好好儿干吧。他很爱才，我们都是从他手下擢拔起来的，老将军一定会像爷爷一样爱你们的。"萨布素和瓦礼祜难过得只顾抹眼泪了，什么也说不出来。喀尔喀停了停，拍拍二人的肩膀说："行了，男子汉大丈夫了，还哭鼻子，坚强点儿！有一件事儿需要你俩帮忙。过些日子，帮我的家眷把一应物品捆装好，让他们直接去京师，此事拜托了。好了，就此别过，咱们后会有期！"说完，翻身上马，领着几个嘎什哈顺着吉林乌拉方向奔京师而去。萨布素、瓦礼祜的泪水仍然止不住，眼睛都肿了。说实在的，喀尔喀人好，诚实善良，像叔叔一样地关心、爱护他们。尽管相处才一年多，却建立起了深厚的感情。没想到突然调走了，你说谁能舍得呀？他们俩站在那儿，看着喀尔喀渐渐走远了，没影儿了，一直未动地儿，还在凝神望着前面的远林绿树，那是去京师的大道。心想："这关山两千多里呀，喀尔喀叔叔，现在走到哪里了？一路可要多保重啊！"

正在这时，忽然后面有人骑马跑来高声儿喊道："两位小兄弟，送君千里，终有一别。走吧，将军请你们呐！"他俩回头一看，原来是沙尔虎达老将军的爱子、身边的重要谋臣巴海。萨布素、瓦礼祜与巴海刚认识没几天，不怎么熟，因此很是拘谨。小将军的一些情况，他们还是从喀尔喀嘴里听到的。巴海是沙尔虎达时年二十八岁时，即明万历四十五年才得的小儿子。他有一个哥哥早夭，另一个哥哥在北京，叫温格，是京师大内侍卫。巴海现年三十七岁，是位年轻的将军。身穿巴图鲁坎肩儿，头戴绣花瓜皮缎帽，英俊、潇洒、风度翩翩。自幼随父南征北战，顺治初年以半个牛录事世祖，后被选入宫，为枢密院侍读学士。通汉学、书法，且勇武超人，箭法娴熟。校阅场上，马上箭能射奔鹿，三箭三鹿，百发百中。顺治帝曾看过他的比武，大悦，拜为师，赏黄缎战袍，传为京师佳话。时常出入深宫大内，于顺治帝左右。后因沙尔虎达临危受命北征，这才离开枢密院，与皇上分别，随父同来宁古塔。巴海没来此之前，早听父亲介绍过萨布素、瓦礼祜，知道他们都是抗俄小将，随军征讨到过黑龙江。尤其萨布素是太宗名将哈勒苏之孙，聪慧过人，为人诚朴，精通几个民族的语言，自小在爷爷哈勒苏、名将吴巴海巴图鲁、佐领喀尔喀穆的教诲下长大。曾只身潜入雅库茨克，在沙俄行政长官女儿的帮助下，探得重要情报，救出纳木它。此事皇上知晓后，下旨表彰他的战功。巴海性格爽朗，待人热情，好结交天下英雄，很想与早已慕名的二人交朋友。二人也十分敬佩从皇上身边来的侍读学士、文武全才的巴海，双方真是相见恨晚，一路是越谈越投机，很快便像亲兄弟一般了。

巴海引路，萨布素和瓦礼祜在后跟随，不大一会儿，来到了前边的一片柳林。特别有趣儿的是，他们见沙尔虎达身边的护卫坐在草地上，放马于林中吃草，老将军却在绿草地上一蹿一跳地抓蝈蝈。三人看得忍不住笑，忙跳下马来帮着抓。萨布素、瓦礼祜很快每人摁到一只蝈蝈，送到老将军面前。沙尔虎达哈哈大笑起来，眼泪都淌出来了，说道："傻小子们，我要啥蝈蝈呀？是在这儿等你们来，闲着没事儿才抓的。咳，老喽，不中用了。小时候，经常跟小伙伴儿们比抓蝈蝈，只用半天便能抓到一小苇篓。不管是地上跑的、天上飞的、树上蹦的，只要从我眼前一过，那蝈蝈肯定跑不了，非被抓到手里不可，就那么准、那么麻利！"从沙尔虎达讲儿时之事流露出来的那种天真烂漫样儿，一点儿看不出他是个叱咤千里、运筹帷幄的大将军、大统帅！

萨布素、瓦礼祜是在两年前随着吴巴海巴图鲁、喀尔喀穆去阿木勒沟时，见过沙尔虎达和鄂罗塞臣，两位将军名声显赫。萨布素、瓦礼祜久仰将军大名，从未像现在这么随便地交谈，特别是还一块儿抓蝈蝈。沙尔虎达那叫一品大员、皇上身边的重臣哪，还了得！没想到这样一位大将却一脸的祥和之气，让人感到温暖，一点儿架子没有。此时二人已不那么紧张、拘束、唯唯诺诺了，而是越发感到亲近了。萨布素看沙尔虎达老将军的神态和说话时的语气，不知怎么，总觉得哪点儿很像经常想念的哈勒苏爷爷和吴巴海巴图鲁爷爷。这时，沙尔虎达说："来吧，咱们坐下唠。"四人围成一圈儿，坐在草地上，老将军爱抚地冲萨布素说："臭小子，是个好样儿的，给你爷爷争光了。来，让我看看你那个枪伤。"萨布素不好意思地道："将军，伤早好了，不碍事儿的，只留了个疤。"沙尔虎达逗趣儿道："一个大小伙子还怕看哪？别扭扭捏捏的，快脱下来！"瓦礼祜和巴海听了都笑了。萨布素只好扒开小坎肩儿，解开衣襟儿里的衬衫纽襻儿，斜过身子露出右后背，让老将军和巴海看那个伤疤。沙尔虎达边看边说："是啊，长好了。闲着没事儿时，常用手揉揉或拿件衣服来回蹭蹭，每天按摩一下效果会更好。时间长了，新长出的肉皮儿就跟原来一样了，也可防阴天下雨痒痒个没完。孩子，记住，这伤疤是咱们八旗兵为国效忠的功牌，越多越光彩！"巴海接过话茬儿道："你俩可能不知道，我阿玛全身有不少这样的伤疤呢。"萨布素说："将军，让我们看看行吗？"将军不允。经萨布素、瓦礼祜一再缠磨，沙尔虎达这才解开衣襟儿、裤口儿，说道："看吧。"他俩一看，不由得惊呆了！呈现在眼前的是七十多岁的老将军那黑瘦的身躯，裸露着的条条肋骨，前胸、后背、双腿、小肚子等处满是刀、枪、火药枪伤害形成的疤痕，大大小小、深深浅浅，足足不下一百多块呀！看得两个年轻人是眼含热泪，油然起敬。萨布素深有感触地说："老将军身上的伤疤比吴巴海巴图鲁爷爷还多呢！我身上只有一块儿，每到阴天下雨痒得厉害，很不好受。您老人家浑身上下全是，那可该多难受啊！"老将军漫不经心地说："没那么严重，已经习惯了。等我闲来无事，给你们讲讲这些伤疤的来历，哪块儿疤都能讲上一段儿让人听不够的乌勒本哩！"沙尔虎达的乐观、心胸宽阔、坦荡，使萨布素、瓦礼祜受到深深的鼓舞、激励和教育。

沙尔虎达同萨布素、瓦礼祜唠了一会儿后，噌地从地上跳了起来。这样的高龄，腿脚还那么灵便，身轻如燕，你说能不让人佩服吗？巴海、萨布素、瓦礼祜也跟着站了起来，拍了拍身上的土。沙尔虎达说："好了，该走了。萨布素，你的伤也好了，咱们得抓紧时间办点事儿了。需要做的实在太多了，我得一件一件地给你们摆，看来还是讲在前头好。今后，得靠你们这些年轻人了，只要小牛犊子们敢冲敢闯，我老头子就有仗义啦！"说完，拍拍萨布素的肩膀。萨布素听后，有些着急了，忙问："将军，咱们现在需要做哪些事儿呀？"沙尔虎达故意转移话题道："我自从到了宁古塔，还未得空儿到各家走一走、坐一坐呐。走，萨布素，今天咱们先去你家，见一见你的阿玛和额莫。瓦礼祜，你也跟我们一块儿去。"萨布素一听，老将军这么忙，况且刚建起都统衙门，事情那么多，却要一家家走走，还要先去自己家，真是又钦敬又高兴。立即骑上马，跟着老将军，身后还有几个将军的侍卫，很快来到了三棵杨富察氏大院儿，这是沙尔虎达头一次登萨布素家门。

虽哈纳见都统大人来了，忙起来拄着拐杖出院门迎接，给沙尔虎达大人叩头。老将军俯身拉起虽哈纳说："不用，不用，哪能这样呢？我只是来看看你们。哈勒苏将军一生威名，让人敬佩，可惜我们没在一起共过事。你是有功之臣，萨布素也是个小英雄啊，现在又成了我的帮手了，咱们是一家人，千万不要这么客套。虽哈纳，身子骨儿怎么样了？"虽哈纳叹口气道："咳，不行了。从那次受冻伤，虽然左腿保住了，但已萎缩变形，行走不便，马骑不了。将军，您说这样活着不是急死人吗？真不如死了好呢！"说着，用拳头狠捶自己的双腿。沙尔虎达忙好言劝住，扶他一起走进了屋内的小客厅。舒穆禄夫人听说老将军来了，赶紧出来拜见，一边走一边回身吩咐侍女献茶。沙尔虎达坐下后，说道："舒穆禄哇，你的身世我知道，又同杨古利多次共过事，那可是我的一位好哥哥呀！还有阿尔津这些大将都熟悉，是一家英名啊。你呐，不但侍候好了虽哈纳，教育出了好儿子萨布素，而且听说宁古塔许多孩子的马术和武功，是由你亲自精心教授出来的，我代表朝廷谢谢啦！"舒穆禄夫人说："大人说哪儿去了，这是我应该做的嘛。"沙尔虎达让虽哈纳把孩子们叫出来，要看一看。安茹格格、党丹赶忙从里屋出来了，跪地给大人叩头。沙尔虎达看着两个孩子，高兴得一个劲儿地说："好哇，好哇，快起来吧。"然后开门见山地对虽哈纳夫妇说："我这次来，是想同你们商量点儿要事。"说着回过头来，见身边有儿子巴海，巴海后头是萨布素、瓦礼祜，全在那儿规规矩矩地站着呢，便吩咐道："巴海，你先跟萨布素、瓦礼祜到大客厅坐一会儿，啥时候叫，你们再进来。"巴海三人答应一声退了下去，由党丹、安茹引着他们到了大客厅。萨布素对弟弟和妹妹说："有我陪着就行了，你俩练功去吧。"二人听话地转身走了。萨布素到另一个屋子里取来了奶酪，还有两坛子新炸的油酥馓子，请巴海、瓦礼祜品尝。他们边吃边聊，唠得特别热乎，咱们不细说了。

再说在小客厅里坐着的沙尔虎达和陪坐在侧的虽哈纳、舒穆禄夫人。老将军说有事儿找虽哈纳夫妇俩商量，又猜不出要说的是啥事儿，因此这二人脑子里直纳闷儿呀，心里急着哪！还不便问，只好恭恭敬敬地坐在那儿，望着慈祥的老将军，等待吩咐。沙尔虎达喝了两口茶，把茶杯放下，然后向虽哈纳夫妇说道："眼下北边战事正紧，哈巴罗夫率领的罗刹匪徒猖狂得很，有甚嚣尘上之势。这次我是奉皇命披甲上阵的，虽已年近古稀，但皇恩浩荡，怎么能不来呢？我一向仰慕哈勒苏将军，虽哈纳呀，你们父子为宁古塔的开拓做出了重要贡献。本应早些来探望，可是刚刚建立起都统衙门，事情太多，忙不开，今天才挤出点儿时间。主要是想同二位商量一下，趁现在的战争空隙时间，需要做的事儿该办就办了。至于先办哪件，后办哪件，都已想好了。要跟你们说的第一件事儿是过几天，萨布素要奉召北上，承接重任，兵部尚书明安达礼也将亲自挂帅。离京前，需进一步了解一下罗刹的兵情。兵部尚书头一次到北地来，这是国家的洪福啊，也是我们大家期盼已久之事。此次率军出征，并不用宁古塔的兵，但有一事要求我们帮助，就是指名要萨布素做他军中的向导。因为萨布素有优势，通晓罗刹语，又到过雅库茨克。明安达礼大人喜欢他，认为你们的儿子聪明、机灵、勇敢、有谋略。过些日子，只要命令一下，萨布素即赴黑龙江，这是一件事儿。另一件事儿是我那天送喀尔喀将军去就任的路上，喀尔喀表示了很关心萨布素，并给以了充分的肯定。认为他前途无量，是棵难得的好苗子，提出应予以重用。还偷偷告诉我萨布素定亲了，女方卡克屯是个贤淑、美貌、孝顺的姑娘，俩人的感情挺好。只因北方战事紧，所以还没来得及拜堂成亲。加上你们两口儿不好着急办这个事儿，便拖了下来。噢，对了，婚事原来定的是秋后吧？"虽哈纳夫妇点点头。沙尔虎达接着说："我方才看了一下萨布素的伤，已经完全好了，说来正是到了结婚的年龄了。今天就是特意来征求意见的，你们看可否由我做主，把萨布素和卡克屯的大婚办了？怎么样，意下如何？"说完，面带微笑地看着他们夫妻俩。

说实在的，虽哈纳此时还真没怎么想这件事，考虑得自然不细，问得又突然，一时不知怎样回答才好。还是舒穆禄夫人机灵，忙说："都统大人，您完全不必在意。如果军务紧，萨布素的婚事再晚两年也行，我俩没意见。再说这孩子孝顺，全听老人的。卡克屯是个好姑娘，像我亲生女儿一样，我们与她爷爷嘎鲁泰走动很近，啥说没有。请大人不要为这个事儿操太多心了，不用挂记，我们俩什么想法都没有。"沙尔虎达坚持道："我看还是抓紧时间给他们办了吧，如若不办，不知又拖到猴年马月了。况且喀尔喀将军临走前也惦着这件事儿，就这么定了吧，别再拖了。"舒穆禄夫人说："一切听凭都统大人做主。感谢您这么忙，还为孩子的婚事费神，真是给大人添麻烦了！"虽哈纳亦随声附和着。沙尔虎达一听高兴了，马上将巴海、萨布素、瓦礼祐叫进来，直截了当地说："萨布素哇，告诉你个好事儿。已跟你阿玛、额莫商量妥了，由我做主，这两天把你和卡克屯的婚事办了。办完以后，还有好多差事等着你去做呢！"萨布素忙说："将军，军务这么忙，哪有工夫办这事儿呀？以后再说吧。"虽哈纳、舒穆禄两人抢着说："办就办了吧，这是都统大人对你们的关心，还不快谢谢大人！"萨布素一听，阿玛、额莫都同意了，自己还有啥说的？忙谢过沙尔虎达将军。就这样，大家议定了为萨布素娶媳妇的事儿。

沙尔虎达这位老将军很爱才，特别器重萨布素，接着又对虽哈纳夫妇说："还有一件事儿要同你们商量。我呐，有三个儿子，没有女儿。大儿子很早夭折了，二儿子在京师，小儿子始终在身边。我喜欢巴海，离不开他，因此这次便随着一起来了宁古塔。老伴儿去世多年了，那些年一直战斗在疆场，打到哪儿，哪儿就是家。我虽生在宁古塔，但儿子们却生在各地，并且都没到我的故乡来过，故乡还没有儿子呢！所以，你们若能同意，我想收萨布素做义子，二位看如何呀？"虽哈纳、舒穆禄当然高兴，认为萨布素能有一位德高望重的朝廷重臣做长辈，是他的福分，是富察氏家族的荣耀。舒穆禄夫人说："大人，有您这么看重萨布素，我们真是感激不尽、求之不得呀！不过，将军这么高龄，像我们的父母，怎敢哪，怕使不得吧？"沙尔虎达说："还是不要推辞了，我有自己的考虑和打算，不必辈分上看。你们夫妇恐怕已看出来了，我身体欠佳，是在重病之中。前些天，皇上由郎球郎大人、明安达礼明大人陪着驾临寒府，让老臣一定出山，主持宁古塔的军务。皇上能这么器重，我是受宠若惊啊！尽管深知自己的来日不多了，为了江山社稷，无可选择，欣然临危受命。日后，北地的军务主要得靠巴海、萨布素这些年轻人了，我们这一代人要为他们着想。这个安排，实际上是给巴海找一个最知心的朋友、生死弟兄。我是这么想的：让他们以兄弟相称，有手足之情为好。这是国家之幸、社稷之幸，也是北疆之幸。在未来御北的征杀中，哥儿俩同舟共济，捍卫大清。这样很好，更合天意人愿，我就放心了，满足了。"老人家说得慷慨激昂。

夫妇俩一听，明白了。沙尔虎达老将军将萨布素和他的儿子巴海紧紧连在一起，拜为兄弟，既不是想降低自己的辈分，也不是要抬高萨布素的辈分，而是为老人家百年之后的明天着想。虽哈纳那是打心眼儿里敬佩，哎呀，朝廷真是有福啊，我大清能有这样的将军真是难得呀！虽哈纳、舒穆禄夫妇一看都统大人心意已决，寄希望于巴海与萨布素未来的精诚合作，觉得没法儿推辞了。在此之前，这是虽哈纳夫妇根本没有想到的事儿。都统大人经多识广，有统帅的高远眼光，人家都不考虑辈分、身份，而是以国家大计为重，我们还有什么说的？于是，二人异口同声地表示："谨遵都统大人之命，照办就是了。"

萨布素的大婚及与巴海结为亲兄弟这两件事，虽哈纳夫妇痛痛快快地答应了。沙尔虎达将军的心中有数了，决心要通过办这两件喜事儿，把宁古塔人的心聚到一起，燃起诸姓间团结和睦、亲如一家的生存烈火，振奋起昂扬向上的精神。这些年来，由于罗刹的不断入侵，宁古塔的民众遭受了不少苦难。又由于人人崇敬的哈勒苏老将军、吴巴海巴图鲁、喀尔喀穆的相继去世，使得心情都不太好。现在关键是要把大家的情绪调动起来，造成一种欢乐的气氛；劲儿鼓起来，保家卫国之火燃烧起来，才能以旺盛的斗志共同对付罗刹。就为此，沙尔虎达想到了这个办法。他要每一个人都动员起来，把这两件喜事儿办得既隆重热烈又喜庆欢快，从而使大伙儿的心情也跟着好起来。因为办完喜事儿之后，还有许多事儿需动员宁古塔诸姓的人参与，包括一些军政要务。要根据抗俄的需要，实行变革，改变现状，这便是将军的策略和深谋远虑。

为办好这两件喜事儿，沙尔虎达从自己的俸禄中，拿出了百两白银，请宁古塔的人都来参加。第一件喜事儿是按照满族的传统习俗，为瓜尔佳氏的巴海和富察氏的萨布素举行"阿浑德多罗"礼，即兄弟相亲的礼仪。两人为了共同在北疆的抗御罗刹中，紧紧拧成一股绳儿，忠贞不贰，誓死保卫边疆，互相结为兄弟。此礼仪，波尔辰妈妈家族中的人也全参加了，由富察氏家族老萨满主持。这天，他们在三棵杨富察氏大院儿里竖起神杆，摆上高桌，供上香纸，杀了一只鹿、一头猪、一只羊，把鹿头、猪头、羊头供在神案上。先由萨满唱祭歌，击鼓跳神，然后所有参加祭祀的各姓族人在一起吃同心饭，就是同心粥，即小肉粥；喝同心酒，烤燎毛猪，祭天、祭地，共表忠心。沙尔虎达、宁古塔氏的穆昆达波尔辰妈妈、虽哈纳、舒穆禄夫人坐在院子中神案一侧的长凳上。萨布素、巴海先到神案前叩拜、焚香，再向长辈磕头。这些礼节完了以后，两人走到神案前，恭敬地从神案上拿起早已准备好的弓和梅针箭，站在高桌的前头，准备共射离高桌二十几步远的高高神杆上绑着的一只新捕捉来的白天鹅。这只天鹅特别精神，突然见到这么多人坐在那儿看着它，它哪知道咋回事儿呀，惊得嘎嘎直叫。伸展着大翅膀，跃跃欲飞，显得很凶、很厉害，恨不得能啄你一口。由于它的双腿被绑在神杆下的一个特制木架儿上，因此只能站立着，不时地摇动着身子，呼扇着翅膀向天大叫，却飞不了。大白天鹅头上长有红冠子，两人要射的便是这鹅头上的红冠子。一切准备就绪，由萨满击鼓，二人同时放箭，要让梅针箭穿过鹅冠子。

各位阿哥，你可要知道，这鹅冠子本来不大，又是在二十几步的远处，梅针箭相当纤细，一人一箭即要射中，那可不那么容易呀！要是射不中，则证明天神认为他俩心不诚，拜不成兄弟，也就是天神没同意。如果是天神、祖先同意了，那箭一定能射到天鹅小小的红冠子上。还有一个要求，即箭只能射到鹅头的冠子上，不能射在头上、嘴上、眼睛上或其他什么地方。这个礼仪，其实古代就有。部落之间，部落酋长之间，或一个部落内各兄弟之间要结成生死之谊，常用这种办法。最初是共射白天鹅，后来也有用鸡、鸭代替的。为什么一开始用白天鹅呢？人们认为天鹅那白色的羽毛表示着纯洁，而它的血是鲜红的，代表着赤诚、神圣。有人还把天鹅的血视为红颜料，拿来治病。在占卜时，一般都用天鹅来占卜忠诚，占卜坚贞，用它来象征一往无前的勇气和肝胆相照的情意。这回巴海与萨布素结交兄弟之谊，便沿用了这个传统的射物——白天鹅。

此时，在场观看的人都为他俩捏了一把汗。因为射程那么远，天鹅脖子很细，头也不大，又是扁的，那鹅头的红冠子更是视之渺茫。如果射不好，箭飞了、飘了、扬了、裹了，或是射不到鹅冠子，而是射到了鹅身上、眼睛上、嘴上，甚至一箭射死了，岂不是影响很坏？只能说明他们心不诚，没有与对方结成兄弟的纯真感情。这样看来，你说大家能不紧张吗？包括负责占卜的人也很担心。当然，不管箭射到天鹅的哪个部位，皆可占卜，其结果可迥然不同了。沙尔虎达更担心，当着这么多人的面儿，两个孩子的箭倘若射得不好，自己原来的计划也就全泡汤了。虽哈纳、舒穆禄、波尔辰妈妈及所有在座的人大气儿不敢出地期盼着，祝愿着两个孩子的箭一定要射准哪！

这时，萨满的鼓声响起，巴海和萨布素各端起弓来，屏住呼吸，只听"嗖"的一声，两箭齐发，那天鹅随之嘎嘎地叫了两声，身子直摇晃。急性子的波尔辰妈妈坐不住了，赶紧跑过去看，回过头来高兴地喊道："都统大人哪，向你们报喜了，不怪一个是文武全才，一个箭术高超，两支梅针箭射得真准哪，都射到天鹅的红冠子上啦，一点儿没偏哪！"萨满忙走过去，将天鹅从神杆上解了下来，抱到坐在长凳上的沙尔虎达等众长辈面前，让他们验看两箭均已中的。大家看后，这才松了一口气，齐声儿称赞道："射得准，射得好哇！"萨满在波尔辰妈妈的帮助下，将鹅头红冠子上的两支梅针箭拔了下来，把天鹅头冲下，从箭伤处挤出血，滴答到事先装满黄酒的大碗里。那血在碗中是殷红殷红的，红得像朝霞一般，之后将天鹅供到神案上。萨满转过身，端起血酒碗，用手蘸酒掸向天、掸向地、掸向众长辈，再掸向欲结为生死弟兄的巴海、萨布素，接着分别把血酒倒在两只一样的用陶泥烧成的大碗里。巴海、萨布素向神杆、神案、天神叩头后，各自恭敬地接过血酒，一饮而尽。

这里要向各位阿哥交代的是，按照北方的习俗，只有本姓氏的穆昆达才可以帮助萨满一起完成祭祀，其他姓氏的不行。而这位有名望的波尔辰妈妈作为宁古塔氏的穆昆达参与其中，已经破例了。再一点就是饮天鹅血酒，是满族先世女真人的古俗。据说天鹅高飞云端，能够跃过天穹，到达众神的住处，向天神表达忠贞不贰之决心。天鹅的血最鲜红，是太阳东升的颜色，象征着永远朝气蓬勃。今天，巴海和萨布素在天神前共饮天鹅红冠之血，表示天神已知晓他们兄弟会终生和好，患难与共，心心相印，如血酒交融，永不分离。饮罢血酒，萨满把天鹅宰杀，将天鹅肉与其他祭肉放在一起，献给神灵共餐，巴海、萨布素则再次共同叩拜于长凳上就座的众位长辈。从此，论年龄，巴海比萨布素大十几岁，居长，萨布素居次。互以兄弟相扶、相爱，永不变心。

结交兄弟之礼仪结束后，由沙尔虎达老将军主持办第二件喜事儿，即萨布素与卡克屯成婚。婚礼完全按照满族古时结婚的礼仪进行，用老将军出银子买的鹿、野猪、大雁、天鹅，还有大哲罗鱼、大鳌花鱼等，办了百桌十三碟、十二碗的女真喜宴，附近屯落的人听说了，大老远地全赶来了，宁古塔的官兵也都参加了。门突呼老人专门聚了五十五个人的玛虎戏唱班子，敲着锣鼓，吹着唢呐，弹着口弦琴，打着洽拉器，鼓乐齐鸣，曲声阵阵，给人一种祥和、欢乐的感觉。生来好乐的波尔辰妈妈更是有趣儿，把哲森妈妈等三十几位年长女人找到一起，穿上彩衣彩裙，组成了宁古塔第一个莽式歌班，挨街挨门儿唱满族歌儿。几天来，整个宁古塔沉浸在一片欢腾之中。成婚日，白天是莽式歌舞、鞑子秧歌、唱大戏，晚上则设喜宴。晚宴后，再一直唱到五更，方按满族的古礼，开始结婚礼仪。

迎亲的队伍出发了，前面有扎着铜镜、金花牡丹的娶亲喜车。车上用金丝镶着满文"萨比"字样，即吉祥的意思。吉祥喜车后，有迎亲奶奶坐的用满文镶在幔帐帘儿上的"乌勒滚"字样的迎亲喜车，还有鼓乐色夫们坐的用满族帷幔做棚儿的、上边用满文写着"乌春"的歌棚彩车，真是热闹极了。娶亲的吉祥喜车、迎亲的"喜"字喜车、欢乐的歌棚彩车的后面，跟着不少身穿不同颜色、不同图案衣裳的儿童，为这喜庆、热烈的气氛增添了色彩。新郎萨布素由瓦礼祜、麦里西左右陪伴，都骑着大红马，上身儿外罩着一口钟的斗篷，宽博无袖的长衫，里衬女真人用特殊工艺磨制成的薄板儿羔子鹿皮。其款式、缝制的技艺很是精巧，上面绣着各种花卉、彩蝶、飞燕，象征着一片生机盎然的气象。满族素有抢亲的习俗，这次虽不是抢亲，但沿袭了过去的半夜接亲。哪怕新娘是宁古塔本地的人，也要半夜去，半夜回来。只不过新郎接新娘的喜车去得晚一些而已，通常是等到三星对门儿时才发车。喜车一发，即之鼓乐齐鸣。

富察氏家的迎亲喜车到嘎鲁泰玛发家时，正是子时初刻。子时，象征着一元复始，万象更新。喜车一到，鼓乐响起，亲家人由新娘的哥哥窝赫抱着头上蒙着盖头的新娘卡克屯出门，送上娶亲的吉祥喜车。当接亲喜车回到三棵杨时，鞭炮噼里啪啦地响起，新郎萨布素早由哇嘎的手中接过三支彩箭。这箭的箭头儿是钝的，只是象征性地向车的方向、大门的方向和空中射三箭，意在惊走所有的煞神，让吉祥进门。新娘下轿后，由主司迎亲的奶奶将一宝瓶儿递与新娘抱在怀中。宝瓶儿是锡制的，形状似花瓶儿，内里装有金锞、银锞、制钱、金银小如意、珍珠、金银米等。瓶口儿盖着红绸子，以五色线扎之，寓意婚后多福多财。新娘卡克屯身上穿着波尔辰妈妈帮助做的绣着双凤、双鹊、双鹿、双雁、百蝶、珠穗儿的旗服，所绣之禽兽均是温良的吉祥物，象征新妇的品格和娇美。由一对儿小姑娘左右相搀，引入正室户右以布搭设的帐篷之中，面"吉方"于衾枕上坐福。新郎来到帐前，先绕帐三周，之后向帐内询问是否可进，新娘允许方可入帐。萨布素入帐时，从门突呼老人手中接过一小红竿儿，挑起新娘的盖头，即为新娘已接进门了。又有人送来面和酒，新郎、新娘同吃"合春面"，饮"交杯酒"。然后二人再面向南，肩并肩地坐于被褥之上，行满族的"坐帐礼"，预示着夫妻一生肩并肩，不离不弃，芳龄永继。

送亲的亲友辞归之后，新娘卡克屯重新更衣，头戴珠饰，插上珠穗儿喜簪，将原来的姑娘头变成了妇人头。新郎、新娘由门突呼老人引导走到庭院，此时宗族人等早已换穿吉服、礼服在外等候。新郎、新娘向宗族人等叩头、行礼，称之为"祭酒"。拜谢完毕，新郎、新娘不再回帐篷，而是进入正式的洞房。次晨五鼓时，新婚夫妇整装后，拜天地、拜众神、拜宗族祖像，然后向坐在那里的沙尔虎达、波尔辰妈妈、虽哈纳、舒穆禄夫人行叩头大礼。婚礼后的第六日，卡克屯向公婆行礼告别，携爱根萨布素回家省亲。一对新人进得女家门，拜叩嘎鲁泰玛发和兄长窝林，窝林设鱼宴款待妹夫、小妹。因萨布素军务忙，小夫妻在卡克屯家住了七日后，即返回了三棵杨家中。

这年秋九月，京师色刻与吉古林传来情报，说罗刹匪徒哈巴罗夫被召回莫斯科，得到沙皇的褒奖，封为大贵族，管辖很大一片土地，并将大清国的伯力，以他的名字命名为"哈巴罗夫斯克"。其后，继人斯捷潘诺夫又率哥萨克五百人，穷凶极恶地侵犯黑龙江流域，在呼玛尔河口筑寨而居，还建了寺院，企图长期窃踞不走。明安达礼尚书命沙尔虎达详细调查匪徒的情况，监视其行踪；令萨布素率人化装潜入匪帮驻寨附近，观察动静。然后速回宁古塔，将综合情报两千里飞马速送京师，暂不惊动罗刹，听候京师指令。沙尔虎达收到函告后，立即唤来巴海、萨布素，对萨布素说:"没办法,结婚才十几日就得让你北上,将要化装前去了解斯捷潘诺夫一伙儿匪徒的情况,巴海陪你同行。他还不熟悉北方,你为师,他是学生,一切听你的安排。你们要互相关照,不可分离,待情况查实后,迅即返回宁古塔。"又叮嘱儿子道:"巴海,你不得以兄长、官衔比萨布素高而自居,必须尽快熟悉漠北,务要切切牢记。"巴海听后,向沙尔虎达表示说:"敬请阿玛放心,我一定虚心向弟弟学习,听他的指挥。"沙尔虎达满意地点了点头。

萨布素、巴海接受命令后,当夜匆匆告别亲属,准备起程。萨布素还单独同新婚妻子卡克屯告别,卡克屯千叮咛万嘱咐地让爱根处处小心,安全地早些回来,小两口儿分别的情意咱不多说了。行前,萨布素为了更好地完成去北方了解情况的使命,又专门请了人称"乌鸦善"的出名潜水能手扎尔太哥哥同行。前书我们讲过,扎尔色、扎尔太哥儿俩原是东海人,潜水的功夫非常厉害,一段时间曾在宁古塔闹得挺凶,后来被吴巴海巴图鲁说服了,走上了正道儿。老二扎尔太同萨布素的关系很好,因此,萨布素一请,便欣然接受了。他们带了两个图鲁玛,化装成不被人们注意的打鱼郎模样。巴海对行船的知识一点儿不懂,扎尔太、萨布素现教他怎么做皮筏子、该如何驾驶等。还带着鱼叉、鱼丝网、盐、火绒、火镰及三个人月余的口粮,主要是肉干儿和发面饼。因这种饼可以泡水吃,便于携带。

三人出发后,为了早到北方,没走松花江水路,而是每人骑一匹马,又多带了两匹备用,驮着一应所需之物,选一条直接向西北行的坎坷密林猎道,即人们所说的蒙古猎手脑温江猎道,直奔黑龙江。萨布素曾走过这条林中小道儿,较其他的路近八九百里。他有特别能记路的能耐,自称"地行仙",只要走过一次,就不会迷路,有自己的暗号儿路标。走这条近道儿,没用二十天,便到了黑龙江上游的呼玛尔河口。他们在这里扮作渔民在江上捕鱼,暗暗观察呼玛尔河口岸边附近岛上的情况。果然见到有新盖的木房,三排、二十多间,住着二百多罗刹匪徒。房舍外面围着高高的木栅墙,黑大门天天紧关着,只是早晚有少数匪徒出来,到附近部落抢夺粮食、收缴貂皮等。萨布素和巴海琢磨了半天,终于商量出了一个接近罗刹的办法。

这一天,萨布素、巴海、扎尔太在离木房不远的江上张网捕鱼,同时下铁钩子。萨布素本是打鱼的能手,何况又有水性出名的扎尔太帮忙,不多时便钩住了黑龙江的金翅大鲤鱼。先钩住的那条足有三四十斤

重，又大又肥，接连又钩了五六条。他们一边钩，一边故意大声儿地喊叫着："嘿，又钩了一条，你们瞧哇，金灿灿的，多好看！"边说边哈哈大笑着。喊叫声和大笑声，被木屋里的匪徒们听得清清楚楚。几个罗刹兵馋涎欲滴，实在忍不住了，想看看那金翅大鲤鱼什么样儿。遂打开了黑大门，走下岛，摆船来到江边儿。表面上看起来，罗刹兵还挺和气，懂礼貌，先向萨布素他们打招呼，无非是要笼络打鱼人，想要些鱼吃。萨布素也装出一副讨好他们的样子，主动与对方搭讪，套近乎。他看匪徒们的脖子上戴有十字架的金项链，都是天主教徒，便明知故问道："你们想要我的鱼是吧？"罗刹兵忙回道："是啊，是啊！"萨布素说："这鱼可不好打呀，我干了一天，也没弄多少。这样吧，用你们的金项链换我的鱼怎么样？"开始，他们不同意。后来，还是禁不住这活蹦乱跳的金翅金鳞大鲤鱼的诱惑，馋得直流口水，只好答应了。经过双方的讨价还价，最终萨布素以四条鱼换了一条十字架的金项链。几个罗刹兵得了鱼，又听萨布素会说俄罗斯语，十分高兴。想通过他再找一些会俄罗斯语的土著居民，于是同萨布素唠了起来，越唠越近乎，很快像熟人一般了。因为萨布素答应帮忙，所以这几个罗刹兵就把他们当成自己的朋友了，还热情地邀请到岛上做客。三人当然愿意去，正中下怀呀！于是痛痛快快地答应了。

到了岛上，萨布素他们看到这里布有三门大炮，还驻有牧师两人和几个俄国女人。萨布素拿出酒来，同罗刹兵一起喝，边喝边用心观察，默记着岛上的情况。将沟沟汊汊、堤上堤下以及罗刹住的帐篷内外的情况、兵器放的位置、出岛进岛的路线、摆的什么船等，一一刻在脑子里，记得清清楚楚、扎扎实实。喝酒时，罗刹兵提出能否领他们到下游沿江一带找几个屯子弄些粮食，收点儿皮税，即貂皮。还说若能帮助办成，可送给项链，显然是想以此打动这三个打鱼人的心。扎尔太没说的，当然听萨布素的了。巴海虽然年龄长些，官品高些，但表现得挺好，始终按阿玛沙尔虎达将军所嘱咐的话去做，也是处处听萨布素的。再说了，萨布素是他们两人的头儿唯！萨布素一琢磨："哎，这可是求之不得呀，罗刹鬼的要求正好可以利用，是个好机会。"便偷偷地向巴海、扎尔太使了个眼色。二人立刻明白了，点了点头。萨布素马上答应道："行啊，小事一桩。这样吧，先准备两条船，既能多去几个人，又便于相互照应，咱们明天就去，你们看咋样？"罗刹鬼因为有利可图，自然全听萨布素的安排。这样，双方约定次日一早，由萨布素他们过来带着出发抢粮。

第二天早晨，萨布素等三人按时来到岛边，见罗刹兵果然备好了两只船停在那里。萨布素和巴海上岸去接罗刹兵，回头给扎尔太使了个眼色。扎尔太会意，迅即一个猛子扎到江里，游到船下。拿出早已预备好的一拃长的十分锋利的小钻，使劲儿一摁丁字口儿的把儿，立马将两只船按与萨布素事先说好的位置，各钻了一个眼儿，然后用带来的木塞儿堵上了。这木塞儿经水一泡便膨胀，如果没人动它，堵上的眼儿一点儿水进不来，船照样在水上漂着。如果有人捅木塞儿，一掉下去，船随之会灌进水来。扎尔太动这手脚，只是喘口气儿的工夫便办完了，很快浮出江面，上了岸，该干啥干啥，跟没事儿人似的，就有这能耐。若不人们咋叫他"泥鳅"呢，是水里的神手！所干的这一切，谁也没看见，更没引起任何人的注意。

不一会儿，萨布素和巴海从木房子里出来了，身边跟随十多个罗刹兵，到了岸边，分头登上两只船。一只由萨布素、巴海划桨，坐了五个罗刹兵；另一只由扎尔太驾驶，坐了七个罗刹兵。他们兴高采烈地出发了，萨布素的船在前，扎尔太的船紧随其后。诸位阿哥可能会问，罗刹兵怎么会让萨布素他们撑船呢？一是因其熟悉路线，二是认为这三个是打鱼人，会驶船。这样，便顺理成章地驾驶着船只，掌握了主动权。当时正是涨水的时候，呼玛尔河口又宽，水流很急，嗡嗡作响，船直打旋儿呀，还向两边摇来晃去的，若是划不好，将相当危险。船到江心时，萨布素故意大声儿提醒罗刹兵们："小心点儿，坐好了，不要乱动。水大浪急，船容易翻的！"话音刚落，就见扎尔太划的那只船里突然进了水，哥萨克兵一下子慌神儿了，不是好声儿地惊叫起来，扎尔太也装作惊慌的样子，高喊道："不好了，快救人哪，我们的船进水了！"萨布素赶紧把船靠过去，让扎尔太那只船的哥萨克兵上他划的船，并说："我这只船坐十几个人没事儿，快，快上来！"哥萨克兵高兴了，乖乖地一个个都坐到萨布素那只船上去了。坐好以后，心才算安定了，想到刚才原来是有惊无险，又接着嘻嘻哈哈地说笑起来，得意洋洋地吹着口哨儿，唱起了俄罗斯小调儿。这时，萨布素小声儿告诉巴海，赶快上扎尔太那只船上去。巴海一时没弄明白，不过他知道萨布素肯定有打算，没说二话，咬着牙跳上了扎尔太那只有水的船，心里还直合计："我又不会水，船要是真沉了可咋办？"其实，扎尔太并没让船沉下去，只是在进了半船水时，轰下了罗刹兵，又麻利地用小木塞儿把眼儿堵上了。待巴海跳上这只船，马上拼命地向前划，小船晃晃悠悠地很快向远处漂去了。

　　萨布素见扎尔太、巴海已安全将船划远，隐没在一片柳林之中，而自己的这只船已到了江心岛与江岸之间，是水流最急、水位最深的地方，认为是时候了。便找准木塞儿处，脚下暗暗用力一踩，将堵着的木塞儿蹬了下去，江水立刻像箭一样灌进了木船，上面坐的人又多，木船开始往下沉。这群哥萨克兵一看，害怕了，吓得大喊大叫起来！会水的，就跳进水里逃命；不会水的，就你扯我、我拽你，乱作一团。萨布素则乘机噌地撺入水中，轻松自在地游走了。等侥幸活命的哥萨克兵们挣扎着游到江岸的时候，再找那三个打鱼郎，早不知去向了。回头看看自己人，个个像落汤鸡似的，拖着个湿淋淋的身子，小风一吹，冻得哆里哆嗦的，一时气得在岸上疯了般放枪大骂！没有向导，没有船，只好徘徊在岸边，不知如何才能回到老巢。

　　咱们且不说那些罗刹兵如何焦躁地在江岸上乱喊乱跳，单说萨布素与扎尔太、巴海按照约定，很快在另一岸边相会。这时已是深秋，天有些凉了，他们决定转道返家乡。于是，骑上战马，跃马扬鞭，风餐露宿，安全、顺利地回到了宁古塔，向老将军详细地禀告了呼玛尔河口罗刹的布防情况。然后，沙尔虎达又将军情写成奏文，立即两千里飞报给京师兵部。兵部尚书明安达礼看了奏报，甚感欣慰，并发书予以奖励。巴海参与此行后，十分佩服萨布素的智勇双全，更加喜欢、信任他了。深感与其共事安全、有趣，还能长见识，既是好兄弟，也是良师益友。从此，巴海凡有事儿就找萨布素，特别愿意与这个弟弟结伴儿办差。

　　顺治十年，癸巳，女真天蛇年暮春，朝廷下旨，宁古塔正式建立都统衙门，任命沙尔虎达为都统。宁古塔的这一重大变化，不仅受到当时清廷的重视，也使朝鲜王朝、俄国沙皇政府备感震惊，时时注意着那里所采取的各项举措。沙俄还将宁古塔视为卡在沙皇咽喉中的硬刺，使他们企图鲸吞黑龙江以北领土的野心受到了扼制。

　　沙尔虎达是著名的御北名将，在大清国北方各民族部落中，名声显赫。自沙尔虎达坐镇宁古塔以来，这里可变了样儿啦，生机勃勃，人欢马叫。他主张国家武备不可一日弛懈，应不间断地操练兵马，整备器械，打破宁古塔往日的沉寂。早年，宁古塔仅仅是有事出兵，无事驻守田园，只起个北方兵栈前哨的作用。而今是要名正言顺地成为统辖外兴安岭的万里海疆、更有气派、更直接地同罗刹雄兵对峙的军事战略要地。为此，沙尔虎达陈奏朝廷："要兵扎黑水诸流域，设卡伦，即哨卡、烽火台。根据与沙俄侵略军作战常在水上进行的特点，在吉林乌拉建船厂，伐木造船。小艇与大舟船齐备，夏以船巡守黑龙江，冬以雪橇、马队驰骋于上下江。水陆驻防，关关设卡，方可震慑罗刹。再者，应立足宁古塔，就地扩充兵源，组创宁古塔地方子弟抗俄队伍。一旦有事，随时出击，随呼随至，得心应手，还可解决往日宁古塔有事奏报朝廷、兵马驰来、罗刹早遁、不解燃眉之急的状况。数十年来，漠北俄人气焰益嚣，与宁古塔地广兵微有极大的关系。日复一日，年复一年，长久如此，罗刹做大，侵入我家园成燎原之势，驱之非一朝一夕可能奏效矣。"顺治帝御览这一奏折后，异常振奋，御笔朱批："同意郎球、明安达礼、沙尔虎达众臣所议，宁古塔不再向朝廷申奏兵源，自建骑兵劲旅，扩大攻守自策之制。宁古塔都统沙尔虎达要冲破民族的樊篱，在建骑兵劲旅中，除应有满洲旗人外，还可从达斡尔、赫哲、蒙古、费雅喀、朝鲜、汉民后生中选丁员入册。"旨批传谕宁古塔后，沙尔虎达便按旨令组建骑兵劲旅。人们都知道，宁古塔素有骑射为先之风，无论春围、秋围、冬围，常以能者为头儿的方法，选出猎达。沙尔虎达就采用了此地古代选猎达的惯例，选出一些优秀的后生，充入骑兵勇士队伍之中。

清初时，旗民户籍隶于各旗之下，其子弟人尽为兵。各旗的旗主，平时为行政长官，战时为军事指挥。凡男丁自幼习骑射，十岁则由将军主持进行小考，以善骑善射为荣。以前，宁古塔没太重视录用地方兵源。吴巴海巴图鲁在时，也只是要求对旗人子弟培训骑射，不入丁册。沙尔虎达则改变旧规，实行了新的制度，凡是旗丁满十六岁以上、身高五尺以上者，均入丁册。今后旗丁衙门要严格造册，旗丁幼童按时供钱粮和教育之银两，延误或漏供者予以严办。凡入丁马甲，饷银每年春秋两季发给，这样马甲才能放心效力军中，俗称"吃钱粮"。若有病故，要求免增军役，要详细勘核，借故免征或临阵逃脱者、自做伤残者重罚。当时，对此要求甚严，也确实有因违规而被处死的。同时，奖励民族间、诸姓间相互爱护。特别是本氏族中如有马甲生病者，要由氏族中数人护送回营，由营中的郎中给以及时诊治。各族均应以本氏族里有为国效力的马甲为荣耀，不应支持和纵容那些临阵脱逃之人，对这样的逃犯应视为氏族的耻辱。

沙尔虎达大力弘扬一心为了国家安危，肯于将本氏族的优秀后生送到旗营中为国效力的风气。为使宁古塔旗民之后生皆可为马甲，还采用了"比棍"之制，将优秀者选为猎达。确定每届三年，由都统衙门出告示。无论满汉，凡未成丁者，需到都统衙门报到，在都统亲自验看之下比武，查验够不够马甲的资格。所谓"比棍"，就是以木头两根，高五尺立于地上，五尺之下端埋于地下，上横一短木。都统按照应征的人丁依册点卯，唤何人，便于立棍儿横木下行走穿过。能如棍儿高，即注册入籍为披甲，入骑兵，派给食粮饷银。如入选的人在比棍儿时合乎棍儿的高度而不愿为马甲者，经都统大人视其因由，准允缓列为伍，然每年要拿出银六两，曰"常帮"。为什么叫"常帮"呢？因为你既然有特殊原因不能投军，宁古塔得从另外的人中，选出合适的人为马甲。那么，粮饷你要替他出，这就叫"常帮"。合乎这个规定的人数不多，是极少有缘由之人才可以作为"常帮"的，还必须经都统大人亲自准允，自己愣不去不行。宁古塔各姓的年轻人，多数均争充马甲，得俸禄，为国出力，阖族荣耀，此向为满族诸姓之家风。沙尔虎达通过这样经心地筹划、准备和治理，宁古塔的风气大变，人人向着马甲，人人关心宁古塔兵力的发展，并把披甲入伍当成自己的大事。这样一来，很快便组成了一支拥有七百余人的宁古塔抗俄兵力。其中，满洲兵三百，其他各族兵勇三百，又有后来在朝鲜半岛征集的兵百余人，声势越来越大。

顺治十年的整个一年里，宁古塔从春忙到夏，从夏忙到秋，城里城外到处扩兵。后建起来的著名的马步校场上，披甲入伍的人员日夜操练，人声不懈。每到夜里，篝火熊熊，挑灯苦练。沙尔虎达老将军支撑着日渐衰老的瘦弱身躯，总是做出精神抖擞的样子，坚持不离校场。巴海、萨布素看阿玛也不回自己的府第喝口茶、小睡一会儿，或好好儿歇息歇息。而是天天跟这些年轻人一起摸爬滚打，从早滚到晚，双眼布满了血丝，心疼啊！于是派人砍了些木头椽子，在校场后面搭起一个小木棚子。棚子里放张床，铺上褥子，备了被子，让沙尔虎达歇息。还特意摆放了一张小茶几、一把皮椅子，供老人家喝茶用。这小棚子像戏台一样，两边各开一扇门，外头修有平台，沙尔虎达坐在那儿便可看到校场全景，人们给起了个名儿叫"点兵台"。从此，老将军每天坐在这个棚子的虎皮椅上，有奴仆和护兵送热茶、热饭。他像屁股钉在椅子上一样，边吃饭、喝茶，边看操练，嘴里还不停地呼喊着、命令着。巴海、萨布素、瓦礼祜这些人，则领着新入伍的马甲，按沙尔虎达提出的训导要求，练兵法、箭法、马上搏斗及翻、腾、挪、跃等不同的技法，要求十分严格，大家练得非常认真，沙尔虎达是越看越高兴。

这次宁古塔通过用"比棍"的办法，确实招来不少身体棒、品学兼优、家里又特别支持的小伙子入伍，充实了地方的兵力。此次准入马甲者，有大家熟悉的党丹、窝赫、麦里西、麦里特、土球子、门德赫，还有扎尔太之子艮格、扎尔色之子尔格以及由诺雷、东海窝集、松花江、黑龙江流域陆续迁来的各族子弟，连徐牧及其他六位明朝降清的汉兵之子也参与了训练。这些新入伍的小伙子，站在一起真好看哪，并排高，个个体格健壮，生龙活虎。沙尔虎达这些年一直领兵打仗，对自己选出的马甲那就是个喜欢呀，一步舍不得离开，咋看看不够，像对自己的孩子、心肝儿宝贝一样爱护、抚育。只要从宁古塔校场路过的人，都要停下脚看一看，纷纷议论着。这个说："你看我小孙子，多出息呀，马骑得好，箭还射得准，百发百中啊！"那个说："我那小外孙天天在兵营里，身体练得棒棒的！自从老将军来了以后，宁古塔的确变了，有了这帮后生，再要打罗刹，非把他们碾成粉末儿不可！"称赞之声不绝于耳。

还有一宗事儿，说书人需在这里向各位阿哥说说。按照皇上的旨意，宁古塔准备建骑兵劲旅，不仅人要壮，马也要精。说起宁古塔养马，还是从戴珠瑚大人在时办起的马场。马场很大，有南马场、北马场等好几个，养育出了一批批优等的精马，供北征军用，是立了大功的。现在马场又为建骑兵劲旅提供了二百匹训练有素的战马，其中有不少是好走马，可以直接参加战斗。人们清楚地记得，这批战马应征入伍那天，匹匹戴着大红花儿，满街游行，大家看着这些精神、漂亮、膘肥体壮的战马，不禁为之欢声雷动。之所以能培育出这么多良驹，关键是马场办得好。这些年来，门突呼老人和儿子哇嘎一直是马场的总管，或叫执事人，满语即"拜唐阿"，把全部的精力都用在了马场，真是下了不少的功夫。还有萨布素、瓦礼祜、麦里西、麦里特、窝赫等也曾在这儿效过力，应该说是饲养战马的功臣。

如今的马场和过去有所不同，已成为由宁古塔驻军来管的宁古塔八旗兵管衙门属下的设置了。门突呼和哇嘎也披甲入伍了，挣年饷口粮，不过哇嘎早已不叫这个名儿了。怎么回事儿呢？前书我们说过，哇嘎本无名儿。由于那时他不是熊这个就是熊那个的，一天到晚管小孩子们要吃的，天天东游游、西逛逛，只想不劳而获，人们才给他起了个名儿叫哇嘎。此名儿虽不招人喜欢，但那些年也就那么叫了。现在哇嘎长大了，又同达斡尔人秀秀结了婚。秀秀听说满语的哇嘎是臭鱼刺儿的意思，很不高兴，非让他改名儿不可。哇嘎想："是啊，我是大人了，还是马场的执事人，也不能总叫这么个不体面的名字呀！怎么办呢？对，找萨布素去。"于是，跑去找萨布素帮忙，让给起个新名儿，说是媳妇一定要他改个名儿。萨布素想了一会儿，便说："哇嘎哥，我看你叫海兰吧，满语是榆树之意。咱们北方人特别喜欢、崇拜榆树，因为这种树的生命力最强，谁也离不开它。怎么样，你看行不？"哇嘎听了挺高兴，说："行，我喜欢，就这个名儿了。"从此，哇嘎叫海兰了。他同阿玛门突呼一起，领着新招入马场的人，精心治理着马场，决心要培育出更多更好的战马来。后来，这爷儿俩都成了远近闻名的拜唐阿了。

再说沙尔虎达老将军接连这么一春一夏、天天没早没晚地主持兵将的操练，感到体力有些不支。一天，他正看萨布素领着众马甲演练马上功，异常兴奋，热血沸腾，突然心口窝儿一热，头嗡的一下晕倒了。接着大口大口地吐血，衣服、地上全是殷红殷红的鲜血，可把站在身边的巴海吓坏了。他和侍从赶紧把阿玛抱起来，抬着送到"点兵台"的粗陋卧榻上，唤来由京师带来的随军郎中诊脉，调剂草药，熬好服下。老将军半天才呻吟着苏醒过来，一睁开眼睛，便挣扎着要坐起来。郎中和巴海急忙摁着不让动，萨布素哀求道："阿玛，您听儿一句劝好吗？千万别再累了，应好好儿静养才是。"沙尔虎达听了，半天不吱声儿。一会儿，忽然把眼睛一瞪，生气地说："萨布素，不用管我，谁让你擅离岗位的？不许在这儿！你的差事是领兵操练，不可马虎。养兵千日，用兵一时，全仗苦练，这话我讲了多少遍了，难道忘了吗？快回去，去！"就这么不分青红皂白地一顿呵斥，把萨布素给轰走了。巴海可不管那个，无论阿玛怎么说、怎么骂，硬是坚持不走，一步不离地守在身旁。沙尔虎达见此，气得把眼睛一闭，干脆来个不理。后来一想，这是自己的儿子呀！也真没招儿，咳，待就待一会儿吧。

后来，沙尔虎达的身体渐渐恢复了，仍然不离开校场，天天跟将士们蹦啊、跳哇、摔跤呀，一刻不闲着。别看他有病，却身体力行，只要看谁做得不对，先点出毛病在哪儿，然后亲自做示范。在沙堆上一站，命七八个勇士冲上来，并告诉小伙子们如何能撂倒他。只见他双手叉腰，昂首挺胸，来了个骑马蹲裆式。几个勇士从不同方向冲上去，抱腰的、扯腿的、拽胳膊的，想要合力将他摔倒。这时，只听前不久还吐过血的瘦弱老将大吼一声，双臂一勾，双腿腾地跳起往外一弹，七八个勇士全被他的双拳和飞脚打倒在沙地上起不来了，疼得哎哟哎哟直叫。沙尔虎达就是这样训练兵勇的，从不含糊。有时还累得吐血，总是乘别人不注意，偷偷用沙子把血一埋，怕大家知道了会影响情绪。其实，将士们早知将军身子骨儿不好，对吐血后的掩饰举动都看得一清二楚，心疼得暗自流泪。可谁也劝不了，对这个老头儿干没辙。

单说巴海很是担心阿玛的身体，一看总是吐血，心如刀绞般难受，又劝阻不了，内心十分焦急。他知道弟弟萨布素聪明，是个机灵鬼，遂找来萨布素、瓦礼祜商量，让他们赶紧想出个可行的办法，救救阿玛。实际上，萨布素对老将军也是最爱、最崇敬的。看义父的身子骨儿很糟，还这么没日没夜地操劳，能不心疼、不着急吗？一直在想该怎么办好，不过并未拿定主意。这回巴海哥哥一问他，索性把已想出的办法讲了出来。他说："巴海大哥，我琢磨挺长时间了，你看这么办行不行，干脆到北边去办迁民。眼下罗刹正在黑龙江横行霸道，咱们还不能马上将沙俄侵略者赶出去或消灭掉。最有效扼制罗刹的办法，便是将住在那边的满洲、达斡尔、赫哲人尽量往内地迁徙，远离罗刹。这样，既维护了当地百姓的安全，使他们免受抢掠，又可让罗刹鬼弄不到粮食，无法站脚。这是我几年来盼着要办的一件大事，当年吴巴海巴图鲁爷爷在世时也有这个意思。可惜，那时事情太多，一直没有找准机会。再说了，真要做起来，不是那么容易的。"巴海听了半天，没明白啥意思，问道："这有什么用啊，和阿玛的病有啥关系呀？"萨布素说："俗话讲得好：'故土难离'呀。你想啊，要办成这件事，得需要很多人到黑龙江那里帮助动员、劝说，使人们知道这其中的利害关系。如若同意迁徙，还要帮助他们搬家。我看这些披甲入伍的旗兵，经过老将军一年的操练，都有些能耐了。咱们可跟阿玛讲，让兵勇们到北边去，一方面是练兵，一方面是办大事儿，将所学的东西派上用场。也就是说，马甲既能得到锻炼机会，又能把受难的兄弟接回来。想来跟老人家一说，他听了准会高兴，或许能答应让咱们去。要是将军准允了，立即把这些兵勇全部带去黑龙江，在那里，他们照样可以苦练真本事。这样，人都走了，宁古塔不只留下阿玛一个人了吗？让他在大营里坐镇，借这个机会，治病、疗养，请郎中为阿玛好好儿调理。你们看这招儿怎么样？"瓦礼祜一听，高兴地一拍大腿道："太妙了！好个萨布素，你是真聪明，鬼心眼儿多着呢，这是一举两得呀，我完全同意。巴海哥哥，你也同意了吧，这个办法好，准行！"

巴海仔细一琢磨，觉得萨布素出的点子是个万全之策，而且更重要的，此举是为了拯救北地正在遭受苦难的百姓。老人家是心系百姓、爱民如子之人，肯定能同意这么办。又想到，阿玛喜欢、偏爱萨布素，从来是另眼相待，言听计从。只要一见到，总是笑眯眯的，还常对自己说：

"不要以为你是将军之后，有文化，又懂不少武术，职位比萨布素高，其实有好多地方是比不过弟弟的。他对北方熟，有头脑，有办法，遇到啥事儿小脑瓜儿转得快，值得你好好儿学呀！"这既是阿玛对自己的严格要求，也说明对萨布素是信得过的，更会相信他有能力办好北去迁徙的重任。拿"比棍"来说吧，那是萨布素帮助琢磨出来的，出去砍木头什么的，也是他领人去干的。总之，凡是萨布素动手做的事儿，阿玛没有不放心的，爷儿俩就是这么对眼。这一点，巴海非常清楚。所以，觉得此事只要弟弟出头，阿玛肯定会答应。

接着，三个小哥儿们商量开了，此事由谁去跟老将军讲好呢？巴海说："萨布素，我看非你莫属，那张嘴还会说，阿玛准会同意。"瓦礼祜也赞同巴海的意见。萨布素当然知道老将军对自己是一百个放心，便答应道："好吧，我去讲。不过，最好咱们仨一块儿去，那样效果会更好。"巴海、瓦礼祜异口同声地表示："行，咱都去。"去之前，萨布素跟巴海说："大哥，我又想起一件很重要的事儿，这点你得先同意，然后我才能去见阿玛。"巴海问："什么事儿？你说吧。"萨布素说："这次上北边，咱们三个不能都离开宁古塔，大哥要是信得过的话，就由我和瓦礼祜带兵去。因为我俩在北边待过，也干过，还跟罗刹鬼斗过。你留在阿玛身边，帮助处理一些日常的军政要务。朝廷一旦有事儿，有你和阿玛两人，完全可以应付。况且大哥最熟悉阿玛的脾气秉性了，他想说什么，想做什么，能猜个八九不离十，用着顺手。再说了，咱们哪能全走呢，把有病的阿玛一个人扔在这儿，不放心哪，你说是不是？另外，阿玛当然是希望身边能有一个得力的帮手，遇事好有个抓手，一个人有时真的忙不过来呀！"巴海听后，觉得萨布素想得挺细，有理有据，很佩服他的组织能力，便点头答应了。

俗话说："人合心，马合套，投缘的人最爱听投缘人给出的道儿。"都统沙尔虎达听了萨布素的详细禀报，仔细思忖，真是打心眼儿里高兴啊！觉得这孩子是个难得的干才，此事想得周密，的确是治国安邦的一大妙计。认为萨布素讲的很有道理，将朝廷鞭长莫及的北地土著居民逐步内迁，给以重新安置，既便于管辖，又使北地人稀地空。这样，罗刹匪徒就无法掠到人畜和口粮，只能双手空空、难于立足而逃回老巢。特别是听了萨布素讲到的人力安排，也正合心意。率宁古塔新建立的骑兵劲旅北上，直接到黑龙江罗刹肆虐的地方去锤炼，将是最好的实地演习机会。让巴海留下亦很有必要，协助处理军机要务，除了他再找不到更合适的人选。萨布素和瓦礼祜已多次征战，熟悉北方。尤其是萨布素有勇有谋，深谙兵术，加上瓦礼祜的佐助，堪称十全十美的好计划。于是，欣然同意了萨布素的提议。

从顺治十年初秋，一直到顺治十一年，甲午年春，萨布素、瓦礼祜率三百名宁古塔兵勇，将居住在黑龙江中上游和松花江口两岸的达斡尔、满洲、赫哲居民三千余口，分五次陆续内迁到了宁古塔及嫩江中下游两岸，并帮助他们安家落户。这样一做，立即有了很好的效果，原来黑龙江两岸的村落没人了，一片荒凉。斯捷潘诺夫匪帮现在不好办了，到哪个屯子，哪个屯子没人，一无所获。没有了粮食，无法生存，只好陆续聚集到呼玛尔河口江心岛的那个罗刹城堡中混日子、保命去了。因为罗刹匪帮仍有三百多兵力，人吃马喂都需要粮食，所以有时还要出来骚扰松花江口一带的赫哲和满洲的居民，但已经很有限了，没法儿像以前那么张狂了。这件事奏报朝廷之后，顺治帝龙心大悦，称赞宁古塔此举不错，措施想得周全，甚合朕意。

还是在甲午年初春的时候，顺治帝便听说沙尔虎达是带着病、间或口吐鲜血日夜操练抗俄将士的，很受感动，也十分疼爱这位老臣。他命公公准备了蟒衣、貂帽、鞍马、腰刀、绸缎、布帛等物，打算什么时候带到宁古塔去，赐给心爱的老将。偏巧，明安达礼兵部尚书到皇上那儿禀奏军情，顺治帝就将要赏赐沙尔虎达的想法讲了。明安达礼说："皇上想得太好了，奴才正要向圣上奏请，想亲自带兵北上宁古塔。一是去探视老将军，代表皇上慰劳宁古塔官兵，正好带上给沙尔虎达的赏赐；再是作为兵部尚书，应详细了解当前罗刹的情况，掌握他们的动向，这样才便于制定抗俄的措施与对策，有利于抵御和消灭入侵之罗刹。"顺治帝听完明安达礼的奏报，高兴地说："老爱卿，你想得很好，应该到那儿去亲自看一看、听一听。只要有的放矢，才会把事情办得更好，朕准奏！"

明安达礼得到皇上允准，马上做了准备。当年四月十五日，率领由河北、察哈尔、热河、沈阳、吉林乌拉等几个地方抽调的八旗劲旅近万人，分九路方队发兵。那真是兵强马壮、征旗猎猎、浩浩荡荡，马队掀起的烟尘将半边天遮住了，也是有清以来征伐罗刹从京师发兵最多的一次。过去，万人队伍都是南进，此次却由南向北征。明安达礼尚书所率大军日夜兼程，由京师前往山海关，过了沈阳，再奔吉林乌拉、呼兰哈达。接着向西北走脑温江，直抵呼玛尔河口。在呼兰哈达，明安达礼对部将做了吩咐："队伍赶到脑温江上游，于霍龙门哈达集结待命。我从这里东去，到宁古塔探望沙尔虎达将军，很快便会回来。"众将得令之后，大队人马继续北上。

队伍北进的情况咱且按下不表，单说明安达礼带着几个侍卫、一支马队，还有分别装着给养、给宁古塔的赐品以及顺治帝赏给宁古塔都统的一些珍贵御品的几辆车，很快到了宁古塔。早有小校报告沙尔虎达，说明安达礼大人已到此地。沙尔虎达因这几天身子骨儿不太好，正卧榻调养。听报后，知道朝廷兵部尚书可是有史以来第一次莅临宁古塔，急忙率众将出城五十里迎接，连虽哈纳这些已离任的朝廷命官也都出来拜见尚书大人。明安达礼代表圣上慰问边关的各族将士，按不同等级、功劳大小，赏赐给每人不等的银两。又特别向沙尔虎达老将军送上皇帝赏赐的蟒衣、貂帽、鞍马、腰刀、绸缎、布帛等。沙尔虎达叩谢了圣上的恩赏，恭敬地接过赐品，供放在中堂。

明安达礼探视沙尔虎达后，由巴海、萨布素等人陪同，遍查了宁古塔的军事设防，慰问了八旗将士，这才与老将军拜别。沙尔虎达说："大人此次北上，末将不能随同跃马征伐罗刹，甚憾，望要珍摄为上。这次大人命萨布素做向导，看来选得对。他聪明果敢，谙熟地理，为我所钟爱。让他随大人远征，末将放心了。"明安达礼边听边点头。沙尔虎达又十分关心地问询尚书大人此去带了多少兵马，明安达礼自豪地说："圣上准我带一万兵马，想来罗刹必会惊退！"沙尔虎达听后一惊，忙道："大人哪，大人，万不可如此。带这么多兵马，罗刹不仅不会怕，反倒心中有数了。大人请想，北边是荒凉之地，不种五谷。一万人马的兵吃马嚼，得多少粮食呀，又能住几日？依我的经验，还是兵精为上，兵贵神速，方可取胜。"明安达礼觉得老将军说得也对，但并没太在意。说实在的，沙尔虎达久在北边，谙熟北情，他的提醒很重要。当时明安达礼未加重视，真就为此吃了苦头儿，这是后话。

明安达礼拜别老将军后，当即启程。沙尔虎达由侍卫搀扶着送尚书大人到府门口儿，巴海率宁古塔将士送出五十里之外。明安达礼以萨布素为向导，急匆匆地奔赴依兰哈达，这时萨布素才知道，原来尚书大人将他的一万兵马已驻扎在霍龙门哈达了。按理说，那里的确是直奔呼玛尔河口的近路，可明安达礼大人却不知细情。罗刹非常诡诈，尽管老巢在那儿，因附近的居民已南迁，他们既见不到人，又得不到粮食，总不能挺着挨饿吧？所以早就顺流而下了，现多数是在松花江口一带活动。

萨布素向明安达礼禀报道："大人，我们已探明罗刹的动静，他们确实是在呼玛尔河口那儿建了一座城堡。由于没吃的，便乘船南下了，不但窃踞了呼玛尔山崖，而且包括呼玛尔河口至松花江下游都有斯捷潘诺夫匪帮的踪影，还有些罗刹兵经常骚扰松花江口一带的赫哲、满洲人的屯寨。我有个提议，能否迅速将霍龙门哈达的兵马调一部分到松花江口来，把流窜到那里的罗刹匪徒赶回到他们的老巢呼玛尔河口。然后再包围之，扎住口袋，一网打尽。"萨布素一边比划一边说，明安达礼尚书听了很兴奋，觉得这个小将脑袋瓜儿可不简单，聪明得很，说得对。忙问萨布素："这中间的距离有多少？"萨布素回道："从霍龙门哈达算起来，到松花江口有八九百里。"明安达礼惊叹道："哎呀，这么远的路程，怎么能将兵马快速调过来呢？"萨布素说："大人，您不要着急，这条路我熟。请大人在依兰哈达等着，我领几个侍卫星夜骑马飞速八百里，从近路赶到霍龙门哈达附近，把一部分兵给大人调过来，会快去快回的。"明安达礼听后，认可了萨布素的做法。

　　萨布素在安顿好明安达礼大人住的地方后，带领五名侍卫星夜快马驰骋，直奔霍龙门哈达方向而去。吃喝全在马上，只是让马适当歇一歇，喘喘气儿。一行人只走了两天半，便赶到了霍龙门哈达，见到明安达礼的部将，说明了来意。部将一看有尚书的手谕，这就等于见到了明大人一样，表示即可照办。萨布素果断地分派了万人大军，七千人马就地驻扎待命，三千人马随他驰奔依兰哈达。回返时，仍像去的时候一样，马上吃、马上喝、马上睡，日夜兼程，安全隐蔽地回到了依兰哈达山冈。当随来的将军们叩见尚书大人时，明安达礼一看他们到了，大吃一惊啊，没想到这么快就来啦！萨布素向尚书禀报道："大人，我没带太多的兵马，只带三千来这里，那七千留在了霍龙门哈达驻扎，准备将来更大的行动。我想，杀鸡焉用牛刀？这已足够了。"萨布素的行动之快、安排之妙，出乎明安达礼的意料之外，不仅大加称赞，还十分欣赏他的用兵奇才。

　　说起明安达礼，那也不是一般人哪，清初时就很出名。他是西鲁特氏，蒙古正白旗人，世居科尔沁，其父博博图率七十余户归太祖努尔哈赤。父亲战死后，明安达礼便追随太宗皇太极，勇猛拼杀，屡建奇功。顺治八年任兵部尚书，顺治十三年为新建的理藩院尚书。骁勇刚毅，文武齐才，凡事愿意亲自考察。像这次不安居朝廷，亲自率兵到北疆来的确很难得，深受顺治帝和朝臣们的敬重。正因为如此，自然也就喜欢萨布素这样年轻有为、熟悉下情、聪明机智的勇士。虽然萨布素的职位低微，但明安达礼却刮目相看，视其为大军的主要谋士，深得重用。

萨布素得到明安达礼大人的准允，率领着十人侦察小分队，半夜子时，沿松花江顺流而下。他们在皎洁的下弦月色中，依仗河岸柳树通的掩护，驾小船轻轻地划行。行进约二十里，发现河岸停靠着灯火通明的罗刹大木船十二艘，哨兵在岸边来回走动，看来这群罗刹兵是在这里过夜。经仔细观察，见有三堆篝火在燃烧，几个罗刹兵在火堆旁，边唠着边烤着什么吃，说的什么听不清。在弄清周围的情况后，悄悄儿返回，登岸回到大营，向明安达礼大人禀报了侦察所见。萨布素提出应乘夜突袭，两岸夹击，然后从岸上追赶匪徒的建议。明安达礼认为这样做，必会打罗刹个措手不及，可获全胜，当即采纳了。马上命令部将和萨布素一起，共同部署行动，一举歼灭流窜的罗刹匪帮。

萨布素得令后，带人先到满洲屯，征集了一些快船。又协助部将在左右两岸各候一千兵马，再派五百人乘船断后，收拾战场。一切准备就绪，一声炮响，人喊马嘶，天兵神降般冲进了罗刹的宿营地。匪徒们根本没有准备，更想不到此地会突然冒出来这么多兵马，匆忙弃船奔逃。黎明时分，清军砍杀了十余名罗刹兵，缴获了他们抢去的粮食、皮张，夺下了所乘坐的船只。剩余的罗刹兵一看船没了，东西也没了，便在岸上争夺抢来的马匹。有的刚上了马，就被没有抢到马的同伴儿拽了下来，自己骑上，互相喊叫、厮打，骑上马的则落荒而逃。清军追了一程，由于天色尚暗，岸边密林簇簇，不好追赶；又担心罗刹用火攻，那样损失可大了。明安达礼知道罗刹匪徒跑不出包围圈儿，遂命令停止追杀，就地扎营。此时，天已放亮儿，侦察小校禀报，罗刹兵逃向呼玛尔河口。明安达礼笑了，好哇，那里早有七千大军等着他们送上门儿呢！

明安达礼在黑龙江驻扎到顺治十二年初春。这期间，呼玛尔河口一带除了有罗刹兵驻守外，周围五百余里之内所有清政府管辖的各个部落的住户都已内迁。具体来说，就是从精奇里江江口到上游的西林木迪河，黑龙江上游的额尔古纳河到精奇里江江口，这两片地方原来居住的各个部落、各个民族及一些散在的人口，已陆续迁往内地。明安达礼尚书率领的大军，也帮助做了些居民迁徙、运送的事情。除了个别部落不愿内迁、偷着逃入深山隐居之外，多数已被迁入黑龙江以南，在脑温江一带重新建起了村落。

斯捷潘诺夫所率领的侵略队伍，自从在松花江一带被清军突袭、受到很大伤亡之后，便拼命地向呼玛尔河口逃窜。半道儿遇上了从西部贝加尔湖来增援的六十多名武装哥萨克，其侵略力量又有所加强。斯捷潘诺夫听来增援的哥萨克说，清政府已将黑龙江北部的达斡尔人、赫哲人全迁走了，那里已经空了，到处找不到人家，根本弄不到粮食。队伍不能再往西去了，没有吃的，肯定会饿死的。他开始犯愁了，这可怎么办？现在已进入十月，天也冷了，真是进退两难呐！经过仔细考虑，决定在呼玛尔河口以南，集中力量修筑城堡，准备过冬。

呼玛尔河的十月，已是天寒地冻、到处结冰了。这个时候建城堡是很不容易的，可总得有住的地方啊，匪徒们只好刨开冻土，造地窨子，作为宿营的用房。为使城堡坚固，把周围的冻土挖了出来，堆成土堤。然后在土堤上埋下双层的木桩子，筑起城墙，城墙的四角儿修有扶壁、小楼子。怕城墙倒塌，用一些扶柱支撑城墙，尽量修得坚固些，真是被清军的突袭吓坏了。即使这样，仍不放心，又在城的四周挖了宽而深的护城壕沟，壕沟的外面插上木刺障。所谓木刺障，就是把木障子的上头削得尖尖的，等于是插在地里的暗障碍物，走不好或不小心，容易被扎伤。木刺障的外边，围了几层铁蒺藜。这些铁蒺藜都是用弄断的箭头儿绑在铁丝上做成的，有的直接插在地里。如果不注意，车往上走，能将车轮扎破；穿着靴鞋的脚踩上，能把脚扎坏。在木刺障上面，还铺设了防护板。木障城墙从上到下开有射击孔，要是攻击城堡，可从里往外放枪。为了防御清兵用土炸药轰城，不仅在两层木桩之间填满了土，而且城墙里建有内障。倘若炸坏了外面的墙，里边仍有一道墙，防守很是严密。考虑到清军可能围城，又在城内掘了一口井，从井口儿向外修了四条斜的暗沟，通向四方。一旦木结构的城墙被烧毁，可从井内引水灭火。此外，还安放了高架子支着的巨大铁容器，里面装着夜间照明用的树脂。平时，松木明子全点着，以便在清兵来袭时，能够清楚地看到对方。城内修有放火炮的炮座，特意备有可以推倒对方云梯和盾牌用的长杆子。由此看来，确实是下了一番功夫，要在这里长久住下去了，这就是罗刹自吹自擂的有名的呼玛尔斯克。

且不说罗刹匪帮为防御清军袭击，保全狗命，将这城堡修得何等坚固，自认为固若金汤。再说明安达礼率领的万人大军，采取步步为营、稳扎稳打的策略，将在外流窜的沙俄侵略者，像赶鸭子一样从松花江口轰到了呼玛尔河口，全都龟缩到所谓的呼玛尔斯克里。后来，清军又在城外将这些匪徒团团围困在那小如弹丸的城堡之内。匪徒们从城内向外窥视，只见清军龙旗遮天，人如海潮般翻腾，水泄不通，刀枪林立。此时，孤立无援的沙俄在城堡内怎能不感到凄凉无望、惶惶不可终日？一个被俘的罗刹兵曾把他们被困城内时自编自唱的一首歌唱给清军听，萨布素挺有心，将它记了下来。各位阿哥，说书人在这里念给大家听听，是这样唱的：

> 远离美好的莫斯科故乡，
> 远离可爱的娜莎一年长。
> 栖身在惊心动魄的异乡土地上，
> 随时都有弓箭射我的胸膛。
> 博德格的大旗呵，
> 遮天盖地。
> 博德格的兵马呵，
> 多如海洋。
> 向呼玛尔斯克冲来，
> 团团围困，
> 像撒下了罗网。
> 无粮的日，
> 无爱的夜，
> 只有冰冷的月色透寒窗。

这首歌绘声绘色地把罗刹兵被围得无处躲、无处藏的那种孤独、悲凉、绝望的心态表达得淋漓尽致。

顺治十二年三月末，明安达礼率领的万人大军，在团团围住罗刹盘踞的呼玛尔斯克城堡一些时日后，出现了断粮的危机。你想啊，从去年至今，一万多兵马得多少人吃马嚼的粮食呀，供应不上啊！沙尔虎达曾经提醒过明安达礼，当时感到了的确是个问题，可没想到正在要歼灭罗刹鬼的节骨眼儿上，粮食要没了。恰恰又是青黄不接之时，四野白茫茫，无法弄到半粒儿粮食。明安达礼着急了，心想："现在就吃了上顿没下顿了，再困几天，干脆没吃的了。饿着肚子，怎么围城啊？"便命将士用箭向城堡内射进信函，逼其速速投降。函中说，四野无粮，你们被困在城堡中，不投降别无出路，只能饿死。还通告道，如果不投降，我们就要攻城了。斯捷潘诺夫也不白给呀，是个狐狸精啊，有老猪腰子。心想："我没粮，你同样没粮。我有优势，人少，你们却是洋洋万余人。咱们靠吧，看谁能靠过谁！"所以，不管清军连下几道通牒，根本不在乎，理都不理。他深知清兵一万来人，粮食不会太多，肯定会缺粮。只要拖下去，最后垮的必是清兵。

明安达礼这些年一直在京师呆着，不熟悉北地的情况，缺乏北方作战的经验。以为多带些兵好，既壮军威，又好打仗。现在一看，这么大的一支队伍没粮吃还得了？真是后悔莫及呀！他终于耐不住了，遂命令在小山上安置大炮，用炮轰城。可罗刹依然固守不动，你轰你的，我就是个死守。一直围了二十多天，清兵的粮食彻底断顿了，眼看一点招儿没有了，不少部将对尚书说："大人，吃的没了，军心容易不稳哪！"明安达礼无可奈何，只好下令退兵。在给沙尔虎达的信函中，自憾地承认："来时冒失，不应带这么多的人马。没有详查粮草要务，只想兵多是个好事儿，没想到无粮却成了重负。"明安达礼就这样领着万人大军撤回去了，认识到是一次不该有的失误，责任在自己。不过，兵部尚书亲临第一线，还是有所收获的。斯捷潘诺夫匪帮经大炮一轰，小城堡面目全非，遭到了重创，也死了不少人。明安达礼则从直接对俄作战中受到了启发，深感清军的武器与俄罗斯侵略军相比，实在是太落后了，必须迅速设法补充枪械、火药。回京师后，一定要将这个情况禀奏皇上，此乃至关重要的生死存亡之大事。

顺治十二年秋后，沙尔虎达老将军尽管身染重病，却仍一直惦着剿灭罗刹匪帮之事。带病率领巴海、萨布素以及宁古塔驻防八旗勇士，去黑龙江沿岸各个土著部落巡逻，同时劝说当地各族民众南迁，以免受罗刹的侵扰之苦。可有些人总是感到故土难离，特别是一些老年人恋土之心更重，加之破罐子破碗太多，搬一次家哪那么容易呀？怎么好言相劝也不行，就是不愿意走，甚至同朝廷的兵马捉迷藏。兵马一到，他们便躲藏起来；兵马一走，又重新支起小破房子，安家居住，给坚壁清野工作带来很大的周折和不少的麻烦。沙尔虎达只好派出些人马，天天在山沟儿里转来转去地寻找，劝其赶紧搬迁。为此，他们不得不分牛录驻扎在各地，把守各个崖口儿、各个山沟儿、各个路口儿，遇有搬回来的人，及时动员迁走。经过一番艰苦细致地说服动员，总算使黑龙江以北成了一片荒野。罗刹见处处无粮无物，在呼玛尔河口也待不下去了。然而并不死心，还是从据点出来，偷偷摸摸地侵入松花江内陆，抢掠粮食、毛皮。沙尔虎达在掌握匪徒的行踪后，于顺治十四年在尚坚乌里，即白石砬子地方周密部署兵力，歼灭了斯捷潘诺夫手下的小股儿匪徒。

　　就在沙尔虎达率军于黑龙江追歼罗刹匪帮的时候，兵部尚书明安达礼返回京师，将大清军武器落后的情况奏报了顺治帝。禀奏的大意是：由于我们的武器不精且落后，尚不能全歼入境的罗刹匪帮。罗刹使用的是铁筒儿鸟枪，射程远，打得准，杀伤力强，很是厉害。这种枪，朝鲜也有，可否由陛下致信请其帮忙。顺治帝御览后，亲笔写了一封信函。大意是：现罗刹犯我边境，扰害生民，应行惩剿。今发兵前往，需用擅使鸟枪手二百名，王即照数签发，并将一切应用之物全部备办，酌令官员统领，务于五月初到达宁古塔。明安达礼马上用令箭传书给沙尔虎达，告之皇上已求朝鲜帮忙，很快会派人到你们那里去。因为当时朝鲜同清廷关系甚好，所以二话没说，立即派出二百名鸟枪营的人，由朝鲜的虞侯申浏率领，外带哨官两名，还有旗鼓手，备了三个月的口粮，从会宁出发，于六月初渡江到了宁古塔，同沙尔虎达的清军会师。沙尔虎达率众热烈欢迎李朝的将士，锣鼓喧天地将他们迎至城内住处。

　　根据侦察得知，罗刹匪徒三百七十多人倾巢出动，乘坐平底儿大船十三只、小船二十六只，正驶向松花江江口欲行抢劫。沙尔虎达与申浏等将领商议决定，中朝联合军分乘可容二十二人的大船二十只、可容五六人的小船一百四十只沿松花江而下，乘风破浪，追剿斯捷潘诺夫率领的沙俄侵略军。六月十一日这天，松花江上天气骤变，大雨瓢泼般从空中洒下来，两岸的森林发出了可怕的呼啸声，江上波涛汹涌翻滚，松花江咆哮起来了！就在这种气候下，罗刹的船队与中朝联合军的船队在松花江上相遇了。沙尔虎达和申浏观察敌人船队的状况后，申浏建议道："看来敌人的船只、枪械均居优势，我方应诱敌上岸。再依据有利地形，打乱敌人的阵脚，采取乘机取胜的策略。"沙尔虎达接受了申浏虞侯的建议，下令除留部分乘船堵截外，其余人员立即登岸，占据最高地势，围上柳棚，隐蔽炮火，等待令下一起发射。中朝联合军按令迅速布好阵势，沙尔虎达一声令下，万箭齐发，枪炮轰鸣，复仇的箭矢、弹丸儿呼啸着飞向敌方的船只。平时对和平居民张牙舞爪的罗刹匪帮，在中朝联合军的强大攻势下，有的仍负隅顽抗，有的则四散逃跑。战斗连打了三天，打死罗刹一百七十余人，伤者众多，其余落荒而逃。一部分由尼布楚以东撤退，也有少数侥幸逃回了黑龙江上游的雅克萨。沙俄侵略军的头领、恶贯满盈的杀人魔王斯捷潘诺夫，在发出一声惨叫之后，当场被英勇的中朝联合军击毙。这场松花江口阻击战，以侵略军的彻底失败、中朝联合军大获全胜宣告结束。

凯旋的中朝联合军到了宁古塔后，沙尔虎达向朝廷呈报了松花江口大捷的战况。朝廷降旨旌表参战的联合军将士，对为歼灭沙俄侵略军而牺牲的三十余名朝鲜兵将，给以从优抚恤。

在松花江口大捷两个月后的八月，德高望重的沙尔虎达老将军终因积劳成疾、身体不支而再次吐血，从此卧病不起。经调治无效，于顺治十六年春正月，病殁于宁古塔，终年七十有八。老将军去世后，宁古塔城遍插佛朵、白幡，香火缭绕，哀声四野。都统衙门将此噩耗急奏朝廷，顺治帝闻之甚悲，谕旨吏部："宁古塔边疆要地，固山额真沙尔虎达在彼驻防年久，甚得人心，今已病故。其子巴海素著谨敏，堪胜此任，着即代其父为昂邦章京。"四月十六日，巴海奉旨陪送阿玛的灵柩至京师，皇上命内大臣公爱星阿、侍郎宁古里，赍茶酒迎之。四月二十四日，巴海奉旨陪同京师的众大臣郎球、明安达礼、鄂罗塞臣等，为沙尔虎达立碑、祭奠。六月二十五日，圣旨下，封已故驻守宁古塔的固山额真，即昂邦章京沙尔虎达太子太保衔，谥襄壮，累进世职一等阿思哈尼哈番。巴海因北疆公务，在陛见皇上、拜谢圣恩后，告别众大臣，匆匆返回了宁古塔。

沙尔虎达老将军是真有慧眼，把走后的事情安排得恰到好处。就拿巴海与萨布素来说吧，这两位生死之交的好兄弟，可以说是珠联璧合、相互取长补短、相辅相成。他们俩都属马，巴海大萨布素十二岁，整整一旬，皆有一种"龙马精神"。巴海文武全才，深谙汉学，诗文书画样样儿通，喜好广交天下英雄，京师熟人甚多。又是皇帝的武师，能与当今圣上攀结情缘。其父沙尔虎达尤其钟爱这个小儿子，总是将他留在身边，不离左右，寄予了很大期望。巴海最大的缺点是孤傲，心胸有些狭窄，特别怕有人超过自己。他对萨布素便是既亲又爱，在某些方面还怕落在人家后面，其作为常让他忌妒。每当阿玛夸赞萨布素时，他表面上诚恳恭听，心里却很不是滋味。也没有萨布素那么丰富的生活经验，对基层、对北方的生活及民情不熟，又处处离不开萨布素。萨布素长期生活在北方，各种事情接触过不少。虽年龄不大，但阅历挺深，各民族的语言都会一些，跟什么人都能说上话。巴海则不同，时不时地摆出将军之后、宫中侍读大学士派头，凡人不搭语。为人倒是挺慷慨大方、仗义疏财的，家中养的食客甚多，联系也挺密切。可在他所接触的人中，感到最亲近的，还是萨布素。

巴海自从与萨布素结成金兰之谊,曾把这个弟弟留在都统府邸之"花萼草堂"中共宿二十日,说道:"咱们共同学唐玄宗李隆基的素爱交友,兄弟长枕大被同寝一起,以抒棠棣之情。""花萼草堂"之名,是巴海仿照唐玄宗西楼之古联"花萼相辉"的雅句而起的。还说:"《易经》有云:'二人同心,其利断金。同心之言,其臭如兰。'"说句公道话,萨布素在汉学方面,与宫中侍读大学士巴海相比,那是小巫见大巫,大为逊色。虽然跟周子正老先生学了一些古文,在宁古塔这边塞之地,算是鹤立鸡群了,人人夸奖,连萨布素自己也感到挺欣慰。但自打见到巴海,拜为兄长,看人家的言谈举止,谈吐中的引经据典,博闻广记,才感到与之相差太远了,简直就是个"愚盲之辈",根本不能跟巴海大哥相提并论,更没有与之攀比的资格。萨布素是个好学上进的青年,对巴海由衷地敬佩,觉得能有这样一位好哥哥是自己的福分。因此,一百个头儿的愿意接近巴海。凡是哥哥吩咐干的事儿,真都当回事儿,总是认真地快办、办好。可对巴海与人打交道的有些做法,却十分看不惯,有时兄弟俩也相互顶撞,甚至吵得面红耳赤。其结果总是以萨布素这个当弟弟的最后忍让而结束,这使他对自己的前程感到既顺利又有些掣肘,为此很伤脑筋。为了回避矛盾,便经常把一些棘手的事儿尽量办得巧妙些,想办法做得天衣无缝。拿巴噶礼、海塔两位大人重回宁古塔这件事来说吧,萨布素就将自己与巴海哥哥之间的关系处理得挺好。

前书已讲过,沙尔虎达在调来宁古塔之前,身边有两个爱将,那就是巴噶礼和海塔,乃老将军一手提拔起来的后起之秀。多年来,随其转战各地,出生入死,可以说是看着长大的。二人在沙尔虎达的旗营中,是从骁骑校、佐领一步步拼命干起来的。又都是满洲正黄旗人,性格豪爽,为人正直,从不干苟且之事。慈祥的老将军很喜欢他们,像阿玛一样,从不计较孩子们的脾气、秉性是否合乎自己的口味。在沙尔虎达跟前,不论是谁,只要对部署征战的将令有些不同见解,皆敢正面提出质疑或据理力争。老将军从来都是胸纳百川,不发火儿,不计较个人的尊严和得失。还经常鼓励手下的人,要多动脑筋,敢于提出同主帅相左的意见,或勇于拿出不同的征战谋略。巴噶礼、海塔正是沙尔虎达所要求的那种勇将,因而深得其赏识和器重。在海色战事不利、皇上令沙尔虎达率兵进驻宁古塔的圣命中,之所以特意提到了巴噶礼、海塔随行,就是由于尊重了老将军的意见才如此下旨的,目的在于将来由他俩做沙尔虎达的副都统。

　　然而，巴海却反对阿玛这样做，更不愿巴噶礼、海塔同去宁古塔，因为他不喜欢这两位虎将。当时圣上考虑到沙尔虎达年迈，又是病弱之躯，身边无亲人，便准允巴海随父去宁古塔，意思是将来由他接替沙尔虎达的职务。对此，巴海当然高兴了，一直做的美梦便是跟阿玛一同去宁古塔，将来可以继任总兵之职。但他从心理上排斥阿玛身边的那两个爱将，开始并没敢直接跟阿玛讲，只是委婉地表示愿意陪阿玛到宁古塔以及自己看了多少文章、掌握了多少知识、如何比别人行、定能帮助做大事，等等。不管他怎么说，沙尔虎达却始终不理会儿子的自荐。

　　过了几天，巴海实在憋不住了，终于将打算承继总兵之职的想法跟阿玛讲了，沙尔虎达当即批评道："到底行还是不行，这要看能耐有多大，掌兵权可不是儿戏。你到北边去，什么都不熟，更不了解下情。何况一时半会儿不可能有掌握宁古塔兵权的能力，不用说朝廷，就是我都不放心。有些事儿想得过于简单了，这不是在书斋里写写文章、读读古书那么悠哉悠哉。而是征杀，关系江山社稷、庶民百姓的生死安危呀！那些圣贤之书是咋读的，怎么越读越蠢了？今后不许提及此事！"巴海遭到了一顿严厉的训斥，从此，再不敢当阿玛的面儿提这件事了。他知道礼部尚书郎球大人很喜欢自己，同阿玛又是莫逆之交，遂去请郎大人帮忙，毫不掩饰地说："依我看，宁古塔目前应是操练兵马，阿玛一人做统帅镇守，又有我在身边足够了。再说，当地不是还有些将领嘛，可以帮助做呀！眼下南方的战事又多，还要用人，因此巴噶礼、海塔两位大将不去北边完全可以。即使去了，也无事可做，何必非这么安排呢？"郎球多聪明啊，能不懂吗？马上听出了这弦外之音。而且知道沙尔虎达喜欢小儿子巴海，将来兵权肯定交给他，便装作不明白，顺水推舟道："好吧，你是知道的，这事儿应由兵部管。不过我可以跟明安达礼尚书说说，并把你的话转告给他。"后来，郎球真的跟明大人讲了。明安达礼一看，郎大人都这么说了，就把这事儿放在心上了。

　　再说沙尔虎达正如郎球大人所说，从心里确实喜欢巴海。也是望子成龙嘛，一心想让爱子好好儿锻炼锻炼，将来把兵权交给他，做个称职的好统帅。然而沙尔虎达又是位具有大将之风、一心一意为江山社稷思虑、热爱大清国的干将，即或同意自己的儿子继任老父之职，也要看是否能胜任，是不是那块料。他觉得巴海文才可以，武的方面差很多。尽管马术、弓箭不错，却不熟悉北方，故而不可能把所学知识发挥到极致。圣上的意思，目前主要是御北、征北、扫北、平北，这就要求做统帅的应谙熟北地各民族的生活及民情。而小儿子是在京师长大的，从未到过北方，对那里的情况自然不掌握。之所以申斥儿子，是希望在这方面能赶紧努力，并不是说他根本不行。沙尔虎达对爱子寄托了很大希望，也愿意带到宁古塔来，让他就地拜诸将、民众为师，虚心向他们学习，增长见识。将来到了那一天时，也好放心地把兵权交给他，这便是老将军内心的真实想法。

当沙尔虎达带巴噶礼、海塔和爱子巴海到了宁古塔后，便接到了兵部尚书的公文，转达了郑亲王济尔哈朗要南下湖广，需巴噶礼、海塔同行的决定。于是，两位被沙尔虎达指名要的刚到宁古塔的干将，这样被调走了。兵部的文书中还说，老将军总理宁古塔军务时，应多找一下当地的众将，也可让身边的巴海多历练历练。沙尔虎达见这是兵部的意思，不好说什么，只能照办。老将军为使巴海尽快熟悉北方，叮嘱他跟萨布素、瓦礼祜认真学，直接到底下去。老人家病重时，还率巴海一起去征战，意在直接了解和感受北情，尽快适应北地作战。后来，沙尔虎达的身体越来越虚弱、病势越来越沉重、一天不如一天。老人家知道寿命不长了，为皇上操劳的时间不多了，马上致函京师的好友明安达礼尚书，此信并未给小儿子看。信里写了些什么呢？除了关于北方这些年的变化及罗刹已逃跑的情况外，再就是推举巴海接任都统。又担心他到北方的时间短，对下情还不掌握，便荐引了两位佐臣爱将辅佐巴海。这俩人是谁呢？即是已随郑亲王南下的巴噶礼和海塔，一再恳请朝廷将他们派回宁古塔任副都统，协助巴海主持军政要务。

沙尔虎达去世后，朝廷按照老将军的请求，调配了宁古塔的将领。巴海不知前因后果，也没想到这是阿玛为他着想才这么办的。反倒认为是郎球大人、明安达礼大人变卦了，连个招呼都没打，就把巴噶礼、海塔派回来了。这纯粹是要束缚自己在宁古塔做一个总管的手脚，对己十分不利，因此很不高兴。这些话，只是暗地里跟萨布素讲过，直截了当地说了不应该将巴噶礼、海塔再派回来。认为这俩人好提不同意见，长此下去肯定得跟他分心，并表示不欢迎他们。萨布素不同意巴海的看法，劝解道："哥哥，不该这样想。要我看，这是阿玛替你着想啊！阿玛一向愿意倾听来自各方面的不同意见，你为什么不能呢？应好好儿向阿玛学。再说，多听听不是坏事儿，综合起来，经过分析，去粗取精，再提出自己的见解，有什么不好？何况巴噶礼、海塔皆是阿玛一手提拔起来的将领，了解他们，信任他们。又长期在北方各处征战，熟悉情况，这是再好不过的事儿了。要我看哪，哥哥应同他们和睦相处，以诚相待，相互切磋，将来一定会成为你的好帮手并助一臂之力的。"巴海听罢，不以为然。

巴噶礼、海塔来到宁古塔前去拜见总管时，巴海却摆出了一副趾高气扬、不可一世的架势，二人看了很是有气。萨布素见此，把他俩接了过去，好心地替巴海解释。说他哥哥因阿玛去世不久，心情不好，请二位将军海涵。好在巴噶礼、海塔看在已故老将军沙尔虎达的面子上，又知道巴海的为人，便没认真计较。因巴海对巴噶礼、海塔总是带搭不理的，所以二人对巴海当然心存不快、有隔阂，除一些重要军务必办之外，很少与他接触。不过对萨布素的印象倒是蛮好的，尽管职衔低微，却挺重视他。特别是萨布素做的一些事儿，早已轰动京师，他俩也知道不少。听说过萨布素对北方的自然、山脉、民情、风物等都熟，又有谋略，因此只要有事儿，愿意找萨布素谈。有时想找巴海办的事儿，为了回避矛盾，一般是通过萨布素转达。这样一来，萨布素成了巴海与巴噶礼、海塔之间沟通公事的必不可少的人物了。萨布素知道他们不和谐，经常是尽量想办法化解，对双方多传好话儿，不讲坏话儿，有些不便说的事儿就装在肚子里。这样做果然收到了实效，使三人之间的隔阂越来越少了，他的这番苦心总算没白费。

说起来，巴海与巴噶礼、海塔之间的猜忌、矛盾，还真是由来已久。特别是与巴噶礼的芥蒂更是早已有之。怎么回事儿呢？当年，巴噶礼、海塔、海色都是沙尔虎达麾下的部将，老将军喜欢他们，也愿意培植他们。巴海作为沙尔虎达的爱子，那时常在宫中枢密院行走，却并不因此而满足。他的宏愿是有朝一日，皇恩浩荡，能下旨承继阿玛的军功，秉承父职，驰骋疆场。因此，总想找机会回到阿玛身边。沙尔虎达怎么想的呢？他希望儿子在外面多经经世面，多接触一些人和事，增长知识，积累经验，不用急着回到自己身边来，将来肯定会有机会的。何况身边早已有几个心爱的将领，各有所长，很是得用。巴噶礼、海塔、海色像三兄弟一样，听命于沙尔虎达。巴噶礼是在太宗时代随父由诺雷部率四十人归附后金的，投身于沙尔虎达军中，为骁骑校，继其父之衔。海塔是东海窝集乌苏里江人氏，归顺太宗后，也在沙尔虎达帐下为骁骑校。为什么全在老将军麾下呢？因这两位皆是北方当地的智多星、民族通，沙尔虎达又经略北方，需要这样的谋士。所以，太宗皇帝才将他俩交给了沙尔虎达，使其如虎添翼。对他们三人，老将军是信任有加、关爱备至，连每个人的终身大事都惦记着。海塔从东海窝集归附过来时，是个壮小伙儿，尚未成家。沙尔虎达便从征战掠来的女人中，选了一个赏给他为妻室，你说海塔能不感激沙尔虎达吗？待老人家如同自己的亲阿玛一样。巴噶礼长相特殊，环眼、虬髯，头发扎煞着，满脸络腮胡子，像个猛张飞。他诚恳耿直，仗义助人，好喝酒。秉性甚怪，脾气似烈火，不喜欢有家室。沙尔虎达曾将掠来的一个女人给巴噶礼为妻，他却一百个不要，连连拒绝道："我要这干啥？怪碍事的。一个人好，每天三个饱一个倒，神仙老子比不了，干净利索，要给就给海色吧！"因此，始终是光棍儿一条。海色那时结发之妻已故，长时间鳏居，始终没有真正相中的女子，看谁谁不行，更没瞧上沙尔虎达要送给巴噶礼为妻的那个。直到顺治八年海色受命驻防宁古塔时，沙尔虎达将自己亡友的女儿许给了海色，这些我们在前面已经讲了。当时海色不愿赴宁古塔，不就是因为刚娶了一个如花似玉的美女、是新婚宴尔的新郎官吗？说起这桩婚姻，其中还有许多趣事儿呢，在此不妨向各位阿哥做一番叙述。

从顺治六年起，沙尔虎达老将军收养了一个义女，名字叫玉珠儿，长得美貌多姿。窈窕淑女，君子好逑，可她哪个都看不中，一直没出嫁。说到玉珠儿，本是出身鼓乐世家，命挺苦。祖上是汉人，原籍山东临淄。当地皆有乐风，其民无不吹竽鼓瑟、弹琴击筑。因连年蝗虫为患，赤地千里，所以卖艺无人问津，全家便躲过山海关明将的盘查，逃到辽东讨饭过活。玉珠儿的父亲叫吕大嗓，擅歌谣，吹竽百里闻名。他们到辽东时，正逢汗王爷努尔哈赤领兵占沈阳、辽阳之际。沙尔虎达此间随军征战，在一次与明军作战率部突围时，身受重伤，昏倒在蒿草之中。兵马退走之后，躲避在林莽中的吕大嗓一家走了出来，于蒿草中发现了鲜血淋漓、人事不省的沙尔虎达。吕大嗓的妻子突然看到一个浑身是血的人躺在那里，吓得惊叫起来，拔腿要跑，被丈夫一把拽住了。叫声把沙尔虎达惊醒了，但只是呻吟着，却动不了。吕大嗓的心肠挺好，觉得总不能见死不救吧？马上将沙尔虎达抱到浑河边，搭了个小窝棚，在那儿给他疗伤。吕大嗓到处卖艺吹竽，挣点儿碎银子就为沙尔虎达买药，由他的妻子精心伺候这个受伤的八旗兵。沙尔虎达的伤势稍好些，便被旗军找到接走，吕大嗓一家也跟着进了沈阳城，继续卖艺献歌儿，生活还算安定。

后金九年，吕大嗓之妻怀有一女，分娩时难产，最终女儿活了下来，母亲因失血过多死去了。从此，吕大嗓又是父又是母、一把屎一把尿地拉扯、抚养着小女，仍靠卖艺维持生活。因他的妻子叫玉珠儿，为怀念亡故之人，便喊这个可怜的无母孤女叫玉珠儿，姑娘的名字就这样叫起来了。吕大嗓的为人很让沙尔虎达喜欢，不但是老将军的救命恩人，而且是兵勇们欢迎的乐手，常被请到旗营中吹笙、耍鼓技。有时还与军中会弹八角鼓、表演"倒喇"的兵勇同场献艺，既活跃了军中的余兴，也可挣些银两，作为父女二人生活之用。不幸的是，吕大嗓在顺治六年随沙尔虎达大军讨伐黑龙江喀尔喀部的大战中，被马踏而死。沙尔虎达极为悲痛，将老友葬于黑水之滨，大礼祭祀。从此，遗孤玉珠儿便由沙尔虎达收为义女，悉心关照，给以美衣足食，视为亲生一般。当时玉珠儿姑娘不算小了，挺懂事的，侍奉义父特别尽心，做饭、洗衣、里里外外样样儿行。玉珠儿手巧，人又勤快，心眼儿还好。并且贤惠孝顺，办事周到，沙尔虎达十分疼爱，就这么带着一儿一女愉快地生活着。

然而，一段时间之后，令老将军焦虑的事儿发生了。他身边除了义女之外，不是还有个聪明、博学、深受众位大臣器重的小儿子巴海吗？巴海哪方面都不错，又有其父的大将风度，挺令人佩服的。只是有一点不像阿玛，他有点儿胭脂味儿。只要见到有姿色的女人，身子立马发沉，不愿迈步，竟看上了玉珠儿！玉珠儿风姿秀丽，待人亲切，不仅体贴阿玛，对哥哥、嫂嫂也很好，总是哥长哥短、嫂长嫂短地叫着。对人有礼貌，做事麻利，走路一溜风似的，这样的女子谁不喜欢呀？巴海早有一妻一妾，还有儿女，但并不满足，心里总惦着漂亮的玉珠儿义妹。时间一长，便被阿玛看出来了。老将军的眼睛多尖哪，啥能逃过他呀，常看到小儿子对这个妹妹围前围后地想尽办法搭讪，甚至做出一些越格之事。玉珠儿倒是一本正经的，对巴海的殷勤视而不见，故意不去理会。沙尔虎达想："这样下去可不行，哪天出个啥事儿咋办？若真是那样，怎能对得起已故的老友？"

一天，巴海从书房出来，溜达着又往玉珠儿的房里走。老将军见此，一步迈出屋，向儿子吆喝道："站住，上哪儿去？过来，有话跟你说。"说完，转身径直往内厅走去。巴海赶紧跟了过去，刚进内厅，沙尔虎达便狠狠地申斥道："巴海，玉珠儿是咱们家恩公之女，必以礼相待，以恩还之。何况又为我之义女、你的妹妹，理应视为胞妹，这点起码的常识难道不知道吗？既然你们是兄妹，理应保持兄妹间的距离。你是知书达理之人，做事要严谨，安可耻做乱伦之事？"说到这儿，语气稍有些缓和，又把话拉了回来："孩子，我相信你不会这样做，也可能是阿玛想多了。尔有妻室子女，一定要对得起他们，否则何颜以对？"巴海听了阿玛这番话，脸红了一阵儿，没说什么，转身告退了。可人的感情不是一说就能断得了的，尽管如此，巴海仍不甘心，总是惦着玉珠儿，咱们先撂下不表。

话说让沙尔虎达着急的事儿还在后头呢！一向不想要媳妇、一个人过惯了神仙日子的巴噶礼不知怎么突然变了，一反常态，竟也看上了玉珠儿！巴噶礼为人直爽，脾气急，说话从不拐弯抹角，直接到老将军跟前求婚，张口便道："将军，您不是一直要末将成家吗？我看上玉珠儿妹妹了，她哪点都挺好，我得跟玉珠儿成亲！"这下可难坏了老将军，本来心里够乱的了，没想到巴噶礼这个时候赶来凑热闹，这不是事儿上加事儿吗？再一看巴噶礼那张脸，环眼虬髯的，此副尊容不得把宝贝女儿给吓坏了？还愣头呆脑的，只知道骑马拼杀，哪懂得体贴妻子呀？不行！沙尔虎达不同意。不过又一想，玉珠儿的婚事不能拖了，再说姑娘大了不可久留哇，为防夜长梦多，必须尽快给她找个好婆家。嫁给谁好呢？老人家冥思苦想，把身边的人一个个在脑子里过了一遍筛子，衡量、比较了半天，突然眼前一亮！哎，有了，要说懂得疼人、尊敬人的，还得是文雅、英俊的海色呀！于是，这才有了前书向各位阿哥讲的由沙尔虎达做主，把老友的女儿、身边的义女许配给海色将军为妻一事。海色到宁古塔赴任时，先是只身前往，后来得允才把玉珠儿接去了，夫妻二人从此一直在宁古塔生活，咱就不多说了。

且说沙尔虎达将玉珠儿嫁给海色之后，很是高兴，总算去了一块心病。然而天有不测风云，突然似头顶儿响了一声炸雷，事情又出现了变故。一向为沙尔虎达所喜爱的海色，在抗击沙俄这件要务上，自以为是，不听部将及周围人的劝阻，自行其是。先是按兵不动，使达斡尔人遭了难，受到了本可以暂时避免的损失。后来在严旨之下，率兵出征，又贪图功利，错误指挥，由胜转败，致使朝廷极为不满。为严肃八旗军纪，安抚北疆遭受苦难的达斡尔人心，顺治帝亲自下旨，沙尔虎达含泪诛杀爱将、自己的姑爷海色。沙尔虎达是一生英名啊，怎么也没想到家中竟能发生这样令人痛心之事，心里难过极了，恨自己远虑不够而出现了近忧啊！海色被诛后，沙尔虎达把家里积攒下的皇上赏赐的万两白银给了海色之妻，即义女玉珠儿。让她侍奉好海色的高堂老母和孩子，好好儿过日子，并十分愧疚地说："孩子，你的命苦哇！全是义父的错儿，眼瞎了，办了这么一件糊涂事儿呀！"就为此，沙尔虎达的心情一直不好，每当想起来，顿觉肝肠寸断，深感对不起故友吕大嗓。

确实是郁闷容易生病，后来老将军经常吐血，除了劳累所致，与玉珠儿的事儿不无关系。沙尔虎达临终时，心里还一直惦念着玉珠儿，嘱咐站在身边的巴海、萨布素："你们兄弟俩，阿玛不挂念，惟玉珠儿难使我合眼哪！巴海，你要多多关照妹妹的冷暖，她不易呀，应当时常接济他们。切记，那是你的胞妹，我走以后，不许纳为妾。"巴海扑通一声跪了下来，扑到阿玛身上痛哭流涕地表示："阿玛，放心吧，我一定听您的话。"之后，老人家是含泪闭上眼睛的。萨布素丈二和尚摸不着头脑，他并不知道巴海与玉珠儿之间有什么说道，也难怪，那些事儿是巴海没到宁古塔之前发生的。再说，当时萨布素为义父亡故而痛心不已，又忙于安葬老人家，根本没心思向兄长问明此事。

诸事完毕这一天，巴海于家中宴请为阿玛大葬忙碌的宁古塔各方人士。到场的人很多，波尔辰妈妈领着宁古塔的一些老人和各姓的穆昆达来了；驻防八旗的头领全到了；虽哈纳因身体欠佳、行动不便，只好由舒穆禄夫人代表了，是领着一帮女客和亲朋好友来的。家宴主要是萨布素张罗的，因为这些人对巴海还不怎么熟。巴海及其妻妾忙于招待，卡克屯自然没闲着，跟着忙里忙外、跑前跑后的。大宴之后，萨布素陪着巴海送走了所有的男宾、女客，卡克屯则与婆婆一块儿回去了。萨布素见客人们都走了，用人已把碗筷收拾完了，院子、客厅打扫得干干净净了。一想连着忙了好几天，又搭灵棚又陪夜的，大伙儿累得够呛，自己也该回去歇歇了。刚要告辞离去，巴海却叫住他，让再留一会儿。他们一同到了后堂内室，让用人沏上了最好的茗茶。兄弟二人坐下共同饮茶时，巴海说："好弟弟，这几天真是辛苦了，让你受累了。"萨布素忙道："哥哥，说哪儿去了，这是应该的。这么讲，不显得外道了嘛！"停了一会儿，萨布素看巴海哥哥似乎没什么事儿了，便说："哥嫂忙了这么多天，够乏的了，早点儿歇着吧。我那里还有些事儿要办，先行告退了。"随便起身就往外走。巴海一把将他拽住，说："弟弟，先别走，再陪哥哥喝两盅行不行？""哎呀，大宴刚完，再说现在哪有心思喝酒哇？""不行，你得留下来陪我。哥哥心情很乱，有许多心里话想跟弟弟说呢！"萨布素一听有话要唠，只能听哥哥的，这才留了下来。巴海唤来同沙尔虎达一块儿从沈阳过来的六十多岁的老用人、后堂总管胖二，让他备点儿下酒菜，拿一壶参酒，摆在后暖阁里。

胖二遵照吩咐，把酒菜备好后，退了下去。兄弟二人便在后暖阁里盘腿儿对坐，饮起酒来。巴海一边给萨布素斟酒，一边打了个咳声说："好弟弟，咱们今天不论彼此的身份，就是兄弟俩在一起唠唠心里话。这些话从不愿跟别人讲，阿玛又走了，我是把你看成自己的亲弟弟才想说一说的。"巴海很会讲话，让人感到挺真诚，蛮有感情的。萨布素双手端起酒盅儿道："哥哥，你说的弟弟全明白，有什么话尽管对我萨布素讲。如果碰到什么为难之事，弟弟也许能替你分担些。这几天阿玛的仙逝，家里来的人多，哥哥也累坏了。希望多多珍重身体，不用为衙门里的事儿烦忧，有事儿可找众位大人一块儿商量。需要弟弟跑腿儿或去做的，尽管吩咐，定会为哥哥肝脑涂地。"巴海吃了一口菜，端起酒盅儿刚张嘴要说，府中总管胖二急匆匆地进来了。因胖二知道萨布素是沙尔虎达的义子，同巴海是兄弟，关系挺亲密，甚至不分彼此。所以，说起话来不甚注意，不过还是压低了声音，嘴对着巴海的耳朵嘀咕："总管大人，我为爷挑选的五个丫头都在后院儿呢，刚让她们吃了饭，您何时验看一下？"萨布素坐在巴海的对面，虽然胖二说话声音很小，但仍听得一清二楚。

　　各位阿哥可能要问，这是怎么回事儿呀？原来宁古塔最近又掠来一些女人关在旗衙门里，胖二专门给巴海从中挑选了五个有姿色的姑娘，带到了总管大人府，只等巴海亲自验看后定夺留哪个、不要哪个。等了半天不见巴海来，胖二着急了，赶紧跑来催促总管。进屋一看，萨布素还没走，一想不是外人，便把这事儿说了。可巴海觉得不好意思呀，他看了看萨布素，放下刚刚还端着的酒盅儿，怒目呵斥胖二道："你没看我正在跟萨布素谈事儿吗？怎么这样没眼立见儿，快出去！"胖二一看不让详细说，吓得马上闭了嘴，缩回身子退出去了。萨布素知道，看来是巴海让胖二从掠来的女子中，选出几个中意的留在身边。其实，总管大人有权这么做，是做用人还是做妻妾，谁也管不着。在当时，男人有三妻四妾是很普通的常理之事，算不得什么。再说这是巴海的家事，因此没太往心里去，只是觉得这位哥哥本来已有妻子和爱妾，又是在阿玛刚刚过世的时候，怎么还有这份儿闲心呢？当时再没多想，也就过去了。

　　巴海将胖二轰走后，一气之下，把原来的那盅儿酒泼了，又重新斟上一盅儿。然后举起酒杯与萨布素碰杯，不管萨布素喝不喝，自己先咕咚一口喝下去了。再倒上一盅儿，碰一下，又咕咚咽下肚儿。萨布素一看他这样喝酒，知道准是真有心事，还不好问。可这烦酒、闷酒一盅儿接一盅儿地喝怎么行呢？劝吧，又怕触动什么伤心处，再说自己太累了，很想早点儿回去，便站起来说："哥哥，不要再喝了。要喝，咱们明天接着喝，好不？我得回去了。"巴海见萨布素要走，硬是摁住不让动，兄弟俩就这么一个要走、一个不让离开地反复了好几次，巴海终于忍不住了，开口道："好兄弟，哥有件事儿你是不知道哇，放在心里难受得很，早想跟你说。告诉你以后，得为哥拿个主意，好话丑话我都往外端，这是瞧得起你。你也别笑话我，必须得帮哥，行吗？"萨布素保证道："哥哥，说吧，到底有什么难事儿？我不是说过嘛，哪怕是天塌下来，弟弟替你顶着就是了。"巴海说："好，兄弟，那我就告诉你。萨布素，我问你，阿玛身边那个义女玉珠儿的事儿你知不知道？"萨布素回道："不知道。哥哥，啥时候的事儿呀？要是来这儿以前家里的事儿，我怎么会知道？再说了，从没听谁讲过呀！"巴海说："我再问你，那个叫玉珠儿的，你可知道究竟何许人也？""萨布素回道："咳，哥哥，我哪儿知道谁叫玉珠儿啊？倒想问问哥哥，这个玉珠儿到底是谁，现在住哪儿？"巴海哈哈大笑起来，又自斟了一盅儿酒，一仰脖儿灌了进去，然后说："弟弟，说来这个玉珠儿你们都认识。她不是别人，就是原来住在宁古塔的八旗兵参将海色的夫人，还是我的妹妹呢！"萨布素一听，反倒糊涂了，以为巴海或许是喝多了，在那儿说胡话呢！便似信非信地随口问了一句："什么，海色婶婶是你的妹妹？以前咋没听说呀？"巴海说："千真万确，我会骗你咋的，这话能随便讲吗？"萨布素一看他说得很认真，这才相信了。

各位阿哥，早先有个古俗，顶头上司夫人的名字，任何人不会主动去问。不言上司夫人的名讳，这是比较重要的一个礼节。谁能到处打听顶头上司夫人的大号叫什么、小名儿是什么，干吗讨那个厌哪？没有这么干的。一般来说，大人家的女人在后堂，由众丫鬟侍候，除非特殊情况才出府门。即使出府门，也是坐轿子，别人根本看不见。偶尔见到，只是知道长的什么模样，从不多说什么。邻里之间，按满洲人的风俗称呼起来，平辈的就说"他姐来了"，或者指晚辈称"他婶来了"，这是表示尊敬。晚辈更不能直呼其名了，一般是叫婶子、姨、大娘什么的。因此，不知上司夫人名讳，这是很正常的事儿。如此说来，萨布素自然不会把海色的夫人和玉珠儿对上号儿，不会晓得玉珠儿和沙尔虎达之间的义父女关系，也不可能听说海色夫人与巴海有什么纠葛，只知道海色夫人是一位人缘极好的婶婶。

若说起海色婶婶，萨布素当然认识。因为海色婶婶到过他的家，同额莫和妻子卡克屯的关系挺好。那是一位美貌、温柔、善良、贤惠的女人，宁古塔人没有不夸的。姑娘们特别喜欢她，愿意亲近她，萨布素对这位姉姉的印象也很好。为什么这么说呢？自海色来到宁古塔后，各个感到这位将军尖酸、傲慢，对他那凡人不搭语的派头十分反感。获罪被诛之后，没有多少掉泪的。但对他的夫人就不一样了，不仅同情这个女人，替她惋惜，替她难过，还为她今后一个人带着个孩子苦熬岁月而担忧。大家背地里常议论："没想到尖酸的海色挺有福分，找了个好媳妇，这女人的命可真苦哇！"

海色夫人，即玉珠儿不但心地好，而且心灵手巧，许多姑娘总是身前身后地围着她，并从她那儿学会了两种手艺。其一是刺绣手艺。玉珠儿是从关内来的，有一手好的刺绣功夫，还会做刺绣用的绷子。这绷子就是用竹坯子撖成一大一小的两个圆圈儿，将要刺绣的料子压到里面。先在绷平的绸缎上，画出要绣的图形，再以不同颜色的彩线将图形绣出来。当时满人不会刺绣，它是汉人几千年来传统的手工艺术。不管是绣在被子上、枕头上、衣服上的，还是绣在帏帐上、门帘儿上、鞋子上的，件件是供人欣赏的艺术品，绣出的人物、风景、花鸟栩栩如生。当然，这全仗刺绣人的心灵手巧和高超的技艺。自从海色夫人来了以后，便把刺绣手艺带到了宁古塔，很多姑娘、媳妇喜欢跟她学，她也耐心教，渐渐地都学会了。过去，要花很多银子托人到关里或京师去买这些手工刺绣品。而现在，不仅就地取材学会做绷子了，还自己设计图案自己画，再配以各种彩线绣出各样的花卉，从不熟练到熟练，直至得心应手，绣得漂亮极了。学的人越来越多，慢慢地不少人家全挂上了刺绣品。特别是玉珠儿，手艺精良，所绣的花鸟、鱼虫、各样的走兽非常逼真，有一次竟出了这样的趣事儿：她绣了一只小蜜蜂，正在牡丹花心儿里采蜜呢！绣好以后摆放在那儿。这时，过来几个老太太，看着觉得奇怪，其中一位老者不解地问："都这时候了，怎么还来蜜蜂呢？"说着便伸手去抓，引得在场的人哈哈大笑。波尔辰妈妈更是笑得前仰后合，边乐边说："你们真是眼拙，哪里是活的蜜蜂呀，那是咱们的神仙姑娘变出来的呀！"也难怪，如此高超的刺绣功夫谁能不敬佩、不赞美呢？刺绣传入宁古塔，可以说是玉珠儿的一大功劳。

玉珠儿的第二件手艺是酿蜜。宁古塔人在早没有酿蜜的，只是把野甸子里一些蜜蜂的蜂巢弄到家，打碎后把蜜倒出来。扔掉了蜂巢，再把蜜搅到一起，这叫天然的蜂蜜，吃完拉倒，根本不懂酿蜜这些活儿。海色夫人来后，让大家把山蜂弄到家里养。开始，那些山蜂把脸上、身上蜇得到处是包。后来蜂子被养的时间长了，认识人了，对熟人就不蜇了，生人它才蜇。玉珠儿是在山东老家学会的养蜂，到宁古塔以后，便用山东老家的办法，做了十几个箱子，然后把蜂子养起来，蜂子可在蜂箱里的蜂巢上酿蜜了。她不仅会酿蜂蜜，还会做蜂蜡，常将自家酿的一桶桶蜂蜜这家送点儿、那家给点儿的，宁古塔的人差不多全吃过她家的蜂蜜，谁不高兴啊？一到逢年过节，大家就用她送给的蜂蜜做饽饽、馓子，咬一口甜甜的，很好吃。都说多亏了海色夫人，要不，咱们能吃上这么甜的蜂蜜吗？后来宁古塔的人开始跟她学养蜂、酿蜜，也有了专门养蜂的人家，这又是玉珠儿的一大功劳。

玉珠儿有这样两种手艺，又肯帮助人，心眼儿好，当然受人尊敬，招人喜欢。自沙尔虎达奉旨处死海色后，大家很自然地都惦着这位遗孀，感叹她是好人命苦啊，偏偏让巧女遭这样的罪，今后可咋办哪？说实在的，没有不可怜、不心疼的，打心眼儿里为玉珠儿的不幸遭遇难过。尤其是还带着个孩子生活，困难会更多，乡亲们都主动登门尽力地帮助她。不少人家今天送这个、明天送那个的，没有东西可送的，便经常陪着唠儿句贴心话儿，暖暖她的心。玉珠儿挺刚强，没从牙缝儿里迸出半个"难"字来。见到邻里的人，总是先拜，再嫣然一笑，给人一种愉快的感觉。也从未向沙尔虎达哭诉过，甚至干脆不见义父，怕给添麻烦，义父倒曾多次派人前去看望她。沙尔虎达过世后，她更不进都统大人府了，亦不去找哥哥巴海请求帮助。而是自己省吃俭用地领着孩子艰难度日，绝不张口求人，是一个倔强的硬骨头女人。老将军为义女今后的生活着想给的那万两白银一点儿没花，全留给了海色的老娘，让老人家养老用，可见玉珠儿又是一个孝顺的媳妇。对这样的人，不用说舒穆禄夫人、安茹格格、卡克屯对她很亲近，跟着学刺绣、唠家常，安茹出嫁时用的绣品全是跟她学的，好多彩线还是玉珠儿送的呢！其他女人也愿意接近她，常去陪着做伴儿，包括萨布素、瓦礼祜这些男人对海色婶婶的人品无不暗暗佩服。

萨布素在酒桌上听巴海谈起玉珠儿，知道了玉珠儿即是海色婶婶，又是巴海的妹妹。说起来，巴海还是信任萨布素的，在他面前也很坦荡，可能是有些话在心里憋的时间太久、太难受了。再加上一提起玉珠儿，那娇美的形象马上浮现在脑海里，想起了玉珠儿的一些往事及始料不及的经历，又多喝了几盅儿酒，壮了胆，接着便一股脑儿像申冤诉苦似的滔滔不绝地全倒了出来。巴海先讲了玉珠儿的家事和她的童年，然后说："她是在不到二十岁时被阿玛带到家的，从那时起，我们天天在一起学诗作画。人很聪明，有才气，生就兰惠之质，娇媚倾城。我虽然有家室、小妾，但皆比不过玉珠儿，不仅喜欢她，还愿意真心结成终生连理。可是阿玛无论如何不允，使我可怜的玉珠儿妹妹明珠暗投，下嫁给海色。怎么样，遭老罪了吧？阿玛就是不听我的话，当初玉珠儿要是跟了我，能是这么惨个结局吗？现在真是媚妇常恨奈何天哪！实乃阿玛所为、阿玛之罪。痛兮，悲兮，此情绵绵，此心萦萦，万般无奈！现在阿玛走了，我想把玉珠儿接入府内，尊为贵妾。哪怕她要做正房，我都答应，这便是让哥哥一直难受的一件心事。"说完，还真的掉了几滴眼泪。

萨布素听完了巴海的一席话，真是大吃一惊啊！没想到海色婶婶有这样悲伤的家事和辛酸的童年。也没承想一个堂堂的总管大将军，统兵数千，在宁古塔这么有威望、有影响，其父又是那样的赫赫有名，头脑里却有如此多的色欲之情。更让他想不到的是，巴海哥哥对海色婶婶竟会有非分之想，因此一时不知该说什么好。巴海向萨布素哀求道："萨布素，此事只能拜托贤弟了。我深知玉珠儿妹妹寡居很苦，至今与她关系最密切的是伯母舒穆禄夫人，还有你媳妇卡克屯。好弟弟，请你转告伯母和弟妹，说我巴海请她们帮忙了，在玉珠儿面前给说合说合，别让她守寡遭罪了。还是嫁到我的府上来吧，以解多年来做兄长的渴求，今后可共享荣华富贵。这样，愚兄也就心安了。她在那儿吃苦，为兄的怎能咽下珍馐美味呀？听说玉珠儿妹妹已有一子，我不嫌弃，孩子可带到府中抚育，仍为海色之后。巴海会视为己子，供养成人，绝不食言，我心明鉴。"说着，头往后一仰，倒在卧榻上，大醉，睡了过去，鼾声如雷。

萨布素这些日子早已看出巴海从京师料理完阿玛的葬礼回宁古塔后，整日默默不语，满脸愁容，什么也干不下去。原以为是因为阿玛去世而难过，没想到却是为了这些无聊的事儿令他神不守舍。于是，坐在了一旁，心想："真是人心难测呀，表面上看，巴海是个堂堂的将军、正人君子，心里怎么会冒出这么糊涂的想法呢？当然，巴海哥哥能讲出这个事儿，倒是对我的信任。可做弟弟的，总不能任兄长胡乱琢磨呀，得想办法开导开导，用一把什么钥匙把他心中的这个疙瘩解开。沙尔虎达阿玛在世时，还特别嘱咐巴海哥哥，不能纳玉珠儿妹妹为妾。他当时也答应了，今天总不该违父命啊！不行，我得劝劝他，一定得使阿玛死而瞑目。"萨布素就这么边想边看着酒气熏天、四仰八叉睡在那儿的巴海。看了一会儿，正要悄悄儿离开，巴海突然醒了，翻身坐了起来，睁开通红的眼睛，自言自语道："萨布素，好弟弟，你可千万给哥玉成此事。就帮哥哥这个忙吧，我可全信着你了。"萨布素见他眼睛发直，说此话时并未看着自己，知道仍在酒醉之中。巴海说完，又扑通一声倒下了，在炕上折腾来折腾去的，嘴里还不住地喃喃自语："玉珠儿，玉珠儿……"一会儿，又响起了鼾声。

此时，府里的总管胖二进来了，是想再一次请总管大人快去后院儿选人，因为都在那儿等着呢！胖二一看巴海睡着了，只好等过一个时辰再来。转身刚要走，萨布素叫住了他，悄声儿问道："什么事儿找总管大人？"开始胖二不说，架不住萨布素的再三追问，这才吞吞吐吐地说："前两天从北疆掠来几个女的，总管大人让小的去挑一下，先挑出五个，然后由总管大人选。看中了的就留下，选不中的退给旗衙门。留下的这个主儿，总管大人想纳为身边贴身丫鬟，侍候大人。"萨布素听明白了，原来巴海是要纳妾，心中十分不快。他想："那边急命胖二挑选小妾，这边又让我帮着把海色婶婶弄到手，巴海哥哥怎么这样贪色呀？老将军阿玛刚刚离世，哥哥蒙朝廷的信任，升为宁古塔的总管，要办的事情太多了。不急着安排军务，还有闲工夫胡扯，那股子不惧辛劳、精诚为国的劲头儿哪儿去了？老将军可是天天珍惜寸阴、为军务从不敢虚度时光、不敢有半点儿松懈的人呀，你可倒好，天天却想着这些淫逸之事，能对得起谁呀？过去不知便罢，现在知道了，怎能助你为虐？我若那样做，也对不起已故的老将军阿玛呀！"心里这么想着，忽然灵机一动，转身对胖二说："你先回去吧，让大人好好儿睡一觉，等睡醒了再来。"胖二答应着退下了。萨布素想趁这个机会，赶快回去跟额莫、阿玛、安茹妹妹、卡克屯合计合计，看怎么办好。再找玉珠儿婶婶探探口气，听听她咋个想法。

说来，巴海真是求错人了，竟忘了萨布素是个机灵鬼了。他不同意的事儿，只要脑瓜儿一琢磨，眼珠儿滴溜溜一转，准能想出道眼来，叫你办不成，巴海此刻一点儿没寻思到这儿。萨布素则想："巴海哥哥，你找我算对了。我是你弟弟，弟弟不能坑哥哥，只能为哥哥着想。既是为了维护你的名声，也是为了已故老将军阿玛的声誉。我不仅让你纳不成这个妾，还要帮玉珠儿找个主儿，鸡飞蛋打，哪个也得不着。到了最后，准得让你满意，心甘情愿地表示同意。哥哥，可千万别怨弟弟。我帮忙的目的，是让你的未来更光彩，真正美名扬！"萨布素决心要办好这件事。想好以后，便把胖二叫了进来，嘱咐道："你要好生照顾总管大人安歇。待睡醒后，转告大人，说我明后天来给送信儿，大人一听就会明白的。"胖二"嘛嘛"地答应着。叮嘱完，开门出了内室，径直返回了三棵杨。

　　各位阿哥，萨布素家这阵子特别热闹，说书人我只有一张嘴，总得一句一句地说。现在，趁巴海酒醉睡觉的时候，先来讲讲三棵杨富察氏家所发生的事儿。

　　这些日子，祥云笼罩，真是多喜临门哪！时进顺治十七年，庚子年，女真的天鼠年。天鼠年可有讲究，在满洲和北方人家看来，一个是龙虎年，一个是天鼠年，都是好年头儿。龙虎年象征儿孙繁衍，人丁兴旺，子弟勇猛如龙似虎，俗称"龙马"精神。再就是天鼠年，满洲人和北方各族人皆崇拜老鼠。你可别小瞧兴格力[1]，它的生存能力最强，繁育能力最旺，多子多孙。满洲先人之所以崇拜鼠，还有一个原因。早年人们为御寒，地挖得很深，以地为室，住在温暖的地饸子里。不过也有弊端，地饸子里有瘴气，即所说的邪恶之气。它有损人的健康，影响人的生存。而鼠却能常居地下，这个小东西精灵得很，能将上千斤、上万斤的粮食一点点儿地搬到地下。另外，鼠居住的地方十分讲究。有放粮食的地儿，有睡觉、育子的地儿，还有拉屎撒尿的地儿，不但安排得有条理，而且十分整洁。老鼠有鼠王，嗅觉相当灵敏。地下如果有潮气或是邪恶的瘴气，马上能闻到，并立即发出信号儿，告知众弟兄、众子孙赶紧逃走。老鼠搬家，不用一宿的工夫，所有的东西全运走了，能够很快找到安全的生存之所，搬到哪里谁也找不着。正因为它有如此大的能耐，所以北方的人们都希望把鼠的精神、鼠的本事学到手，像鼠那样有极强的生存能力、繁育能力和自卫能力。正由于鼠对邪恶的瘴气最敏感，女真人和满洲人的先世们住地窖子时，特别注意他的朋友、邻居鼠的活动。如果有老鼠经常出现，在地下住着肯定安全。地不会塌，亦不会有地动，即后来所说的地震，更不会有瘴气，完全可以安安稳稳地在那里过日子。一旦发现有的老鼠死了，或昨天还看到有老鼠，今天突然不见了，那得赶紧搬家，早走一分钟早安全，很可能就少死一条人命，你说这神奇的老鼠怎能不被北方的满洲先人奉为神灵呢？称它为"护地神"、传信儿的"信息之神"，也就是鼠神。拜鼠神，在满洲的萨满祭祀中，得到了极大地弘扬，人们自然把鼠年视为吉祥之年了。后来出现了农业，又提出了牛马年。但早在出现种植业之前，过渔猎生活的满洲人最重视的便是

---

[1]　满语：鼠。

鼠年。今年恰为天鼠年，真的给人们带来了不少的吉祥。拿三棵杨的富察氏家族来说吧，正是天上恩光大，人间喜事多，那是喜事儿连绵、一件接着一件哪！

第一桩喜事儿是富察氏家添人进口。卡克屯自从嫁到三棵杨之后，与萨布素连理并蒂，相亲相爱。平日里既勤快又利索，把家中诸务安排得井井有条。老公公虽哈纳的一日三餐她调着样儿做，对婆母舒穆禄非常孝顺，照顾得周周到到。萨布素一年到头忙军务，在家的时候很少，只是媳妇一个人忙里忙外的。舒穆禄夫人对卡克屯是一百个满意，见人便夸儿媳好。唯有一件事儿让她牵肠挂肚，这就是萨布素和卡克屯结婚至今，未生下一个孩子。中间怀过身孕，是个女孩儿，还流产了，公公和婆婆为此很是着急。可总得想个办法呀，想来想去，遂派人把懂得医药的波尔辰妈妈接到了三棵杨。

波尔辰妈妈已经老了，七十多岁了，在征得阖族的同意下，将宁古塔氏穆昆达的差事交给了大儿子纳木它继任。纳木它自被萨布素从沙俄手中救回来后，一直忙于家务，里里外外的事儿都由他管。族人对由纳木它接任穆昆达很放心，认为他人好，忠厚诚朴，又在老太太身边，可以经常指导他该怎么做。波尔辰妈妈卸下了穆昆达之职，把家族的所有事务全交给了儿子，便应邀住进了三棵杨舒穆禄夫人家。前书我们讲过，波尔辰妈妈与富察氏家族的关系十分密切，从哈勒苏那一代起就有了感情，富察氏家族把她当作自己的长辈一样尊重。舒穆禄夫人派了奴婢侍奉着，老人家很是住得惯，远比在自己家里享福。舒穆禄家要同她家相比，那还是富有，生活得安适、愉快。虽哈纳对波尔辰妈妈说："老人家，到了这儿也是到了自己家了，想怎么着就怎么着，不要客气。您跟我阿玛、额莫那么亲、那么近，自然是我们的婶娘了。萨布素、安茹、党丹哪个不是您给接生的？萨布素与卡克屯的大婚又是您为媒人，跟我家有恩有缘，还不就是家里人？放心吧，我们定会为您养老送终的。"虽哈纳是个不好讲话的人，这番话说得那么真诚，令波尔辰妈妈非常感动。边听边吧嗒着嘴，抽着大长烟袋，一个劲儿地点头道："说得对呀，我不单是宁古塔人，也是你们富察哈拉家的人哪！"

自波尔辰妈妈住进三棵杨富察氏家后，舒穆禄夫人便向她说了自己和虽哈纳想要儿媳早些生个儿子的想法。老人家对此很热心，开始注意看护、照料卡克屯了。她有威望，往那儿一坐，吩咐仆人你去干这个，他去干那个，尽量不让卡克屯过度劳累。还凭借自己多年的经验，为卡克屯做了精心的诊断，然后亲自上山采集草药。虽年高，但腿脚还利落，爬坡上岭都行。采回来后切碎、熬好，待温凉正好时，叫卡克屯喝下，她坐在旁边看着。喝了一碗后，又让把剩下的那小半碗也喝了，嘴里不停地劝着："孩子，不要怕苦，喝吧。这个药灵啊，对你有好处呢！"如同对待自己的孙媳一样，耐心地呵护着卡克屯。除此，还逼着萨布素不论事儿多忙，每个月有那么十几天必须住在家里，不能离开媳妇。萨布素一听奶奶这么说，脸腾地红到耳根子，然后脸一扭，嘴一撇。波尔辰妈妈看他做出的那个怪样儿，说道："你撇什么？知道不，这生儿子不光是卡克屯的事儿，也有你的配合，今后时不时地得给我在家待着。不行的话，奶奶给你请假去，我敢跟总管大人讲。军务自然耽误不得，可哪家不得传宗接代呀？这是人生的本分。你总不在家，儿子怎么能生得出来？"老人家这么一说，把个卡克屯羞得直往奶奶身后躲，一个劲儿地哀求道："奶奶呀，看你说的啥呀？臊死人了！快别说了，别说了。"可不管卡克屯怎么恳求，波尔辰妈妈根本不听，仍冲萨布素唠叨个没完，把萨布素磨得只有点头称是的分儿了。老人家就是这样的脾气，只要她说话，大家全得听。再说，她伶牙俐齿的，深了浅了啥话都往外呲，谁敢不听？有时说得萨布素真是头疼，还得硬挺着听，哪怕军务再忙，从不敢在奶奶规定必须住在家里的那些天不回来。有时白天没忙完，到了后半夜，便向小爱妻请假放他出去一会儿。卡克屯只能从后门儿偷偷把丈夫放出去办差事，办完得快些回来，防备奶奶查夜，管得小两口儿和家里所有的人得围着她转。在舒穆禄家，她倒成了总指挥，大家也乐此不疲，老太太就这样一直住下没走。

时间不长，波尔辰妈妈的苦心没白费，是阿布卡恩都力的保佑，卡克屯也真长脸，果然怀孕了！从一个月一直到第九个月，老人家天天跟着，照顾得周周到到，卡克屯吃啥、喝啥，她一个人说了算。不停地吩咐着这个准备小孩儿的一些用品，那个备下月子里所用的储备。包括卡克屯吃什么药，萨布素应注意些啥，皆由她调教，把全家调动得相当统一，步调一致。波尔辰妈妈常笑着逗趣儿道："我就是皇太后，金口玉牙，说啥你们全得听！"一句话把大家逗得哈哈大笑。就这样，春天刚过，卡克屯顺利生下一个胖小子，母子平安。这是家门之喜呀，虽哈纳、舒穆禄终于有了孙儿！舒穆禄夫人高兴得嘴都合不上了，虽哈纳乐得竟忘情地唱起了满洲的军歌儿！他给小孙儿起了个象征光明的名字，叫雅图。说书人在这里多讲两句。这孩子长大以后，的确是很有出息，在富察氏家谱中有他的小传。雅图自懂事起，便由奶奶舒穆禄传授武术及刀枪剑法，比对萨布素管得还严、教得还勤。后来考中了武进士，成了康熙朝著名的一等侍卫，始终在皇上身边，赫赫有名，这是后话。

富察氏家的第二桩喜事儿，就是萨布素的妹妹安茹格格得到明安达礼家的信儿，近日将接去京师，远嫁给明安达礼尚书的二儿子。安茹格格要嫁的丈夫，刚刚从杨子江畔夔门镇守回京，无暇来宁古塔接未婚妻。明安达礼便让受命领兵马来宁古塔护送朝廷拨给总管衙门饷银、各种兵械、帐幕、服饰、被褥等用品的大儿子都哥来拜见虽哈纳、舒穆禄夫妇，并送来了金银绸缎等聘礼。同时向二老禀明受父命，在返京时，接安茹一块儿走，同他的弟弟完婚，还问哪位老人能去京师莅临喜宴。夫妇俩一合计，路程这么远，虽哈纳身体又不好，舒穆禄夫人脱不开身，萨布素天天从早忙到晚，谁也去不了。只好对安茹说："孩子，你自己随都哥大哥去吧，我们不去送了，委屈你了。"安茹听后，伤心得一头扑到额莫的怀里哭了起来，怎么劝都止不住。舒穆禄安慰道："孩子，听话，别哭了，日后家里脱得开，额莫一定去看你。京师是个好地方，明安达礼大人家那是书香门第，错不了。额莫知道你是个好闺女，记住，要与丈夫好好儿相处，这可是一辈子的大事儿呀！去了以后，早点儿给家捎个信儿来，免得我们牵挂。"此时，玉珠儿带着七岁的儿子色色正在舒穆禄家里帮助安茹准备嫁妆，便上前劝道："安茹，哭一会儿行了。这样哭下去，你阿玛、额莫得跟着着急上火不是？再说又不是去了就不回来了，将来有机会常回宁古塔看看。"安茹心里为什么这么难过呢？你想啊，千里迢迢的，此去经年。丈夫还是一员武将，长期驻守在巫江三峡，转战八百里洞庭，不知何时才能有幸再回宁古塔与父母兄弟及家乡的亲人们团聚，怎能不有一种别离之苦呢？心里当然特别难受。萨布素现在可是男子汉大丈夫了，有泪只往肚子里咽，不愿在家人面前哭哭啼啼的。他见妹妹哭个没完，拍拍安茹说："行了，快别哭了，日后哥哥去京师看望你们，会有这个机会的，我保证。再说，我也想妹妹呀，是不是？"哥哥的几句话，逗得安茹破涕为笑了。于是，全家老少及所有的亲朋好友含泪送别了安茹格格。

第三桩喜事儿是安茹走了以后，舒穆禄夫人又给自家的几个奴婢办了婚事。前书我们讲过，小丫鬟红红是哈勒苏在河边儿草丛里捡到的弃

婴，父母是谁，哪个族的人，都不知道。舒穆禄看孩子可怜，待她像亲闺女一样，很是疼爱，红红也把夫人当成自己的额莫那样孝顺。尤其与安茹的关系好得不得了，小姐儿俩在一起无话不谈，唠起来便没个完。红红长得俊俏、清秀，能歌善舞。在舒穆禄夫人的训教下，与安茹一起学诗作画，还学刺绣，手巧着呢，越长越出息。瓦礼祜常到萨布素家，去的次数多了，与红红处得越来越亲近了。萨布素早已猜出了瓦礼祜的心思，就给他出招儿，请波尔辰妈妈做媒，自己再从中说合。波尔辰妈妈本来挺喜欢瓦礼祜的，又是与萨布素同时被破格录为宁古塔驻防八旗马甲的，这几年锻炼得不错，挺有出息，再说红红又愿意，便答应了。于是，由舒穆禄夫人做主，给红红做了嫁衣，买了嫁妆。一切准备好后，于六月初与瓦礼祜完婚了。

舒穆禄夫人身边的婢女彩兰、彩英，是哈勒苏从吉林带来的老女奴琪牟妈妈与男仆坎拜在宁古塔结婚后生下的一胎二女。当年，这两个仆人说啥不愿意离开哈勒苏家。哈勒苏考虑他们年岁大了，便撮合他俩结了婚，还给拨出了住房。这对儿仆人在三棵杨成亲时，坎拜快六十岁了，琪牟四十大多了，没想到结婚后，竟生了一对儿双胞胎！舒穆禄夫人给两个孩子起了名儿，大的叫彩兰，二的叫彩英，是富察氏家族的二辈奴了。坎拜死于哈勒苏之前，琪牟亦走了五六年了。彩兰、彩英姊妹俩比安茹大几岁，舒穆禄夫人也像亲闺女一样将她俩养在身边。虽哈纳夫妇很是感激波尔辰妈妈这些年对自己家的帮助、照顾，可以说大事小情离不开她老人家，觉得难以报答。二人商量来商量去，想将彩兰、彩英许配给波尔辰妈妈的两个孙子麦里西和麦里特。征求两个姑娘的意见时，她们知道这俩男孩儿不错，都愿意。夫妇俩又想到波尔辰妈妈家比较穷，要娶亲可不那么容易，决定迎娶的一切费用由自家包了。舒穆禄夫人对波尔辰妈妈说："老人家，咱们不是外人，有啥说啥。彩兰和彩英这两个孩子像我亲闺女似的，你那两个孙子也挺招人喜欢的，是和萨布素一块儿长大的小兄弟，跟我的孩子一样。我同哈纳商量过了，把彩兰、彩英给麦里西、麦里特做媳妇吧，我们放心。这件事儿由我做主了，你老人家不用客气，更不必说外道话，就这么定了。你说啥时候办，咱一准啥时候办，咋样？"说完，一脸笑意地看着波尔辰妈妈。

波尔辰妈妈听了舒穆禄夫人的话，乐得嘴都合不上了，一个劲儿地抹眼泪，一口一个"感激不尽"，一口一个"八尼哈"。老太太和舒穆禄夫人相处了几十年，常来常往的，再熟不过了。何况又特别亲近，跟一家人没啥两样，还真不客气了，便说："我不讲啥了，说谢言轻啊，没想到那两个孙子这辈子还能娶上媳妇，这是祖上积德呀！在宁古塔，我们宁古塔氏有缘认识了你们富察氏一家人，现在又成了亲家，这好事儿咋全让我老太太给摊上了呢？真是做梦都想乐呀！舒穆禄哇，你这么好心，那就大慈大悲做到底吧，今天豁出这张老脸了，最后再求你们夫妇俩一次，这是死都闭不上眼睛的事儿呀！"舒穆禄夫人忙道："说什么求不求的，老人家，什么事儿？说吧，只要我能办到的。"波尔辰妈妈说："咳，我那个老实巴交的儿子纳木它是心头的一块病啊！他和媳妇在一起只过了三四年就被抓走了，媳妇也改嫁了，我把两个孙子一把屎一把尿地总算拉扯大了。纳木它没享着福哇，这些年在外头可遭老鼻子罪了，还不全仗萨布素给救了回来？我常想，你说这该有多巧啊，天下这么大，萨布素咋那么寸碰上纳木它了呢，这不是天缘是什么？说一千道一万，你们是我家的救命恩人哪！说句心里话，我最心疼最可怜的就是这个大儿子，现在变得傻咧咧的，一天除了闷头干活儿只知道睡觉，没别的事儿做。你说公狗还知道想母狗呢，可他却冷冰冰的，简直像个死木头疙瘩！俗话讲，寡妇、光棍儿夜里难受，自个儿知道。可我一看那傻儿子好像啥都不想，这心里一阵阵酸得不是个滋味呀，直想掉眼泪。我总寻思，纳木它已经是快六十的人了，要是有个家，兴许能变得好些。你们能不能给他找个相当的做媳妇？让他再尝一尝搂媳妇睡觉的滋味，说不定人能变过来呢！咳，真不该再麻烦你们了。已经给了两个闺女了，吃着碗里还惦着锅里的，哪有瞪着眼睛愣让人家给自己儿子讨媳妇的呢？你们可别见怪呀！"说到这儿，老人家拽起衣角儿，擦了擦忍不住流出的泪水。

坐在波尔辰妈妈旁边的萨布素听了奶奶的一番话，心里怪不好受的，忙赞同道："奶奶说得对，纳木它叔叔是该有个家口了。"波尔辰妈妈爱抚地拍着萨布素的头说："还是孙儿懂奶奶哟！"说完，抬眼一看，发现玉珠儿领着色色正坐在那边低头摘豆角呢。心想："糟了，我刚才说的寡妇那些话她都听见了。这无意中说的，玉珠儿要是往别处想，多不好呀！"便打了自己一个嘴巴，说："瞧我这张臭嘴，没把门儿的，瞎扑哧！他嫂子坐在那儿我可没看着啊。玉珠儿哇，刚才婶子那话，你千万别往心里去呀！"玉珠儿本来低着头不想吱声儿，听波尔辰妈妈提到自己的名字了，这才大大方方地抬起头来，笑着说："婶子，尽管说，我才不在意呢！"于是，虽哈纳、舒穆禄夫妇又好一顿合计，决定把身边的老侍女大姐儿给波尔辰妈妈大儿子纳木它为妻。事儿定下以后，很快便将新人送了过去，纳木它与大姐儿拜堂成了亲。没过三天，波尔辰妈妈家连着娶进三房媳妇，在宁古塔一时传为佳话。

舒穆禄夫人一个月之内，连续办了几件大喜事儿。从心爱的安茹格格远嫁京师，到红红与瓦礼祜新婚，再加上波尔辰妈妈家三对儿新人大礼，可真够热闹的了。忙活了一阵子后，累得是筋疲力尽。玉珠儿这些日子一直在舒穆禄夫人处，帮着忙里忙外的。由于在一起的机会多了，越来越熟悉了，渐渐地成了舒穆禄家的常客了，处得挺密切，走动也挺勤。舒穆禄夫人本来就能联络人，你是穷的也好、富的也罢，什么人全愿意到她家来，有啥事儿都喜欢同她商量，非让帮助出主意不可。而她呢，对谁心肠儿一概那么热、那么好，只要求到，肯定帮忙。这里得向阿哥们交代一句，为什么玉珠儿的身影经常出现在萨布素家呢？自打海色因罪被诛之后，开始时，玉珠儿在这难以承受的打击下，多次想寻短见，皆是由舒穆禄夫人、波尔辰妈妈、安茹格格、卡克屯及众乡亲给救下的。在长辈和姐妹们的一再劝说下，玉珠儿后来总算转过了弯子，打消了寻死的念头。曾有一段时间，安茹格格和卡克屯见玉珠儿整天又难过又孤单的，便缠磨额莫把她接到家里来住。舒穆禄夫人不仅把玉珠儿和色色接到了三棵杨，还出车将海色八十七岁的高龄老母也拉了来，安顿在原来哈勒苏住的内厅里。大家在一块儿像一家人一样，亲亲热热的，时间长了分开反倒不习惯了。

今年春节刚过，海色老母因年高，无疾而终。舒穆禄夫人、萨布素、瓦礼祜等人帮助玉珠儿将高堂老母安葬在龙头山，就在海色墓地的上边。玉珠儿自从失去婆母，心情愈加不好，常常是边干活儿边掉泪，总寻思这身世咋这么苦呢？母亲早逝，父亲病故。父亲老友沙尔虎达将军见自己可怜，收为义女，从此住在义父家，后来嫁给了海色。没想到晴天霹雳，海色获罪被诛！只好携子寡居，苦熬岁月。那时候，沙尔虎达曾多次派人探望，并要接玉珠儿回府。她很刚强，说啥不回去。巴海儿次登门劝导，也都避而不见。没法儿了，让人送些银两接济他们母子生活，可玉珠儿坚决不收。波尔辰妈妈、舒穆禄夫人很是挂念玉珠儿，看她整日愁眉不展的，便想给找个合适的人家，劝她改嫁。可始终找不到玉珠儿相中的如意之人，这事儿一直拖到今天。

单说萨布素从总管大人府回家的路上，就琢磨着该怎样回复巴海哥哥的要求，究竟如何做才能既打消巴海要纳玉珠儿为妾的念头，又不伤他的面子，这档子事儿必须得解决好。想来想去，觉得还是先找额莫商量商量，或许能有些办法。

萨布素来到家门，刚一进屋，见玉珠儿婶婶正坐在炕上与卡克屯说什么呢，嘻嘻哈哈的，看样子这嗑儿唠得还挺热乎。七岁的色色则坐在炕的另一头儿，一边听着，一边津津有味地吃着馓子。便没过去打扰，退了出来，直奔正在后院儿忙活计的额莫那儿去了。到了跟前，把额莫叫到另一间屋，将巴海哥哥说的那件事详详细细、从头至尾地学了一遍。舒穆禄夫人一听，也吃惊不小。虽然她同玉珠儿感情较近，关系挺好，但玉珠儿从来没讲过自己的身世，当然谁都不清楚，这回才知道原来有一段极为辛酸的经历。平时，只是觉得这个丫头很有骨气，也看出已故的沙尔虎达老将军和现在的总管大人巴海对她家挺照顾，始终不清楚他们之间是怎么个关系，更不可能知道海色夫人就是沙尔虎达的义女、巴海大人的胞妹。当听到巴海有纳玉珠儿为妾的想法时，很是着急，对萨布素说："孩子，额莫以前曾讲过，不管是谁，只要遇到什么不可解的事儿或者有啥困难，能帮的一定得帮。不过巴海这个忙咱可不能帮啊，他像你亲哥哥一样，得好好儿开导开导才是呀！按理说，咱们满洲人不像汉人有什么三从四德呀、嫁鸡随鸡、嫁狗随狗哇、不能随便改嫁呀等讲究。满洲的女人允许改嫁，也可以夫死后，嫁给丈夫的哥哥或弟弟，这都行。然而巴海不能娶玉珠儿，因为他毕竟是玉珠儿的胞兄。兄长纳妹为妾，在别人看来，那是乱伦。哪能娶胞妹呢？这不好听啊！况且在有显赫声望的沙尔虎达将军府中，更不应该出这样的事儿。若真如此，会有损老将军一生英名的！再说了，巴海身为宁古塔的总管，想娶妻妾，何人不可？没必要非得在玉珠儿身上打主意。要是出于怜爱、关怀之心，那就应同玉珠儿商量，劝她改嫁。如果玉珠儿心里愿意，可给她找个合适的正当主儿嫁过去，既可了却兄长之愿，亦可告慰九泉之下的父亲。孩子，你身为巴海的弟弟，又为老将军生前所宠爱，应该帮哥哥想想其他办法，千万不能为他们说合。如果胡乱帮忙，那将全是你的不是，宁古塔人先耻笑的可不是总管大人，而是你这个糊涂没脑子的保媒拉纤的坏小子！"说完，急得直喘粗气。

在舒穆禄夫人讲这番话时，萨布素边听边点头，觉得额莫说得很对，是这么个理儿。待额莫说完，萨布素问道："额莫，不知玉珠儿婶婶是咋打算的，有没有意思改嫁？最好能同意再走一家，这样事情会好办多了。

玉珠儿婶儿若肯改嫁给别人，而不是巴海哥哥，那他想娶恐怕都没辙了。强拧的瓜不甜，巴海哥哥总不能用马拴着把玉珠儿婶儿拉到总管府吧？"舒穆禄夫人不无担心地说："这一二年，经过大家的开导、劝说，你玉珠儿婶儿有些心活了，也同意改嫁了，可直到现在没找到让她满意的主儿哇！"萨布素一听额莫这么说，高兴了，忙道："这就好了，那我便有办法不但使巴海哥哥转变想法，还得让他帮忙办好玉珠儿婶儿有中意的人再嫁这桩喜事儿。"舒穆禄感到很诧异："咦，我儿哪来的这能耐？说说看，有啥好办法？"萨布素说："额莫，我想起一个人来，准合玉珠儿婶儿的心意。他以前认识玉珠儿婶儿，听说现在还真有这个意思，我看挺合适的，只是不知道玉珠儿婶儿是否愿意……"

　　就在母子二人正合计着、话还没说完时，波尔辰妈妈正巧从里屋出来要到茅厕去。刚走到门口儿，瞧见舒穆禄母子俩唠得挺热乎，便凑了过去。舒穆禄夫人一看波尔辰妈妈来了，也没瞒着，遂把萨布素所讲的事儿向她叨咕了一遍。波尔辰妈妈听后，显露出一脸的同情，说道："哎呀，没承想玉珠儿还有这么一段身世呢，这孩子可是够可怜的了。"平时大家很喜欢玉珠儿，波尔辰妈妈又是个热心肠儿的人，遇事极有办法，尤其对撮合婚姻的事儿最有能耐了。何况她特别关心玉珠儿这个苦命的小寡妇，索性不去茅厕了，寻思了一会儿，蛮有把握地说："这有啥难的？要叫我看呀，萨布素，咱们搬来黄雀逗黄莺！只要它们唱对味儿了，准能进一个笼子，谁想分都分不开。"此话一出口，把娘儿俩给说糊涂了，直着眼睛瞅着她，不明白老太太说的是啥意思。刚要发问，波尔辰妈妈卖完了关子，手指着外头，边说："哎呀，憋不住了，我得赶快开闸送水神爷爷去了！"边开门出去了，回头又补了一句："你们娘儿俩好好儿琢磨琢磨，一准会想到。"萨布素想了想，一拍脑瓜儿，呼啦一下明白了，高兴地说："额莫，奶奶说得对呀，她的意思是让我先把选中的那个人领来，同玉珠儿婶儿见面哪！额莫，这太好了，咱们就做搭桥人！事不宜迟，不如这么办。今天下半晌我把人接来，你和奶奶在家准备饭菜，好好儿款待他们。"舒穆禄夫人听儿子一说，这才恍然大悟，忙催促道："那你快些去吧，还等什么？"萨布素转身大步流星地出了家门。

　　萨布素出去了，另一间屋子里只有玉珠儿带着儿子在那儿玩。小孩儿身边放着萨布素给做的一张大弓，色色正用小手拿着几根柳木条子在削皮儿做箭杆儿呢。这时，舒穆禄夫人推门进去了，脱鞋上了炕。不一会儿，波尔辰妈妈回来了，也进屋了，坐在炕头儿拿起大烟袋抽着。舒穆禄夫人拉过玉珠儿的手，开门见山地说："他婶子，刚才萨布素从巴海大人那儿回来，讲了你的家事。我们才知道你竟是沙尔虎达老将军的义女，为啥一直守口如瓶、不告诉我们呢？"玉珠儿低着头不应声儿。舒穆禄夫人又试探道："我还不能不告诉你，萨布素说巴海总管始终惦着你们母子，想要明媒正娶，让做他的贵妾，你同意不？若同意，姐姐帮你办。"边说边注意着玉珠儿是个什么反应。波尔辰妈妈没等玉珠儿表态呢，便插嘴道："说什么话？那可不行！我们的玉珠儿要嫁，就必须是正房、正室，可不能做什么偏房、侧室。再说巴海大人是你哥哥，这要嫁过去，那可好说不好听啊。不中，不中！"说完，还使劲儿把烟袋锅儿往炕沿上磕了磕。

一提起这件事，又把玉珠儿的心事勾起来了，低头坐在那儿，半天没吱声儿。抬眼看看对面坐着的，一位是长辈，一位是同辈知己。相处这么长时间了，知道舒穆禄夫人对自己好，很愿意住在三棵杨同她谈心。波尔辰妈妈这个热心肠儿的老太太，总是尽力关心、帮助别人，是位让人尊敬的老人家。平时跟这二人处得挺近，像亲人一样不离左右，已经是无话不谈了，遇事愿意同她们商量，是自己的主心骨儿。玉珠儿这么寻思着，便不想隐瞒心里话了，于是侃快地说："我的身世既然姐姐、婶娘已经知道了，不妨直说了，我不想嫁给哥哥！对他别的什么事儿都佩服，就是在女人面前太轻薄这一点看不惯。义父在世时，就曾亲耳听老人家说过巴海哥哥好粉簪之事，何况他身边已经有不少女人了。其实，这些年在婶娘和姐姐的开导下，我也想通了，不应再这样一个人呆下去混日子了。女人身边没有男的，倘若有个啥事儿，有时还真不行，是该有个靠山了。说实在的，我心里有个人，不过不知人家愿意不？"此话一露，波尔辰妈妈、舒穆禄夫人放心了，乐啦！异口同声地问："你相中的那个人是谁呀，谁？"玉珠儿红着脸，羞涩地半笑半低下眼说："这个人你们能认识，眼下正在咱们这儿。咳，此话是真难出口哇，不说了，听天由命吧！慢慢走着看，反正巴海哥哥家我是死也不去。"舒穆禄夫人心想："只要玉珠儿不同意嫁给哥哥，这就保住了巴海的名声，其他嫁给谁都成。现在只看萨布素去请的那个人，能不能打动玉珠儿妹妹的心了。"

萨布素从家里出来到哪儿去了呢？原来是到副都统衙门去了。干什么去了？找那个人去了。找的是谁呢？就是巴噶礼大人。

巴噶礼初来宁古塔，便对萨布素的印象挺好。特别是听到一些关于他到俄罗斯的故事，又知道救了纳木它，很是佩服。前面我们已经介绍了，巴噶礼的年岁将近五十了，为人耿直、忠厚。连年征战，东打西杀，立下了不少战功，直到现在没有家眷，自己也不着急。这次同海塔奉调回宁古塔时，海塔是带着家眷、孩子来的，可他照样是光棍儿一条，只带着两匹与之朝夕相处的战马而来。到宁古塔后，一头扎到练武场，天天忙于领兵操练。萨布素来找时，他正在布库房子里带几个小校练摔跤、练拳脚呢！萨布素上前将他叫了出来，笑着邀请道："大人，我奉阿玛、额莫之命，请您今天晚上到舍上赴宴。"巴噶礼听罢一愣，随即礼貌地推辞道："初来乍到宁古塔，本该去拜望虽哈纳大人，怎么反让虽大人和你额莫请我呢？不敢当，不敢当！"萨布素说："大人，我阿玛、额莫要办这个晚宴，说来是受总管大人之托。是他请了一位尊贵的人，这个人想认识认识大人。再者，也是总管大人特意为您接风洗尘的。"巴噶礼忙问："那位尊贵的人是谁呀，怎么想要认识我呢？"萨布素说："这个总管大人可没细讲，去了不就知道了嘛！"巴噶礼心里开始划魂儿了："自从我和海塔奉调来宁古塔，总管大人根本没瞧得起我们。不仅憋一肚子火儿没发出去，时间长了，还产生了不少怨气，今天怎么突然让虽哈纳大人替他为我接风洗尘呢？难道是过去偏见太深、看错人了？如此说来，巴海总管对我还算可以呀，这是个挺好的人，可能是我错怪他了。"这么想着，心里原来一直憋着的火儿随之消了些。萨布素又道："大人，咱们快走吧，那位尊贵的人备不住已经到了我家，正在等您呢！"巴噶礼一想，既然是总管大人之意，怎么能违拗呢？于是很快收拾了摔跤用的东西，装好之后，马上回内室脱下了短身小打扮，换上了整齐的旗装。上身儿是镶蓝边儿的白短褂儿，外穿黑蓝缎子镶细黄绦子的小坎肩儿，腰系黄缎英雄带；下身儿为黑缎万字金丝花儿的紧腿英雄裤，脚蹬一双鹿皮快靴；脑后的辫子盘在头顶儿上，戴着蓝色金丝线镶嵌、顶端有红玛瑙的瓜皮小凉帽。看起来既大方得体，又年轻了不少，特别精神。再加上他那双环眼、虬髯，尤显出世上万夫难挡的豪杰气概，令人肃然起敬。

巴噶礼跟着萨布素疾步来到三棵杨，拜见了虽哈纳、舒穆禄夫人。虽哈纳将他请到内堂落座、饮茶，舒穆禄夫人忙又端上糖酥徽子小点心，三人一面吃一面聊着。天刚黑，在客厅摆上了宴席两桌。一个为主桌，坐有虽哈纳、舒穆禄夫人、波尔辰妈妈、巴噶礼，还有玉珠儿和她的儿子。另一个为陪桌，坐有萨布素、卡克屯及调皮的弟弟党丹，还有从波尔辰妈妈家接来的彩兰、彩英、红红和大姐儿。大家一坐下，巴噶礼才吃惊地注意到，桌上竟坐着多年不见的玉珠儿妹妹，还有一个孩子！心想，这个孩子大概是玉珠儿的儿子了。

巴噶礼坐在那儿，两眼看着玉珠儿，真可谓心潮澎湃呀！激动得不得了。尤其是听萨布素告诉他，说这桌席是总管大人授权办的，猜想那位尊贵的人必是玉珠儿妹妹了，肯定也是总管大人让自己见的，此刻是打心眼儿里感激巴海呀！其实，巴噶礼早听说玉珠儿就在宁古塔，丈夫被诛，一直寡居。自从来到这儿以后，心里一直挂念玉珠儿，想见玉珠儿。但又清楚巴海的为人，只要有好女人，是不会放过的。还知道巴海对玉珠儿有意，只因已故的沙尔虎达老将军始终别着，所以没有成功。况且自己又在巴海的麾下做事，觉得与玉珠儿的事儿肯定是水中月、镜中花，痴人说梦一场空。因此，便不敢打探玉珠儿的消息，更不敢去见她。尤其是看出巴海总管大人对他与海塔来宁古塔不满意，处处苛责，只好尽职尽责，谨慎行事，一心忙于领兵操练。可万万没想到萨布素奉总管之命，把他请到富察家来，在这儿竟意外地见到了自顺治四年与海色成婚的离别了十三年的玉珠儿妹妹！他想玉珠儿已想了整整十三年，并因而一直未娶。在这种情况下，能与玉珠儿在宁古塔相见，你说心潮能平吗？这时，舒穆禄夫人首先向巴噶礼副都统大人引见了原宁古塔氏的穆昆达波尔辰妈妈。巴噶礼站起身来，恭恭敬敬地向老人家施礼问候。当介绍到玉珠儿和孩子时，玉珠儿的脸腾地一下红了，连忙把头低下。巴噶礼落落大方地说："夫人，我与玉珠儿早就认识。已故沙尔虎达将军既是我的上司，又是我的恩师。小玉珠儿是恩师的义女，我们常在老将军家见面，很熟。"然后转向玉珠儿道："分别十三年了，没承想能在这儿见面，巴噶礼有礼了。"说着，行了个打千儿礼。玉珠儿赶忙起身离座，回了个蹲礼。

席间，大家的话语不多。席撤下后，虽哈纳、舒穆禄夫人退入内暖阁歇息，萨布素搀着奶奶到内厅喝茶，看红红、彩兰、彩英、大姐儿带着玉珠儿的儿子在那儿玩嘎拉哈。萨布素边看边上手跟着玩，嘻嘻哈哈、说说笑笑的，挺热闹。卡克屯则进自己屋里，给宝贝儿子雅图喂奶去了，厅里只剩下玉珠儿和巴噶礼。此刻，玉珠儿站也不是、坐也不是，不知如何是好。她对巴噶礼一直印象不错，认为此人正直、心眼儿好，打仗勇敢，屡建战功，是个顶呱呱的男子汉。可一想到自己的身世和经历，不禁心绪乱如麻。前书我们不是说过了嘛，巴噶礼是个直肠子，有啥说啥，从不掖着藏着。当抬眼见厅内只他和玉珠儿俩人时，便开始竹筒倒豆子了，说道："玉珠儿，说心里话，我想你十几年了，也等了十儿年。真是老天有眼哪，把我派回了宁古塔，这才又见到了妹妹。海色大哥走了，我们都很悲伤。在你未同海色大哥结亲之前，我曾把对你的感情跟老将军讲过，但老将军没同意，而是把女儿嫁给了海色大哥。当然，那时我早看出巴海大人喜欢你这个妹妹。现在还是那句话，你有孩子，我也要，咱们成婚吧！今后咱俩在一起过日子，我一定会对得起你，这一点总应该相信的。前一段是碍着总管大人，觉得不好办，所以没敢去找你。今天我们既然见到了，就不能不把话说出来，憋在心里怪难受的。玉珠儿，这事儿你定吧，一切听你的，我巴噶礼就是这样的人，有话当面儿讲清楚。若是没看上，也没关系，直截了当地讲，绝不会怪你。只怪我长得太丑。不怨天，不怨地，只怨自己了！"玉珠儿听了巴噶礼的这番话，很是高兴。巴噶礼哪里知道，玉珠儿暗暗相中的、心中常想的，正是他巴噶礼呀！便爽快地说："巴噶礼大哥，说哪儿去了？我不会嫁给哥哥巴海的。别看他是总管大人，可我不爱他。你准备新房和嫁妆吧，玉珠儿跟着去就是了。"听了玉珠儿的话，把个巴噶礼乐得一时竟不知说啥好了，只剩下摸着后脑勺儿咧嘴笑的分儿啦！

此刻，巴噶礼与玉珠儿的这番对话，早被舒穆禄夫人、波尔辰妈妈、萨布素他们在外面偷听到了。待二人话音刚落，大家呼啦一下拥了进来，七嘴八舌地说："好啊，好啊！安巴乌勒滚，这是宁古塔的又一件大喜事儿呀！"萨布素更是高兴，笑着说："巴噶礼大人、玉珠儿婶婶，这事儿就这么定下了。总管大人正挂念着呢，走，咱们趁热打铁，当面说给他听，请总管大人为你们的婚事做主，非得让他出银子主办婚礼不可！走吧，咱们一起到总管大人那儿去！"巴噶礼刚拔腿要走，立马又收住了脚步，有些为难地苦着脸道："哎呀，到那儿怎么说呀？也不好开口哇！"舒穆禄夫人说："咳！有啥不好开口的？就说总管大人，谢谢您能让我了却心愿，娶玉珠儿妹妹。这么一来，他咋好不同意呀？倘若答应了，你往下总得说点儿感谢话吧？这不很简单嘛！"巴噶礼这个人哪，心肠特别好，那脾气秉性像胡同里跑车、直来直去！此时的他，也不可能想别的，完全相信了萨布素的话。认为之所以能与想念多年的玉珠儿相见并成就婚姻，肯定是总管大人对他的关爱，再加上舒穆禄夫人的指拨，觉得应该随萨布素前去拜见巴海。

萨布素陪巴噶礼来到了总管大人府，见到巴海后，巴噶礼先叩头问安，然后是一番真挚地感激总管对自己关爱的表白，接着又道："前一段儿，我对总管大人有些误会，请多多海涵。今后愿在大人的麾下披肝沥胆，竭尽全力，效犬马之劳！"巴海见巴噶礼变了一个人似的，言辞诚恳，又自责又表决心的，挺高兴，心想："今天这是怎么了，莫不是太阳从西边出来了？都说巴噶礼是个愣头青，看来并不完全是这样。此刻能对我这么谦恭，这么敬重，说明还是讲情义的。"又想："巴噶礼为什么感谢我呢？噢，对了，肯定是与那事儿有关。在他和海塔没来之前，我给他们建起了副都统官邸。面积很大，有客厅、花楼，还有鼓楼，四周修有青砖的围墙。对如此讲究的官邸，相信俩人一定会很高兴、很满意的。"想到这儿，便说："副都统大人，你和海塔是故将军、吾先父的爱将。今又蒙朝廷恩准，与我同衙为官，同御罗刹，理应肝胆相照，相互提携。再说此事是我该办的，何足挂齿？请不要客气。"巴海与巴噶礼各自都不知道把事儿想两岔儿去了，更不知是经常在巴海与巴噶礼之间斡旋的萨布素做了扣儿，俩人表面上是越说越近，越唠话越多。萨布素一直在旁边看着，心想："他们之间是冰冻三尺非一日之寒，今天能到这个份儿上，也算是都做了些让步和谅解，关系较前显得缓和了不少。巴噶礼觉得巴海对他还可以，巴海则认为其实巴噶礼这个人也不错，挺好相处的，因此暂时缓解了一些矛盾和戒心，这不挺好吗？要是二人总能这么融洽，那该多好呀！"

巴海同巴噶礼又聊了几句，忽然想起一件事儿来，就冲站在身边的萨布素和巴噶礼说："我这儿有个急茬儿，想请将军和弟弟帮忙处理一下。最近掠来几个女逃人，便让胖二从中选了一个。看了以后，觉得还行，准备让她做贴身奴仆。可是听小校禀报说，她心神不宁，日夜啼哭不止，不知何因，这使我很不安。萨布素，你协助副都统大人详细地询问一下，看这小女子究竟是怎么回事儿。好好儿劝劝。告诉她，若能在这儿安心待下去，我不会亏待她的。"巴噶礼想："总管大人帮了这么大的忙，求我这点儿事儿还能推辞吗？办就是了。"过去常有这样的事儿，把掠来的男人、女人，特别是女人分给个人，谁都不会觉得奇怪，很正常。何况巴噶礼早知道巴海好这手儿，所以待巴海一说完，连忙"嗻嗻"地答应着退了下去。

萨布素将巴噶礼送出了门，转身又回到屋内，对巴海说："哥哥，你的那件事儿我已经办完了。"巴海听了很高兴，连说："好哇，好哇，哥哥先谢谢你，谢谢你！结果如何呀？"萨布素回道："办得倒是挺痛快，十分顺利。说来我事先一点儿没想到，人家玉珠儿有打算了。"巴海忙不迭地问："是吗，她有什么打算？"萨布素说："哥哥，玉珠儿现在想通了，认为是命中注定该走这条道儿，找一个可靠的好心男人。她答应不再守寡，决定再嫁，觉得这是上乘的归宿，只是没好意思跟兄长讲罢了。"巴海一听，再也抑制不住内心的喜悦了，心想："嘿，原来玉珠儿妹妹跟我想到一块儿去了，总算盼到手了，这太好了嘛！"忙又致谢道："谢谢好弟弟，全仗你帮忙了。玉珠儿既然同意我这个要求，做兄长的便心满意足了，一定会对她好的。其实早该如此，可不能让玉珠儿妹妹受委屈了，这些年够苦的了。我了解玉珠儿，知道她是喜欢幽静、素雅之人，准备拿出积蓄的万两白银，给她在府外另筑金屋。萨布素，哥哥再给你万两银子，为她筹办喜欢的各式各样的旗装和首饰，爱买啥就买啥。钱不够不要紧，可请银库达爷帮忙，想办法到京城或江南买来绫罗绸缎、金簪、罗绣及各种珠饰，不要怕破费，只要她高兴就行，你看好不好？"萨布素"嘛嘛"地答应着。巴海回头唤来胖二，让他领着萨布素到后厅账房达爷处，取出给玉珠儿办嫁妆的银子。萨布素拿到银子后，高高兴兴地出了门，找巴噶礼去了。

且不说巴海心里是如何美滋滋地幻想着天降喜事儿的那一天。再说萨布素拿着银子到副都统衙门找到巴噶礼，兴高采烈地告诉他，巴海总管不仅赞成你们的婚姻，还拿出万两纹银为玉珠儿婶儿置办嫁妆。巴噶礼一听，高兴极了，想到自己很快能与喜欢多年的、做梦都想与之成亲的玉珠儿妹妹喜结良缘，那真是心花怒放啊！他本想此事巴海大人肯定得从中作梗，可万没想到总管听后态度会那么好，又拿出这么多银两玉成与玉珠儿的婚事。仔细一琢磨，觉得巴海变了，变得宽容大度了。他与玉珠儿是兄妹之情，帮助些银两，是要告慰故将军的在天之灵，同时也做出了诚愿与我、包括海塔友好的姿态。要不咋说人家是统帅呢，统帅就该有统帅的胸襟！看来，是我这个大老粗错怪他了。此刻，巴噶礼的心里不但感谢巴海，而且升腾起一股由衷的敬意，决心办好总管交办的一切差事，便对萨布素说："巴海总管叫咱俩劝说新来的婢女听命于他，现在咱一块儿去办吧，别耽搁了。"于是，巴噶礼同萨布素又来到总管大人府，让胖二将新收来的那个女奴叫了出来，领到了副都统衙门的一间屋子里。

女奴进屋坐下后，巴噶礼态度十分和蔼地问她老家在哪儿、都有什么人、为什么如此悲伤，等等。女奴开始一句话不说，只是不停地抽抽搭搭地哭。二人也不急，边递上毛巾边话语真诚地热心开导。经过再三劝慰，女奴由紧张、悲伤，变得放松、安静了，并开口讲述了自己的悲惨遭遇。她说："我是赫哲人，家住松花江进入黑龙江入海口的下游处。前不久，与阿玛划着小船到江中捕鱼，遇上了罗刹的贼船。那大船上，除了两个罗刹鬼外，还有下江的费雅喀人。其实，我们早已发现那里有些费雅喀人行踪诡秘，与罗刹相互勾结，掳掠人口、粮食、鱼产和皮张。可能是怕走漏风声，我和阿玛被他们抓到了大船上，还将自家的小船、网、鱼全抢走了，把我俩带到下江的古瓦坛关押起来。关押的地方，是四周用柳条儿编有障子的一个马棚。罗刹鬼问我和阿玛都看到什么了，现在清兵在哪儿？我们说不知道。于是便用鞭子狠狠地往我俩身上抽，打得遍体鳞伤，那些黄毛怪还让那里的部落头领糟蹋我。一天夜里，我和阿玛费了挺大的劲儿，把马棚障子下边抠出一个大窟窿，阿玛帮我钻了出来，嘱咐道：'你出去后，只要不死，赶紧到宁古塔找将军大人报信儿，然后再来救阿玛。'我钻出关押的地方，趁夜黑拉出两匹马。因为是下半夜，看马人睡得正香，所以牵马时没被察觉，他们万没想到被圈的人会在严密的控制之下往外逃。逃出后，打马拼命往南跑。由于人马疲劳过度，不知啥时候晕倒在松花江边，被巡逻的清兵发现了，就把我和几个逃难的人一起抓了起来，带到了宁古塔。我一再请求面见将军，不但不让见，而且认为是在无理取闹，咋说都不行。后来又要把我送给将军，纳为小妾，这怎能答应呢？我心里惦着阿玛呀，他还在古瓦坛那儿关着呢，谁去救哇？"说着，又呜呜地哭了起来。

巴噶礼听后，肺都要气炸了，桌子被他铁锤头般的双手砸得啪啪山响，气愤地吼道："总管大人怎么能做出此等事体？"萨布素一看他急了，知道那是个愣头青，脾气一上来，不管不顾的，很可能到总管府去闹，再说眼下不是闹的时候啊！二人之间的关系好不容易稍有缓和，好多该办的事儿还没办呢，不能为这么个事儿影响今后的合作呀。想了想，马上向巴噶礼解释道："大人，我相信总管肯定不知道这位女子咋来的，一定是下边的人为讨好总管所为。事情还没弄清楚，千万不要错怪了人，何况我们已从女奴口中知道了罗刹的动向，这是至关重要的。咱们应赶紧将此事禀报总管大人，以便立即发兵剿拿，不能为那些纳不纳妾等无关紧要的小事儿而影响了大事儿。尤其是罗刹鬼正同一些费雅喀人勾结在一起，时间长了，不知会酿成什么大祸呢！不能再拖了，必须迅速将罗刹匪徒赶出去才是。"巴噶礼听了萨布素的这番话，觉得是不能瞎闹，当务之急是对付罗刹。倘若延误，朝廷怪罪下来可了不得，就是巴海大人处也没法儿交代，便说："萨布素，你讲得对，咱们马上去拜见巴海大人，禀明此事。"于是，二人将那女奴带回总管大人府，交予胖二，随后去面见巴海总管，禀报罗刹犯边军情。

巴海听了巴噶礼和萨布素的禀报，十分重视，因为已好长时间没有听到罗刹的动向了，朝廷急于要掌握这方面的情况。再说巴海自上任以来，寸功未立，心亦甚急。所以一听到这个消息，异常振奋，眼睛都放光儿了。他称赞巴噶礼和萨布素做得好，并当即将此事禀报朝廷。皇上闻奏，立刻降旨，出兵讨剿罗刹！巴海禀旨亲自挂帅，以巴噶礼为前锋官，又调回在乌苏里江东路巡逻的海塔副都统，萨布素、瓦礼祜为随军参将，领兵五千人，连夜直奔黑龙江。他们水陆并进，水路乘船，陆路骑马，很快到了古瓦坛，此处正是费雅喀部落居住地。

前书我们讲过，萨布素曾随喀尔喀穆到过费雅喀的部落，不过那是黑龙江出海口附近。而古瓦坛这地方，离出海口很远，地处偏僻，交通不便。环境倒是十分幽静，河流纵横，有不少的沙滩、小溪。又正是盛夏时分，可见河水在月光下泛着银波，成群的鱼儿游来游去。河滩及岸边是片片柳林，芳草萋萋，便于兵士们藏匿。巴海所率之兵马在此选好地方后，安营扎寨，将其中的一千多人马，分三部分隐蔽在河滩的柳丛之中。下令不许点篝火，以肉干儿和干粮充饥，睡在袍皮大囊袋里。萨布素与瓦礼祜受命侦察，二人都会费雅喀语，巧扮成当地其他部落的费雅喀人，进入古瓦坛打探。经了解，得知此地有一百多户人家，平时以渔猎为生。部落头领丘尔斤因贪图享乐，惧怕罗刹的凶狠，在其淫威之下，乖乖投降了。于是，罗刹轻易地占据了古瓦坛，住有五十多个匪徒，并以此为据点，向四处掳掠。罗刹为了与丘尔斤进一步勾结，有时将掠来的外地女子分给他，供这个败类享乐。那个报信儿的小女子，就险些遭到丘尔斤的强暴，幸好乘黑夜逃了出去。萨布素和瓦礼祜掌握了这些情况之后，马上返回河滩密营，向总管禀明。巴海、巴噶礼、海塔根据此情报，决定立即出击。命巴噶礼率二百人，由萨布素、瓦礼祜带路，半夜杀入罗刹占领的古瓦坛，以逼迫其外逃；海塔带三百人，包围古瓦坛，阻断敌人的退路，把他们像赶鸭子一样赶入江中；由巴海率领四百兵马，与巴噶礼会师成六百兵马，来个前后夹击，在江中将匪徒一网打尽。不留活口，不能漏掉一个逃敌，直至歼灭为止。

一切部署就绪，首先是巴噶礼在萨布素、瓦礼祜引领下，率兵出击，进展顺利，一举将罗刹赶出了古瓦坛，匪徒们想顺水路乘船逃之夭夭。这时，埋伏在柳丛中的海塔率领清兵杀将出来，罗刹匪徒只好弃船登岸逃跑。哪知岸上早有巴海、巴噶礼的清军合围过来，刀光闪闪，杀声震天，众多匪徒当即毙命，还有不少罗刹鬼跳江逃命被淹死。清军大获全胜，罗刹的各种盔甲、大炮和辎重皆被缴获，并从马厩里救出了提供线索的那个小女子的阿玛，处死了俘虏来的已经投降罗刹、作恶多端的原部落首领丘尔斤。巴海又命将古瓦坛共十五个村子的一百二十余户费雅喀人全部北迁，安置在黑龙江下游的两岸。在那里重新建立了屯寨，选出了新的首领，安抚了民众的生活、渔猎和生产，使费雅喀人迎来了新生。诸事完毕，巴海率兵马班师返回宁古塔。费雅喀族众载歌载舞，送出十几里，宁古塔人则欢欢喜喜迎接风尘仆仆的王师凯旋。

这次巴海率兵歼灭罗刹的胜利，是继老将军沙尔虎达打败斯杰潘诺夫之后的第二次大捷，赢得了宁古塔北线的安宁，朝廷为此嘉奖了他。巴海上任后第一次有了战功，心里自然十分高兴，正在得意洋洋的时候，胖二来报，说玉珠儿前来拜见。巴海一听是自己朝思暮想的美人儿来了，更是喜出望外，亲自起身去迎接玉珠儿妹妹。出门一看，大吃一惊，前来的不单单是玉珠儿，还有巴噶礼、海塔、席山、满丕等副都统以及萨布素、瓦礼祜和众参将、佐领。心里好生奇怪："这是怎么回事儿，玉珠儿怎么会同他们一起来呢？"既然已到府前，只好将众人让进正厅落座，命仆人献上茶来。这时，萨布素将巴海拉到一旁，小声儿告之："哥哥，事情有变，千万要稳住神儿啊！玉珠儿又选了一个人，声称非他不嫁，你可一定要处理好这个事儿。"巴海一时愕然。

就在巴海丈二和尚摸不着头脑、没弄明白是怎么回事儿、于虎皮将军椅上还没坐稳的时候，穿着漂亮的玉珠儿翩然而至，行了个蹲礼道："兄长在上，小妹施礼了。此次凯旋，玉珠儿一是前来祝贺，给兄长道喜；二是感谢兄长的抬爱之心，成全了我们。不但为小妹修了那么好的住舍，而且赐给好些银两，让办喜事儿。现在万事俱备，妹妹于喜事临门、良宵在即之时，请哥哥做主，把我与巴噶礼副都统的婚事办了吧。哥哥不必操太多的心，更不用非得多么热闹，简简单单便可，妹妹心领了。待忙完了，你们不是还有很多公差要务吗？妹妹万不敢耽误哥哥的大事呀！"话说得圆全、诚恳，语调温柔，声音好听悦耳。巴海一听，脑袋一下就大了："哎呀，这玉珠儿的婚事中，什么时候冒出个巴噶礼呀？"还没等他反过劲儿呢，巴噶礼赶紧走了过来，给巴海大人叩头，一再表示感谢。海塔、席山、满丕等部将也纷纷上前给巴海叩头祝贺，称赞总管大人爱胞妹的一片心意，能拿出银两给小妹和巴噶礼筹办婚事。满丕说道："巴噶礼大人是老将军沙尔虎达在世时亲自带出来的一员猛将，如今，被总管大人选为门婿，老人家在天之灵会瞑目了。何况巴噶礼现在又是总管大人的心腹爱将，这件事办得再好不过了，我们万分高兴，为大人道喜祝贺呀！"赞赏之声不绝于耳。

巴海这个人本来好大喜功，特别喜欢别人奉承，此刻又正是北征胜利而归、朝廷褒奖、心情十分愉悦之时。初听玉珠儿要嫁巴噶礼，心里虽然相当不是滋味，七上八下地直翻个儿，寻思这玉珠儿原来不是同意嫁给我了吗，怎么半道杀出个程咬金、张冠李戴了呢？但转念一想，这么多人都认为是一件好事儿，不管怎么说，巴噶礼确实是一员猛将，人还可以，即使不同意，又有啥招儿哇？只能顺水推舟。不然，还能当着这么多部将的面儿翻脸？那多没面子呀！好吧，只得舍爱了，索性送个人情吧。这样做，既能显示出我大总管对下属和小妹的关怀爱护之心，也能让巴噶礼在帐下心甘情愿地效力。想及此，心稍微稳当一些了。他偷眼看了看萨布素，见人家正若无其事地站在那儿，一声儿不出，眼望别处故意不瞅他。心里当即来了一股火儿："萨布素啊，萨布素，肯定是你小子做的手脚，鬼心眼儿多着呢！以为我不知道哇？敢拿当哥的不识数儿，等着瞧，看我不收拾你！"这时，只见巴海故作镇静地双手一背，头一扬，哈哈大笑道："好哇，今天咱们就给巴噶礼和我玉珠儿妹妹办这个大婚之礼，欢迎诸位到场，咱们痛痛快快喝顿喜酒！"大伙儿一听，顿时开怀大笑起来，府内一片喜气洋洋。

说来，别看巴噶礼是年快半百的老童男，这么多年来自身的婚姻问题可是一点儿不含糊，他是不美不要，不合心不要，一直不婚不娶，心里就惦记着玉珠儿。现在巴海总算答应了，那真是天从人愿，一片乌云终于散了！你说他心里能不高兴、不敞亮吗？像一扇紧关的大门呼啦一下开了，欣喜若狂啊！玉珠儿也别有一番滋味在心头。自从没了海色，生活无着，领着孩子艰难度日。几次轻生，都被舒穆禄夫人、波尔辰妈妈等人救下，后经苦劝而止。没想到今天得到一位可心的男子，并且还是没沾过女人边儿的新婚之人，又怎能不激动得热泪盈眶呢？两人在巴海主持下举行合卺大礼后，愉快地进入了洞房，真是两情相悦，恩恩爱爱。那出生入死、只知道打仗拼杀的猛张飞巴噶礼，头一次踏上甜蜜的爱情之乡，对玉珠儿是百般呵护，爱抚不已。其威其猛其情，自然使玉珠儿对巴噶礼愈加体贴入微、温存至极，这其中的柔情蜜意，不言而喻。二人深深感激萨布素，感激舒穆禄夫人、波尔辰妈妈，一连三宿，巴噶礼没出过府门。

宁古塔驻防八旗和众姓各族民众，在欢乐的抗俄凯旋鼓乐声中，送走了顺治十七年庚子年，女真的天鼠年，军民人等笑逐颜开地在鞭炮声中除旧岁，迎来了顺治十八年辛丑之春，女真的天牛年。谁知，这又是大清国一个惊天动地的人人悲号的日子。京师传来噩耗，举国素服，白幡重孝，歌舞悉止，正是月暗风清皆溢泪，乌啼花落总含悲！本年正月初七凌晨，定鼎北京的大清国第一位皇帝、二十四岁的顺治福临，因患急症，突然驾崩于养心殿。顺治帝有三个儿子。长子牛纽，早年夭亡；二子福全，三子玄烨。太皇太后和议政大臣遵大行皇帝福临遗诏，册立刚刚八岁、聪颖好学的三皇子玄烨承继大宝。玄烨于顺治十一年甲午三月十八降生于景仁宫，其母为佟妃，即孝康章皇后佟佳氏。玄烨在祖母孝庄皇太后的亲自主持下，正月初九继皇帝位。于次年，也就是壬寅年，女真的天虎年，改元康熙元年。"康熙"一词，满语为"额勒赫太芬"，汉意即永远康泰平安之意。因康熙帝年幼继位，故而顺治帝遗诏由索尼、苏克萨哈、遏必隆、鳌拜等四大臣辅政。圣祖皇爷玄烨于十六岁智擒鳌拜，将其革职拘禁，扫清了余障，从此开创了最辉煌的光照千秋的时代，这是后话。

说书人要在这里多说几句。萨大人在世时，常向儿孙们讲："余一生戎马，一生荣辱，皆于圣祖皇爷时代。"并自书诗云："一生慕骠骑，北安忘家为"，用以自勉。"骠骑"即指汉卫青之姊的儿子霍去病，伐匈奴有功，先后六次出征，渡沙漠。大家崇拜他，称"骠骑将军"，封冠军侯。武帝曾为他建造府第，去病拒绝道："匈奴未灭，无以家为。"可以看出，萨大人是自勉要像汉代的骠骑将军、冠军侯霍去病那样，心系大清的安危，做个忠诚为国的大将军。

俗话说得好：红花儿要靠绿叶儿扶，一个人再有能耐，总还是孤掌难鸣。因此，世上有一呼百应、众星捧月等说法。就是鼓励人们要处处关爱人，善于帮助人，要有好人缘儿才能被看重，受到尊敬。也才会有出息，有发展，前程无量。萨布素自幼受到肯于助人、爱人、关心人的爷爷哈勒苏、母亲舒穆禄夫人、严父虽哈纳以及波尔辰妈妈这些品德高尚之人的熏陶，从小到大，是在严格的家教下一步步成长起来的，得到了各方人士的喜爱和好评。他为人忠厚，聪颖过人，是出名的小谋士、小机灵鬼。周围的人在有急情危难出现时，愿意找他帮助出主意。若按其所说的夫做，常常能逢凶化吉，很多棘手之事亦能迎刃而解。所以，上自总管大人、各位副都统、佐领，下至小校、马甲和平民百姓，没有不佩服的。在宁古塔驻防八旗的每次征战中，众将领皆希望萨布素能与之同行同往，参赞军务，连朝廷的明安达礼兵部尚书都指名道姓让他做向导。言称不管哪次征战，只要有萨布素参与，准能出些好点子，并全力帮助取得胜利。为此，明安达礼特别喜欢他。或许是爱屋及乌吧，兵部尚书询问萨布素有没有姊妹，要是有，一定聘来做自己的儿媳。在得知萨布素确有妹妹时，明安达礼便派二儿子从襄阳前线去宁古塔拜见了虽哈纳、舒穆禄夫人、萨布素，面见了安茹。也是两人有缘，一见钟情，儿子回京禀告了阿玛明安达礼后，这才有了安茹这段千里姻缘，明安达礼家与虽哈纳家从此结成了亲家。巴海是萨布素的兄长，深爱妹妹玉珠儿，并要纳为妾。萨布素感到这样做，不仅对巴海、对玉珠儿不好，还有损老将军沙尔虎达一生的威名，便绞尽脑汁从中斡旋。既给足了兄长面子，又无形中提高了他作为总管的威望，并促成了本来就两情相悦的巴噶礼与玉珠儿的美满结合，最终使巴海、巴噶礼、玉珠儿一泯往日之猜怨，越来越亲密无间。这三人对萨布素真是感恩不尽，大有天高地厚、难以报答之憾！

时进康熙年后，萨布素愈加成熟，可以独立支撑局面了。巴海总管更离不开他了，常常是遇有难办之事，就命萨布素想办法去解决。他每次都能办得很周全，处理得干净利落，使总管大人满意。单讲康熙元年四月，圣旨下，宁古塔昂邦章京改为汉称，即称"镇守宁古塔等处地方将军"，简称"宁古塔将军"。这是有史以来，宁古塔第一次出现"将军"这个名称，巴海即是第一个任将军之职的人。在巴海将军的举荐之下，朝廷准奏，康熙元年十二月，萨布素晋升为骁骑校，六品衔，为八旗的低级将领，具体掌管催收旗租、缉捕等事务。康熙三年六月，萨布素奉命率五十余骑，追剿流窜于黑喇苏密地方的罗刹匪徒。在敌众我寡的形势下，他设计秘密出击，出奇制胜，一举歼敌八十余人，淹死十一人，仅有十来人逃脱追击。从罗刹匪徒手中，救回妇女二十九人，儿童十三人，还缴获了一些枪械、舟船等。巴海奏报朝廷，称颂萨布素机智果断，以少胜多，并为其请功。不久，圣旨下，晋升萨布素为五品、水晶顶戴的防御之职，掌一旗之缉查军实辎重城堡等事务。

宁古塔将军管辖奉天将军辖境以北之地，地域辽阔，兵增人多，已逐渐成为东北边疆政治、军事、文化的重要力量。鉴于原海浪河畔的旧城较狭窄，显得拥挤、杂乱，发展受到限制，不适于施展兵政之事，因此需建新城。沙尔虎达将军在世时曾讲过："宁古塔地方狭窄，宜选埠增阔。终因当时事多，未得实施。"巴海牢记阿玛的话，也深感宁古塔旧城不适于发展，这才决定选地址建新城。然而，却迟迟没有动工。为什么呢？这里就得多说几句了。

巴海这个人不但主观，而且霸道，跟下属的关系一直不那么融洽。不论什么事儿，不管对与错，都得听他的。这样，有时他提的办法或意见明明是对的，下边的一些人也不认真对待。你不是霸道吗？好，那就一个人在那儿说吧。干脆来个不支持，当然不会有结果，很多决定行不通。巴海对兵丁十分凶狠，经常克扣军饷。谁要有个什么闪失，说杀就杀，说砍就砍，鞭罚是常事儿。甚至有的竟被割开大腿筋，吊在空屋子里，多少天不管死活。有时不论冬夏，让有错儿的人在外一站，不给吃喝，直至活活饿死。再有即是对部下常常是顺之者昌，背之者遭殃。顺治末年以后，巴海推荐钟继达、图喇、傅格等人陆续升为了副都统，只因这些人都是顺他心的，这才帮助升迁。若是觉着不顺心的，即使原本是副都统，也不让你干事儿，还以各种理由调你的职，贬你的官。海塔、巴噶礼后来因为对军务、政务等方面的想法不同，常同巴海有些分歧，于是便被他调到山西的大同、晋阳去驻守了。这样，巴噶礼的爱妻、巴海的妹妹玉珠儿只好随同丈夫一起离开了宁古塔。分别之际，波尔辰妈妈、舒穆禄夫人等含着眼泪，一直送出十几里以外。玉珠儿哭得泪人一般，舍不得离开，从此告别了宁古塔。玉珠儿一走，波尔辰妈妈向舒穆禄夫人哭诉道："咳，咱们的姐妹现在是死的死、走的走哇，人越来越少了，身边贴心的人将来也都见不着了。唯独我这个老太太还不死，按说早该去了，反正活得越来越没劲了。"经舒穆禄夫人的再三劝慰，老太太的心情才略微好了些。

说书人还得向各位阿哥介绍一个人，此人就是满丕。他跟巴海岁数差不多，小巴海两岁，从小也是沙尔虎达拉扯大的。老将军看他有文化，文笔好，会汉学，又能干，便带在身边做笔帖式。这个人最大的毛病是很会阿谀奉承，只要能讨得上峰满意，什么都敢干。老将军对他这点虽然有些看法，但总觉得人还行，也就用了。自巴海当了总管后，满丕整天身前身后围着转，溜得巴海舒舒服服，将他视为心腹，言听计从。巴海与副都统之间的一些矛盾，有不少事儿是由于满丕从中作祟而引起的。满丕与萨布素的关系也行，但萨布素对他却心中有数。萨布素为人正直，认为巴海是我哥哥，理当尊重。但是，做得不对的地方，我肯定要说。可满丕不是这样，处处看着巴海的眼色行事，你要什么，我来什么，竭尽溜须拍马之能事。作为巴海这个具体人来说，怎能不喜欢呢？他把自己看不上的人调走的调走、贬官的贬官，却在康熙四年秋天，特例将参将满丕补缺升任为副都统。

康熙六年暮春时节，朝廷兵部、吏部考虑到宁古塔兵力日益加强，地位日渐重要。也知道巴海这个人办事独断专行，常常接到属下秘密转来的告状书。告巴海克扣军饷，贪污银两，对士兵常用非刑。朝廷认为内部不和，不可能有旺盛的战斗力，只靠巴海很难搞好宁古塔的军务。便又派了一位很有名望的、沙尔虎达在世时常称赞的将领安珠瑚大人任宁古塔副都统，位列其他副都统之前。让他来平息和处理巴海主帅与部将、兵勇之间的矛盾和纷争，增强宁古塔驻防八旗内部的团结，以利于抵御罗刹的入侵。

安珠瑚何许人也？他与巴海同姓，瓜尔佳氏。先世居松花江下游辉发河一带，满洲正黄旗人。其父阿喇穆任佐领衔牛录额真，顺治元年随军入关，在同李自成对阵中不幸战死。安珠瑚承袭父职，累进至三等阿达哈哈番，擢升甲喇额真，兼刑部郎中。他踏实能干，智勇双全，曾跟随大将军伊尔德攻福建的舟山，又随将军济什哈讨山东的莱州土寇，皆立战功。由于能够有效地处理好军政民各方面的关系，兵部、吏部指名儿调任宁古塔副都统，作为宁古塔将军属下的重要武将，总管军政，辅佐巴海，共同安抚、治理北疆。此人慈眉善目，和蔼可亲，平易近人，尤其与下属关系甚好。对于兵丁，则像对自己的儿孙一样，知疼知热，关怀备至。且乐于助人，谁有什么事儿都愿意找他，大伙儿亲切地称其为"老太太"。

安珠瑚自到任始，便同将士们和睦相处，调解矛盾。一段时间后，把他们对朝廷的感情重新唤发出来，振作精神，大家又开始抱团儿了。他到宁古塔时，正值巴海提出建新城的决定不得实施的时候。从适应巩固边防、开发边疆的需要出发，安大人感到巴海的决定是对的，认为这是高瞻远瞩之举。于是，决心想尽办法辅佐巴海将新城建立起来。由于有了安大人的大力支持和热心宣传，宁古塔军民建城的积极性被调动起来了，热情很高。安珠瑚亲自帮助巴海筹划筑城之务，废寝忘食地跑遍呼尔哈河沿岸勘查、选址，拜访了当地的一些故老，请求帮助及规划新城的建设。深信不找明白人，不找懂得地形的人，不找勤勉为公的人，这新城是建不好的。他挑来挑去后，遂向巴海力荐最熟悉宁古塔地方的萨布素担任建城的组织者和实施者。巴海对安珠瑚支持自己的建城决定十分高兴，对推荐的人选也非常满意，完全同意安大人的意见。又同其他副都统共议，皆诺之，便令笔帖式拟好奏折，申报朝廷。很快得到恩准，下旨："宁古塔择地筑建木城。"旨到之日，全城尽欢！经过安珠瑚在中间的联络、协调，议定由巴海总监修木城，安珠瑚为帮办。考虑到萨布素勤敏耐劳，谙熟地理，擅经略筹谋，更熟悉土石木瓦诸工，则令其率兵践行。

萨布素是个从不耍嘴皮子、认真干实事儿的人。既然决定由他具体实施建城，便二话没说，欣然受命。可接下这个差事之后，要开干了，还真感到有些为难。你想啊，万事开头难，何况建一座大城，岂不更难？再说，萨布素从未干过建城的事儿。见过大城没有呢？见过。前书说了，他曾受命带瓦礼祜、哇嘎到郑亲王的官庄救被掠去的达斡尔男女，并为此去了沈阳城，算是见到了内外的大城。但那只是一晃而过，当时因忙于救人，也没时间仔细观看大城的建造情况，再说谁能想到此后要接受建新城的大任呢！现在对新城应有多大、该建在什么地方、开头儿怎么干、最终建成什么样子等，脑子里仍是一片空白，晚上翻来覆去地睡不着，总是琢磨这事儿。小爱妻卡克屯心疼爱根，看他回来饭不吃、眼不合的，躺在炕上瞪着两眼望棚顶儿，好半天不眨一下，就忍不住问为什么发愁？萨布素告诉她，自己受命建新城，对到底怎么建，应建成一个什么样的城，心里没底。卡克屯想来想去，遂对爱根说："我看你不用愁，与其一个人在那儿冥思苦索，不如去找爷爷打听一下。他走的地方可多呀，见的肯定不少，或许能帮着想想办法。"萨布素想了想，觉得卡克屯说得也对。

第二天一早，萨布素胡乱扒拉了两口饭，便放下碗筷走出家门，来到嘎鲁泰老爷爷处，说明了建新城之事。嘎鲁泰说："我倒是见过青砖古城，但从未建过正经八百的木城，你为何不找徐牧那帮人商量一下？原来可都是在大明的工部做过照磨或在底下做工的人，因为打仗，常要建些木城。他们之中，准有人懂得与建木城有关的一些事情。"老人家的提醒还真有用，使萨布素顿开茅塞，大有柳暗花明之感。于是，又去拜访了徐牧。徐牧一听要建木城，这是他的老本行，十分高兴，说道："萨布素，当年在秦楷手下的不少兵勇和好几个知己弟兄，是跟我在一起修筑过舟桥和城堡的，现在全加入了宁古塔八旗。有的年岁已经大了，告老还乡了，不过皆住在附近。我把他们请来，咱一块儿合计合计，你看好不好？"萨布素笑着说："行啊，太好了，在这方面，我要拜他们为师呀！"就这样，在徐牧的帮助下，萨布素把当年在秦楷手下建过城堡的十几个人请到了自己家里，卡克屯做了饭菜，备了酒，萨布素同他们一边吃一边商量着建木城的事儿。大家七嘴八舌地说："萨布素，你找我们算是找对人了。没什么难的，三个臭皮匠，顶个诸葛亮。只要咱们齐心合力，先把城规划好，你放心，肯定能建得不错，绝不会辜负巴海将军和副都统安大人的期望。""萨布素，你领头儿，我们跟你干了，都是哥们儿，没说的！"其中像刘三、李二、赵老五等人，尽管年岁大了，决心却不小，跟萨布素说："这是件好事儿，新城建起来，宁古塔将来更会名声大振，干吗不为此卖命？反正天天没啥事儿干，在家又呆不住，咱们一块儿干！"一时间，大家的情绪很高。

经过大半天的议论、商量，萨布素从中学到了不少知识，知道了建筑是有很大学问的，要经过许多道工序和工艺，是件挺复杂的事儿。建城最首要的是要选好城基，即土基地要选准；第二，因人、牲畜都要喝水，脏水得排出去，则须合理疏通水道；三要选好山水地形，这一点至关重要。如果选不好，正面对着山水，洪水下来，城必然被冲垮。也就是说城既要选在临水的地方，又不能影响它的坚固，还要依山而建，但不能因山高而影响光照。最好是利用山形，筑建出美观、壮丽的城堡，山作为城的屏障，此即为建城的学问。

萨布素听完大家的议论，归纳出建城要注意这样几条：宜高不宜低。就是说城建完之后，不能低于地下水之下，要建得雄伟、壮观；宜廓不宜狭。即要考虑到未来的发展、人口的增多，城建得太小，势必拥挤。因此必须宽阔，人有人走的路，车有车走的路。应有训练兵马的校场，还要有寺庙，也要有耕种的地方、栽树的地方，设计好城的格局。只有将城建得大大方方的，才能传流千古；宜阳不宜阴。房子要阳光普照，不能把城堡建在烂泥塘上，更不能建在塔头墩上。需选择地不潮、土质好的地段，人才不至于生病，不能住得都成罗锅腰了，越长越缩缩；宜林不宜瘠。应该建在有林木的地方，这样便能引来飞鸟及各种动物，才有生气。不能选贫瘠之地，若寸草不生，那这座木城将来不就成了死城了嘛。萨布素归纳的这几条，大家皆说挺全面，方方面面全考虑进去了。于是，他们按此做出了建城规划。经过多少天废寝忘食地推敲、合计、边画边改，终于画出了城图和城内水道的走向以及各种设施等，设计得很合理。待忙活完了，尽管累得够呛，可当看到那画好的建城图时，又发自内心地高兴。一致认为，这座凝聚着众人智慧的城只要建起来，一定会万代传世的。

　　萨布素拿上建城图，向巴海将军、安珠瑚副都统禀报了建城的想法及实施方案，并将图呈上。二位大人看后，乐得嘴都合不上了，不禁连声儿夸赞道："好，好哇！这便是咱们要建的新城，真是太好了！能这么快设计出来已很了不起。说实在的，在决定把此项差事交给你的时候，对到底要建一座什么样儿的城，我们脑子里也是全没影儿。这回真的设计出来了，又规划得这么具体、细致、周全，行了，就这么定了！"经过巴海的批准，徐牧等十几个人全归萨布素统领。从此，徐牧天天在萨布素身边，像个管家、军师一样，受到了重用。对那几个建城的老师傅，像刘三、李二、赵老五等，也都委以重任，帮助萨布素筹谋。事情办得井然有序，进展顺利，深得安珠瑚大人的称道。安珠瑚认为萨布素有出息，干事儿一步一个脚窝儿，任劳任怨，不负众望，觉得是选对人了。

　　萨布素为了使徐牧安心帮助建城，对他各个方面给以照顾，生活上亦十分关心。考虑到徐牧这么大岁数了，还是个老光棍儿，总这样下去哪行呢？始终把此事放在心上。说来也巧，萨布素得悉，住在北疆阿木勒沟的古兰哥哥在一次去北海打貂时，由于天寒地冻、酗酒过度而冻死在那里，比雅格已守寡很长时间了。他知道徐牧过去对比雅格有那么一段儿恋情，估计两人仍会相互系念，便将实情告之徐牧，劝他去阿木勒沟把比雅格接来一起过。徐牧一听，不免千恩万谢，在萨布素准允下，立即北上了。一个月后，高高兴兴地把比雅格接出来了，双双回到宁古塔，比雅格还到各家拜望了不少过去熟悉的女眷。她依然那么有姿色，那么年轻，一点儿不显老，说话、办事还是那么干脆、利落。跟古兰在一起时，她曾经向徐牧许过愿："你放心，将来姐姐一定帮着找一个达斡尔姑娘。"果未食言，后来还真诚心实意地介绍过几个不错的。可给徐牧稍信儿后，却一个都没看，心里就是想着比雅格，始终鳏居不娶。现在这对儿有情人终成眷属，这不是大喜的事儿嘛！实际上，徐牧到了阿木勒沟后，便住在了比雅格那里，一起吃了喜酒，算是结婚了。回到宁古塔后，萨布素、瓦礼祜又给他俩办了一次热热闹闹的婚礼，从此两情相悦，欢欢喜喜地厮守在一起，小日子过得火炭红。后经萨布素奏请，将徐牧提为骁骑校。徐牧非常感激，越发一心一意地协助萨布素筑建宁古塔新城。

康熙六年十二月，正是天寒地冻之时。萨布素与徐牧等人为选城址，踏着风雪，勘察地势。经多次往返、比较、择优之后，才向巴海、安珠瑚禀报，新城址拟选在离旧城六十余里的东南方向呼尔哈河畔上。这里平畴沃野，土质肥沃，东临呼尔哈河，有鱼虾、舟楫之利。二位大人听后，感到选的城址的确是人杰地灵的一块宝地，便同意在那里建新城。由于冬季冰封雪飘，施工难度大，就先凿石备料。为了兴建新城，萨布素辞别了阿玛、额莫及爱妻卡克屯、儿子雅图，带着被褥、皮囊袋，在呼尔哈河畔的雪地上搭起半地下的乌克敦居住。率兵丁日夜勘察、取石、运石，整个春节都是与大家在工地度过的。康熙七年四月，天气渐渐转暖，大地开化，宁古塔新城的建设正式破土动工。按照古俗，先请萨满焚香、杀鹿，继之祭地、洒酒，然后燃放鞭炮。这些仪式过后，萨布素便率人挥锹挖土，开始了建城的工程。他们每天早起晚归，往返于住处和工地之间，个个累得像扒了层皮一样，这其中的甘苦自不必说。有付出就会有收获，经过大半年的艰辛苦干，秋末，一座雄伟的宁古塔木城终于屹立在呼尔哈河畔上，那壮观、美丽、画儿一样的新城，谁看了都赞叹不已！

据记载，宁古塔新城"有木城两重""内城周二里许，只有东西南三门。其北因有将军衙署，故不设门。内城中惟容将军护从及守门兵丁，余悉居外城。外城周八里，共四门，南门临江"。其内、外城的城墙，都是以伐下来的参天古松先夹成双层障子，再于两层的中间，填充沙土、石头、黑土并夯实，高两丈余，异常坚固。城内铺路，盖公廨，建住房，整洁美观，给宁古塔增添了前所未有的光彩。宁古塔将军移治新城后，其经济、文化诸方面的发展，可谓蒸蒸日上。人人感到自豪、荣耀，皆携儿带女驻足观赏，一时间，宁古塔新城成为当时北疆的一大盛景。

俗话说：筑巢引凤。宁古塔过去是荒山数百里，冰天雪地，看不到车尘马迹。见到的只是无边的窝稽[①]，还有虎豹狼虫。自建了新城之后，一天天地变了样儿了，名声随之便传出去了。吸引了不少南边的汉人前来做买卖，互商交易，可谓商贾云集，一些从关内逃难到关外的人也愿到这里建房居住。汉人的生活习俗和北边的满洲人不一样。满洲人住的是地窖子，穿的是狍皮；汉人则把房子建在地面上，前廊后厦，举架很高，穿的是布帛制衣。满洲人原来只懂得用麻木为絮、茸麻为御寒衣，贫穷之人则穿着狍子皮、鱼皮衣裳过冬，不知布帛，更不会织布。汉人

---

① 满语：老林子。

来得多了，织布技术很快传开了，满洲人渐渐习惯了穿布帛制衣。逢年过节时，都穿上花色各样的衣裳，看起来比皮衣好看多了，令人赏心悦目。南方的各种珍货大大充溢了街肆，使人眼花缭乱，称羡不已。过去满洲人种地很简单，撒了种子，只等着收获了。现在不同了，接受了汉人的传授，学会了农耕之法，并用上了汉人的农具，集市上光铁匠炉就开了好几家。城外平原黑土地的庄稼长势亦格外喜人，好像田野披上了绿生生的春装。今日的宁古塔，再不似往昔那么偏僻、荒凉了，而是一派欣欣向荣的景象。这些喜人的变化，是巴海、安珠瑚、萨布素等人尽心经营的结果，可以说他们功高盖世！萨布素由于率兵艰苦筑城，殚精竭虑，治理优佳，于康熙七年秋，圣旨下，荣升四品佐领。

宁古塔的发展，越来越得到朝廷的重视，承担的担子亦越来越重。最近又接圣旨，让宁古塔妥善安置因罪流放的流人。圣旨云："宁古塔要妥筹安置流人，永戍边陲。"这些流人中，不单是获罪充边之人，也包括南方来的各种商贩、各样逃民。这是一件大事，关系到社会的稳定，人民生活的安宁。如果处理不好，引起社会动荡，江山何谈永固？因此，边疆大员无不重视。圣旨下后，巴海、安珠瑚立即商量办法，决心克服困难，将此项差事当成重中之重，全力做好、做稳、做实。安珠瑚副都统经过认真考虑，点名儿让刚忙完建城重任、又筑建了八旗衙门和将军衙门的萨布素领人办理安置流人一事。

我们暂且不表萨布素如何接待流人，先来简单说说东北地区接纳流人的历史。东北是历代王朝流放罪犯的地方。早在元朝时，凡远流的罪犯，除女真族、高丽族发到湖广之外，大都流放到东北边疆地区，重者发至奴儿干，轻者发至肇州。明代内地罪犯，以充军实边之名，主要发配到辽东诸卫所。清初谪戍之制，系沿袭明代充军实边之法，分迁徙、充军、发遣三类。大清律例中写道："明之充军，义主实边"。"清初裁系边卫，而仍沿充军之名，后遂以附近、近边、远边、极边、烟瘴为五象，且以满流以上为节级加等之用，附近二千里，近边二千五百里，远边三千里，极边、烟瘴俱四千里，在京兵部定之，在外巡抚定地。"意思是说，犯了罪的人，同明代一样，要流徙，充军发配。尽管清已裁撤了边疆兵卫制度，仍沿袭明代充军之名，但还不完全一样。不同的则是按犯罪的轻重不同，流放的远近不等。划分了五个等级，犯罪越重，流放越远。有一点是一样的，不管发配远近，按规定除非有功，一般被发配的人不能再回原地。实际上，清入关之初，罪犯最远的发配地是沈阳。康熙初年，远地流放至宁古塔。

当时，发配到宁古塔的流人，大体上可分为三类：一类为奴，二者当差，三者免差。前两类被发配来的人，要为奴主或官家役使，地位低下，处境艰难。所谓免差者，即原为官宦、文士，所说的"绅衿"。他们虽罪谪于此，然仍属统治阶级中人，一般全是阖家带口一起来至此地。关内的人，特别是汉人，对北方不熟悉，只知道那里是"大荒片子"。称北方为荒徼之野，野草丛生，人迹罕到，万木排立，仰不见天；乱石断冰，与老树根相蹓立，不受马蹄；朔风狂吹，雪花如掌，异鸟怪兽，丛哭林啼。行者起蹭期间，成僵马上，何其苦也、难也。以为到了这儿，如同进了阎王殿，九死一生，听之则不寒而栗。何况真被发配于此，无论当奴或当差，都有一肚子的牢骚，甚至对朝廷怀有满腹怨恨。因此，如何对待这些流人，是社会秩序能否安定的大事。倘有不当，或使他们觉得没出路，甚或自缢、自残、自杀，将会有社会动荡之虞。然而他们毕竟是犯罪之身，当然要管，可又不能管得太狠。管狠了，会像皮球一样，拍之愈重，跳之愈高。要想办法泄掉怒气，分配住房，安排好生活。还要有耕田、耕牛、口粮，令其饮食相安，勿生械斗。以关怀、仁慈体恤他们，以无微不至的照顾感化他们，使其与朝廷由怒、由怨变成真心诚意地感激。如此看来，妥善安置流人是一件很难的事情。

回头我们再表宁古塔是如何对待流人的。朝廷派兵将押解着这些流人到宁古塔后，巴海、安珠瑚、萨布素等人很明智，对于他们持宽大、安抚的态度。你来了，我们欢迎，不算老账，不计前嫌，当成客人对待。有文化的人，可以当老师，把你们的文化给我们留下，那就是功德无量。另外，巴海他们几个又都崇仰汉文化，习学汉文化。不像有些人在杂书上所讲，说北方满洲人对汉人是欺压的，不对！本书不妨据实说说这件事。本来凡流犯就要限定戍所，强制服役，禁止返还。而在宁古塔的管辖内，对流人的防范一向不甚严苛。只要你不闹事、不辱骂朝廷，则前事不究，以客人相待，当成传播汉文化、生产技术的老师。给假入关者固多，也不时有忽然逃遁者，本地既不稽查，关隘出入亦无须官票。由于当局对流人管制松弛，人们则习以为常，并不防范，且多关照。这样做的结果，流人不仅泄了怒气，而且由怨恨变成了感激，逐渐安下心来在这里服役、生活。当地人与流人互相关心，互相学习，反倒使宁古塔充满了勃勃生机。对于流人中的上层，即属"三不当差"者，萨布素等人则是多方给以照顾，礼遇有加，根本没有欺压汉人之事。流人中的那些乡绅举人尽管为罪犯，仍同在内地一样，享受着"优免"的待遇，这是同别处不同的地方。这里还有一个特别的原因，就是从顺治初年始，在范文程、洪承畴等汉官的倡议下，兴科举，重汉学，文武并重。愚氓之徒，即使是旗人，亦不可入高堂做官。再不似初建大清国时，只要勇敢不怕死，敢打敢拼便可以为官。所以，家家、人人重视汉学。从太宗皇爷到顺治帝，都请过汉学师傅为自己之师。到了康熙玄烨时，更是重视诗词歌赋。故此，满洲和蒙古八旗人家，为使自家子弟将来能金榜题名，入朝为官，皆争抢着请汉学师傅。这样，被流放到宁古塔的汉官、文士成了宝贝，纷纷被旗人请到家里做老师，锦衣玉食供养之、保护之，使其安心教授子弟文化。

当时，发遣北方许多流人看起来是件坏事。但他们有文化，给边远地区带来了汉文化和先进的生产技术，使富庶的宁古塔在文化、教育、科学等方面得以发展，开始复苏，有些流人还对北地文化做出了巨大贡献。从这个角度来讲，又是件大好事。在这里，我们怀着感激之情，介绍几位当时汉人流民中的名士、文人。

方拱乾，即方坦庵，桐城人，明崇祯进士。顺治帝赏识他的才华，故而请到身边侍奉，跟皇上一起谈诗论画。因其子考试作弊案发受到牵连定罪，顺治十六年全家被流放到宁古塔，后来赎罪还乡，有著名的《绝域记略》传世。这部书中，记述了为奴为差的流人在北方生活的艰辛。如书中写道：北方"最重健仆力婢"，他们不仅从事农业生产，还担负繁重的家务劳作。以女婢而言，"手不碾而春，春无昼夜，一女子春，不能供两男子食。""春余，即汲，霜雪井溜如山，赤脚单衣，悲号于肩担者不可纪。"在官庄当差的壮丁者，每年"非种田，即随打围、烧炭，每人名下责粮十二石、草三百束、猪一百斤、炭一百斤、石灰三百斤、芦一百束，凡家中所有，悉为官物，衙门有公费，皆取办官庄，其苦如此"。书中还记述了流人中的上层在宁古塔受到的敬重，写道：满洲"率不轻与汉人交，见士大夫出，骑必下，行必让道，老不荷戈者，则拜而伏，过始起"。书中也谈到了北方其他方面的情况。

方孝标，即方楼江，桐城人，为方拱乾长子。擅诗文，顺治六年进士。因其弟弟科场案牵连，获罪流放，次年七月到达宁古塔，后得以返回。诗作甚多，著有《经斋文选》，作品写了清朝时一些抗清人的事迹，被当时著名的戴名世收入《南山集》。案发，于康熙三十年，其儿子方式济因受牵连被流戍到齐齐哈尔，即卜奎。著有《龙沙记略》传世，是记述齐齐哈尔较早的方志之一。

杨越，即杨安诚，浙江山阴人。为人耿直，留络腮胡子，好喝酒。因与郑成功有联系的魏耕是朋友，后魏耕被捕，受其牵连，仗义自首了。康熙元年冬月，与魏耕等人流放到宁古塔。他多次进言，建议将军府倡导农商，在经济发展方面为北方做出了突出贡献。此人既肯于吃苦又能干，刚到宁古塔时，亲自伐木架屋，垒石为炕，教人耕种技术。还带徒弟，讲学，受到宁古塔人的敬佩。曾弃文从商，影响到许多流人亦从事贸易活动。有的书中记载："流人之善贾者，皆贩鬻参、貂，累金千百，或有至数千者。"后来，便给将军巴海做幕僚，在抗俄斗争中，奉命到吉林乌拉帮助训练水师。其儿子杨宾一直未回原籍，故于宁古塔，有著名的《柳边记略》传世。

金圣叹，原名张采，字若来，后改姓金，圣叹是其字。狂傲有奇才，愿批天下名书。施耐庵的《水浒传》、王实甫的《西厢记》、罗贯中的《三国演义》等他都批，且所批的《水浒》《三国演义》传于后世，很是出名。后来，只因抗粮哭明庙遭诛，妻子和家人被流放到宁古塔。在这里，金家人口越来越多，由最初的一家，逐渐变成了金家堡子，皆为金圣叹的后裔。

张坦公，又名张缙严，河南新乡人，明崇祯进士，乃赫赫有名的大文士，官至兵部尚书。顺治七年降清，官至工部右侍郎。顺治十七年著《无声戏》两集。后以"煽惑人心"坐罪，籍没家产，流放宁古塔。经年六十多岁，老死于宁古塔东门外的住所。他多才多艺，擅绘画，工雕塑，尤精于诗文乐律。在宁古塔与吴兆骞、钱威、姚琢之、钱虞仲、钱方叔、钱舟等朝夕相处，相当默契，亲如一家，酒酬诗文，时称"七子之伶"。缙严著述甚丰，尤其是《宁古塔山水记》，为北域宁古塔最早的一部山水志书，传于后世。

在这里，说书人借此机会，向各位阿哥着重介绍另一位流人，即江南著名才子，巴海、萨布素最尊敬的老师、挚友、谪戍宁古塔的才华横溢之著名文士吴兆骞。他生于明崇祯四年，字汉槎，江南吴江人。幼年诗思敏捷，少有奇才，十六岁随父宦游浔阳、洞庭一带，赋有《阴湘》等诗。明末，结社之风活跃，兆骞在吴江入慎交社，被誉为"江左三凤凰"之一。顺治十四年，丁酉年，应江南乡试，中举人，没想到因此招来横祸。当时，有人向朝廷参奏，江南主考方猷与取中的举人方章越是洞庭的同族，有舞弊之嫌。此案报朝廷后，顺治帝震怒，将方猷等十八名考官处死，妻子、家产籍没入官，并令把此举试中涉嫌作弊者押赴京师，由顺治帝亲临复试，吴兆骞也在其中。各举子被操刀武士押解，胆战心惊。吴兆骞等人从未见过举子被看管，考场竟有如临大敌之阵势，心情很坏，无法写文章，全都交了白卷。为此，被罪打四十大板，家产籍没，流放宁古塔。于顺治十六年出关，历尽艰辛，第二年七月到了宁古塔戍所，隶正黄旗下。

吴兆骞这位满腹经纶、肩不能担担、手不能提篮的文弱书生，自被押解到宁古塔戍所之后，巴海、萨布素等人从没把他当作罪犯、流人看待。他们为了改变宁古塔的地方经济、文化等诸方面的落后状况，一直注重和提倡向流人学习先进的生产技术和文化知识。对有技术、有文化的流人敬之如宾，特别是像吴兆骞这样的著名文人，不是蔑视，而是感佩、敬重，视若人师。加之吴兆骞为人忠厚、诚恳、谦逊、随和，没有文人架子，肯于助人，又是那么博学，深得巴海、安珠瑚、萨布素等人的尊敬，对他礼遇有加，十分器重。不仅拜为师，请其执教授业，教育子弟，巴海还将他聘为将军府的幕僚，以讨教治国安邦之策。

吴兆骞来宁古塔不久，妻子葛氏也千里迢迢来到了丈夫的戍所。当时，新城已建好，汉人多居住在东西两门外。萨布素一看老师的夫人来了，马上带领宁古塔兵丁，为他们在宁古塔新城东门外建起了新的住所。这是一溜儿几间的房屋，以板障为院墙，临街留有大门，院门前特辟了一块地，可种瓜果蔬菜。吴兆骞同妻子从戍所搬进了新居，相依为伴，康熙三年，生有一子，起名苏还，即取苏武还乡之意。这个孩子，就是后来非常出名的吴振臣，著有《宁古塔记略》传世，为当时宁古塔的荒凉、寒冷留下了很多历史佐证。吴振臣在这部书中，描述了他的父母来到宁古塔后的生活环境和生活状况。讲其父刚开始时，跟其他流人一样，曾是抱着九死一生、凄凉愁苦的心情来宁古塔的。到此地后，看到这里的环境十分艰苦，对初来乍到的生活很不习惯。春初二月，终日大风，雪花飞舞，天寒地冻，尘埃蔽天，咫尺皆迷。天冷得早，七月中旬即有早霜降临，不数日即有沉霜而至。八月过后，可见雪花儿。九月河流尽冻，十月地裂盈尺，雪才落地，即成坚冰，虽日照灼亦不消。初来者必三袭裘，久居则重裘方可御寒。转年三月，坚冰尚未始解，草木尚未萌芽。四月初冰始化，五月草木才能发芽。近年来，随人口增多，日渐和暖。当地满洲人和汉人皆言，此暖是蛮子带来的，可见老天亦怜悯流人。

　　萨布素少年师从周子正老先生，可惜先生为国家、为民族献身疆场。近年拜兄长为师，但巴海公务冗杂，无暇与萨布素切磋汉学。现在有吴兆骞这样的著名文人为师，心里当然十分高兴，只要有时间，就去吴兆骞舍下学古文，学诗词。吴兆骞亦热心、认真地教授，并将带来的一些古籍书拿给他看。与此同时，萨布素还同当地的居民一起，对吴兆骞等流人的生活多方照顾，帮助他们尽早适应北方的生活环境，告之一年四季吃什么、穿什么、用什么以及应注意些什么。萨布素嘱咐卡克屯要常去帮师娘葛氏洗衣、做衣及教做满洲地方的饭菜，孵养鸡鸭，又送去了两只小奶羊和一只小狍崽儿。葛氏的鸡鸭小雏，还都是卡克屯亲手孵出来的呐！萨布素对恩师吴兆骞除在生活上给以关照外，有时也带出去雪猎，使师傅看到了许多南国见不到的景色，感受到北国各族人民深爱国土的情怀。吴兆骞受到宁古塔人亲切的呵护，又为边疆各族人民开发边疆、巩固国防的爱国之情所陶冶，思想感情发生了很大变化。不仅热心教书带徒弟，还诗兴大发，写出了大量的诗文，为北疆文化教育的发展做出了突出的贡献。其中《夜行》一诗，描述的是他亲身参与边地夜猎的场景，抒发了思乡之情。诗中写道：

> 惊沙莽莽飒风飙，
> 赤烧连天夜气遥。
> 雪岭三更人尚猎，
> 冰河四月冻初消。
> 客月属国思传雁，
> 地是阳山学射雕。
> 忽忆吴越歌吹地，
> 杨花楼阁玉骢骄。

　　这里要向各位阿哥讲一件事。那是康熙四年的冬天，正值萨布素奉命率兵去东疆乌苏里一带巡逻。回来时，得知吴兆骞等一些流人被满丕副都统带去吉林乌拉做劳务了。这是怎么回事儿呢？流人被发放到戍所并续编之后，驻防八旗有权调动、分派他们做劳务。这次正赶上吉林乌拉有一项紧急而繁重的又苦又累的活儿需要完成，又是在雪深四尺的环境下深夜冒雪而去，一般人都难以忍受，何况来到北方不久的流人呢？按规定，他们只能带着被褥，其他任何物品不许带，并且坐光板儿牛车去，一路上的寒冷可想而知了，那是相当的艰难。吴兆骞这些人本是可以免差的，为什么非叫他去呢？就是因为满丕见萨布素同吴兆骞过往甚密，处处给以照顾、保护，心里不是滋味，渐渐地因嫉妒而愤恨。心想："你不是护着吴兆骞吗？我这个副都统有权呀，偏点名儿让他去服这份儿劳役。"一介书生的吴兆骞，平时在巴海、萨布素的关照下，没干过重活儿。这次却在天寒地冻的严冬，长途跋涉几百里，步履维艰，冻得浑身发抖，真是痛苦难熬啊！萨布素得知此事后，很是生气，又不好对满丕说什么，心想："满丕呀，满丕，你这是安的什么心哪，不是存心要害我的老师吗？再说，吴兆骞等人到宁古塔后，为文化教育做出的贡献，给宁古塔带来的发展，岂是让他们做几次劳役所能得到的？"一气之下，直接登门找巴海。当时巴海正偶感风寒，于家中调养。萨布素进得门来，讲及此事，巴海也很吃惊，因为事前一无所知。巴海对吴兆骞向来十分敬重，喜欢与之切磋、交往。一听说满丕已点名儿派去吉林乌拉做最苦的劳役，十分生气，急发令箭，命小校骑马追回吴兆骞先生，并让所有免差之流人一起回返。就这样，吴兆骞、钱德惟等文弱书生才得以免去一场苦难，躲过了厄运。吴兆骞等人特别感激巴海将军和萨布素，从此关系愈加亲密。

吴兆骞在宁古塔留下许多脍炙人口的传世诗作，后来，其子吴振臣将父亲的这些诗、文、赋编纂成诗集《秋笳集》。其中有四首是赠给萨布素的，从中可看出他们之间的关系甚洽，交谊颇深。这四首诗是：《送萨参领》《送萨参领入都》《九月十二日晚观回猎赋赠萨君》《奉赠副帅萨公》。前两首作于萨布素任参领时，《送萨参领入都》大概写在萨布素晋升副都统前夕，故有"如君俊迈许谁伦，入奏应知宠命新"之句。后两首写于萨布素任副都统之时，《奉赠副帅萨公》一诗这样写道：

> 彤墀诏下拜轻车，
> 千里雄藩独建牙；
> 共道伏波能许国，
> 应知骠骑不为家。
> 星门昼静无烽火，
> 雪海风清有戍笳；
> 独臂秋鹰飞鞚出，
> 指挥万马猎平沙。

诗中，吴兆骞满怀炽烈的感情，以两汉名将霍去病和马援称许萨布素。读这首诗时，霍去病之"匈奴不灭，无以为家"的铿锵之声，马援之"男儿要当死于边野，以马革裹尸还葬耳"的悲壮之语，顿时令人萦回耳际，一个扬鞭跃马、驰骋疆场的萨布素，便会清晰地映现在眼前。《九月十二日晚观回猎赋赠萨君》一诗，则赞美了萨布素率军围猎练兵的威武声势，称颂了治军习兵的才能。诗中写道：

> 山晚初回猎，
> 江寒早渡冰。
> 风旗收万马，
> 雪帐散千灯。
> 拂剑君何壮，
> 鸣弦我未能。
> 莫言狐兔尽，
> 侧目有饥鹰。

此诗不仅称道了萨布素，而且语重心长地告诫人们，要时刻不忘蹂躏边疆的"饥鹰"——沙俄侵略者。不用说，这是吴兆骞同萨布素等人的一致心情。

萨布素整天在外忙公务，家里全仰仗着额莫来操持。虽哈纳随着年纪越来越大，身子骨儿越来越虚弱，脾胃已衰。又因早年南征北战时，饥食无序、忽寒忽热、忽饥忽饱，致使胃脘疼痛。一疼起来，满头豆粒儿大的冷汗滴滴答答往下掉。每每犯起病来，疼痛难忍，病势亦日渐沉重。严重时，即使再饿，也不敢吃东西。当时北方汉医甚少，有了病，只能用一些土药，近年来稍好点儿。巴海身边倒是有位御医，那是沙尔虎达老将军在世时，皇上赐给的。这位御医由于年龄大了，身体又不好，同样是艰难支撑。因此，虽哈纳尽管病重，却不愿麻烦人家。他这个人一向是这么个脾气，求人一次两次勉强可以，决不会再三再四，就那么硬挺着。好在偶尔有些走方的李朝郎中，常从珲春来到宁古塔诸地卖药、看病。手拿着花棱鼓，或者拿两个叫板，啪啪地边走边打着，从这个屯子到那个屯子、从这个寨子到那个寨子地游走。不怕吃苦，每天爬山越岭，要走百十里地，走哪儿住哪儿。虽哈纳就请他们给疗治，你还别说，吃了这些郎中开的草药，病势真的一天比一天见强，大有好转，阖家为此很是欢喜。

时近康熙九年，庚戌年春三月，季节虽至清明，但宁古塔依然是春寒料峭，积雪填壑，尚看不到传达春意的柳枝头上生出白白的毛毛狗。尽管北疆春天来得晚，人们的心里却是热乎乎的。过了满洲人传统的节日冬至节，到了春天，受汉族文化的影响，又过寒食节。当然，节日的内容充满了民族的特点。宁古塔的各族各姓，家家欢声笑语，户户喜气洋洋，非常热闹。本来满洲人家愿意吃烧烤食物，按照鄂伦春、赫哲、鄂温克的习俗，这一天不许动火，要吃生食。就是除了做好的面食之外，吃生肉、生狍子肝、生鱼片等。这种把肉切成块儿，蘸着酱油和各样佐料生吃的用餐法儿，不仅补血、补气，还别有一股儿香味儿，特别好吃。生鱼片是怎么做的呢？先把鱼肉切成片儿，用醋激一下，再拌上佐料，便成了很好的下酒、下饭菜。原来能吃两碗饭的人，就着生鱼片可吃上四五碗。还有动物的鲜心、鲜肝，也是先用醋激，然后拌上佐料吃。其他如狍、鹿的里脊肉，切成片儿后，同样是蘸着佐料生吃，边吃边饮酒作歌，十分尽情尽兴。每年在这个日子里，通常是今年我请你，明年你请我。大家聚在一块儿，不分民族，不分姓氏，一块儿吃喝，共同娱乐，这便是宁古塔的习俗。

已经到了老年的虽哈纳平时喜欢静，话很少。自打今年病好些了，浑身觉得舒坦了不少，还能吃进饭了。你说怪不怪，竟像个老小孩儿似的，一反常态，每天有说有笑的。一日，同老伴儿舒穆禄商量道："正巧萨布素在家，我的病又好了，这两天就琢磨着是不是请大家在一起聚一聚、乐一乐，你看咋样？"舒穆禄夫人从来是对爱根说的话百依百顺，需要办的事儿千方百计地去办，温柔、体贴、贤惠。夫妻俩几十年来感情一直那么好，未红过一次脸，对寒食节请大家聚在一起热闹一下的提议当然是一百个同意，高兴地说："好哇，太好了！这也正合我的心思。再说，你的病好多了，咱们早该同大家一起庆贺庆贺啦！"晚上，舒穆禄便同萨布素、卡克屯商量此事。萨布素特别赞同，兴奋地说："去年冬至节，是巴海哥哥做东聚首办的。今年的清明寒食节理应我来办，正好阿玛提出来了，这太妙了！那咱们就做东，按照阿玛说的意思，办得热热闹闹的。"当即把要请的人列了个名单，然后同阿玛一一商量，虽哈纳完全同意。他们准备请巴海、安珠瑚、瓦礼祜、希福，还有满丕副都统以及佐领、库房总达爷和兵勇等宁古塔将军衙门的人；请萨布素从小一块儿长大的娃娃朋友；请波尔辰妈妈、门突呼老人、嘎鲁泰爷爷、徐牧和比雅格等长辈及汉人朋友；还遵巴海的意见，请宁古塔的流人吴兆骞色夫、杨越色夫、张缙严色夫等名人。为办好这次寒食节，前几天，萨布素、党丹、瓦礼祜、麦里西他们几个走了一天多到了毕尔腾湖边，打了十几条一百多斤重的大草根鱼，还猎到了六只狍子。回来后，先送给吴兆骞、杨越、张缙严三位先生每家一只狍子、一条草根鱼，余下的留着过寒食节时给大家尝鲜。

寒食节这天，虽哈纳家的席面儿上，有动物的鲜肝、鲜心、鲜脑子，还有鲜鱼籽以及瘦肉、狍子肉、鱼肉等。事先均已用醋激好，再蘸上酱油、葱汁儿、芥末面儿、辣椒面儿、香油、蒜苗，还有捣好的蒜泥和花汁儿。说起花汁儿，这是北方的一种特色佐料。满族从辽金以来，便有窖藏的花汁儿，每种花汁儿分别用瓦罐儿装好。瓦罐儿不大，土窑烧制而成。装花汁儿的罐儿外面贴上字儿，全是写的满文字，并用皮子将小瓦罐儿包得严严实实的。这样，花汁儿的味儿就飘散不出去了。里面分别装有玫瑰、百合、黄花、香叶、苏叶、都柿、黄瓜香叶、山里红、草莓等二三十种花汁儿，须单藏，以便保留各自的香味儿。用的时候，有单用一种汁儿的，也有两种、三种汁儿混在一起的，颜色各不相同，色、香、味俱佳。拌到饭里、烧到各种肉里或做饽饽时揉到面里，别有一种滋味，甚是清香。除此，摆有榛仁儿、各种瓜仁儿，有芝麻的、苏叶的，都是加进调料的。肉干儿有狍子干儿、鹿肉干儿、猪肉干儿、羊肉干儿、牛肉干儿等好多种。鱼肉也不少，有海鱼、江鱼等。还有鸟肉干儿、鸟肉脯等多种飞禽。总之，席面儿上总共有十几道菜，摆放得非常好看。不用你吃，只一闻一看，立马像进了一个百花盛开的大花园一样，香气扑鼻，里外皆能闻到，充分显示了北方人生活的特点及北地菜肴的丰盛。吴兆骞、杨越、张缙严等这些南方来的名人，有生以来第一次见到这样别开生面的酒席宴，颇感新奇，为之惊讶，大饱了眼福。他们知道，在书本里是找不到这些民间的丰富知识的。

宴席的安排也很有特点，主要有三大桌。头一桌是老年席，即长辈坐的席。有虽哈纳、波尔辰妈妈、嘎鲁泰爷爷及宁古塔德高望重的老人们；巴海和他的众将及吴兆骞等文人在第二桌；第三桌是女眷，有舒穆禄夫人、卡克屯、比雅格、红红、大姐儿、彩兰、彩英等。除此之外，外头还有佐领、兵勇及邻居们坐的桌。开宴后，巴海、萨布素首先向老人敬酒，然后各桌开始品尝佳肴、推杯换盏，大家是吃得尽兴、喝得痛快。待虽哈纳、波尔辰妈妈、嘎鲁泰爷爷等长辈及舒穆禄夫人等女眷都吃好退了席后，巴海及众将领们仍在连吃带喝带唱的，越喝越兴奋，越唱越激动，是大宴中兴致最高的一桌。宴间，巴海、萨布素、瓦礼祜一起下桌跳起了莽式舞，跳一阵儿、唱一阵儿、玩一阵儿，然后坐下来再接着喝一阵儿，好不热闹。张坦公精通乐律，借酒即席清唱了一段儿江淮名人的名曲《目莲救母》，这是宁古塔人头一次听到明代优人所唱之曲调，觉得好听极了。杨越还拥推吴兆骞为此良宵赋诗以记。兆骞兴起，加上高兴得多喝了几杯，诗兴大发。正赶上寒食节这几天宁古塔春雪连绵，遂提笔写了一首《寒食大雪诗》：

> 寒食边庭雪，
> 严阴郁未开。
> 遥怜战场柳，
> 春色几时来。
> 客泪沾笳吹，
> 今日托酒杯。
> 莺花何处好，
> 万里梦吴台。

诗人吴兆骞在这里既描写了宁古塔当时的天气、环境，又抒发了深深的怀念家乡之情。

酒宴一直持续到深夜，人们酒足饭饱之后，才陆续离席，最后只剩下巴海、安珠瑚、萨布素三人，舒穆禄夫人则领着仆人撤席、收拾屋子。巴海告知萨布素和安珠瑚，刚刚接到了兵部谕旨，并具体谈了如何按谕旨行事。据兵部告知，北疆乌苏里乌拉的瓜尔察部人属于规劝内迁的部落。可他们长时间不听清军调遣，化整为零，藏匿在山谷之中，与清军周旋。为了北域的安宁，严防罗刹侵害，须采用强力使其迅速内迁。还接色刻禀报，以前派去的布朗阿协领率兵前去劝说瓜尔察部人，带其南迁。部落的人不仅不听，还放冷箭射伤了协领，杀死清兵三人，嚣张得很。所以，一定要擒拿凶手押京惩处。自顺治末年以来，由于此地苦寒，不宜耕牧，为便于统御，朝廷十分重视北民迁徙事宜。要求黑龙江沿岸居住的散在各部落陆续南迁，重新设置村寨，耕种土地，发展牧业。这样做，有利于农耕的发展，也有利于防御罗刹的侵害和坚壁清野，使匪徒无计可施，难以生存。应该说此种做法，既具有重要的战略意义，又有弊端。从长远看，北民迁走以后，那里无人居住，更无防御，等于拱手让出了北边之地，罗刹便可乘虚而入。时间长了，就可能把那里变成他们的土地。对北民南迁的做法，当时朝廷中意见不尽相同。有些人认为不能这么做，人迁走了，罗刹肯定会去占领这个地方，继而插上旗帜，占为他们的领土。有些人则认为把人迁走只是暂时的，那个地方仍然是大清的领土。不能因那里没有人居住，我们就不去管了，还应按时巡逻，加强防御。多数人则认为北边是不毛之地，不怕罗刹人去，因此没太重视，继续命令北民南迁。后来确实自食其果，酿成了后患，这是后话。

单说宁古塔将军衙门接兵部旨意，务将瓜尔察部南迁。由于布朗阿劝说南迁受阻，又身受箭伤，加之瓜尔察部已逃进了深山，巴海感到实在是件让人头疼的事。在与副都统安珠瑚和萨布素具体谋划时，他想来想去，最后决定道："萨布素，你熟悉北方，看来这件事还得交给你去办。"萨布素说："巴海将军、安珠瑚大人，此事二位放心好了，我会拼着命去做的。"安珠瑚嘱咐道："萨布素，这可不是儿戏呀！那些人既然已对布朗阿协领下手了，你去同样是很危险的，千万小心才是。此事必须得办好，强行让他们南迁，同时要把凶手擒拿回来。通过这件事的解决，让北方散在的部落人知道，清军不但管得住他们，而且谁要敢对清兵动武，反对大清朝，朝廷会动用武力予以惩罚，此乃前车之鉴。否则，咱们对其他部落的迁徙将更难办了，日后亦不好平抚。我的意思是，到那儿以后狠一些，争取尽快解决。萨布素啊，要看到此事的重要性和严重性，它将影响和有利于今后北疆的平抚。"萨布素说："明白了，一定按大人所说的去做。"巴海问道："好兄弟，打算带多少兵去？"萨布素想了想，又掂量了半天，才不无把握地说："这样吧，我只带几个护从去。"安珠瑚马上反对道："那怎么行？人少太危险，绝对不行！"萨布素解释道："大人，我认为人去多了反而不好。您想啊，兵马很多，一路上呼呼啦啦的，人还没到，消息早传过去了，他们必会有所准备。如果只带几个亲随信马由缰地去，瓜尔察人没有警觉，罗刹人也不知晓，这样强行南迁或许好办些。我们这次去，主要不是打，况且真要打，我并不怕。必须首先摸清情况，然后有的放矢地着手解决。估计布朗阿协领就是因为带的人太多，目标太大，人家有了防备，所以才有了伤亡。正因如此，我才想出要变一种方法去收服他们。"巴海、安珠瑚点头心领,觉得这招儿不错。是呀,带那么多人,兴师动众的,反倒过早地引起他们的注意。萨布素的心眼儿多,计谋高,武功本来就强,又是悄声儿而去,相信会有收获的。说实在的,瓜尔察部落不会有什么武功十分高强之人,关键是用什么办法更恰当,然后尽量安抚好他们。巴海、安珠瑚合计来合计去,最终同意了萨布素所谈的做法。

萨布素受命以后,向额莫、阿玛说了自己将要担重任赴北疆。舒穆禄夫人听后,既心疼又生气,申斥道:"萨布素,你咋这么糊涂呢?将军给人马你不要,有何把握?一旦有个什么闪失,不利家更不利国。就是率一队人马去,我们老少都不放心呢,得日夜在家里伸脖儿盼望你平安归来。何况身边一位将领没有,只带几个护兵赴北平抚,家里人能心安吗?那得让我们怎么牵肠挂肚地惦着呀,你想过吗?"卡克屯也同意额莫的意见,不愿让他几乎等于单骑闯北疆。再说已经立下了军令状,倘若没完成差事,还不得受军法处置呀!这时,卧在炕上的虽哈纳说话了:"萨里甘哪,你就随了咱们的哈哈济吧,我认为他能行。既然决定这么做了,一定会有对付的办法,要我看哪,这是给咱们儿子一次难得的锻炼机会。还是那句话,有啥样的阿玛,就有啥样的儿子。我过去不也是这样吗?你总跟我吵吵,担心怕出事儿。可每次单骑出去,不都是平安地回来了?阿玛是这样的阿玛,儿子是这样的儿子,你不用替他担心了。"虽哈纳这么一说,舒穆禄立马不吱声儿了,只好默默地同卡克屯为萨布素准备远行要带的装有换洗衣裳、干粮、肉干儿等生活必需品的行囊。

咱们在书中多次讲过,虽哈纳和舒穆禄那是一对鸳鸯并蒂莲哪!已年近古稀,还是那么相亲相爱,互相照顾。出现容易顶嘴的事儿、烦心的事儿,都是夫唱妇随,从不翻脸。萨布素和卡克屯这对小夫妻更是亲近有加,到了夜间,萨布素嘱咐小爱妻:"此去不知多长时间才能回来,阿玛身体不好,额莫年纪大了,一些事儿就得你多操劳了。"卡克屯说:"你放心去吧,我会照顾好二老的。只是一个人出门在外,要多加小心才是。"小夫妻俩恩恩爱爱、卿卿我我,一直到深夜还没睡,又唠了些关于此去不带兵马、如何做好北抚的种种办法。

萨布素敢于不带大队兵马北上,也确实成竹在胸,早有一套完整的方案。他这个人平时就事事留心,对乌苏里乌拉地方是比较清楚的。说来,那还是在顺治元年时,萨布素随吴巴海巴图鲁、喀尔喀穆佐领北征。在到阿木勒沟救周子正老先生、铲除叛乱的明将秦楷时,曾到过乌苏里乌拉。乌苏里乌拉即何斯尔河，只是在清代行文中或标注地名时，因各民族语言不同，常常出现同一地却有两三个名称，叫法不同而已。康熙朝以后，为避免出入，理藩院注意了标注地名及各民族的同一地名不同译文的情况，逐渐统一了满文或汉文的标注名称，纠正了以前的错谬，规范了地名的称谓。宁古塔现在虽然兵多将广，上至巴海将军，下到宁古塔八旗中的副都统、佐领、骁骑校等，但真正谙熟黑龙江及其北域一些地方的人却寥寥无几。曾身临其境者，当时除了萨布素、瓦礼祜之外，再无他人。萨布素走过的地方，要比瓦礼祜多些。他善于观察山川形势，有熟记大小山岳、河流、屯寨的能耐，可以说过耳、过目不忘，当然这是处处留心、仔细观察的结果。在宁古塔八旗里，人们称他是"地理通""地行仙"。正因如此，萨布素在镇守宁古塔等处将军衙门中，是很有威信的，受到重视。凡遇到北方一些难解决的问题，往往都让他出马。

萨布素熟悉乌苏里乌拉，这是之所以敢于轻装简从去抚北的基础。他还知道，乌苏里乌拉乃兵家必争之地，位于黑龙江中游，上通黑龙江的上游，往下可通黑龙江数千里，一直进入入海口。是卡脖子的地方，也是居民极多的所在。罗刹一直给以足够的关注，倘若占据于此，等于掐住了黑龙江的咽喉。为争夺这里，部落间、大清国与罗刹之间曾多次发生鏖战。不少人只要一提起乌苏里乌拉，首先映现在眼前的便是残酷征杀和拼死相搏的场面，那真是不寒而栗呀！萨布素想到征战，便想到了秦楷，由秦楷又想到了已迁居来宁古塔的比雅格。眼前突然一亮！噢，对了，说不定从比雅格那里能得到解决乌苏里乌拉的办法。诸位阿哥可能要问，这是为什么呢？大概您不会忘记吧，比雅格当时很出名，曾被秦楷据为夫人。那时，秦楷为扩大力量，极力鼓动达斡尔部落首领联合起来，于黑龙江中游乌苏里乌拉聚集，进行疯狂的反清活动。

达斡尔人称乌苏里乌拉为何斯尔河。这是一条不宽又不长的河，由北流入黑龙江，下游与精奇里江相连，是达斡尔人何斯尔部落的主要居住区。这里虽有些征战，但因其位于黑龙江中游，土质肥沃，物产丰富，鱼产颇多，而且两岸柳林密布，便于军队隐蔽。所以，这些年部落尽管有些流动，不少达斡尔人还是不愿离开这里，秦楷当然也就选择了这里，煽惑达斡尔人反清。岗查儿不是曾在这一带负隅顽抗、被沙尔虎达、鄂罗塞臣大军击溃了吗？后来在吉古林、多凌阿组织的达斡尔民族大军与喀尔喀率领的宁古塔八旗联合治理、剿抚之下，一些部落迁入精奇里江下游、黑龙江江口阿木勒沟一带居住。近两年来，由于此地不少达斡尔人不愿远离故土，便采取了兵马来时，集体逃离；兵马走后，再回到原地隐匿起来的做法，抗拒清廷内迁之策。还有些达斡尔人受罗刹挑拨，不明真相，竟同匪徒们合谋抗清。他们常常躲在林中，以箭偷袭清兵，甚至与之发生血战，矛盾越来越尖锐。当宁古塔将军衙门派出兵马巡逻时，发现何斯尔河一带，即乌苏里乌拉地方近年来居住了各地逃逸的部落，人越聚越多，逐渐成了大屯寨。村落人丁兴旺，不单有达斡尔人，也有满洲人、汉人、索伦人、鄂温克人、鄂伦春人等，以达斡尔人居多，故而不得不派兵强行令其南迁。结果不仅不听，在械斗中打死清兵，还将押解他们的官员秘密杀死。

巴海将军闻知，起初派少量兵马去治理、安抚，皆失败。后派布朗阿协领率六百骑兵将屯寨包围，硬行拆毁各户住房，用强兵押解三里长的队伍南迁。除有十几户逃入深山外，多数被迁到黑龙江以南，在坤河一带安居。因几年来，坤河一带已经迁入了十几户达斡尔居民和十余户外地散居的逃民，所以便成了坤河噶珊。一天夜里，被强迫迁徙来的人突然吹响布勒，杀入清营。兵将在拼死反击中，死伤数人，布朗阿受箭伤。被押解之民仍逃回到黑龙江以北，进入精奇里江中上游的密林之中，成为流寇。据说，他们还在招募人马，不断扩大力量。此事巴海奏明朝廷，亲政的康熙帝极为重视，下旨："要迅即剿抚，勿使成燎原之害，罪酋与涉重罪者诛勿赦。现经查明，这次反叛之猛，手段之凶狠，概因叛乱人中有早年岗查儿的余党。他们隐匿多年，又卷土重来，对此务要做到心中有数，且不可再生庚辰之害。"可以看出，朝廷决心很大，抓得甚紧，并连下三道旨意，催宁古塔速办，办毕速奏。此重担，巴海与安珠瑚交给了萨布素。萨布素想，担子既然让我来挑，就一定要挑起来。怎么办呢？他审时度势，认识到关键是擒贼先擒王，而不是带不带兵马的问题。只要能掌握慑服土酋之术，不带兵马照样可以取胜。反之，不掌握慑服土酋之术，带了兵马也可能失败。

萨布素还了解到，此地土酋是岗查儿的亲随、妻弟杜古尔。当年与秦楷的关系十分密切，他们共同掌握凶狠的无敌之术——毒掌铁石追魂弓，秦楷就是靠这个威风一时的，后来将弓的制法传给了岗查儿和杜古尔。秦楷、岗查儿早已死去，惟杜古尔还掌握毒掌铁石追魂弓，并能自己制造。他从不向任何人传授制法，只是将弓做好后，交由亲随掌握，用以攻击和防御。其毒弓毒箭，杀伤力很强，伤人甚惨，百余人不能轻易靠近。因此，使之攻击、退却都非常自如。每当清兵围剿杜古尔时，他往往是派人先护送兵马走，自己和亲随断后，故清兵亦无法追杀。这样看来，要想取胜，则必须想办法破除杜古尔的毒弓毒箭的威力。怎么才能知道这制法的奥秘呢？当然是直接接触杜古尔，但可能性不大。萨布素绞尽脑汁，想来想去，便想到了曾与秦楷有一段关系的比雅格。认为她与秦楷一块儿生活了一阵子，或许能多多少少提供点儿线索，总比一点儿没有强。不过比雅格现在同徐牧过得挺好，能愿意再谈这事儿吗，会不会翻脸哪？因为谁都不愿被人当面儿揭短，揭过去伤疤的滋味哪那么好受的？更不愿因回忆伤心、羞愧的往事而徒增烦恼。即使知道些什么，可能也不愿意讲，与其说了，不如让它烂在肚子里。可又一想，不管怎样，哪怕再难，为了大清朝廷的稳固、民族的安宁，只能好好儿做比雅格的工作了，耐心说服她帮帮忙。于是狠狠心、咬咬牙，硬着头皮前去拜访徐牧和比雅格。

　　萨布素很快来到了比雅格的家。果不出所料，没谈这件事之前，比雅格对他的到来很是热情，既尊重又亲近，笑容可掬地唠起了家常，打听这个、询问那个的。越是这样，萨布素越觉得很难张这个口。可事儿总得办呀，后来终于把憋在心里的话艰难地吐了出来，提起了过去那段儿往事。这一提不要紧，刚刚还满面春风的比雅格，脸马上沉了下来，极为生气地说："萨布素，我一向把你看作是最好的弟弟，过去也真是帮了大忙，心里一直感激不尽，也特别尊重、信任你。可就是不明白，今天为什么这么做，怎么把姐姐往火坑里推呢？我刚堂堂正正做个人了，你却向身上泼狗屎，让姐姐难堪，这是安的什么心，为什么提这个？再说你是知道的，我恨透了秦楷，恨不得把他的尸首掘出来，捣成灰扬了，那都不解心头之恨！萨布素，这到底是为了什么呀？"说着，哇哇地哭了起来。

　　此时，徐牧正在外屋忙着。突然听到比雅格的哭声，不知怎么回事儿，猛一惊！赶紧进屋一看，比雅格不但哭得伤心，而且脸色十分难看。一问，才知是因为萨布素提起了过去伤心的往事。徐牧自然心疼妻子，在旁边一个劲儿地苦劝比雅格不要哭，有话好好儿说。可怎么劝也劝不住，比雅格的哭声仍然止不住，还越哭越伤心，越伤心就越大声号啕："我算摆脱不了过去了，今后可怎么活呀？没法儿见人了，还不如上吊死了算了！"徐牧在一旁耐心地劝，比雅格把他一推说："不用劝了，不要你管。这事儿没放到你头上，当然说得轻巧！"徐牧爱比雅格，又敬重萨布素，是左右为难哪！一时不知怎么办好了，直劲儿地给萨布素使眼色，意思是求他不要再提那些事儿了。无论萨布素怎么说，比雅格就是个听不进去，没办法，只好安慰道："姐姐，别哭了，都是我的错儿，弟弟给你赔不是了还不行？忘了这事儿吧，权当没说好不好？"边劝心里边寻思："行了，别再问了，想别的办法吧。"萨布素和徐牧使尽浑身解数，好说歹说总算把比雅格劝住了，不再大哭大闹了。二人扶她躺在炕上静静心，可还是在那儿抽抽搭搭的，看起来似乎很委屈。

萨布素拉着徐牧从屋子里出来，到了院外，嘱咐徐牧好好儿安慰比雅格，别让她太难过了，然后便与之告别往家走。回家的道儿上，心想："难道没有别的路可走了？不通过比雅格，真找不到战胜匪首杜古尔的线索了？活人哪能让尿憋死呢。不行，必须想出辙来！"萨布素从来就是这样的犟脾气，琢磨着即使在这里一无所获，到阿木勒沟也会寻到蛛丝马迹的。车到山前必有路，马上去阿木勒沟，那里的乌力奶奶、莽古勒吉尔爷爷及众乡亲们，一定会帮我琢磨出制服匪首的招法来。决心下了以后，第二天一早，告别了家人，仅带五个护从，又带了几匹备用马和粮食北上了。

萨布素及其护从正快马往前赶路呢，突然发现从前方林子中冲出一匹坐骑，跑得挺快。细一看，原来是徐牧和比雅格同骑一匹马迎向他们驰来。待来到跟前时，见比雅格手里拿着一个小铜匣儿。这时，徐牧说话了："萨佐领，昨夜比雅格与我唠了大半宿，终于想通了，今晨一定要亲自来见你。"比雅格接过了话茬儿："好弟弟，别怪姐姐。我想明白了，你这是为了咱们的国家和民族，办的是件好事儿。都怨姐姐心太窄，一时情急，胡咧咧，可千万别往心里去呀！"萨布素忙说："姐姐说哪里话，放心吧，不会的。"比雅格看了一眼手中的小铜匣儿，说道："弟弟，这个东西始终在我的梳妆镜底座里放着，也是秦楷留下的唯一物件。说实在的，他的东西我什么都没要，只这么个小铜匣子没舍得扔，是因为看它上面的琥珀和珠子挺值钱才留下的。本来早想打开，可无论如何弄不开，不知里面装的是什么。记得他当年拿这玩意儿当宝物似的，总挂在脖子上，从不离身。唯独被清军包围的那几天，秦楷心绪很乱，烦躁不安的。不知为什么，把这东西摘下来放在了我这儿。后来清兵追捕得厉害，他还没来得及把铜匣儿取走呢，我便被你和古兰接到了清军大营，他和岗查儿跑了，这个东西就一直留在这儿了。其实，我早已把它忘脑后去了，直到来到宁古塔与徐牧成亲用梳妆镜时，才又瞅着了。原想拿给你们看看，后来一寻思，这也算不上个啥呀，不过是个普通的小挂件，别让人家以为多大个事儿似的，也就拉倒了。你这次到家来，我是真不愿提起那段不光彩的伤心事，因此很反感。好弟弟，原谅姐姐吧，是姐姐一时糊涂。徐牧昨晚给我讲了不少道理，后来想通了，今天一早赶紧跑来等你。把这个物件拿去吧，看有用没？"说着，双手递了过来。萨布素接过小铜匣儿，万分感激比雅格夫妇，说道："弟弟现在军务在身，待回来后，一定向姐姐好好儿表示感谢！这个我先带着，或许有用，你们放心好了。"说完，与比雅格、徐牧在马上抱拳告别，互道珍重，然后带护从飞驰而去。比雅格、徐牧看萨布素走远了，这才返回自己的住处。

萨布素率人继续打马前行，边赶路边仔细地端详这个荷包形的小铜匣儿。此物件小巧玲珑，上边镶嵌着十几个琥珀珍珠，闪着亮光，做工精美、讲究，是个珍贵的艺术品。他想打开，翻过来调过去地看，试着开了半天，小铜匣很紧，一点儿缝儿不欠。琢磨着肯定是有暗扣儿，可这暗扣儿在哪儿呢？就不厌其烦地用手指点着那些琥珀珍珠，按来按去的，又来回地晃荡。可是晃也不行、拧也不行、掰也不行，怎么弄都不开。又反复地一颗珠子一颗珠子地去摁，走了一百多里地了，不知是哪一下对了，匣子突然开了。怎么回事儿呢？小铜匣儿上面不是琥珀珍珠镶嵌的吗？其中有一颗珍珠的下面有个暗嵌的绷簧，只有摁对了那颗珍珠，小铜匣儿才能打开。小铜匣儿开启时，发出了似拨琴弦一般的声音，非常好听。一看，里边放有一块黄绫布，除此没别的东西。黄绫布上印有十八个字儿，乃佛家的偈语，是这样写的：

> 拉发，拉发，
> 九洞三层天；
> 弥罗，弥罗，
> 三拜九不眠。

萨布素拿着这块黄绫布左观右瞧地看了半天，还是不明白，是什么意思呢？这里肯定有说道！他突然想到："秦楷、杜古尔、岗查儿三人都会制造那个害人的毒掌铁石追魂弓，这偈语中提到的'拉发'应是个地名。那么拉发在哪儿？难道能解开这个毒弓之人在拉发？"便重新审视这个小铜匣儿，摆了摆，扭了扭，拧了拧，一使劲儿，咔吧一声，没想到上面有个小盖儿开了。原来小铜匣儿是两层的，里层盖儿上是个圆铜片儿，铜片儿上有一刻图。不细瞅，辨不清是什么图，仔细再看，竟是个小地图，图上有几个铜纽儿，铜纽儿之间用线连着。萨布素很聪明，两眼一眨不眨地认真观察这些线，并用手顺着线画着，结果全都连向一个大一点儿的纽扣儿，呼啦一下领悟到，很可能是个联络图！又发现那些小圆纽扣儿上隐隐约约刻着字，有的刻"乌"字、"宁"字，还有刻"沈"字、"法"字的，刻有"法"字的纽扣儿比别的纽扣儿大，证明中心的地方是"法"字，即偈语中的"发"字。噢，对了，就是拉发！另外几个纽扣儿上的字，应是围绕拉发周围的几个重要集镇。"乌"是乌拉，"宁"是宁古塔，"沈"是沈阳，说明此图是去拉发的路线图。看来，比雅格这个荷包似的小铜匣儿可不是一般的装饰物，而是一个拜师的秘密路线图！那么，这个图是做什么用的呢？不用说，一定同十八个字儿的偈语有关。到拉发找弥罗，这"弥罗"究竟是洞名儿还是师父名儿？弄不清。不过有一点可以确定，到拉发要三拜九不眠，那里的什么人想必掌握着重要的秘密。而这个物件始终是放在秦楷手里的，很可能与毒掌铁石追魂弓有关，会不会是掌握这个毒弓毒箭制法的师父就在拉发呢？如果是这样，那可太好了，真是天助我也！这才是踏破铁鞋无觅处，得来全不费功夫呢，没想到比雅格竟帮了大忙啦！萨布素高兴异常，兴奋不已，恨不得立即去拜拜这位拉发的师父，并决定改变行走路线，不直接往北走。因为地图画得很清楚，拉发在吉林东边、宁古塔的西南方向。改为从毕尔腾湖北上，走山路，直奔琵琶顶子。再过威虎岭、老爷岭，到激浪河去寻找拉发。

　　萨布素一行边走边打听，顺利地来到了拉发境地。这是一个令人心旷神怡的地方，从远处看，平原上突然竖起一座陡峭的山。很高，形状奇特，山尖儿飘着白云，山下一片古松，古松周围是层层密林。萨布素想，此山绝不一般，一定是座圣山，必有很多高僧居住。他们很快来到了山根儿底下，沿山路攀援而上，山高道不好走，就钻密林。到了里面，果然见有不少僧人和道士。一打听才知道，这里不只一个洞，还有不少古洞，洞里住着修真养性的僧道。萨布素左打听右打听，最后总算找到了弥罗洞。到洞口儿一看，一扇大石门紧关着，石门两边有对联儿，字儿是刻在石头上的。因为那字刻完后，没有涂颜色，所以打眼一看，辨不清是什么字儿。只有仔细看，才能辨得清。上联儿是"近青山黄冠道院"，下联是"远红尘绿野人家"。对联儿上方石头门楣上，刻有"弥罗洞"三个字。从对联儿看出，这是座道观。萨布素来到洞门前，"啪、啪、啪"地拍打着洞门，里边没人应声儿。看样子是进不了洞了，只好带着护从回到山下，砍了不少松枝儿，搭起一个窝棚，将马拴在附近的林中吃草。萨布素对护从说："我一个人上山，你们住在这儿安心等我回来。不要到处乱走乱窜，不要打扰这些师父，人家都在修真养性呢，记住没？"护从们点头答应道："记住了，放心吧。"交代完后，萨布素将一壶水、一些肉干儿装在袋子里，系在腰间，又上山了。其中两个护从不放心，要陪着一块儿去，他没让。

萨布素按照原来的小道儿攀援而上，很快到了弥罗洞前。因为偈语讲得清楚："弥罗，弥罗，三拜九不眠。"他想，对呀，要想见到洞里的弥罗仙师，就得三拜九不眠。必须虔诚地跪在这里叩头等着，什么时候感动了仙师，自然会打开洞门让我进去的。实际上，直到这时，萨布素还没有完全破解偈语中的"三拜九不眠"到底是什么意思。反正有三有九，时间不会太短，有志者事竟成嘛！萨布素在洞门外一边磕头，一边对洞里大声儿说道："师父，我是从宁古塔远道而来，因有急情才特意求见师父帮忙。北疆现在有人闹事，涂炭生灵，致使社会不安宁。他们使用一种毒箭，伤害了不少无辜百姓，今天就是为这事儿来的。师父若大慈大悲，就请开门让我进去，在这儿给您磕头了！如果不开门，我将一直跪在这儿等，一直磕到师父能把门打开。师父若肯帮忙，不仅救了我，也救了普天下受苦受难的黎民百姓啊！"边说边"咣、咣、咣"磕着响头，磕完仍跪着不动。不管山风劲吹还是寒气袭人，也不管狼从身边窜过，狐狸、花鼠从眼前迅跑，一切视而不见，连远处黑熊的叫声也充耳不闻，白天夜里皆如此。渴了，喝一口带来的水润润嗓子；饿了，嚼两口肉干儿充饥。其实他心里急着呐，什么都吃不进去，就这样在洞门外跪了八天八宿。山下的护从们等急了，又担心萨布素的身子骨儿吃不消，便上来劝其回去。他喝令道："谁让你们上来的？不用管我，快回去！"硬是把护从撵下了山。

到了第九天头儿上，萨布素已是一日三拜、九日不眠了，实在支撑不住了，突然晕倒在石门外。就在这时，真诚感动了仙师，石门终于吱扭扭地开了，走出一位七十多岁的老道。老道的发髻拢在头顶儿上，以金簪扎之，外戴通天冠；身穿道袍，脚穿白布长筒袜，蹬一双靸鞋。手拄拐杖，身边带着两个徒儿，缓步来到萨布素跟前。萨布素仍处于昏迷之中，迷蒙中觉得有人似乎在搀扶自己，并用水润着干涩的喉咙，渐渐地醒了过来。抬头一看，洞门已开，一位白发、白长髯、白眉毛的老仙师站在眼前，旁边还有两个手拿水葫芦的徒儿。高兴得马上挣扎着站了起来，又扑通一声跪下，给老仙师磕头。仙师开口说话了："施主，你的虔诚使我感动。徒儿，把施主搀进洞里去吧。"两个徒儿走上前来，搀着萨布素一块儿进了洞，又扶他坐好。萨布素礼貌地询问仙师是哪位师祖，老道回答："我就是你要找的弥罗师祖，既然来到这儿，便是有缘。尽管我不出洞，却知道世上之事，你呀，肯定是为破除秦桧一伙儿使用的毒箭之事而来。我的那个毒掌铁石追魂弓，本是为惩恶扬善用的。没想到秦桧用它作恶多端，残害性命，真是死有余辜！"停了一下，又道："我知道施主是个非常之人，咱们二人有几世的缘分，也信着你了。从今天开始，收你为徒，把制毒弓的方法传授于你，要好好儿掌握。记住，一定要多做好事、善事，为国家出力。"萨布素一听这话，忙给弥罗师祖长跪叩头，拜为师。

萨布素在弥罗师祖那儿专心地学了三天，掌握了制作毒掌铁石追魂弓的工艺及破这种毒弓的方法。因有军务在身，不能拖延，须赶紧去前敌，便就此拜别恩师。弥罗师祖说："好，你有重要的事情要办，不留了，赶紧走吧。"萨布素临别时，再一次叩拜了恩师。然后回到山下，找到那几个护从，告诉他们："此乃圣山，是净法之地。走之前，要拆除咱们搭建的小窝棚，平整好搭窝棚的地方，把一些生活垃圾、脏东西都埋起来。"一行人将这些事情做完之后，又跪地向山上磕了头，这才起来骑上马，直奔北疆。

话说简短。萨布素带着护从到了阿木勒沟，见到了乌力奶奶、莽古勒吉尔、多凌阿、秀秀等人，同多凌阿反复商量了关于破除杜古尔毒箭之事。多凌阿立即拨出达斡尔兵二百交给萨布素，由他对这些人进行防止毒弓毒箭的射杀及有关方面的训练。待一切就绪，萨布素单枪匹马在前头领路，多凌阿参与指挥，直奔杜古尔所在地。待杜古尔知道的时候，已经被萨布素、多凌阿率领的人马团团围住了。开始，杜古尔并没害怕，仗着自己有毒弓毒箭，命令射杀萨布素。可他哪里知道，萨布素以及兵丁们为防毒箭，早已做好了准备，个个头上罩着用木头和皮子做的假面，胸前戴着护板，并吃了能解毒箭的药。此药的制法也是弥罗师祖教授的，即用刺猬血同一种草药合在一起做成的药丸儿。吃了这种药以后，能破五毒，什么样的毒箭射在身上都起不了作用，身上亦不会像没吃药那样出现溃烂。杜古尔见连发毒掌铁石追魂弓未能打退萨布素，当即没了主意，慌作一团。这时，萨布素命令吹响布勒，所率兵丁像猛虎下山般杀入敌阵，动手擒拿，一下子抓获了三百五十多人，连杜古尔也未能幸免。战斗结束后，兵丁们押解着那些被俘的不服管的逃逸之人，将五花大绑的杜古尔装入囚车，一起送到了宁古塔。巴海见萨布素不负众望，胜利归来，高兴极了，表示由衷地祝贺。祝贺他来回只用百日，不仅剿平了杜古尔的叛乱，而且掌握了弥罗师祖的非常厉害的毒掌铁石追魂弓的制法、破法，对今后惩治罗刹将极为有利。宁古塔将军衙门遵旨，对萨布素押解回来的人员分别进行了处理：将罪酋杜古尔及其冥顽不化的余党斩立决；将跟随杜古尔逃逸的三百余户人家，交由萨布素负责分配了地方，安置在宁古塔附近的四野，拨给粮食，让他们在此耕田安居。

再讲萨布素出去抚北的这些日子里，家里出了件晴天霹雳的大事儿，简直像天捅出了个大窟窿！萨布素回来后，首先去了将军府，向巴海禀报了此次北抚的经过。巴海夸赞了一番，便让他赶紧回家看看，只说家里有事儿，却没敢告诉是什么事儿。萨布素当然一切全然不知，告辞后，拔腿儿就往家走。到了离三棵杨不远时，抬眼望去，猛然看见院墙外面挂着白幡！他心里咯噔一下，急走几步，进了家门一看，所有上下人等全都披麻戴孝，额莫舒穆禄也身着重孝。舒穆禄夫人见儿子回来了，上前抱住萨布素痛哭失声。当萨布素知道自己最敬爱的阿玛、宁古塔开疆的城守尉、大清开国的"五虎上将"之一虽哈纳将军因多年沉疴病逝时，真如五雷轰顶啊！扑通一声给额莫跪下了，带着哭腔儿说："儿实在不孝哇，阿玛临终未能守候身旁，是儿对不起他老人家呀！"边说边流下了滚滚热泪，悲痛万分。在一旁的卡克屯忙拿来孝衣为爱根穿上，然后同党丹带着萨布素连跪带爬地攀上了龙头山，来到阿玛的墓前。萨布素跪在地上，号啕痛哭，自言自语地向阿玛哭诉衷肠："阿玛，怎么没等儿就走了呢？萨布素来晚了，临终时未能在身边，走时也没能送您上路，连看阿玛一眼都未能做到啊，是儿不孝哇！"越说越难过、越哭声儿越高。萨布素在卡克屯和弟弟党丹的陪同下，一直这样拜伏在阿玛坟前，哭跪了三天三夜，怎么劝也不起来。后来还是舒穆禄夫人爬上山来，劝慰说："孩子，你陪阿玛三天三夜，阿玛已经知道了。他是最重军务的人，不能只因陪阿玛而耽误了要事，那样会闭不上眼睛的！孩子，要记住阿玛的话，把军务放在第一位，这才是你最大的孝。起来吧，回去还有很多事等着去办呢！"萨布素遵照额莫之命，又给阿玛磕了头，这才站起来，四人哭号着下了龙头山。

汉族古书中有个讲法："忠孝不能两全"。满族虽然不像汉族那样，不这么解释"忠"和"孝"，但此话说的是真对。萨布素由于忠心报国，未能为自己敬重的严父送终，十分痛心。虽哈纳同哈勒苏的性格不一样，平时话语很少，不苟言笑。在部下和众弟子面前，从来是身教胜于言教，用自己的所作所为去带动周围的人。并且很是威严，用一种无声的力量感染着你。做人堂堂正正，刚直不阿，从不占朝廷半点儿便宜。去世后，舒穆禄在整理丈夫的遗物时，发现除了朝廷奖励的一些赐品外，就是些日常衣着，其他什么都没有，保持了哈勒苏所讲的富察氏家风。他功名显赫，却从不张扬，不向任何人炫耀。萨布素后来当了将军，给阿玛立了碑，石碑上书："皇清诰赠光禄大夫，黑龙江将军虽公之墓。康熙二十三年岁次甲子九月吉日孝男萨布素谨立。"萨布素在碑文里所讲的自己"自幼受鲤庭之训"，即是指受到父亲的感染和教育很深。说书人前面没有说到，虽哈纳一生有很多令人感佩的事迹，这里不妨给各位阿哥说说"无言退蛮兵"的勇武之举。

"蛮兵"，这里指那些反抗朝廷的野蛮之兵。一次，虽哈纳受命去剿灭一股儿抗清的贼寇。此去并没带人马，只是几个部将跟随他骑马前行。到了那里，正赶上一群蛮兵在烧杀抢掠，那是见人就杀、见妇女就掳、见财物就抢，凶狠无比。虽哈纳一看，肺都要气炸了！只见他手持关云长的青龙偃月刀，横刀立马一站，厉声吼道："你们给我住手！"这一声断喝，像炸雷一般，震得那些贼人立刻停下了。一看，谁来了？原来是虽哈纳城守尉！一个个全傻愣在那儿了。停了一会儿，虽哈纳高声儿说道："小子们，听我的赶紧退，不听我的刀上见！"众贼人皆知道虽哈纳的厉害，吓得抓着女人的，急忙放开女人；抢到东西的，立马放在地上；拉着牲口的，当即撒开缰绳，扭头狼狈而逃，轻而易举地退了蛮兵。这时，只见虽哈纳手一招，部将们率兵大喊着猛冲猛杀，一眨眼工夫，便把蛮兵占领的地方夺了回来。这就是有名的"无言退蛮兵"的故事，大家皆说虽哈纳的眼睛威严得令人害怕，邪恶在他面前也得退避三舍。令人遗憾的是，对虽哈纳的出生年月日，谱书中没有详细记载。虽哈纳常讲："我们家有一群龙马"。从这点可以推断，他是属马的，大约生于万历二十二年前后，甲午年，女真的天马年。虽公仙逝这年为康熙十年，萨布素奉命北抚是在寒食节之后，往返百日，回来已是夏天了。按此算起来，虽哈纳从明万历二十二年至康熙十年夏，应是七十有六，在当时够得上高龄了。

自从萨布素哭祭了虽公之墓后，便一心投入宁古塔驻防八旗的公务之中，日日夜夜常住衙门或宿于各族部落里，育化民风，广布朝廷德政。宁古塔地方殴斗、奸杀、盗窃之事不再发生，出现了夜不闭户、日无乞讨之象。之所以如此，除地方官员的努力外，概因朝廷倡导雷厉风行、功者奖、堕者罚、庸者除缺之制，改变了往昔庸庸碌碌的办差之风，这是康熙帝御旨钦定的。自圣旨下，不少京官被废，巴海也几遭斥议。时光如箭，从康熙十年至康熙十五年间，萨布素、瓦礼祜等皆忙于公务，很少住在家里。正是真金不怕火炼，他们经受住了考验，屡受朝廷褒奖。

　　花开两朵，各表一枝。水有源，树有根，朝廷上下之所以能有如此大的变化，其根源来自当朝，来自大清国的第三代皇爷，实乃年轻的康熙帝英明决策促成的。康熙帝是顺治十一年甲午三月十八日降生的，到亲政时，掐指算来不过十四岁而已。虽然年龄不大，但聪睿绝伦，富有韬略。在清史中，在朝野上下，都曾记述和流传着他智擒鳌拜的故事。顺治帝驾崩后，由年仅八岁的玄烨继位，年号改元康熙。因当时皇帝冲幼，孝庄皇太后不愿垂帘听政，所以确立了四大臣辅政体制。最初几年相安无事，然而他们中间确实存在着不安定因素，主要源于辅臣鳌拜的居功自傲、飞扬跋扈。此人系清初开国勋臣费英东之侄，由于骁勇善战，军功卓著，从巴牙喇壮达升至内大臣，位至公爵，赐号巴图鲁，为后起诸将中的佼佼者。他桀骜不驯，"意气凌轹，人多惮之"。在辅政期间，仗势挑起圈地事件，朝内百官忐忑不安，要求皇帝亲政的呼声越来越高。康熙见鳌拜十分骄横，四大臣辅政体制已不能发挥应有的作用，遂于康熙六年七月初七，经皇太后准允，举行了亲政大典。

　　康熙亲政，鳌拜并未就此收敛。他借一向为自己所鄙视的辅政大臣苏克萨哈于皇帝亲政的第六天，托病要求"往守先皇帝陵寝"之举，操纵议政王大臣会议，颠倒黑白，给苏克萨哈编造"不欲归政"等大罪二十四款，欲斩决籍没。此议定向皇帝奏报后，康熙这时才知道，鳌拜等怨恨苏克萨哈经常与其争论是非，积以成仇，必欲置于死地，故而"坚执不允所请"。鳌拜强奏累日，最后不待皇上降旨，自作主张，绞死了苏克萨哈，可见专权作恶已达到令人无法容忍的地步。康熙七年，皇帝有意处置权臣鳌拜，并悄悄儿做了与此有关的各项准备。如选侍卫、拜唐阿年少有力者，"为扑击之战"，组织一支更亲信的卫队善扑营，以削其势。安排就绪，康熙八年，乙酉年五月十六日，康熙帝亲自给善扑营做动员。他面向众人说："汝等皆朕股肱耆旧，然则畏朕欤、抑畏拜也？"意思是说各位都是我的左右辅助得力之人、老朋友，那么，你们是怕我呢，还是怕鳌拜呢？众人答曰："独畏皇上！"康熙很高兴，当众宣布了权臣鳌拜的罪状，并部署在此共同捉拿鳌拜，以打开御扇为号。然后一使眼色，把鳌拜召进宫来，没问上几句话，康熙手拿的御扇刷地一开，众扈从见皇上这一立命擒之的动作，呼啦一下全上来了。鳌拜此时正跪在地上，并未防备，扈从过去就把他摁住了。鳌拜一时没明白，还以为皇上想看看自己的武术技巧呢！他年岁虽然大了，但武功还是挺厉害的，心想："你们想抓我，没门儿，看我给你们来两招儿！"随即迅速摆脱众扈从，摆出来自五台山的鹰手拳架势。康熙曾向他学过这种拳法，知道此拳的厉害，当时既怕身边的扈从吃亏，又怕自己的计谋实现不了，马上把御扇往手上啪地一打，喝道："鳌拜，你胆敢使凶恶的鹰手拳，难道想吓唬朕不成？"鳌拜想："是呀，只要鹰手拳一使，那可是猛虎掏心哪，后果不可收拾！"想到这儿，便收住两手，没敢使，改用其他的招法应对眼前的这些武士。岂不知武士们早已做好了准备，忽地撒开鹰网，喊里咔嚓把鳌拜擒住了。

拿下鳌拜后，康熙立命召所有议政王进宫，向他们揭露鳌拜的宗宗罪行："贪聚贿赂，奸党日甚，上违君父重托，下则残害生民，紊乱朝政，罔上行私，难以历数鳌拜之大罪。"康亲王杰书等议政诸王，支持皇帝拿问鳌拜。五月二十六日，康熙帝再次召见鳌拜等人，历数其罪之后，宣布"情罪俱真，本当以议处分。但念鳌拜累朝效力年久，且皇考曾经绮任，朕不忍加诛，姑从宽免死，革职籍没，仍行拘禁"。之后，将鳌拜的余党七人杀的杀、砍的砍、赐死的赐死，在朝廷内，彻底清洗了鳌拜的恶势，废除了辅政大臣，康熙帝从此得以真正执政。康熙六年亲政时，他实际上无权。康熙八年铲除鳌拜后，才算是收回了批红之权，此后各处奏折所批朱笔、谕旨，皆出自皇帝之手。有不明白的事情便问众臣，从不让任何人代书。一直到晚年，手哆嗦不止，右手不能握笔，宁可用左手抓笔批旨，也"断不假手于人"，就这么认真。这是康熙帝的一贯作风，上下无不称道他执政有方，英明果断，乃一代圣君，称其为康熙大帝。

为了解下情，康熙帝亲政之后，改变了历朝有本早奏、无本卷帘退朝的早朝做法。他怕只早朝时间议政，往往一忙起来，有些人想奏的要务奏不完而误事。便在早朝之后，又选了个时间，定了另外一个地点，听大臣们的奏疏。就是说，你不仅在早朝时，可以到太和殿奏报。若有什么事儿早朝未来得及报，还可以到乾清门去，皇上在那儿等着。到了时辰，宫门大开，皇上必接见臣僚。而且亲自听其禀奏，不用大臣转奏，以便及时处理日常政务，并将此做法称为"御门听政之制"。这是康熙帝接见臣子、处理日常政务的一种主要方式，可以说，历朝圣主都未这样做过。自设立此种制度之后，康熙帝每日"未明求衣，辨色视朝"，即是说，康熙帝上朝从来是天还没亮，就让太监赶紧给他拿御服、龙袍。一切准备好后，天才开始亮，也能分辨出东西了，他便上早朝，而后再到乾清门接见群臣。规定早朝的时间为：春夏早六时，秋冬早七时，管更闹的臣工们必须严格遵守，不得耽搁。这个时间，玄烨必登朝视事，风雨不误。哪怕身体不适，仍要由太监侍候着边吃药边在那里听政，未曾暂辍。

康熙一开始热衷于御门听政，既是出于反对权臣鳌拜的需要，又是对辅政时期政治的重大改进。辅政期间，诸司奏章俱至次日看详，汉大学士均不入值，仅仅辅政大臣等少数几个人于内廷议定，故而造成许多弊端。御门听政使年轻皇帝走出内廷的狭小圈子，与朝廷大臣广泛接触，一改过去只有四品以上的官员可见皇上、四品以下的只有在破例时才可以见的做法。你若有大事奏明，不要说四品以下，就是八品、九品这些品级较低的官员，也可入朝直面皇帝奏议政事。这样，不但能够公正地考察官员优劣，而且有助于团结臣僚，取得支持。听政时，皇帝与臣子直接对话，人员广泛，有大学士、学士、九卿、詹事、科道等。这些官员，都是在天色未明时齐集午门，经中左稍憩，乃入候于乾清门外。康熙帝出升御座，便可依次奏事。奏毕，还要听大学士、学士们对皇上已看过的奏本发下后议复的结果。这样，许多要务当场即可裁决，办事效率大大提高。后来康熙帝为进一步了解下情，直接处理并不断改进政务，规定满汉大小官员，凡遇事俱著一同启奏，人人皆可畅所欲言。如此一来，皇帝对下情了解得要实，抓得要准。加上听政时发挥群众智慧，集思广益，才使国事决策有的放矢，避免偏颇。这样的英明之君，当然会得到臣民的赞赏和拥戴。

康熙十年秋九月，天高气爽。年仅十七岁的玄烨为了实现先父的遗志，率领王公贝勒、文武大臣走马塞外，以"寰宇一统，用告成功"赴盛京，祭太祖太宗陵。谒陵后，启銮北行至叶赫站，这是他第一次东巡。别看皇帝年龄不大，办起事来却一丝不苟，显得成熟、老练。十四日，在此召见宁古塔将军巴海。先是询问了宁古塔及瓦尔喀、虎尔哈、费雅喀、赫哲等各族人民的风俗民情，而后夸赞巴海贤能，鼓励他再接再厉，面谕对归服之各族部落要"抚绥远人，组织操练，整备器械，善为防之。

尤须广布教化，编组'新满洲'。对罗刹贼寇，虽之投诚，尤当加意防御，毋堕狡计。至于地方应行大事，即行陈奏，毋得疑畏。卿膺边地重任，尚其黾勉，以报朕知遇之恩，钦哉"。与巴海谈毕，即奏乐起程回京，宁古塔将军巴海及衙署官员出城十里跪送。康熙帝召见巴海之事，对宁古塔是极大的鼓舞，官民遵照旨意，为编组"新满洲"而尽心尽力。萨布素更是为践行青年皇帝玄烨提出的"善布教化""安抚北疆""抗击罗刹"的谕旨，从康熙十年至康熙十五年，飞马驰骋在万里北疆，一年四季很少回家。经常是在黑龙江、乌苏里江、松花江一带转战，搏击万里，捍卫边安。

组织北疆各族人民共同抗击罗刹的一项重要措施，即编组"新满洲"。这是从顺治末年，特别是康熙朝开始后提出的新举措。康熙皇帝极力主张对原在祖宗发祥地的白山黑水没有划入八旗以内的其他部落，尽量通过德政加以感化，使其融入八旗中来，目的只有一个——抵御罗刹。顺治以来就是这样做的，但大张旗鼓地极力倡导、鼓励和决策这件事的，还是从康熙帝开始的。所说的"新满洲"，又称"伊彻满洲"，是与过去已经编入八旗的"佛满洲"，即"老满洲"相对而言的，一般指清兵入关后陆续编入旗籍者以及现在还在边陲一带的其他部落。在统一东北的过程中，将东北各部族陆续迁徙回来后，重新编入八旗，充实八旗的力量，将这部分力量叫"新满洲"，而清兵入关前的八旗为"佛满洲"。为推进此项制度的实施，朝廷决定，对编组"新满洲"有贡献者，按军功授奖："自宁古塔出兵招新满洲一百户者，准给头等军功；八十户者，准给二等军功；六十户者，准给三等军功；四十户者，准给四等军功；二十户者，准给五等军功。"朝廷为何如此重视编组"新满洲"呢？当然首先是为了清代祖宗发祥地的安宁，更是为了保证北疆的军事实力，以防范罗刹的入侵。各位阿哥可能知道，康熙初年起，"三藩"肆虐，进而叛变朝廷。朝廷为平定"三藩之乱"，调走了东北的大部分八旗兵马，因而出现了北疆兵力空虚之象。何谓"三藩"？说书人在这里简单介绍一下。

所谓"三藩"，即指顺治年间，清廷派驻云南、广东和福建三地的平西王吴三桂、平南王尚可喜和靖南王耿继茂，耿继茂后来由其子耿精忠袭爵。当时，他们奉命南征，击取南明政权及农民军余部，曾为统一中原做过贡献。与此同时，其权势也随之恶性膨胀，至康熙初年，已发展成独霸一方的藩王，各自把持驻地的财源，鱼肉百姓。康熙十一年，吴三桂乘云贵总督甘文焜回京之机，将督标官兵从贵阳调往云南，并"以利啖之，冀为己用"。他见朝廷有撤藩之意，自己永镇云南的幻想破灭，便决心以武力反抗朝廷。当朝廷派去的"经理各藩撤兵起行事宜"的使臣礼部右侍郎折尔肯、翰林院学士傅达礼于康熙十二年九月到云南时，吴三桂表面恭顺，背后却加快谋反进程。遂于十一月二十一日，集合藩下官兵，当场杀害了拒绝从反的云南巡抚朱国治等，扣留了朝廷派去的使臣折尔肯、傅达礼。自称天下都招讨兵马大元帅，蓄发易衣冠，帜色用白，以明年为周王元年。继而发出《反清檄文》，标榜兴复明室，正式起兵反清。于清明前后，致书平南、靖南二藩、台湾郑经及贵州、四川、湖广、陕西等地"官吏旧相识者，要约党复发兵"。

吴三桂发难后，来势甚猛，"东南西北，在在鼎沸"。朝廷为镇压反叛，不仅调集了关内的所有兵马，还将东北八旗调往关内。这样一来，自然削弱了关外北国边防的力量，致使东北兵力空虚，无力打击罗刹的入侵。为了加强防务，准备反击，康熙帝沿用传统之法，制定了编组"新满洲"之策。这样，把边疆各族部落一律编入八旗，统一军令，统一调动，充实边防的军事实力，就成为一项紧迫的要务，其实质和重要意义正在于此。宁古塔将军巴海以及将军衙门官员萨布素谨遵皇上的旨意，"善布教化"，安抚北疆各部族，使许多部族自愿请求内迁。康熙十三年，世居松花江下游诺罗河、乌苏里江、穆棱河等地的累世向朝廷输贡的赫哲族墨尔折勒氏，也请求内迁。将军巴海将他们迁至宁古塔附近，编置四十佐领，以族长扎努喀、布克托及族属等为头领，号称"新满洲"。次年，巴海为安抚这些"新满洲"的头领，鼓励他们一心向着朝廷的情感，亲率扎努喀、布克托及佐领四十员并佐领下人等，到北京"入觐行礼"。康熙帝欣喜异常，予以嘉奖，分别赏赐"衣帽鞍马""上命特赐茶酒"。任命扎努喀为副都统，布克托为副都统品级，并分别授予世职。

康熙十五年，萨布素请缨北上，迁来北地诸部落安置于宁古塔。当时也有不愿意内迁、秘密组织潜逃的，王钦部便是其中之一。萨布素了解了他们的情况，又深谙所居之地的山川地形，便向巴海建议，由自己处理此事。巴海允许后，萨布素率少量兵马，绕过逃遁部落所走的路线，从另一条道赶到前面，堵住了去路，再施以抚恤，该部落的二百余户终于同意内迁了。还有个别头领不愿内迁，率八十余族众藏入密林，并同清兵顽抗。萨布素飞马率兵两路夹击，不论如何劝诫，逃逸的头人就是不听，还发弩箭射伤清兵，打死两人。在这种情况下，萨布素用了毒掌铁石追魂弓，射杀了头人，余下的众人再也不敢跑了，规规矩矩地束手就擒。然后，将他们顺利地迁到了宁古塔附近筑室安居，后编入八旗。

萨布素连续转战于黑龙江、松花江、乌苏里江诸地，以山野为家，风餐露宿，数月和衣而卧，置身上虮虱癣疥于不顾，内迁了两千余户，为协助巴海编组"新满洲"立下了汗马功劳，得蒙朝廷恩赏，被晋升为三品参领衔。吴兆骞曾作诗送行萨布素北上松花江，收抚"新满洲"，讴歌给北方带来了安宁的日子。诗中写道：

> 高阳城廓草初瞳，
> 翠带风飘锦战裙。
> 五月混同犹日雪，
> 单单瓯脱只黄云。
> 射鱼部远人难到，
> 市鹿军回路自分。
> 今日漠南无战伐，
> 不须铁马更嘶群。

萨布素对内迁的各部族人，通常情况下，都是同瓦礼祜、徐牧、希福等一起商量、筹划，然后妥善地进行安置。总是先到迁徙地仔细勘察，选些适于居住、依山傍水的地方开辟新的村寨，宁古塔一带很多的屯寨就是那时建立起来的。最初皆以十里为距，百户为一寨。先伐木备料盖房，待新房建好后，分给各户。又在新屯寨之间划地为田，按丁口分之。除此，还给耕牛、种子，让他们屯田耕种。初被迁来的人家，惧怕拿武器的兵勇，战战兢兢的，有理也不敢申辩。后来见萨布素他们为人和善，热心诚恳，心情才渐渐好了起来，并从渔猎进入了定居的农耕生活。大家由惧怕变成亲近，由亲近变成感激，齐颂皇恩浩荡，皆大欢喜。在巴海、萨布素等人的努力下，布特哈八旗迅速发展起来，使北疆军事力量得到了极大的充实和加强。

康熙十五年夏末秋初，巴海将军领旨，圣旨云：

"为解朕统御漠北寰宇，以御罗刹长久之策，钦命镇守宁古塔等处将军衙门署址即刻迁往吉林乌拉办差，宁古塔辅地著选干济之才驻守，钦此。"

移驻将军衙门，这在当年是宁古塔的一件大事。紧接着，宁古塔又按朝廷兵部谕函："皇上因知宁古塔地方多年迁徙'新满洲'之任，功绩卓著者为萨布素，劬劳功高，按赏应升三品参领衔，钦命即日赴京陛见，以示皇上爱将之心。"这是宁古塔的又一件大喜事，也是宁古塔自从有了镇守八旗兵丁，特别是设立宁古塔将军衙门以来的莫大荣耀，而萨布素是第一个得此殊荣的人。按朝廷例规，四品以上朝廷命官，其功卓著而有影响者，皇上恩诏陛见，当面儿听其禀奏，验其弓箭谋略，以体念皇上爱将重才之圣恩也。

萨布素受恩诏将要入京，上自巴海将军、安珠瑚等大人，下至军中之众友好，都高兴地同声恭贺，巴海将军还特为弟弟摆宴，请安珠瑚、瓦礼祜等作陪。吴兆骞早已是巴海将军府上的业师，授业将军膝下两名公子。当将此事告知之于他时，吴老先生欣然前来赴宴，送萨参领晋京。巴海设宴，一来是为萨布素饯行；二来是考虑到萨布素头一次进皇宫大内觐见皇上，那将有很多礼节。一旦有个闪失，不但对本人不利，而且有失宁古塔将军衙门的面子，自己亦逃脱不了平时对下属训导不够的责任。因此，他是好心为弟弟着想，可借机讲一讲该注意些什么，然后再嘱咐一番。酒宴上，大家频频举杯祝贺，热闹异常，巴海边喝酒边向萨布素详细地介绍了晋京陛见的一些礼节和规矩，并叮嘱道："君臣之间、臣与臣之间、臣与下级之间的各种礼仪相当复杂，要切实牢记，不能有半点儿差错。何况你现在已属于上层的三品高官了，说话、举止行为等更不能出纰漏。"巴海想得很周到，讲得也很细，包括怎样待人接物、进宫后啥可以看、啥不能看、遇到什么人和事必须低下头、该打听的打听、不该打听的千万别打听等，全交代得清清楚楚、明明白白，萨布素一一记在心里。酒宴结束前，巴海将一份奏章交给萨布素，说道："这折子里，哥哥写了你的功绩，还奏明宁古塔将军衙门下一步的预想和打算，非常重要。一定要小心保存，面君时呈上，不要交给其他人等，记住没？"萨布素点头答应道："记住了，请哥哥放心。"

宴毕，萨布素随巴海、安珠瑚回到了将军衙门，众大人早已在那里等候。巴海让大家落座后，开始共同商议宁古塔将军衙门迁徙的一些事情，一项项地摆出来，一件件地落实，十分具体。议后，巴海命安珠瑚副都统即日赴吉林乌拉，办理选择筑建将军署衙之地址，安排前期工程等；令满丕和新任副都统席山等人，全权负责宁古塔将军衙门迁徙的一应事宜。分派完毕，众大人离去，巴海告诉萨布素："经与诸大人商议，初步有个想法。弟弟陛见回来后，恐怕要加担子了，留守宁古塔的差事准备交给你。当然，是否可以，还要听一下京师的意见，不过你要做这个准备。好弟弟，此番入京面君，其辉乡里，其耀宗族。因事关重大，故而一切应谨慎行之。古人云：'其容有度，出言有章。'又云：'智欲圆而行欲方，胆欲大而心欲小，凡事为人皆如此。'"巴海说的这些话，是很有哲理的，萨布素谨记在心。知道了举止行为要得体有度，说话要有章，不能乱讲；智慧应当充分发挥，实施时必须讲究方法，要有规矩，有程序，不能乱来；做事要有胆量，一定要心细。不管是做人还是做事，都应该这样。巴海平时有不少毛病，也有个性，与一些人合不来，但对萨布素却情感颇深，以诚相待，讲的全是肺腑之言，萨布素由衷地感谢这位哥哥。

中国有位大圣人、大教育家孔夫子孔丘，曾有弟子三千。他讲了很多人生哲理，其弟子将此编成一部书，就是著名的《论语》。书中有这样的议论：一个人一生要经历几个重要阶段，即"三十而立""四十而不惑""五十而知天命""六十而耳顺"。这些话成了人们做人的标准和规范，代代相传。萨布素此时已步入不惑之年，正是人生的重要阶段。周子正老先生曾经给哈勒苏将军用六爻为其孙儿占卜，其中有这么句话："不惑天阙宠"。这里的"不惑"，即指四十岁的年龄。人到了这个岁数，走过了四十年，就轻易不会迷惑了，有自己的独立见解和主张、有自己的德行了。应该是出淤泥而不染，富贵不能淫，贫贱不能移，威武不能屈。萨布素被皇帝召见时是多大年龄呢？满洲人记属相，很少记岁数，即使在家谱里也不写年龄。后人在整理《萨大人传》时，讲了萨布素的年龄，不过那是根据属相推算出来的，不一定准确，这点得向各位阿哥讲清楚。萨布素的爷爷哈勒苏在世时，常讲自己是属鸡的，并说："公鸡司晨，黎明即起，万事如意。我的宝贝孙儿是属马的，是一匹行空的天马，具有'龙马精神'，驰骋万里，耀祖光宗！"按"马"这个属相算来，萨布素当时应该是四十有六。这同前面说虽哈纳辞世时的年龄一样，都是按属马推算出来的。萨布素正是在这不惑之年，受到"天阙宠"，即受到皇帝的重视和宠爱，从此走上了人生的辉煌时期。各位阿哥，说书人不能不在这里多说几句。萨布素是从最下层的马甲一步一个脚印儿扎扎实实干起来的，多年来，历尽甘苦、风霜和艰辛，终于得到了回报和展示，升任了三品高官，受到皇帝的召见。既不是凭借父兄的辉煌，也不是靠什么人帮忙，而是全靠自己的本事和实干，才有今天的荣耀，值得庆贺！

萨布素所晋升之协领乃八旗中的官衔，唯独东北地方盛京将军、宁古塔将军属下设此官职，而在关内与其同级者叫参领。协领是于将军或都统、副都统之下的佐将，在正四品佐领之上，一般巡抚衔只是个四品官。协领原来是正三品，从顺治以后统一规定为从三品。"从"就是稍次一些，也属于三品，"正"是满三品。其差事主要是协助将军或都统、副都统办理"巡防稽查事务，领掌稽治田宅户口，领其教诚"。因为协领是在将军身边，将军或都统是正一品大员，所以除有武将的铠甲和宝刀外，还有官服。在不出去打仗、或是参加一些重要的庆典、祭礼活动以及拜见皇上时，要穿从三品官服，戴蓝宝石顶戴花翎。按照当时官制的规定，协领的朝冠是熏貂补服。也就是说，冬天戴的官帽是用貂皮做的，貂皮是经过加工和烟熏的，帽耳子可以耷拉下来，也可以折上去，戴上既好看又精神。官服前后胸皆有补子，上绣一只凶猛的豹子，怒目横眉地站在那儿，尾巴向上翘着。夏天时，帽顶子的下头是红缨子。从官服看品位，主要是看官帽顶儿上帽珠儿的原料和颜色以及后头插的花翎。三品的官帽上头有绣金镂花儿的金座儿，金座儿的中间有镶宝石的尖儿，挺高的，闪亮有光。花翎即是用孔雀翎饰于冠后，以翎眼多者为贵，高官多为双眼，亲王、贝勒则为三眼。除了有朝服之外，还有朝带，是绣金花儿的。这顶戴袍服一穿起来，非常美观，很有气魄。在富察氏家族里，可以这么讲，到萨布素时，官品已十分显赫。大清国从皇太极始建，到顺治定鼎中原，又到康熙时代，一切完全走上了正轨，官员的等级划分得相当细致，分毫不差。当时的官阶是九品，县令属于七品，萨布素能得到三品顶戴，自然属于大清国的高官了。他的爷爷、阿玛都有官衔，可那时官衔的差异不大，官阶规定得不严密。所以说，萨布素这时已是富察氏家族里官位最高的人了。哈勒苏尽管名声大，威望高，却赶不上他孙子的官品高。

萨布素在晋京陛见前一天，遵母命与卡克屯携酒同登龙头山，拜祭爷爷哈勒苏、奶奶东海额莫、阿玛虽哈纳。吴巴海巴图鲁的官职虽然已于去年由其兄之孙承继，棺椁迁于京郊密云，与兄长同葬一墓地，不在宁古塔了。但还是在原来的墓址洒酒叩祭，不忘吴老将军对自己的训育之恩。次日清晨，萨布素上马登程，好友瓦礼祜、窝赫、海兰、徐牧及弟弟党丹等随车驾送出五里，才互相拜别。在众人的殷殷祝福声中，跪叩了故乡土地，然后直奔入京大道。

萨布素此行不同往日。往日无论是打仗、巡逻或到前敌剿匪，皆是身穿铠甲，单骑或率兵马前往，威武雄壮。而这次晋京陛见，则是另一番气派！身着武三品的官服，带二十护从，另有四马轿车，供一路劳顿安歇之用。车内放有衣匣子、被褥、茶水、盥漱用具等。轿车的后面链有备用良驹两匹，供萨大人路上换乘。兵勇、轿车的前面有两个小校打着两面旌旗，还有两人鸣锣开道，显示着高官出行的威严。一般来说，高官出行的路经之地，都要由小校先通报。州府县衙各级官员跪迎、跪接、跪送，供应饭食，提供住宿，或帮助解决不时之需，使其一路顺遂平安。可萨布素却不这样，走了一段路后，便命随行人员卷起旗子，不许敲锣，沿途不去搅扰官民。多数时间不坐轿车，而是随小校骑马前行，轿车就空着。萨大人离开宁古塔时，他的文师、好友吴兆骞也出城送别参领入都，并就此写下了一首流传后世的诗作，题名为《送萨参领入都》，可谓千古绝唱。它无形中帮助了说书人更好地讲唱《萨大人传》，而且成为该书的一个重要内容，把当年萨大人晋京陛见之一路风光、气派和心情描写得淋漓尽致。诗中写道：

> 画角吹严霜，
> 征车待明发。
> 手持都护书，
> 去谒承华阙。
> 奉使偏轻万里行，
> 辞家又作经时别。
> 碛里春来草未生，
> 黄云荒戍度双旌。
> 行人马首吹羌笛，
> 客路鸿边指帝城。
> 帝城此日多观赏，
> 翠盖骊珂自来往。
> 春燕楼台照玉河，
> 曙鸦宫殿辉金掌。
> 如君俊迈许谁论，
> 入奏应知宠命新。
> 封事倘传青锁闼，
> 流离须忆紫关人。

此诗写得有气魄，有感情。开头儿是说萨布素在严霜之下吹着号角，手拿着都统巴海的书信，准备于清晨离开宁古塔，去拜谒皇帝。然后写萨布素奉皇命带着护从，辞别家人，行万里路直奔京师。一路上，打着旗帜，吹着羌笛。到了京师之后，观赏许多绮丽美景，那装饰漂亮的轿车和高头骏马来来往往，宫内一派富丽堂皇，华贵而又壮观。接着又赞颂萨布素英俊、年轻有为，正是一路辉煌之时，何人可比？定能在晋见皇上之后受到宠爱，承担起新的使命。最后表明了诗人的期望，不要忘了那些流离之人，多向皇上说几句好话，以便使他们早日回到故乡。诗中所写，全是吴兆骞充满着对萨大人的爱戴联想出来的，那么实际情况如何呢？容说书人慢慢道来。

萨布素带领护从驰往京师，由于他喜欢打猎，一路上便边打猎边向前行。小校们知道萨大人的脾气，别看是三品大员，却过惯了军旅生活，不喜住客栈馆舍。累了，就在山野里搭起窝棚宿营，不搅扰民宅；饿了，笼起篝火，将打来的猎物烧烤而食。这样走了九天，来到开原城下。拨什库拉兴说："大人，连着几天日夜劳顿，大家从没舒舒服服地睡一觉，实在是太困了，马也该歇歇了，是不是到城里找间客栈住上一宿？再说，快到京师了，参领大人跑了这么多天，身上肯定也是挺脏的，总该弄点儿热水冲冲身子。要不，可是痒得难忍呢！"萨布素对属下一向很关照，既然提出来了，遂点头答应了。

萨大人一行进了城，走在街市上，见这里挺热闹，来来往往的人很多，卖什么的都有。还有从蒙古来的骆驼队，是来卖皮张、换粮食的。街市两旁挂幌子的不少，有开饭馆儿的，有卖膏药、卖布匹的，还有卖小百货的。在十字街口儿的左侧，有一个外面挂着膏药幌子的"参茸老店"，门脸儿全用红绿漆面儿，店内亮亮堂堂的，门外扫得干干净净。挨着它的，是座比较讲究的二层楼大客栈。客栈门楣上挂一块黑底红字的大匾，上写"福满堂客栈"，一看便知是位饱学老先生书就的。萨布素被这几个苍劲有力的大字吸引住了，便命拨什库拉兴："把车赶进大院儿吧，今晚就住这儿了。只冲'福满堂'这三个字儿也得去惠顾一下，享享这里的清福！"拉兴遵命把轿车赶进院子，萨布素跳下马来。

客栈掌柜的和伙计们见有车进院儿了，赶紧迎上前。他们常年迎往四面八方来客，跟各种各样的人打交道，很会察言观色。一看这轿车和良驹，还有二十几个护从跟随，那也是一溜人马呀，派头很是不凡，认定是权贵或官家老爷临门了。因为萨布素为了不搅扰各州府县衙及百姓，一路上特意将官旗收起，没着官服，只穿平时之衣，像个阔家子弟远游访客一般。所以，客栈掌柜的没看出他是个军职的高官，不过知道肯定是个有钱的主儿，忙笑脸儿相迎。这时，随行的拨什库拉兴问道："店家都有什么样的客房啊？"掌柜的毕恭毕敬地回答："爷，这里客房式样齐全。上等的在楼上，得一两银子；中等的套间，一天八钱银子；三等以下的客房，没有侍人送水倒茶，不备酒饭，需三钱银子。虽然比别的客栈贵点儿，但安全，房屋敞亮，干净无比。来往的达官贵人、府衙大人们出外差，专门到我们这'福满堂客栈'小歇，好讨个吉祥如意呀！"萨大人根本没正经听他这套嗑儿，吩咐拉兴要了两个中等套间，让大家挤住在一起。他从来没什么讲究，同兵勇们睡在一块儿已经习惯了。何况客栈吃住洗涮什么的全包下了，不用外出，省事儿。于是，一行人马在此安歇了下来。

话说这天晚上，客栈里发生了一件事。深夜，护卫协领入京的小校们由于路途劳顿，疲乏得很，脑袋一沾枕头便呼呼睡了，还不时地打着鼾声。萨布素因心中想一些事儿，又特别兴奋，所以没马上睡着。过了一会儿，迷迷糊糊地刚要入睡，忽然不知从哪个屋子里传出了女子幽幽的啼哭声，听起来十分悲切、伤心。萨布素猛一惊坐了起来，怕搅扰大伙儿，便没唤任何人，悄悄儿整衣下地，穿上皮靴，开门走了出来。他从住着的前院儿循着哭声来到了客栈的后院儿，见那是挺大的一个院子，堆着一些客商的货物。院儿的深处有马棚，客人带来的马都在那里圈着，有的正在吃草料，有的则站在那儿歇着。院子里挺静，此时的时令正是惊蛰之后，天空悬挂着一轮下弦的弯月，寒风瑟瑟，吹来冷意。萨大人置身院中，仔细倾听，原来女人的哭声是从院套儿的一个角落传出来的。这个女子为什么夜里不睡而在外面啼哭呢？他想弄个究竟，遂举步走了过去。

萨大人先见到的是一溜儿简陋的平房，可能是属于所谓的三等房舍了，那哭声是在这平房附近。以前我们讲过，萨布素心肠好，又常常做些安置民众生活诸务，很懂民情。因此，既然听到哭声，就不能不管，否则便坐不住、睡不好。他紧走几步，边走边系好衣服扣子。待来到跟前一看，发现在一棵老杨树下，一个女人坐在包袱上呜咽着。旁边已经有好几个人了，可能也是因为听到哭声才过来的，正在身旁不住地劝解着。那女人不抬头，谁也不瞅，只是闷头儿一个劲儿地哭。萨布素走到跟前，轻声儿问道："你是哪里人，为何啼哭不止？"小女子不答。萨布素接着劝慰道："还是说一说吧，让大家听一听。都是出门在外之人，不

容易，兴许我们能帮你个忙、拿个主意呢，光哭顶啥用？"小女子听有人这么讲，可能是觉得说得有道理，便止住了哭声，抬起头来怯怯地看着萨布素。

这时，萨布素身边的几个亲随小校，还有拨什库拉兴，大概是醒来见萨大人不在屋里，便起身寻了过来。拉兴和小校们这些年来随萨布素编组"新满洲"，什么大事儿、难事儿都碰到过，尤其是抚民方面积累了一定的经验，今天遇到这位啼哭的女人自然要问问了。拉兴接过话茬儿道："大姐，请起来，不要怕。有啥难迈的事坎儿，有啥委屈，只管说来，我们是官衙门的人，专管民众的不平之事。哭伤了身子不上算哪，走，到前院儿去，详细讲讲是咋回事儿。"边说边把她扶了起来。这小女子开始还不好意思跟他们去，旁边站着的几个人忙劝道："你看，人家官爷上赶着请你去，咋还不去呢？上哪儿能碰到这么好的人呀，快去吧，哭不当事儿。再说深更半夜的，你在这儿哭，影响别人歇息呀！店主要是知道了，能答应吗？还不得轰出去。去吧，有什么冤屈，跟官爷好好儿诉诉，一准能帮你呢！"小女子在大家的劝说下，这才跟着来到了前院儿萨布素他们住的客房。

进了屋，小校点起了三盏桐油灯，把灯花儿拨得挺亮。又让小女子坐下，经萨布素一再询问，这才开口了。她说："我们是父女三人，祖籍山东武定府商河人，姓孙，居住在古黄河故道之地。为了寻找失散在关外十几年的兄长，长年有病的老父要只身前往，我和姐姐放心不下，才陪着老人家万里迢迢来到关外寻哥哥。徒步走了四个多月，带的干粮早吃光了，一路上忍饥挨饿，靠要饭来到了辽东，也未找见兄长，只好各处询问。前几日到的开原，不想老父一路风尘，积劳成疾，旧病复发，实在走不了了，便住进了这个客栈。我们把所有的盘缠全用光了，连我和姐姐的簪环也典当一空，仍欠着店钱。眼下既无钱治病，又无钱付店银，是走也走不了、呆也呆不下、回也回不去呀！眼看着老父奄奄一息，姐姐出于无奈，要我明日天亮后插草卖身，挣个治病的钱，再还上店银，好回山东老家去。一想到天亮了，一家就要父女、姊妹分离，岂能不让人愁苦落泪？姐姐正在屋里伺候重病的父亲，我偷偷跑了出来，越想越伤心，越觉得无路可走，忍不住哭了起来，打扰了众邻的安宁，真是对不起。"萨布素问道："你的兄长为何到了关外？"小女子说："兄长是崇祯末年的进士，官为直隶府府尹，明朝灭亡后，被李自成俘虏。后来逃了出来，降了清朝，在山海关外锦州坐馆授业。可当我们一边打听一边去找时，却扑了个空。据讲，兄长已经辞业经商，不知去向。店主又催要房银，见我们无钱，让今天必须搬出去。"说着，眼泪扑簌簌地往下掉。

萨布素听完小女子的诉说，就让她领着去爷儿仨住的房间看望。小女子顺从地引他们到后院儿的平房。进屋一看，正如小女子所言，一个重病的老人躺在炕上，紧闭双眼，人事不省。旁边一个女子趴在老人身边，正在那儿哭呢！偏巧这时，客栈的伙计把门吱嘎一声推开进来了，瞪着眼睛大声儿嚷道："别赖在这儿了，起来吧，快到时辰了。你们得把这几天房银付上，共计四两九钱，交清马上走人，这房子已号给另一个主儿啦！"说完，摔门而去。萨布素唤过拉兴，吩咐道："去，回屋取点儿银子来。"拉兴反身出去很快取了来，萨布素接过后交给小女子说："这是二十两银子，先拿着。到'参茸老店'请个坐堂郎中来，给你爹爹看看病。"姊妹俩感动得扑通一声跪下给恩人咣咣磕头，不住地感谢道："谢谢官爷，谢谢官爷呀，今天莫不是遇上活菩萨啦！"萨布素说："去吧，快去吧，请郎中给老人看病要紧。"又回过头对拉兴说："你也跟着去，越快越好。"

不一会儿，隔壁药房的郎中手拿脉枕进来了，是位七十多岁的老人，戴着副老花镜。他给重病的老头儿号了脉，然后闭上眼睛，坐在那儿半天没吱声儿。想了一会儿，转过头来告诉萨布素："老爷子没什么大病，现在这个样子，是上焦火旺、下焦有湿寒而致。不要紧，吃了我的药很快就会化解开。放心吧，会好的。"萨布素谢过郎中，并让小女子随郎中去药店把药抓回来，熬好了给老人服下，然后同拉兴他们回所住的房间等信儿。过了两个时辰，天完全亮了。小校们知道，今天肯定不能上路了，因为凭萨大人的热心肠儿，绝不会半道儿撂下老人不管的。这样，一行人不得不在"福满堂客栈"逗留下来。

再说那重病的老人吃过了药，下午还真见轻了，能坐起来吃点儿饭了。又连着抓了几付，四天之后，可是好多了。两个小女子高兴得不得了，赶忙来到萨布素的住处，进屋便叩头，千恩万谢救命之恩。姐姐说："老父病中已卜算，说必有贵人相助，出头之日快到了。我和妹妹以为是被大病折腾得说胡话呢，没想到官爷真的来了，果然言中！老父万分感激官爷的舍银相救，一定让我俩请贵人到跟前，要好好儿看看救命的恩人。"萨布素也正想过去探望老人，便站起身来，同护从一起去了老人的屋子。

此时，老人已完全清醒，知道饥渴了，并能饮粥羹之类的食物了。

少顷，老人见萨布素他们进得屋来，便在两个女儿的搀扶下坐了起来。觉得头不那么沉了，口中不那么干涩了，也有点儿精气神儿了，哆哆嗦嗦地说："恩公，久违了！我早从卦中知道你呀，不但是身披彩光之人，而且必是一位大贵人哪！过几天后，准有吉祥普照。请问恩公前往何处？"萨布素回答："到京师。"老人笑了，说道："怎么样，我讲得没错吧？恩公非寻常之人，眉宇间有光，未来前程无量啊！噢，去京师是见皇上吧？"萨大人与众随从一听这话，吃惊不小，谁告诉他的，咋猜得这么准呢？因不便回答，就没说什么。

谈话间方知，老人家姓孙，单字名祥，字之阳，原来是明乡试举人。明万历末年考进士，不第。天启年再试，仍不第。一怒之下自攻周易，苦学八卦，颇有奇幻之术。本人放荡不羁，不与宦仕为伍，只好到京师里巷摆上卦摊儿，卖卜求生，挣点儿银两糊口。明亡前，即李自成占据皇宫之前，有这么一天，孙之阳在里巷中苦待求卜之人。可好半天也没有一个前来算卦的，等得屋脊六兽，又无事可做，便拿出酒来自斟自饮。没喝多少就醉了，往卦摊儿上一趴，头伏在两手之间睡着了。梦中，得一个大大的字儿。这个字儿特别奇怪，上顶天，下挂地，是个牛马的"牛"字。这时，他突然醒了，睁开眼睛大呼小叫起来。旁边有不少小贩儿，卖膏药的、卖烧饼的、卖糖葫芦的、卖针头线脑的，总之卖什么的都有。因孙之阳天天在这儿摆卦摊儿，全认识他，大家纷纷议论道："哎呀，这位老先生是怎么了？这不睡出毛病来了嘛！""是不是酒喝多了，神志不清啊？"有的人以为是梦呓，想赶紧唤醒他，推了好几下，孙之阳才忽地站了起来，没头没脑地冲大伙儿喊："哥儿们呀，不好了，大明朝完了，赶快逃吧！"不少人不知怎么回事儿，一听他在那儿胡喊，这不是疯了吗？又怕老先生口无遮拦，再惹出啥事儿来，忙劝道："孙之阳，你不要脑袋了？妄说什么呀，快住嘴！"孙之阳眨巴眨巴眼睛，郑重其事地说："真的真的，我刚才梦得一卦，好生奇怪，是个顶天立地的大'牛'字呀！哎呀，这个字儿出现可不好哇，不是好卦呀。你们想啊，'牛'字下边加一撇一捺，那不变成个'朱'字吗？'牛'字加'人'字就是'朱'字，'朱'乃大明天下，大明朝的天下不就是老朱家的天下吗？'牛'字无'人'则已亡，看来朱家天子坐到头儿了，要没了，世道要变了，可能要来一个顶天立地的'牛'一统天下了，大伙儿快跑吧！"他这么一闹，众人当然不信。不过，你也别不信，此话说完没两日，李自成即派先锋官牛金星攻入北京城，把大明给灭了，崇祯皇帝子煤山自缢，大明天子果不然没了。后来人们说，不管怎么样，孙之阳这卦还真灵。一传十，十传百，孙之阳日加有名气，找他卜卦、破八字、求周易算吉祥祸福的人越来越多。

　　大明亡了以后，刚开始京师很乱。李自成的兵马占了北京，连烧带抢，明朝的文官和武将降清的降清、逃跑的逃跑，盗窃和匪患亦随之猖獗起来。孙之阳一看京师待不成了，为避刀兵之祸，便回到故乡武定，隐身暂住，务农为生。从明亡算起，已经十几年过去了。后来，长子走了，好长时间没回家。因心里总惦记着儿子，一天，他在家里摆上周易八卦，想卜算一下儿子究竟到什么地方去了，再算算他的吉凶祸福。一算，从卦辞看，儿子跑到了关外，在东北方向，具体去处不详。两个女儿见老爹一直惦记着儿子，非要自己去关外找，她俩哪能放心呐，只好一再缠磨父亲能答应陪着一块儿去找哥哥。老头儿又卜一卦，占卜此次出门儿的吉凶祸福。这回卜的卦象是巽卦。巽卦分巽上巽下，巽下断看起来比较好，其爻辞是："巽能顺逊而入，小有亨通，利有所往，利见大人。"他一看这个卦还可以，就对女儿说："此番北去，虽然要吃一些苦，但是苦中有乐。只要顺顺当当地去，路还行，不一定能寻到你兄长，可能要寻到一位大人。"姊妹俩听老爹这么讲，并没在意，以为只不过是些说卦之辞，找兄长、见什么大人呀？没承想真中了巽卦之辞"利见大人"了。

　　萨布素的护从们听完了老人的讲述，觉得这卦是挺奇的，爷儿仨不是真的遇到了朝廷的一位高官萨大人了吗？当孙之阳老人知道萨布素是从北地宁古塔来的，立马想起了一个老朋友，遂问道："听你们的口音，是北边人，不知恩公认不认识一个叫周顺、周子正的？"老人此话一出口，萨布素冷不丁一惊啊！你说巧不巧、寸不寸？周子正那是他的恩师、又是亲人哪，从来是像尊崇自己爷爷一样地敬重周老先生啊！当即站了起来，像遇到了久别的家人一样，激动得紧紧握住孙之阳老人的双手说："老人家，您难道认识周子正？噢，对了，我们是北边人，的确如您所说，这次是进京办公差的。您问的周子正老先生曾生活在宁古塔，刚巧住在我家，还是我的恩师呢！可惜顺治初年，他为协助朝廷铲除逆贼秦楷就义了。敢问一句，老人家是怎么认识周老先生的？"在一旁的拉兴忙向孙之阳老爷爷介绍了萨大人的身份，老人一听，对萨布素更加肃然起敬，说道："哎呀，原来您是参领大人。失敬，失敬！耳闻过我的周大哥已不在人世了，可一直不信，听大人这么一说，看来是真的了。我同周子正先生很早就认识，他是明朝边关的官员，为人耿正，后来退出了政坛。也曾在京师以六爻占卜为生，我就是在那时候认识他的。他的六爻很出名，易经造诣颇深，像我的兄长，文底儿比我高得多，乃进士及第。当时，京师通晓和真正掌握周易为卜之人是很少的，一些周易造诣高深之人，在北京自愿组成了'京畿周易宗师会'。有会首，年年相聚，切磋周易，以六爻求诚谨爱人。行骗者群起而伐之，逐出宗会，使其今后在京师无立足之地。周子正为本宗师会倡起者之一，甚有名望。后因明朝有人追索张铨遗画之事，怕受牵连，深夜与我告别，说是准备到吉林乌拉等地躲躲。这个期间曾秘密告诉过我，说他在北方某地，并且通过信，再后来便没有音信了。没想到今天在这儿遇上了萨大人，这不是三生有缘嘛！也是我的幸运哪，还从大人这里知道了周子正兄长的实情，真是万分感激呀！"说着，老人的眼睛湿润了。

当萨布素知晓孙之阳和自己的恩师是莫逆之交后，对老人愈加亲近了。而且从唠嗑儿中得知，孙之阳是明万历二十年生，现已八十有二。当时很是激动，跪地下拜道："今天能见到恩师的密友，万分高兴，萨布素给您老叩头了！"老人家赶忙从炕上下来，俯身将他搀起，二人紧紧搂抱在一起。萨布素见到孙之阳老爷爷，如同见到周子正爷爷一样，那是热泪盈眶啊！孙之阳也很激动。萨大人命拉兴又拿来了银两，送给老人说："您与恩师是近友，如我之师，今有缘相遇，真是幸会。因要去京师办差，还要呆上二十余日才能返回宁古塔，带的路银不多。先给您老三百两银子做路费。实在是太少了，以后再孝敬您老人家。我记住了您儿子的下落，回到北方后，一定想办法帮助找，有了信儿，会及时告之的。"孙之阳流着眼泪道："可让我说啥好哇，萨大人，我代表全家谢谢啦！"说着，让大女儿打开一个竹编的小木箱，木箱里装着卜爻用的卦签儿及书籍等。老人从箱中取出一部挺厚的线装书，递到萨布素面前说道："参领大人，你我萍水相逢，确也有缘。大人还是我宗会兄长周子正的弟子，真是幸会，幸会！今天在此，得到您的慨然资助，我父女感激不尽哪，又无以回报。将军领兵杀敌，决胜千里之外。就把小老儿这部家传之《孙子兵法十三篇》送给大人吧，留作纪念，将来会有用的，比放在我这儿更会发挥其神效也。"萨布素高兴地双手接过，跪地下拜致谢，被老人给扶了起来。双方是越谈越投机，都觉相见恨晚，又互留了联络地址。后来，这位老人的小女儿竟成了萨大人之弟党丹之妻，容后书再叙此姻缘。

次日，孙之阳老人带着两个女儿起程回家乡，萨大人则准备去京师，正好同路。老人家和女儿坐在轿里，萨布素仍然骑马而行，路上由拉兴赶车。孙之阳一家幸运地同他们一同到了山海关，然后再奔天津，这才与之挥泪惜别，又继续上路了。

康熙十五年清明节前后，萨布素等人终于临近京师北京了，个个乐不可支，欣喜若狂！一路途程，马上要见到久已闻名的皇宫大内，萨布素尤为兴奋。此时，京畿之地一片翠绿，气候宜人。杨树吐着新叶儿，柳树的毛毛狗已经白绒绒的一片了，特别好看。大地上犁牛耕种，农夫正忙；村寨上空一只只放飞的风筝，与白云竞美；孩子们三五成群地踢毽子、荡秋千；老人们拉着胡琴，吹着短笛，一派吉祥平安的景象，与北国雪原至今仍同罗刹对阵的兵马战车、刀光剑影的肃杀之气截然不同。看着这关内新奇的胜景、艳丽的风光，想着罗刹匪徒的野蛮凶残，在大清国土上恣意践踏，萨布素作为八旗的将领，一种卫国的责任感油然而生。戍边正是为了黎民百姓的安宁与幸福，血染疆场何足惜！今日，受皇命晋京陛见，带来了宁古塔万众对皇上的崇仰之心，他无上激动！想起了周子正老先生早年教的一首古诗，不禁信口大声儿吟咏起来：

昨夜风开露井桃，
未央前移月轮高。
平阳歌舞新承宠，
帘外春寒赐锦袍。

萨布素一路未坐轿车，到了京畿更不愿坐了，始终骑着那匹心爱的同他转战南北的黑鬃马，即吴兆骞诗中提到的"骊珂"。他高兴地轻轻拍着骊珂说："喀拉莫林，这些年你的功劳很大呀，此次跟我一块儿进进京师、开开眼界吧！"喀拉莫林像听懂了主人的话似的，"嗒、嗒、嗒"跑得越发快了。这时，拨什库拉兴打马到了跟前，说："大人，前头京师已到，进了城先到哪儿去呀？"萨布素听他这么一问，也琢磨开了："是呀，先到什么地方去呢？要是再早几年晋京该多好呀！那时，尊敬的明安达礼大人还在，可惜几年前已经去世了。若是老人家活到今天，当然得先去拜访他了，一定会安排好我们的。现在只能按照巴海大哥的嘱咐，先去兵部了。"萨布素一行人正在打听兵部的位置，便见前边不远处跑过来几个骑马的人，一问，正是兵部尚书派来迎接萨大人的。你道怎么会这么巧？原来是萨布素一行过山海关时，当地的部将看了他们的腰牌，知道是协领大人到京师办差，立即传报给了兵部。因此，尚书才派人来迎接的。萨布素很是惊讶，自己晋京怎么会惊动兵部尚书呢？除了明安达礼大人外，没有认识的人呀！他是无论如何没想到会有人来迎候，就像想不到在来京师的路上，开原巧遇周子正的挚友孙之阳老先生一样。

接待萨大人的，乃明安达礼原来的部下，他们都认识萨布素。一位是塞色赫，原是明安达礼的著名部将，顺治十一年随其北上黑龙江讨伐罗刹。当时明安达礼不是指名儿让萨布素做军中向导吗？最后大获全胜，你说他能不熟悉萨布素吗？塞色赫康熙八年任兵部侍郎，现为兵部尚书。再一位是理藩院尚书阿穆瑚琅，以前也是明安达礼的部将，曾去北边参加过多次战斗。从康熙十一年一直到康熙二十二年，始终任理藩院尚书，跟萨布素打过交道，两位大人皆是明安达礼带起来的后起之秀。明安达礼是一位出名的老臣，顺治朝时，深得顺治帝的器重。顺治十三年任理藩院尚书；顺治十五年十二月升为安南将军，镇守荆州，战胜了郑成功，驻防过舟山；顺治十七年升任兵部尚书；康熙元年为兵部尚书加封太子太保衔；康熙六年调任吏部尚书，此年正是康熙帝玄烨亲政的时候。玄烨是很有远见的英主，重视选贤任能，特别提出北方诸地要选有勇有谋的将士统管。明安达礼作为吏部尚书，秉持皇上的圣意，对各级官员的审核十分严格，能者上，愚者下。他将许多优秀的干济之才调到重要部门，被朝廷委以中坚，户部、礼部、兵部、刑部、理藩院等的尚书之职，多数是经明安达礼选送上来的。其中，尤其重视掌握兵权的兵部尚书、管理与国外诸国交往的理藩院尚书的人选，这对康熙朝前期兵权和与国外的联系得以加强及对北方防御外侮的增强，起到了至关重要的作用。兵部尚书塞色赫、理藩院尚书阿穆瑚琅同样是由明安达礼选拔推荐的，对康熙帝的选贤任能等方面应该说功劳不小。

前几天，塞色赫和阿穆瑚琅两位尚书大人联合拟折上奏皇上，介绍了萨布素是太宗的爱将哈勒苏之孙，又是宁古塔天聪年间城守尉、著名将领虽哈纳之子，太宗的御赐短剑已由哈勒苏传给了萨布素。他通晓几个民族的语言，了解下层，谙熟北方地理和风情习俗，还会罗刹语。曾只身探过雅库茨克，协助巴海将军筑建宁古塔新城，收降安抚"新满洲"，从一个普通马甲逐级升至从三品协领，成为北方御敌安邦难得的将才。萨布素数十年来劬劳敏求，精诚为国，受到兵民爱戴，实乃皇祚永固、皇上洪福齐天而神赐的佐臣也。康熙看过奏折，对萨布素有了非常好的印象，龙心大悦，并要尽快见到他。当即下旨，不在太和殿陛见，次日辰时到南苑校阅场晒鹰台见朕，所有侍卫随驾往观。旨下兵部，塞色赫大人阅毕，马上告之理藩院的阿穆瑚琅大人。他们早就做了准备，按山海关的来报，算计此时萨布素该到了，立刻派大员去城郭迎候。再说，皇上对此次陛见这么重视，兵部当然要接，这些是正在晋京路上的萨布素不可能知道的。

当派去的大员将萨布素接进兵部时，塞色赫、阿穆瑚琅都在那儿等着呐。萨布素叩见了二位大人，两位尚书见到萨布素亦很高兴，边笑迎着边让他坐下说话。萨布素因是初次来京，总是发蒙，所以刚刚进来时，只是低首叩拜，没敢正眼看面前的大人长得什么样儿。坐下喝茶时，这才仔细端详，看清了原来以前同他们是见过面的。特别是听塞色赫谈起随明安达礼北征的往事，便觉没有陌生感了。塞色赫十分赞赏萨布素，称赞他有勇有谋，是位将才。萨布素站起来谦虚地说："这是大人的提携，下官有很多地方做得还不够。这次晋京，恳请二位大人多多帮助，给以教诲、指导，晚生在这里表示感谢了！"唠了一会儿后，塞色赫告知萨布素一行在兵部驿馆安歇，又向他宣布了皇上的旨意，像对待自己的小弟弟一样，热心地嘱咐道："歇息的时候，认真琢磨一下如何回答皇上的问话。这次不在太和殿陛见，而是在校场上，想看看你的真本事。因此，必须做好晋见的各项准备。咱们的皇上是仁慈之主，有啥说啥，亲切得很。千万不要紧张，也不要忐忑忑忑的，圣上不喜欢这样的人。倒是希望每个部将，特别是武将全像猛虎一样，那陛下才高兴呢！"萨布素开始还真有些心里没底，不安地问道："大人，我能行吗？"阿穆瑚琅鼓励说："当然行，不要怕。见到皇上之后，问什么，你就回答什么；让做什么，你就做什么，只要谨慎点儿便行了。别的啥都不要想，更没必要担心这个那个的，相信你一定能做好。"萨布素是个认真心细的人，无论办啥事儿，一向很用心。关于见到皇上应讲些啥，如何回答问话等，其实一路上早想好了。

第二天，萨布素起得很早，到外面练练拳脚、做做功后，回来用完早膳，又叫来拨什库拉兴，向他们做了交代："你们在院子里除了习武之外，不要到处乱走。待事情办完，咱们尽快返回宁古塔。"辰时前，塞色赫、阿穆瑚琅亲自到驿馆来接萨布素。萨布素随着二位大人出了驿馆，坐上早已备好的轿子，一直来到南苑校阅场。这里是皇上的御用之地，从太宗时代起一直到现在，规模越来越大。建它的目的，一个是检阅御林兵，另一个是考核自己的侍卫或选武状元。太皇太后、皇后、宫妃及众大臣有时也随皇上到此，戒备异常森严，闲杂人等根本不能随便近前。校阅场很大，一所是演武厅，即一些武士和侍卫向皇上献艺表演的地方；一所是宫楼，为皇上观赏的御楼。还有些宫舍，是保护校阅场的护兵们住的地方。塞色赫和阿穆瑚琅两位尚书领着萨布素来到南苑校阅场后，上了高台阶的演武厅，让他在那儿喝茶、歇息，恭候圣驾，然后急忙出去迎接皇上了。

辰时，鼓乐齐鸣。萨布素悄悄儿从演武厅正门向外一看，前边好远的地方雾腾腾的，只见一支队伍走了过来。前头是各种卤簿、伞盖和回避牌，然后是二百多打着龙旗的侍卫。接着是一乘黄龙大轿，走得很慢，后头跟着马队，直接来到御楼前停下。龙驾落地后，公公赶紧上前将轿帘儿打开，扶皇上从皇舆下来，再一步一步地上四十五个台阶，进入御楼入席。众侍卫和亲兵早将御楼周围保护好了，个个面朝外，右手提刀站立，一个挨一个，水泄不通。这里要向各位阿哥说一下，那演武厅和御楼是相互通着的，虽然看起来是两所楼，但两楼中间有过道儿。当传报时，被召见的人可从过道儿直接进入皇上的御楼。

单说皇上登上供观赏的御楼后，缓步走到绣金龙的御榻上坐好，公公奉上了茗茶。这时，塞色赫、阿穆瑚琅等众位大臣，还有工、礼、吏、刑等部大臣及内大臣山呼万岁，叩拜皇上。康熙帝手一招道："平身，赐座。"众臣按照官序的大小，分坐在皇上两侧的太师椅上。康熙帝看了看大家，笑了，然后兴致勃勃地对旁边的公公说："传旨，朕要先见见宁古塔的萨布素，诸位爱卿也都认识认识，马上来。"公公当即大声儿宣道："宁古塔协领萨布素近前陛见，叩见皇上！"因萨布素是在另一所楼，中间有个过道儿，几个太监便一个接一个地往下传同一句话："宁古塔协领萨布素近前陛见，叩见皇上……"直至传到在演武厅待命的萨布素耳朵里。塞色赫、阿穆瑚琅早已告诉过他："千万要注意，一听宣你，立刻过来。"萨布素赶忙从演武厅顺着长廊大步流星地往前走，登上台阶进了皇上的御楼，来到御座前，双膝跪倒，行三拜九叩大礼："奴才宁古塔协领萨布素叩见皇上，吾皇万岁，万岁，万万岁！"萨布素这时穿的仍是绣着猛虎补子的四品佐领官服，戴着镂花儿金座、金座中间镶嵌蓝宝石、蓝宝石上有个青金石的朝冠。因为当时有个规定，臣子擢升上一级官职时，需待皇上陛见以后，看准了，认为你可以提升了，才能正式穿上那个品级的官服。康熙帝自亲政以来，十分重视人才的使用，对官员的考核非常严格。升你个官，要看是否有真本事，而且必亲自审看。此刻一见萨布素的气概、风度，确有英雄风范，很是喜欢，便道："起来吧"，并赐坐在自己身边。萨布素哪敢坐呀，这是大臣的位置啊！又恭敬地跪下给皇上叩头。康熙帝手一摆，公公过来扶起萨布素说："皇上下旨赐座，你就坐，不要违圣命。"这样，萨布素才挨着皇上、半欠着身子坐在那儿，实际上是半站半坐。康熙帝特意侧过头来，将萨布素从上到下、从左至右看个仔细。

萨布素开始很拘谨，毕竟是头一次见到皇上，心里嘣嘣直跳。时间长点儿以后，一看皇上挺年轻，满面红光，两眼炯炯有神，既潇洒英俊又和蔼可亲。并且特别平易近人，对自己很是亲切、热情，渐渐地由紧张、惧怕变得随意了，心不那么跳了，稳当了。于是，从袖筒儿里拿出巴海将军给皇上的奏折，站起身来跪地呈上。公公上前将奏折接过去，又请他坐下，然后把奏折呈给皇上。康熙皇帝并没有打开细看，只是扫了一眼便放在了龙案之上，笑着说："朕一生就钦敬那些耿耿丹心的爪子虎臣，这是大清之幸，大清之福祉也！萨布素，今罗刹凶顽，践踏我国土，致使万民罹难。朕苦心积虑也，很想听听你这边疆守土的良将之策。"在座的各位大人没想到皇上既没寒暄，也没问萨布素的家事，而是开门见山地问起了治边之策。皆替萨布素捏了一把汗，为他担心，怕答不好。尤其是塞色赫、阿穆瑚琅两位大人，更是由于皇上的突然问询而为萨布素着急，几乎有点儿坐不住了。因为他们知道皇上对下属要求很严，刚一见面就开始考核了，萨布素肯定紧张。一紧张，话可能说不圆全，能答得符合圣意吗？其实萨布素早已想过皇上所提的问题，并做了准备，只是不知所答能否满意，心里也是不托底呀！还不错，听了皇上的问话后，显得挺稳重，立马站起来要跪奏。皇上忙抬手一挡道："爱卿，还是坐在朕旁边，坐着说吧。咱们君臣好好儿谈谈，不但朕要听你的高见，而且在座的各位大臣都想听听来自万里之外虎将的良策，能亲耳听前敌战况的机会实在太少了。你不用着急，想一想再说，像跟朕唠家常一样。"说完，慢慢端起茶杯，饮了两口茶。

萨布素稳定了一下情绪，静了静心，仍然半坐半站。他想到圣上提出的尽管是个很尖锐的问题，却是自己亲身经历过的，也是多年想过的。巴海大哥曾叮嘱道："皇上是圣明的君主，不论询问什么，你都如实回答。必要时，可坦然谈出自己的见解。"塞色赫、阿穆瑚琅二位大人也一再说："在皇上面前不要怕，须冷静。当问你一些事情时，可讲得详细一些，不要忐忑不安的，得像个虎将。"想到这儿，心里平静了，有谱儿了，遵照皇上的旨意，开口直陈其事，侃然答曰："陛下，奴才愚见有年矣，愿奏皇上恭请明鉴。罗刹远来欧洲，首尾难顾，只要吾等众志成城，必然以逸待劳。若取固北安宁之策，奴才御罗刹之法有三：勘地理，丈量途程，由京师直抵北疆，至少盛京、吉林、宁古塔应设驿站。一旦有情况，书信与辎重畅通无阻，捭阖自如，此一策也；北疆有黑水、松花江、精奇里江、牛满江，江河纵横，盛夏水涨，关山难渡。罗刹犯边，自造强艇，横行无忌。我朝应建水师于黑龙江，驰骋上下，有铜墙铁壁之势，罗刹安惧哉？此二策也；经年御北，宁古塔为前驱。然离我朝檄北之域远遥数千里，鞭长莫及，兵马征程如蜗行，资敌坐大，而成遗痛。我朝应设北镇，常年永戍，若锁匙，北地高枕无忧矣，此三策也。愚臣斗胆，诚惶诚恐。"说得铿然有声，简明精练。

众臣听了萨布素的陈述，个个高兴、首肯、称赞！康熙帝笑着说："萨布素，好爱卿啊，不愧为经年与罗刹苦拼之护国大将，此三策妙得很，妙得很哪！朕思惟有年，不想竟与尔想到一起啦，难得，难得呀！朕真想亲去看望尔等啊，十分欣慰你一片忠心，可喜可贺！此三条，启迪深切，甚有道理，容朕与诸大臣部议再定。"康熙帝停了停，又道："爱卿，听说你喜读汉书、史籍，能否告诉朕，喜欢哪一位古人哪？"萨布素叩拜在地，禀奏道："奴才自幼受哈勒苏爷爷的祖训和虽哈纳阿玛鲤庭之教，忠心为国、鞠躬尽瘁、死而后已为吾富察氏之家风。奴才及壮，不敢少怠，崇仰古人乃霍大将军。愿学他'匈奴未灭，无以家为'，跃马黑水，做一个黑水霍去病，以报圣上对臣家的几世隆恩！"叩头之后，萨布素是热泪盈眶啊！康熙帝忙站起身，伸手去扶这位心爱的臣子，也特别激动，兴奋地大声儿说："萨布素，朕还知道你母为开国大将杨古利的侄女，家传之尼玛察氏枪法、轻功、马术都相当厉害。你自幼由母亲授业，武艺超群，朕很想见识一下。走，咱们到校场去！"

话要简说。萨布素跟随皇上及众大臣、扈从来到了演武厅，脱去官服，换上短身小打扮。穿戴完毕，给皇上叩过头，先是一通儿马上功、马上技，又表演武术和腾跃、飞檐走壁、爪爬陡墙等轻功，最后练了一套尼玛察长枪，所有在场的人无不频频鼓掌、叫好儿！康熙帝年轻气盛，武技也很了得，喜欢各种武术功法。由于看得高兴，一时兴起，当即离开龙椅，脱下龙袍，穿上紧身武士服，与萨布素、众侍卫对手较量起来。

越比试兴致越高，又格斗又摔跤的，直到午时才收手。之后，赐宴于御花楼。饮酒时，康熙帝嘱咐萨布素："爱卿，回去后，要给你加担子了，需协助巴海将军留守宁古塔。朕系念北方，很想去看看，将来会有机会与北地臣民见面的。望尔勤恳奋进，再接再厉，不负朕知遇之情。"萨布素多聪明啊，听出话里有话呀，知道皇上对自己很信任。尤其提到协助巴海将军留守宁古塔，萨布素在赴京之前，巴海曾说有这个打算，不过要等朝廷恩准。现在皇上有话，说明此事已经定了。这对萨布素是莫大的鼓舞，深感皇上对自己寄予了很大希望。他暗下决心，一定加倍努力，不辱圣命！

单说这天晚上，理藩院阿穆瑚琅大人处有为外番公使及夫人举行的酒宴，以示我朝对各国的友好和尊重。康熙皇帝对此十分重视，像这样的盛宴皇上一般是不参加的，但每次都叮嘱一定要办好。这天，阿穆瑚琅笑着对萨布素说："今晚我们举行一个酒会，刚巧被你赶上了。那就请莅临吧，正好可以开开眼界！"萨布素本来不想去，可又一寻思，尚书大人那么热情邀请，那么器重自己，不去不好，便答应了。

傍晚，萨布素穿上三品参领的官服来到宴会厅，见各国的大使、公使、参赞偕夫人陆续到场，有的还把心爱的小狗牵来了，来的人真不少。席间，出现了一件让他根本想不到的事情。什么事儿呢？在莅宴的外国人中，有一位漂亮、出众、穿戴特殊的夫人引起了大家的注意，一些外国使团的官员都向她投去羡慕、惊叹的目光，受到不少贵客的青睐和称赞。这位华贵的夫人身材修长，长着一对儿水灵灵的大眼睛、弯弯的清秀的细眉、长长的向上卷曲的睫毛、高高的鼻梁儿、很有性格的嘴唇，脸蛋儿上还有两个浅浅的酒窝儿，笑的时候特别好看；身着乳白色的长纱裙，脖子上系着白珍珠镶有宝石的金项链，金色的长发披于两肩，头上插着银丝花卷的大发夹，双耳戴着镶有宝石的金耳坠，在灯下熠熠发光；内着柔丝质料的乳罩，双肩袒露，手指上戴着十个闪光的嵌花儿小戒指，双腕上各戴一只绿琥珀的玉镯。在盛宴上，她是最惹人注目的一位；在众女眷中，也是美貌姣好、穿着最华丽的夫人。不少男宾向其彬彬施礼问候，她总是微笑着，双手轻提拖地长纱裙，轻轻蹲一下还礼。那么，这位女眷是谁呢？乃俄国领事的夫人。对这些，萨布素都看到了，然而并没十分在意。萨布素在今天的酒会上，没什么特别的公务。只是阿穆瑚琅大人的一番好意，知道今晚在京无事，特意邀来开开眼界的。目的是让他接触一下各国使节，听听公使们的议论，了解一下外国人目前情况下的所思所想，特别是俄国人的动向。因为五十多年来，罗刹犯边日益嚣张，已深入大清内地千余里，是当前最值得注意的外番。阿穆瑚琅邀萨布素参加这个酒会，还有一层意思，就是为了让他增加危机意识和责任感。萨布素是御北的将领，是大清国门的守护者，要经常与俄国人打交道。而且不仅是现在，将来与理藩院的关系也是极为密切的，到场感受一下那种氛围不无好处。除了阿穆瑚琅外，还有理藩院各部主事及兵、礼等部大人在座。

宴会上，萨布素身穿三品顶戴袍服融入其中，同莅临的大清官员们坐在一起，没什么特殊。自知在这里无熟悉的人，便悠闲地边品尝着法国的白兰地酒，欣赏着外国音乐，边观看着轻松欢乐的场景及外国使节们同夫人的翩翩舞姿，听着他们的谈话并细细地观察。这些人中，有手拿酒杯站在那儿边饮边谈的，有坐在茶几旁边的椅子上窃窃私语的。有跳舞的、唱歌的，也有相互敬酒的、聊天的，还有面冲窗外观看夜景的。就在萨布素看着这一切的时候，万没想到那位华贵的尊夫人眼力那么好，在众多的清廷大员中，认出了一个熟悉的面孔，顿时高兴得不得了！只见她不顾人挤人、人挨人，手拉着一位俄国男士的手，快速地向清廷官员这桌走来了。因为人很多，又有不少向华贵夫人致意的，她只能边走边寒暄问候边施礼致歉意，请他们让让道儿。随之在人群里钻来钻去、躲来闪去，好不容易穿了过来，走到清廷官员坐的桌子旁，激动得冲着萨布素喊了起来："哎呀，圣洁的主啊，终于被我找到了，竟能在这儿见到你！先生，我想念的舒拉，你好吗？"说着，提起长裙笑吟吟地向清廷的官员们蹲身施礼，周围的清廷大员一时全惊呆了！这个漂亮的天使、这支最艳丽的花朵怎么到咱们桌前来了？还施礼问候，怎么回事儿呀？皆感到很奇怪。

乍开始，萨布素并没注意这位夫人的到来，正手拿五香瓜子嗑着，远远看着那些穿戴、打扮不同的各国公使大人们及舞场中的各式舞姿，觉得很新鲜，目光完全投向了那个新奇的世界。突然，耳边响起一个女子的狂喜之声，这才赶紧转过头来，注意到来至身边的这位美丽的金发女人。只见她正扬起那弯弯的眉毛，嫣然地笑着看自己，双目充满了喜悦的泪水。萨布素下意识地站了起来，仔细地打量着眼前的俄国女人。这一看不要紧，当即愣住了！天哪，这不是雅库茨克的最高行政长官弗兰别茨科夫的宝贝女儿娜柳莎吗？她在北京！萨布素惊诧万分，真是做梦都想不到的事儿啊！此时，陪娜柳莎过来的那位俄国男士也看清了对方，兴奋地喊道："萨布素，你好啊！能让我们再次相见，得感谢圣母玛丽亚的安排，太巧了，太妙了！"萨布素一看，说话的男人原来是同他一起去雅库茨克的那个俄国士兵彼得！急忙上前同他们握手、拥抱，然后拉二位到一个相对僻静的角落里，在一张桌前坐下，让侍女端来了白兰地、水果和糕点。

萨布素坐在那儿，亲切地看着娜柳莎，娜柳莎也细细地端详着萨布素，彼得则只剩下开心地笑了。在交谈中，娜柳莎还是那么热情、开朗、天真、浪漫，有说不完的话。她早就结婚了，嫁给了精明强干的外交官缅希科夫，现为驻大清国公使衔参赞，到北京刚刚半年。娜柳莎的父亲已不再担任雅库茨克的最高行政长官，回莫斯科去了，于家中整理、撰写他从政的经历，闲暇时去去天主教堂。彼得与萨布素分手后，始终在雅库茨克行政长官处当差，与娜柳莎相处得十分密切，成了最要好的朋友。后来随弗兰别茨科夫父女俩回到莫斯科，又由娜柳莎从中斡旋，让他在外事部当文书，现于缅希科夫手下任汉文译官。因此，他们这次才一块儿来了大清国。

娜柳莎仍然那么年轻，不减当年的美貌风华，看出其生活安逸、心情舒畅，保养有方。她含情脉脉地对萨布素说："不管你在大清国叫什么名字，我只记得当年在一起的舒拉，那是多美多动听的名字啊！你离开雅库茨克之后，很长一段时间，我到处找舒拉，几乎快疯了，却始终不见个影儿。后来是亲爱的彼得在我最痛苦流泪的时候告诉说，舒拉是逃难来到俄罗斯的大清国人，生活不舒心，是个马甲。我并不太懂什么叫'马甲'，可能是最不知名的戈必丹①吧。又一点点儿透露给我，你已回大清国了，还是忘了吧，别找了。在这种情况下，才答应嫁给了缅希科夫这个呆若木鸡的男人。我很感激彼得，见到他，总能想起咱们不平凡的相遇，这也是彼得为什么总在身边的缘故。不瞒你说，我爱他，离不开他。"说到这儿，眼里含着泪花儿，亲了一下坐在身边的彼得。接着关切地问道："你怎么样？看来能到这个丰盛豪华的宴会上来可不能小瞧哇，恐怕是博德格身边的大臣或是什么官员了吧？亲爱的，要不要认识一下我的丈夫？"说着用手往前一指："噢，就是那个正跟法国公使交谈的高个子、留八字胡的外交官。他是好客之人，凡是我的朋友，一向破例看重的。"说着，起身便要去叫。萨布素忙阻拦道："谢谢，谢谢，不必了。咱

———————
① 俄语：兵。

们平生难得一见，今天有幸看到夫人，感到万分高兴，真是天赐之缘！我不是博德格身边的什么大臣，只是远在黑龙江的一个普普通通守边的戈必丹，此次因为有事儿才来到京师。理藩院大人是我们家乡的老友，正巧今晚没事儿，是他把我拉到这儿来的。娜柳莎，我以为今生今世见不到你了。非常感谢曾经对我的帮助、对我的友情，并一直牢记在心。希望俄罗斯同大清国能成为朋友，我相信，今后两国会真正友好下去的。"这时，缅希科夫走了过来，礼貌地叫走了娜柳莎和彼得，说英国大使及夫人要见见娜柳莎。娜柳莎被拉走时，还回过头来向萨布素边打手势边说着什么。遗憾的是参加宴会的人既多又杂，熙熙攘攘的，加上音乐的声音大，根本听不清她究竟说了些什么，就这样匆匆相遇、又匆匆相别。

次日晨，阿穆瑚琅大人派侍从送来一个字条儿，是彼得用俄文写给萨布素的，转达了娜柳莎的临别寄语："舒拉，见到您很幸福。中国有句话：'有志者事竟成'，我终于找到了您！相信咱们以后还会见面的，亲您！娜柳莎。"

萨布素在京期间，有幸与刚从巫峡专程赶回来的安茹夫妇团聚了一次。兄妹相逢后，安茹知父病故，失声痛哭！乞望兄长代小妹向额莫问安，孩儿无法北归尽孝了。安茹将亲手绣的一袭彩绒花坎肩儿交给哥哥，让捎给额莫舒穆禄，见衣如见人；又送给党丹一套衣裤，以表姐姐思弟之情；还向嫂子卡克屯问好，并送给小侄儿雅图一件南方的绢丝小衣，另有一床江南桑蚕丝绸绣花儿小被。萨布素不解地问："被子是送给谁的？"安茹说："亏你是个做阿玛的，连这都不知道？我嫂子应该有第二胎啦！你这粗心的阿玛，脑子里只有打仗的事儿，其他什么全没有，那就回去问问嫂子吧！"说着笑了起来。萨布素仍是那个习惯动作，摸摸后脑勺儿，也乐了。次日，安茹夫妇赶回巫峡驻镇之地去了，兄妹含泪泣别。安茹与兄长的此次会面，竟是终生的永诀，直至萨大人病故，再没能回宁古塔一次。

萨布素于京师的公差完毕，一点儿没耽搁，急忙返回宁古塔。走之前，兵部尚书塞色赫交给他一纸牛皮封漆、上盖火印的文书，命交巴海将军。萨布素告别了众位大人，率拨什库拉兴及小校们，一路晓行夜宿，顺利地回到了宁古塔，向巴海禀报了晋京觐见之事，呈交了朝廷给驻防宁古塔等处将军的文书。巴海将军打开火漆文书，内有朝廷对宁古塔军务的谕令，还有兵部考核萨布素的渊语："谋勇堪嘉，膺予要用"八个响当当、极有分量的草书字。巴海高兴地祝贺弟弟骄人的成绩，当日就将宁古塔军政事务全部交由萨布素留守管理，他则率将军衙门人等准备署衙搬迁及赴吉林乌拉上任之事。

巴海率人到吉林乌拉后，依江建了木城，安置了直隶各省迁徙来的流人数千人。操练新旧满洲兵两千名，修建战船四十多艘、江船数十艘，帆樯林立，日习水战。又立三十二官庄，囤积粮草，加强战备，以御外患。

萨布素留守宁古塔，身边只有瓦礼祜、党丹、门德赫、窝赫、希福、徐牧等部将。此时，瓦礼祜已升任佐领，窝赫、门德赫、党丹、徐牧均为骁骑校，希福为佐领衔大营总管。吉古林于两年前过世，多凌阿也近年迈，带秀秀迁入了宁古塔。这期间，萨布素率瓦礼祜等部将继续做各部族的内迁要务。经多年的经营谋划，呼尔哈河两岸户户炊烟、寨寨歌声。不少地方不再是野狼呼嗥、荒蒿狐遁的草莽古岗，而是屯寨相连、阡陌片片、牛羊驰奔的一派生机盎然的兴旺景象了。

正当萨布素率领部将热心建设宁古塔新生活的时候，又给他带来了新的机遇，接受了一项重要的差事，而且做出了惊人的贡献。由于完成得好，得到了皇上的嘉奖。是一件什么差事呢？请听说书人从头道来。

康熙帝是一位英明的君主，励精图治，很有远见卓识、雄才大略。他看到大清国自入关、定鼎北京以来，不少满洲八旗子弟当了高官或有了职务，终日锦衣玉食，安于享乐，已经忘了祖宗发祥之地。关内是富庶之地，比关外强得多，高官皆有不少圈地，这也是地方特权。他们对苦寒的白山黑水望而生畏，人人裹足，更不愿返回故乡去捍卫那片生养自己的土地。康熙帝决心改变从清初一直到亲政以来出现的这股歪风，一心要唤起满洲人依恋故土之情。他曾说过，长白山是我祖先繁衍生息之地，是国家北方疆土的象征，像五岳一样的雄伟、壮丽。关内各族的国人应当记住，关外还有大清的土地，那里是我国领土的一部分，清政府一定要捍卫自己的发祥之地，绝不准沙俄染指。于是，于康熙十六年九月颁旨，命宗室内大臣觉罗武默纳、侍卫费耀色等亲赴关外，到祖宗发祥之地长白山踏查、瞻礼。旨意大致是这么讲的：现在，很多人不知道长白山是一座什么样的山。尔等此去要先到吉林乌拉等处，选熟悉进长白山路径之人做向导，务于大暑前到达长白山。因那里的气候变化很大，去晚了，天一降雪，不易上山。须亲自认真地踏查长白山，详细地了解和掌握祖宗发祥之地的情况，然后回来具奏，以便酌行瞻礼之。

武默纳等人接旨后，匆匆赶到吉林乌拉，面见了宁古塔将军巴海。巴海听了皇上的旨意，知道这向导的担子不轻，遂向武默纳推荐道："武大人，要想上长白山，领路的不用找别的什么人，就找现在留守宁古塔的协领萨布素，他是最合适的人选。"武默纳同意后，巴海写了信函，让色刻传给萨大人，命他带二百兵丁和三个月的口粮，随武默纳大人即刻上长白山。萨布素接令后，与武默纳约定，分两路出发。即武默纳等从吉林乌拉南下，逆水而上；萨布素带人从牡丹江之源西行，在松花江上游与其会合。按此计划，两路分头行动，顺利于约定处会合了。萨布素告诉武默纳："请武大人不要着急，这条山路我熟悉，不会误时的，必能按时完成皇上的旨意。"萨布素确实是个"山路通"，从小便跟爷爷上过长白山。那时宁古塔人打猎，不论是捕熊、野猪还是虎豹，都去长白山。从宁古塔走敦化，再过敖东城奔二道白河，直接可至长白山。这条路虽然比较近，但山道很不好走。到处是古树参天、枯藤遍地、草深没膝，没走惯的人根本无法迈步，脚像被缠住了一样。正在此时，武大人突发急病，上不了山，无奈之下，只好在二道白河诊治等待。这样，踏查长白山的重任便落在了萨布素的肩上。他率众人走猎道，伐木开路，攀援而上，艰难地一步步终于登上了长白山，进行了一番详细的勘察，记录了山形地貌等情。下山后，向武大人禀报了踏查情况，并将记录呈上。武大人在萨布素的鼎力帮助下，总算按旨完成了差事，回京复命。

武大人回到京都后，向皇上禀奏说，此次踏查，因得到宁古塔协领萨布素的帮助才得以顺利完成。康熙听后，翻看了记录，十分高兴。降旨封长白山为长白山神，年年拜祭，祭典礼仪与拜祭五岳相同。第二年正月，又遣武默纳及一等侍卫对秦到长白山祭拜、瞻礼。具体如何祭拜我们不去细说，单说安珠瑚是位爱才之人，认为萨布素无论干什么都很出色，是个好将领，前途无量。康熙十八年，安大人在即将晋升时，向朝廷极力举荐萨布素，说道："萨布素有治军理政的才干，文武兼通，可任宁古塔副都统。"康熙帝听了安珠瑚的荐贤，本来就喜欢萨布素，又在那次踏查长白山中立了大功，便欣然接受，立即下旨，升任三品协领萨布素为二品宁古塔副都统。与此同时，瓦礼祜晋升为参领，党丹、窝赫晋升为佐领。朝廷这次在调整宁古塔驻防官员之前，更换了盛京将军的人选，选调既熟悉北方情况、又对罗刹作战富有丰富经验的安珠瑚接任了盛京将军之职。这所有的变动，目的只有一个，就是为了抗击罗刹的入侵，加强盛京的力量，发挥陪都的威力，对作为抗俄前线的吉林乌拉、宁古塔给以有力支援。萨布素完全理解朝廷的用意，刚一上任，便率领副都统衙门人等厉兵秣马、训练士卒、屯田储粮、加强备战，待命反击侵略者。

说书人已有一些时间没有讲到罗刹了，是不是他们就销声匿迹了呢？不是的。在这里，需向各位阿哥做一简略介绍。自打前书讲过，巴海将军率领众将在古瓦坛消灭了罗刹残匪之后，黑龙江一带的确有一段安宁时期，不见了他们的踪迹。可沙俄并不甘心失败，后来又整备兵力，卷土重来。早在康熙四年，以切尔尼戈夫斯基为首的罗刹匪帮，在俄国尼布楚当局的驱使下，多次侵入黑龙江流域。切尔尼戈夫斯基为俄籍波兰人，是个罪犯，曾因杀人而被通缉，流放到西伯利亚。此人十分猖狂，纠集了八十多名犯人从西伯利亚逃走，闯入我黑龙江地区，一路上烧杀抢掠，无恶不作。他们越过外兴安岭，窜到雅克萨旧址，修造了一座城堡，连续干下了危害当地安全的勾当。康熙十三年，切尔尼戈夫斯基在尼布楚当局的支持下，加固了雅克萨城，作为向大清进犯的据点，并被正式列入沙俄尼布楚辖区；康熙十四年，俄军三百余人越过黑龙江，向嫩江的支流甘河地区进犯；康熙十五年，俄人挺进到精奇里江上游，沿江建起吉雅斯克、西林宾斯克、多隆斯克等不少城镇，加紧了扩张的步骤；康熙十九年，沙俄政府为了加强对中国黑龙江流域的侵略，成立了尼布楚督军区，扩军备战，加强粮食和武器的储备；康熙二十年七月，罗刹在黑龙江上游额尔古纳河右岸，建立了额尔古纳城堡，露出了咄咄逼人的架势，日益引起了清政府的重视。康熙帝致力于国家统一和领土完整，对于沙俄的野蛮侵略从未掉以轻心，早就指出："向者罗刹无故犯边，收我逋逃，后渐越而来。扰害索伦、赫哲、飞牙喀①、奇勒尔诸地，不遑宁处，剽劫人口，抢掳村庄，攘夺貂皮，肆恶多端。是以屡遣人宣谕，复移文来使，罗刹竟不报命，反深入赫哲、飞牙喀一带，扰害益甚。"为了掌握沙俄扩大侵略的动向，了解边疆的防务，以便做出决策，康熙帝决定亲自赴祖宗发祥之地巡查。先去关外拜祖，然后到吉林乌拉，接见宁古塔、吉林乌拉众将士，视察抵御罗刹的准备情况，这就是历史上著名的康熙第二次东巡。

康熙二十一年正月，英姿勃勃、时年二十九岁的康熙帝，实出于国

---

① 即费雅喀。

家的安危，敕谕礼部："比年以来，逆贼吴三桂，背恩反叛，扰乱地方。倡乱滇南，多方煽动，军兴八载。仰荷祖宗在天之灵，默垂庇佑，克奏荡平。应躬诣山陵展祭，以告成功……今拟即谒太祖太宗山陵，虔申昭告，用展孝恩。应行事宜及需用各物，著各衙门速行备办，尔部即遵谕行。"礼部接旨，很快做好了出巡的各项准备。

是年三月二十三日，正是春寒料峭之时。康熙帝拜辞两宫皇太后，率九岁皇太子和众贝勒、大臣、八旗劲旅等数万人，于辰时从京师起程东巡。当日，天晴气朗，微风吹拂，东巡的队伍浩浩荡荡，旌旗伞盖，络绎二十余里。从者溢路，观者夹途，龙旗招展，雷动云从。两宫皇太后亲送，文武百官午门跪送，车驾直奔塞外，壮观气派。途经河北、玉田、丰润、滦州、卢龙、抚宁等地，三月三十日，出了山海关。康熙帝喜欢骑马、射猎，置身于大自然中，故而龙舆一般都空着。到桦皮山行围时，早有盛京将军闻讯，特围虎于山中，专门圈养，以备皇帝到此射猎。皇上引弓放箭，亲射三虎。九岁的皇太子在侍卫、公公的保护相随下，也跃马驰逐山谷间，矢无虚发，一虎射之立毙，万人仰瞻。行围毕，东巡队伍又经宁远、锦县、大凌河、广宁、白旗堡，于四月十一日抵达盛京。在这里，拜谒了福陵、昭陵，接着前往兴京，冒雪亲祭永陵。祭罢，次日从兴京出发，经哈达城，出柳条边，奔吉林乌拉地方。康熙帝在给祖母的信中说："兹因大典已毕，敬思祖宗开疆非易，臣至此甚难，故欲躬率诸王、贝勒、大臣、蒙古等，周行边疆，亲加抚绥，兼以射猎讲武。"宁古塔将军巴海得知皇上要巡行乌拉，立刻率副都统萨布素、新任副都统瓦礼祜出城百里，到阿尔滩诺门地方恭迎圣驾。东巡队伍一路上行围打猎，走走停停，于五月初到达吉林乌拉。城内外鼓乐齐鸣，大小官员跪伏两侧，康熙帝由巴海陪同，兴高采烈地进了城，下榻于新建的将军署衙。当日，康熙帝即率太子、诸王、贝勒、文武官员到松花江岸向东南望祭长白山，行三拜九叩大礼，并以敬仰的心情写下了《望祀长白山》一诗。

康熙帝在吉林小憩时，召见吉林乌拉和宁古塔的众将领，了解东北北疆的防务情况。君臣一起深入探讨军情，恳谈抗击罗刹的策略及部署八旗兵马操练之事。于四日，康熙帝泛舟松花江，实际上也是一次大规模的检阅活动。萨布素在京师晋见皇上的时候，曾谈过对付罗刹的三大策略。其中一点就是建立水师营，制造船只，训练水师。康熙对此十分赞同，特别关注吉林乌拉水师。

吉林，旧名儿曰船厂，自明初即为我国重要的造船基地之一。清初以来，为抗击罗刹，这里除了造船，也训练水师，顺治十八年设了水师营。康熙十三年，水师营总管移驻黑龙江，吉林仍保留一部分水师，由官员管理。康熙十五年，自巴海将军遵圣旨迁至吉林乌拉后，进一步充实了水陆官兵。此次康熙帝亲临乌拉，在游江之时，巴海、萨布素、瓦礼祐将所有大小战船和精锐水师官兵排开阵势，列队于江上。将船厂所造之各类船只二百余艘，上插彩旗、黄龙旗，敲响大鼓，游弋江面，连樯接舰。旌旄与朱缨交映水中，景色与军威互为衬托，浑然一体，格外壮观。还有大船上的排兵布阵，刀光闪闪，声震云天。水师一直排出几十里远，浩浩荡荡，威风凛凛。鼓在敲，螺号在吹，金铎在响，真可谓英姿飒爽！随驾的诸王、贝勒、众大臣看了，大开眼界，赞叹不已。康熙帝检阅着吉林乌拉英武的水师，泛舟于松花江上，清澈的江水波光粼粼。举目四望，两岸山川秀丽，顿觉精神振奋，激情涌来，挥毫写下了不朽名篇《松花江放船歌》，流传后世。是这样写的：

松花江，江水清，
夜来雨过春涛生，
浪花叠锦绣彀明。

彩帆画鹢随风轻，
箫韶小奏中流鸣，
苍岩翠壁两岸横。

浮云耀日何晶晶，
乘流直下蛟龙惊，
连樯接舰屯江城。

貔貅健甲皆锐精，
旌旄映水翻朱缨，
我来问俗非观兵。

松花江，江水清，
浩浩瀚瀚冲波行，
云霞万里开澄泓。

此诗感情热烈奔放，赞美了北国松花江的壮丽风光，肯定了多年来战备所取得的成就，讴歌了将士们的高昂斗志，抒发了年轻皇帝廓清疆宇、收复失土的强烈愿望。

五月四日，康熙帝乘船驶往吉林西北七十里的大乌拉，这是他一直憧憬的地方，早想来看一看。因为从幼年时代起，就听孝庄皇太后多次讲过，大乌拉设有打牲乌拉总管衙门，隶内务府，是皇宫大内吃穿住行之用的后勤供应基地。此地原是太祖高皇帝从乌拉布占泰手中得到的，太宗时代便派哈勒苏全家去开发，逐渐建成了皇家御用的打牲总管衙门，统管着辽东乃至北海的所有物产。由于现在罗刹在北海一带染指，影响了我们很多生活必需品的来源。大乌拉物产丰富，不仅是极为富庶的粮仓，还有大片黑松林产的大松子、称之为关东之宝的人参以及皇宫大内用的东珠、吃的鳇鱼。禽类有鹰、鹘、海东青和各种山鸡；兽类有虎、豹、麋鹿、熊、野猪、青鼠、貂鼠、猞猁等，还有宫中所见的白鹰也是从那里贡送的，可以说是鹰的故乡。大乌拉现有两千余户，都划入了打牲衙门，成为旗丁，又称打牲丁，负责采松子、珍珠和捕鳇鱼、鹰、貂以及采人参、榛蘑、杂果等。所制作的各种各样的枪杆儿、弓箭，源源不断地运送京师及各地。康熙帝此次来到这样一块宝地，岂能不"问俗""观兵"？由巴海、萨布素、瓦礼祜陪同，专门到打牲丁家瞧了瞧熟鱼皮、采珍珠等古俗。还特别观赏了驯养五百多只年岁不等的小鹰、成鹰的大小鹰棚、鹰的食物制作以及琳琅满目的贡鹰鹰笼，又看了喂鹰、驯鹰、放鹰等鹰把式的育鹰表演。皇上和众大臣真是大饱了眼福，既高兴又振奋！

康熙帝特别喜欢良驹，也愿意驯马。大乌拉有数百匹的野马群，皆是在山野里长大的，吃野草，喝山水，匹匹乃从未被人骑过的扬鬃暴啸、叱咤万里的烈马。这些生个子马自从被圈养后，除对饲养它们的驯马人还算客气，不认识的人想接触它很难，不是咬就是踢，或者拼命地狂奔，绝对不让你抓。康熙帝不管这些，到马群里专挑那最骏、最厉害的骑。驯马的时候，不少卫士，还有巴海、萨布素、瓦礼祜等都跟在后边，生怕出事儿。康熙帝蛮有兴致地说："你们不用跟着，全靠后，朕最喜欢驯服烈马啦！"原来，他早已从萨布素那里学到了窍门儿。萨布素告诉皇上："要想使它驯服，一是胆子要大，二是不要被它凶狠的样子吓住。只要有勇敢的精神，什么样的马都能被镇住。抓住马鬃后，大胆地骑上去，掐着它的耳朵，再烈的马也会乖乖地服管。"康熙帝正是按照萨布素指点的方法，猛然上前抓住烈马的鬃毛，噌地蹿上去，掐住了马耳朵。那马拼命地跳啊、暴啸啊、尥蹶子呀，他一点儿不慌，稳稳地坐在马背上，烈马折腾了一会儿后，便老实了，站在那儿瑟瑟发抖。康熙帝高兴地对随行的臣子们说："咱们惩治罗刹匪帮，就像制服这暴跳的野马一样，要有毅力、勇气和智慧。"

康熙帝在吉林乌拉停留了十一天，进一步洞悉了东北边疆的防务情况及罗刹入侵事态的发展变化，进而找到了反击沙俄侵略的策略。回銮的前一天，在吉林乌拉的行宫，赐宴宁古塔将军巴海、副都统萨布素、瓦礼祜等众官兵，莅宴的尚有众位遗老和名臣之后裔。宴间，康熙帝对所有官兵恩赏有别，一再举杯致意，对巴海、萨布素等众臣说："此行亲睹乌拉兵戎，朕心欢悦也，安枕也！国家将兴，众志成城。今江山一统，惟罗刹甚嚣尘上，不可以往日之力御侮也。必精天下之力，汇天下之资，迅即除痛。君臣之心已坚，尔等勿负朕望，诸事齐备，东风即起，众卿惟听朕命也！"并热语衷肠地告慰将士们："一切准备就绪，待朕回到京师，将一步步地运作。望众将有所准备，勿要辜负朕此行一片用心哪！"

康熙返回京师后，果真马上下旨，先废除了乌拉等地的一些冗役，又免去了寻捕鹰豹畜雏之役。还在旨意中讲道："八月放鹰，寒冬寻觅山鸡，人马劳顿，亦行顿止。""停止打鳇鱼差役""要体恤兵丁，多加怜悯。吉林乌拉田地米粮实为紧要，对农事有贡献者当给以奖励。"此次康熙目睹了流人之苦役，很是同情。尤其是当知道了他们为国为北疆做了不少好事，有些人是有贡献的，深为不忍。考虑到宁古塔"风气严寒"，由内地发遣来的人犯水土不服，困难很多。遂下旨，今后再流徙宁古塔地方的人，可以改为发往辽阳，那里能比宁古塔的生活好过些。正因如此，也大大缓解了社会矛盾。

康熙帝此次东巡，意义重大。后来也有几位皇帝有东巡的记载，其中如乾隆帝的东巡亦颇有影响，但都不能与康熙第二次东巡相比。康熙的第二次东巡，关心兵民疾苦，革除官员恶习，调整关系，废除部分冗役，促进了农业的发展，把中国北方诸省全部调动起来了。人人出力出物资，统成一盘棋，为抗击罗刹创造了有利条件。因此，后来才赢得了尼布楚条约的签订，使中国人民从此扬眉吐气，巩固了北方，打消了罗刹的气焰，此次东巡载入了光辉的史册。康熙第二次东巡，在民间还留下了许多脍炙人口的传说故事，歌颂皇上的伟大与英明，说书人在这里给各位阿哥讲上几段儿。

　　一个是"合欢路"。说有这么一天，康熙帝去大乌拉打围，骑的是匹白龙马。他在马上正要拉弓射一只花翎野鸡时，突然，从树棵子里扑棱棱窜出两只白嘴鹿羔子。白嘴鹿是吉林乌拉地方的特产，十分名贵，历朝都把它进贡到京师，放在皇帝的御苑里饲养。当康熙帝瞧见毛色光亮、蹄小好看的白嘴小鹿时，竟惊喜得将弓放下了。只见两只小鹿崽儿瞅着人惊恐地怪叫，声调儿凄怆，边叫边回头往山冈上跑。康熙帝瞅着挺好奇，便领着扈从们催马蹚镫，紧跟在后面撵。翻了一道岗，又过了一道岗；穿过了一片松树林，又过了一片松树林。当往鹿崽儿跑的方向望去时，嘿，见有两个乌拉的贝勒各领着一帮人，正在那儿争抢着一只白嘴母鹿，互相张弓舞棍地厮打着。两个贝勒一见旌旗伞盖向这边过来了，可吓坏了，哪里还顾得上争抢白嘴母鹿？赶紧扔了弓、棒、腰刀，扑通通跪了一地。两个贝勒慌慌张张地爬到康熙皇帝的白马前，叩头道："奴才请皇上安！不知陛下御猎，惊了圣驾，奴才死罪！"吓得汗珠子顺脸往下淌。康熙帝问："因何争斗哇？"其中一个贝勒禀道："回皇上，这里是奴才的围场……"未待说完，另一个贝勒接过话茬儿："禀皇上，是奴才围场的白嘴母鹿跑到了这儿，奴才为追赶白嘴母鹿才来的。"二人互不相让，还要争执。康熙帝说："噢，只为了一只野鹿就伤了和睦吗？下咯，回宫再议！"按规矩来讲，在皇上出猎时聚众围斗，惊了圣驾，这是大不敬，当然得治罪。所以，扈从们早已跳下马，过去摘了两个贝勒的顶戴，带回了行宫。

　　康熙帝回到大乌拉布特哈行宫之后，便派人冒雨密访。原来从小乌拉到大乌拉的山川土地，早被贝勒和宗室人等分割了，并且连年争斗不止。闹得连驿站都不通畅，两地的交通全靠水路，行走多有不便。康熙帝见贝勒一个个居功骄纵，很是有气，就想处置几个，以除时弊。可又觉得自己初来乌拉，功臣遗老甚多，或许不妥。况且临政不久，国事方稳，北方的罗刹不时犯边，更须励精图治，贵在人和。担心处置太严，致使人心不稳，酿成疾患。不处置吧，又会养奸误国，怎么办好呢？夜里翻来覆去地想啊想，突然豁然开朗，对，有办法了！

　　第二天，康熙帝下令把将军、诸贝勒、贝子及亲随大臣全传进了行宫，赐座。那两个为一只野鹿争斗的贝勒的家眷，其实早已买通了吉林将军，求其替他们在皇上面前说情。吉林将军坐在那儿，紧张得像怀揣个小兔子，心怦怦直跳，以为皇上准得发怒，非怪罪不可。谁知康熙帝既未责怪两个贝勒，也未说责任在将军，却慢条斯理地问了一个奇怪的问题：“你们看朕身上穿的袍子织得好看不？”众人忙回道：“沙音西沙音，天下无比。”康熙帝说：“朕初访乌拉，无有所赐，就把身上的锦袍分给众位勋臣吧！”大伙儿一听，吓愣了，皇上的龙袍谁敢分哪？康熙帝看了看大家，笑了，站起身，走过来说：“乌拉的锦绣山川、良田沃土是先王留下的，可供万民衣食之用。国富可使民安，民安方能富强，是相辅相成的。正像朕身上穿的这件袍子，匠心巧手，乃用经丝纬线织成。如果众手纷纷来抽丝拔线，难道还能有这袍子吗？今后，乌拉的山川土地不准私占豪夺，尔等不得违之。”众人一听，康熙帝对谁都没责怪，感激万分，连连遵旨称是。打这以后，乌拉的圈地没有了，除划给乌拉打牲衙门的部分田亩外，方圆数百里土地再没有私人围场，统由吉林将军衙门管辖。这样，不但名贵的白嘴鹿繁殖起来了，而且齐民还伐木开路、烧荒耕种，陆路交通也畅行无阻了。从小乌拉到大乌拉开始有帆船穿梭，连从吉林经烟筒山、九站过哨口直达乌拉的铁车旱路亦人来人往了，从而巩固了北方的边防要地。这条路一色是用枣木和白石子铺的，人们管它叫白路，又称合欢路。

　　再给各位阿哥讲一个“一罐唐谷”的故事。凡在清宫御膳房当过差的以及太监，都知道宫内有句口头禅：“松阿里的鲟鳇鱼，大乌拉的白小米。”这两宗特产，当时名盖诸省。其实在早，乌拉街沿江只产松子、鱼类，不产小米。那大乌拉的白小米是怎么来的呢？相传是康熙帝二下吉林时，打开了一罐儿唐谷，即唐代的谷子，大乌拉才有了白小米。

　　故事是这样的：康熙帝到了乌拉后，由将军巴海陪同，冒着蒙蒙细雨，乘着雕龙画凤的彩船，观赏松花江上的美景。他看到江中的几十条战船列阵排开，划得又快又稳，不住声儿地称赞水师营兵丁“乘龙直下蛟龙惊”“旌旄映水翻朱缨”的高超技巧。正观瞧时，忽然发现这些彩船里有一只镂船，装饰得特别精致。船上插着八面旗，挑着九张大黄挂签；船头船尾挂着神刀托铃、腰铃和萨满手鼓；船头的四个木香碗里点着年期香，供桌上堆满了各式供品；镂船顶儿上趴着一条木雕彩龙，龙口里吐出三根激达枪。康熙帝越看越觉得奇怪，忙唤过巴海，问道：“那只镂船悬挂着神器，何意呀？”巴海慌忙跪下，奏道：“禀皇上，奴才用来接驾的船只，所用木料全采自小白山。府里的披甲伐木的时候，在江边石崖上捡得一个石罐儿，夜晚放光，便拿来献给了奴才。奴才请萨满跳神察看，据说是天上的神罐儿，罐儿里装着五百河妖。只有真龙天子降临，才能将其降服，九九八十一天后，方可免除灾难。奴才斗胆将此罐儿安放在镂船中供奉，同其他船只一起供皇上观阅，以示镇压。等皇上返抵京师之后，奴才想将它放入江中送走。事前未敢向皇上禀报，奴才有罪。"说着，头磕得咣咣响。康熙帝听了以后，不仅没有生气，还觉得挺新鲜，逗趣儿道："天下事真是无奇不有啊！爱卿既得神罐儿，朕梦里都想求见河妖。何不待游江毕，将此罐儿捧入行宫让朕一观哪？"说完即命摆驾回宫。

巴海听了皇上的话，吓得汗珠子滴滴答答地往下掉。心想："皇上要看装河妖的神罐儿，万一有个什么闪失，怎么担当得起呀？不送吧，圣旨已下，谁敢违抗？"只好硬着头皮派人从彩船的供堂里捧出那个神罐儿，巴海接过来亲自抱着，一步一步地挪到康熙皇帝在吉林乌拉的行宫。康熙帝知道巴海将军一向为人豪爽、耿直，是一将才，身上有他阿玛沙尔虎达的气魄，因此十分器重，但又觉得老来有些迂腐。

康熙帝正伏案看书，见巴海进来了，便放下书，抬起头来赐座。巴海拜毕皇上，将所捧神罐儿小心翼翼地放在御案上，然后扑通一声跪倒在地，满面流涕地说："陛下，奴才几世蒙皇上的恩德，一向是千从万从。今天若让奴才开这个神罐儿，即便粉身碎骨，也不敢从命。河妖若惊撞了圣驾，奴才万万担当不起呀！"说着愈加痛哭起来。巴海这一哭，康熙帝反倒笑了，安慰道："何必如此？你与朕都是久读古书之人，这石罐儿装妖，纯属民间传说，朕概不相信。"巴海犹豫了半天，又说："皇上一定要看，还是请萨满色夫来开罐儿吧。"康熙说："不，老将军，你不是说让朕镇妖吗？那好，就由朕来开启吧。"说着，把那神罐儿捧了起来。巴海吓得跪在地上连连磕头祈祷："阿布卡恩都力保佑，可别出什么差错呀！"这时，只见康熙把黄泥封固的罐口儿慢慢扒开，然后倒提石罐儿，往桌案上轻轻一倒，嘿，哗啦啦流出一堆金黄闪亮的谷种！康熙又惊又喜，高兴地用手捧着、揉着、闻着，谷粒儿又大又圆，格外沉实。巴海抬头一看，原来是一罐儿谷子，这才松口气儿站了起来。

康熙上下左右仔仔细细地端详这个小石罐儿，见石罐儿的圆肚儿上模模糊糊刻着"大唐开元丰谷"几个草书字。遂扶巴海坐下，笑着说："老将军，恭喜呀，石罐儿是天赐之宝啊！唐王念你戍北功高，送了一罐儿金谷，赐子耕耘，一粒下地是万粟归仓啊，何愁边塞无粮？"巴海打量着新奇的谷种，惊恐全消，又高兴又惭愧，脸红一阵白一阵的。康熙说："乌拉自古少施教化，所以才信什么神罐儿装妖的邪说。爱卿，你应选才学出众者在乌拉办学，对此地文武兼治，方可堪称一方将军啊！"巴海连连点头称是。康熙又说："可将半罐儿谷种分给乌拉的驻防八旗，招养育兵卒开荒试种。"说完不过两日，康熙帝便带着另半罐儿唐谷回京了。

巴海遵圣旨在乌拉办起了满学，第二年开春，又让养育兵丁种下了唐谷。可是兵丁没种过庄稼，不会侍弄。半个月过去了，不见谷苗儿；一个月过去了，仍不见谷苗儿，把个巴海急得团团转。到了秋天，巴海晋京觐见皇上，低着头一声儿不吭。康熙一看他那样子，心里早明白了，笑呵呵地把一样东西塞给了巴海。巴海一看，竟是一个沉甸甸的大谷穗儿！当即就乐了。康熙说："这正是那罐儿唐谷结的穗儿，你要奖励耕耘，掌握农时啊！"原来康熙回京师以后，将带回去的半罐儿唐谷亲手种在御花园里，逐日观察，浇水间苗。等结穗儿以后，为鼓励农耕，将挑出的最大的三穗儿唐谷分赐给盛京、吉林、黑龙江将军。大乌拉一带从此种下了唐谷，年年精心侍弄，这才有了今天盛产的远近驰名的白小米，籽粒又大又圆，白得像珍珠一样，吃起来格外清香。

说书人给各位阿哥接着讲一段儿"康熙探病"的故事。满洲人家有个风俗，小孩儿出天花出疹子，常好在孩子的胳膊上别一小红布条儿，再在家门上挂一块儿小红布做标志，传说这是康熙帝留下来的规矩。怎么回事儿呢？康熙帝巡查吉林乌拉一直很高兴，偏偏在要起驾回京时，脸上却露出了愁容，随臣们一看就知道肯定有心事，皆不敢打扰。为啥不痛快呢？原来前一天他在将军衙门的两个笔帖式陪同下，到乌拉前面的小白山去踏查。走到野地时，见有些谷草把儿，细一看，草把儿里卷的是死孩子。有半露着红乎乎身子的，有脸上长满水泡的，惨不忍睹。康熙帝久居深宫，还是头一次看到野甸子里的小尸首，能不痛心吗？便问跟随来的那两个笔帖式这是怎么回事。其中一人禀道："回皇上，乌拉年年闹山塔哈①，已蔓延多时了。"看样子，这些孩子是因得天花而死的。康熙帝一听是天花蔓延，心里特别难受。据说，他小时候也得过天花，尝过天花之苦。今天重又看到这个惨相，当然心如刀绞。这时，只见远处还有三三两两的人，在为自己病死的孩子哭泣，悲伤之情催人泪下。康熙帝见此情景，根本没心思到小白山观赏了，上马对笔帖式说：

---

① 满语：天花。

"回宫！"君臣几个默默地回来了。

康熙帝到了行宫，心情很不平静。坐下去、站起来，站起来又坐下去，茶也不喝了，书更读不了，遂提笔将"凄凄、惨惨、戚戚"几个字反复写来写去的，写了厚厚一摞纸，有的用汉文写的，有的用满文写的。正巧此时，巴海将军来叩见皇上，看见了桌子上皇上写的字。巴海有文化呀，心里挺纳闷儿，皇上为啥写这些字儿呢，或许是在练字？不敢细问。这时，康熙帝开口问巴海："老将军，朕此次东巡可谓万民同乐吗？"巴海得意地说："圣驾东巡，万民共欢，乌拉生辉呀！"康熙帝听了以后不吭声儿，只是摇摇头，随后拿起刚刚写就的一摞纸中的一张递给了巴海，竟自转身进了内室。

巴海捧着这张字纸，是丈二和尚摸不着头脑，完全闹蒙了。晚上躺在床上，翻来覆去地琢磨，越想越睡不着。第二天一大清早，拿着字纸急急忙忙赶到了行宫，想找皇上身边的随驾大臣摸摸底细。随驾大臣中，有一位正是他父亲沙尔虎达的老朋友，看了看字纸，告诉巴海："昨天我看到皇上不太高兴，当时便替你捏了把汗。冲皇上写的这几个字，十有八九是出什么事儿了。"俩人思量着，这"凄凄惨惨戚戚"本是宋朝女词人李清照在《声声慢》里的一句，皇上为什么偏偏写这几个字呢？思来想去也弄不明白。随驾大臣说："这样吧，你赶紧去打听打听，皇上昨天都到什么地方去了，看到啥没有，写的这几个字很可能同那个地方有关。"巴海一听，茅塞顿开，赶紧回到将军衙门，找昨日随同皇上去小白山的那两个笔帖式。细一问才知道，康熙帝去小白山的路上，看到一些因患天花而死去的童尸。圣驾心情很不好，不但没去小白山，而且立马回返了。巴海一听皇上因这事儿跟他生气，觉得挺委屈，心想："从太祖、太宗起，将军就是管文武的，哪听说还管治病的？这些孩子得病死了，我有什么办法？皇上却要指责我，真是冤枉。再说，满洲人自古不信郎中，谁有病了，轻则叫叫魂儿，重了请巫师。出山塔哈死两个三个的，那不是公鸡打鸣儿常听到的事儿嘛，何必大惊小怪呢？"

咱们不说巴海觉得如何委屈，再说康熙帝在行宫里召见了很多王公、贝勒，连打牲乌拉的总管都被召来了。巴海自然也被召了去，心里很是害怕，知道又得受到指责。他忐忐忑忑地走进行宫一看，还好，圣上没有动怒，还赐座于他。这时，只听皇上问道："老爱卿，还记得九年前朕在承德问你的话吗？"巴海连连回道："记得，记得。"康熙说："朕那时问你民安否？你说民安。朕又问你民体壮否？你说体壮。现在到底怎么样啊？"巴海一听，慌忙伏地叩头请罪道："奴才该死，奴才该死！"康熙帝把他扶了起来，语气沉重地说："此事朕也有责，坐下慢慢讲吧。"巴海这才敢把心里话壮着胆子吐了出来："恕奴才直陈，山塔哈是天灾呀，非奴才之力可及。"康熙说："不错，山塔哈是天灾。但你可以用药来诊治呀，难道乌拉的流人中就没有郎中吗？"巴海回答："这……这个奴才不晓得呀！"康熙追问道："为何不访一下？"巴海打了个咳声说："奴才管文管武，不知道还应管医呀！"康熙帝一听他这么说，生气了，指责道："将军乃百姓之父母，哪能不管黎民的性命？"巴海知道自己说错了，忙又要跪下请罪，康熙帝让他坐下，接着说道："此乃几朝之陋习，不全怨你。这样吧，爱卿陪朕到小白山去一趟。"巴海忙回道："遵旨！"

于是，康熙帝带着御医，由巴海引路，到了乌拉南边的一个小屯子。在这里，访到有两家的孩子正在出天花，康熙分别去这两家探望。到了门口儿，巴海和随臣苦劝不让皇上进屋，康熙还是执意走了进去，让御医诊脉开方，留下了不少草药。并叮嘱巴海："为防止疾病蔓延，以后凡有病家，应于门外插旗做标志。朕闻西域有一民方，用蝉蜕、大麻籽、萝卜缨子捣碎了，搓前胸后背，可催出花。"此方一传开，而后的东北各族小孩儿出痘疹常用这个土方，甚有效，这便是康熙帝当年留下的。康熙看过的两家病孩儿用了药很快全好了，有人将此传为康熙皇上访问民宅、冲散了瘟疫的佳话。后来，凡有出天花、疹子的病儿之家，门前都挂起了红布，小孩儿的胳膊上别一表示可以免灾难的红布条儿。再者，这红布条儿也起警示作用。邻居们一看到它，就知道这家有病儿，自然不去串门了，防止了疾病的蔓延。康熙帝起驾前，命御医晚走几天，协助将军衙门在流民中荐选郎中，并奖励汉族郎中行医，厚礼款待。后来人们皆说从康熙年间起，吉林乌拉才有了汉人开的草药堂。雅克萨城战役打败罗刹后，巴海和萨布素到承德行宫报捷，康熙皇帝还特别问了吉林乌拉防治山塔哈这件事，那是一直挂念在心哪！

咱们最后讲一个康熙帝在吉林乌拉选铁匠的故事。清朝的时候，对铁匠有句漂亮嗑儿："赏戴红顶子，得有神锤子。"据传，吉林小乌拉最早的作坊就是铁匠炉，包打铁甲、舟车、钢刀、利剑等。它是受过皇封的，皇上赏赐给铁匠顶戴，赫赫有名，知府州官惹不起。掌锤的名匠是汉族，满语尊称"色勒①玛发",即铁爷爷。唠起这个,有一段儿佳话。康熙巡访小乌拉,看过八旗校场的比武之后,一定要再瞧瞧武备场。他年轻英俊、聪明博学,而且多才多艺,性格直爽,喜动不喜静,啥事儿非得亲耳听、亲眼见才行。随臣们知道皇上这个脾气,赶忙做准备,起驾到江沿儿不远的水师营武备库。康熙在这里仔细看了巨木龙船、切铁磨剑、油炸锋刃等,挺满意。然后到了烘炉司,侧耳听了听,便进去了。将军巴海见皇上高兴的样子,心想:"看打锤的,小皇上能懂个啥呀?"谁料康熙在里边看了一阵子,拎拎一排排大小不同的方锤,摸摸打出的铁板花纹儿,听听叮当入耳的锤音之后,慢慢悠悠地走了出来。行宫卫士捧着金盆漱具,请皇上擦一擦、歇一歇,康熙没理睬,却叫过巴海道:"古人说过,万籁争鸣,一锤定音。兵不可离帅,也不可离锤,锤是万仞之母啊!朕看了打出的剑,听了锤音,这些匠艺功夫不过五年吧?"此话一出,还真说正当了。巴海惊奇得很,心中暗暗佩服,苦着脸慌忙说:"皇上圣明,这些都是初学的匠艺。"康熙问道:"就选不出一位老师傅吗?"巴海忙跪下回道:"乌拉荒漠,只做鞍箭粗活儿,难请镔铁名匠。千里虎将,皆盼望皇上能赏赐戍边的兵刃呢!"康熙听了有点儿不痛快,教训道:"尔等久经战阵,雄兵爱兵刃。大将贵在深谋远虑,难道事事全得依赖朕吗?"群臣一个个屏住呼吸,不敢出声儿,乖乖地恭听着。

康熙帝看罢烘炉司,回到了行宫。读了两页《孙子兵法》的"兵士篇",自觉坐不住,抽了根香鸡翎,夹在书里。合上书,站起来想了想,遂装扮成书生,带领一名亲随侍卫微服私访去了。他们向城外走去,出了城郭,可见北边远处是青山陡立,山下有苍莽古庙。近处则是垂柳池塘,鸭鹅戏水,烈马奔啸。康熙帝特别喜欢塞北的山色,兴致勃勃地边走边看。走着走着,人家渐渐稀少了,忽然听到从树林里传出了叮叮当当的弄锤声。觉得奇怪,便顺着声音钻进了林子,然而只能听到纯熟的锤音,却看不到人影儿。又绕过了石碴子,发现山崖下边露出个山洞,洞口儿用柴草堵着,原来锤音就是从这个洞里传出来的。康熙忙要进洞,侍卫拦住了皇上,想先进去看看。康熙摆摆手,自己挪开了柴草钻进去了。一进洞,见一个满身腱子肉的壮汉正在练锤呢!锤子抡得浑圆,带着呜呜的风响,一锤下去,火星儿像千条万条的金丝线一样溅起。那锤音或像沉雷轰鸣,或像马蹄踏地,或像浪拍石崖,忽快忽慢、忽高忽低、

---

① 满语:铁。

忽缓忽急，听起来是那样的声声悦耳。锤下的铁块儿不用炉火烧，经过锤打，很像一块儿软面筋，一会儿被砸成梅花瓣儿，一会儿又被砍成马蹄花儿。康熙爱才呀，乐得实在憋不住了，不由得大声儿赞叹道："沙音西沙音，神锤子！"那壮汉冷不丁听到有人说话，一惊，马上收住锤子。回头一看，只见面前站着一位眉清目秀的书生，还领着一个小书童，心里这才稍安定些。他打了个千儿说："二位咋到这儿来了？你们是……"康熙说："噢，我们是探亲的，走错了路，才来到这里。"随后便同这个大汉唠了起来，唠得还挺投缘。

原来壮汉姓王，江南芜湖人。家父有一手祖传的锤艺，因误伤人命，被流放到乌拉。不久郁闷病死，留下了他这个孤儿和一套锤艺。那时的铁业有规定，旗民百姓不得私设作坊。他怕失去祖传的手艺，便带着一个偷藏的铁锤，天天到此洞里练锤功。康熙问："既然有这么好的锤法，为什么不到旗下效力呢？"大汉回道："咳，我是个汉人的罪民，将军不用啊！"康熙说："我家跟将军有世亲，国强起雄才呀！回去以后，我让家父跟将军说说，你会有出头露面之日的。"说罢，低下身来，捡起一块薄石板，用一尖石在上面写了"皇家铁炉"四个大字。然后，把这石板交给大汉说："这样吧，你呀，就拿这个石板去找将军，他准能用。"随即告别大汉，回到了行宫。

在康熙帝要起驾回京时，留给巴海一幅五言诗联儿，是这样写的："龙旗添虎翼，壮北问皇炉"。巴海看着这诗，不解是什么意思，请了不少名师和笔帖式，一起边猜边琢磨。他们猜测的结果是：皇上这是告诉巴海，若要强壮北方，使军队如虎添翼，就要请皇炉。可这皇炉在哪儿呢？巴海马上派人到各处去查找皇炉，寻来问去，终无结果。一天，门房来报，说外面有个拿着写有"皇家铁炉"石板的壮汉，要拜见将军。巴海一听说"皇炉"这两个字，分外高兴，忙命人像办喜事儿似的张灯结彩把大汉请进了将军府的正厅。巴海一看石板上龙飞凤舞的字，便知道这是康熙帝的御笔，当即命人按石板上的御书刻成金匾。又在南河沿儿西马场上，让大汉开起了"皇家铁炉"，铸造镔铁战船。这大汉确有祖传技艺，造船不用火焊，全凭锤功。把铁板砸成船槽，轻如木，薄如皮，可扬帆千里到达黑龙江。后来，康熙帝特赐"皇家铁炉"的师傅四品带刀护卫衔，文武官员只要路过铁匠炉，都要滚鞍下马，"皇家铁炉"自此以后赫赫有名。时间长了，人们以为铁炉掌柜的姓铁，称之为皇师傅，又尊称色勒玛发。正是：祖传绝艺放光彩，人们齐赞皇家锤！

康熙东巡的故事咱们就讲到这儿，回头再说皇帝回到北京后，便开始筹划和部署反击沙俄侵略事宜。这年初秋，刚过中秋节，康熙选派身边的两位得力将领北上了解俄情。一位是副都统郎坦，一位也是副都统，名叫彭春。

郎坦，瓜尔佳氏，满洲正白旗人，为内大臣吴拜之子。年仅十四岁即授三等侍卫，随军讨伐过李自成，对北方很熟悉。顺治九年时，身在宁古塔，当时是宁古塔章京海色手下的将领。海色伏诛，希福被鞭一百，他都在场。曾参加过明安达礼尚书指挥的抗俄战斗，多年来始终在黑龙江、松花江一带驻守。沙尔虎达在世时，他的职衔是佐领，经常到下边巡逻。老将军很是赏识他的才干，没承想却受到巴海的妒忌。因巴海与他不和，当然得不到重用。康熙东巡，在同众将商谈时，认识了郎坦。说起康熙初识郎坦，还是由萨布素、瓦礼祜向皇上推荐的。他俩介绍说："有个最熟知北疆下情的人，比我们去那儿的时间还要早，并吃了不少苦。他很早就是佐领，其父也很显赫。"康熙问："你们说的这个人是谁？"萨布素回答道："禀皇上，此人是郎坦。"康熙就这么认识了郎坦，在传旨召人了解下情时，特意让巴海将佐领以上的官员全找来，郎坦自然也在其列。康熙帝听郎坦详细地介绍了北方的情况，甚为满意，故此将他调任京城。

彭春，董鄂氏，满洲正红旗人，为清朝开国元勋何和礼大将的四世孙。其祖父和硕图，乃太祖、太宗两朝重臣，晋爵三等公。其父哲尔本递袭三等公，后以恩诏进一等公。顺治九年，彭春被袭封一等公，故称彭春公。他威望很高，办事细致、严谨，深得皇上的信赖。康熙十五年，加太子太保衔，授正红旗蒙古副都统。

康熙在选中郎坦、彭春二位副都统北上雅克萨觇敌后，向他们面谕道："罗刹犯我黑龙江一带，侵扰虞人，戕害居民。昔日发兵讨伐，未获翦除，历年已久。近闻蔓延益甚，已过牛满江、恒滚河诸处，至赫哲、飞牙喀人住所，杀掠不已。罗刹依凭雅克萨城为巢穴，尔等可与宁古塔副都统萨布素同去，他谙熟下情。尔等此行，除自京遣往参领、侍卫、护军外，令毕力克图等五台吉率科尔沁百人，宁古塔副都统萨布素等率乌拉、宁古塔八十人，至打虎儿①、索伦。一面遣人赴尼布楚谕以捕鹿之故，

---

① 即达斡尔。

一面详视陆路近远，沿黑龙江行围，径薄雅克萨城下，勘其居址形势。度罗刹断不敢出战，若以食物来馈，其受而量答之。万一出战，姑勿交锋，但率众引还，朕别有区画。尔等还时，须详视自黑龙江至额苏里舟行水路，及已至额苏里，其路直通宁古塔者，更择随行之参领、侍卫同萨布素往视之。"将诸事一一交代明白后，考虑到北方天气寒冷，又将御用的裘服、弓矢赐给郎坦、彭春，让他们带用。同时发旨给宁古塔副都统萨布素，命其率兵陪同郎坦、彭春勘查雅克萨，了解自额苏里至黑龙江及宁古塔水陆道路的实际情况。

一切准备就绪，郎坦、彭春等启程东行。途经吉林，萨布素受命来会，按旨率兵护送。他们取道嫩江，向雅克萨进发。从墨尔根越兴安岭，行程十六天抵达雅克萨附近，安营扎寨，按圣旨在此观察地形，了解敌情。萨布素长期驻守北疆，熟悉这里形势，又有对罗刹作战的实际经验。于是，据实向郎坦、彭春介绍了沙俄侵略军的情况，讲述了敌我双方的有利和不利条件，建议应攻取雅克萨，驱逐侵略者。郎坦、彭春在观察、分析之后，认为萨布素所言极是。然后又沿黑龙江下行，到达瑷珲，看到的是田垄旧迹、断壁残垣。这山河破碎的情景，更激起了他们对罗刹的仇恨。萨布素同郎坦、彭春在瑷珲分手后，即率兵前往查看瑷珲通往宁古塔的路程。后来郎坦、彭春回到宁古塔后，与萨布素会合，共同议定奏疏，以报告奉旨勘查之情形。

翌年正月，郎坦、彭春等顺利地完成了调查，回到京师复命，向皇上奏道："罗刹久据雅克萨，持有木城。若发兵三千与红衣大炮二十门，即可攻取。陆行自兴安岭以往，林木丛杂，冬雪坚冰，夏雨泥淖，惟轻装可行。自雅克萨回至瑷珲，于黑龙江顺流行船，仅需半月。如逆流行船，约需三月期，倍于陆行，对于运粮米、军器、辎重为便。现有大船四十，小船二十六，宜选小船五十余艘应用。俟来春冰解时，水陆刻期齐发，攻取雅克萨。"郎坦这个疏折所讲的战略部署和打法，完全是过去顺治朝以来抵御罗刹的一贯做法，那就是速战速决。大清集中兵力，狠狠地将罗刹打败、打跑，然后便班师返还。

康熙阅后，又下了谕旨。这里向各位阿哥说一句，康熙帝确实不愧是位英明的君主、伟大的战略家，不但没有接受郎坦的打法，而且提出要同罗刹对垒，须采取同以前历朝不同的办法。在谕旨中这样讲道："郎坦等奏，取和收取罗刹甚易。第兵非善事，宜暂停攻取。调乌拉宁古塔兵一千五百人，置造船舰，发红衣炮、鸟枪及演习之人，于呼玛尔、瑷珲两处建立木城，与之对垒，相机而动。"关于军需供给，康熙说："所需粮米取自科尔沁十旗及锡伯、乌拉之官屯，约得一万二千石，可支三年。且我兵至，即行耕种，不至匮乏。瑷珲城距索伦五宿可至，其间设一驿，俟我兵将至精奇里、乌拉，令索伦供牛羊。如此，罗刹不得纳我逋逃，而彼之逋逃且络绎来归，自不能久存矣。寻擢郎坦前锋佐领，并命宁古塔将军巴海、副都统萨布素率师北上，兵进黑龙江呼玛尔建木城，分兵屯田。"

各位阿哥，康熙在第二次东巡途中，萦绕在脑海里的一个至关重要的大事，就是要掌握罗刹的动向，摸清下边的备战实际，然后据此做好战略部署。到了吉林乌拉，通过与巴海、萨布素、郎坦等将领的交谈与实地调查，观看了水师演习，了解了大量的情况。经过深思熟虑之后，提出了极其重要的、新颖果断的战略决策，我们不妨先在这里剖析一下康熙的这一谕旨。

康熙皇帝对这一新的战略决策谈得很详细。他首先对郎坦等人谈到的认为"攻取雅克萨条件成熟"之议予以否定，提出现在不是攻取雅克萨的时候。而且用兵并不那么容易，攻取罗刹也不那么简单，不能操之过急，应暂停攻取。眼下必须要做好以下几件重要的事情：

首先，调乌拉、宁古塔的兵一千五百人到黑龙江的呼玛尔、瑷珲前线，不是讨伐，而是建木城永驻。在那里练兵、造战船，练习使用红衣大炮和鸟枪，再与罗刹针锋相对，相机而动。

其次，要永戍黑龙江，让人最头疼的就是如何解决粮食问题。说实在的，这已经不是新问题了。各位阿哥都知道，前书我们也讲过，历朝因北方粮谷不生，粮食极少。又由于黑龙江太遥远，从内地运粮到此，千里迢迢，关山难渡，异常困难。何况那时又多在冬季大雪时用兵，需过江作战。所以从太宗皇爷开始，经过顺治皇帝，到现在的康熙年代，朝廷长期以来对付罗刹的入侵，采取的都是带一些粮饷，长途跋涉去黑龙江讨伐的办法。可有数的粮饷扛不住人吃马嚼啊，总是供应不足。这样一来，只能是速战速决，用完了粮草，赶紧退兵返回，待备足粮草再去，就这么来回折腾。而罗刹对付清军的办法是：大清兵前来讨伐时，我迅即跑走了。等清兵由于粮草不够返还时，你前脚儿走，我后脚儿又回来了，重新设据点与你抗衡。不仅如此，黑龙江、松花江一带所居土民渐渐被罗刹所掠，已不是大清国的臣民，而变成了俄罗斯的子民了。清军连年用兵不已，边民不安，屡屡受害。另外北地苦寒，积雪深厚，道路不通，人们从心里产生一种怕寒怕苦的畏惧情绪，甚至不愿到北边去。只是由于皇命难违，不得已而为之。这种打一下就走的办法，不但劳民伤财，而且罗刹之患不能得到根除，反而变本加厉。由此看来，必须要有勇敢不怕苦的劲头儿，要有一种尚武精神，才能实现永戍北疆的重任。

基于此，康熙帝提出，一个是开赴黑龙江前线的兵勇所用之粮食由科尔沁十旗抽调，再从锡伯、乌拉官屯抽调一些，计一万二千石，可供清兵用三年。另外，清兵到了瑷珲，筑建木城，在那里自行耕种，粮食问题就可以解决了。光有粮食，没有肉食也不行。因北方少数民族以肉食为主，牧猎为生，农耕次之，餐餐得有肉。习惯于笼起篝火，将肉条子放在上面边烤边吃，哪怕没有粮，牛羊肉万不可缺。所以，康熙帝安排在瑷珲建木城，再于罗刹所窃踞之黑龙江上游的雅克萨城附近索伦所在地之间设一驿站，顶水行船，五宿即可到达，以转运兵源、货物等。待清军刚到精奇里江、乌拉那块儿，便可在索伦驻地征用牛羊，使将士既可吃到粮食，也可吃到牛羊肉。如果这样做了，罗刹不可能再收容到我们因饥饿而逃遁到他们那边去的逃兵了，因为我们已是丰衣足食，以逸待劳。而比之罗刹，由于无粮，运输困难，后勤肯定供应不上。何况只靠抢粮过日子解决不了根本问题，饥饿必会使得兵力越来越分散，亦会络绎不绝地逃跑或投降我们。倘若罗刹轻兵来犯，说句实在话，他们哪敢呀！若大队人马入侵我木城，则必须预备更多的粮食。可粮食怎么能运过来呀？因此，罗刹就没办法呆下去了。既然久存不了，当然是不战而溃了。

康熙帝凭着睿智、英明和深谋远虑，总结了往昔对付罗刹的教训，一改几十年被动的局面，提出同历朝截然不同的战略决策，这就是"永戍"之策。康熙与郎坦建议的"立即攻取"之不同，在于不是马上聚集兵力攻取雅克萨，而是考虑到"第兵非善事"。首先要驻兵屯田，建立军事基地，做好充分准备。一旦时机成熟，再"相机而动"。这样，就不必全部从内地运兵、输饷，兵源、给养不至困难，免蹈前朝因准备不周而致"粮饷不继"、攻取未成的覆辙；其次，不是不取，也不是立取，而是稳步推进，以逸待劳，防止贸然进攻。先行阻止罗刹的进一步入侵，然后逐步让已侵入国土之敌自感不能久存，再将之压出去、挤出去、赶出去；第三是攻克之后，不是弃而不守，而是长期戍守，避免重蹈"我进则彼退，我退则彼进，用兵不已，边民不安"的覆辙。在当时，康熙的这一"永戍"之策，不失为一项英明之举，改变了过去的被动抗俄，使北国的坚固对敌有了把握性和可靠性。

康熙帝做出这样的决策之后，任命郎坦为前锋佐领，又令宁古塔将军巴海、副都统萨布素统兵往驻黑龙江，分兵屯田，筑建木城，操练兵马，做到"备足军粮，永戍北疆"。然而对于这"永戍"之策，尽管是皇上提出来的，朝廷内也有异议。部分高官养尊处优，贪生怕死，"咸谓地势最远，输饷最难，故皆不愿"。同样出于畏难情绪，还有主张速攻、坚持原来的战法、反对永戍的。宁古塔将军巴海在接旨命其率兵前往北疆驻守时，就给皇帝上疏，提出了自己的主张："瑷珲、呼玛尔距雅克萨辽远，若驻兵两处，则势分途阻，难于防御。且过雅克萨有尼布楚等城，罗刹倘水陆运粮增兵救援，更难为计。宜乘其积储未备，速行征剿。俟造船毕，度七月初旬能抵雅克萨，即亲统大兵直薄城下，宣谕招抚。"巴海提出的方案，仍然是过去几十年来所用之法，即先做准备，长途跋涉将兵和给养运去，打一仗把敌人赶走，再回来做下一次的准备。朝廷内议政王大臣等，表示赞赏巴海这个方略。康熙坚决斥责这种做法，并于康熙二十二年四月初八降旨："所议进征罗刹军务，殊为疏略。"即是说不同意巴海提出的作战方案。因为巴海与皇上的战略思想有悖，皇上则令巴海留守乌拉，另任萨布素、瓦礼祜以副都统领兵前往北疆，在瑷珲筑建木城、驿站，预备炮具、船舰，屯田戍守。

为了进一步落实"永戍"的策略，同年十月，朝廷下旨，拟把原属宁古塔将军管辖的恒滚河上源支流哈达乌达河、黑龙江北岸毕占河以西和东流松花江之地分出，增设一新的指挥部门，即设置黑龙江将军，以固守国门。指出，若完成永戍北疆、打败罗刹之重任，务要选一可靠的好统帅，这一点十分重要。只有好的策略，没有好的领兵大将，将是一纸空文。多年来，康熙帝十分重视镇守边疆地区将帅的擢用，在选宁古塔副都统一职时，曾指示："宁古塔地方甚要，捍御东徼。此副都统缺，可将年力强壮、文武兼通、才堪委用者拣选补授。"由此可见，连宁古塔副都统都要"文武兼备"，又要"年力强壮"，那么作为黑龙江边防主帅，承担的任务颇为艰巨，当然更要具备上述条件了。具体来说，首先所选之人，要能吃苦。瑷珲一带天寒地冻，苦寒难度，交通维艰，没有吃苦的精神和毅力肯定不行。第二要有谋略。因这里既要对付罗刹的入侵，又要安抚臣服不久的少数民族部落，没有谋略自然不可用。第三要有威望，且深受将士、当地民众的拥护、信任和爱戴。第四要谙熟北方的情况，对当地各族的风土人情及习俗了如指掌，方可堪此重任。只有选出这样的统帅，"永戍"之策才能得以实现。那么选谁合适呢？巴海任宁古塔将军多年，在抗击沙俄侵略者和建设东北边疆中是有贡献的。但思想保守，固执老一套打法，已不适应早已发生变化的形势了。况且不恤士卒，跟属下官兵的关系十分紧张。别人呢？兵部提出过副都统席岱库等人，康熙皆不以为然。

到底擢升何人为黑龙江将军，咱们暂且不说。再表康熙帝为实现北疆"永戍"之策，除派萨布素、瓦礼祜率一千五百名乌拉、宁古塔兵和五百名达斡尔兵前往瑷珲、额苏里往驻之外，便全力抓粮食储备。兵书上说："兵马未动，粮草先行。"康熙知道，没有充足的粮食和肉类供应，大军将无法在那里驻守。将士们只有吃得饱、穿得暖，才能顽强战斗，英勇杀敌。为此，一面下旨从科尔沁十旗和锡伯、乌拉官屯征调粮食一万多石，一面派大将军马喇去索伦部挨帐包一家家地购买粮食与牛羊肉，以保证军需，并强调绝不能以兵来掠抢。此做法，受到百姓的交口称赞，纷纷将最肥最好的牛羊献了出来。

那么，怎样才能将征集到的粮食、肉类以及各种战备辎重顺利地运到黑龙江呢？这就还需解决运输事宜。康熙皇帝经过与臣下反复商议，从康熙二十二年四月起，改变了过去地域分割、各打各的仗、没有统一格局的做法，采取了全局调整、东北各地皆由朝廷摊派各自的任务、分工完成的办法。这样，充分调动了从辽南一直到吉林乌拉乃至黑龙江上下军民的共同行动，组成一条纵贯东三省的水陆联合运输线。说实在的，东北水系分三大系，相互怎么联络，以前从未勘查过，只是康熙年间才做了这件事。对哪条河流连着哪条河流，如何衔接到黑龙江等，进行了详细部署，从南到北共分为四段：第一段，用船百只，从辽河的巨流河渡口，溯辽河至其上游的支流东辽河的渡口等色屯①，在此筑仓收贮。由奉天将军、大臣等监理，盛京兵护送。第二段，从等色屯至伊屯门，由蒙古派人以车运输，蒙古兵护送。第三段，用船百艘，从伊屯门，经伊屯河，沿松花江至黑龙江交汇处，由宁古塔将军监理，宁古塔兵护送。第四段，用船八十艘，溯黑龙江而上至瑷珲，由驻守黑龙江的副都统监理、护送。从南到北把几大水系贯通起来，形成水陆联运。

路线议定后，康熙帝又派人对河道分别进行验视。辽河的查验由奉天将军负责，伊通河则由宁古塔将军负责。要查明的是：能否通航，辽

---

① 今梨树县境内。

河与伊通河承载量的大小，究竟能载多大的船，每船能装多少粮食等。再就是即使水能通，如果河流又浅又窄，大船照样运不了多少粮食。因此，还涉及河流的深浅和宽窄，包括旱季和涨水时河流宽窄的变化，都要做到心中有数。虽然有了分工，但干起来并非一帆风顺。由于盛京是陪都，有其特殊的机构设置，同京师差不多，设有六部，派人查验之事应由吏部来管。可偏偏当时吏部多是巴海部下的人，他对永成有情绪，所以影响得吏部的人积极性不高，遂以该部已承担朝廷交办的对国库粮审核调查之任相拒。他们所谓的理由，也确实是皇上交给的要务。因为要打罗刹，对战备粮有多少，现在还缺多少，哪个库多，哪个库少，将来一旦要用，将从哪个库调拨粮食，哪个地方出现水、旱灾及暴发疾病时，需从国库调拨多少粮食等，全要做到一清二楚，这当然是吏部的事儿。所以吏部以此为借口，声称再承担此任，人手太少，顾及不上。没办法，奉天将军向皇上请准，由刑部担当此任。派刑部侍郎噶尔图负责勘查辽宁一带辽水深度的情况，伊通河则责成副都统瓦礼祜负责。通过勘查，开辟了辽河到松花江、再到黑龙江的水路通道。经过这条通道，可以用船只把粮食、军备物资运送到抗俄的前线——瑷珲。这条路怎么走的呢？即是在辽河的巨流河渡口把货物装上船之后，由纤夫拉纤，溯流而上，至东辽河的一个大渡口等色屯，把货放到岸上。然后陆运，用马、牛拖至伊通河，在伊通河上拉纤，拉到伊通河的伊屯门[1]。经伊通河顺流而下，进入其母亲河松花江。再逆流而上，直接进入黑龙江，最后西行逆流上溯，便到了瑷珲。

有了粮食，开辟了畅通的运输线，设立了渡口，沿途建立了贮粮之仓，那么用什么运送呢？关键是得造船。这就要充分发挥吉林造船厂的作用，要多造船，造大船。而且为了修战舰和运输粮草及各种武备辎重，尚需造大的运输船，并要迅速抢时间往前赶。为此，康熙谕旨，命巴海等人"修整战船，所关至重"。旨下后仍不放心，怕巴海拖延，又派户部尚书伊桑阿赴吉林乌拉督造战船。为造船，萨布素在北行之前，领着兵马在巨流河及乌拉等地，日夜不停地大规模上山伐木。经过一段时日，终于造出数百艘战舰和各种大小不等的船只，用于从辽南一直到宁远的运输，将大量的粮食、牛羊肉、军械等源源不断地送至抗敌第一线。为确保顺利起运，畅通无阻，沿途设兵驻防，调集吉林乌拉精于水上生

---

[1] 今伊通境内。

活的汉族水手一百五十人、打牲乌拉八家[①]猎户六百九十人、宁古塔兵三百六十人，共同组成庞大的水上运输队，负责第三、四段的传送。第一段派民伕，每月每人给银一两，皇上还特批："运米时，著将地丁钱悉行蠲免。"这支队伍，不避严寒，往返于数千里的运输线上，保障了物资的及时供应。

水运陆运解决了，为沟通和加强与内地的联络，康熙帝派户部郎中包奇、兵部郎中能特、理藩院郎中额尔塞等前往北疆勘视，选好驿地，建设吉林至黑龙江瑷珲的驿站。经包奇等人遵旨反复认真丈量从吉林乌拉到瑷珲的里程，计一千三百四十里，修了驿站十九个。每驿站设壮丁并拨什库三十人，马二十匹，牛三十头。壮丁由盛京宁古塔所辖各驿、柳条边派出，马、牛自盛京、户部采买送来。什么叫驿站呢？就是在各城、渡口间建的居住点。有什么军情急报，一站接一站地传出。征战所用之马匹、车辆、粮食等物资，皆由一路上所经之驿站运输、供应，使信息永远通畅，粮草供应接连不断。这样，抗俄的各项准备已完全落实了，真是万事俱备，只欠东风了。什么是东风？东风即人，也就是由谁来做黑龙江将军府的统帅，这个统帅便是具体执行永戍北疆策略的领头人。别看康熙帝很年轻，可从他抓过的几件大事儿来看，都表明了他的英明、果断以及善于选人、用人之优长。平三藩之乱，抓得很扎实。运筹帷幄，巧妙用人，灭了嚣张一时的吴三桂，制服了耿精忠、尚之信，获得全胜；统一台湾，开海贸易，也是康熙的英明之举。大胆启用施琅这样的人才，灭了郑经，实现了江山一统；现在又大兵急转，将注意力移至了北方，要把罗刹赶出大清的国土，建好作为永戍指挥的将军府，物色好担此重任的人选。

前书我们说过，作为黑龙江将军，康熙曾考虑过巴海。因为他毕竟是老臣，又是德高望重的沙尔虎达的儿子。再说宁古塔本来是北方重镇，乃抗俄的前沿，驻防八旗是最直接最具体的承担此任之人。能不能在万事俱备的条件下，出色地完成永戍北疆、打败罗刹的重任，是对以巴海将军为首的宁古塔驻防八旗的最大考验。如果巴海能担起北方抗俄指挥的大任，那再好不过了。康熙帝曾一再语重心长地向他讲解永戍北疆的深远意义，苦口婆心地说明长途奔袭、被动出击、速战速决是不可能彻底打败罗刹的，因为过去长期这样做了。巴海的父亲沙尔虎达这样做过，

---

① 又称八固山贝勒、八和硕贝勒或和硕亲王，他们在打牲乌拉各有自家的猎户。

喀尔喀穆、吴巴海巴图鲁这样做过，就是明安达礼、鄂罗塞臣、阿尔津的北征，用的也是此种方法。当然收到了些效果，但总的来说，成效不大，从未彻底击败罗刹，使其永不再犯。所以，必须要改变过去那种沿用多年的打法。之所以这么反复讲其势在必行，耐心地劝导，目的只有一个，即让巴海等一些老臣充分认清从奔袭到永戍，是军事战略的大转变，也是变革与保守的较量。可以说这是在如何巩固北疆边防、击败罗刹侵略的问题上，产生的两种不同的战略，是康熙和巴海思想方法的两大对立。

康熙十分清楚，宁古塔是以巴海为首啊，因此这头儿必须得先变。第一统帅要不变，或者哪怕有些犹豫，"永戍"之策将是一纸空文，进行不了。自己虽然是皇上，巴海是臣子、奴才，但皇上的决策要通过臣子去实现呀！纵然想法再好，如果臣子不理解，半信半疑的，怎么能付诸行动呢？这就需要尽量先做好统帅的工作。说实在的，这件事情上，要巴海彻底改变老祖宗及沙尔虎达阿玛所使用的一贯打法，完全执行康熙帝提出的新策略相当难。因为巴海这个人很傲慢，虽满汉齐通、久经战阵、文化又高、威望也不低，但毕竟年近古稀、头脑僵化、墨守成规、动作迟缓，有抵触情绪是完全可以理解的。再说了，对于康熙帝的战略思想，连朝廷的兵部、理藩院、侍卫处的一些老臣以及宁古塔、盛京、吉林乌拉的八旗将领、兵勇中不理解的都大有人在，何况一些部落、家族，对自己生活环境突然变化之举，当然更不理解了。因为按"永戍"策略办，就是要远离自己老家的安乐窝，永远迁到艰苦荒凉的大北方前线常驻。那是一个冰天雪地、人烟稀少、不长庄稼、一年四季只有两三个月是较暖天气、平时要穿裘皮衣裳的地方，你说他们能愿意去吗？康熙帝又怎能不急、眼睛怎能不盯住宁古塔八旗呢？

按清代八旗的规定，要实行永戍北疆之策，宁古塔等地的每家每户需要抽出一人去北疆。比如这一家就哥儿俩，则必须有一个到北方，家族自定，自报名册。这样一来，家里的老人怎么办，谁来赡养？去的人还得分家，因为离开家乡的人需把生活必需品带走，这个家该怎么分？而且从此世世代代将在黑龙江生活，生是黑龙江的人，死是黑龙江的鬼，永世在那里开荒占草，安家落户，这事儿不大了吗？直接牵扯到很多人的切身利益。另外，人与人之间都有连带关系，有的人家兄弟中有在京师的呢，这得商量是哥哥去呀还是弟弟去呢？终究是遭罪的事儿，不是去享福。总之，波及面很大，震动也不小，打乱了原来平静安定的生活，家家户户，包括八旗兵上上下下全在议论永戍北疆之事。巴海作为将军，感到做好动员和安置工作，难度极大。因有许多人不愿意迁徙北方，理由是各种各样的。有痛哭流涕向巴海哀求的，说老人有病，有今天没明日的，经不起折腾了，换别人去吧；有说媳妇马上要临产了，在这节骨眼儿上怎么动身？再说身边的孩子又小，去寒冷的北方哪能受得了哇？困难实在太多了，我们走不了；还有的干脆放挺儿了，声称这一堆挨肩儿的孩子可怎么去呀？要啥没啥，我可整不了，还是换换人吧！可换谁去呢？巴海想，这不是得罪人的事儿嘛！不用说别人，就是我将军衙门里有的八旗兵的工作都很难做。哪个人愿意去受苦哇？为这事儿人们还不得骂死我呀！应该说，康熙帝是从国家的长远利益、从整体去考虑，对一家一户想得较少。而巴海作为将军，面对的是每户每人，需要做具体的、细致的动员工作，执行起来的难度的确非常大，这也是当时所面临的实际情况。何况本来他对"永戍"之策就不太理解，心里有疙瘩，所以行动起来不可能合拍。

在这里，说书人要向各位阿哥说说宁古塔将军府内部的情况。自从康熙提出"永戍"之策后，持两种态度的人便形成了尖锐的对立。原来大家在一起共事，是你好我好他也好，即使有些小矛盾，一般情况下表现不出来。这次不同了，一下子分成两伙儿，泾渭分明，互不相让。这两伙儿人中，最有代表性的则是巴海和萨布素。沙尔虎达在世时，二人在老将军的撮合下，结成了手足亲兄弟。萨布素十分敬重巴海哥哥，那是亲密一致的。虽然在一些小事情上有些矛盾，并有斗嘴或磕磕碰碰的时候，但总的来说，还算比较和谐。自从康熙二次东巡到吉林乌拉，回朝提出要永戍黑龙江、抵御罗刹之后，萨布素很快接受了这一新的战略思想，从内心拥戴，也是盼望已久的事儿。因为他长期生活在黑龙江一带，在与当地各族民众的同甘共苦中，结下了深厚的感情。目睹了罗刹杀害居民的惨相，亲尝过罗刹对北方各民族部落所造成的灾害和苦难，亦熟知了罗刹匪帮侵略的伎俩和特点。在入京觐见皇上的时候，提出对付罗刹三点策略其中的一点，即应将宁古塔将军衙门北移，移到黑龙江附近。认为只有如此，才能打主动仗。尽管没提"永戍"这个词，实际上就是要永戍北疆。当时他的几点建议，不仅得到朝中众大臣的认可，还得到康熙帝的认可和赞同，觉得想法很好，决定尽快研究。眼下皇上接受了来自抗击罗刹第一线的萨布素的建议，提出新的战略观点——"永戍"之策，萨布素当然能完全理解并欣然接受。同萨布素认识一致的，还有瓦礼祜、郎坦等。因为他们同样是长期战斗在第一线、熟悉北方情

况的人，愿意并坚定地按圣上永戍北疆的旨意办。而巴海为人稳健，处处循规蹈矩，一切均习惯于照老办法行事。这样，他与萨布素必然要产生矛盾。萨布素他们永戍北疆的观念越坚定，与康熙帝的想法越合拍，同宁古塔的最高统帅巴海之间的裂痕就越大，矛盾越突出，越格格不入，甚至分道扬镳。

俗话讲得好："砂锅不打不漏，话不说不透。"《萨大人传》已接近尾声了，说书人也不能再瞒里瞒外光讲好听的了。在这里，要向各位阿哥说一下，萨大人于后来的回忆中，曾谈到同巴海之间的矛盾与不和，乃至政治上的分歧，最后到了积沙成塔、不可收拾的地步，成为他终生难解又不愿回首的遗憾。

巴海这个人心胸狭窄，总摆将军架子，手下的任何人、所办的任何事必须得听他的，不许违拗。自认为既然是宁古塔将军，就得以他为轴心，全得围着他转。即使是对皇上的圣旨，也不许有与他不同的表态，只能按他的取向而定。正因为如此，长期以来，巴海与宁古塔的各位副都统、将领们的关系始终不和，有时甚至表现得很紧张。各位请想，哪个人没有自己的主见，为什么处处听他的？不管是谁，一发表个人意见，只要与他的观点不一致，便会产生矛盾，这样下去怎么得了？对巴海这种不得有自己的见解、不许拗着他、以此来保持宁古塔内部的以个人为中心的这一点，别人做不到，萨布素同样做不到，再说哪是这种人哪？他爷爷哈勒苏主张一个人不管有什么想法，只要自认为是对的，应当大胆说出来，不能憋在心里。萨布素是心直口快之人，认准的事儿，一定得说得办。又特别有心眼儿，可不像猛张飞那么简单，一条直肠子跑到黑。他有谋略，遇事总是用自己认为合适的方式，表达心胸和意志。对康熙帝"永戍"的旨意，认为既对心思又合拍，才不管巴海怎样看呢，直接表态支持，愿意按皇上旨意办。而巴海呢，不仅不同意，也不允许萨布素把宁古塔的兵带去北疆永戍，声称由他这个统帅来应付朝廷。巴海平时一贯如此，这次则表现得更加突出。还有让人不能接受的，即谁要是违背其意志而行，必会被贬斥，或者降你的职；顺其意者，则升你的官，真正是顺我者昌，逆我者亡。从顺治十八年以来，巴海就是这么做的，这里仅举三例：

例一：朝廷曾派兵部郎中仲继达到宁古塔任副都统。开始时，因不知巴海的秉性，提出了不少不同的政见。对他的许多做法看不惯，常与之理论，进而直接对着来，并向朝廷弹劾巴海。这下可把巴海气坏了，仗着朝中有人以及已故父亲的影响，大告仲继达的状。结果仲继达不但没有弹劾成巴海，反而遭到巴海的一顿申斥，从此闷闷不乐。越是忧郁，脾气越不好，加上年岁再大一些，身体又弱，到宁古塔没几个月便忧愤而死了。可见，巴海是多么的飞扬跋扈！

例二：前书曾提到有一个叫满丕的，同海色将军一样，是沙尔虎达身边的将领，挺会来事儿。自巴海做了宁古塔的总管，后来又当了将军，满丕始终奉迎他，一切看其眼色行事。很多事儿不管对与错，皆和他一个鼻孔出气，二人之间的关系处得非常好。不仅如此，满丕只要探听到谁同将军的意见不合或反对他，马上悄悄儿向巴海告密。二人为什么走得这么近呢？满丕是随沙尔虎达、巴海一块儿来宁古塔的，而且他的妻子即是巴海的胞妹二格。康熙四年时，满丕是在巴海的极力推荐下，才晋升为宁古塔副都统的。这样一来，他们之间的关系能不近吗？

例三：有一位宁古塔的副都统叫胡巴克泰巴图鲁，也是同巴海矛盾较大的人。他隶属满洲正黄旗，战功赫赫，顺治朝时，就是宁古塔的副都统。长时间与巴海的关系不好，俩人除非不到一起，到一起总是说不到一块儿，顶牛是经常的。后来逼得胡巴克泰实在没法儿干了，想来想去，只好写了个疏文，以年岁大了请休为名，退出了政界。

如今，同巴海意见不合的，则是一直亲如兄弟的萨布素。萨布素此时很受朝廷重视，名声也越来越大，朝里朝外都知道北疆有个萨大人，那是个了不起的人物。说起来，萨布素出名不是在康熙朝，而是在顺治朝。他那时可以说是人微言轻，但能吃苦哇，对下头情况熟悉，又会罗刹语。谁要了解北方的情况、山川、河流的分布及民情，就得找他。只要听了那详细、准确的介绍和分析，心里便有底了，没有不佩服的。特别是萨布素刚任领催时，为了掌握罗刹的动向，与彼得去了一个陌生的地方——雅库茨克探查。有这个脑袋瓜儿可不简单哪，必须得具备勇劲儿、闯劲儿、冲劲儿，还要有智谋，才能获得准确的情报。特别是在回来的路上，只身巧妙地勇斗罗刹之敌，受到了朝廷的褒奖，提职为拨什库，从此便名声在外了。而且职衔越来越高，已是仅次于宁古塔将军巴海之下的重要将领，任副都统。主持着宁古塔的军政要务，与朝廷有一种密切的关系，为当今皇上康熙帝所信任、赞佩、重用。这一切，令巴海心里十分不快。

说来，萨布素与巴海之间产生的纠葛，并非始于现在。再往前追溯，矛盾源于土球子,是他在中间做了不少手脚。各位阿哥可能还记得因偷看波尔辰妈妈给已怀孕的舒穆禄做胎况检查而挨了一脖拐子的小土球子吧?那个可爱的男孩儿而今可大变样儿了,不是当年不懂事、淘气的小崽子了。顺治十年,沙尔虎达将军在宁古塔比棍选优,土球子被录用为宁古塔八旗马甲。随着年龄的增长,个子越来越高,大眼睛、团团脸儿,挺精神。波尔辰妈妈曾说过:"这个小土球子,我给接生时,还是个小赖孩儿。你看现在出息的,长得越发秀气了,干净、漂亮了。这人哪,真不可貌相啊!"土球子开始干得的确挺好,聪明、机灵、有眼力见儿、会说话儿,唱歌、跳舞也不错,还勤快,很招人喜欢,深得沙尔虎达的偏爱。人就是这样,谁都有自尊心,你越是鼓励、夸奖他,他则会越干越好。老将军去世以后,土球子便在巴海身边,成为总管的护将。他是真会来事儿,对巴海俯首帖耳、言听计从,每天将军长、将军短地挂在嘴上,叫得巴海心里美滋滋的。况且巴海生性喜欢别人奉承,土球子又极力地巴结,有个啥事儿总是跑前跑后的,很快便得到了巴海的喜欢和绝对信任。在收编乌苏里江、松花江"新满洲"的几次出兵中,巴海特别点名儿带土球子去。土球子挺勇猛,敢于往上冲,一来二去的,成了巴海的亲随,被破格授以重任,在麦里西、麦里特等人之前提为拔什库,级别已经快赶上萨布素、瓦礼祜了。后来,巴海还将女儿云格格嫁给了土球子,成了将军的乘龙快婿。从此,土球子可变样儿了,简直不是过去的那个土球子了!不但学会了老丈人骄横的一面,而且竟然看不起萨布素、瓦礼祜及宁古塔的那些小兄弟了,根本不把他们放在眼里,即或见到了也无话可说。由于有老丈人的关照和不断提携,差不多跟萨布素、瓦礼祜前后脚儿晋升为参领衔,你看升得多快呀,他是跳着升。为此,麦里西、麦里特,包括瓦礼祜等人何止是不服哇,都打心眼儿里来气。

有一次,土球子在安置"新满洲"住房时,住房款是由国库拨的帑银,专款专用。可土球子不管那套,从中扣了五百多两银子私自占用,建起了自家的哈什。在萨布素留守宁古塔时,有人向他告发了这件事。萨布素偏偏是个干啥极认真的人,丁是丁,卯是卯,从不含糊,立即找来土球子询问。土球子不仅不承认,还蛮不讲理地顶撞。萨布素大怒,摆出铁一般的事实,当众宣布,扣其参领的俸饷,如数交回帑银,并按律条鞭三十。土球子满以为自己是巴海将军的女婿,长天大的胆儿了?肯定萨布素不敢打。有些宁古塔的副都统纷纷前来劝萨布素,千万不要为此而得罪了将军,还是算了吧。可萨布素不听邪,管他是谁呢,照样当众命人打了土球子三十鞭。土球子挨了打，跑吉林乌拉找老丈人申冤，巴海便让他留在当地听差，后来又托人调到盛京刑部任职。从此，土球子对萨布素耿耿于怀，时时准备报那三十鞭子之仇。巴海因此事对萨布素也十分不满，认为太过分了，千不看万不看，总得看将军的面子吧？打狗还得看主人呢，分明是冲我巴海来的，不是有意让土球子在大家面前给将军丢脸吗？太不像话了！没想到，萨布素这三十鞭子真的惹出了乱子，酿成积怨，埋下了祸根。苦头儿还在后边呢，后书咱再单表此事。

再说巴海知道皇上十分信任萨布素，因此，无论做啥准抓着他。包括给皇上写奏折，不管所奏内容萨布素是否同意，也得挂上他的名儿，强令与自己一起上疏。心想，皇上不是重用你吗？又是宁古塔的驻城副都统，倘若出了什么事儿，我就拿你做垫背的。于是，按自己的想法，凡是奏报北疆对付罗刹方略的折子，必须签上萨布素的名儿，咋反对都不行，还是坚持这么做。前书我们说过，萨布素与巴海在对待永戍北疆这件事情上，观点是根本对立的。因巴海一不熟知下情，二对到北疆永戍不积极，三把调动八旗兵员北去的事儿看得太重太难了。认为北方冰天雪地的，得现盖房子，驻兵屯田非常不容易。而且压力太大，不好动员，工作难做。所以，总是埋怨萨布素为啥不跟他一起劝说皇上，甚至指责下旨永戍是不了解下情的一种草率行为。康熙帝东巡时，同巴海和萨布素交谈过，清楚他们各自对北戍的态度。每次的奏章落款尽管写明是二人一起上疏的，却以其明澈的慧眼，洞察秋毫，发现了问题的症结。一眼看出了没有萨布素的事儿，全是巴海所为。要想贯彻永戍黑龙江的旨意，关键还在这位将军，他不动便不好办。这才又下旨给巴海："兵抵黑龙江，兵驻何地，其详议以闻。"巴海接旨后，见皇上催促他到黑龙江，关于驻扎在什么地方，兵力怎么安排，皆要详细奏报，知道这是盯上自己了。他不跟萨布素等众副都统商量，只与身边的亲随满丕副都统密议，然后起草个奏折，这回签名时没带上萨布素，立马送往京师了。这便是我们前书提到的，巴海关于北疆永戍问题的一份重要的疏折。

巴海这份疏折，直陈其意，坚持千里奔袭、速行征剿的陈旧打法，公开跟皇上对着干，你说康熙看后能不生气吗？顿时龙颜大怒！觉得巴海不可救药，大失所望，在目前的关键时刻，仍坚持老主意，这是抗旨！继续下去很危险，会影响到对罗刹作战的整个布局，此人已不堪将军之任。又因巴海长期与副都统不和，有人弹劾他报田亩歉收不实。本来丰收了，却谎称歉收，实际上是被他私占了。吏部派人下去勘核后，报给了皇上。康熙帝览过案卷，责其"暴戾，贪污，不恤士卒，与副都统彼此不和"。但念其招抚新满洲有功，只罢掉了宁古塔将军之职，降为三等阿达哈哈番。巴海遂携家眷返京，随其一同走的，还有亲信满丕。巴海凭已故父亲沙尔虎达老将军的威望和自己在京师的影响，几次到太皇太后寝宫哭诉喊冤，终于感动了太皇太后，就责问康熙为何如此对待老臣？应念其父子对皇家之功而酌之。康熙帝遵照太皇太后的懿旨，于次年，即康熙二十三年授给巴海蒙古都统衔，管理太皇太后的故乡，到那儿办差去了。除此，又将他列入议政大臣之职，官衔仍然很高，后卒于康熙三十六年。当年，在巴海的极力举荐下，满丕到吏部任差，很是能干，后来便飞黄腾达了。

巴海被罢掉宁古塔将军之职后，其职由京师委派满洲正红旗的殷图继任。这样，实施永戍北疆之策，自然而然地落到了萨布素、瓦礼祜这些支持"永戍"之策的将领们身上了。从此，宁古塔发生了翻天覆地的变化。康熙帝降旨，命萨布素、瓦礼祜率领乌拉和宁古塔兵将一千五百人，水陆两路向黑龙江挺进，迅即兵驻黑龙江畔的额苏里地方，筑垒屯田，建木城，备战罗刹。其实，驻守额苏里的方案最早是由萨布素、瓦礼祜等人先向朝廷提出来的。他们自康熙二十一年以来，曾多次找达斡尔族头领多凌阿、安炮儿以及乌力老太太、莽古勒吉尔等老人们打听过兵驻何地最合适，皆推荐何斯尔河口一带，即清史书上讲的额苏里地方，认为那儿是驻军理想之地。萨布素在听了多凌阿等人的建议后，开始对额苏里地方进行调查，得知沙俄屡屡挑起事端，掠夺人畜和皮张。原先住在那里的达斡尔居民，为免受沙俄的侵害，已被朝廷陆续迁走，只留下一些破屋残壁及良田垄陌依稀可辨。

何斯尔河是从西北流入黑龙江的，春秋涨水时河面宽些，平时只是一条水深流急的小河。河的两岸古榆参天，杂树也很多，正处在从精奇里江口以西上溯黑龙江至呼玛尔、雅克萨的中间地带，像个驿站似的，便于中转，东西兼顾。大营与船舰均可秘密隐于河岸上密集的柳丛中，不易被发现，是理想的哨卡。其自然环境和地域条件，均为西征雅克萨罗刹据点难得的战略要地。萨布素他们将这些情况和在额苏里驻军的想法上奏后，深得皇上和兵部的称赞。康熙帝还特派郎坦、彭春前往此地踏查，其结论与萨布素的报告完全一致，认为此地是天然的屯兵之所。应该说，萨布素他们做了很有意义的调查，包括给兵部的呈文，对康熙帝的决策都有很大的帮助，是做了贡献的。所以，康熙才下旨，催巴海率兵前来。因巴海总是心有余悸，不甚积极，始终拖延。故康熙帝又下旨，让巴海留守，改由萨布素、瓦礼祜率兵前往。他们与八旗兵顶风冒雪、同甘共苦、奋力拼搏，整个一个冬天未返回宁古塔。正因为是萨布素、瓦礼祜认真而坚决地执行着皇上的"永戍"之策，尽管巴海态度冷漠、行动迟缓，然而宁古塔驻防八旗的活动和御北战事，并没有因此而受到大的影响。

说书人在这里对驻守额苏里一事，还要向各位阿哥多讲几句。萨布素、瓦礼祜关于驻防额苏里的疏折，因为怕巴海给压下，也担心由于意见分歧而使之恼怒，耽误了大事。再一个就是萨布素在晋京陛见时，兵部尚书塞色赫曾告诉他："今后有什么事儿，可以直接同我联系。"所以，便未同巴海商量，而是直接呈报给了塞色赫。二人在给兵部的疏折中，详细地说明了兵进额苏里的想法。这一点《清史》中没有讲，而是萨大人在回忆的时候谈到的。折中说，瑷珲、精奇里江口距雅克萨较远，应该按皇上旨意，在两地中间选建一个驿站。经调查，我们看中了达斡尔人的故地额苏里。另外，还特别向兵部介绍了因多年来同这里的达斡尔人交往，关系密切，也曾多次同罗刹周旋，对此地的情况熟悉；又着重讲了何斯尔河两岸的优势，故建议在此建木城。并绘了图，标明了额苏里所处的位置，即位于从西北流入黑龙江的何斯尔河口，是达斡尔人早先的何斯尔部所在地。此呈文报兵部后，塞色赫看了特别高兴，马上呈给了皇上。康熙帝阅罢，心中甚喜，于是下旨，对永戍黑龙江的方案有所调整："不驻呼玛尔，改驻额苏里。因该地可以藏船，且有田垄旧迹，即令大兵建立木城，于此驻扎……额苏里、索伦村庄之间，应设四驿，令赴索伦理藩院大臣马喇董其事。在原调乌拉、宁古塔兵基础上，增派五百名达斡尔兵，使瑷珲与额苏里各驻千人。"萨布素等接旨后，便在额苏里开展永戍的各项准备工作。

萨布素对达斡尔人原来就熟，认识已经过世的、曾并肩战斗过的达斡尔首领吉古林，还有体弱年迈、退居宁古塔的达斡尔首领多凌阿，同他们打过多年交道，同现任首领、吉古林之子安炮儿的关系也挺近。安炮儿正义好勇，崇敬萨布素，像对自己的伯父一样尊重。他听从萨布素的号令，把达斡尔兵带到何斯尔，即额苏里常驻。在这里伐木建房，网鱼狩猎，垦田耕种，使荒凉的额苏里地方炊烟升起，犬吠鸡鸣。这些防兵不同往昔，是一手拿鸟枪、一手拿锄杆，既兵且农。还将他们按八旗兵的编制编为牛录,任安炮儿为佐领。

　　萨布素在日夜建立基地的同时,向清廷奏报,冬季即将来临,届时炮具、军需输运维艰。如果天降大雪,则不便用兵。"今冬可暂住额苏里,俟来年四月冰解,即往攻雅克萨城。"这个意见,符合皇上的"暂停攻取,相机而动"之旨。康熙进而指示:"我兵即命永戍额苏里,应派乌拉、宁古塔兵五六百人、达斡尔兵四五百人于来秋同家口发往;设将军、副都统、协领、佐领等官镇守,深为有济。至来年,运锡伯诸地粮米于额苏里,止用猎户,必致稽迟。萨布素等业以来年六月前兵食赍行,今又停止进征,应量发萨布素等军前水手,由陆路直往锡伯。俟来年冰解,与猎户协运。"后康熙考虑额苏里临近呼玛尔,便于进攻雅克萨,确是良策。但在这里屯兵建城太小,未来真正的指挥重镇,应设于明城故地瑷珲。瑷珲附近是一片平原,远处是兴安岭,可开垦的地方很多,四周均可垦为良陌,将来还可建官庄。在瑷珲的一架山、二架山、三架山处,沿江可设船舰停泊之所,亦可为水师营藏船之处。此时,康熙帝已胸有成竹,准备在瑷珲一地设置黑龙江将军衙门,直接统理黑龙江及其北域的军政大事,一改往日北疆无官衙的窘状。又考虑到坐镇黑水,统御万里边疆,一朝有情,首尾难顾。京师远在内地,宁古塔亦距千里之遥,很多军情急报不得及时处理,贻误战机,其害无穷。故而指示:"应在瑷珲建城永戍,预备炮具、船舰,设斥堠于呼玛尔。自瑷珲至乌拉设置驿站,由水路陆续运粮积贮瑷珲。"至此,萨布素完全理解了皇上要"建城永戍"的决心,立刻表示:"永戍瑷珲诸务,上谕周详,悉宜遵奉。"

　　自巴海被罢职、殷图接任宁古塔将军后,萨布素、瓦礼祜的差事更重了,二人都在战备第一线的黑龙江忙于开发、落实"永戍"之策。殷图虽然是宁古塔将军,但驻在吉林乌拉,使得宁古塔有些事情无人处理。而宁古塔必须要有得力的人来镇守,因为那里是兵家必争之地,事情也不少。殷图经兵部奏请皇上,请求朝廷恩准,将瓦礼祜副都统调回宁古塔,具体承担萨布素曾做过的那些工作。这样,便形成了殷图将军驻守吉林、瓦礼祜管理宁古塔、萨布素统抓黑龙江前线额苏里、瑷珲永戍诸务的局面。三地首尾相顾,互相支援,不至于顾此失彼。萨布素在前线所需之粮食、马匹、兵源的周转及驿站的沟通,皆由殷图、瓦礼祜承担。于是,萨布素与瓦礼祜这对儿从儿时就在一起的好伙伴儿、好朋友,只好暂时分开了。

现在咱们单表萨布素率部移师瑷珲，遵照康熙皇帝旨意，先是伐木建城之事。也借此机会，向各位阿哥讲一下本书一直未来得及提到的要地——瑷珲。黑龙江在瑷珲正好是东西向，我现在说的瑷珲是旧瑷珲，位于江东岸，或称左岸。是在黑龙江的中游、精奇里江口下游的地方，江的东边是外岸，江的西边是内岸。后来所说的新瑷珲，是在旧瑷珲的对岸，即黑龙江的西岸，或称右岸的东北二十多里于康熙二十四年建成的原达斡尔托尔加古城的旧址。"瑷珲"之称源于达斡尔语"埃阔"，系达斡尔头人图龙恰所居城寨乔耶·埃阔村。历史上关于瑷珲的名称很多，有"艾浒""艾虎""爱呼""爱浑"等等。"艾浒""爱呼""爱浑"之称，早在清代以前便有了。相传在大明的时候，旧瑷珲源于当地的一条小河，即艾呼河而得名。还有的老人讲，满语"艾虎"即母貂之意，此说法也有道理。这一带确实盛产紫貂，各族各姓的人，尤其是达斡尔人远来黑龙江，常于瑷珲城附近捕猎之。紫貂在清、明两代很值钱，过去的皮袍、大衣、皮裘、皮帽都是貂皮缝制的。如果追溯一下，明代的努尔干都司最高行政机构就设在这个旧址，即黑龙江的胡里平寨。清初时，居住在这里的达斡尔首领巴尔达奇，在太祖时代因向朝廷贡献紫貂而著称于世，后被汗王收为额驸。多少年来，罗刹武装匪帮入侵黑龙江流域，瑷珲屡遭袭扰。顺治九年时，曾被大火焚烧，成了一片废墟。清政府为抵御罗刹，早在康熙十三年，即派人到此建木城，并移驻吉林水师于瑷珲。如今，康熙帝下决心兵进黑龙江，就是将要在这儿屯垦戍边，征讨罗刹。

我们所说的建城，即是在瑷珲这片废墟上重新筑木城。原城很小，建起后，曾调吉林水师总管前往暂守。但只此，并不能满足永戍的需要，必须扩建。于是，康熙帝命副都统穆秦率盛京六百人前来协助建城，又命礼部侍郎温岱、工部给事中雅齐纳赴黑龙江。为什么派这两位干将呢？因为一位懂机构建制，一位谙熟筑城、筑营署的工程技艺。说明重建的瑷珲，将是北方一个很重要的地方，可见皇上的用心何其良苦啊！温岱与雅齐纳来时，还带着兵部尚书塞色赫、理藩院尚书阿穆瑚琅两位大人的手谕，介绍了两位的为人，以便让萨布素认识并熟悉他们。要求萨布素与二人同心协力，密切合作。就这样，萨布素同温岱、雅齐纳精诚团结，携手并肩，从春天一直忙到夏天。双方很是投机默契，既完善了额苏里的营建，又忙于瑷珲地址的勘查、谋划和所需工力银款的筹算，以备扩建瑷珲城。

由于萨布素受皇命率兵移驻瑷珲，现在这里可热闹了。新建了一大片地馇了，还有一望无边的帐篷。从瑷珲一直往上到额苏里，往下到霍尔莫津，沿途全是八旗兵营。旌旗招展，锣号齐鸣，战鼓咚咚，篝火熊熊。人们忙着伐木建城，日夜不休，到处是热火朝天的景象。萨布素根据康熙帝的指示，准备在当年入冬之前，为即将迁来的八旗兵丁和家口安置好住房。安居之后要打仗的，不抓紧怎么行？别看这里杂树丛生，用木料极为方便，但当时伐木特别不易。因为没有多少锯，木头又特别粗，有的甚至几抱粗，怎么砍？只好现从南方弄回不少铁块子。先将铁块子放在烘炉里烧，烧到一定程度后砸扁了，再砸成大砍斧。十抱粗的木头，用这种砍斧有时要砍十几日才能断。何况时令已是春天了，北方寒气来得早，暖和天一晃就过去，时间不等人哪！

　　萨布素他们一面忙于建房，一面忙于修建驿站。按皇上旨意：自黑龙江至乌拉置十驿，驿夫五十人。遇有警急，乘蒙古马疾驰；寻常事宜，则循十驿而行之。另由水路、陆路运粮，积贮黑龙江。这样，如俄船由黑龙江顺水而下，我舟师尾击甚易，因此地有我们的哨卡。再就是黑龙江地势辽阔，内地置十驿，易于安置家口。萨布素为这些事儿忙得嘴上起了燎泡，饭也吃不下，觉也睡不好，满脸泥黑，衣服都没时间洗。兵丁个个长了虱子，天天伐木、和泥、垒墙，日夜兼程地忙碌着。尽管很苦，进展得还算顺利，房屋、驿站已建得差不多了。萨布素掐指一算，离七月不太远了，遂将军务委于温岱、雅齐纳，向二位说："好兄弟，咱们就这个速度干，完全可以按时完成皇上交办的差事。我得赶紧去吉林乌拉，把乌拉兵的家眷及增加的兵丁带来。目前，家眷没来，这些兵丁太辛苦了。天天起早爬半夜地干，累得几乎快趴在地上了，回去还得自己做饭，不得休息。如果及早将家眷接来，有了家，有了温暖，有人帮助缝缝补补、洗洗涮涮了，兵丁们能轻松些，心更能安定了。另外，还需回宁古塔一趟，将那里的兵丁和家眷同时接过来，以便在冰冻前，于瑷珲全部安置完毕待命。"温岱、雅齐纳说："大人，放心走吧，我们一定尽量往前赶，会将房屋、驿站建妥的。"萨布素说："好，就这么办吧，辛苦二位了。"交代完毕，扳马认镫，匆匆返回了宁古塔。

　　萨布素自去年冬天奉命北上，已一年多没回家了，对家乡的情况一无所知。也难怪，差事太重，忙得无心顾家，真是没有时间哪！回到宁古塔的第一件事，当然是拜望自己的母亲。说书人已经好长时间没有讲到舒穆禄夫人了，各位阿哥或许以为她还很年轻，其实完全不是这样。

年岁不饶人啊，萨布素的额莫已是风烛残年了。这些年来，舒穆禄夫人谨遵阿木嘎[①]哈勒苏生前关于家中不得使用奴婢的遗训，将身边的奴婢全部做了妥善的安置。用节衣缩食省下来的银两，让他们该娶媳妇的娶媳妇，该出嫁的出嫁，操办了婚事，安好了小家，奴婢们没有一个不感激的。这样，自家事只有她和孝顺的好儿媳卡克屯一起来做了，别人做还真不放心呢！由于劳碌过度，加上卡克屯又连生了三个孩子，老人免不了要多操一份儿心。舒穆禄老夫人现在最高兴、最感到慰藉的，就是满炕上坐着的那些孙儿！个个胖乎乎的，那么精神、好看，很会逗奶奶乐，非常招人喜欢。再累再忙，心里总是美滋滋的。

各位阿哥可能会问，不是说卡克屯身子骨儿有毛病、不能生养吗？对呀，原来的确是这样。尽管卡克屯与萨布素夫妻俩恩爱情笃，好长时间以来却没有孩子，舒穆禄夫人曾为此事发过愁。不过你别忘了，波尔辰妈妈那是个热心肠儿人，全仗她的灵丹妙药，愣是把卡克屯的病给治好了，妙手回春啦！卡克屯早就与以往不同了，月信正常了，也不流产了，从生下小雅图以后，怀一个生一个。难怪她妹妹安茹说："嫂子这下可好了，孩子是连着生，真有你的！"此话说得一点儿不假。卡克屯于康熙十五年生雅图，康熙十七年生德顺，康熙二十年生雅顺，康熙二十二年生常德，眼下小雅图都七岁了。这四个孩子一个比一个聪明，一帮小哈哈济，把舒穆禄老夫人喜欢得都不知咋的好了！一会儿抱起这个，过一会儿放下这个再抱那个，亲了这个还得亲亲那个，老奶奶天天乐得合不拢嘴，感到无比的幸福。萨布素的弟弟党丹是康熙四年结的婚，娶了当地的常氏女。生养较晚，康熙十年之后连生三女，当然也是舒穆禄老夫人的心头肉。萨布素和党丹一直是分开过的，舒穆禄老夫人有时照看照看小儿子党丹家，看看孙女；有时又回到卡克屯那边，抱抱小孙子。每天就这么不厌其烦地两边跑来跑去的，帮着干点儿这个、整理整理那个，忙忙乎乎不得闲。不幸的是党丹的妻子常氏在康熙十四年难产流血而亡，扔下了三个孩子，这下把老夫人愁坏了。为了照顾几个孙女，干脆搬到小儿子党丹处了，每天硬挺着照顾孩子，还要料理家务，你说老太太能不累吗？党丹从此再也没有找到一个合适的女子为妻，一直同额莫一起领着孩子过。目前他是宁古塔八旗的佐领，每天事情挺多，对家里照顾不了多少，时常晚上都回不去。这样，家及孩子基本上就扔给

① 满语：公公。

了舒穆禄老夫人。卡克屯看额莫太辛苦了，有时便过来帮助照料。党丹曾多次往黑龙江前线捎信儿，告诉哥哥额莫身体不好，病情有时很沉重，又想你，嫂子也让转告你快回来一趟。但萨布素忙于建房子、修驿站、开通河道，始终没有时间回家。家里这么个情况，你说他能不着急吗？眼睛急得起了一层蒙，看不清东西。不过一忙起来，这些事情全抛到脑后去了。此次是趁搬兵和迁徙宁古塔八旗兵勇及家眷永戍黑龙江之机，才匆匆忙忙地赶回了宁古塔。

萨布素到宁古塔时，并未先看爱妻卡克屯，而是到了弟弟党丹家看望额莫。进了屋，见额莫卧在炕上没起来，两个孙女在地上跑来跑去的，还有一个正趴在奶奶身边唠嗑儿呢。舒穆禄老夫人见大儿子回来了，立马来精神了，让萨布素扶着慢慢半坐起来，头后倚着被子，高兴地说："儿呀，你可回来啦！好哇，能回来就好，额莫想你呀！噢，对了，有这么件事儿。前几天咱们家来了三个陌生人，说是找你的。我琢磨着既然是特意上门找你，怎好让人家到别处去住啊，那多没有礼貌哇，好像慢待了人家似的。再说也不应该那么做，那样我不放心哪，就把他们留在了咱家。你赶紧回家看看，问问究竟是为啥事儿来的，然后再跟卡克屯商量商量，好好儿安顿一下。"萨布素听了以后，觉得挺奇怪，这是从哪儿来的三个人呢？他让额莫先躺下安心静养，回头再来看望，便立即离开党丹处，三步并做两步地回到了自己家。

萨布素一进家门儿，雅图、德顺、雅顺全跑过来了，围着阿玛又笑又跳、又亲又让抱的，一个个高兴极了！此时，卡克屯正坐在炕上给怀中的常德喂奶呢。一看爱根回来了，赶紧放下孩子，起身迎上前去，温柔地问长问短，并告诉萨布素："家里来了三位客人，两女一男，男的是蓝眼睛、大鼻子的俄罗斯人。他们分住在另两间屋子，正在等你。来了以后，什么都没讲，只说一定要见你。若是再不回来，我没别的招儿哇，只好让他们直接到北边找你去了。"萨布素听卡克屯这一说，更诧异了，忙来到了侧室。先是见到了那个男的，他是大吃一惊啊，没想到来的竟是好朋友彼得！彼得见到萨布素，像看到久别的亲人一样，分外高兴。忽地站了起来，张开双臂，上去便把萨布素紧紧地抱住了，激动地说："萨布素哇，我盼了你好几天了，今天总算见到啦，真是太好了，没白等啊！"据彼得介绍，他是从北京来的，因在京师出了点儿事儿才离开了那里。

原来事情是这样的：自萨布素离开雅库茨克后，彼得与娜柳莎处得越来越密切。娜柳莎是很开放的人，从不隐藏自己的情感，俩人常常偷偷幽会。娜柳莎还帮助彼得从丈夫那里誊抄了沙皇陛下东进的训令以及拟扩建雅克萨的批文等极为机密的情报，另有俄罗斯使团在北京同清政府就边疆问题进行交涉的谈话等密件。当时，彼得有些麻痹，也是娜柳莎的丈夫缅希科夫过于狡猾、老谋深算。实际上，他早已发现了二人之间的关系，也窥测到了彼得与自己妻子的私情，却佯装不知，表面上仍对他们挺好。一天夜里，缅希科夫告诉娜柳莎说去英国公使处玩桥牌。他每次出去玩桥牌都是下半夜才回公馆，哪知那天夜里却突然提前回来了，到卧室里不见了娜柳莎，转身直接去彼得处找，见二人正赤条条地睡在一起。缅希科夫大怒，要开枪打死彼得！娜柳莎惊恐得大喊大叫，死死地抱住了丈夫，彼得乘机拎起装着珍贵密件的皮箱，纵身从窗户跳了出去。跑出来之后，不敢在京师逗留，便花银子租了车，直奔宁古塔找萨布素来了。

　　萨布素听彼得讲了来宁古塔的缘由，很不放心目前娜柳莎的处境，遂关切地问道："娜柳莎现在的情况怎么样了？"彼得回道："缅希科夫非常爱妻子，娜柳莎有时对丈夫不耐烦得甚至跳着高儿地说根本不爱他，他却仍然那么痴情地爱着娜柳莎。况且缅希科夫又是娜柳莎的父亲一手提拔起来的，对弗兰别茨科夫甚为敬重，即使与妻子之间不和或有什么事儿，断不敢欺负。我相信，啥事儿不会出，以后还会有机会见到娜柳莎的！"说完，将那皮箱交给了萨布素。萨布素接过皮箱，问他下一步准备怎么办。彼得说："听你的安排，打算干脆住在中国了。我无父无母，是个流浪儿，中国也是我的家。如果可能的话，最好能在萨大人手下当差。"萨布素笑着说："好吧，彼得，咱们的事儿以后再唠。我们非常感谢你，并欢迎能到中国来，还要向朝廷奏报你的功绩，会给予应得的待遇的。从今以后，咱们再不分开了，永远在一块儿啦！"彼得兴奋极了，禁不住呼喊起来："乌拉！乌拉！"接着又道："萨大人，还有一件事儿得告诉你，我领来了两位女子，是半道儿捡来的。"萨布素忙问："怎么回事儿？"彼得说："我租车出了山海关，一直往北走，路上遇见了这两个女子。她俩背着包袱，手拄着棍子，艰难地步行走路。那个小妹妹两脚走出了血泡，一瘸一拐的，很让人心疼啊！我看她们像是要饭的，太苦了，忙让车夫停了下来，下车问二人到哪里去？天哪，没想到这么巧，她们说是去宁古塔找萨布素大人的！刚开始，我一惊，以为听错了，不太敢相信。之后，便问她俩是否知道要找的萨布素长的什么样儿，结果人家把你的样子描述得一点儿不差。我又问为什么要找萨大人，俩人谁也不说，可能怕我是坏人，回头撒腿就跑了。我可怜她们，在那旷野荒郊里，两个女子往哪儿去呀？再说既然是找你的人，无论如何得管哪！只好一边喊着：'别跑了回来，快回来！'一边在后面追。撵出好远，总算追了回来，并告诉说，请你们放心，不用害怕，别看我是蓝眼睛、大鼻子，但不是坏人，也是到萨大人那儿去的。开始，她们半信半疑，勉强跟着上了车。一路上，我给她俩水喝，给面包吃，处处予以照顾，慢慢地变得亲近些了。到了宁古塔，便直接带到你们家来了，现在正在内间屋里呢！"听完彼得的这番话，萨布素让他先歇息一下，然后抽身去了两个女子住的房间。

萨布素进屋一看，真是令他吃惊不小，原来是在开原遇见的孙之阳老人的两位千金来啦！这姐儿俩当时正低头专心绣着什么，根本没听到有人进来。萨布素轻咳一声，俩人才抬起头来。这一看不要紧，见是等了好几天的萨大人回来了！先是愣住了，随即高兴得像见了家人一样一下子扑了过来，一时不知说啥好了，接着便哭了起来。大姐还稳当些，只是靠着萨布素哭；小妹妹却像个孩子似的，搂住萨布素哭个没完。萨布素好言劝慰姊妹俩别哭，已经到家了，不用着急，有话慢慢说。又问道："离别这么长时间了，孙之阳老先生近况如何呀？你们姐儿俩这是怎么了，为啥到宁古塔来？"这时，姐姐才详细地诉说了悲伤的往事。她讲道："自那日与大人在山海关分手，我们父女三人直接回到了武定府商河的农村。回到家刚开始还挺好，后来老父因长途劳累，积劳成疾，今春突然卧病不起，吃药一点儿不见效。加上又思念儿子，于三月十八过世了。老人临终前，啥也没说出来，就那么含着眼泪撒手人寰了。我和妹妹东借西凑了点儿银子，勉强埋葬了老父，不知以后的日子该如何过，真是苦苦天涯无路走啊！偏偏街保是个横行乡里的痞子，早先总对我俩动手动脚的，只是碍着老爹怒目横眉，始终没敢下手。老父过世后，我和妹妹无依无靠，四野茫茫，举目无亲，知道肯定是羊落虎口，觉得真的没有活路了。于是，想到了萨大人您。我同妹妹一合计，反正留在家里也是死路一条，还不如豁出去了，哪怕万里迢迢，关山难渡，一定要找到萨大人。于是，半夜起来把自家房舍一烧，红了半边天哪，一点儿没敢耽搁，迅速逃出了家门，走了两个多月才到了关外。真是老天有眼，冥冥之中有老父的护佑，半路上竟遇到了一位外国哥哥，说是来找大人的。我俩在他的帮助下，坐上了车，结伴儿而行，顺利地到了宁古塔。萨大人，您是救苦救难的活菩萨呀，只有您能救我们。已经有过一次了，请再救救我和妹妹吧！"说完，姐儿俩扑通一声跪在地上，连连磕头。萨布素忙上前将姊妹俩扶起，拉她们坐下。当听说了孙之阳老人已经过世，也是万分悲痛，更觉遗憾的是至今没有帮助老人找到一直思念着的儿子。接着详细地询问了姊妹俩的名字、年龄，因为上次半路偶遇很匆忙，什么都没来得及问便分手了。这次才知道，大姐二十八，小妹二十五。按当地叫自己女孩儿爱称的习俗，姐姐叫牟儿，小妹叫幼儿，是武定当地人。萨布素又安慰了一番，让她们安心住在家里，这才转身出门离开了那间屋子。

夜晚，萨布素夫妻俩躺下之后，卡克屯告诉爱根："这俩闺女可勤快了，自打来到咱们家一点儿没闲着，又帮助做饭又伺候孩子的，特别有耐心，小常德戴的那个小花兜兜儿还是姐姐给做的呐！她的手真巧，只一天多便绣出来了。雅图太淘气了，几天就把小熊皮靰鞡磨出了小窟窿，正愁没工夫给他做鞋呢，那个小妹用小牛皮缝了一双她们关里家人穿的虎头鞋。我还是头一次看到这样的鞋，真新鲜，特别好看！"萨布素若有所思地说道："这姐儿俩既然投奔咱家来了，咱得好好儿对待人家。我十分尊重她们的阿玛孙之阳老人，况且又是周子正老爷爷的挚交，从哪方面讲，都得厚待人家呀！可是得怎么安顿好呢？"卡克屯说："我正想问你呢！"萨布素想了想，说："这样吧，明早我过去跟额莫商量商量，听听老人家的意见再说。"听萨布素这么一讲，卡克屯突然笑了起来，把萨布素给笑愣了，忙问："你乐的哪门子？"卡克屯回道："你一说，我倒想起一件事儿来。她俩刚刚到咱家时，是党丹给背进屋的。那天，这姐儿俩跟那个俄罗斯人在城里打听你，正巧党丹从衙门出来了。一听说是找你的，便主动上前打招呼，又把他们领到咱家。两个闺女双脚全是血泡，肿得挺高，走不了路了，是党丹把她俩一个一个地背进了屋。我倒想，不是有那么句话嘛，千里姻缘一线牵，这或许就是千里姻缘吧？咱们的弟弟正好没找到合适的人呢，说不定是周老先生引荐给他做媳妇的呐！你说呢？"此话倒提醒了萨布素，觉得卡克屯说的这事儿还真行。

次晨，萨布素与卡克屯忙完家事，又把纳木它的媳妇大姐儿叫来帮着照看几个孩子，小夫妻俩便领着牟儿、幼儿前去看望在党丹家的额莫。舒穆禄老夫人躺在炕上，刚喝过党丹给熬的汤药，精神好多了。萨布素进了屋，向额莫引见了牟儿和幼儿。老夫人慢慢地起身要坐起来，卡克屯赶忙上前，扶着额莫坐好以后，萨布素便详细地介绍了姊妹俩的情况，卡克屯还附在老夫人的耳边小声儿说了几句什么。老夫人把两个丫头叫到跟前，仔细端详了半天，又问长问短地打听了一阵子，笑了笑说："多好的闺女呀，够可怜的了。这回到了我们家，跟到自己家一样。打这以后，我的儿子、儿媳就是你们的兄嫂，安心住下吧，住下吧！"两个闺女谢过了老夫人。

萨布素因为瑷珲还有很多事儿等着办，不能在宁古塔拖延，便同瓦礼祜、党丹一起，全力以赴地忙着往北边搬迁兵勇和家眷的各项准备工作。舒穆禄老夫人看得很清楚，知道儿子太忙了，没有那么多时间陪自己。可老人家有话要同儿子说，这天晚上就没让萨布素回到卡克屯那儿，而是留在了身边。

娘儿俩吃过了饭，党丹因协助瓦礼祜办理迁徙之事，当晚回不了家，便让大姐儿过来照看他的三个丫头，以便叫额莫同哥哥好好儿唠唠家常。能同大儿子说说心里话，也是老夫人盼望已久的事儿，因为已经好长时间没有机会在一块儿亲近亲近了。她看萨布素见老了，消瘦了，头上多了不少白发，不禁一阵阵心酸哪！双手搂着儿子，深情直率地说："萨布素哇，额莫总算把你盼回来了。要是这次不回来，也得让党丹叫你回来一趟，咱家有些事儿需要和你商量呢！我跟你说呀，这头一件事儿，额莫同意你和卡克屯的想法，该给你兄弟找个家口了。那个岁数小点儿的丫头幼儿，我挺喜欢，如果能嫁给党丹可太好了。这事儿总得听听你弟弟和幼儿的意见，看看他俩是怎么想的。若同意，姑娘都养到家了，不如索性早点儿给他们办了吧，我就不用总惦着了。要不党丹没个家口，旗里的事情那么多，整天还得又当爹又当娘的，真是够他忙活的，咱们谁也不能眼瞅着，都安不下心来。你的媳妇卡克屯是个好孩子，嫁过来以后，咱家里里外外全靠她操劳了，比额莫当年还能干，从不叫苦叫累，这我一百个放心。你要多关心她，这次去瑷珲为官，家口得带去是不？"萨布素多少年来没这么被额莫紧紧地搂着了，心里酸楚得很，含着眼泪说："是呀，额莫，我这次正是为此事回来的。凡是调往瑷珲永戍的八旗兵，不管是哪个姓的，一姓兄弟每家得摊一个。皇上下旨，必须带家眷去，才可使去的人在那儿安心永驻。从此，他们将生生世世是瑷珲人了，这是永戍瑷珲的长久之策。额莫，您老是个明白人，能懂这其中的道理。我当然得身先士卒，做出个样子来，您说是吧？"舒穆禄老夫人摸着萨布素的头，有些着急地说："儿呀，这么快就走哇？咳，额莫知道，这是国家的大事儿，没啥说的，全随你。不过萨布素，有件事儿不得不说了，想你也能猜到。额莫已经重病四十多天了，吃了不少药，不见好，知道是快不行了。额莫要是身子骨儿好，肯定听皇上的话，和你一起去北边。有额莫在身边，你更能安心了。可是不行啊，虽然心里这么想，但病不饶人哪，看来是不能随你们去了。再说你爷爷、奶奶、阿玛的坟在龙头山上，我不能离开他们自己走哇！"说着，眼泪涌了出来，滴在儿子的脸上，热热的。萨布素是个刚强汉子，听了额莫这番话，心里难过极了，再也控制不住自己了，伏在额莫怀里呜呜地哭了起来。整个一夜，母子俩都没睡。

转天头晌，波尔辰妈妈听说萨布素回来了，还没等萨布素去看望老奶奶，她却拄着拐杖来看孙子了，老人家还是那么精神。沧海桑田，后浪推前浪啊！宁古塔一晃几年变化很大，不少人已经走了。去年，波尔辰妈妈的大儿子纳木它病逝了；前年，门突呼、嘎鲁泰两位玛发前后脚儿走了；今年，波尔辰妈妈的二儿子纳木汉、吴扎哈拉的哲森妈妈、瓜尔佳哈拉的杜琴妈妈也过世了。宁古塔小一辈的孩子们长大了，独立当家了。海兰、窝赫、门德赫、麦里西、麦里特、巴克、党丹等成了宁古塔的长辈人了，个个都是顶门杠。波尔辰妈妈说："我这老不死的，把一个个老姐妹、老兄弟、老乡邻，还有我的俩儿子全给靠走了，是不是阿布卡恩都力把我的阴间名册丢了？这可真成了千年王八万年龟了。该死了，该死了！"波尔辰妈妈平时常来看望舒穆禄老夫人和孩子们，几天不见像缺点儿什么似的。纳木它、纳木汉离世后，有一段时间曾带着大姐儿和纳木它的小儿子住在党丹家。老夫人住哪儿她住哪儿，把家交给了麦里西、麦里特和舒穆禄夫人赏过去的那两个女婢，即她的孙媳妇彩兰和彩英照看。麦里西、麦里特兄弟俩眼下是驻镇八旗的骁骑校，小日子过得挺红火。

自打瓦礼祜副都统回到宁古塔，这里的军政诸务有了新的起色。因萨布素回来了，宁古塔将军殷图专程由吉林乌拉来过一次，会见萨布素，看望瓦礼祜。殷图知道萨布素回宁古塔是接北戍兵勇将士及家眷的，要赶在九月上冻之前完成全部迁徙重任。也收到了朝廷兵部的谕令，要求必全力协助之。他很清楚，要顺利办好此事，在宁古塔这儿，瓦礼祜是萨布素最得力的帮手。既熟悉北方情况，又是本地的老将领，而且威信很高，为人又好，大家愿意听他的调遣。为此，殷图便将宁古塔的事儿全权交给了瓦礼祜，自己还要急着赶回吉林乌拉，以便尽快将吉林乌拉调往瑷珲的众将士及家眷的迁徙事宜办妥。他们议定，吉林乌拉和宁古塔去北戍的官兵和家眷水陆并进，分别向依兰哈拉，即三姓进发，在那里会合，再一同开往北陲瑷珲。殷图与萨布素、瓦礼祜三方聚议后，马上告别二位，匆匆返回吉林乌拉。萨布素、瓦礼祜送出几里拜别，并约定，一定按时到依兰哈拉相聚，互不食言，不得有误。

瓦礼祜副都统与萨布素从小就在一起，非常要好，如亲兄弟一般，又是一起投入八旗劲旅的。他们共同转战各地，互相之间最亲、最近、最为知己。本来瓦礼祜很高兴能与萨布素遵旨同去额苏里，共御罗刹。后来却突然有变，将他们分开了，俩人难过极了。万般无奈之下，萨布素、瓦礼祜致函兵部尚书塞色赫大人，倾诉心意。塞色赫立即回函，告诉他们："这是圣命，不可违。皇上深知，你们在漠北共同对付过罗刹，是一对相辅相成、最好的搭档。但考虑到宁古塔十分重要，乃下连北疆、上达朝廷、承上启下的重要中枢，在已决定的御俄之战中，必须有可靠的干才在那里执掌才放心。殷图刚调吉林乌拉，任重事繁，又不十分熟悉宁古塔、吉林乌拉实情。新人甚多，老将颇缺，瓦礼祜实堪此任。故将股肱之力分开，各掌一方，望努力勉之，不负圣望。"由此可见，皇上的决定真是英明啊！萨布素回到宁古塔，家事不少，迁徙之事又紧，实在有点儿应接不暇。全仗瓦礼祜统一调度，动员了党丹等众佐领，全力以赴地忙于眼下这个重任，使之进展得很快，特别顺利，萨布素对此是万分感激。

话再说回来，将八旗兵将及其家眷北迁瑷珲之事，尽管大家都拥护，然而真要安土重迁，却是件不小的难事儿。俗话说，故土难离呀！萨布素他们过去动员黑龙江、乌苏里江、松花江一带的达斡尔、赫哲、费雅喀人内迁时，劝而不听，甚至四处逃匿，有时不得不动武或加以捆绑，强迫行之。当时对这些不愿内迁的人还不太理解，难道离开故土就这么难吗？现在可算有了切身体会了，离开久居的家乡那是确实不易呀！何况要去的北方乃苦寒之地，又是兄弟、父母、父子、子女及亲属世世代代永远分开，千里迢迢，天各一方，何时相聚，不得而知。故此，动员工作极其艰难是在情理之中。当时，京师兵部、户部和盛京与吉林两处旗衙门有明确要求，凡北戍兵勇，务择优拔萃，敷衍塞责者罪不赦；兄弟中，须由经验丰富的居长者戍北；各望族中，选优且增额者有赏；子嗣孤枝或父母痼疾无依者免，讲得十分具体。好在宁古塔是多年兵戎相见之地，对大清皇上敬崇备极，对皇上旨意从无二话可讲，家家眼含热泪选送沙音哈哈。兄弟间相互争先恐后地去，哥哥劝弟弟留下，弟弟让哥哥留下。这些人都要由瓦礼祜、党丹他们挨旗、挨牛录、挨姓氏的一家一户具体确定，记在花名册上。重新分拨出哪些人是留守的，在某某佐领、某某牛录属下；哪些是北戍瑷珲的，在某某佐领、某某牛录属下。这分拨也是一家一户地分，工作挺细，也挺复杂，要十分认真，绝不能马虎。奉命戍北的旗丁重新划旗，正红、正黄、正蓝、正白四旗的兵勇由宁古塔出，镶红、镶黄、镶蓝、镶白四旗的兵勇由吉林抽拔。此次北戍的兵勇中，不但有宁古塔八旗满洲诸姓丁勇，仅富察氏家族，就有萨布素携卡克屯全家举迁，为统帅调动，不在八旗征调之内；伯尔泰佐下领催、被划入正黄旗的托雍额一支，经选拔亦携家举迁。托雍额到了瑷珲与同时北戍的宁古塔女人结了婚，并留在那里繁衍生息，这是后话。而且还有迁入宁古塔地方安居下来的达斡尔人、费雅喀人、赫哲人、东海窝集人、汉人、高丽人等一千余户丁壮，也有一些将领、佐领、骁骑校。

瓦礼祜、党丹这些天为族众北迁忙得脚打后脑勺儿，待一切该办的事情全定下之后，各家各户开始杀猪杀鹿宰牛羊，欢送亲人北征。在这样的忙碌中，大家又为党丹和幼儿操办了婚事。还有一件喜事儿，就是给从京师赶来送机密要件的俄罗斯人彼得与牟儿也举行了婚礼，真是喜上加喜呀！婚礼办得特别热闹，一个洋人，身穿清朝官袍，头上戴着插有宫花儿的官帽，骑马游街，鼓乐齐鸣，吸引了各族的人前来观看，纷纷向他致以衷心的祝贺！彼得表示，愿意永远住在中国，做一名八旗将士，并同萨布素一起开赴瑷珲。经萨布素派人飞马呈奏朝廷，理藩院尚书阿穆瑚琅即刻禀奏皇上。康熙帝很高兴，称赞萨布素有头脑，远见多谋，并下圣旨道：

"我大清国诚希俄罗斯彼得先生久驻中国，考其精力助我，功莫大焉，特谕授四品佐领衔。除享本朝佐领品级一应待遇外，因其功，授为理藩院俄罗斯帝国国情通译，另享理藩院五品通译粮饷诸事，望恪尽职守。朕致贺彼得先生新婚志喜，赐银三千两，帛缎二十疋，钦此。"

朝廷随即派人将圣旨和赐给的银两、帛缎送到宁古塔彼得的手里，彼得极为感动，跪地叩头谢恩。朝廷以彼得降清给以从优之做法，来鼓励罗刹降人为清政府贡献力量，此事在当时的影响很大。后来几年，萨布素多次收降罗刹兵将，将其呈奏朝廷，均得到了重赏，并委以高官。特别是有的高官还被调往京师理藩院任差，一段时间里，对俄罗斯沙皇震动不小。

在宁古塔，萨布素出于北征罗刹的目的，为水师营求将，专程又一次请出东大荒子何舍里氏的扎尔太。我们前书讲过，他曾协助萨布素、巴海巡查呼玛尔罗刹城堡，出色地完成了差事。眼下，尽管其兄扎尔色正卧病在炕，年近六十五岁的扎尔太还是接受了萨布素的邀请，欣然受命，决意随军前往瑷珲。他精通水性，擅使各种帆樯船舰。萨布素特委其以重任，任水师营管带，享佐领衔，列军籍。家中之事及有病的哥哥，则委托给党丹派人精心照料，并拨银一千两，资助其家的生活之需。扎尔太到了老年当上八旗兵，这在宁古塔已传为一段佳话。萨布素还将自己从小所得之赏——吴巴海巴图鲁奖励的小犍母牛及繁育出的大小三十六头牛全部卖出，所得银两作为修造北征战船和购置旗兵御寒征衣所需之费用。戴珠瑚将军早年送给萨布素的喀拉莫林，即那匹乌骓马，现已是大马生小马、共有十五匹了。萨布素除自己所用坐骑"骊珂"喀拉莫林走马外，留下五匹带到瑷珲备用，将余下的卖出，得之银两交给了党丹，嘱咐道："弟弟，家事勿劳宁古塔八旗衙门操心，这些钱留在家里用。咱家还有不动产，就是海浪河边旧街三棵杨大院儿。可以变卖，所卖银两也留下，算是哥哥给你在宁古塔的生活费用。好弟弟，一定切记祖训。你我要安贫自乐，居高位而常忆父祖清廉而去的好名声，勿图国家一厘一毫之利也，愿与弟共勉之。"萨布素就是这样的人，不但自己首先做到，而且要求家里所有的人保持祖上留下的那种廉洁的家风。

再说宁古塔这些天，上上下下在全力忙着圣上给的差事，分拨出一部分兵勇北戍黑龙江。此事不仅牵动着各家各户的心，也极大地冲击着一些因罪被流放到宁古塔的流人。多少年来，这些流人和宁古塔人生活在一起，结下了深厚的友情。人们不但没把他们当外人或瞧不起，而且给予了尊重和关怀，看成为自己的老师，有着亲人般的情义。萨布素因忙于家事和一头扎进迁徙之事，所以一时没顾得上去拜望那些流人老师。这时，有人传报，杨老玛发求见。满洲人管自己的爷爷叫玛发，尊称杨越为杨玛发，是没把他当外人，而是当成自己家人，当然便按满洲人的称谓称呼他了。萨布素一听说杨越玛发来了，十分高兴，赶紧出门将老先生迎了进来。刚要下拜，杨玛发阻拦道："萨布素，你现在是大人哪，我怎能受此之礼？"萨布素说："晚生到什么时候都是您的弟子，应该受弟子一拜。"说着，给杨越行了个打千儿礼，杨越忙将萨布素扶起。萨布素一向敬重流人，是他们给宁古塔这荒凉之地带来了文化，带来了先进的生产技术及新的生机和活力，堪称有功之人。杨老先生来见萨布素，讲了些心里话："萨大人哪，我特意登门，一个是看看你，再一个是想随大人同去瑷珲，抵御罗刹，我应该出一分儿力呀！"萨布素知道，老人家谙熟水师，就是因为这个，才获罪而被贬到宁古塔的。为了抵御罗刹，在兴建吉林水师营时，杨老玛发没二话，马上随巴海将军前往吉林乌拉，住在那里，认认真真地指导建造战船，勤勤恳恳地忙前忙后。并且不论在吉林乌拉也好，还是在宁古塔也罢，一直热心地帮助传讲汉文汉学，深得满洲八旗将领和各族族众的尊敬和爱戴。对杨越老先生执意要随军同赴瑷珲的请求，萨布素考虑再三，认为老人家年迈体弱，还是留下更好一些，便婉言谢绝了。哪承想，这次相见，竟成永别，杨老先生于康熙三十年病逝于宁古塔。此刻，使萨布素在永离宁古塔之际感到欣慰的是：得知恩师吴兆骞先生在流放宁古塔二十三年后，终于放归南去。难怪回来后一直未见到这位永生难忘的恩师、好友，萨布素为兆骞先生返归故里暗暗祝贺。那么，吴兆骞是缘何南去的呢？只因他写了一篇《长白山赋》。此赋洋洋洒洒，文字恢宏、壮观，非常有气魄。后托侍臣带入京师，被康熙帝看到。读后大加赞赏，誉为"塞北千古绝唱"，便有放还吴兆骞之意。康熙二十年初，兆骞好友徐乾学等人凑钱，疏通上层达官贵宦。加之明珠大人之子纳兰容若等人从中帮助，在皇帝面前极力美言兆骞之才，康熙终于下旨放归。吴兆骞于康熙二十年七月，兴高采烈地告别了北地的乡邻故友，离开了宁古塔，半月余抵京。可惜正待大展其才之时，天不假寿，于康熙二十三年逝去，终年五十有四。

宁古塔新城有史以来，从没有像现在这样震动过，整个城市的上上下下全动起来了。街头巷尾、东邻西舍、男女老少、各行各业的人都在纷纷议论着，含泪道别着，殷殷祝福着，互相帮忙收拾着东西，全城人忙得不可开交啊！呼尔哈河上待发的船只一排排，船帆已经扬起，旌旗迎风呼啦啦地飘着。地上到处是骏马驰骋，为老人和家属准备的轿车一溜儿排开，一圈圈的肥猪、肥牛、肥羊和堆积如山的粮米正在装船。这还不算，留下的人因自己的亲人马上就要离开宁古塔赴北疆，那真是难舍难分哪！他们相拥着，交谈着，有说不完的叮嘱嗑儿、道不完的吉祥话。为欢送即将远去的将士和族人，宁古塔副都统衙门的兵勇们还准备了一挂挂的鞭炮。

此刻，萨布素、瓦礼祜、党丹等率众兵勇也在紧张地忙碌着。时至子夜时分，萨布素见卡克屯匆匆忙忙地跑了过来。心里咯噔一下，难道担心已久的事儿发生了？古语云："福寿康宁，固人之所同欲；死亡疾患，亦人所不可防。"舒穆禄夫人同哈纳年岁相仿，虽哈纳比她大不到一岁。这对老夫妻从新婚至古稀，数载经年，真是世上难见的鸳鸯交颈，如鼓瑟琴，两情相悦。虽公溘然长逝，舒穆禄是痛不欲生！只因子孙在堂，恨自己不能同随，波尔辰妈妈在一旁多次苦劝也无济于事。她日渐消瘦，自去岁秋冬至今年春夏，病势日重，卡克屯时时在身边侍奉。然而，老夫人又惦记着党丹的三个孩子，只要觉得身子骨儿好些，便过去给他们父女做饭、缝衣，光知苦中有乐，忙起来把病全忘了。卡克屯、党丹曾捎信儿给萨布素，希望他早些回来。可萨布素由于军务紧要，脱不开身，并未能归。老夫人有病后，红红把孩子交给瓦礼祜的奶娘照管，天天像照顾自己亲娘一样地围着老夫人转，帮助卡克屯干这个干那个。见老人家的病势一天天沉重，心里难受哇，那眼泪从没干过。瓦礼祜从北疆回来，也多次前来拜望舒穆禄老夫人。因宁古塔军务急，事情多，几次都被众人把本想多待一会儿的瓦礼祜好言劝走了。老人家这次终于见到日夜思念的大儿子了，一高兴，就觉得病轻多了，还帮助卡克屯、萨布素操办了二儿子的婚事。党丹自然没说的，幼儿可是特别感激萨大人把自己嫁到富察氏家，觉得终生有靠了。虽说二儿是续弦，事繁不可拖，婚礼办得又比较简单。但舒穆禄老夫人毕竟有病在身，由于兴奋，也可能是累着了，在党丹新婚的第二天就卧炕不起了。党丹娶了新娘，家里的事儿有人管了，卡克屯便把额莫接回到自己家。舒穆禄老夫人的病势忽轻忽重、忽缓忽急，已经有些天了。就在萨布素他们日夜安置、组织北上兵将、家眷搬迁之时，卡克屯看额莫突然不好，慌忙夜半将正在江边儿大营忙着的萨布素、党丹叫了回来。

　　哥儿俩三步并做两步地飞跑着进了屋，见额莫微闭双目，浑身一点儿力气都没有了。赶紧走上前，眼含热泪跪在地上，上身伏在额莫的被子上。卡克屯流着泪抚摸着额莫的额头唤道："额莫，额莫，睁开眼睛看看谁来了？是萨布素、党丹回来看您老来了。"不一会儿，舒穆禄老夫人慢慢睁开了眼睛，看着两个心爱的儿子，声音极其微弱地说："孩子，起来，坐下，额莫有话讲。"萨布素、党丹忙站了起来，坐在额莫身旁。老夫人大口喘着气，艰难地说："孩子，总算看到你们兄弟而今成了国家的栋梁、皇上的重臣，没有辜负爷爷、奶奶、阿玛和额莫的心哪，让人高兴啊！额莫心满意足了，为生养这样的儿子觉得光彩。对你们的不辱家风，奋志韬进，祖上也会感到欣慰的！人皆有这么一天，此为常理，何足恐惧？我深知自己已病入膏肓，与家人生聚的时日屈指可数。孩子，不要为此焦虑、忧愁，望各自珍重，好自为之吧。"说着，潸然泪下，卡克屯边哭边给额莫擦着脸上的泪水，萨布素、党丹强忍着，轻声儿呜咽着。

舒穆禄老夫人歇了歇，缓缓劲儿，吩咐萨布素把雅图、德顺、雅顺唤过来，奶奶要看看孙儿。常德太小，还在摇车里，所以没让抱来。又叫党丹把他的安安、甘甘、古林布三个格格和新娶的妻子幼儿招呼过来了，坐在炕上，围了一圈儿，孙子、孙女、媳妇们皆跪叩在身边。老夫人说："儿女们都有志气，孙子、孙女也挺好，一天天长大了，我放心。这么多年来，咱家料理得不错，全是好儿媳卡克屯里里外外忙活着，像我亲生似的，挨了不少累。幼儿虽然刚刚进门儿，也把你当亲生女对待，没二样儿。这个家从此交给你们，额莫心安了，知道会很好担起来的。要告诉你们的是，我走以后，不准操办，让额莫安安稳稳地陪在汝父身边就满足了。萨布素、党丹，你们是国家的人。又逢时下非常光景，皇上事大，孝字为二，额莫乃将军之后，深谙此理。萨布素哇，务要谨记，可别让额莫在九泉之下不安哪……"边说边一口接一口地喘着，众孙儿不禁痛哭起来！半刻，老夫人好像方才的话没说完，又费力地睁开眼睛，断断续续地说："额莫没事儿了……萨布素、党丹，你们俩……要是额莫的好儿子，是富察氏的儿男……就不用顾我，这边有卡克屯、幼儿和孙儿、孙女陪着便行了。你们抓紧……去安顿八旗兵众牛录分拨之事吧，去吧……好孩子……快去吧。"说完，还用颤巍巍的手轻推了他俩一下。

萨布素和党丹见额莫说话已经很费劲了，知道没有多少时候了，哪能走哇，又不好愣拗着。正在为难之时，波尔辰妈妈过来了。这些日子老人家两头住，见老夫人病重了，便住在了卡克屯处。她离不开舒穆禄，舒穆禄同样离不开老人家，待她胜过自己的母亲，十分敬重。波尔辰妈妈已经九十多岁了，是宁古塔出名的老寿星。见舒穆禄夫人一天不如一天，她明白呀，知道寿命不永了，难过得不停地抹眼泪。卡克屯见老奶奶总是哭，怕伤了身子，也怕对额莫养病不利，刚才让大姐儿给引走了。哪知她出去转了一圈儿，不放心哪，又回来了。进门儿便打听老夫人的病况，哭着坐在舒穆禄的身边，仔细观察着那深陷的眼窝儿。突然，她看到老夫人的双目微微睁开，不说话，只是扬脖儿张口出着长气。知道不好，急忙大声儿吩咐道："萨布素、党丹，你额莫不行了！快，把孩子都领出去，这里有我和卡克屯就行了。"兄弟俩赶紧把孩子们唤下地，一个个拉出去了。寿衣早已做好了，一件件叠放在炕上三四天了，波尔辰妈妈这时反倒不哭了，刚强地说："舒穆禄啊，舒穆禄，你咋这么狠心把我扔下走了？倒是等等我呀！咳，孩子们你全看见了，该说的也说了，他们都挺好的，你可以安心了，听到没？放心走吧。过些天我陪你做伴

儿去，咱娘儿俩总在一起……"卡克屯含泪帮助奶奶给额莫穿好了衣服后，萨布素、党丹领着大家进来了，围着老夫人哭喊着，号啕着，可是舒穆禄再没有睁开眼睛，平静地走了。萨布素将额莫停灵于正厅中央，摆上供品，点上九碗獾油灯。灯火燃起，舒穆禄安详地躺在那里，像睡着了一样。儿孙们跪在四周，萨布素、党丹身披重孝，在灵前奠纸焚香。

　　舒穆禄——这位自幼生于东海名门大部落将军之家的女子，承蒙太宗皇帝谕旨，以福晋身份嫁于哈勒苏之子虽哈纳。自入富察门中之后，从未以皇封福晋自诩，谦恭大度，贤淑温柔，诚孝公婆，帮贫扶危，教子有方，堪称一代女杰。她一生兢兢业业，始终如一，教授弟子习武，孕育儿女，侍奉哈勒苏、东海额莫。对爱根体贴入微，对儿孙慈爱有加，对亲戚邻里关怀相助。天聪元年随哈勒苏将军来到宁古塔时，还是风华正茂的新婚嫁娘，正在孕中。现今已是年近八十的老妪，在这里生活了五十七年之久，结交了几代人，个个竖大拇指，无不称颂她是世上最贤德的女人。舒穆禄的去世，宁古塔像滚过惊雷一般，异常震动。妇孺老幼、各族各姓穆昆达、八旗将勇、庶民百姓，谁不知道慈祥可亲的舒穆禄老夫人哪！多少人得过她的恩惠，多少人受过她的抚慰，不论什么事儿求到她，向来是有求必应。这么好的人竟然走了，让大家的心里受不了哇！由于公务甚急，萨布素决定遵母遗训，不声张，不操办，简单安葬。可又怎能不传开呢？宁古塔全城流泪了！人们不约而同地蜂拥到萨大人的府邸祭奠。人太多了，进不了屋门，便在院子中；院子也进不去了，就在大门外。后来，满街满巷全是叩祭的乡亲们，男女老少哭声、哀声震天哪！正是：

> 千秋永别离，
> 有客停骖皆抱痛；
> 一夕成今古，
> 无人入户不含悲。

　　萨布素面对此情此景，焦急万分。按照军令要求，大军即将开拔。宁古塔抽出一千名兵勇，已去黑龙江前线五百人，尚有五百人。而且一千兵勇的家眷须全部迁到前方瑷珲，要速办速行，瑷珲还有军务在催等，断不可久待。再加上从各族各姓被划定抽出的宁古塔兵将及家眷已经备办完毕，一声号令，马上动身，延误不得。然而此刻，人们忙于祭奠舒穆禄老夫人，势必要耽搁行程，贻误军机。特别是直至现在，登门的人仍在不断增多，人山人海。送纸钱的，送纸人、纸牛、供果的，送什么的都有。副都统瓦礼祜和众佐领虽然着急，但不便多讲，萨布素、党丹等又苦劝不住。最后实在没招儿了，哥儿俩着重孝走出人群，挤到大街上，双双向宁古塔众位父老乡亲跪叩。萨布素高声儿说道："宁古塔各位长辈、各位兄弟姐妹们，富察氏家族万分感激大家来祭奠先妣老太君舒穆禄福晋。我们兄弟长大成人能有今天，额莫养育之恩山高水长，矢志不忘。慈母仙逝，更是肝肠寸断！然当今时逢圣旨下，速发宁古塔永成之师去瑷珲，以御罗刹。军令如山，圣命难违，唯愿谨遵先君遗训：'皇上事大，孝字为二，我死不准操办，勿使汝母九泉不安。'老太君是识大体之人，儿安敢有违君言，有违母命？故暂不设灵堂奉祭，后祭有期，届时敬请父老乡亲与我同悲。萨布素、党丹涕泪顿首了！万望众乡友见谅，允我按皇帝谕旨妥办北戍事宜。这样，慈母老太君九泉之下必将为之欣慰，定会感谢众位父老兄弟姐妹的！"萨布素的虔诚乞求，终于赢得了宁古塔上下人等的同情与理解，都说萨大人讲得有理，咱不能违背舒穆禄老夫人的心愿。北戍援瑷是从未有过的大事儿，乃眼下当务之急，待办完之后，改日再祭拜也不迟，恭敬不如从命啊！于是，人们开始慢慢地散开了。

就在这时，忽然又一阵慌乱，卡克屯、麦里特跑来叫萨布素赶紧回屋看看。原来波尔辰妈妈因舒穆禄老夫人病故，悲伤过度，突然倒地，人事不省。萨布素分开人群，跑回屋内，跪在地上，轻轻拥起被自己奉为亲祖母一样的波尔辰妈妈，抱在怀里，一声接一声地喊着："奶奶，奶奶，怎么了？醒醒，快醒醒啊，您老睁眼看看，我是萨布素哇！"波尔辰妈妈似乎听到了萨布素在叫，醒了过来，睁开眼睛，伸手抓住萨布素说："萨布素哇，萨布素，我的好孩子，你额莫把我扔下一个人走了，奶奶好孤单哪！你又要去北边，奶奶不放心啊，想你呀！就让我老太太随大军北去吧，还能为你们缝缝补补、洗洗涮涮的，总能帮着做点事儿。带奶奶……去吧……奶奶离不开……你呀……"说着说着，由于年岁过大，热血上涌，再一次昏迷了。大家呼叫着、哭喊着，却无济于事，老人已安睡过去，尊敬的波尔辰妈妈就这样长眠不醒了。

宁古塔的父老乡亲在这接踵而来的打击面前，爆发出一阵号啕大哭之声！众将领和萨布素、党丹、卡克屯、麦里西、麦里特等，又忙着办理波尔辰妈妈的入殓、安葬之事，将老人家的棺椁停放在舒穆禄老夫人棺椁一旁，两尊共祭。萨布素全家、麦里西一家以及宁古塔氏的穆昆达、族人们、乡亲们，共同祭奠了波尔辰妈妈。这位九十多岁的高龄老人，德高望重，心肠儿很热，会医道。谁家有事儿，只要找到她的头上，没有不到场的时候。宁古塔的不少人，都是由老人家亲手接生来到世上的，将她奉为乌莫锡妈妈般崇敬。萨布素、麦里西、麦里特及宁古塔氏的族人们，将波尔辰妈妈的棺椁奉安到宁古塔氏的祖坟。办完了老奶奶的后事，萨布素把党丹、卡克屯、幼儿、红红、大姐儿及孩子们叫到跟前，奉先姚故太君舒穆禄福晋棺椁送回旧街龙头山，与虽哈纳合葬。大家是痛不欲生啊！眼泪哭干了，嗓子也哭哑了。萨布素跪在额莫坟前，边哭边说："不孝男萨布素，不能奉安母葬。自古有丁忧之制，然正逢平北御敌，只能舍小家而报效国家。丁忧之日仍将远行北上，心若刀剜。待儿明年清明返回宁古塔，必重祭祖茔，拜谒慈母之墓。"回来的路上，萨布素含着热泪嘱咐弟弟和弟媳说："我很快要走了，咱家的事儿全托付给你们了。额莫棺椁安葬龙头山，卡克屯暂留宁古塔，同你俩共忙后事。事毕，帮助你嫂及侄子们收拾东西，起程去瑷珲。我已让麦里西多留两天，也好陪他们一块儿走，党丹不用去送了。今后咱家凡事要走在先，不可拖延，恐有非议，此点弟弟一定要谨记。兄明年清明回宁古塔，再祭祖坟。"党丹痛哭中连连答应道："放心吧，一切遵兄长的嘱托就是了。"

一切准备就绪，萨布素统帅的兵丁、家眷出行日期到了。号炮三声，十几个布勒齐鸣，鼓乐雷动！宁古塔衙门以副都统瓦礼祜为首、党丹等众佐领相陪，在呼尔哈河岸边，为即将离宁古塔北去的沙音哈哈、家眷举行隆重的送行礼。八旗兵丁、各族各姓首领、穆昆达及族众全来了，人山人海，齐集岸边。他们杀鹿、杀大雁，将鹿血、雁血虔诚地滴到事先预备好的装着白酒的大酒缸中。由海兰拿着一个木勺子，往每人手中端着的大花碗里舀酒。萨布素、瓦礼祜、党丹和众佐领、众穆昆达、数百名将士皆端着酒碗，共同跪地祭天地，誓师北上。先用手指蘸酒，往天上弹一下，再往地上倒一点儿，然后一仰脖儿咕嘟咕嘟地几口喝了下去。还有些老人家、将士及家族人等，按照满洲人的古俗，跪在地上，用刀刺额头，滴血于地上，以表示誓死捍卫国土的决心，表达永不忘记故乡的深情。喝完祭酒之后，所有的人不约而同地都是这句话："不管走到哪里，哪怕是天涯海角，万里之遥，宁古塔人与赴瑷珲、额苏里、呼玛尔的亲人们的心永远在一起。我们将同呼吸，共命运，心心相系，齐心协力，共御罗刹，同享凯旋之乐！"宁古塔沸腾啦！大家跪拜天地，相互叩拜，紧紧地拥抱在一起。欢呼着、跳跃着、祝福着，一个个激动得热泪盈眶，高声儿唱起了满洲的古歌儿：

> 天地呀，
> 万古长青，
> 人的意志啊，
> 风雪动摇不了。
> 我们气冲山河，
> 我们遇到千难万险，
> 心永远像铁一样坚硬，
> 像日月一样光辉。

即将北行的队伍，是一支亘古未有的特殊军旅。说他是军队，就是军队；说他是一个部落的迁徙，就是部落的迁徙。可以说，既是军旅的远征，又是部落的远迁。萨布素为使将士到塞北能安心于那里，允许所应携带之物一并带走。这样，即使到了北方，照样会有家在新地之感。因此，大军不仅带有刀箭，也有各种各样的生活用品；不仅有雄壮威武的兵丁，在战船和大小帆樯上，也有随军北上的女眷、老人和孩子。让人可敬的是在战船的队列中，还有两只轿船，分别由打扮漂亮的女水手掌舵。此船专乘北上待婚的新嫁娘，因为男丁已于去岁到了塞北，因而延误了婚礼。这些新嫁娘不改衷肠，决心追随而去，同居北地。在那里同甘共苦，开拓新生活，生儿育女，明年便可为荒漠之地送去一声声婴啼！更为有趣的是，有的舟舰是由男水手掌舵，里面装载着小猪、小羊、鸡、鸭、鹅、狗和新孵出的幼雏。这可是重要的"贵客"，准备带到黑龙江放养、繁育，将为那里带去无限生机。江岸上，有一路为马队。除壮年兵勇外，凡愿骑马者，不分男女老少，均有马匹备用。在这支北行的队伍中，我们还可看到年长而入军籍的扎尔太佐领及其夫人与孩子；萨布素的俄罗斯朋友、理藩院新任通译、佐领彼得偕新婚夫人牟儿；萨布素专门请来的宁古塔满洲传统玛虎戏的几位师傅。他们可在军中说唱娱乐，讲唱乌勒本，以解兵勇的思乡之情。从此，宁古塔的玛虎戏被带到了瑷珲，在那里安家落户，世代相传，广布开来，为北民所喜闻乐见。寅时，号炮又响，三十副布勒再一次齐鸣，掠过上空，惊天动地！大队人马水陆并行，缓缓离开宁古塔。萨布素率护兵骑骏马前行，身后跟随着北戍大军，浩浩荡荡向北疆进发。宁古塔的兵将、乡亲随队于两旁送行，互相一路叮嘱、一路惜别、一路招手，呼喊着、雀跃着，一直送出五十余里仍不忍分开。直到看不见影儿了，送行人又登岸爬高山，向北方遥祝、跪叩，之后才含泪而返。

康熙二十二年初夏，在萨大人亲自率领下，宁古塔与乌拉连兵勇带家眷一千余人，于依兰哈拉按期会合。在一片欢呼声中，继续沿松花江顺流而下，向黑龙江挺进。进入黑龙江后，船舰扬帆拉纤，溯流而上。七月末，进抵一个小寨附近。忽然，色刻来报，前方发现小股儿罗刹匪帮，分乘六只小船顺流疾驶。此时，罗刹匪帮也看到了清军的船队龙旗，又见两岸还有数不清的马步将士，一阵惊慌，企图靠岸弃船奔逃。萨大人立即命随军佐领窝赫率兵迅速堵截，将罗刹团团围困于江中，使之无处可逃。然后，令彼得佐领前去喊话联络。彼得在大军的保护下，乘一只威呼靠近了敌船。原来，这支队伍共有七十多人，是雅克萨派往下江紧急增援被当地土民痛击的匪徒们，头目叫莫列耶克夫。因为彼得长期在雅库茨克俄罗斯行政长官府当差，又在外事部任过文书，受到训育。所以，了解罗刹兵的心理状态，很会做攻心工作。他向这伙儿匪徒指明利害，告诉他们，只有缴械投降才是唯一出路，还宣讲了大清国的优待俘虏政策。这些兵卒本不愿打仗，又都是雇佣来的，再加上听了彼得的一番劝降，便纷纷放下了武器。莫列耶克夫一看大势已去，只好乖乖投降。清军不战而胜，士气大增，声威大震！萨布素妥善地安置了这些罗刹兵，给与酒肉，盛情款待。并让彼得和降敌在一起哼唱俄罗斯小调儿，顺利地将他们带到了瑷珲。萨布素在与降敌的交谈中，进一步了解到不少罗刹在黑龙江雅克萨及其各据点的情况，为以后分兵出击、孤立雅克萨、铲除各据点发挥了重要的作用。后来，按康熙帝优待俘虏的旨意，派专人将他们护送到了京师理藩院。

当萨布素率领北戍的宁古塔、吉林乌拉一千余名官兵和家眷以及中途偶遇的罗刹降敌到了瑷珲的时候，温岱、雅齐纳等前来迎接。禀告说，自从萨大人走后，他们谨遵大人之命，日夜建住舍、营房，操练兵马。八月中旬的时候，瑷珲的建城工作已基本完成。新建的瑷珲内环崇岭，外襟大江，是目前黑龙江沿岸的最大城镇。内城呈四方形，排木为重垣，实以土，具雉堞之观；四门皆有城橹，高一丈八尺；西南北三面，排木为外廓，方十里；南一门，西北各二，东临江。此城正如后人诗中所写：

瑷珲霍通像一颗明珠，
镶嵌在萨哈连乌拉旁，
三面环山一面枕江，
排木围成雄伟的城墙。

瑷珲是明珠闪闪发光，
瑷珲是乐园鸟语花香，
瑷珲哟——
是先辈用汗水梳妆。

　　萨布素见城已基本建成，很是雄伟壮观，兴奋异常。还有使他高兴的事儿呢，那就是由麦里西护卫来瑷珲的卡克屯和孩子们，已早于大队人马一天顺利抵达，并安居下来。此事当时还曾遭到宁古塔乡里一些人的背地议论，说萨布素让别人必须按时去，自己的家口却留下了，看样子不一定走了。现在大伙儿一瞧，卡克屯领着孩子先到了。行动是最有力的证明，不少人竖起大拇指，称赞萨大人严以律己，事无巨细，身体力行，堪为众将士的楷模。萨布素顾不上看望妻儿，而是先看望了众将士，感谢他们为国家的一片忠心，对其辛勤劳作表示了慰问。同时，着手安顿北成的兵勇和家眷，为他们分兵屯田做了方方面面准备，给以了周到、热情的帮助。

　　萨布素率兵戍守瑷珲，也激励了当地的各个通古斯部落，给部落的百姓带来了朝廷的关怀和恩惠，增强了生存的勇气和信心。他们就像又从罗刹的武力羁绊之中挣脱出来一样，再不受其苛税、压榨之苦了。黑龙江下游的费雅喀人、赫哲人自动组织防兵，给清军通报信息，并以清军为后盾，巧妙地打击和歼灭了小股儿罗刹匪徒。鄂伦春人在精奇里江一带不断地变换招法，偷袭罗刹，用缴获来的鸟枪武装自己。这样一来，使得强盗们陷入了四面受敌、进退维谷的境地。不少部族为感激清兵永成，请出族中德高望重的穆昆达，用车拉着新猎得的獐狍野鹿和皮张来会见萨大人，表达他们对朝廷的一片衷肠。抗俄的声浪震撼着万里龙江，在萨布素的带领下，在各部族的齐心协力下，当年的下半年，黑龙江中下游的罗刹大小据点几乎全被清除。只有老巢雅克萨，单等康熙帝一声令下，即可合兵剿取。

　　萨布素他们意气风发、全力以赴地剿剿黑龙江中下游罗刹大小据点的喜讯传至京师，奏报了皇上，康熙帝龙颜大悦！认为永成黑龙江的成果累累，建立黑龙江将军衙门的条件完全成熟。十月二十六日，命公公即刻去黑龙江传旨。就在瑷珲众将士热火朝天地忙着备战之时，京师传旨的公公来到此地，萨布素与众将领跪地捧接圣旨。公公宣道：

"奉天承运，皇帝诏曰，晋升副都统萨布素为黑龙江将军，温岱、雅齐纳为副都统，下设协领、佐领等员，钦此。"

萨布素跪拜，谢皇上隆恩。宣旨毕，众将纷纷祝贺萨大人高升，京师公公、侍卫也向将军道喜。吃过晚饭，歇息一夜，第二天飞马回京交差去了。

康熙帝扩大东北行政编制，除了设有盛京、宁古塔将军外，增设黑龙江将军署衙于黑龙江畔。这是当时的一项重大举措，也是黑龙江历史上的一件大喜事，表明了皇上永成北疆、抗击罗刹下了最大的决心，吹响了彻底驱除沙俄的进军号角。黑龙江将军是为了适应军事斗争的需要而设置的，军政皆统一于将军。将军为正一品，是最高军事长官，在辖境内负有安抚军民、维持地方秩序、保护山川、促进边境和睦安宁的重大职责。驻防八旗亦受制于将军，可直达兵部，同时还要综合治理境内各级民置。萨布素正是在北疆受到罗刹侵扰之时，临危受命的，首先就要承担起统率大军抗击沙俄之重任。他此时深谙自己身上的担子，是重任在肩哪！瑷珲城设立了黑龙江将军衙门，这是黑龙江开天辟地以来第一次有了自己的统管衙门，又任命了新的首脑，从此北疆有了抗击沙俄的统帅。人人受到莫大的鼓舞和激励，给原来视为荒凉之地的黑龙江带来了新的生机、活力与发展，百姓再不必像过去那样内迁，反倒给罗刹造成可乘之机了。为此，各族各姓、上上下下无不奔走相告，欢呼雀跃，互致祝贺。

说起任命萨布素为首任黑龙江将军，这可是康熙帝经过反复思忖才下定决心的。前书说过，在康熙帝决定设立黑龙江将军的时候，下旨督办黑龙江将军设置及将军人选。兵部、吏部皆向皇上予以推荐，有推荐席岱库的，也有推荐席山、满丕的，皇上皆不以为然。他早就知道，长期以来，罗刹自恃武器精良的优势，抓住大清朝博德格在黑龙江无总管、鞭长莫及的弱点，于中国大片的北疆领土上我行我素，摆出一副岂奈我何的架势。康熙帝决心改变这种状况，采取新的战略，以掌握驱逐沙俄的主动权。而这个想法和所制定的策略，若想得以全部实施，则必须在北地设立相应的机构，选拔最得力的将才，长期坐镇黑龙江，成为朝廷在万里之外的北方之代表，按照自己的旨意行使统御大权。他看来看去、思来想去，果断地驳回了议政大臣的议奏，力主萨布素担此重任。认为萨布素"为人甚优，与将军职任相宜"，又是从下层提拔起来的将领。不仅"年力强壮，文武兼通"，而且谙熟边疆诸情，长期御敌于罗刹，积累了丰富的对敌作战实际经验。此人极少一般将领的那种骄娇之气，能与官兵同甘共苦，与部下关系亦很融洽，堪承此将军之重任。就这样，由康熙帝直接提出任命萨布素为首任黑龙江将军。增设黑龙江将军这一建制，对抗击沙俄的侵略及开发建设边疆具有深远意义。黑龙江将军与盛京将军、宁古塔将军，即后来的吉林将军奠定了东北三省建制的基础。

据传讲，康熙帝十分欣赏三将军的设置，一向喜有安邦固国的爪子虎臣，还特意恩准辽东三大将军的官印上皆刻一只猛虎。黑龙江将军的大印为利齿怒吼的扑虎；吉林将军的大印为虎视眈眈的坐虎；盛京将军的所在地是陪都，印上则为安卧的卧虎，全都得以传留后世。这三枚虎印表明，黑龙江、吉林、盛京三大将军，定会像猛虎下山一样，以虎啸山林的气势，驱逐敌寇，捍卫大清的发祥之地！

萨布素自任黑龙江将军以来，夙夜匪懈、废寝忘食地奔忙于瑷珲、额苏里以及北疆各部族之间。按照皇上的旨意，加固城池，巩固基地，疏浚交通，运贮粮秣，迁移家口，分兵屯田。根据康熙的"我兵一至，即行耕种"的圣谕，在瑷珲等地分兵屯田，扼守要地，加强备战，准备攻取敌人的老巢——雅克萨城。在进行上述诸务的同时，还不失时机地主动进击沙俄侵略军。自黑龙江将军设置之后，从牛满江地区的奇勒尔人，到精奇里地区的鄂伦春人；从恒滚河一带的费雅喀人，到黑龙江上游的达斡尔人，到处布下了擒捉罗刹匪徒的天罗地网。各位阿哥，说书人在这里给大家讲几段儿抗击沙俄的故事。

一说智探雅克萨城堡的虚实。

黑龙江将军要求被派往黑龙江索伦部储备粮草的头领，在办差的同时，需要完成对雅克萨城堡的侦察。怎么进行呢？这个头领选了达斡尔头人倍勒尔，让他前往雅克萨，活捉罗刹兵，以便了解城内的情况。倍勒尔刚勇过人，是上江一带达斡尔有名的头人，与当年雅克萨城达斡尔头领阿尔巴西同属敖氏家族。由于沙俄侵略者几度强占雅克萨，达斡尔人遭到残酷的杀掳和抢劫，倍勒尔心中早已深藏着对罗刹的仇恨。在城

寨被毁以后，他带领族人钻进深山老林，过着野人般的生活。去年秋天，
倍勒尔在密林里碰见一伙儿围猎的人，当探明这是萨布素派来侦察敌情
的清军后，精神大振，主动前去拜见清军统领，并提供了有关俄军的大
量情况。从此，便在清军的帮助下，常常带领一支由年轻的猎手组成的
轻骑队，到处打击仇敌，为清军进山带路。这次他又接受了差事，受命
前往雅克萨侦察。可是一连等了几天，也不见匪徒出城，焦急之中，想
出了一个引蛇出洞的办法。

雅克萨城堡下面的江岸，是坍塌成半圆形的港湾，正好可以停船。
江岸上有一棵半枯的树干，几只小船的缆绳全拴在这棵树干上。此为雅
克萨城的俄军仅剩的水上交通工具了，原来的大船在运粮时，均已被清
军缴获。已经不少天了，这些小船一直停在那里没动，连看船的哨兵都
龟缩到城堡里去了。一天，下起了瓢泼大雨。随着一声霹雳，岸上那棵
半枯的缆船树干倒了，几只小船像败叶儿一样随波漂走了。雅克萨城楼
上的俄军哨兵发现了这一情况，急忙向守城头领托尔布津禀告。托尔布
津得报后，立即派十人长伏约德洛夫率领十多名哥萨克兵出城追船。他
们在岸上快速奔跑，终于跑到了离船不远的地方，伏约德洛夫命俄兵一
起入水拖住小船。说也奇怪，有一只小船没等拖住便往远处漂去，奔向
了大流。伏约德洛夫带领两名水性好的俄兵，赶紧向江心游去。那只小
船却漂得越来越快，漂过了大流，又向长满柳树的河口而去。三人奋力
划水，好不容易扒住了船帮儿，登上了小船。可是没等站稳当呢，小船
不知怎么翻了，哥萨克匪徒又落入了水中。他们觉得很奇怪，这是怎么
回事儿？就在这么想着还没弄明白时，被从水中突然冒出来的达斡尔人
给捉拿上船了。原来这几个达斡尔人便是倍勒尔带来的年轻猎手，借着
下暴雨的机会，潜伏在雅克萨城下。趁打雷的空当儿，砍倒缆船的树干，
使了个"放船诱敌"之计，方抓到了三个罗刹匪徒。

倍勒尔将抓得的伏约德洛夫等三人，送到瑷珲黑龙江将军衙门。经
详细审问，伏约德洛夫于供述中谈到，在清军尚未进剿黑龙江上的俄军
时，他们已知清军动向，并做了抵御围剿的战斗准备。于雅克萨城寨的
四周筑起了城垒和塔楼，城内设立了教堂、粮仓、军火库。去年传来了
清军要收复雅克萨的消息，俄军急忙又在重木而围的城墙外边加筑了木
栏，中间夯土，严实坚固。增设了岗哨，日夜巡逻，戒备十分森严。俄
军统领托尔布津令在城外耕种的俄人迁入城内，将尚未成熟的庄稼全
部割倒，禁止出城打猎和收貂。可直到今春，仍未见清军来。托尔布津

为了解决粮食问题，不得不让哥萨克出城耕种。为了加强警戒，在雅克萨城后的昂古里阿山上设立了瞭望哨，由五人更番瞭望。开航不久，尼布楚派来了四百名援兵，这样，雅克萨城共有九百多俄军了。雅克萨原有八艘大船，在运粮途中，已全部被清军截获，现在城里的人，只能靠从本地收获的粮食充饥。萨布素得知这些情况后，立即上奏康熙皇帝，并为倍勒尔请功。同时，派兵割取雅克萨俄军还未来得及收回的庄稼，迫使俄军自困出城，再派轻骑分而歼之。康熙接到奏报后，非常重视，传旨令都统彭春、副都统郎坦、班达尔沙及黑龙江新任将军萨布素率军，准备从水路进取雅克萨。又亲笔谕令："倍勒尔等直抵雅克萨，探其情形，生擒罗刹，可嘉，所司如例奖赏……"

二说龙江上下斗顽敌。

黑龙江将军衙门建立后，大力动员各族人民拿起刀枪，打击跨入国门的所有入侵者。于是，抗击沙俄侵略的怒火，在黑龙江上下熊熊燃烧起来。精奇里江一带居住着鄂伦春人，他们善于驯鹿、猎貂，每年到精奇里江口下边的瑷珲进行交易。三年前，来了一伙儿沙俄匪徒，在西林姆迪河与精奇里江汇合处建立了据点，抢劫鄂伦春人的猎物，还逼迫他们缴纳实物税。这可把鄂伦春人气坏了，然而由于当时的兵器比不过罗刹的，只好忍气吞声。当鄂伦春头人朱尔铿格得知朝廷的兵马已经到了，便立即召集族人聚会，兴奋地说："大清皇上派兵来讨伐罗刹了，咱们从此有靠山了，同大清兵一起干！"大家早对罗刹切齿痛恨，异口同声地表示："对，必须狠狠教训这伙儿吃人的魔鬼，让他们不得安宁！"碰巧第二天，一个外出打猎的青年回来报告，说有一伙儿沙俄匪徒正向村子走来。朱尔铿格马上集合族人，拿起武器，在村口儿的林子里埋伏下来。不一会儿，只见十多个罗刹匪徒扛着火枪大摇大摆地走了过来。当进至村口儿时，只听一阵呐喊，羽箭、石头雨点儿般向他们头上飞来，打得沙俄匪徒哇哇乱叫，回头就跑。冲啊！杀呀！鄂伦春人边喊边举着长矛，挥舞大刀，争先恐后地追了上去。这一仗，打死了三个沙俄匪徒，其余的均已受伤，轻重不等，还缴获了一些武器，鄂伦春人带着胜利的喜悦回到村里。与此同时，黑龙江下游的费雅喀人，也奋起抗击沙俄侵略者。有一个叫弗罗洛夫的沙俄头目，带领一股儿匪徒侵入了恒滚河一带，在那里疯狂地掳掠、杀戮。费雅喀人由于有了清军做后盾，再不怕他们那一套了，四处伏击敌人。打得罗刹鬼子到哪儿都站不住脚，心惊肉跳的，最后只好滚回了老巢。

三说萨大人巧计划，扫荡黑龙江中下游罗刹据点。

在讲这段儿故事之前，先向诸位阿哥交代一下萨布素奉旨为其父立碑之事。康熙二十三年甲子春，康熙帝闻奏，得知萨布素去年母逝，未行丁忧，一心为国奔波于瑷珲、额苏里之间，诚勤功高。皇上还详查萨布素其先考先妣，均系太祖爷以降的功臣之后，自身功绩卓著。特降旨钦赐萨布素阿玛虽哈纳光禄大夫衔，萨布素额莫舒穆禄一品夫人衔，立碑永祭。萨布素捧着圣旨，在将军府面向宫阙叩谢皇恩！这是件大事，也是富察氏家族的莫大殊荣。按一般情况，萨布素本当捧旨回归故里，为父母建碑立祠。可当前诸务繁忙，更因罗刹扰边不已，实在是难以脱身。于是，便委托家人将圣旨恭送宁古塔，至于立碑祭祖之事，只能由弟弟党丹遵旨而行。党丹于当年凿碑完毕，孝祭，立碑祭祖。后闻听家人回报，因连年荒火，龙头山山林被焚，祖坟被毁。党丹等苦救，将虽公与舒穆禄老太君的遗骨迁葬于呼尔哈河城南二里许新选之祖坟茔地，现在已遵旨在新坟地立碑永祭。萨布素与卡克屯听后，当夜率子哭跪在瑷珲家中的庭院之内，洒酒焚香纸，向东南叩祭祖灵。萨大人因忙于公务，此次移碑仍未到场。哪承想康熙二十二年初夏那次返乡，匆匆安葬了额莫舒穆禄离家北戍，竟成了他最后一次回归故里。真是人生长恨水长东，萨布素终未能如愿再返宁古塔。

话不多说，单讲萨布素在将军府终日谋划讨伐罗刹之事。他准备率兵清剿黑龙江下游的各个据点，缩小罗刹在黑龙江的势力范围，极力孤立雅克萨，以便于将来合兵进剿。经过多次调查，于康熙二十三年春，向朝廷提出了一个在黑龙江下游与敌作战的计划。奏曰："牛满罗刹抵恒滚，同来自北海之罗刹，与飞牙喀战，退居河州。若不速计剿抚，则赫哲、飞牙喀、奇勒尔人民必被残害，且恐匪徒复增前来。宜乘四月冰解时，率官兵三百人，并发炮四具，令附近恒滚河口飞牙喀噶克当阿等为向导，抵罗刹所据地，先行招抚。如不立即归降，则进兵剿灭。如强盗闻风先遁，所发之兵，即乘机安缉。"康熙帝接奏，很快准允了萨布素的计划。萨布素按皇上意旨，派兵三百余人，由费雅喀人做向导，不畏艰险，翻山越岭，前往黑龙江下游。一路上，古树参天，望不到边际。马队攀援石崖鹿道，常迷失方向。全靠当地土人能够辨识先人凿刻在山岩、古树上的各种奇形怪状的符号文字，摸索着钻出了林海，抵达目的地。

这支队伍进抵恒滚河时，当地俄军先此逃遁。清军连日进剿，直追到图库儿河，包围了俄军的最后一个据点，俘敌四十七名，大获全胜。至此，黑龙江中下游的俄军据点皆被拔掉了，清军的矛头，直指侵略者的最后一个老巢——雅克萨。康熙闻讯甚慰，并根据在北疆担承后勤的副都统马喇的建议，命急速发兵，直捣敌人老巢。萨布素审时度势，大胆地向皇上进言："现在正值天寒，难于兴兵，俟来年四月再增兵进取为宜。"康熙帝认为萨布素很有主见，而且讲得也有道理，便采纳了他的建议。

康熙二十四年，对于黑龙江前线和清廷来说，都是紧张的一年。清廷命都统瓦山、侍郎郭丕到黑龙江，同萨布素将军商议征讨雅克萨之策。当年初春，瓦山都统与萨大人向康熙帝献上了攻取雅克萨作战方案："我兵于四月杪，水陆并进，抵雅克萨招抚。不行纳款，则攻其城。倘万难克取，即遵前旨，毁其田禾以归。"这个先礼后兵的方案，得到了皇上的恩准。康熙又命已经先去的都统彭春为黑龙江清军主帅，副都统郎坦、班达尔沙、护军统领佟保、副都统马喇及著名的銮仪使建义侯林兴珠大人等参赞军务。林兴珠为福建人，是个赫赫有名的人物。通晓水师，曾在吴三桂帐下任洞庭水师总管，后降清有功。又因其家族有祖传的藤牌兵战术，可将水师治理得万夫难敌。故而降清后，让他协助岳乐安亲王出谋献策，致使吴三桂水师顿时瓦解。康熙帝赐封其建义侯，随安亲王岳乐入京，受到皇上的召见，在京师赐建府邸。林兴珠为人正直，侠肝义胆，与康熙帝个人关系很好，常在其面前讲水师战法，皇上十分爱听，颇为欣赏。这次抵御罗刹，也把林大人派去了。他所带的藤牌兵及其战法，确实帮了北疆水师很大的忙。总之，对这些重将的到来，萨布素异常高兴，受到莫大的鼓舞，真是如虎添翼！现在瑷珲已是战将云集，接着是一批又一批的清军冒着严寒，纷纷开往瑷珲集结。在这支抗击沙俄侵略的大军中，有来自北京、宁古塔等地的满洲官兵，也有来自山东、山西、河南和福建等地的汉族官兵、藤牌兵，还有当地的数百名达斡尔、索伦、鄂伦春人，许多水手、工匠亦随军作战。他们从四面八方汇集黑龙江前线，同仇敌忾，决心驱逐侵略者，收复祖国的大好河山。

康熙二十四年四月，黑龙江有了些春意，雪积冰封的江面，已变成咆哮奔腾的波涛。单说这一天，风和日暖，瑷珲城下，旌旗招展，战鼓咚咚，布勒齐鸣。彭春、萨布素带领从各方集结的清军百里奔袭，向罗刹窃踞有年的雅克萨进军。浩浩荡荡的水陆大军兵临城下，迅速俘获了城外来不及逃进城里的小股儿罗刹兵，并在雅克萨对面的古城小岛上，建起了指挥大营。攻城之前，为贯彻清廷的先礼后兵的旨意，用箭将一封用满、蒙、俄三种文字书就的信函射进城里。信中要求他们无条件撤离中国领土，提出今后"两国相安，兵戈不兴"，友好相处。但罗刹自恃城防坚固，又有先进的武器，加以拒绝。在这种情况下，清军水陆列阵，层层包围了雅克萨，水泄不通。围了两天，正准备发起攻城的时候，一个鄂伦春打扮的年轻人忽然闯进了指挥大营，焦急地禀报道："一股儿武装的沙俄匪徒，从江的上游乘木筏顺流而下，向雅克萨方向驶来！"萨布素略加思忖，说道："来的这股儿匪徒，一定是敌人的援兵。"说起援兵，而且来得又这么是时候，为什么呢？说书人得在这里交代几句。罗刹驻雅克萨的头目听说清军要大举攻取雅克萨，便准备负隅顽抗。然城里的兵力不足，怕守不住，遂急忙向俄政府请求派兵援助。俄政府得知消息，赶忙在托博尔斯克招募了一支六百人的队伍，由普鲁士军官率领，前往雅克萨增援。那个鄂伦春年轻人看到的，恰是援军的先遣队。对这股儿援兵怎么办？站在萨布素身边的一位护军参领走上前来请战："大人，卑职愿带兵前去阻截，坚决消灭这股儿匪徒！"萨布素征得彭春都统的同意，斩钉截铁地说："好，就这么办！"护军参领接令飞身出营，率兵登舟，迅速驶向江心。离岸约五里，小船一字摆开。不一会儿，俄军的几只木筏果然迎面而来。清军扬旗擂鼓，高声儿呐喊着向前冲去。护军参领率先纵身跃上木筏，抢起钢刀，连砍数人。清兵接连跳了上去，抽刀拔剑，怒目圆瞪，与敌人短兵相接。喊里咔嚓地一阵手起刀落，不少敌兵当即人头落地，其余全部活捉，护军参领兴高采烈地带领清兵乘缴获的木筏胜利回营。

当天晚上，彭春、萨布素等人经过一番商量后，决定开始攻城。一声令下，雅克萨城下炮声隆隆，枪声阵阵，震撼着黑龙江的上空，清军从四面八方围了上来。一位副都统率领小部分清军施放强弓，佯攻城南，以迷惑敌人，罗刹设立挡牌、土垒予以抵御。其余大部分清军，则暗暗架设从盛京运来的红衣大炮，重力向城北猛轰。咱们前面讲过，这种红衣大炮，又名神威大将军炮，一千多斤重，威力甚猛。小一些的称神威将军，八百、四百斤重不等。因这些炮外罩红绒毯，像穿了件衣裳一样，故称红衣大炮。炮弹接二连三地射向城内，击中了敌炮台，轰塌了所谓坚固的城墙。顿时沙土飞扬，浓烟滚滚，火光冲天。在炮火的掩护下，清军的藤牌兵一手持牌，一手持刀，奋力向城内冲杀。世居这里的达斡尔人、索伦人、鄂伦春人，怀着积压几十年的复仇怒火，弓箭齐发，有的还是毒箭，如雨点儿般射向顽敌。罗刹鬼在如此强烈的火力下，早已是人声马声乱成一团，死的死，伤的伤，横尸遍地，不计其数。尽管神父手拿十字架，不停地为他们打气壮胆，也无济于事。经过几天的激战，罗刹不得不乞降。彭春、萨布素以大度的胸襟，同意接受俄军投降，允许降兵回俄。其中愿归者六百余人，并其器物，悉与遣归。还有四十多人不愿回国，便留居中国，清军予以安置。奉命撤防之际，清炮凯旋。有一门红衣大炮半陷土中，摇之坚不可动，遗于雅克萨，意寓此地永远是大清国的领土。

　　第一次雅克萨反击战后，罗刹并不甘心自己的失败。按照沙皇的旨意，又派出七十人的小部队，潜入雅克萨附近，侦察清军的动向。十几天后，便回去向尼布楚军政长官报曰："清军已撤回瑷珲，雅克萨没有驻军。"罗刹一看有机可乘，于康熙二十四年五月再次窜回雅克萨，似乎早已忘了失败的滋味，愈加疯狂地进行战备。匪徒们在旧城基上重新筑城，加高加宽，上面还留有炮眼儿，较前更坚实，企图长期固守，永久霸占。萨布素将此情马上奏报朝廷，康熙谕旨："今罗刹复回雅克萨，筑城盘踞，若不速行进剿，势必积粮坚守，图之不易。令将军萨布素等速修船舰，统领乌拉、宁古塔旗兵，攻取雅克萨城，建义侯林兴珠率福建四百藤牌兵前往。"六月，萨布素、郎坦等从瑷珲出发，再次向雅克萨进军。水陆两军出其不意地出现在雅克萨城下，先头骑兵首先袭击敌人，清除了城外罗刹的据点。接着，清军开始攻城，用大炮猛烈轰击，步、骑兵同时从城南攻打，直逼城下。炮声、枪声夹杂着呐喊声响彻黑龙江两岸，激战数日，俄军首领托尔布津被炮火击中而亡。其后，沙俄匪帮由拜顿指挥，继续顽抗。

　　一天，萨布素与郎坦正在大营研究下一步的攻城策略，从外面进来一位精神抖擞的达斡尔老人。萨布素忙给老人家让座，并询问有何见教。老人回答道："禀告将军，罗刹是大清各族人民不共戴天的仇敌，因此，我们也要求参加战斗。"说到这里，把话停住，好像在等待答复。萨布素与郎坦互望一眼，会意地笑了，然后说："老人家赤心报国，不胜钦佩，我们正需要你们的帮助。"老人高兴了，笑着说："达斡尔人善于骑射，就让罗刹鬼再尝尝我们的厉害吧！"接着又向将军大人说了一些关于城里俄军的给养等情况。送走了达斡尔老人后，萨布素对郎坦说："根据老人家所讲，城内罗刹匪徒的饮水，全靠通向黑龙江的水道。如果将水源切断，罗刹必难维持。"郎坦略一思忖，对此表示赞同。于是，清军马上行动，在城下掘壕筑堤，断敌水道，将城团团围住。经过五个多月的围困，俄军里一些将士开始患白血病，且无法医治，死了不少人。最后侥幸活命的只有一百六十余人，完全陷入了弹尽粮绝的困境。在这种情况下，沙俄政府只好派使臣乞降。康熙帝下旨，解除雅克萨之围，命萨布素撤兵。第二次雅克萨之战，以俄国军队的彻底投降结束了，雅克萨又回到了祖国的怀抱。各族百姓无不欢欣鼓舞，奔走相告，纷纷走出村寨，与八旗兵将一起庆祝胜利。萨布素还和一些青年男女戴上了面具，跳起了从宁古塔传入塞北的满洲传统玛虎戏，众人拍手击掌助兴，气氛异常热烈。

萨布素率大军兵临雅克萨城，打败罗刹，收复失地，赶跑了强盗。此战在北方诸部族中，留下了许多有趣的传奇故事，说书人在这里简单说上一二，给各位阿哥听听。

大军初进呼玛尔河口、正向雅克萨挺进的时候，军粮一时接济不上，萨布素为此很是发愁。忽见秋末滔滔的黑龙江上翻卷着白浪，从江中跳出千尾万尾肥胖的大马哈鱼来，直往岸上蹦！这下可乐坏了八旗勇士们，立即笼起篝火，纷纷烤吃着这些自己送上门儿来的口粮。当时草料亦十分短缺，所以马也食大马哈鱼。你说马本来什么鱼都不吃，可就专吃大马哈鱼，这不怪吗？言说此为清军收复失地感动了天地所致。

还有一个传说，讲的是在大军肉食匮缺时，忽一日，从兴安岭的密林里，跑出数万只麋鹿。八旗兵勇骑者驰射，步者挺击，还有的驾舟筏于江中，共计捕抓了五千余只。此后接连数天，抗俄大军中处处飘着鹿肉的香气，个个情绪饱满，精神焕发，奋勇除罗刹。康熙帝听后大悦，连连说："此乃天助祥瑞之兆也！"

闲话说过，咱再表康熙二十八年四月，康熙帝命内大臣索额图、舅舅佟国纲率领第二次组成的清朝使团，赴尼布楚就边界问题与俄罗斯谈判。这个使团的成员，比第一次组成的使团新增加了黑龙江将军萨布素。康熙帝之所以让他参加，主要出于这样的考虑：一是由萨布素负责给使团及其护从人员运输粮米，搞好后勤供应。当时，索额图、佟国纲等使团大部分成员，是经由古北口前往尼布楚的。一路要跋山涉水，通过沙碛和草地。又时逢雨季，道路十分难行，只好轻装前进。这样，所需粮米就得由萨布素所部溯黑龙江"以船只运载"；二是萨布素身为黑龙江将军，中俄即将划界的地区在其管辖的范围之内。他熟悉这里的山山水水，了解当地的风土人情，跟各族人民有着密切的交往。并且长期战斗在抗俄第一线，了解敌方的情况，这些都便于他在谈判中发挥作用。何况中俄划界后，并不是万事大吉，还要加强对边界的管理，防止沙俄再次入侵，皆需要萨布素来具体执行之。康熙旨下，又派已回京的郎坦抵黑龙江向萨布素传达圣上旨意。郎坦到后，速速传达了圣谕。萨布素闻风而动，马上动员全体官兵准备军械，检修船只，征调伕役，搬运粮米。只用了半个月的时间，一切便就绪了，足见其动作之快，也可看出原来的战备工作做得好。六月，萨布素和郎坦率黑龙江一千五百人分乘百余只船，满载粮米，从瑷珲溯黑龙江而上，前往尼布楚与索额图等会合。此次谈判，经过双方的艰苦交涉和大清国朝臣的据理力争，双方签订了历史上著名的《尼布楚条约》。此条约议定，以大兴安岭额尔必齐河为中俄的国界，定下两国严守章约，永敦睦谊。

《尼布楚条约》签订以后，清廷毁掉了罗刹所建的雅克萨城堡，从此，不准罗刹再染指此地。康熙二十九年，即庚午年初，康熙帝派郎坦等查看了新定边界，着手在边界上竖立界碑。界碑上刻有满、汉、俄罗斯、蒙古、拉丁文等五种文字，立碑毕而返。康熙帝口谕："要建立严格的巡边制度。黑龙江将军每年旧历五月，从齐齐哈尔、墨尔根、瑷珲三城各派巡逻兵丁百人，分三路由首领带兵巡防。巡边的官员到达指定的地点，必须在木桩儿上刻上自己的名字，写明哪年哪月哪日到此，然后插到山上埋好。次年再去巡边的人则把这个木桩儿取回，重新插上刻有新去巡边人名字及年月日的木桩儿。拿回的木桩儿要由将军亲自查验，看是否真正去了，认真督检，形成定例。年年坚持，不许遗漏，不能有假，一定要固守北方的边疆。"萨布素一丝不苟地严格执行圣谕，从未有误。

康熙二十九年春，康熙帝下旨，在黑龙江上游、墨尔根两处设兵，建八旗兵营，长期驻防，筑城浚隍。什么是"筑城浚隍"呢？"浚隍"即指护城壕。就是不单要修筑墨尔根城，在城的外头需挖护城壕，壕中得有水。还要造庐舍，开屯田，盖房子，建得真像集镇一样。再把民众迁到那里，分给他们生地进行开垦，使荒凉的大地变成肥沃的良田。萨布素在墨尔根城的建设中，以身作则，不分官兵，身执其役。有时把鞋一脱，光着脚往泥里一插，浑身上下都是泥，根本看不出是位将军。前书讲过，萨布素有能力、也愿意干这些事儿，建宁古塔新城时，不就是他亲自筹划、亲自设计、亲自率领官兵干起来的吗？

　　萨布素不但身先士卒，不怕苦不怕累，而且主持公理正义、扶助弱小，这在北方已传为美谈，得到了各族民众的好评。曾有这么一件事，使大家对他更为敬重。时有喀尔喀部的人，因长期被噶尔丹欺压袭杀，实在没法儿生活了，只好越过外兴安岭逃到了南边。索伦部的一些人便乘机掠抢，掳走了喀尔喀人的子女。萨布素得报后，迅疾率兵前去救援，将喀尔喀人救回卜奎，分给林田，供其游牧、耕种。与此同时，严惩了侵扰喀尔喀的索伦部人，并将他们掳去的子女要回，交还给喀尔喀人。此事立即传开了，在北方很有影响，说朝廷派来了一个为各部落做主的大清官。当时蒙古牧民常遭罗刹侵害，他们的子女、财产经常被抢掠。萨布素只要闻讯，立即率领士卒直捣罗刹的据点，救回被抢的蒙古子女，罗刹匪徒都知道黑龙江有个凶猛、剽悍、不好惹的萨布素。墨尔根一带各部落皆认为萨大人是靠山，是救星，主持公道，因此受到了诸民族的衷心爱戴，成为草原上的主心骨儿。他经常不畏严寒，风雨不误地奔走于各族部落间，为民排忧解难，解开了部族间的很多积怨，人们无不感激涕零。特别是在草原上，各部落居无定所，谁的力量强，谁便霸占这块儿地方，这儿的所有猎物就是他的。你的猎物要是跑进了他的领地，则会被弓箭射死或用火烧死，那时草原上真是无法无天哪！自从萨布素去了以后，进行了全面治理。首先制服了那些仗势欺人的恶霸，然后扶弱济贫，把草原划成好多个地方，倡导地方之间要相互支援。如果我这里发生了旱灾或水灾，可以搬到你那里去，反之亦然。萨大人说："不管是哪儿，全是大清的土地，既不是哪个人的财富，也不是哪个人说了算。"就这样，惩治了当地不少的坐地虎、白眼狼、黑狮子、没牙虎等，给这片荒僻的土地带来了安宁，萨大人的名声很快在嫩江草原一带传开了。

　　萨布素不但治军严厉，军中无有犯纪扰民之事，而且爱民如子，执法公道。凡有诉讼冤情的，他必亲自暗访私查。查清积案底里，再秉公行事，断案泾渭分明，不接受任何一方的分厘贿赂。曾有人用银子偷偷行贿他的下人，萨布素发现后，不仅将这个下人重罚了四十大板，还驱逐出府门，永不录用。由此，便传出了在萨大人这里是弱者敢申冤、霸者被入牢之说。人人赞颂"草原的萨大人""有事找咱们将军去"已成为人们的口头禅。黑龙江将军衙门向民敞开，谁都敢去。在那里，上下一心，政令通行，人无怨言。当地的牧民，不管是穷富还是老少，也不管有什么事儿，皆愿意找萨将军。萨将军被叫成萨大人，就是从墨尔根一带的草原叫出来的。

时逢康熙二十九年暮春刚过，一天，萨布素家里来了许多客人，都是从宁古塔一块儿来的挚友亲朋，还有吴扎拉氏索郎阿佐领、富察氏正黄旗依里布佐领等。为什么来呢？原来是想为萨大人祝寿。刚好萨布素不在家，他们便同卡克屯商量道："今年是马年，萨将军属马，特喜'龙马精神'。眼看快到五月端阳了，又是他的寿辰之日，而且这个生日是整寿，所以一定得过。我们知道，将军从来不过生日，也不愿别人给他祝寿。大家好不容易凑在一起，咱这回就破例办了吧，趁此机会在一起乐一乐。若是不同意，也有招儿，等办完以后再告诉他。"卡克屯心里十分清楚，此事萨布素真要知道了，肯定不会答应，便说："要我看哪，这事儿恐怕不行……"麦里西忙打断道："没关系，可以说是我主张的，有事儿往我身上推。再说了，从离开宁古塔到现在，总是忙来忙去的，大家还从没在一起聚一次，早该聚聚了。"卡克屯没法儿了，只好点头儿答应。她如今已是五十多岁的夫人了，头上增添了不少白发，对爱根一向挚爱有加，那是看在眼里、疼在心上。萨布素每天没早没晚地忙碌着，稍有一点儿闲工夫还要到各个部族里去，到牧民中去，从不考虑自家的事儿，冷热饥渴更不放在心上，只能是卡克屯天天为他操心。对丈夫给以的关心、疼爱，就像当年舒穆禄对虽哈纳一样，毫无二致。

大家正兴致勃勃议论的时候，萨布素从府衙里回来了。进屋一看，来了这么些人，又都是自己儿时的朋友，特别高兴。大家相拥在一起，嘘寒问暖，有说不完的话、唠不完的嗑儿。这时，卡克屯和麦里西互相使了个眼色，想让窝赫先开口讲祝寿这件事。因为窝赫是卡克屯的哥哥，他要说，萨布素作为妹夫肯定不会生气。况且窝赫从小就聪明，有主见，有道眼，像萨布素身边的小谋士、小诸葛一样，萨布素从来都是给他面子的，也愿意听他的意见。可还没等窝赫的话说出口呢，只见一小校急匆匆地跑来传报："大人，圣旨到，京师来的陈公公请将军到府衙接旨！"萨布素忙站起身来，边整理衣冠边往外走，窝赫、麦里西、索郎阿、依里布等跟着出来，随将军奔府衙而去。

萨布素进了府衙，见陈公公及侍卫早已坐在正厅恭候，便三步并成两步地赶过去拜见，窝赫等众将领也一一给老公公施礼问安。陈公公站起来说："萨将军，请摆香案，接圣旨。我们还有事儿，很急呀！"萨布素忙先盥洗、整衣正冠，之后摆好香案，焚香，跪地接旨，旁边的众将领跟着跪了一地。陈公公走到香案前，展开圣旨，朗声儿宣道：

"奉天承运，皇帝诏曰，今罗刹平抚，新约既定，北域耕牧兴旺，皆仰天佑，又赖众虎贲之将征杀而赢来者也。黑龙江将军萨布素统率雄师，功劳堪嘉，朕慰哉。特于端阳在即，盼有君臣同度佳节共议国事之机，特诏萨布素入京觐见，君慰臣之劬劳，君思臣之良谋，愿闻陈之，钦此。大清康熙二十九年春，吉旦。"

圣旨读毕，萨布素叩头谢恩，双手接过圣旨，捧着供于香案之上。然后请陈公公入座、献茶，并吩咐摆宴敬酒。陈公公忙说事情太急，还要快些回京复旨，酒宴就免了吧。无奈萨布素和众将一再挽留，这才匆忙吃了晌饭，在侍从的护卫下，起程回京师去了。

萨布素按旨立刻做了安排，把将军府诸务交由副都统大人办理，又详细叮嘱一番。交代完毕后，赶忙回到家中，嘱咐卡克屯给他准备去京师的行囊及随身换用之衣物。萨布素没有什么特别的嗜好，也不饮酒。所穿之衣，除朝中颁赐的官服外，很少有锦衣皮裘。平时一向节衣缩食，将俸银中的一部分送往宁古塔给党丹供修家祠，另一部分用来收养从墨尔根地方带回家来的因水灾而成为孤儿的二十几个孩子，还有两个无依无靠、倒在街巷奄奄一息的八十多岁的失明老人。这其中，哪个民族的都有。萨布素专门在自家府邸的一侧，新盖一长筒子平房，供他们居住。卡克屯不仅需照料日常生活，还要为他们做饭、洗衣，用丈夫的俸银给买衣服穿。那是冬天怕冷着、夏天怕热着，天天忙到半夜才能上炕睡觉，熬得两眼满是血丝，真够累的了。萨布素每天只要办完公差一进家门儿，就到那个长筒厢房里去看望老人和孩子。常常同孩子们玩儿在一起、乐在一起，给他们洗衣服、擦身子，还一起唱歌儿，简直成了"孩子王"。窝赫、麦里西等在萨布素的训导之下，也各领回去两三个孤儿养着。此番萨布素要进京，先到房里询问那两位老人身子骨儿如何，缺什么不？又嘱咐孩子们要听奶奶的话，并买好了口粮预备着。孩子们还小，不懂萨布素是干什么的，更不知是多大的哈番，只觉得离不开他，那可是世上最好的爷爷呀！

这天，萨布素要起程了，将军衙门可热闹了！萨大人的马、护从的马、轿车用马皆已备好，众位副都统大人及府衙官员，还有墨尔根的各部落头领和当地男男女女、老老少少皆来送行。特别有意思的是萨布素照养的那些天真活泼的孩子们，一听说爷爷要去北京见皇上，一个不落地争着抢着跑来了，像一群可爱的小燕子，叽叽喳喳地围着将军爷爷。有抱胳膊的，有抱腿的，有拽衣服的，那个笑哇、亲呀，想脱身都难。还是卡克屯跑来才把他们叫住了，不让再缠磨爷爷。窝赫也过来帮忙，连哄带吓唬地一个个拉开，怕被马踢着。一般说来，将军进京，那必是鼓乐齐鸣。可萨布素不这样，不让为他动鼓乐，不拘泥于那么多的礼俗，一切规矩全免。此刻，他看着这些可爱的孩子们围前围后、蹦蹦跳跳地来送行，听着众将们的殷殷祝福和嘱咐，心里比吃蜜还甜，由衷地感叹这亘古未有的送行场面！

　　萨布素常受皇上的召见，康熙帝特别喜欢亲耳聆听萨将军面陈有关边疆防卫的设想和建议。他们很是投缘，无论萨布素怎么说，皇上都不见怪，认为他考虑问题周密、细致，道眼多，常给人以柳暗花明之感。萨布素无论谈什么问题，哪怕事儿特别急，从来是慢条斯理地讲。别人发火儿，他不发火儿，忠厚诚实，心眼儿好。尤其不同于巴海的是，他对下层人好，体恤士卒，关爱黎民百姓，常在皇上面前为他们说话。康熙帝又是个爱民如子的圣君，所以，对萨布素的进言总是认真仔细地倾听，不喜欢一些权臣贵胄为表自己之功，不言庶民之苦。萨布素给皇上的一个最突出的印象，就是从未听他讲过自己有什么功劳、有什么政绩。要想了解萨布素的功绩，只有到民间去，方可知其详。萨布素向皇上所禀奏的，除治边大政外，即是诉说民众生活之苦并请求资助，诚恳地提出凡为政者应体恤民情等。故此，在一些权贵面前不被看好，斥其愚顽，不堪重用。似乎为官不是为民着想，而是如何治民，治民者为好官，为民请命者为庸驽之辈。很多重臣甚至不太同意萨布素当将军，认为他心太软，做不了一方的父母官。康熙帝则恰恰相反，愿意听臣僚讲下情，特别器重萨布素，并力排众议，独独下旨，钦任他为黑龙江将军。这次萨布素接旨后，心想："此次入京觐见正是机会，得好好儿想想该向皇上讲些什么。首先定要禀奏连着数月以来治理洪水的情况，还要谈谈统御边疆的良策，必有一番君臣一起细叙知心话儿的情景。"这正是：皇风载趄，帝泽如春。又可谓：五福堂中逞瑞色，百花枝上闹春光。关于萨大人晋京陛见之事，容我朱伯西后书再叙。

　　各位阿哥，按说，本书从萨大人降生呱呱落地，一直讲到他位尊重臣、一品大将军，显赫朝野，也该戛然而止了。可是，大家一定想知道他老人家结局如何。萨大人因虑万民水患之灾，惹出杀身之罪。亏得康熙圣明之君，明察秋毫，最后是免死贬官，"古稀嗟何怜"！

请各位坐好，让我再以三寸之舌，接着讲本乌勒本的结尾小段儿。这个结尾小段儿，单独讲来可以名之曰"常活在人间"，或者叫"为黎庶，丢了顶戴何足惜"！

萨大人晚年曾写下了一生的忧患和企盼：

苍茫人生路，
长忆甘和苦。
趣喜瘠生谷，
哀分虾居府。
平生幻怪志，
缚妖有龙头。

他认为，身为父母官，应该时刻惦记民生，还写有这样的条幅：

一生中最大的苦痛，
是水患，
庶民失去粮谷；

一生中最大的恨事，
枉为官，
不识天公育粮谷。

此条幅，写的就是萨布素自己，深刻表达了一个忧国忧民的将军不能够为民排忧解难的无限伤感之情，也是他的心里话。萨大人晚年最关心的，即民众的生活和粮食。说来永成北疆，将罗刹打败了，之后更重要的是建设。既然安居在北地，首先涉及的是要永世吃住在那里。冰雪天不足惧，北方人世代与冰雪打交道，懂得如何御寒。自古以来，便有地室、厚拉哈土墙、马架子房，后建朝阳的大正房；热火炕、热火墙、热火炉、热火盆；暖烘烘的皮袄、皮服、皮裤、皮靰鞡，貉壳皮帽子、奇克密①、温得等。世世代代或到极北边，或到北海打貂、捕鹰、猎兽，下雪

_____

① 鄂伦春语：即用狍子腿皮拼成的短靰鞡靴。

是生活中不可或缺的最美妙、最有情趣的天象。没雪，反而盼雪、想雪、恋雪；有了雪，才有了北方人的性格、禀赋和富有！然而，最大的致命难关，就当年来说即是粮谷。亘古以来，因北地酷寒，可耕种时间太短，和暖的夏日转瞬即逝。所以，先人只懂得到那儿去只是为了打猎，而不是去种田。每出必裹粮而行，用完即归。或赶着牛羊前行，边杀边吃边煮驮去的粮米，用完须在冰冻前速返，惟不懂耕耘。世世代代如此度过，日复一日，年复一年，循环不已。

在这里，我要告诉各位阿哥，真正将北疆的垦荒耕种按部就班、按时按季忙碌起来、让乌忻贝勒献粮给族众的时代，便是从康熙爷颁旨、北国诸省齐动员下种播种这年开始的，也就是说，从萨大人做将军的时候，才重视屯田、耕种的。当宁古塔、吉林乌拉一些人携家带口地搬到大北域瑷珲古城时，萨布素当时提倡奖励的，则是解决人吃马喂的大事——粮草。他与众部落首领议定，不能光靠朝廷补助的粮饷，一定要带足籽种，屯田种地，自给自足。只有这样，才能在北方扎根，生息永续。当年带去的籽种还真不少，有大麦、荞麦、铃铛麦，也有谷子、糜子、黄豆、红豆、芸豆，还有苞米、土豆、西葫芦、香瓜、倭瓜、西瓜籽等。不过，据讲头几年没全种，因不懂按节令耕种，不会侍弄，种上也不结籽，有的甚至颗粒不收。后来慢慢懂得节令了，逐渐掌握了耕作技术，把庄稼侍弄得挺好，已不亚于宁古塔、吉林乌拉等地了。总之，带过去的那些籽种一般是由妇女们耕种，并要饲养禽畜，男人都在八旗军旅效力。

萨大人领去的各部落，按八旗牛录分派地点，就地扎营安家，分配田亩，渐渐地遂成屯寨，屯寨的寨名亦应运而生。耕种的土地，主要选在黑龙江与精奇里江流域，水源丰足，有山地。更多的是河沿儿平原沃野，林木丛生，适于安居、养殖生息与耕牧。随着雅克萨驱俄大战的获胜，那里就变成了戍边开垦之所。将军衙门于康熙二十五年后迁入墨尔根，瑷珲城仍驻兵屯田。副都统驻地早由康熙二十四年迁至旧瑷珲的江对面，即江的西面，建了新瑷珲。而江东的屯寨未变，阡陌相连。随副都统衙门迁到江西面的八旗官员和兵勇、家眷，在瑷珲新城四周，沿江按八旗牛录分派地亩、田庄。后来，出现了不少官庄、地营子，江东、江西一带数百里，很快便田亩、屯寨连片，愈加兴旺了。居住的部族更多了，不仅有满洲人，也有达斡尔、鄂伦春、鄂温克、赫哲、尼堪、蒙古、高丽人等。所居之地，即是达斡尔人原住址的重新开垦与利用，多数是在原基址上盖起新屋、耕种田地的。实际上，整个黑龙江和精奇里江一带的所有地方，原来都是达斡尔人的住地。有位于何斯尔河的何斯尔哈拉；位于黑龙江与精奇里江一带的鄂尔特哈拉、阿尔丹哈拉、卜库金哈拉；位于精奇里江下游的金克尔哈拉、中游的陶木哈拉等。他们均在前一段内迁、坚壁清野期间迁走了，现在又重新安置人口，再开垦起来，人口越来越多。到康熙三十年以后，已是一派屯连屯、寨连寨、牛羊满山、良田阡陌成片的兴旺气象了。当然，一切新的变化，皆与萨大人极力主张的屯田农耕分不开。

这一带，每逢五月大雁归来，便是春耕之时。到了十月，江中淌起冰排，即为秋收大忙。接着便是家家的丰收祭祖，常常听到萨满的神鼓声此起彼伏，人们围着桌子吃白肉血肠。也可以坐上马爬犁疾驶，途中会路过不少屯寨，家家好客，户户欢笑，一路会客，一路喝酒，从傍晚吃到黎明。在萨满家祭的神歌儿中，期盼着丰衣足食，向往着农神送来丰收的甜美日子。歌儿是这样唱的：

一盘盘苏叶饽饽冒气啦，
一碗碗五花肥肉煴热啦，
一缕缕年期香烟升上啦，
赐福的农神贝子骑着神骏进门啦……

歌声中，反映了人们的美好理想，即希望农神贝子能把丰收的粮食送到各家。

黑龙江将军衙门所在的墨尔根城跟瑷珲不同，这一带是嫩江的支流。虽然水草茂盛，牧群很多，同样住着满洲、锡伯、达斡尔、鄂温克、鄂伦春、蒙古等民族，但主要是以游牧为主。自古以来，嫩江一带十年九涝。嫩江的脾气暴烈，常常是洪水漫延，黄沙铺地，致使土地贫瘠，很少有人在这里种田。康熙年间，是萨大人将原在瑷珲一带的八旗兵勇及盛京、吉林乌拉派去的后勤人员逐渐迁到了这里，同时又把一些住得较远的，如松花江、乌苏里江一带的部落一点点儿地迁到了墨尔根。从此便开始发展起来了，有了住房，有了城堡，有了屯寨，有了大片的庄稼，显然也是萨大人极力提倡农耕之功。萨大人到了墨尔根后，每日与牧民们吃住在一起，经过一番艰苦的努力，不仅开辟了许多游牧之地，还建立了"新满洲"。将附近及远处的各族游牧的部落动员安置在固定地点，设屯寨，盖房舍。把部落的首领提升为佐领，报朝廷批准后，建起了八旗牛录管理秩序。从此，部族的争斗、抢掠日渐平抚，出现了大量的村庄，开垦了新的农田。

各位阿哥，咱们回过头来再接前书。就在萨布素正奔走于各部族之时，突接皇上下谕旨，要他晋京陛见。在接旨的前两天，恰好刚给皇上呈报了一个折子，疏文奏报了自《尼布楚条约》签订之后，管内的情况及瑷珲的发展。特别谈到了将军衙门所在地墨尔根的现状，原本荒凉的土地上已建起了村庄，开垦了良田，收获了农产品，发生了不小的变化。他估计皇上已经看到这个折子了，一定会很高兴。又想到了康熙帝一直关心的那位四品佐领彼得，此去必要打听他的生活情况。萨布素最近忙得脚打后脑勺儿，一直没有时间去看望这位随自己一起赴尼布楚谈判的护军同行、俄罗斯的老朋友，也很想过去看看。刚要拔腿儿出门，突然想起个事儿，回身从箱子里拿出一件小孩儿衣服，这才去了彼得、牟儿夫妇家。牟儿生了个胖女娃，起个俄罗斯名儿叫柳娃，可能是出于彼得对娜柳莎的怀念吧。柳娃出生时，萨布素、卡克屯夫妇给他们送去了牛奶、两只小母羊及二百两银子。此刻，萨布素见彼得一家生活得蛮好，小孩儿长得挺结实，很是欣慰。唠了一会儿家常，又将卡克屯早就让给捎过来的为小柳娃做的这件白兔皮面儿的外衣送给了牟儿。衣服很好看，两岁以内都能穿，牟儿高兴地收下了，并表示了谢意。萨布素鼓励他们夫妇好好儿生活，有什么难事儿去找卡克屯，还告诉彼得："我要去京师觐见皇上了……"没等萨布素往下说呢，彼得忙道："不不，这回可不能陪你去了，我得陪最亲爱的牟儿和可爱的小柳娃呀！"萨布素风趣儿地说："哎呀，这不是有了媳妇不要老朋友了吗？"说完，三人开心地大笑起来。因萨布素临行前还有些事儿须向属下交代，遂起身与彼得夫妇告别了。

萨大人将诸事安排妥帖之后，便急匆匆地辞别众将领、众乡亲以及日夜辛劳、善良温柔的白发妻卡克屯，在窝赫、麦里西两位协领及众护从的陪同之下，骑着骏马，后面跟着轿车，风尘仆仆地奔京师而去。此番让窝赫、麦里西随行，还是卡克屯出的主意呢！目的是让两位童年伙伴儿路上好好儿照顾光知忙碌、不知注意温饱冷暖的萨布素，顺便满足他们一直想去京师的夙愿。萨布素当然喜欢这两个从小在一起玩儿爬犁、打雪仗、一块儿长大的兄弟了，深知他们各自的心思。窝赫和麦里西是萨布素最亲近的知己，真心诚意地支持他，尽心尽力地帮助安置赴塞北的家眷，并随同北戍，一直听命于他。可以说是赴汤蹈火，在所不辞，立下了汗马功劳。因此，萨布素觉得也该让他俩到京城看看了，故而欣然同意了卡克屯的建议。

萨布素一行离开墨尔根后，一路有说有笑的，一点儿不觉疲乏，没用半月便到了京城。萨布素因入京多次，对这里已不觉陌生了，轻车熟路地领着人马来到了西城专为入京觐见的文武官员预备的青楼会馆。当时，康熙年出名的会馆有两座。一座是迎迓文官大人们的，叫"九有轩"。"九有"，引自古人对九州的称谓。说明到此居住者，来自九州诸地，拜叩皇宫大内，蕴含恩威四海之意。另一座为武职人员下榻的会馆，称"矫矫楼"。"矫矫"，引自古诗经文"矫矫虎臣"这个句子。两座会馆门楣上的大匾额字迹可不一般，均是顺治朝遗老范文程的墨宝。会馆尽管在康熙初年已择地重新建造，修葺一新，两个匾额却仍完好无损地挂在门楣之上，沿用至今。所有名臣武将都十分敬仰此墨字，虽是楷书，不像王维、苏轼之书法清秀隽永，然出自前朝先臣名人之手，亦见字生情，油然起敬。萨布素照老规矩，进了临街的青砖围墙。红门楼里有五栋两层青楼大馆舍的院子，早有院主出迎，因认识萨大人，忙打千儿施礼，引一行人进入后厅骤马大院儿，以便卸车、喂马。安顿好后，让萨大人等住进青楼会馆休息解乏。萨布素哥儿仨和众护从，在馆中吃过大块儿的酱牛肉和江南辣面后，安歇入睡不提。

次日，萨布素早早起来，出外练练拳脚，回来嘱咐窝赫、麦里西道："你们在馆中休闲玩耍，不要外出，更不能惹麻烦，等着我回来。哪天没啥事儿，咱们一块儿到京中观赏就是了。"二人齐说："你放心去吧，我们哪儿也不去。"萨布素交代完了，便按早朝时分直奔宫廷午门。来至宫门前，见已有朝臣陆续报号签牌，侍卫查验后，进宫门，入午门。上朝时刻一到，午门上钟鼓齐鸣，群臣入宫陛见。萨布素随众臣入觐，进到太和殿，恭立在众臣之后。皇帝上殿，众臣叩拜祝安后，康熙帝一一聆听朝臣奏报。诸事完毕，已近午时，朝散。陈公公禀皇上，萨将军到宫候旨觐见。康熙帝一听高兴了，忙命陈公公带萨布素到他的寝宫内书房召见。萨布素随陈公公来到皇上的内书房，康熙帝已站在门内等候了。君臣相见，倍感亲切，萨布素刚要躬身跪下叩头，康熙帝忙笑着扶住说："好爱卿，哪能连着给朕叩头哇？起来吧，起来，这是内厅，不必那么多见礼了。坐，坐吧，陈公公，拿上朕最好的峨眉山茶，让萨将军品尝品尝！"

萨布素多次见过皇上，交谈的次数越多，越感到亲切，也就不那么拘谨了。公公退下后，康熙帝先抿了一口茶，然后放下杯子缓缓说道："萨布素哇，你前两天呈报的疏文朕看过了，给朕再详细讲讲那里的近况，有些事儿很是挂念呐。旗民生活安置得怎么样？今春的籽种是否备齐？耕牛缺不？一年四季在于春，必须把农耕放在首位呀！今年，嫩江恐怕还要发水，尔等要有所防范，多种早熟之粮，不要于低洼地耕作。"康熙帝一连串问了不少问题，也嘱咐了一番。由此可以看出，虽然日理万机，但对北疆的情况仍时时挂在心上，关注得事无巨细。萨布素字斟句酌地一一禀奏皇上，特别谈到了自雅克萨抗俄胜利后，精奇里江两岸山上旗民的下力耕耘，去秋得到了收获，万粒归仓。现荒凉的精奇里江沿岸、黑龙江瑷珲两岸牛羊成群，屯寨相连，田陌遍野。在皇上隆恩普照之下，北疆呈现前所未有的兴旺景象。康熙帝听了十分高兴，连连说："好啊，好啊，朕让你来，就是想听听那里的新气象啊！"萨布素接着禀奏道："皇上洪福齐天，英明圣主，永戍黑水已见成效，奴才亦感英明圣主的远见卓识。初始，有些人惧寒畏苦，不愿远离故土。而今，新寨丰歌，黑水远富庶于内地。尤其是尼布楚新约已定，北疆安宁可望矣。"康熙帝说："爱卿，新约之事朕在思虑，务要依照朕意、按约国界之牌遵时巡查，不可有怠。疏漏塞责者严惩不贷。尔为将军，此乃将军第一要务也。凡约成，舅舅佟国纲、索额图奏，非易也，尔重兵水师围聚尼布楚，此乃上策。凡事如是，治家则有家威，治国则有国威，威重事成，威弱事辍，此同理也。尔等在北，务应勤操士马，严阵固北，切不可以约安身，以约安枕。凡事佛家有语，行成于兹亦败于兹，盖心无挂碍者也矣！"

说书人在此多赘述几句。后世尊称康熙帝为康熙佛爷，康熙的这几句话，的确颇有佛家偈语之味道，后来不幸果中其言。中国国势日微，松弛重北，俄人违约南下，国土沦落，《尼布楚条约》成了一纸空文，真是"成于兹、败于兹"了。

次日，萨布素在"矫矫楼"与窝赫、麦里西观赏厅中新开的牡丹，红艳诱人。突然，陈公公到。萨布素刚要问候，一见大惊！康熙帝微服私访到此，后边四五个扈从亦便装相随。萨布素刚要叩安，陈公公急忙边拉他边摇头。于是，康熙帝在前，他们随后，径直到了萨布素的住室。进了内室客房，康熙帝坐下后，萨布素赶紧叩头祝安，又命窝赫、麦里西叩头见驾。康熙帝说："尔等不必惊慌拘谨，此处是朕的爱将、爪子虎臣下榻之所，朕曾来过，今特来看望你们。"说着，进了内室。因为无事，便这里瞅瞅，那里看看。又来到萨布素住的屋，翻看他从家里带来些什么衣物。翻来翻去，见都是新洗濯、折叠整齐的旧衣，除一件官袍外，没一件比较值钱的绸缎质料的衣裳，便回过头来惊奇地问道："萨布素，你怎么没有一件新衣？难道是夫人太仔细了，不给做吗？"萨布素回答："不，皇上，奴才喜欢穿这样的衣裳。"康熙帝分明不信地瞅着他。旁边的麦里西协领憋不住了，叩头道："皇上，萨大人年年的俸饷一大半儿给当地孤寡人口用了，他们老两口儿现在还抚养二十几个孤儿和两位八十多岁的失明老人呢！"萨布素忙瞪了麦里西一眼，小声儿嗔怪道："咋这么多嘴，说这些干啥？"可康熙帝好刨根儿呀，遂让麦里西、窝赫详细讲给他听。二人这才禀奏皇上，因为于北疆初种农田时，不会侍弄，所以收成不好。再加上连年水灾，下边生活很苦。墨尔根地方又是牧区，屡屡征战，牧民常年无固定居所，新近才逐渐安居下来。萨大人怕皇上牵挂，没有详述苦情。康熙帝听罢，若有所思，又过去打开炕头儿上的一个大包袱。见里边装的原来是些肉干儿、干硬的苏叶饽饽，还有豆包什么的，方知这便是他们一路的口粮。康熙帝抓起一把肉干儿问："难道你们就吃这个？到京师了，也不吃点儿宴菜？"麦里西回道："住进这里，我们只是要碗汤或粥，就着带来的干粮吃的。"这时，康熙帝眼圈儿红了。萨布素见此，忙说："皇上，请不必挂心。我们连年东奔西走的，已习惯于自己带干粮了，方便得很。要那么多菜肴，见了反倒觉得心疼、眼晕，不忍下肚呢！"说完，腼腆地笑了。

康熙帝面对堂堂一品大将军及这些可爱的臣子，深深地感动了！他尽管年轻，但也走了不少地方，见了很多高官、重臣。说实在的，还从没看到像萨布素他们这么寒酸的，是真心疼啊！再也看不下去了，忙命陈公公，让萨布素带着两位臣子进宫。皇上既然下旨了，萨布素当然得遵旨，便领窝赫、麦里西两位协领一同随驾进宫。康熙帝又嘱咐陈公公："随萨大人来的还有拨什库以下的随从，就住在'矫矫楼'。告诉总管家，要很好地调理膳食，让他们吃得好、吃得饱，费用在朕御用的宫中款项里拨给。"陈公公边听边"嗻嗻"地答应着，萨布素恭恭敬敬地跟着皇上来到了内宫的御书房。康熙帝问道："萨布素，朕召你来京师，知道是为什么吗？"萨布素禀道："回皇上话，奴才不知。"康熙帝说："萨布素，你初次入京觐见时，在晒鹰台校阅场，朕看了将军的马上术。经问，方知你属马，且喜'龙马精神'，并称为富察氏之家风。今年恰逢庚午马年，眼看快到五月端阳了，正是你的生辰之喜。朕系念将军在下边的辛苦，赐一尊和田玉雕刻的双翅天马，算是祝贺生日吧！"皇上的话还没说完，陈公公早从后宫捧来一个玉匣儿。玉匣儿的四周由白玉、骨头拼成，外头罩着彩缎。陈公公把上盖儿打开，露出一尊双翅飞奔的玉马，制作精巧，栩栩如生，甚是好看。萨布素双手接过玉匣儿，叩谢隆恩。接着，康熙帝指着陈公公不知何时取来的一大摞干净整洁的衣裳、被褥对萨布素说："这是宫中不用的，朕命公公搜集一些，放在仓库里将来全都霉烂扔掉了。你带回去，给那些孤苦的孩子和老人用吧。"然后，命陈公公拿来一件毛色光亮、洁白的大皮裘。在过去，那可是价值千金哪！康熙帝说："不要小瞧这件皮裘，这是俄罗斯沙皇派他的侍臣送给朕的北极熊大皮裘。你在寒冷的北方风雪布阵，留在朕这儿没用，拿回去御寒吧，也是朕的一份儿心意呀！"又让公公拨给萨布素白银千两，做济贫之需，萨布素再次叩谢皇上。

傍晚，康熙帝留下萨布素、窝赫、麦里西三人于宫中赐宴，令萨布素多逗留些日子，并让他留在宫中，在侍卫处内大臣上行走。说是这样的话，能够很快熟悉宫中及国家政务，将来调来京师时，可随时帮助皇上做好谋臣、高参，共同商议一些边疆要事。看来，康熙帝是真喜欢他，离不开他。然而，萨布素却愿意在边防前线，习惯于有风雪做伴儿。觉得跟庶民百姓在一起心里踏实，进了金碧辉煌的宫殿，不习惯且不说，更不自在。萨布素由于惦念着北疆苦难的牧民，又军务在身，在京师只住了几天就住不下去了，一再申奏："圣上啊，既然委奴才以重任，奴才是日夜忧思，为皇上尽职，不敢荒怠。北疆事紧，尽管罗刹侵我国土已告一段落，然嫩江年年发水，民不聊生。近年来，由于皇上洪福齐天，保佑了百姓的安康，我们正在尽力治理嫩江水患，力夺屯田的丰收。虽初见成效，但还是微薄之功，奴才心中不安哪！尚有很多穷苦的牧民仍在啼饥号寒之中，奴才不忍在此享受隆恩，还是放臣早早回去吧。请皇上恩准，理解奴才的寸心！"说着，萨布素是热泪盈眶啊！康熙帝深知萨布素是实实在在心在北疆啊，看来是留不住的，只好准允早日北归。行前，破例恩准萨布素长子雅图可在京师建锐营习武，经过一段时间的苦练，考试科举武科。如果答得好，将留在宫中做侍卫，护驾左右。雅图这个孩子挺聪明，能吃苦，后来果然在武科场上夺魁，成为康熙的一等侍卫，这在谱书上有记载。康熙帝又恩准萨布素的四子常德在京师侍读。常德也不负众望，文才奇佳，到了雍正朝时，升为吉林将军，此为后话。

　　且说萨布素在窝赫、麦里西两位协领及众随从的护卫下，匆匆赶回了黑龙江将军衙门任所，不少署衙的将领、官员、好友及当地的牧民族众前来迎接，互相亲切地寒暄问候。就在这时，令萨布素、窝赫、麦里西万万没有想到的是，他们看到了早年在宁古塔从小一起长大的土球子也在热闹的迎接人群之中。他正站在那儿，似笑非笑、趾高气扬地两眼翻翻着、斜楞着瞟萨布素他们，旁边还有两个侍卫。那样子哪是在迎接呀，分明是来显示自己的。三人很是吃惊，心想："他来这里干什么？咋这么丧气，这不纯粹是冤家路窄嘛！"

　　俗话讲："今日河东，明日河西。"现在的土球子可不一般了，不是当年在宁古塔被萨布素责令打三十鞭子的那个土球子了。如今人家是京师赫赫有名的户部尚书档房主事兼代吏部右侍郎，专管关外盛京、吉林、黑龙江将军整个国库的仓廪、军饷及诸省的民赋、国家重要的粮仓支出等，各种赋税钱粮的使用大权全揽在他的手里，大权在握呀！这次是从京师专程来此地的，督察、侦缉、了解目前国库存粮情况及催缴地方所欠国库粮食等。哪块儿有违反国家律条的、私自动用国库粮的，或所欠国库粮不如数交仓的，他就可以查办，是最富有、最有影响、谁都不敢惹的一个高官。从土球子的职位看，在二品和三品之间，肯定比萨布素的一品衔低。然而却远比萨布素有权有势，关键是掌握着地方官的生息命脉，这谁敢惹呀？只要他一说话，便可以拨出粮食，解决民众的吃喝问题。若是硬不给你粮，百姓因挨饿再闹出事儿来，那地方官能受得了呀？因此，他倒成了靠山了，谁也离不开，到哪儿那是一呼百应的，得像佛爷一样供着。倘若这佛爷不顺心发了脾气，立马吓得不敢吱声儿了，只能好生供奉侍候。这样，一旦缺粮缺钱，需动用一点儿，那就是他一句话的事儿。人家早不叫土球子了，改名儿为董旰，并且要在黑龙江将军府衙久驻下来。

　　此刻，窝赫、麦里西一见土球子那样儿就来气了，同样斜着眼睛瞅着他。心想："你不是不跟我们说话吗？我更不主动上前搭腔儿！觉得自己了不起了，显你官大咋的，谁都得供着？我偏不理！"萨布素当时也愣在那儿了，心里觉得挺别扭："咋这么巧，为什么偏偏是他来呢？"好像一腔热忱突然被冰水哗地给熄灭了一样，心立刻凉了半截儿。这时，土球子身旁的两个亲随来到萨布素面前，其中一个以一种轻蔑的口气开口道："萨大人，你们没发现我家大人在此吗？想必是看到了，怎么没见礼呀？"诸位听见了吧，萨大人那可是地方上的封疆大吏、一品将军哪，他竟敢用这种口气说话，这不是狗仗人势是什么？但两个侍卫不这么看，认为他家大人是户部尚书档房主事，吏部还挂衔儿呢！又是户部尚书亲自派来的，你吃喝拉撒得归我家大人管，那权可大了去啦！谁见了都得捧着、供着。他们就是仰仗着这个，蛮横地指责萨布素无理，不上赶着同董大人说话。萨布素当时还挺有涵养，说道："噢，对，是呀……"张嘴刚想叫土球子，一想，此名儿不好听啊，过去叫惯了也不行啊！可叫土球子不行，得怎么个称呼呢？正这时，旁边那个侍卫又说了："这是董旰董大人，赶紧向董大人见礼！"萨布素没招儿哇，只能是委曲求全。不管怎么说，自己是地方将军，人家是京师户部、吏部大衙门口儿来的，乃顶头上司，只好走过去参拜。窝赫、麦里西二人在后头直扯他的衣襟儿，麦里西悄声儿说："哥哥，干啥给他行礼？"他俩想什么呢？过去你土球子天天和我们在一起，拉几泡屎、撒几泡尿全知道，和泥都和在一块儿，谁不知道谁呀？以为你现在大爷啦，上这儿来显摆啥？没人吃你那套！萨布素却不这么想。认为来的既然是朝廷的大人，不管他是谁，不论自己是否喜欢，从礼仪的角度讲，总应该参拜，便跪拜道："参见董大人，欢迎大人来到黑龙江将军府衙，这是我们的荣耀。"萨布素大大方方地说着，那董旰董大人还是那么目空一切、挺胸迭肚地站在那儿。他见萨布素终于跪拜了，眼睛往旁边一瞥，嘴里龇出几句话来："行了行了，起来吧。萨布素哇，正好你回来了，我跟你这将军还有些嗑儿要唠，咱们之间的事儿不少吧？"就这么阴阳怪气的，显然话有所指，你说让人生气不生气？

按萨布素往日的脾气，对土球子的这种尖酸、无理，早就不能容忍了，此刻却把气全压了下去。因他心里十分清楚，所在的卜奎、墨尔根地方，年年水患不断，粮食奇缺，民不安生。尽管奖励农耕，屯田种地，近两年有些变化，仍是杯水车薪。多数牧民的种地吃粮问题还得依赖于国家，或者用皮张换取有限的粮食。这几年地方已从国库粮中借出了不少粮食，但百姓生活依然很苦。作为地方的父母官，心里当然不好受，自恨没有尽到责任。说起来，萨布素这个人心挺软，不忍看一些地方因没粮吃，饿得孩子哭老婆叫的，甚至有的被饿死。可不管他到哪儿，总能见到要饭的老人和孩子跪在地上，手一伸："将军哪，给一碗稀粥喝吧，实在是挺不住了！""将军爷爷，给口干粮吧，我快要饿死了！"那一双双手是又黑又瘦哇。萨布素过去没经着过这些，自打到这么个穷地方当了将军以后，才知道官是真难当啊！今天既然户部的高官来了，算是个机会，因为得用人家的粮食。再说了，这不是土球子一个人的事儿，千不看万不看，也要看北方正在挨饿的百姓分儿上。只要国家能帮助些粮食，使穷苦的百姓有粮吃，不至于饿死并就此安稳下来，我萨布素主动同你说话见礼、受点儿委屈算得了什么呢？这么一想，便什么火儿都没了，什么怨气都消了，为民生计心甘情愿地忍气吞声，硬着头皮给土球子下拜了。希望他能高抬贵手，赈济更多的粮食，帮助墨尔根、卜奎的民众熬过难关，解燃眉之急，安安稳稳地苦度岁月。

　　萨布素拜过土球子之后，径直回家了。进了院儿，先到长筒子平房看看那帮孩子和老人。孩子们见到离家好多天的爷爷回来了，乐得什么似的，一头扑到爷爷怀里，围了一圈儿又一圈儿，争抢着说话，七嘴八舌地问开了："爷爷，京师有多远，得走几天才能到哇？""爷爷，京师大吗，有咱们家好玩儿吗？""爷爷，见到皇上了吗，长的啥样儿啊？"这一连串的问话，一时让萨布素不知先回答谁好了，笑着说："等你们长大了，自己去看吧！"跟孩子们玩儿了一会儿，又问候了两位老人，唠了唠家常，这才抽身回到自己屋里。卡克屯正忙着做饭呢，见老伴儿回来了，自然很高兴，赶紧端来温水让他洗洗脸，说饭马上就好了，先躺下歇一会儿吧，对爱根一向这么温柔、体贴。萨布素在屋里转了一圈儿，脸没洗不说，更躺不下，什么也干不下去，因为心里有事儿呀！想来想去，觉得这样下去不行，还得去见土球子，跟他商量一下能否将朝廷的旧粮予以通融，兵丁的粮饷实在不足，等到秋后丰收粮上场，再补拖欠之数。这么想着，又拔腿儿快步出门，特地前去拜见土球子，连卡克屯在后面喊他吃饭都没听见。

　　萨布素和土球子小时候是兄弟相称。萨布素的年龄比土球子小，有时叫他哥哥，有时直呼其名，土球子则称萨布素为弟弟。别看土球子比萨布素大，很多方面赶不上人家。长大以后，娶了巴海的格格为妻，这才仗着老丈人的势力干起来了。从此，人亦随之变得不可一世，当年在宁古塔挨的那三十鞭子的疙瘩到现在没解开，暗暗发誓一定要报这个仇。萨布素进来时，土球子正坐在堂上。只是抬眼看了看，不仅没起来，连站都没站，还没请萨布素坐，更没让下人献茶。萨布素拜见之后，没等说为什么事儿来呢，土球子却若无其事地先开口了："萨布素哇，你即使不说，我也知道为什么来。尔为将军，深晓奉公守法之理，本主事必会秉公办事的。"萨布素见土球子不但极其冷淡，而且张嘴就是卖关子、搪塞的口吻，知道他不可能接受自己的请求，便有点儿压不住火儿了。一气之下，一句话没说，拂袖而去！

萨布素离开土球子后，先到了衙门，看有些什么事儿需要处理。耽搁一会儿后，回到家里，卡克屯把已经凉了的饭菜又熥一下端了上来。刚吃完饭，窝赫、麦里西一块儿来了。萨布素吩咐他俩帮着把从京师带回来的皇上赏赐的衣服和被褥除拿出一些分给孤儿和老人外，其余绝大部分由卡克屯登记好，分发给那些急需铺盖和衣不遮体的贫苦牧民。又让卡克屯把赏赐的那袭俄罗斯北极熊大皮裘拿出来，萨布素看了看，哪能舍得穿呀？因这件皮裘很大，所以他想："天越来越冷了，孩子们没啥穿的。皮裘这么肥、这么大，谁能穿哪？不如把它拆开，能做不少孩子穿的小坎肩儿呢！穿上之后，前后心暖和了，身上便不觉冷了。"这么想着，就叫卡克屯把皮裘拆了。卡克屯听后，吓了一跳！忙劝道："这绝对不行，别因拆御用赐品弄出事儿来。将来一旦有人背地整你，讲出去，必惹出祸端，还了得？那罪可就大了！皇上赏赐的东西，你也敢给剪成一块儿一块儿的，那不是犯欺君之罪吗？千万拆不得呀！"萨布素对卡克屯的一再提醒不以为然，觉得救急要紧。在他的极力坚持下，卡克屯没招儿了，只好照办，动手把这件大北极熊皮裘拆了，为孩子们做了不少小坎肩儿。此事还真的被卡克屯言中了，果然引出了是非，闯下了大祸。土球子这些人知道以后，马上把这件事当作一条罪状禀报给了皇上，萨布素是有口难辩。不少大人，包括刑部的人都问："萨将军，是不是把御赐的珍贵皮裘给拆了？是你同意的，还是别人没告诉你而自作主张拆的？"萨布素一向敢作敢当，毫不犹豫地说："不但是我同意拆的，而且是我让拆的。""难道皇上赏赐的东西可以随便剪吗？要知道，你剪的不是皮裘，剪的可是皇上！知罪不知罪？这是大逆不道哇，是欺君大罪、杀头之罪呀！"后来，毫无疑问，私拆皮裘成了一件大祸事，此为后话。

咱们再说那董旰侍郎，总是隔三差五趁萨布素不在家时，去探看卡克屯夫人。他跟卡克屯娃娃时就认识，又是从小一起长大的，能不熟吗？说起来，这里还有一段儿故事呢。土球子孩童时，与萨布素、瓦礼祜、麦里西、麦里特、窝赫、卡克屯都挺要好。虽然比他们几个大好几岁，但总还是孩子，常在一起玩耍。随着年龄的增长，卡克屯逐渐长成大姑娘了，而且越长越好看、越标致，便不好意思再跟这帮男孩子在一起摸爬滚打了。卡克屯是当时宁古塔女孩儿中最漂亮的一个，男孩子全喜欢她，愿意接近她。土球子当然也看上了眼，有事儿没事儿的，经常找借口去看卡克屯。

有一次，男孩子们玩儿捉迷藏，由于人少，便把卡克屯那帮儿女孩子也拉进来一起玩儿。是个什么游戏呢？先把人分成两伙儿，人数一般多。然后在指定的范围内，将其中一伙儿人的眼睛用布蒙上，另一伙儿人各自找好地方藏起来。当被蒙上眼睛的这伙儿听到"藏好啦"的一声喊后，蒙眼布才可以摘下。谁要能将藏起来的人找到并抓住，这个被抓住的人便归他们这伙儿了。最后看哪伙儿剩的少，那就为输。他们是在场院里玩儿，即北方秋天用来打场的地方。所谓"打场"，就是到了秋天，庄稼成熟了，把收割的庄稼一车一车地拉到地面儿已用石滚子压得平平的场院里。像谷子、豆子等要用石滚子压，籽粒才可以脱壳儿，然后再用木锨扬，这叫"扬场"。谷壳儿随风飘散，落下的籽粒收入仓房，打完场剩下的草留给牲口吃。一进大场院，满眼见到的是那还没有拉回去的粮食，堆得像小山似的，一堆堆的草垛比粮堆还高，孩子们都愿意在大草垛里钻来钻去的。在这儿玩儿好哇，秋天挺冷的，草垛里暖和一些。再说场院的草垛又多，往里一藏，有时还真不容易找呢！此种游戏特别有趣儿，大家每回到一起，玩儿得可高兴了。这次卡克屯和几个小姑娘正好分到跟土球子一伙儿，另一帮儿女孩儿分到萨布素、窝赫、瓦礼祜那伙儿了。

单说卡克屯和几个小姑娘分头钻到大草垛里藏着，哪知土球子有心哪，眼睛又尖，早盯上卡克屯了。一看她藏到拐角儿下头的一个草垛里了，便悄悄儿地跟了过去，钻进这个草垛离她最近的一处，几乎贴着卡克屯蹲了下来。当萨布素、窝赫他们那伙儿听到这一伙儿喊"藏好啦"时，就开始在场院的各个草垛、角落间到处蹚摸、仔细地找。藏起来的这伙儿不许出声儿，更不能动，只能静静地眯着。这时，突然听到从拐角儿处那个草垛里传出卡克屯大哭大叫的声音！萨布素他们几个不知咋回事儿呀，赶忙向那边跑了过去。卡克屯是窝赫的小妹妹，做哥哥的自然比谁都着急，第一个冲了过去，跑在最前面。到跟前一看，见好几个小丫头捶打着土球子，卡克屯则站在草垛的外头，双手捂着脸正哭呢，哭得可伤心了。她一看哥哥来了，这下有倚仗了，边哭边指着土球子告状道："他坏，欺负人！"萨布素、窝赫忙问："卡克屯，怎么回事儿？"其中一个快嘴的小丫头说："土球子蹲在草垛里，偷偷爬到卡克屯那边去了，冷不丁把卡克屯给抱住了，还扒她身上的衣服呢！卡克屯害怕了，吓得哭叫起来。"这下可把萨布素、窝赫、麦里西气坏了，上去把土球子拽过来连踢带打地揍了一顿，替卡克屯出了气。之后，土球子仍三番两次地戏弄卡克屯，卡克屯根本不理他。因为她的心里只有萨布素，爷爷嘎鲁泰也喜欢萨布素，后来果真准允了他们的婚事。卡克屯与萨布素已成婚了，土球子还好长时间不娶媳妇呢，心里始终惦记着卡克屯。最终由于巴海喜欢土球子，把自己的女儿给了他，这才成了将军的乘龙快婿。

按说现在已经是几十年过去了，童年的事儿早该疏淡了，可土球子却贼心不死。到了墨尔根后，这位户部尚书档房主事、吏部右侍郎董旴董大人人老心不老，不时地去卡克屯处，坐在那儿就不愿意走，又唠不出什么正经嗑儿来。卡克屯心地好，一个是碍着过去是同乡的面子，再一个丈夫乃黑龙江将军，土球子是朝廷户部官员，驻在墨尔根，不能让他们之间出现没必要的裂痕，产生更多的矛盾。所以，也不想太得罪土球子，尽量礼貌地对待他。有时觉得实在没法儿对付了，只好告诉爱根。萨布素总是不太介意地安慰说："不要想得太多，这么大岁数的人了，他不至于怎么样。不管怎么说，咱们都是从宁古塔那块儿来的，不用为此而烦恼。"

放下卡克屯与土球子的事儿不表。再说墨尔根地方，随着将军衙门的建立和在萨布素一再提倡屯田、奖励农耕的情况下，八旗兵丁和当地各族族众及北方迁移来的人新开垦了不少良田。这样一来，墨尔根一带所剩荒地便不太多了。再说，这里挨着嫩江草原，沼泽地、塔头甸子多，开垦新荒很不容易，如何扩大田陌，成了当务之急。后来萨布素在同当地农牧民唠嗑儿中，知道了一件事儿，使他很兴奋。说是在黑龙江沿岸有一片撂荒地，面积两千多亩，是当年索伦总管安珠瑚大人受朝廷之命辟出的官田。后随着连年的变化、人口的迁徙以及前一段抗击罗刹的战事，致使这个地方不少的地没人种，这才撂荒了。长了杂草不说，有些地还被个人和权贵私占了。安珠瑚大人原是宁古塔的副都统，后升为盛京将军，已于康熙二十五年病逝了。萨布素想："两千多亩的土地虽然是国家的官田，但由户部掌握着呢，有主儿哇！应当和户部说说，把这块地用上，不能让它闲着。这样，既可以解决不少八旗兵勇无地可种的问题，而且在重新开垦之后又有了收获，使荒野变成良田，能够解决一些部落缺粮的问题，应当说是件一举两得的事儿。"他马上就此与董旴商量，人家却不予理会，一推再推，一拖再拖。在这种情况下，萨布素只好将抓好各族部落的耕地面积、有效利用、开发土地、争取多产粮食之疏文上奏朝廷。康熙帝看了以后，认为讲得很好。是呀，为什么让荒地闲着呢？再说，一些个人和权贵私占的土地理应交还给黑龙江将军，分给那些没有田地的人来耕种。于是，朝廷批下来了，准允黑龙江将军萨布素充分使用当年安珠瑚他们辟出的两千多亩官田，交给墨尔根兵丁屯种。这可是件大喜事呀，解决了很多人无地可种的难题。官兵们跪地叩拜皇上隆恩，也非常感激萨将军，都说萨大人真是为民办事儿的好将军哪！

康熙三十一年，萨布素与宁古塔将军佟保共同向朝廷奏报筑建齐齐哈尔和伯都纳木城，将科尔沁献进的锡伯、卦尔察、达斡尔壮丁一万四千多人分驻两城，编出佐领，隶正黄、镶黄、正白三旗。这一疏文，得到了朝廷的准奏，很快便在嫩江和松花江沿岸筑建了两座新城。随着木城的出现，附近又有许多人口迁徙而来，开垦了新的耕田，使过去的荒僻之地，变成了良田阡陌的繁华之地。从此，齐齐哈尔、伯都纳日益发展起来，成为嫩江上游的两颗明珠，又是统御西北牧区政治、军事的重镇。不久，黑龙江将军衙门从墨尔根移驻齐齐哈尔。这个地方北连黑龙江，统御北域；南边通过嫩江、辽河，与京师的联系较前密切了。齐齐哈尔是东北的西路，交通方便，比墨尔根、瑷珲、宁古塔的路好走，因此发展到后来，已大大超过了以上三城。

康熙帝一向喜欢萨布素，认为他是个一心为民、精心致力于北疆建设、踏实苦干的将军。在征讨噶尔丹叛乱时，皇上御驾亲征，对萨布素委以重任，任命为总辖黑龙江、吉林、盛京及科尔沁蒙古兵的东路总指挥。萨布素率领一千多兵马，成功地镇守了科图，越发为皇帝所钟爱。

康熙三十六年春，康熙帝因思念萨布素，遂下旨召他入京觐见。皇上总希望萨布素能到京师来，列入内大臣行列，伴帝左右。然而，萨将军心系北疆，再次请求放归，康熙帝只好又一次恩准返任。

萨大人返任后，时值嫩江水患频仍，灾区百姓忍饥挨饿、啼饥号寒。当地官员不敢将实情上奏朝廷，怕由于皇上震怒，斥责治理无方而被贬罚。萨布素为官耿正，认为民生乃大计，民不饱，国家难安。当官要为民做主，不替百姓解倒悬之苦，此官何用？这也是他为官的座右铭。于是，在迅速查明灾情之后，不顾个人安危，立即据实上奏。康熙帝之所以不同于其他皇帝，就在于他是英明的圣君，喜听臣僚讲下边的实情。要求讲真话，苦就是苦，乐就是乐，不得欺瞒。在萨布素有时工作不利或出错儿时，康熙帝指责过他没有远虑。然而最满意萨布素的，还是他的有一说一，有二说二，踏实肯干，从不宣扬自己。说话让你能信得着，不至于二八扣、打不住。正因为皇上信任他，所以才一再准允按其所提出的想法去做。萨布素常讲，嫩江水患凶猛，洪峰很大，尽管收获一些粮食，也只是杯水车薪，解决不了那么多百姓吃粮的问题。他曾写过这样的疏文："现在农耕初就，田稔丰收甚微，万鸟食搠粮，难矣哉……"就是告诉皇上，"我虽然种了地，但可耕地太少，收获得不多。能打出一把儿粮食，可是却有一万只鸟吃，能够吗？"在疏文中，还诚恳地请求皇上开恩，能否把国库中的存粮借给一些，并表示一定能还！将与丁勇和当地百姓共同想办法，用全部力量使庄稼秋后入场，把粮食返给朝廷。康熙帝对此很受感动，十分怜悯萨布素，便准允将久贮的粮米，按丁口散给沿河一带一些需要粮食的人，以旧粮护命。

康熙三十六年秋杪，嫩江又发洪水，沿江十八个庄子全部淹没，致使庄田无收、灾情甚巨、逃难的黎民无数。萨布素无计可施，只好向国库借粮。国库确实存有粮万石，粮仓如丘。可董昕等人就是不借，有意为难他，说没有圣意，休想得到半粒儿粮食。萨布素的眼睛都急红了，心想："我不能眼看着百姓活活饿死，救命要紧呀！豁出去了，一定要为民请命。哪怕惹恼了皇上，即使顶戴不要，也要请求救民！"卡克屯、窝赫、麦里西等一再苦劝千万不要冒此大险，萨布素没听，还是诚言奏请皇上开恩，开仓赈济。最终疏文得允，予以救灾，民生得安，万众欢腾！这实在是不容易呀，多少苦难的灾民跪在地上感谢皇上，叩拜圣恩！同时也感谢萨大人，说他是活菩萨、大救星，是敢于替百姓说话、为民请命的好官！身为一个地方官员，谁不为自己的前程着想？唯有萨大人处处想着灾民，想着民众的苦难，少有哇，真是难得呀！人人竖起大拇指，由衷感佩萨大人为民请命的胆识。说实在的，真正敢于直陈其实、敢于硬着头皮求朝廷帮助，为了百姓宁愿肝脑涂地、自己却一无所求的，就是萨布素！这是何等的光明磊落，何等的大公无私、大义凛然！萨大人在将军任上，得到了各族民众的拥护。人们信任他、敬重他、爱戴他，认为让萨大人当黑龙江将军，这是黑龙江的福气，是国家之幸、人民之幸！

除此，萨布素一直关心并力图改善当地荒僻无文，黎民浑浑噩噩、愚氓无知的状况。他打小便喜欢苦学知识，很早就能背古诗古文，且过目不忘。只要你有文化，哪怕是流放的罪人，照样真心实意地拜为师，诚心诚意地求教。自从被任命为黑龙江将军，觉得墨尔根、齐齐哈尔一带尤显荒凉，文化远远赶不上吉林乌拉、宁古塔。不仅汉学不行，满学也不行，语言极其杂乱，有蒙古语、达斡尔语、锡伯语、鄂温克语等。由于文化落后，野蛮之事、斗殴致死之事时有发生，要想真正治理一方，则务必提高人民的文化知识。因此，他极力倡导所有的农牧民都要学文化，还亲自任教，教习了不少汉语和汉文。但总觉得仍差得很远，便向朝廷呈递了疏文，奏情恩准在当地办学，希望得到资助。不久，此疏文获恩准。于是，首次在墨尔根两翼各立一学，设助教官。选"新满洲"、锡伯、索伦、达斡尔每佐下幼童一名，教习书艺，使这一带的文化环境开始有了改变。此为黑龙江地方最早建学之始，可以说萨大人功不可没！

康熙三十七年春，康熙帝第三次东巡到盛京、吉林。在吉林，称赞萨布素守卫边疆、勤练士卒的功绩，命大学士等人前去宣皇上的圣谕："黑龙江将军萨布素受任以来，为国效力，训练士卒，平定俄罗斯入侵，勤劳可嘉。著给一等阿达哈哈番①，令其世袭。"把萨布素誉为将军第一，并赐给康熙帝亲御的蟒袍、缨冠等。

自康熙三十六年以来，嫩江水患连年不断。当地的黎民和八旗驻防丁口总是受害，总是无粮，始终没有喘过气来，饥饿危及着百姓的生命。萨大人为使大家能安心生活，保全性命，只能从国库借粮救济灾民。年年借，年年欠，年年偿还不上，日积月累，酿成各屯庄积欠国库的官粮数额巨大。萨布素始终寄希望于能有一个好年头儿，获得丰收，万粒归仓。然而，天公不遂人愿，汹涌的嫩江水仍然那么凶残，那么狂暴不羁，一发而不可收！由于缺粮，百姓号哭，盗匪肆虐，社会动荡，民不聊生。萨大人实在没招儿了，便再次从国库借粮。说起来，每库管仓的仓官还挺好，清楚万民之苦，同情下边的兵丁，知道萨大人为此操了不少心，并担着很大的责任。只是董旰这些人太坏，他们私下里暗暗记账，抓萨将军的把柄。还唆使灾民喊冤，设下圈套，让将军主动去钻。因为都知道萨大人心眼儿好啊，你只要一叫喊没吃的，他肯定能想办法弄到粮，无非是哀求仓官把粮食借出来，显然这是违法的。可除此又能怎么样呢？董旰看着这一切挺高兴，心想："萨布素唲，萨布素，你接着干吧，有朝一日我要算总账，治你死罪！"他下的就是这么个狠茬子。表面什么也不说，暗地里早把情况密报给了朝廷的户部、吏部、刑部。事实上，这一点萨布素在向皇上奏报灾情时，从未隐瞒过。朝中有一些人，诸如董旰之流不答应了，非要借这个茬口儿整萨布素不可，还向皇上吹风说："萨大人挪用粮食数额巨大，违反了律条，不能再继续重用。若如此下去，

---

① 满语：轻车都尉。

其他省又该怎么办？我们这些为国家掌管粮食和资财的人，算是跟他一起犯罪呢，还是不忠于职守呢？"由于这些人总嚷嚷，康熙帝也感到事大，于是下旨，让户部查实此事。其实账就掌握在董旰这些人手里，心里早有数，还用去查吗？因为皇上有旨，总得下去走走，做个样子呀，所以便指派了人。

户部的人下去以后，只是随便问问，很快便返回来向皇上禀报。说萨布素不能严饬兵丁，随便借粮，拖欠、动用的旧粮已一千多石，应勒令赶紧将所欠之粮补交归仓；说萨布素私自动用国家的粮是违法的，皇上应治他的罪，等等。朝廷大臣闻知此事，一时议论纷纷。有的说，萨大人这是实在没法儿了，下头太苦了，皇上应体谅他。也有的说，这样不行，皇上不能如此放纵。若其他省都来效仿，国库粮不就空了吗？绝不能让这种违法之事继续下去。由于牵扯封疆大吏是否真的违法，皇上又令吏部去查。吏部是管朝臣是否贪赃枉法之事的，派的是谁呢？就是吏部侍郎满丕。表面上看，说是皇上指派的，其实是董旰在下面早已暗地里串通好了的。满丕何许人也？我们前书已详细讲过。原为宁古塔副都统，乃巴海将军宠信之人，其夫人是巴海的妹妹。他在宁古塔时，对萨布素与巴海的亲近、萨布素的敬业及待人宽厚、获得众心甚为忌妒。巴海被贬时，随其离开宁古塔来京。借巴海在京中旧谊，举荐他为吏部侍郎至今。满丕去黑龙江查审归来后，次年春，即康熙四十年，写了奏折，奏报皇上："萨布素徇私捏报屯种，浮支仓谷，罪应死。"相当狠哪！康熙帝看后十分惊诧。他垂爱萨布素，深知是替民受苦，不忍民饥而冒死为之，情可恕。但有这么多重臣追究，此罪难恕啊！经反复斟酌，决定免死罪，削世职，于佐领任上行走。后又觉不忍，提为宫中侍卫处之散秩大臣，驻京师。所谓散秩大臣，无定职，无任所，是个虚职。从二品级，享三品俸。

萨布素任黑龙江将军二十年，正逢罗刹疯狂入侵北疆。他投入了御北征罗刹卫国驱敌的战争，成为一代跃马扬威、驰骋疆场、显赫有名的抗俄将领，以生命和热血捍卫了中华北土，收复了大片失地；主持修筑了瑷珲、墨尔根、齐齐哈尔城，分兵驻防；垦土屯田，治理水患，农耕兴旺，发展官庄；设置驿站，从瑷珲到齐齐哈尔至盛京，驿站相通并随之出现了屯寨；建学立师，开创了北地建学之始，功绩卓著，深得军民爱戴。获罪贬官离开齐齐哈尔时，万民空巷，号啕跪送。人们哭诉道："萨大人是为百姓温饱丢官的，人人无罪！""萨大人冤枉，我们代罪、代罚！"窝赫、麦里西、索郎阿、依里布等宁古塔来的将士，要一起进京面见皇上，为萨大人明理、替罪；达斡尔、蒙古、索伦、鄂温克等一些牧民，用刀刺胳膊，破血立誓要求见皇上，以满腔热血恳请留萨大人在将军任，罪牢由大家替坐。各个街巷全动起来了，人声沸腾，群情激昂，萨布素见此情景，感动得热泪盈眶啊！含悲给众乡亲跪叩哀求道："众乡亲、兄弟姐妹们，不要为我萨布素行此蠢事。国有国法，家有家规，齐齐哈尔民众忍饥挨饿，乃将军治理无方所致，罪有应得。尔等今后务要聆听新任将军之言，励精图治，首先须治好水患。弟兄们啊，一定要治好嫩江，这是一条凶狠、狂暴的河，只有水患平，万事则兴矣。今遭贬官，为黎庶丢了顶戴何足惜！敬乞众乡亲保重，愿北疆福寿安康！"

萨布素抱恨带着家眷，告别诸亲友，含泪进了京师。因散秩大臣无职无事，空有虚名，他不想去。当年在抗俄时相识的建义侯林兴珠大人同萨布素挺投缘，对其品德十分钦佩。认为他敬业，为人忠诚，是个不可多得的将才，很替他惋惜。在林兴珠大人的苦苦相劝下，萨布素才答应任了散秩大臣。也是林大人去面见皇上，得到恩准，拨款在离林兴珠府堂旁边不远的西山附近，给萨布素盖了新居。萨布素从此居于此，心中苦闷，一直郁郁不乐。因居所小院儿院墙的门砖上常贴对联儿，对联儿是红的，再加上一次次地更换，时间一长，像刷了层红漆似的。后来，富察氏家族称这座居所为"小红阁"。

康熙四十年夏末，对瘦骨嶙峋的七旬老人萨布素来说，真是平地惊雷、雪上加霜，是一生中最悲痛的日子，原来与他相依为命、同呼吸、共患难的结发妻卡克屯突患重疾。卡克屯这几年心情不好，没来京师前，天天为丈夫提心吊胆的。因水患未除，所以只要嫩江发大水，萨布素从不在家过，而是同众兵将、乡亲们日夜修堤筑坝，不断观察水情，以防决口。吃住在洪水边，灾民吃啥他吃啥，困了就在湿地上睡，你说卡克屯能不着急、不惦着吗？天天也是吃不下、睡不好。后来萨布素被贬官到京师，心中郁闷不快，谁最理解他？当然是老伴儿卡克屯了。她对丈夫给以了无微不至的关心、体贴、照顾、侍奉，尽量地抚慰，以减轻精神上的痛苦与烦闷。卡克屯是将军夫人，可从来未享过福。早些时候，有好吃的，要端给公公、婆婆，后来就是萨布素，总是想法儿给他们调着样儿做点儿什么可口的，省吃俭用地操持着这个家。在墨尔根，萨布素捡回不少孤儿和两位失明老人，她每天既忙家务，又要给孩子们和老人

做饭、洗洗涮涮、缝补衣裳,十分辛苦。表面看来,这是将军之家,谁
也无法想象老夫妻俩过的却是糟糠生活,由此便导致了二人晚年体弱多
病。尤其是卡克屯,有苦有难从不在萨布素面前讲,怕给他增加心理负
担,觉得爱根本身已够苦够累的了。不仅不叫苦,还总是在丈夫面前笑,
显出很高兴的样子,以便让他看了心安。心里难受时,就躲到背地里,
一个人偷着抹眼泪。当得知土球子等人不仅不支持萨布素,反而背地里
整他、拆他的台,很是气愤,不过又有啥招儿呢?只能是为爱根捏把汗,
心里整天像压了块石头似的,沉甸甸的。这么长年累月、年复一年地周
而复始,致使积劳成疾,现在一下子暴发了,不可收拾呀!治而无效,
没留下半句话,便匆匆地离萨布素而去了,亡年六十有四。面对这天塌
下来一般的打击,萨布素是捶胸顿足、仰天长恨啊!后来无论如何坚持
不住了,终于躺倒了。还是在契友林兴珠等人的帮助下,率子女将卡克
屯葬于京师西山的。之后,萨布素决定购置泥舍,终生陪伴在老妻坟前。

　　萨布素本是出名的美髯玛发,五十多岁时便开始蓄髯,长长的胡子,
甚为好看。卡克屯的去世,使他什么心思都没有了,常年郁悒成疾,头
发全白,长髯全白,眼下是由卡克屯在齐齐哈尔收养的一个取名儿兰儿
的达斡尔义女为他理发修髯。每当看到阿玛的发髯一天天稀落,只剩下
一小绺儿了,心里就非常难受。萨布素在京师是孤单的、忧郁的,有时
还要遭到一些人的奚落。特别是有一天,他在屋子里心烦得坐不住,便
拄着拐杖到外边溜达溜达,散散心。正走着,突见一辆四马拉的颇为阔
气的大轿车向他这边疾驶而来。萨布素急忙往旁边一躲,差点儿没被马
给碰着,轿车从身边哗哗地驶过去了。他举目一看,只见轿帘儿打开了,
探出个人头来。萨布素还没老眼昏花,不看则已,一看气坏了,原来车
里坐的竟是土球子!只见土球子轻蔑地撇着嘴,还是那么似笑非笑地瞅
着他。萨布素气得头嗡的一声,当即下了决心,不能再在这儿待了,不
是咱呆的地方。走,立刻走,离开京师!

　　萨布素除晚年多病、精神郁郁不可解外,之所以要离开京师,也是
由于他时时思念自己的故乡,想念北陲的齐齐哈尔。另外,还有一个重
要的原因,就是受太子党争之祸。这件事说来话长。

　　萨布素的长子雅图,是康熙皇帝身边的二等侍卫,深得信任;二子
德顺,后改名儿德庆,时任健锐营副统领,也在皇上身边。康熙帝为维
护祖国统一,确保黑龙江地区和喀尔喀蒙古地区的和平与稳定,于康熙
三十五年两次率清军三路兵马启行,亲征分裂祖国、发动叛乱的噶尔丹。

其时，萨布素均被奉调到京，随驾西征，雅图留京驻守。萨布素为平叛积极献计献策，并在东路统率盛京、吉林、黑龙江三省及科尔沁官兵于索约尔济山会合后，沿克鲁伦河进剿。在清军三路围剿下，噶尔丹叛军遭到重创，最后以失败告终。由此可见，康熙帝对萨布素父子是十分信任和赏识的。

康熙十四年十二月，二十二岁的康熙帝奉太皇太后、皇太后之命，册立帝之次子、初封理密亲王的允礽为太子。康熙帝共生有三十五子，直郡王允禔最长。因长子非为嫡出，所以不能立为太子。嫡而长者乃二子允礽，故封之。允礽被册立为皇太子后，由简大学士张英教授。又令儒臣汤斌为其讲解性理之学，以储其道德；康熙帝每次南北巡狩之时，皆让皇太子随行，以宏其经验；在宫内，康熙帝有暇时，还教授武功和书艺，以增长学识。

皇太子允礽初时颇强明，聪敏好学，精通满汉文字，娴骑射，并有主政办事之才能。俗话说得好："近朱者赤，近墨者黑。"索额图等一群大臣，看出本很傲慢的太子深得皇上的宠信，以为未来必登大宝，便极力奉迎、吹捧，尤助长太子的狂妄之气，结果是越领越坏、越惯越不成样子。颇有帝王狂的太子也认为自己是宫中的第二个皇帝，藐视一切，目空一切，肆恶虐众，贪暴至极，甚至连皇帝都不放在眼里。康熙帝外出归来，太子也荒于问询，使其对太子越来越失望。太子竟还违禁地将自己的銮驾、服饰均换成皇帝专用的全黄色，在那时，当然是大逆不道之举了。所有这些，众大臣虽看在眼里，但不敢向皇上禀奏，更不敢妄议。原因是生怕得罪太子及索额图等人，惹来杀身之祸。

有一次，萨布素到京接受皇上垂询，面奏齐齐哈尔政务。康熙帝在同他饮宴之时，虚心求教，询问该如何治国理政最有效。萨布素心直呀，又考虑到皇上对自己有知遇之恩，便不假思索地讲了朝中流传的一些蜚闻，说皇太子如何狂傲，索额图过于偏袒怂恿太子不法祖德、不遵诲谕等。没想到这些话后来竟被索额图及太子党的人知道了，这还了得！可恨死了萨布素。从此就想方设法处处找他的碴儿，欲置之死地而后快，连萨布素的名字都谐音成"咋不杀"了。

康熙三十五年秋九月，皇上对允礽的行为终难忍受，觉得这样的太子岂堪托祖宗之宏业？遂果断下诏废掉了，萨布素此间也稍得安生。

康熙四十八年初，由于诸王觊觎储位，结党营谋，皇上为稳定朝纲，复立允礽为皇太子。允礽并未汲取以前的教训，复立后，狂妄自大的毛病不但未收敛，而且变本加厉，甚至啸聚凶徒，做些非礼之事。为了江山社稷，萨布素又一次冒死将儿子雅图、德庆得到的关于太子暗中依附于歹人的情况密告了皇上。康熙帝听后，对索额图等人很是恼怒，也嗔怪太子，由此愈加激起了太子党一伙儿对萨布素的不满，甚而恨之入骨。他们利用满丕调查得来的关于萨布素为救灾占用府库粮食一事大做文章，叫嚣一定将其定为死罪。康熙帝十分清楚萨布素为维护皇权，得罪了太子党和索额图等人，处境十分艰难，可又不能不加以处罚。结果萨布素在皇上的一再袒护之下，虽免死罪，也不能再留原任，便出现了前书所说的萨大人罢难的情景。即使这样，索额图与太子党徒们仍不放过他，太子几次找太皇太后哭闹，说皇帝不公，难服众臣。索额图更是一次次地前去诉苦，似有多大的冤情，逼得康熙帝也没办法。朝中大臣见索额图及太子党徒势力如此之大，权衡利弊，自然多数都站在了太子党一边。何况萨布素占库粮之罪笔笔有宗呀，明明是大罪，谁敢替他申辩？只好冷落萨布素，使他处于非常不利的境地。

有一次，萨布素应召到宫中叩拜皇上。康熙帝平时很简朴，冬天常穿一件用两三张黑貂皮和普通貂皮做的皮袍，还喜穿粗糙的丝绵御衣，不愿金玉其外、败絮其中，而要修德以仁。萨布素进殿时，见皇上仍穿着前些年由卡克屯亲手缝制、自己带至京师奉送给陛下的鹿皮彩线绣衣，又想到了皇上常常说的话："'以一人治天下，不以天下奉一人'，常思此言，不敢过也。"怎能不深受感动、不为之动容呢？不禁泣不成声，匍匐在地。康熙帝见萨布素苍老了许多，衰弱得很，十分心疼。于是走下龙椅，亲自扶起他，动情地说："爱卿啊，你瘦多了，要保养好身子骨儿，好自为之吧！"萨布素带着哭腔儿说："罪臣无颜面见皇上，情愿以死谢圣恩！老臣痛哭流涕不为自己，纯系心念陛下日夜操劳。圣上较前也有些瘦了，伏乞圣躬珍摄万全之躯，臣死何憾也！"君臣含泪互慰，心痛辞别。

萨布素看不惯太子党徒的冷眼，不愿来朝混日子，故很少出门，每天闷坐家中。雅图、德庆常来拜望阿玛，给以慰藉。萨布素怕因自己而连累了儿子的前程，不得不几次狠心将他们怒目轰出家门，责令不许再登门探望。这样，父子虽在京师，也只能是见子如见路人，不相往来，只有在心中思念娇儿们。此间，太子党更为猖獗，务要扫除一切障碍。还是康熙帝密派了亲信，告知萨布素："离开京师，以防暗算。"又传报黑龙江新任将军沙那海："老将军回去后，要善待之。"萨布素便含怨饮恨，以病为由，奏请皇上恩准北归。康熙帝读罢奏折，立即准允。行前，萨布素拖着多病之躯，老泪纵横地哭倒在老妻卡克屯坟前，然后带上兰儿匆匆返回齐齐哈尔。直到萨布素去世后的康熙四十八年末，朝廷才以纠聚朋党、任用私人之由，复废黜了太子允礽。由此，萨布素父子反映的问题得以证实，这是后事，不必多讲。

说来，自萨布素被贬下将军之职后，在很长一段时间里，黑龙江将军一直空缺，人人怀念爱民如子的老将军。康熙四十七年春，朝廷才下旨，由京师调来沙那海为黑龙江将军。沙那海诚恳、正派，了解萨布素的为人和品德，十分敬重这位老将军。当萨布素回到齐齐哈尔时，他亲自出城迎接，并根据老人家的意见，搀扶着萨布素住进了原来的老舍茅屋。附近的达斡尔、蒙古、索伦及满洲族众闻知老将军回来了，纷纷前来看望。有送鸡送蛋的、送雁送兔的，也有送米送面的，还有的张罗着往自己家接老将军要侍奉的。此时，麦里西、窝赫分别调至吉林、盛京等地，早不在齐齐哈尔了。更遗憾的是，老人家没有见到俄罗斯好友彼得，他已于去年病故了。彼得生前留下遗嘱，让妻子牟儿携子带女经京师去俄国，找住在莫斯科安度晚年的娜柳莎女士。因知道娜柳莎生活过得依然舒适、安逸，会慷慨收留他们的。由于牟儿不愿离开生养自己的大清国，眷恋故土的亲人，故未成行，仍然同孩子们生活在本地。

萨布素回到齐齐哈尔时，正逢夏秋之交，凶恶肆虐的嫩江又是遍野汪洋。一眼望去，数百里的大草原白亮亮一片，无边无际；水上漂着死羊、死牛，臭气刺鼻；妇孺的哀号声时而传来，令人心碎。萨布素在将军任上时，每到春、夏、秋三季，只要阴雨连绵，就披着一件老蓑衣赶到岸堤去，已成习惯了。河堤是他修建齐齐哈尔城时，与众兵勇、百姓共同掘隍筑建的，一连修了三个春秋。现在一见如此大水，萨布素本来是个闲不住的人，你说他在家哪能待得住哇？是站也不是、坐也不是，总是让兰儿陪着到堤上去看看，兰儿拿阿玛一点儿办法也没有。不少人前来劝道："大人啊，您老不在任了，身子骨儿又不好，这么大岁数了，歇一歇吧，别去了。"可他只当耳旁风，从不听劝。

一天，夜已经很深了，外面大雨滂沱。萨布素躺在炕上睡不着，尽管有重病，心却系着大堤、惦着灾民。他想："这么大的雨，弄不好很可能会决堤的。"越想越不放心，忽地坐了起来，让兰儿赶紧搀扶着去堤上瞅瞅。爷儿俩手提避风灯笼，深一脚浅一脚地走出家门，踉跄着爬上了泥泞的大堤。一看，果然决堤了！嫩江咆哮如雷，奔腾轰鸣，雨还在哗啦哗啦地下个不停，水仍在漫涨。大堤上的人们一见老人家来了，顿时欢腾起来，高喊道："萨大人来了，老将军到了！"新任黑龙江将军沙那海怕他吃不消，忙带兵丁过来要抬老人下堤。他坚决不让抬，并向人群大声儿喊着："乡亲们，我是萨布素！大家不要怕，咱们万众一心，什么困难都能战胜。嫩江水流急，光用泥沙堆堤是堵不住决口的。快抬木板，赶紧拿出被褥、皮张、帐篷包沙土，或用皮口袋装泥沙堆堤。不能慌，洪水再大，也要稳如泰山！"老将军是真熟悉嫩江水呀，他的一声呼唤，胜似千钧之力！户户是有人出人、有物出物、众志成城，经过一夜苦战，终于堵住了决口，洪水被征服了，齐齐哈尔保住了！次日，水退了，太阳升起来了，那么红，那么亮。萨大人在堤上站了一夜，谁劝都不回去，筋疲力尽，口吐鲜血倒在了江堤上，沙那海和几个衙门的人含泪把老将军背回了家……

萨大人自打从堤上回来以后，病势愈加沉重了。瑷珲城和大五家子等地，皆住有正黄、镶黄富察氏家族的人。萨布素的四大爷都克山随着开国大将杨古利征战各地，隶属正黄旗，其子初始也随叔父去瑷珲永戍并留在那里。萨大人十分关爱族众，此时已无力去瑷珲了，便让兰儿唤来了永戍瑷珲的族人。他吃力地嘱咐大家说："要保持咱们富察氏家族的风范，勤于耕作，和睦邻友，不贪利背义。凡我族人，尤应习文习武，谙习老羌语，不可荒废，努力成为守疆护土、永戍干城之才。"老将军曾在戎马倥偬中，两次由墨尔根和齐齐哈尔带子回瑷珲和大五家子，以族人身份参加拜谱和续谱活动。要求族人立族规，严以律己，宽以待人，爱众姓如兄弟；勿数典忘祖，春秋祭礼不辍；子孙务黾勉图强，不辱家风，不负圣望，并以此与族人共勉之。

萨布素约于康熙四十八年初夏病逝于齐齐哈尔，传说他逝于京师，这是不对的。前去拜望重病之中萨布素的族人，还从他那里捧回"育英融漠"条幅，供于瑷珲富察氏家族所建的"藏书楼"传藏，以激勉后人。"藏书楼"中，尚有萨大人当年穿的征袍，用的弓箭、碗杯、珐琅火盆、短剑及多本读过的函册等，其中的珐琅火盆和短剑，均为康熙帝在京师赐予他的。呜呼！后来这些珍贵的物件，均葬于庚子入侵的魔手之中，罗刹火焚瑷珲城时，将一切化为乌有。萨大人一生清贫，故去时，家无资财，匣无积银，仅有破衣破被。黑龙江将军沙那海在齐齐哈尔为萨大人治丧，将棺椁葬于嫩江江堤的古榆林中。因这是萨公生前最喜欢去的地方，常在那里散步或站在江堤上，观眺大草原和滔滔的江水。

雍正间，萨布素的小儿子常德任吉林副都统时，准备将父亲的遗椁迁回宁古塔旧地。他们扶灵返乡时，是顺水路南下，经伯都纳进入松花江至三姓，再入呼尔哈河去宁古塔。时逢黑龙江与松花江支流洪水泛滥，激浪滔滔，江面宽阔，又是逆水而行，多靠纤夫拉纤，因此舟行缓慢。这天，船行至牡丹江口时，天已渐黑，便靠岸停泊，待次日再行。却不知因水患经年，流人后嗣王大动因磕巴、刘小金莲落草为寇后，时常出没于这一带行凶劫掠。夜里，王大磕巴、刘小金莲等盗匪见有三艘船只停在江口，看上去船上的摆设、船舱都挺阔气，又有数名船工护送，以为定是官衙之船，或者富人出游乘坐的船只，必有许多金银财宝。便乘夜深突降，翻抢三船。常德等人见有贼匪强抢，惊恐万状，在船工的护卫下，弃船登岸，钻进柳树林或苇塘藏身。群盗翻找了一阵儿，未见实在珍宝，倒是看见一具棺椁，才发觉此乃灵船，大感秽气。为了泄愤，一怒之下，引火焚船。船皆木板，哪里经得住火烧？很快沉没江中，棺椁则冲入汪洋，随洪波顺流直下。三姓副都统衙门闻讯急忙前来施救，但为时已晚，不仅寇贼早遁，就是那灵船也无影无踪了，只救得了失魂落魄的常德及其护从。待再翻江寻底地去找萨大人的棺椁时，哪里还寻得见？三姓官兵与常德等人沿江走出数百里，仍然只闻江涛咆哮，却不见萨大人棺椁的踪影。常德万分悲怆，长跪江岸，痛哭不已，失声儿地呼唤着："阿玛，你在哪里呀，回孩儿一声吧！"应答他的唯有江涛拍岸的啪啪声和呼呼的风声。三姓的官兵议论道，萨大人可能是驾鹤归天了！也有的说，萨大人知道黑龙江这片土地尚不安宁，他是不放心哪，早已踏着洪波魂归齐齐哈尔了，要永远守在那里，看着民众治理水患，走向安宁与祥和。大家议论一阵儿，看常德还在那里长跪不起，便一齐上前劝慰。常德在官兵们的劝说下，只好借条小船，带着护从返回了宁古塔。为悼念亡父，常德率族众在富察氏江南祖坟址，垒建起一座萨大人的"衣冠冢"，这就是后人称之的"将军坟"，坟前有碑。当地人传讲，萨大人为捍卫大清领土主权，立下了丰功伟绩，永彪青史。他的棺椁不见，那是不忍离开黑水之滨，又同军民一起镇守着黑龙江，与北疆各族人民不离不弃，将永远常活在民间。

康熙四十八年底，康熙帝为追念萨大人之功，复颁赐御物，以扬其忠。乾隆朝，敕修《盛京通志》，列萨布素为名臣，称其谙陈明敏，得军民心，有文武干济之才。在萨大人亲手开拓的齐齐哈尔、瑷珲等地，留下了许多遗迹和故事，于北方各族中传诵着。齐齐哈尔城西大洼子有个地儿叫"马坟"，后来叫白了，则叫"瓦盆"，相传此处是萨大人的坐骑喀拉莫林的坟墓。这匹黑马性情刚烈，长鬃抖擞，毛色光亮如黑缎。萨大人被贬官后，含泪与相依为命十几年的征马告别，去了京师。喀拉莫林自此日夜暴啸，给什么好草料都不吃，站在马厩里硬是饿死了，人们把它葬在了萨大人与将士们在筑建齐齐哈尔城时常去挖泥沙的西大洼子。瑷珲下游百里沿江平原一直到霍尔莫津的屯庄、官庄，全是萨大人亲自领兵丈量、选地建造的。其中如大五家子，满语叫"呼鲁吐拖克索"，即骏马之乡之意，象征着生活似万马奔腾；四季屯在三架山东南的向阳之地，满语称"托阿拖克索"，即四季如春、充满阳光的地方，这些满语名字皆是萨大人给起的。在大五家子西边，有个叫"大芬堆"的屯子。相传当年建立沿江八旗屯寨时，将抗击罗刹入侵、保卫雅克萨城牺牲的众姓将士的遗骨全部用船拉到此处，挖大坟安葬，让死去的烈士同族人永远生活在一起，每年按时致祭。富察氏等满洲戍边北地的众姓，在春秋萨满主持的"背灯祭"时，要在神案上多放一杯水、一双筷子、一匹骑有武士的木刻黑马神偶。据传，这是为了怀念萨布素大人及抗俄牺牲的众将士，让他们与众神同享祭礼。在北方各族族众传讲萨大人的故事以及逢年过节祭祖时，常能听到滚滚的风涛声从房上掠过，人们纷纷说，那是萨大人在跨马驰骋……

有诗赞曰：

壮哉悠悠龙江水，
烟波浩渺沃北陲。
涛狂吟歌书青史，
萨公征骥响惊雷。

后　　记

当画上全书的最后一个句号时，总算长舒了一口气。回想记录、整理的全过程，似乎有些话要说。

我为什么会参加到满族说部编辑部的行列之中呢？说起此项工作，原是一件十分耗时费力的劳动，有实实在在的甘苦在里面。何况这并非一般书籍，而是满族口头遗产传统说部，须具有广博的文化知识和对满族文化有比较深入的了解才行。应该说，从身体状况到文化积累，自认为不具备这样的条件。那么，难道本人作为整理者是一种误会吗？不是。说起原因大致有二：

第一，我虽非满族，可对满族的习俗和历史却一直充满着好奇，甚至想深入它、了解它、认识它。曾不止一次地想过，原本一个游牧在白山黑水的少数民族，竟能在群雄割据、世事纷扰的情势下，突然崛起，入主中原，统一中国，建立起统治长达二百六十八年的封建王朝。这个时期，还出现了历史公认的、世界瞩目的"康乾盛世"，有许多引人入胜的故事和令人景仰的代表人物流播世间。之所以如此，定会有历史的渊源、社会的原因和深厚的文化积淀。后来，在从事文化艺术研究时，接触了满族新城戏。戏剧向来是时代和社会的产物，与它所形成的环境，即政治、经济、文化乃至地域、民俗等有着必然的联系。通过访查，以八角鼓为基调的满族新城戏之满族文化个性和艺术的鲜活性使我愈加领悟到了满族历史的丰富多彩、文化底蕴的博大精深、民族血脉的源远流长。进而由开始的对满族及其文化的关注，生发出一种深沉的热爱之情，并产生了参与其中的冲动。

第二，在与长期从事满族文化研究的满族八旗子弟后裔富育光先生的合作中，他那酷爱满族说部、孜孜以求的研究精神，对抢救口头文化遗产的满腔热忱，还有以作为满族的一员而自豪，对本家族家风族史的敬重有加，年逾古稀仍抱病讲述满族说部的执着和投入，尤其是每讲到动情之处不禁潸然泪下的情怀，都深深地打动了我，感染了我，激励我决心为弘扬满族文化献出绵薄之力。

《萨大人传》讲述的是原居长白山、后移居宁古塔、瑷珲的富察哈拉家族的优秀代表、我国北方抗击沙俄的民族英雄、清代康熙年间首任黑龙江将军萨布素的传说故事。我曾受命参加《吉林省志·建置志》一书的撰稿，翻阅了大量的清至新中国成立前的相关资料，故而对萨布素有些了解。那个年代，他虽然没有参加激烈的逐鹿中原的战争，但是自接受皇命、被委任为黑龙江将军的十八年里，带领富察氏家族及满洲八旗官民在北戍黑龙江、进剿噶尔丹、筑修城池、开辟驿道、设立官庄、举办义学等方面建树颇多，政绩显赫。特别是在率领满洲八旗劲旅奋勇驱逐入侵之敌的斗争中，驰骋疆场，叱咤风云，赶走了一批批侵略者，为抵御外侮、维护边疆领土完整屡建奇功。他不只是一赳赳武夫，更是反侵略的英勇斗士，对于当时我国龙江松水的建设和发展，对于统一的多民族国家的形成和巩固，做出了卓越的贡献，在清史和满族史上，留下了光辉的一页。人们为了纪念他，萨布素这神勇的名字，被到处吟咏；那神奇的故事，在白山黑水广泛流传。除了史书记载外，后人有为之作传的，如《萨布素传》，讲唱了他那不平凡的经历；有满怀激情写其故事的，如《抗俄英雄萨布素》等，传诵了他那可歌可泣的英雄业绩。《萨大人传》是一部洋洋洒洒数十万言的传统说部，作为个人传记体的书籍，与已经出版的一些有关萨布素的著作当然会有相同之处。那就是同样是记述历史上的一位著名人物，讲他的成长，说他的动人事迹。我作为整理稿的第一读者，深感它与已出版的"传"与"书"有着许多不同之处：

首先，它不像其他书籍直面记述，而是以满族最受欢迎的一种说唱艺术来称颂萨大人的。形式灵活、涉猎范围之广，是同类著作所不可比拟的。

其次，它是从生活在瑷珲富察哈拉家人的角度，生动、细腻地讲述了富察氏家族的由来、发展和族中最杰出的代表人物萨布素的成长及不凡的作为，令人仿佛回到了充满民族征战和反击外寇侵犯中华国土的硝烟迷漫的年代，有如身临其境、耳闻目睹一般。其讲唱，令人倍感亲切，十分信服。如讲萨布素在孩提时代，为给波尔辰妈妈报仇，按爷爷哈勒苏教给的办法，同小伙伴儿上山捉小狼以震慑"水鬼"的故事，听来自然、质朴、生动，萨布素的聪明、机灵、天真和稚气跃然而出。再如萨布素做了领催之后，为探明敌情，只身深入雅库茨克，了解并掌握了哈

巴罗夫率军入侵的动向和行程，为大清及时予以打击立了大功。由于是
以目睹者的口气来叙述的，他那机敏百变的智谋、英勇善战的作风、深
沉忠贞的爱国热情皆活龙活现，呼之欲出，昭然感人。我们知道，讲唱
《萨大人传》的瑗珲大五家子族人以及满洲各姓的父老兄弟，多是在康熙
二十二年，由萨布素奉旨从宁古塔带到北域黑龙江永戍瑗珲的兵民之后。
他们对萨布素的颂扬，实际上是对本家族、对国人民族精神的讴歌和礼
赞。因而，这部以《萨大人传》命名的乌勒本，实乃富察氏家书或富察
氏子弟书。

再次，它是在极为广阔的背景下讲唱萨布素的，不仅抒发了浓浓的
满族情怀，也展示了独特的满族风俗。读着书稿，不时会有一幅幅蘸着
郁郁文采的香泽、透着古朴的满族风情画卷映现在人们眼前。就这一点
而言，是在别的著作中很少见到的。

该部已在黑龙江省瑗珲一带流传了二百七十多年、脍炙人口的满族
传统说部，多次经人补充、修缮，又由讲述人费时半年，做了娓娓动听
的讲唱录音，为后来的成书奠定了丰厚的基础。可以说，富育光先生功
不可没！本人在整理时，根据满族口头遗产传统说部丛书编委会提出的
总体要求，力图遵循以下原则：

第一，忠实记录，保持讲述人讲述之原貌，使其有原汁原味之感；

第二，注意民间文学的口头性，体现说部形式的本体特征；

第三，传记不同于传说，记述有所本，取舍有所据，大体上符合历
史真实。

总之，在整理产生、流传于白山黑水地域的满族传统说部《萨大人
传》的过程中，力求使其体现民族的、地域的历史性和传承性。然而，
尽管流传经年，能够真正做到高质量的整理，并非易事。本人过去对满
族文化毕竟接触不多，把握如此鸿篇巨制则需下大力气，时有力不从心
之感。况且又是从录音下载，不但较之已有文字稿多费工夫，而且诸方
面的困难也不少，难免有顾此失彼之处。

书稿现已面世，敬希读者不吝赐教。